世界にあけられた弾痕と、黄昏の原郷

——SF・幻想文学・ゲーム論集

岡和田晃
OKAWADA Akira

アトリエサード

序文

世界と〝私〟を繋ぐ視座を確保し、生きるための圏域を拓いていくこと。

それを目的とした本書は、主として、私が二〇一三年末から二〇一七年初頭の間に発表した批評を集成した評論集である。前著『「世界内戦」とわずかな希望――伊藤計劃・SF・現代文学』では、スペキュレイティヴ・フィクション（思弁小説としてのSF）をキーワードに、伊藤計劃（一九七四〜二〇〇九）を中心とする最新の日本SFから――普遍性の希求に仮託された暴力の内実を穿つ意味での――世界文学までを、横断的かつ詳細に論じた。越境的にして境界解体的な方針は、本書でも意図的に踏襲するように心がけたが、他方、前著を未読の方でも問題なくお読みいただけるように編んである。

とはいえ、本書には前著との相違点もある。どのような違いなのかを一言で説明すれば、SFと幻想文学をより集中的に〝攻めた〟内容になっていることだ。近年、私が発表した批評文は分量的に膨大で、とうてい一冊に収まりきらない。そこで、コンセプトがより鋭角的になるように工夫してみたのだ。

昨年（二〇一六年）、私は『破滅（カタストロフィー）の先に立つ――ポストコロニアル現代／北方文学論』を刊行している。東條慎生氏のプライベート・プレス「幻視社」から二十部限定で出した書物だが、伝統ある北海道新聞文学賞に評論として二十二年ぶりの入賞を果たすことができた。世を席捲するヘイトスピーチ（差別煽動表現）や歴史修正主義への対峙を基底に、いわゆる〝純文学〟と呼ばれる分野の批評文を中心に編んである。遠からず商業出版として出し直す手筈となっており、本書の姉妹編として参照されたい。

では、本書でSFと幻想文学を主題的に扱う意味とは何か。そもそも、SFや幻想文学は誤解されやすい分野である。アカデミックな研究からは下位領域とみなされ、エンターテインメントとしては小難しくて売れないと敬遠される。少数の優れた例外はあれども、批評的言説も内に閉じたものが幅を利かせている。にもかかわらず、ＳＦや幻想文学でしかなしえない美学的な魅力が確実にある。何より、私たちを取り巻く現実は、もはや旧来の素朴なリアリズムだけでは容易に説明することがかなわない。

現実に虚構を対置させて後者を無自覚に礼讃する悪しき意味での〝オタク的〟な圏域に嵌まらない、オルタナティヴな道筋を探ること。堅牢な異世界を構築しつつ、叛逆の精神に裏打ちされ、紋切り型を書き換えるカウンター・カルチャー。そのような可能性を内包した表現として、ＳＦや幻想文学を大胆かつ繊細に読み替える批評を目指した。

また、本書では、ロールプレイングゲーム（ＲＰＧ）を扱った批評文を、核となる媒介項として盛り込んである。コンピュータゲームについても積極的に論じたが、基本的には、その原型となったアナログなＲＰＧのことだ。シナリオ作者にして司会役をつとめるゲームマスターとプレイヤーとの当意即妙によって進行されるＲＰＧは、既存のテクストを解体―再構築し、静的なものではなく動的なものとして捉え直す意味で、高い批評性を有している。

表現形式として批評というものを考えた際に、用いられる言葉の貧しさには、毎度ながら苦闘させられてきた。ところが、ＲＰＧの考え方を経由すれば、創作的批評としての応答が容易なのだ。私は小学生の頃からＲＰＧに親しみ、二〇〇三年から企業イベントでゲームマスターの仕事をするようになった。二〇〇七年からは、ゲーム専門書籍のライター募集に合格し、ＲＰＧを中心としたゲーム製作、翻訳・紹介をするようになったが、その当初からの批評を収めてある。

なお、タイトルの「世界にあけられた弾痕」は、本書所収の批評を意識したものだが、もともとは荒巻義雄の詩集『骸骨半島』（二〇一二）の冒頭に置かれた「老人と飛行士」からの引用である。「世界内戦」の傷跡を想起させる一節だからだ。また、「黄昏の原郷」は、多くの幻想文学のプロト・イメージであるケルト的な〝昏さ〟を意識したものだ。未来と過去、両者を往還する含意もある。

収録された批評の様式は多彩で、個々の批評は独立しているが、響き合う部分も多いはずだ。どこから読んでいただいてもかまわない。

――さあ、ページをめくりたまえ。

目次

第1部 現代SFとポストヒューマニズム

第1部では主に、ニューウェーヴSF（＝スペキュレイティヴ・フィクション）と、その問題意識を引き継いだポストヒューマニズム的思考の現代SFについての批評を収めた。キーワードは、ルネッサンスで確立された近代的なヒューマニズムの問い直し。まさしくこのテーマから出発する「文学の特異点」は、私が初めて書いた長編の批評文で、脱稿は二〇〇七年。特定の領域へ不必要に閉じ込められることを回避する、横断的な志向性をもつ論考になっている。商業主義を跪拝し、ありがちな恨み節に居直るサブカル論文にならないよう留意しつつ、インターネットを席捲する「決断主義」的な軽薄さとは異なる道筋を辿りながらも、歴史と対峙する「趣味判断」のダイナミズムを恢復させることを目指した。

続く「「世界内戦」下、「伊藤計劃以後」のSFに何ができるか」は、二〇一六年に学術誌に掲載された批評で、日本近代文学会・二〇一四年度秋季大会のパネル発表がベースとなっている。こちらは徹底して現場的な目線での批評を意識した。前著『世界内戦」とわずかな希望』の直接の続編でもある。「文学の特異点」とは対比的かと思われるかもしれないが、実は同じ問題を表から見るか、裏から見るかの違いにすぎない。

現代の作家としては、荒巻義雄（一九三三〜）、山野浩一（一九三九〜）、荒俣宏（一九四七〜）、松岡正剛（一九四四〜）……あるいは伊藤計劃（一九七四〜二〇〇九）、上田早夕里（一九六四〜）、仁木稔（一九七三〜）、円城塔（一九七二〜）、樺山三英（一九七七〜）。海外の作家では、トーマス（トマス）・M・ディッシュ（一九四〇〜二〇〇八）、カート・ヴォネガット（一九二二〜二〇〇七）、ケン・リュウ（一九七六〜）らを扱っている。

のみならず、ナノテクノロジーやシンギュラリティ、生成論、シェアードワールドといった重要概念の解説も添えた。また、「世界内戦」下の状況理解に資するため、地政学的な空間秩序や、トランプ大統領の誕生といった政治的な問題も積極的に扱っている。アルス・コンビナトリアの思考、複雑さの意義を取り戻さんとの試みでもある。

末尾には、ここ数年の現状総覧の意味も含め、ランキング本『SFが読みたい！』に寄せた、二〇一一年から一六年までの「ベストSF」や、「図書新聞」のアンケート回答を置いた。

文学の〈特異点〉
――ポストヒューマニズムの前史のために

一、〈特異点〉を求めて

歴史の終わり、人間の終わり、そして文学の終わり。私たちは常に、大文字の「終わり」に直面させられている。時代が要求した必然として取り扱われるこの種の「終わり」を前に私たちは、シニカルに唇の端を歪めながら、シシュポスの神話のごとき苦行を、直視することなく受け入れ、それで済ませてしまうべきなのだろうか。しかし、シシュポスの転がす岩石が、実は重荷ではなく可能性の端緒だとしたら、どうだろう？

そもそも、文学に何らかの意義があるとすれば、壁として私たちを阻害する、「飢えた子供を前にして文学には何が出来るか」という問いに象徴されるような、意地の悪い形で本質のありかを問う愚問を、内破させることに他ならない。

もっとも、この類の社会通念、すなわち物語への反抗とも言うべき事態は、近代小説の誕生とともに始まっている。通俗的な流行としての「騎士道小説」を葬り去る企図で書かれたというセルバンテスの『ドン・キホーテ』はその嚆矢であるが、『ドン・キホーテ』の長大なテクストを通読した者は、多層な形式をもって響き渡る語りの迷宮が、「騎士道小説」という素朴なジャンルを飲み込み、結果として悪魔的な広がりを見せたことに気がつくだろう。近代以降の優れた文学は、常にどこかしらこうした畸形の相を帯びている。

さる哲学者の言葉を借りて、畸形の名のもとに文学の本義が根づく場所を仮に「善悪の彼岸」と呼んでみるとすれば、文学と社会の本義が彼岸と此岸との間で絶望的に乖離してしまっていることは、言ってしまえば当然だ。

しかし、現代において実存と社会との間に横たわる絶望的な断絶は、修復不可能などという段階を既に越え、もはや断絶が存在したということ自体が、惰性のうちに忘却されようとしている。かような状況下において、文学の本義はもとより「善悪の彼岸」までもが、可能な限り無機質な方向へ塗り換えられつつあるのは、言を俟たない。

だが、いくら文学の理念が死語となり、私たちの生きる場所が解体され続けようとも、生そのものにまとわりつく不定形の呪詛はなくならず、漂着点を求め彷徨を続けているように見える。いくらテクノロジーが発展しようとも、亡霊の声は止もうとせず、かえってその力を強めている。仮定してみよう。ひょっとすると私たちは、歴史を、人間を、文学を、正しく終わらせることができていなかったのではなかろうか？

それらを見据える手がかりとして本稿では、文学の〈特異点〉を模索する。

〈特異点〉とは、ヴァーナー・ヴィンジらが提唱している自然科学における概念である。数学では関数の値が無限大になる点、物理学では通常の物理法則が成り立たない点(例えばブラックホールの内部)を意味する言葉だ。この概念を彼らは、科学技術の発展が加速度的に進行した結果想定される、従来の人間中心主義的な世界観を覆すような、爆発的かつ革命的な変化が発生する地点の定義に用いている(「特異点とは何か?」)。

〈特異点〉において幾何級数的にテクノロジーが進化し得るのは、コンピュータに代表される人間の外部における記憶・演算装置が、それ自体、独自に発展の道筋を遂げようとすることが前提となっているが、コンピュータと比べれば圧倒的に猥雑かつ卑小な人間の言葉が、記憶・演算用の装置とは別種の作用を経て、私たちの世界観自体に変革を及ぼす地平にまで到達する可能性はないものだろうか。

〈特異点〉が現実界に対する「変革」への火種へと転換しうる瞬間が、いったい奈辺に生じ得るのかを探るために、私たちは、肥大化したメディアを取り込み変貌を続けながら、現代小説が表象しようとする人間性が、いかなる位相で苦闘を繰り返してきたのか、その反復と更新の過程を再検討する。

しかしながら私たちには、失われた「崇高」さを追慕しながら、先細りゆく余生を愉しむ猶予はない。生の汚濁を呑み込み、瓦礫の底から「崇高」さの遺骸を掘り起こし、密やかかつ巧妙に、自らの場所を開拓するのが、私たちの方法だ。それではまず、文学の歴史において至上の「崇高」さを発揮していた、フリードリヒ・シラーに向き合わねばならない。

二、シラーと「機会原因論」

バルザックやドストエフスキーがエゴイズムに食い荒らされる滑稽かつ哀れな存在として人間を描かざるを得なかったのに対し、シラーは、文学に内在する精神を圧倒的な高みにまで押し上げることに成功した。だから私たちは、「歓喜に寄せて」の詩人、人類が到達した理想主義の頂点とまで称えられる偉大な文学者シラーの美学思想を探ることで、文学的なるものの淵源を掘り起こしたいと考える。

シラーが活躍した十八世紀後半から十九世紀中葉のドイツは、いわゆる国民国家的な統制とは縁遠かった。諸州が政治的な勢力争いを続けており、国外からはフランス革命やナポレオン戦争の余波が思わぬ重圧としてのし掛かってきた。ドイツは、ヨーロッパ内では文化的な後進国として位置づけられ、その言葉は「馬の言語」であり、知識層においてはフランス語が好んで話された。こうした事態を打開したのが、シラーをはじめとした古典主義者たちだった、とされる。

古典主義時代に端を発するドイツ観念論は、樹木が生成するように体系を積み立てていく垂直性に特徴がある。荒廃した政治的情勢に置かれていたからこそ、まずは確かな思想の体系を打ち立てることで、世界との連繋を保持する必要があったのだろう。

ドイツ観念論のなかでも、シラーは強くイマニュエル・カントの影響を受けていた。だが、シラーはカントの著作に見られるような、意味論的な難解さとは無縁である。というのも、シラーの美学思想は、独立した思想というよりも、カントの第三批判(『判断力批判』)を講読して自分なりの注釈をつけてみた、といったほうがしっくりくる類のものだからだ。けれどもよく見ると、シラーの美学思想は単なる『判断力批判』への注釈に留まらず、改変への欲望に満ちている。

小田部胤久は、『象徴の美学』においてシラーの美学思想について詳細な研究を行なっているが、それによれば、カントを受容する以前のシラーの思想は、哲学というよりも神秘主義に近いものがあると言ってよい。だがそれは、秘教めいた晦渋さとは微妙に異なる。

真理の基礎は、決して個々の記号とそれによって表示されるもの、あるいは個々の概念とその対象が類似していることにあるのではなく、個々の記号の結合方式すなわち推理が事象それ自体の結合方式に対応していることにある、というのがシラーの主張の要点である。〔……〕シラーが強調するのは適切な記号の設定および運用ではなく、「魂の力」である。魂の力は、たしかに質料的な記号を手段として活用せざるをえないが、しかしその活動は自らに固有の「永遠の法則」に従って「推理」することにある。つまり、魂の力は、質料的なものを自らの手段とするとはいえ、この手段に依存することなく自立性を保持する。

〔『象徴の美学』、一八三〜一八四頁〕

つまり、もともとのシラーの美学思想の根底には、「魂の力」という人間の原エネルギーを動力源に「記号」の海を掻き分けていくことで、神的なるものへと近づいていこうという姿勢がある。

小田部は同書の序文でツヴェタン・トドロフに言及し、「記号」の「自動詞性(他者へと関わることのない自己完結性)」について述べているが、この「自動詞性」とシラーの「魂の力」は別物であるように思える。小田部の解釈によるトドロフは、「記号」の「自動詞性」はロマン主義の特徴であるとみなしているらしいが、ドイツにおけるロマン主義的な思想の多くが拠り所としていたヤーコプ・ベーメの神智学は、人間的に価値ある感情、例えば「愛」の根源を、原始カトリック的な「神性」と同一視した。それゆえに、神と人間とが截然と分かたれているという近代的な認識は、意図的に廃される。

けれども、このようなロマン主義的な思想に散見される急進的な保守反動は、シラーに関しては観られない。シラーの「愛」は戦って獲得すべきものなのだ。では、そのようなシラーが、私淑するカントをどのように咀嚼したのかを検討するために、ポール・ド・マンの『美学イデオロギー』を参照してみよう。

ド・マンの方法は、首尾一貫性が保たれたテクストにいかにしてイデオロギーが入り込んでしまっているのかを、レトリックを軸として、執拗に解きほぐす点に特徴がある。そして、『美学イデオロギー』に収録されている「カントとシラー」という講演録においては、シラーが有したイデオロギーの本質を浮き彫りにしようと試みるのだが、その動機は以下に詳しい。

> シラーの『美的教育に関する書簡』のようなテクストや、カントに直接言及しているシラーの他のいくつかのテクスト、これらが母体となって、ドイツにおいて—さらにはドイツ以外のところでも—一つの伝統が完全なかたちで誕生したのです。その伝統と美的（エステティック）なものを、範例的なカテゴリーとして、統合化のカテゴリーとして、教育のモデルとして、さらには国家のモデルとして掲げるわけです。実際、シラーに特徴的な論調というのは、ドイツにおいて、十九世紀をつうじて一貫して認められる論調となっています。
>
> 〔「カントとシラー」、『美学イデオロギー』所収、二三九頁〕

引用部で取り上げられた『美的教育に関する書簡』（邦題『人間の美的教育について』）でシラーは、人間愛に基づいた審美性を単なる哲学的な領域から実際的・政治的領域に転化させるべきであると語っている。つまり、シラーはあるべき美学の姿を、政治に成り代わらせようと腐心しているのである。

ド・マン曰く、シラーは譬喩論的な意味体系のなかにカントを閉じ込めている。「譬喩」とは英語の"trope"の訳語で、「比喩」から派生した諸々のレトリックを、包含的に指し示すものである。そして、「譬喩」の性質上、事物をそのまま提示しようとしたいと思えば、必然的に「譬喩」論的な体系は瓦解せざるを得ない。

ヨハン・ゴットフリート・ヘルダーの例を出せばわかりやすいだろう。シラーやカントと同時代を生きた彼は、カントの『判断力批判』を念頭において、『彫塑』を記した。そこでは、目で見ずとも触覚を通して形が理解できる彫刻という芸術ジャンルを例に取って、カントが超越論的な体系をもって提示したものは、無理に観ようとせずとも「物事をつかみとること」によって把握できる、という旨の主張がなされる。しかしながら、「物事をつかみとること」が身体論的なレヴェルを離れ、どのような概念的構造を有しているのかは、語られないままに終ってしまう。

おそらくヘルダーは、近代の美学理論に特有の、単線的な価値観を受け継いでいる。それはすなわち、古代ギリシアを人類史における青年期、すなわち理想として称揚することだ。ここから、近代的な病理を克服するためには、過去の栄光を伝統のなかに組み直す必要がある、という時代認識が導出される。

だが、ド・マンはテクスト理解の根幹に単線的な「歴史」を据えることを否定する。それは、ヘルダー的な「歴史」観を批判するという意味だけではない。シラーのテクストには常にさまざまな二極対立が観られる、とド・マンは言う。例えば、〈自然〉と〈恐怖〉、〈理性〉と〈平静〉といった具合に。そして、〈自然〉の領域に属する概念の立ち位置は、先に検討した「魂の力」と対峙する場所に定められており、明確な対立軸を形成していることになる。

しかしながら、カントの『判断力批判』を咀嚼した後のシラーは、対立の構造を変化させる。『判断力批判』のなかでもシラーが主に参照したと思われるのが、カントの崇高論である。

カントは『判断力批判』において、美学的判断力が働く対象の方法を論じるにあたり、「美の分析論」と「崇高の分析論」、それに「美学的判断の演繹」の三点を取り上げた。はじめの「美の分析論」では、『実践理性批判』における「道徳律」と同じように「美」は理解されること、つまりは普遍的でありながら悟性概念（純粋知性）を用いずして「美」が把握されうるということが述べられる。その際、「判断力」は「道徳」から「美」を演繹はしてこない。カントによれば、〈自然〉を「目的論」的に解釈するということが「美」の機能なのだ。

しかし「美」が「目的論」的になりうる瞬間ももちろん存在する。J・G・バラードの問題作『クラッシュ』を見てみよう。主人公の親友ヴォーンは、エリザベス・テイラーとカーセックスをしながら交通事故死することに無上の快楽と「美」を見出しており、実際に事故で無惨な死を遂げることで、現代における隠蔽された欲望を、暴露しようとする。

ここで注目すべきは、『クラッシュ』の世界では、「美」が判断基準の底に置かれると、「交通事故」が好ましいものとなってしまうことだ。つまり、「美」にまつわる「目的論」が、結局は、「主観的合目的性」を満たすためのものに過ぎなくなる。だから、同様の事例は、「美」と「崇高」の間でも起こり得る。

そして、このような事態をカントが言う「美学的判断の演繹」という観点からまとめ、「主観的合目的性」を押し進めていくと、遅かれ早かれ「美」とは、主体が先験的かつ普遍的に〈自然〉から汲み上げてくるイデオロギーの種別を意味することになる。

これらを前提として、カントの「崇高の分析論」においては、「目的論」的に理解される「美」とは異なり、「崇高」は感覚的な領域を飛び越え、超越論的にも機能し得ることが語られる。

だが、「崇高」とは、そもそも〈自然〉から抽出されてくるものではない。「崇高」は、〈自然〉の受容を通じて主体の意識に生じる経験的な事例であり、その意味で内的なものであるが、同時に現象として客観性を有する形で描き出されるものでもあるからだ。そして、ここでの客観性とは、ドイツ観念論の伝統に則った、事物から離れたイデアが抱きうる客観性のことを意味している。

それでは、人はどのような時に「崇高」を感じるのか。理解の一助として、ケネス・クラークの『風景画論』を参照しよう。クラークは、「風景」の始まりを、はじめて楽しみのために山に登ったペトラルカに観ている。

> だが、はるかひろがるアルプスの峰や地中海、また足下のローヌ川に幾時か目を奪われる間もなく、ふと手にしていたアウグスティヌスの『告白録』を開いたところ、彼の目は次の一句に落ちたのである。「――〝かくて人びとは各地を経巡り歩いては峨々たる山脈、巨波のたうつ海、悠揚と湾曲する大河巡る海洋、また回転をつづける星辰に驚異の目を見張るが、自己の身の上には一顧だに与えない〟――」私は赤面した。そして（もっとあとまで読みつづけてくれるよう）弟にしずかにするよう頼んで、本を閉じた。なお自分は地上の事物を賞美しつづけようとするのか、われとわが身がいきどおろしかった。すでに遠の昔に、異教の哲学者からさえ、魂ほど驚異にみちたものはないこと、魂自身が偉大であれば魂を除いて他に偉大なものを見出し得ないことを学んだこの私ではないか。そのとき私はまったくのところ山岳の景を堪能していたのである。私は内奥の目を自分のうえにかえした。それからふたたび平地に戻るまで、ひとことも口をきかなかった」。
>
> 〔『風景画論』、一七頁〕

かつて〈自然〉というものは、人々にとっては農作業に伴う過酷な労働や熊や狼などの生活を脅かす猛獣たち、という意味しか持たなかった。しかし、ペトラルカは〈自然〉を自己の信仰心の反映として理解した。これら〈自然〉との距離感の変質には、近代的イロニーの萌芽とでも呼びたくなるような、無視することのできない何かが存在する。

それを解きほぐす鍵として、カントは「アンチノミー（二律背反）」を活用する。『純粋理性批判』から、「理性」が超越論的理念に関わろうとする際に抱く「アンチノミー」のうち、「崇高」に対しよく適合する部分を抜き出そう。

> 超越論的理念の第三の抗争（第三アンチノミー「関係」）
>
> 【定立（テーゼ）】
>
> 自然の法則に従う原因性は、世界の現象がことごとくそこから導き出されうる唯一の原因性ではない。世界の現象を説明するためには、なお自由による原因性を想定する必要がある。〔……〕
>
> 【反定立（アンチテーゼ）】
>
> 自由は存在せず、世界におけるすべてのものはまったく

> 自然の法則に従ってのみ生起する。
> （『純粋理性批判』、五四一頁、括弧内は引用者による補足）

こうした「関係性」にまつわる「アンチノミー」を克服すべく、カント以降に活躍した思想家たちの多くは、「崇高」を、「神性」が〈自然〉を媒介物として〈理性〉に働きかける作用として理解する。その過程で論理的な一貫性は廃棄され、「知的直観」などと呼ばれる神秘主義的な転移作用によって、「主体」の理性は「神性」へと近づくことになる。

言うまでもなく、「知的直観」はロマン主義的な色彩を帯びる哲学の屋台骨を為しているが、そもそもカント自身とても、『判断力批判』の第二部「目的論的判断力の批判」以降において、「理性」で把捉できる範囲を超えて飛び出ていこうとする人間の認識能力を、「客観」的な「合目的性」の観点から、ふたたび「道徳」のもとへと回帰させようとしてしまっている。このことは、「客観」的な「合目的性」を結局は「主観」のもとへと差し戻してしまうことであり、その意味で、「崇高」とは拡大化された「美」に他ならない。そして、「崇高」を享受した際に主体が経験する「神性」も、とどのつまりは「美」や「道徳」のうちに内在していたものを、主体が再確認しただけ、ということになってしまう。

このことを承知しているシラーは〈自然〉の「崇高」さをより明快なものとするために、「崇高」から超越論性を拭い去り、「理論的崇高」（形而上にある崇高）と「実践的崇高」（形而下の崇高）とに区分けする。

ここでシラーの哲学は、カントの批判哲学と決定的に断絶する。カントが〈理性〉を軸に主体がいかにして「独断論のまどろみ」に惑わされず〈現実〉を〈認識〉すべきかを徹底的に考え抜いたのに対し、シラーは直接的に〈認識〉と〈現実〉とを結びつけてしまったからである。それゆえに、〈認識〉と関わる〈現実〉は、「戯れ」とは異なる「深刻」なものとなる。

さて、ド・マンは、〈現実〉を軸として打ち出された「深刻」や「戯れ」も、シラーお得意の二極対立である、と喝破する。そして、その二極対立は当然、ふたたび譬喩論的体系のもとへと組み込まれていくのであるが、その過程において、思いもかけないものが現れる。

> シラーがここで設定したのは、Ernst〔深刻〕とSpiel〔戯れ〕という単純な二項対立です。つまり、真剣であることと戯れていることとが対立せられるわけです。〔……〕しかしシラーはこの二極対立を不問に付したままにはしませんでした。深刻という概念と戯れという概念はもはや純粋なものではないからです。真剣つまり深刻というのはもっぱら類比によって成り立っているものなのであり、それは実際の不安ではなく不安のなかにいるかのように戯れることになるわけですが、しかし危険を比喩的な状態に置くこ

とによって身を守ってもいる。つまり、**危険が一つの比喩へと加工されるという事実こそ、人を危険の直接性から護っているのです。**こうした譬喩論的な比喩表現によって、つまりこのように想像力へと移行することによって、人は危険にうまく対処できるようになる。逆に言えば比喩表現とは、必要とあらば危険を類比物やメタファーといった比喩でもって置き換えることでわれわれが危険にうまく対処していけるようにする、一種の防衛策のような役を演じているわけです。
〔「カントとシラー」、『美学イデオロギー』所収、二六五頁、強調引用者〕

危険に対する防衛策としての比喩表現。これはシラーが比喩表現を介して〈現実〉をどのように「超越論的」観点から把捉するのか、その姿勢を如実に表してしまっている。人間を〈現実〉の過剰な直截性から護り、それに対処する術を身につけさせること。つまりは処世術である。こうして、カントの超越論的な批判哲学を加味したシラーの「魂の力」をもとにした美学思想は、経験論的な領域における教条的な性質を身にまとう。

つまり、シラーが『判断力批判』読解によって「魂の力」に書き加えた「美」は、現実への「仮象」として機能することになるわけだ。現に、シラーの代表作である戯曲『ヴァレンシュタイン』の冒頭に掲げられた前口上〔序詞〕では、劇の開幕を待つ観客は、次のように囃し立てられる。

仮象の芸術のお披露目開場である当劇場におきましても、／実人生の舞台にひけをとるまいとすれば、いまこそより高く空へ／舞い上がることを試みるべきである、いや、そうしなくてはならないのです。
〔『ヴァレンシュタイン』、一七頁、強調引用者〕

三、〈エコノミメーシス〉の実践

さて、先に挙げた『美的教育に関する書簡』においてシラーは、「美は現象における自由である」と語ったが、いかなる世界からも束縛を受けない概念として「美」を想定すればするほど、「美」は狭い世界に閉じこめられ、つまらない働きしか起こさない。シラーが戯曲の題材を好んで「歴史」に求めたのは、このディレンマをそのまま文学へと昇華させようとしてのことであった。しかし、「歴史」こそフィクションの最たるものであるのも、また事実である。

そして、フィクション化された「歴史」に付随する美しい「仮象」は、時として、人々を愚昧の園に停滞させるための撒き餌としての機能しか持ち得なくなることがある。それは、カール・シュミットが批判したロマン主義的な「機会原因論」者の様態とあまりに似過ぎている〔『政治的ロマン主義』〕。

「機会原因論」とは、社会と個人との関係性や人間の行動原理を、人間同士あるいは身体と精神との直接の結びつきに求めるのではなく、端的に人間精神への「神性」の介入（「機会」）によるものだ、とする態度のことである。こうした高次の第三者を手がかりにすることで、主体はデカルト的な心身二元論や自然法則の因果律に抗する、批判的な眼差しを手に入れることができる。

だが、シュミットによれば、「機会原因論」者は行動においては無力である。彼らは、「機会」をもたらす中枢たる「神性」の部分が、実は空洞であり、そこに「神性」を冠した雑多な観念を投げ入れることで、批判のための根拠を捏造するのだ。とすると、「神性」の正体とは、「神性」を知覚し得る立場の「機会原因論」者であることになる。

> 多くの実在——自我、民族、国家、歴史——のあいだに自分を保ち、それらの実在が相互のあいだで作用し合うにまかせるということはロマン主義の立場の特徴であるが、このことはたしかに人を迷わせ、その本質的性格の単純な構造を蔽い隠す。〔……〕ロマン主義者が自分自身を超越的自我と感じているかぎり、真の原因は何かという問が彼を悩ますことはない。**彼自身がまさに自分の生きている世界の創造者だからである。**
>
> 〔『政治的ロマン主義』、一一四頁、強調引用者〕

このような「機会原因論」者の態度は、シラーによるカントの意図的な誤読を想起させる。だがそれならば観点を変えて、カントの批判哲学を、恣意的な操作を加える対象としなければ、どうなるだろうか。超越論的な概念体系が指し示す図式を一種の図像として理解し、それが本来的に何を志向しているのかを再考してみる、というわけだ。

そのために参照するのが、池田雄一の『カントの哲学　シニシズムを超えて』である。彼は、『判断力批判』の「美の分析論」の第三様式に描き出された「目的なき合目的性」を重要視する。カントにおける「美」は、主観的合目的性を満たすためのものだが、例外としての第三様式では、概念の成立を遡及的に考察していく方法が取られるため、「目的論」的な収束の場所は廃される。こうした「目的なき合目的性」を池田は、ドイツ観念論の枠組みから切り離し、生物が何の高次の意図もなしに精密極まりない生命維持や生殖のための仕組みを有していたりすることに準える。言葉を工学的なものに接続することで、安易な神秘主義を排除しようというのだ。そうして、カントの美学的な価値判断とは、究極的には世界を「廃墟」として眺めること、「世界を怪物と化したサイボーグとして注視し、その声にならない機械音に耳を傾けること」であるとまで彼は言う。

しかし、「目的論」的な視座の解除は私たちをどこへ連れて行くのか。「機会原因論」によって導き出される「仮象」は、時として「美」的な装いをまとうことが許されていた。けれども「廃墟」として世界を映し出す「目的なき合目的性」においては、システムそのものにしか「美」を見出すことが許されない。このような「目的論」的なヴィジョンの意図的な揚棄を通じ、池田は、「崇高」を理解する主体の「構想力」が自律的に作動する可能性を探り出そうとする。

　これまでみてきた、美の第三様式から予想される帰結は、こうである。**趣味判断において、構想力が逆転写する可能性があるのではないか、つまり、対象、その表象から図式、そして悟性的概念へと、判断が逆流する可能性があるのではないか。**革命の象徴としての美。それ自身が、奴隷の身分である構想力が起こす革命によって達成されるだろう。この可能性を開いたことが、『判断力批判』の、哲学史上まれに見る価値なのではないだろうか。

〔『カントの哲学　シニシズムを超えて』、一九三頁、強調池田雄一〕

　だが、構想力の逆転写によって新たに登録される「美」の理念のなかに、従来の価値観からすれば革命的なものが入り込み得るとして、それは悟性に対してどのように作用し得るのだろうか。池田は、「目的の断頭台」という表現を用いて、「目的なき合目的性」つまり〈自然〉を、理念ではなく技術の象徴として解釈することのダイナミズムを強調するが、この「断頭台」という呼称は、革命に付随するある種の血生臭さ、ロベスピエール的な恐怖政治を想起させる。

　結果として〈自然〉が成し遂げた類の「美」を解釈すれば、そこには驚くばかりの非人間性が内在しており、悟性を用いて非人間性に対峙するとしたら、「仮象」を排した剥き出しの深淵と対峙せざるを得なくなるが、それこそが革命の象徴としての「美」であるのか。では、「目的論」を欠いた「美」はどのように機能するのか。

　ジャック・デリダの『絵画における真理』において考察されるのは、規範なき「美」の向かう先とも言うべきものである。脱構築理論を行為遂行的（パフォーマティヴ）な身振りで実践した中期の奇妙なテクストに分類されるこの『絵画における真理』においてデリダは、『判断力批判』で用いられる「パレルゴン」に着目する。

　「パレルゴン」とは、例えば絵画の額縁のように、本質的に作品の外に位置するもしくは作品に従属するものでありながら、作品の芸術的な価値判断に直接の影響を及ぼすような制度のことを意味する。デリダはこうした「パレルゴン」が、カント哲学においては「質料的判断」と「形式的判断」とが区分された際に生じると指摘する。

　ここで注意したいのが、「質料」と「形式」とを分けることそのものが「パレルゴン」なのではなく、趣味判断から「形式」に対する問題意識を抽出することではじめて、「形式」に対する意識が、趣味判断においての「パレルゴン」たり得るのだ、ということである。

というのもデリダによれば、趣味判断において「形式」とは奇妙な性格を持つからだ。それは、芸術を芸術たらしめている美学的本質と、その歴史的伝統を背負った形で、趣味判断の基準を定める基準として「形式」は機能するものでありながら、趣味判断を終えた瞬間に、そうした判断のための枠組みそのものが撤去される、という事態である。こうした操作が正当化されるのは、カントが「類比〔analogie〕」を許容しているからである、とデリダは言う。

> 類比はこの書の至るところで操作しており、その効果をわれわれは規則的に検証することができる。この理論開陳の、われわれがいま問題にしている箇所——そこはこの理論開陳の十字路である——では、類比が概念のないものと概念とを、概念のない普遍性と概念のある普遍性とを、〈のない〉〔sans〕と〈のある〉〔avec〕とを寄せ集めている〔rassemble〕。こうして類比はくだんの暴力を、つまり、概念の力によって碁盤の目にはめ込む操作が非‐概念的な分野を占領してしまうことを、正当化している。〈のない〉〔sans〕と〈のある〉〔avec〕とを同時に（ama〔ハマ。ギリシャ語で「共に」の意〕）。その理由とされるのは、趣味判断は、厳密には決して論理的判断ではないにもかかわらず、それが質的普遍性を有するがゆえに、後者に相似している、ということなのである。
>
> 〔『絵画における真理』上、一二三頁、傍点はデリダ、原語引用は翻訳者による〕

「類比」はウィルスのように、〈理性〉に穴を穿つことで趣味判断が可能な「美」の場所を創造する。そして、こうした〈理性〉的な判断の「類比」としての「美」は、「目的なき合目的性」と徹頭徹尾、相性が悪い。「類比」は主観的にしか行なわれ得ないのに対し、「目的なき合目的性」は自然の妙技のような純粋に客観的な謂いであるからだ。

ここで、「類比」を行うものを人間、「目的なき合目的性」を達成するものを〈自然〉と読み替えてみよう。すると、人間も生物であり、その意味で〈自然〉の一部である、というごく当然の事実が思い起こされる。結果、思想の問題は棚上げされ、代わって経済的な事情が前面に出てくることになる。

こうした趣味判断と「目的なき合目的性」との間での摩擦を回避するために発生し得る妥協を、デリダは〈エコノミメーシス〉（エコノミーとミメーシス〔模倣〕を組み合わせた造語）と名づける。〈理性〉が趣味判断を行うためには「類比」という戦略が採られざるを得ず、その結果「パレルゴン」が生まれてしまう。しかしながら、「パレルゴン」が「目的なき合目的性」と関わり合いを持つ場合には、互いがどれだけ侵食し合うかを策定するために〈エコノミメーシス〉を勘定するという必要が生じる。

おそらくその点を検討していくのに最良のテクストは、アラン・ロブ＝グリエの活動初期に書かれた評論『自然・ヒューマニズム・悲劇』であろう。ロブ＝グリエは「ヌーヴォー・ロマン（新しい小説）」の代表的作家として知られるが、自らの文学的鋭意を現代文学が不断に進化を続けるその証差であるとして、旧来の価値観に囚われない新しい方法論を模索しながら、挑発的な論調にて、数々のマニフェストを記し続けた。

当時、二度の大戦を経てその無力さを浮き彫りにした伝統的な価値観は、音もなく崩れ落ちてしまっており、替わって実存主義の思想が人々の心を捉えていた。人々は否応なしに、確たるものを失った自己と非情さを剥き出しにした社会とが、どのように関わって行くべきなのかを、存在そのものに関わる深刻な問題として考えざるを得なかったのである。そして彼らの視点はいつしか、存在と社会との関係を規定する言語そのものへと移行していった。

『新しい小説のために』において、バルザックが「人間喜劇」と呼ばれる一連の作品群によって提示したような、洗練された物語形式としての小説スタイルは、乗り越えられるべき伝統として提示される。世界は圧倒的に不条理であり、いや不条理という観念を通り越し、世界はただそこに在るのみとなってしまっている。人間は〈自然〉と決定的に断絶している。こうした人間と〈自然〉との間に存在する距離を掬い出し、ギリシア神話的な意味での悲劇として提示することで、〈理性〉的な存在たらざるを得ない人間と〈自然〉との「差異を崇高化」することこそが文学の使命である、とロブ＝グリエは訴えかける。

だからこそ悲劇的な思考は、決して距離を抹殺しようなどとはしない。それどころか、このんでいたるところに距離を設定する。人間と他の人間たちとの間の距離、人間と彼自身との間の、ものと世界との間の、世界と世界自身との間の距離といった具合に、なにひとつとして手つかずのものはない。すべてが引き裂かれ、亀裂を生じ、分割され、ずれができる。もっとも均質的な対象の内部にも、もっとも曖昧なところの少ない状況の内部にも、一種の秘密の距離のようなものが現れるのである。だがまさしく、**〈内的な距離〉、このいつわりの距離こそ実は、公然たる大道、すなわちすでにひとつの和解である。**

〔『新しい小説のために』、七〇頁、強調引用者〕

これを素直に読むと、二十世紀文学のカフカ的側面を継承し、さらなる発展を目そうとした宣言であると受け止められるだろう。実際、ロブ＝グリエの小説を観てみると、彼は驚くほど忠実に、自己の理論を実践の俎上に乗せようとしていることがわかる。

実質的なデビュー作の『消しゴム』では、探偵小説を転倒させたような構造のなかに、オイディプスの父殺しの神話とスフィンクスの有名な「朝は四本足、昼は二本足、夜は三本足」の謎掛けが組み込まれる。それらは、根本的に解決が不能な人間の本能として謎が存在し、謎が創り出す迷宮的世界と人間の営みが等価なものとして置かれている点で、カフカやジョイスが行なった神話の更新作業を受け継いでいる。

続く『覗くひと』では、八の字を描いて飛ぶカモメや無限記号に似た形をした縄といった対象物が、物語構造としての円環性、無限に続く循環の表象物として利用されるとともに、主人公が犯す強姦殺人を予告する役目を果たしているが、『覗くひと』の情景描写は徹底して開かれており、物自体がそこに曝け出されることで、かえって人は真実から眩惑されてしまうという、皮肉な状況を示唆している。

そして次に発表されたのが、ロブ＝グリエの文名を決定的に高らしめた『嫉妬』であるが、この作品が切り開いた領域を展望するにあたり、雑誌『テル・ケル』に掲載されたシンポジウム『小説について』を援用してみよう。これは一九六三年にスリジーの僧院で行われた討論で、司会はミシェル・フーコー、参加者に作家のクロード・オリエ、社会学者でもある作家ジャン＝ピエール・ファイユ、「テル・ケル」の編集者で批評家のジャン・チボードーらが参加している。

ファイユは、ロブ＝グリエの『自然・ヒューマニズム・悲劇』を「アナロジー批判」であると読む。ファイユによればそれは、「サルトルが創始した実存の現象学とは結局遠くへだたった何かに向かって傾いてゆくように見える」ものであり、ゆえに彼は文学よりもむしろ、量子論の創始者として名高いマックス・プランクによる科学実証主義との類縁性を観る。

> いくつかの支点をもつために、プランクの文章から引用したいと思います。《実現された実験の描写だけにとどめ、しかもそれを誇りとすること》、実験の描写に自己を限定することを明言するのは、《実証主義の特徴をなすものだ》とプランクは言います。つまり、世界は自分の描写でしかない。《そういうわけで》とプランクは言います。《実証主義の証明をあててみれば、テーブルは、われわれがテーブルという単語によってたがいに結びつけるさまざまな知覚の総和以外のなにものでもない。このような見方では、テーブルが現実にはなんであるかを知るという問題はなんの意味もないことになる》さらにそのすこし先で、プランクはこう言います。**《実証主義は、われわれの知覚が、その陰にあるなにか、しかも知覚とは区別されるなにか別のものについてわれわれに教えてくれるという仮説を拒否する》**
> 〔「小説について」、『現代人の思想5　文学の創造』所収、一八〇頁、強調引用者〕

ここでファイユは、プランクの科学実証主義とロブ＝グリエの文学との接点を、〈自然〉が知覚に本質的な何かを与えることがない、という否定性に見出している。この否定性と、「差異の崇高化」の違いはどこから来るか。それはおそらく、『嫉妬』の読み方に負うところが大きいだろう。

『嫉妬』は不可解なテクストである。クロード・シモンは、『嫉妬』の冒頭の幾何学描写そのものに、フローベールの伝統に連なる彫琢された言語の究極形を見て取っている〔「誇張法がフローベールの文体にあまりにも疵を付けている」〕。一方で、客観的な記述を徹底するとそれは激しい感情の裏づけとなる、という意味で、〈自然〉が内面の投影へと転移する「近代文学」の典型を読み取る者も多い〔石川忠司『現代小説のレッスン』〕。

そして、シンポジウムの参加者たちは、小説の形態学という観点へと話を進めていく。つまり、〈自然〉は、有志以来連綿と形成され続けている物語として存在するが、「語り手」はそのなかに何ら「意味」を見出すことができない。文学が模倣できるのは、〈自然〉の形態のみとなり、それゆえ、従来の人間中心主義的なリアリズムは、排除されることとなる。

『嫉妬』には、壁を這うムカデが登場し、押し潰される描写が為されることで、小説内における時間の経過が示される。しかしながら、一度潰されたムカデは本来であれば死んでいるはずなのに、何度でも蘇り、何度でもふたたび潰される。そこでは、単線的な時間軸は破棄されている。討論の参加者エドアルド・サンギネティは、この時間的な位相の意図的な掻き乱しに可能性を見出す。

> （『嫉妬』のなかには時間的な欠落があり、同時にないとも言えるという指摘に対し）そう、しかしなんとでも言える。しかし事実はまさに『嫉妬』のなかにあるものなのです。言いかえれば、ロブ＝グリエにとって虫が一度押しつぶされたとき、その虫は一度押しつぶされるのであり、一度だけなのです。繰り返しは語り方のなかにしかないのですが、**しかし言うまでもなくこの方法は、一度しか語らない場合よりももっと深いなにかを明らかにしてくれる**。極端に言えば、ロブ＝グリエに虫は何回押しつぶされたのかときけば、彼は「一回」と答える。
>
> 〔「小説について」、『現代人の思想5　文学の創造』所収、一九三頁、補足・強調は引用者〕

サンギネティは、ホメロスがトロイア戦争をきちんと事の起こりから時系列を整理して語ったわけではないことを引き合いに出して、こうした時間軸の撹乱を、叙事詩的な伝統の現代的継承として帰結させようとする。だがしかし、厄介なことに『嫉妬』で描かれる分裂的症状は、意図して仕掛けられたものでもある。現に、『嫉妬』のフランス語版の単行本の裏表紙に記されていた解説文が、『嫉妬』の話者の正体を明かしてしまっていることに対し、ロブ＝グリエはインタビューで、テクストで徹底的に話者の存在を直接的に描写しながら裏表紙であっけなく種明かしがなされてしまうこと、そのような両義性こそが重要なのだという意味のことを述べている（蓮實重彦『批評あるいは仮死の祭典』）。

エクリチュールを無心に追いかけることで読者は分裂症的な状態を体験することになり、その結果、〈自然〉と〈理性〉がイデオロギーを介在させずに同一のものとして現れる全き地平を、否定的な経緯を通して垣間見ることになるのだ。しかしながらその地平は、小説的言語によって構築された偽りの覗き穴を通じてしか瞥見できないものであるがため、ロブ＝グリエ本人が語る「物自体」の在り方、つまりはアナロジーの否定、という一点に、解釈の出口は設定されざるを得なくなってしまうのだ。

つまりは、預言者ロブ＝グリエは『嫉妬』という否定神学を提示したのである。件のシンポジウムでも、『嫉妬』のテクストが生み出す違和感について、形式が先に立つからかそれとも作者の意図を知らず受け取ったことが原因か、という点に着目した議論がなされたが、結局はロブ＝グリエが語る自同律の不快を通じた同一律の制定、ともいうべき矛盾を孕んだ領域への回帰が行われてしまう。だから、「ヌーヴォー・ロマン」は本質的にジャーナリズム的な明快さと切り結ぶことができない。それは当時において、むしろ長所として期待された。

同時代に書かれた『ヌヴォー・ロマン論』にてジャン・ブロック＝ミシェルは、ロブ＝グリエをはじめとした「ヌーヴォー・ロマン」の作家たちの第一の特質を、肥大化するマスコミ言語への物語批判を通じた抵抗、ともいうべきものだと理解している。もっとも、ブロック＝ミシェルは、「ヌーヴォー・ロマン」が示した物語の否定を、伝統的な小説をも巻き込んだ形での大きな時代潮流の一環と捉えている。つまりは、表層的なジャーナリズムやマスメディアに対するオルタナティヴである。その意味で彼は、物語と反物語とが、ベケットなどの小説に顕著な「廃人同様の作中人物が、発狂者や精神薄弱者や偏執者のように語る繰り言だらけの独り言」と伝統的な「心理小説」とが、そして何より映像と言語とが、衝突して止揚され新たな「合切袋」のような文学が誕生することを夢想する。

しかしながら実際には、美的な「仮象」としての社会は「機会」として個々の実存を飲みこんでしまい、繰り返されるのは自己の反復に他ならない、ということになる。だが、「ヌーヴォー・ロマン」の偉大なところは、その反復の過程をも創作の重要な糧として取り入れることで、エクリチュールそのものに自律した可能性を広げた点にある。

四、「速度変化」と脱政治化

では、そのエクリチュールの試みを、いわゆる「マルチメディア戦略」へと安易に還元させることなしに、別種の位相や空間において発展させることは、可能なのか。その点を捉えなおしていくために、ブライアン・オールディスがロブ＝グリエの圧倒的な影響下にものした『世界Aの報告書』を観てみよう。この作品が『嫉妬』を下敷きにしつつ、単なる劣化コピーでないのは、『嫉妬』の形態学を研究し、空間的な構造をさらに推し進めたところにある。

『世界Aの報告書』に登場する屋敷は、まさに『嫉妬』の文体模写を思わせる、時間軸を廃した幾何学的な描写によって説明される。しかしながら、オールディスの独創性は、それとは別に、提示される報告書の解釈を通して結果的に『嫉妬』的な世界を監視している、新たな世界を登場させたところにある。

監視者たちは、報告書に記された『嫉妬』的世界に、何らかの隠された秘密を見出そうとして様々な謎解きを試みる。その結果、彼らの世界（作品内では「確然世界X」と呼ばれる）と『嫉妬』的な世界（作品内では「蓋然世界A」）とは、極めて類似しておりながら、どこかにずれが生じていることが明らかになる。そして、「蓋然世界A」の幾何学的描写は、エクゾティシズムの演出に奉仕するための機能しか果たしていない。報告書に描かれる「蓋然世界A」の人々の会話はまるで噛み合わないが、個々の台詞は実存主義的な語りかけを連想させ、異質な感触はますます強められる。

ここにおいて、ロブ＝グリエにとっては文学史における正嫡性を示す手法であった『嫉妬』の描写は、局外者（エイリアン）の様子を描いたものとしてごく素朴に読み替えられる。だが、小説が進行していくと、彼ら監視者たちの様子をさらに観察しているさらなる世界の存在が暗示されてくる。

つまりオールディスは『嫉妬』の象嵌法に注目し、それをサイエンス・フィクションの文法を用いて構造化したのだ。

トールキンが『妖精物語について』において、旧訳聖書の天地創造を引き継ぐ「準創造」として作家の試みを定義づけ、『指輪物語』によって叙事詩的世界を二十世紀に再構築したように、オールディスは『嫉妬』のエクリチュールを一つの「世界」であると解釈し、入れ子構造に仕立て上げることで、「世界」の様々な位相を『嫉妬』というテクストを介して統合させることができる、ということを示したのである。そこでは、SF的な多元宇宙とアナロジー批判という、一見、相矛盾する主題が並立させられている。

そもそもフレドリック・ブラウンの『発狂した宇宙』に代表される、多元宇宙もののSFは、語られる世界と、可能性として存在する世界との差異を相対化するところに特徴がある。しかし、多元宇宙においては、主体が逃げ込む先の「機会」は現実の世界と比べ、何ら特権化されることがない。

　といっても、ここはきみのいた宇宙と同様に、実在の宇宙であることに変わりはない。ドッペルバーグ、あるいは

> きみの想像によって、この宇宙が造り上げられたのではない。これは存在していたのだ、実在していたのだ。ただ、無数にある宇宙のなかで、閃光を受けたその瞬間に、君が考えたものとぴったり一致したというにすぎない
> （『発狂した宇宙』、二八〇頁、傍点は訳者、原文はカナ表記）

ゆえに、ＳＦ的要素としての多元宇宙は、ニーチェ的な「永劫回帰」の概念と、強い親和性を持つ。そしてオールディスの試みは、中期ロブ＝グリエ作品、すなわち『快楽の館』、『ニューヨーク革命計画』、『快楽の漸進的横滑り』など、通俗的に流通している軽快さを取り入れることで理論のもたらす隘路から抜け出そうと目している作品群と、水面下において共振関係にあるように思われる。

しかし、『快楽の館』や『ニューヨーク革命計画』などは、舞台である犯罪都市に渦巻く生々しい大衆風俗を、通俗的な常套句として用いることで、より射程を広げた形において、物語通念の攪乱を企図している。初期作品よりもけばけばしさを増したこれらの作品群は、ジャン・リカルドゥーの真摯な読み（『小説のテクスト―ヌーヴォー・ロマンの諸問題』）などの優れた例外を除けば、真面目に論じられることが少なかった。

しかし、そのリカルドゥーの論考においても、『世界Ａの報告書』が浮き彫りにして見せたテクストの外部的要素に結びつく可能性は、意図的に捨象されてしまっている。『小説のテクスト』の基盤となっている著作『言葉と小説―新しい小説の理論のために』においてリカルドゥーは、ポーやラヴクラフトの幻想小説に登場する超常的な存在の描写に、エクリチュールの枠に収まらないある種の「崇高」さを観て取っている。それらは、作品内でのエクリチュールの焦点がそこへ向けられるという点では、まさしく「崇高」そのものであるけれども、どこか、「崇高」という規定をはみ出すようなところもある。

そのような逸脱が重要な位置を占めているのが、『ニューヨーク革命計画』であり、この作品の考察を通じて私たちは、〈エコノミメーシス〉の基準塗り替えがどのように行なわれるべきであるのかということについて、認識を深めることができる。

> 最初の場面はきわめて迅速に展開される。それはすでに何度も繰り返されたものであることが感じられる。誰もが自分の役割をそらんじているからである。言葉や動作がいまではしなやかに、連続的に継起し、油の十分利いた機械仕掛の必要不可欠な部品みたいに、なんのひっかかりもなく相互に連繫する。
>
> ついで空白、からっぽの間、長さの不定な休止の時間があり、その間はなにも、これから起こることにたいする期待すらも起こらない。
>
> それからだしぬけに、なんの予告もなしに、筋の運びが再開し、そしてふたたび、同じ場面がもう一度再開される

……だがどんな場面か？〔『ニューヨーク革命計画』、三頁〕

物語そのものの進行をメタフィクショナルな視点から説明したと思われるこの何ひとつリアリティを伴うことのない、『ニューヨーク革命計画』の書き出しは、しかしながら不思議と、現代を生きる私たちにとって親しみの情感めいたものを掻き立てる。繰り返し流されるTVコマーシャル、リセットされたコンピュータのデモ画面など……。そう、『小説のテクスト』に収録されているリカルドゥーの分析によれば、小説の終末部から連結され円環構造を創り出すという閉じられた役目しか負っていないはずの、この冒頭部は、なぜか開かれた描写として私たちの前に姿を現すのだ。

　これから語られる物語には結局は最終的に形を変えず反復される定めにあることを、読者はこのうえなく事実確認的（コンスタティヴ）な形で告げられてしまう。一見それは、当時は一般に膾炙していなかったはずの、新しいメディアの登場が人間の認識に与えるアノミーを先取りしているようである。私たちは頻繁に、同一の物語が複数のメディアによって再現される際、そのメディアの特性は言語が表現しようとする論理性・抽象性から離れ、純粋なイメージに近づいていくにつれて、表現される物語そのものが、変容していくことを経験する。

　芸術のジャンル的な特質の違いに焦点を当てた批評の古典『ラオコオン』にて、ヴィンフリート・ゲオルグ・レッシングは、小説は時間的芸術であり、対してイメージを画布に写していく絵画は空間的な芸術である、と述べている。

　彼は小説の特性を、ホメロスの『イリアス』に代表される叙事詩的な伝統のなかに置いている。叙事詩的な世界では、現代的な自同律の乖離は起こりようがない、というわけだ。

　しかし、『ニューヨーク革命計画』では、小説的な言語が根本の部分で頑強に保持している過度な凝集性を解体するとともに、映像によって拡散されるイメージのなかに構造性を見出すことによって、イメージの過度の暴走には歯止めがかけられている。

　その結果、待ち受けているのは反復でしかない、ということが暴露されるに至るのだが、かといって、そこから何か新しいものが生成されるのではないかという期待は否定されない。小説的な時間と絵画的なイメージの狭間に物語られる言語を落とし込むことによって私たちは、反復される言葉の「速度変化」に気がつくことになるからだ。

　『ニューヨーク革命計画』において執拗に描かれる、戯画化された犯罪都市ニューヨークの姿、吸血鬼や残酷な拷問、そして少女との倒錯した性愛関係の追求、などといった要素には、必ずと言ってよいほど「速度変化」が導入されている。

　もちろん、この「速度変化」は、構造上のレヴェルにおいてもしっかりと組み込まれている。『ニューヨーク革命計画』の後半部では「切れ目」という言葉とともに既に語られた場面が断片的にカットアップされるが、この「切れ目」はテクストの構造を本質的に変化させるものではないながらも、不意に語りを中断させることによって、テクストの連関性を攪乱させる役割を背負う。

——話を続けてもらう前に、最後に質問をもうひとつ。君は一度か二度、本文のなかで、《切れ目（クピュール）》という言葉を使ったね？　どういう意味なんだ？〔……〕
——物語る行為の途中での切れ目を指しているのですよ。純粋に物語の内部にある、ないしはその反対に外部にある、なんらかの物質的理由によって余儀なくされた、不意の中断。
〔『ニューヨーク革命計画』、一八二頁〕

ここで私たちはこの「切れ目」に、デリダが盛んに口にしていた「差延（遅延、あるいは存在論的に引き延ばされた差異）」の典型を見出す。導入された「速さの変化」によって、真理を語るソクラテスとそれを記述するプラトンとの間には、常に間隔が生じてしまい、語られる言葉と指し示される意味とが照応を果たし得なくなっている、ということである。

しかし、『ニューヨーク革命計画』は、徹底的に行為遂行的（パフォーマティヴ）に「差延」された状況を語り続けることで、独自の認識論的な地平を開拓している。

確かに、「差延」によって、「反復」の記号性は否応なしに強調されてしまう。しかしながら、その記号性はヘルダー的な「現像」には繋がらない。かといって、コピーやシミュラークルとして一人歩きするものでもない。中断される語りそのものが、真と偽の間を曖昧にたゆたうものでありながら、その事態が事実確認的（コンスタティヴ）に語られることで嘘臭さを生んでしまったりすることがないからだ。

だから私たちは、『ニューヨーク革命計画』内で非‐現実的な感触を増しながら眩惑的な描写によって示される、ニューヨークの地下鉄とパリのメトロとの連関性や、剥き出しにされる性的な表徴を通して、まるでパリの「六八年五月革命」に象徴される民族ロマン主義を思わせる熱狂が、崇高なるイデオロギーではなく、単に人間の原始的な欲求であるという具合に相対化されてしまっている、というような印象を持ってしまうのである。

ここにおいてテクストに内在している批評性は、〈エコノミメーシス〉を追求するあまり、政治的なものから完全に離脱させられてしまう。

五、パルチザン的な言語

政治から離脱してしまったイデオロギーについて、真摯に考察を行なっているのが、シュミットの『政治神学』である。シュミットは、第一次大戦で無惨な敗北を喫したドイツ帝国が戦後導入することとなった、史上最も民主的な政治体制とも呼ばれたヴァイマル共和制における政治的な規範主義の偽善を、痛烈に批判し、そこで行われている議論がまるで神学論争のような空疎なものとなってしまっている、と喝破した。

神について語る高貴な行いが、いつのまにか中世スコラ哲学的な、論争のための論争へと堕落したように、過度に規範主義的になってしまった国家は、何ら政治的な有効性を発揮することができなくなっており、結局のところ人民へ福利を還元させることも難しくなる。

そこで求められるものは、「例外状況」において正しく決断が下せるような、強力な意志を有した、凝集性溢れる政府でなければならない。ゆえに、「例外状況」の最中において適切な意志決定を行うためには、必要とあらば「法」を停止させることすら容認されるのである。

こうした「例外状況」における「決断主義」というのは、『ニューヨーク革命計画』でロブ＝グリエが示した行為遂行的（パフォーマティヴ）な「差延」、つまり「速度変化」と、ちょうど中心を挟んで正反対に位置しているように見える。

だが、カール・レーヴィットは、『カール・シュミットの機会原因論的決定主義』において、シュミットが措定する「例外状況」における決断者というものは、結局のところ彼が批判するロマン主義者たちと変わらない、と述べている。

シュミットのように政治と哲学とを明確に区分しようとすることは、政治の純粋な政治性、哲学の純粋な哲学性とも言うべき、同一律の追求に他ならない。それゆえにシュミットは、ロマン主義者以上にロマン主義的であると言えるのだ。

そして、シュミットは理論を深めていくうちに、「決断主義」を標榜する主体が適切な判断を下すためには、決断の向かう先にある、「友」と「敵」とがくっきりと峻別されていなくてはならない、と述べたのである（『政治的なものの概念』）。こうした「友／敵」理論は、同一律を規定する境界線としての超越論的なイデオロギーの導入を求めるものである。「友」と「敵」の区別は、規範によってではなく実存を介して行われるべきものであるからだ。

ゆえにシュミットは「機会原因論」を自ら実践し、広がりゆくファシズムの暴虐に、一役買うこととなってしまう。こうした背景から、必然的に、第二次大戦後のシュミットの活動は、かような二元論に対する徹底的な自己批判が中心となった。そうして彼は、現代政治の状況が、必ずしも「友／敵」に二分されるのではなく、両者の中間的立場に立つ遊撃兵的な存在を体制に組み込むことで、より複雑なものへと変わってきたことに気がついたのである。

『パルチザンの理論―政治的なものの概念に関する中間所見』という論文では、かような事態が、「パルチザン」というキーワードを介し、理論的かつ歴史主義的な見地から、徹底的に分析されている。

近代ヨーロッパにおいて、国家間戦争は「正しい敵」との戦いであるとされてきた。戦争は、国家間の外交ゲームの延長線上にある、というわけである。一八九九年に規定されたハーグ陸戦条約に代表される、いわゆる「戦争法」は、そうした戦争のゲーム的な性格を現す最たるものであると、あえて断定することができる。交戦者の定義、俘虜の扱い、使用可能な兵器などといった種々の方策は、戦争に参加する諸国がこうした規定を遵守することを前提としており、そうしたルールに従った戦争は、戦局に計量化可能な予測性をもたらし、無意味な流血を回避させるという効果を有する。

バーバラ・W・タックマンは、『八月の砲声』において、ヨーロッパ東部戦線を、ドイツ精神とフランス精神の対立にそれぞれ当て嵌めるが、こうした啓蒙主義的な比喩がそれなりの説得力を有するのは、戦争が行われたヨーロッパという土地柄が、戦争の性格を強く決定づけているからだと、言ってしまってよいだろう。

第一次世界大戦は、毒ガスや大規模破壊兵器が導入されたことで世界史においてその悪名を轟かせているが、その反面、マンの『魔の山』の最終場面、何か自己実現の予感に震えてベルクホーフから下山する主人公ハンス・カストルプの姿に象徴されるように、精神の危機を迎えたヨーロッパ精神の原型が互いにぶつかり合い、弁証法的に新しい何かを生むのではないかという希望に満ちた出来事としての側面も有していた。これは、あくまで政治外交の向かう先に戦争というものが位置しており、それゆえに規範性に対しある程度の信を置くことができていた、ということを意味する。かような戦争の「お約束」というものが通用しなくなったことが誰の目にも明らかになった最初の事態は、おそらくヴェトナム戦争だ。

ヴェトナムにおいては、対立する両陣営の状況や勢力を具体的に数値化することは不可能であり、同時に、正しい予測に基づいて秩序立った形で戦局をコントロールすることもできなくなっている。こうした情勢は、戦争の状況を思想史的な立場から表象するのではなく、一つのモデルとして細部まで具体化し可能な限り正確に数値化することが求められるシミュレーションの世界では、より顕著なものとなって現れる。

桂令夫と坂東真紅郎は、ヴェトナム戦争以前の時代を扱ったウォー・シミュレーションが前提とする戦争は、ある程度「均衡した勢力」を持つことが前提となっている、との旨を述べる。ここでは、「均衡」の質はさほど問われないが、とにかく二つの勢力が正面から衝突するものであり、両軍には共通した「勝利条件」が存在したのだ（「戦争とゲーム」）。

しかしながら、ヴェトナム以降の戦争は、旧来の単純な文法では再現が困難なものとなっている。仮に勢力をデジタルなシステムに落として数値化しシミュレートすると、結果としてバランスは崩壊し、北アメリカ軍の圧勝で終わることがほとんどとなる、というのだ。

かといって、世論やマスメディアをシステムのなかに不確定要素として組み込んでも、「アメリカはヴェトナム全土を制圧し、北ヴェトナム軍を地上から殲滅したが、国内がこれ以上の戦争を望まなかった」という、史実と比べれば実に奇妙な結果が生じることになる。

戦争の質の根本的な変化。『パルチザンの理論』におけるシュミットは、その起源を、十八世紀のナポレオン戦争にまで遡らせる。

例えば、ナポレオン軍に侵略され略奪を受けるスペイン農民にとっては、ナポレオンは平和を破壊する「絶対的な敵」であり、敗北はそのまま殲滅の対象として規定されることを意味してしまう。それゆえに、いささか逆説的ではあるが、農民たちは、ゲリラとしてこの強大な「敵」に立ち向かうだけの士気を獲得することができたのだ。同様の現象は、伝統を過去の遺産として意識することでアイデンティティを形成してきた「哲学的教養を持つ」プロイセンの義勇軍たちの間でも起こった。

しかしながら彼らは、自分たちを客観的に理論化する言葉を持たなかった。あのクラウゼヴィッツでさえ、ゲリラたちの遊撃性に眩惑されてしまっていた。彼はゲリラたちの取る戦術の本質を、単に既存の秩序に対する反抗である、という表層的な形でしか理解することができず、そこに内在している種々の危険性に対しては、まるで無頓着だった。

そして、パルチザンの力をはじめて正しく理解したのはレーニンだった、とシュミットは言う。彼は職業革命家として、パルチザンの特性を、社会主義革命に取り込んだ形で徹底的に利用したのである。西洋型の資本主義を奉じるブルジョアジーは、特有の社会秩序を築いて君臨し階級差を生み出しているという点において、プロレタリアートにとっては打ち倒すべき「絶対的な敵」となる。

(レーニンがクラウゼヴィッツから学んだことについて、それは）友と敵とを区別することは、革命の時代においては、第一次的なものであり、また、戦争および政治をも規定するものである、といういっそう広範な認識である。革命戦争のみが、レーニンにとって、真の戦争である。なぜならば、革命戦争は、絶対的な敵対関係から発生するものだからである。それ以外のすべては、在来的なゲームなのである。

〔『パルチザンの理論―政治的なものの概念に関する中間所見』、一一〇頁、カッコ内の説明は引用者〕

パルチザンは社会主義革命と結びつくことによって、「絶対的な敵」を相手とする「真の戦争」を登場させた。「真の戦争」においては、パルチザンが本来的に有していた自己保存を目的とした闘争の姿勢はさらに推し進められ、疑心暗鬼に裏打ちされた闘争本能を越えて強迫観念となり、一人歩きを始めるのだ。

具体的に言えば、それは次のことを意味する。超在来型の武器は超在来的な人間を想定すると。前者は後者を、けっして単にはるかな未来の要請として、前提するのではない。前者は後者を、むしろすでに存在する現実として、考えている。それゆえに、**究極的な危険は道徳的な強制から逃れえないことである。**他の人間に対してあの手段を用いる人々は、この他の人間を—すなわち自己のための生贄および客体を—道徳的にも絶滅するよう強制されていると思う。

〔『パルチザンの理論—政治的なものの概念に関する中間所見』、一九四頁、強調引用者〕

ここでの、相手方の「絶滅」を囁きかける「究極的な危険」として「道徳的な強制」を導く「真の戦争」という表現は、二十世紀という時代が抱えた無数の大規模な殺戮を連想させる。

同時に、「道徳的な強制」という概念は、否応なしにカントが『実践理性批判』で示したあの「道徳」に対する反証不可能な「定言的命令」、すなわち「道徳律」というタームを思い起こさせる。

「常にいや増す新たな感嘆と畏敬の念をもって我々の心を余すところなく充足する、すなわち私の上なる星をちりばめた空と私のうちなる道徳的法則（道徳律）である」（『実践理性批判』）とカントが述べた際、それは人間の本質としての「理性」を最大限に尊重するがゆえに発せられた言葉として理解がなされた。

しかし、いつの間にか辿り着いてしまったところは、事実確認的（コンスタティヴ）な態度と行為遂行的（パフォーマティヴ）な態度が完全に一致した、動物としての本能の領域とも言うべき場所である。

六、ウロボロスの模造

さて、「友／敵」理論がナチスの台頭という形で実現し、そして第二次世界大戦の終了と共に崩壊した後、シュミットの思想には「空間（ラウム）」が導入されることとなった。あらゆる法は真空のなかで法として成立しているのではなく、それにふさわしい場所を持たねばならない、というのがその骨子であるが、こうした「空間（ラウム）」概念をも思考の射程のうちに取り入れることで、シュミットは思考に可塑性を持たせ、過ちを繰り返さないようにしたのである。

ところが、パルチザンの有する「本能の領域」は、「空間（ラウム）」概念を根底から揺るがす。ゆえにシュミットは、パルチザン的なものを戦史的な要素としてだけではなく、政治哲学的な領域からも検証しなければならなかった。

昔から、パルチザンは従来の陸軍・海軍という区分に囚われない戦略性を有していた。ゆえに戦術のレヴェルを越えて政治思想の面においても、パルチザン的な絶対性は、「友／敵」の二元論に介入する第三者的な要素として機能し、二元論の本質を変化させてしまう。

『パルチザンの理論』に挙げられる例で言えば、フランスの将軍ラウル・サランの事例が、これに該当する。サランはインドシナでの長い従軍経験があり、相手を滅ぼすのに充分な軍備が備わっていたのにもかかわらず、ヴェトナムのパルチザンによって敗北を喫せられた。かような経験を通して彼は、従来の規範的な枠組みに則った正規軍の無力さを再確認し、パルチザンに対抗するためには、「敵」に匹敵しうるほどの強度を持ったパルチザンを自国に育てる必要がある、という点に思い至った。すなわち、帝国主義とパルチザンの融合である。

その後サランは、派遣されたアルジェリアにて、独立を目論むパルチザンと交戦した結果、パルチザン戦争の「仮借ない論理」に屈してしまったのだった。そして、パルチザンの力を骨の髄まで思い知った彼は、植民地において、独自のパルチザンを組織し始めた。しかしながら、彼の目論見は祖国フランスの賛同を得られず、結果としてサランは、自らが擁立の一端を担ったド・ゴール率いる祖国フランスの政府と、敵対関係を形成してしまう。こうしてサラン将軍は、同士を率いて祖国フランスと武力的な対決を行なわざるを得なくなる。

これら自己言及のパラドックスにも似た事例は、テクスト本来の自由性を追求するあまり〈エコノミメーシス〉から遠ざかり、かつ政治性を脱臼させられるに至った文学においても、深刻な問題として現れている。トーマス・ベルンハルトが生前最後に残した長編小説『消去』を観てみよう。

おそらく、パルチザンと類比される対象として、ベルンハルトほど似つかわしい作家はいない。およそ連帯というものをことごとく蔑視し、祖国オーストリアと、その根幹にあるカトリシズム精神について激烈な呪詛と罵倒とを繰り返すベルンハルトの言葉は、文学の世界だけではなく、常に政治的な領域においても物議を醸してきた。

彼の小説に登場する人物の多くは、あまりにも高い理想に阻まれていっこうに仕事を推し進めることがかなわない、芸術家や科学者や知識人などであり、自らを閉塞した状況に追いやった周囲の環境に対し、偏執狂めいた怨念を抱いている。ベルンハルトによれば、こうした腐り果てた世界から逃れるためにはいち早く発狂してしまうか自殺するしかないのであり、作品世界には常に死と崩壊の影が取り巻いている。『消去』の冒頭に掲げられている「死神の鈎爪にがっしりつかまれているのが分かる。死神は私が何をしていても、片時もそばを離れない」というモンテーニュのエピグラフに、こうした世界観が如実に現れている。

そこでは、卑小な主体に対する「絶対的な敵」として世界は立ち現れており、小さな自意識などは一括りにされ呑み込まれてしまう。ベルンハルトのテクストは、間接話法の多様、執拗な語りの反復構造、連想が連想を呼ぶ語りの連繋作用によって、「絶対的な敵」に対する必死の抵抗を行なっているように見える。そこでは主体を規定している家族・国家・芸術を規定している規範性は、飽くことを知らず徹底的に罵倒される。

『消去』の主人公フランツ＝ヨーゼフ・ムーラウはローマでドイツ文学の家庭教師をして糊口を凌いでいる学者もどきの男だが、ある日、両親と兄が交通事故で亡くなったことを知らされ、葬儀と遺産相続のために故郷オーストリアの古い城下町ヴォルフスエックに戻ることになる。その間、彼の心内に到来するヴォルフスエックの記憶や曖昧な想念を、ムーラウは教え子ガンベッティ宛ての書簡に書きつける。以上が『消去』という小説の体裁であるのだが、注意すべきは、ムーラウが祖国や故郷、近親者などに行う価値判断、ひいては罵倒に、何ら政治的なイデオロギーを読み取ってはならない、ということだ。例えば、カトリック教会が非難される箇所を観てみよう。

両親は、最大級の思いやりのなさでもって、私の頭を長年にわたり、カトリック的国民社会主義的な仕方で引っかき回し、めちゃくちゃに破壊してしまった。〔……〕カトリック教は子供の魂のひどい破壊者、ひどい恐怖の吹き込み手、子供の人格のひどい破壊者だ。これは真実だ。何百万人、何十億人がカトリック教会のおかげで根底から破壊され、台無しにされ、世界の役に立たなくされており、自然な本性を奪われている。カトリック教会は、それによって破壊された人間、カオス状態にされ、徹底的に不幸にされた人間に責任を負っている。これが真実で、その逆ではない。というのもカトリック教会は、カトリック的人間のみを許容し、他の存在はいっさい認めないからだ。それが教会の意図であり、永続的目標だ。カトリック教会は人間をカトリック教徒という鈍感な生き物に改造するが、カトリック教徒となった人間は自立的思考を忘れ、カトリックの宗旨のために自立的思考を裏切る。これが真実だ、と私はピンチオの丘でガンベッティに言った。〔『消去』上、一〇一頁〕

ここでは、国民社会主義、つまりファシズムの権化である、人間性を根底から破壊する装置として、カトリック教会が位置づけられている。しかしながら、ムーラウが批判しているのはカトリック教会に対してではありながらも、字義通りにカトリシズムそのものを否定しているのではないのである。彼は、カトリックを否定する仕方と同じく激烈な口調で、祖国オーストリア、共産主義、カフカやショーペンハウアーを除くドイツ語文学、そして何より故郷ヴォルフスエックをも、繰り返し嘲罵しているからだ。つまり、ムーラウは、自己の人格を形成した環境的な諸要素を、軒並み否定し、そうすることによって彼は、生にまとわりつく汚辱そのものを削ぎ落とそうとしているのである。その意味で、ムーラウは純然たるアナーキストであるのだが、ムーラウが状況の否定によって導き出そうとする代替的な価値観は、いずれ到来するものとして約束されるものというよりも、否定性の彼方にしか存在し得ないがゆえに、否定辞を添えた言語によってしか描き出すことの適わない類のものとなる。ゆえにムーラウが想定しているのは「構想力」の革命でありながら、現実の革命ではあり得ない。そして、「構想力」の革命が現実の政治として行き着く先にあるのは、自己消去以外の何ものでもなくなる。

　実際私は、ヴォルフスエックと家の者たちを打ち砕き、破壊し、滅ぼし、消去することをねらっているが、同時に私自身を打ち砕き、破壊し、滅ぼし、消去してしまう。とはいえ、この自己破壊と自己消去は、と私はガンベッティに言った、私にとって好ましい考えでもある。ほかでもないこれが生涯かけての私の企てだ。そしてもし私が思い違いをしていなければ、この自己破壊、自己消去は成功するのだ、ガンベッティ君。　〔『消去』上、二二四頁〕

さて、彼はオーストリアを否定する替わりにイタリアに代表される地中海的なもの、そしてそれらに開眼させてくれた叔父をしきりに称揚するが、ムーラウの眼前に開ける世界は、地中海的な暖かさとはどうしても結びつかない。彼の唱える否定性はそのまま主体にまつわるあらゆる物事を消去する意志を示すものであり、極めて滅私的な、非-人間的な情動に基づいているものである。それゆえに否定性を通じて立ち現れる浄福は、カトリシズム的な「救済」の色調を強く帯びている。だが、カトリシズムを否定することによってベルンハルトは、逆説的に「救済」を導き入れようとした、という短絡的な解釈を行なってはならない。

　おそらく否定性の連鎖によって指し示された浄福の地平は、ベルンハルトの語り口そのものの魅力によって形成されたものであるのだろう。それゆえに『消去』という小説の性質は、実は、純粋な音楽に近いものがある。否定的な言辞の数々は、壮大な交響曲を彩る僅かな不協和音に過ぎない。ゆえに、ベルンハルト自身も愛唱したという『魔笛』のような美しさの極みにある音楽を念頭において、『消去』は鑑賞されるべきなのであろう。

　体臭の如く知らないうちに主体にまとわりつく、悪しき伝統に抗するために、ベルンハルトは言語を通して闘争を行なった。しかし私たちは伝統に縛られる側面を持ちながらも、伝統とはじめから完全に切断された地平に生きざるを得ない、というアンヴィバレントな状況に陥っている。それは言うならば、私たちにとても馴染み深い、使い捨てのジャンクに溢れた紛い物の世界に他ならない。

　ウィリアム・ギブスンは、初期の短編『ガーンズバック連続体』によって、次々と消費される記号化された大衆文化のイメージが実体化し、私たちの現実に取って代わろうとしている、というヴィジョンを提示してみせた。

『ガーンズバック連続体』において、カメラマンである主人公は、イギリスで刊行予定の写真集のために、かつてアメリカに存在していた未来的な建築物――今は遺跡になっている――を調査するよう依頼される。かくして彼は、パルプ・ユートピアの残骸を辿りながら、大衆文化としてのSFの「父」であるヒューゴー・ガーンズバック謹製のパルプ雑誌にまま観られた類の、チープながらどこか人間の理想を素朴に投影させているような「これからの未来」を、掘り起こしていく。そうしていくうちに、彼は、過去に大衆が抱いていた願望が投影された未来絵図を、実際に観てしまうのである。

> もはや正気は問題ではない。どうしたわけか、背後の都市がトゥーソンだとわかる――ある時代の集団願望が築いた夢のトゥーソンだ。実在する、完全に実在する、とわかる。眼の前の二人連れはあそこに住んでいる。〔……〕ディアルタが言っていた。《未来》は最初にアメリカに至り、でも結局通り過ぎたのだ、と。けれども、**ここ、《夢》の中心では違う。ここでは、公害も、化石燃料の有限性も、負けるかもしれない海外での戦争も、ひとつも知らない夢の論理で、ぼくらは進歩に進歩を重ねたのだ。**人々は落ち着き払って幸せで、わが身にもわが世界にも、すっかり満足している。しかも、《夢》のなかでは、それこそが世界なのだ。
>
> 〔「ガーンズバック連続体」、『クローム襲撃』所収、六八頁、強調引用者〕

「ガーンズバック連続体」の終盤で、アメリカ各地で実体化を始めた集合的無意識の正体を探っていた主人公は、ロサンジェルスで、「あまりに多くの《夢》のかけら」と遭遇する羽目に陥ってしまう。ディズニーランド、ハリウッド、ラスヴェガスという、アメリカの《夢》の代表選手が、現実にあり得る以上の演出を受けてスペクタクル化される。

さて、ここでギブスンが提示したヴィジョンを、肯定的に捉えたのが椹木野衣である。彼は『シミュレーショニズム――ハウスミュージックと盗用芸術』において、カットアップ・サンプリング・リミックスというキーワードを挙げて、主体が造り上げたオリジナリティを複製し撹乱することによってもたらされた破壊が、逆説的に新たな創造の枠組みを提示する可能性を、ロック史における「ニュー・ウェーヴ」、「ポスト・パンク」以降に登場した新たな潮流を中心に追っていくことで提示した。それはすなわち、引用論の根底に根ざしている廃墟の美学とでも言うべきものである。

廃墟とは、もととなる建築物と、それを中心とした生活空間や文化的空間を歴史として背負っているがゆえに、オリジナルに対する敬意を背負っているところに特徴がある。陣野俊史は、舞城王太郎の小説を主に取り上げ、そうした引用論が先鋭化された事例として、「対戦型小説」という概念を提唱している（「文学の「前衛」のために」）。

陣野は、清涼院流水の小説へのトリビュート企画の一環として書かれた舞城の『九十九十九』を、単なるオマージュではなく、先行作品が造り上げた圏域をそのまま飲み込み、消化しきったうえでグロテスクに肥大化させた作品として理解している。つまり、舞城という「作者」は、先行作品の「作者」である清涼院と、小説を介して「対戦」しているのである。先行作品が切り開いたルートの延長線上にある後発作品は、もはや友愛的な関係を保って関係性のゲームを生きることはできず、お互いが相手を「絶対的な敵」として措定し殺し合う間柄が成立するのみであり、そこにこそ新たな創造の可能性が宿る、と陣野は考えているようだが、こうした構図から、何らかの形で非常にジャンクな臭いが漂ってくることはないだろうか。

先の論文において陣野は、「引用」を導入することで作者の複数性や他者の声をテクストに滑り込ませることに対し、小説というジャンルは積極的な形で実践的にアプローチをしてこなかった、という主旨のことを述べ、だから「九〇年代に批評を書き始めた人間は、小説の先進性を信じることができなかった」と述解している。

ここには、大文字の作者の特権性を廃することで、多様化された社会情勢を小説という枠組みがより効果的に反映するべきだ、という信念が窺える。しかしながら、承知のように、日本の九〇年代とは先進性をことごとく否定し去る時代であった。「失われた十年」という言葉に象徴される、バブル経済の崩壊からの長期に渡る停滞感、グローバリズムの拡大につれ個人の居場所が失われていくという焦燥感などが、進歩という概念そのものに対する、徹底的な不信を差し招いたのだった。

かつて「ヌーヴォー・ロマン」の時代、テクストの独自性を追求するあまり、タイポグラフィーや造本にも及ぶ形で文学の在り方を追及してきたミシェル・ビュトールは、『心変わり』において、「きみ」と二人称で呼ばれる主人公が、パリ―ローマ間を列車で移動するうちに、その脳裏に妻の待つ場所と愛人の待つ場所のそれぞれが有している歴史的・文化的な記憶が到来する様子を描き出したが、それはパリやローマといったトポスが抱えている固有の文化・歴史・時間を問い直し、再認識するための試みだった。

二つの都市は背負っているものが完全に異なるが、両者を結ぶ景色を車窓から眺めている「きみ」は、意識の流れを反芻しながら、いつしか境界線が曖昧となった巨大な二つの世界が、相互に干渉し合って起こす奔流のなかに飲み込まれることとなる。しかし、「きみ」は、絶えず移動を続けることで、そのような自分の位置を、より広い視座から捉え直すことができている。

ビュトールはその他にも、『即興演奏』に収録されている講演にて、飛行機の機内から太平洋を眺め、その広大な景色を作家としての自分が抱え込めるかどうか、という点に関心を寄せている。ここでは、テクストというものはあらゆる要素を飲み込むべきブラックボックスとして機能しており、取り入れる対象を広げることこそが、小説の先進性を高めていくことと同義となっている。

対して、陣野の言う「対戦型小説」は、「作者の主体性の毀損」を存立のための条件としている。この「作者の主体性」とは、おそらく私たちが「作家性」と呼ぶ書き手の特権的な地位を指しているものだと思われる。しかしながらここで言う「作家性」とは、いわゆる「二次創作」の流通によって作品のアウラが凋落する、などという狭い事態を意味しない。

この点において、ロバート・J・ソウヤーは、『ホームズ、最後の事件ふたたび』というシャーロック・ホームズもののパスティーシュを通して、存在論と二十世紀的なメディアの在り方が交錯した、独自の地平を描出しているのだ。

もともとシャーロック・ホームズは、自分が一度、作者であるコナン・ドイルが記した『最後の事件』という短編において、宿敵モリアーティ教授とともに、スイスのライヘンバッハの滝に落とされ、フィクションの登場人物としての生を剥奪されていた。しかしながらドイルは、ホームズの死を嘆く熱狂的なファンの声によって、一度は閉めたはずの物語の幕を、また少しずつ開いていかざるを得なくなった。重い腰を上げ、故シャーロック・ホームズの在りし日の姿、つまり「過去の事件」を渋々と書き継いでいくことを余儀なくされたのだ。そしてとうとうドイルは、結局は読者の圧力に負ける形で、長いブランクを経て、ホームズを死の淵から甦らせる羽目にもなってしまったのである。

しかしソウヤーの解釈によれば、『最後の事件』で死んだはずのホームズが、物語の語り手であるワトスン博士のもとに「帰還」してくるまでの間、彼（ホームズ）はさしずめ「シュレーディンガーの猫」と同じ状態にあったのだという。

「シュレーディンガーの猫」とは、物理学者エルヴィン・シュレーディンガーが提唱した蓋然性に関する有名な実験である。外から内部の様子が窺い知れない箱の中に猫を入れ、続いて毒ガスを注入する。果たして猫は生きているのか、それとも死んでいるのか？　という有名な話だ。答えはどちらでもない。量子力学スケールにおいては、物質が粒子と波動の両方の性質を持つ。その問題を実在サイズに拡大する思考実験としてのブラックボックスのなかで起こる事態は、はっきりと白黒をつけることができない「可能性の状態」にあることを意味しているからだ。

そして、ソウヤーの作品におけるホームズは、「可能性のホームズ」として存在していたときに、自分が物語世界に「帰還」したということは、ホームズ物語の作者たちがこうあってほしいと願っていた物語を望みどおりに提供したことに他ならず、それはつまり大衆の無意識の欲望に加担することなのであって、知らないうちに、欲望によって世界の蓋然性がやすやすと操作されるようになる事態に手を貸してしまっていたのである。

そして彼は、「神の見えざる手」が好きなように揺さぶられるようになる事態を食い止めるために、自ら進んで過去に戻り、ライヘンバッハの滝でもう一度、今度こそ完全に命を断とうとするのである。

この短編には明らかに陣野の言う「対戦型」小説の構造が観られる。それとともに、「対戦型小説」の起源が、サンプリングが行われる原点にして、大衆娯楽小説の元祖であるシャーロック・ホームズものを媒介項として、明らかにされている。それはつまり、「対戦型小説」の起源は、時代精神と、時代精神に過度に押し流されることへ必死に抵抗する姿勢とのぶつかり合いにあった、ということに他ならない。

ゆえに、シミュラークルとシミュレーションの現代的な最畸形とも言うべき「対戦型小説」は、さしずめウロボロス——自分の尻尾をくわえる蛇——のような神話的存在の、コンピュータ・グラフィックスによる安っぽい模造に見えてくる。

七、公共哲学のロールプレイング・ゲーム的要請過程

パルチザン的な言語は、自己言及を脱しようとすれば、否応なしに、社会制度へと向かわざるを得ない。慣習として根づいた抑圧の構造に、法的な裏づけがなされることで固められた圧政者としての社会制度を、言語という人間の「生の声」によって告発を行い、変革のための先鞭をつけようというわけだ。その代表例として、笙野頼子の九〇年代前半の作品、『レストレス・ドリーム』を観てみよう。

『レストレス・ドリーム』は、コンピュータ・ロールプレイング・ゲームを題材にした小説である。作者自身とある程度境遇が重ねられた語り手の「私」は、ゲーム内では「桃木跳蛇」という名前のキャラクターとして、群がる敵どもを打ち倒しながら、絶え間ない闘争を行うことになる。

ゲームは「魔境マンダラ」や「レストレス・ワールド」というタイトルとされ、「スプラッタシティ」という現実の京都のキッチュかつジャンクなカリカチュアが基体になっている。そこでは、自然の風景は金属的で無機質な記号に書き換えられ、もたらされている。「スプラッタシティ」に暮らす人々は、血塗れの荒廃が「大寺院」が発するモンスターたちによって、秘めた欲望を剥き出しにした「ゾンビ」や、世の男性たちの幼児性溢れる性的願望を一心に集めた女ゾンビ「アニマ」、抑圧者としての男性を象徴するかのような「王子」、彼らを煽動する

似非インテリ「カニバット」や「タコグルメ」などという奇怪なネーミングのキャラクターという形で、極めてグロテスクな形象化がなされている。

さて、「私」が「桃木跳蛇」としてゲーム内で活躍するためには、ワープロのキーボード入力を通じて指示が行われなければならない。ここで、「私」がワープロのキーボードを叩くという行為と、作者が言葉を記すことによって小説を書いていくという行為は、意図的に境界が曖昧なものとしてぼかされている。なぜならば、ゲーム世界は言語によって構成されたヴァーチャルなものでありながら、共同幻想や共有夢としての現実の戯画、という側面も有するからだ。

そもそもコンピュータのプログラムを成立させている言語は、二進法という単純なるシステムで構成された壮大な暗号体系とも言えるものであり、文学の言語と不思議な相同性を有している。ジョン・スラデックは、『遊星から来た昆虫軍X』において、文学によって現実への視野が変革される過程を、コンピュータ・プログラミングにおける「バグ」になぞらえているが、例として興味深いところがある。

そして、同時に、初期のコンピュータ・ロールプレイング・ゲームにおけるコマンド（指示語）入力は、キーボードの文字を一語一語打ってゆくという身体的な性質が強いゆえ、ゲームの世界に主体的に参加しているという感覚を、積極的にユーザーへ付与するものであったということを、忘れてはいけない。

ゆえに、『レストレス・ドリーム』の世界において、言葉を発することはそのままダイレクトに破壊的な性質を帯びる。雑魚敵としての「ゾンビ」たちは「馬鹿女」といった紋切り型の罵倒を投げかけることで、「私」にダメージを与えようとする。アクション・ゲームの障害物のような体裁で登場する「階段」は、「いい女は論理的に考え自分で行動するだから男の朝帰りにも平然としている」というように、男性優位社会という制度に都合のよい文句を繋げ合わせたセンテンスとして、「ブス」な「女」である「桃木跳蛇」に立ち塞がる。

こうした攻撃に対抗するためには、言葉を切り離して意味を喪失させたり、言葉を攻撃に向ける対象を無化したり、といった対抗策が取られる。クエストが進むごとに「桃木跳蛇」そのものが、例えば「サイボーグ」化したりすることで戦力的に成長し、物理的なレヴェルでのタフネスを増していくことで、攻撃者たちへ立ち向かっていくための力を獲得していくことになる。

だが、ジャンルとしてのいわゆる「ゲーム小説」とは異なり、『レストレス・ドリーム』においては、ゲーム的な要素はどれもが、アレゴリーとして表象されるべきものとなっており、その回路は外へと開いている。だから、ゲーム内でいくら死闘を繰り広げ勝利を積み重ねても、「私」や「桃木跳蛇」もまたゲームという制度内の産物であるのだから、いずれにせよ自己瓦解は避けられない、ということになる。その意味で「桃木跳蛇」は、まさに名前の通り、ウロボロスそのものなのである。

小説の最後に登場する寓話において、最終ボスキャラクターとしての「王子」が、どこからか現れた「一匹の大きな蛇」に呑み込まれてしまい、結果として「蛇」がもとの「お姫様」に戻ると言うハッピーエンドが、童話風の語りで示される。そしてこの結末は、結局「蛇」もまたゲームという制度の枠組みのなかに安住するだけの存在である、ということを意味する。

このような、ヴァーチャルな世界でいくら孤軍奮闘してもヴァーチャルな存在であることから逃れられはしない、という厳然とした事実を自覚してはじめて、「私」は「私という文字に過ぎなかった」という当たり前の事実を客観的な視座を持って理解でき、「ワープロの外に出る」ことが可能となる。

笙野は『レストレス・ドリーム』以降、実質的な続編である『説教師カニバットと百人の危ない美女』では、複数の「声」を導入することで、矛盾を乗り越えようとする。この「声」とは、ミハイル・バフチンが、ドストエフスキーの小説に見出した、「ポリフォニー」であると考えてよいだろう。

「ポリフォニー」とは、それぞれの世界を持った複数の対等な意識が、多声性という枠の中に共存している状況を指すが、それまで徹底したモノローグの体裁を保っていた笙野の小説世界は、こうした「多声性」の導入によって飛躍的な広がりを見せ、共同幻想としての国家の解体に狙いを定める。江藤淳が『成熟と喪失』で明らかにしたような、アメリカという「父」の陰に位置することで、「甘え」としての母性を希求するようになった、戦後日本の病的な心性を、『水晶内制度』以降のスケール大きな長編群にて糾弾することとなるわけだ。笙野の試みは、閉塞した状況のなかで誰もがモノローグ的に言葉を発し続ける昨今において、まさに異例の挑戦だと言える。

ところで、『レストレス・ドリーム』において、囲い込まれた架空世界としての「コンピュータ・ロールプレイング・ゲーム」という単純な枠組みそのものには、根本的な批判は加えられていない。

もともとロールプレイング・ゲームというものは、ウォー・シミュレーション・ゲームの一変種として生まれたものであり、当然コンピュータを使用せず、数人のプレイヤーが寄り集まって行うものであった。ウォー・シミュレーション・ゲームにおいて各々のプレイヤーは、ひとつの国家や軍団を担当し、与えられた勝利条件を達成するべく奮闘することになる。その最も単純化・抽象化された例が、将棋やチェスだ。一方のロールプレイング・ゲームでは、基本的にプレイヤーは一人のキャラクターのみを、操作する対象として担当することになる。

世界で最初にデザインされたロールプレイング・ゲームである『ダンジョンズ&ドラゴンズ』では、各々長所と短所を併せ持ったキャラクターたちが寄り集い、魔物の巣食う危険に満ちた迷宮を、隠された財宝を求めて探索する、といったスタイルが基本として選ばれている。ここではプレイヤーたちは競い合うのではなく、互いに協力して所与の目的を果たすべく奮闘することになる。そしてウォー・シミュレーション・ゲームでは各々のプレイヤーが操る軍団や師団などがぶつかり合った際に戦闘の結果を判断していた審判役のプレイヤーは、ロールプレイング・ゲームでは「ダンジョンマスター」（または「ゲームマスター」）と呼び名を変え、プレイヤーたちの行動によって何が起きるのかを判定するだけではなく、探索が行なわれる舞台の設定全般を担当し、それを説明する役目を負うことになる。

こうして「ダンジョンマスター」の仕事は、単なる数理的なジャッジメントの役目から、作家的な創造性を要求するものへと近づいていき、ゲームの性質は純粋な実力の比較から、双方向性を持つ体験型の物語へと性質を変えることになる。

一九七〇年代の後半に、それまで少数の愛好家のみに支えられていた『ダンジョンズ&ドラゴンズ』が、大学生の口コミを中心に圧倒的な広がりを見せたのは、こうしたロールプレイング・ゲームの性質が新しく、創造的なものとして受け入れられたからに他ならない。それとともに、提供されるゲーム世界も奥行きを増していき、トールキンの『指輪物語』に代表される幻想文学の伝統を社会史の枠組みを取り入れることで解釈がし直され、独自の架空世界の構築方法を洗練させてきた。

そこでは、一人のデザイナーが提示した世界設定は、多くのプレイヤーたちに共有され、さらなる設定がつけ加えられていき、その過程が繰り返されていくことで、デザイナーの意図を越えて巨大化していくこととなった。

ここで注意すべきことは、ロールプレイング・ゲームのユーザーたちは、創り手の産み出したソフトを受容し、それに対してただ市場に通じた「買うか、買わないか」という反応を行なっていただけ、ではないことだ。ロールプレイング・ゲームにおいて、ユーザーに提示されるものは、再現される架空世界の枠組みや素材のみであり、調理法は個々の判断に委ねられている。その意味で、ロールプレイング・ゲームのデザイナーたちがユーザーに与えるものはソフトではなくハードであり、ソフトそのものは受容者が独自に考案し活用するものである、と言ってよい。ゆえに、ロールプレイング・ゲームの市場において、創り手たちと受け手たちの距離は、従来のジャンルでは類を見ないほど近しいものとなっていた。

『ダンジョンズ&ドラゴンズ』のデザイナーであるゲイリー・ガイギャックスは、一九八七年に発表した『ロールプレイング・ゲームの達人』において、ロールプレイング・ゲームのユーザーたちが達成すべき目標を、「達人」という概念で提示した。

プレイヤーにしろ「ダンジョンマスター」にしろ、ロールプレイング・ゲームを楽しむ者たちは、ゲームのルールシステムを理解するだけでは足りず、デザイナーの意図するところを正しく汲み取るとともに、ゲームを行うグループ全体におけるプレイングの質の向上を考えなければならない。それと同時に、自分たちのプレイグループだけではなく、他のグループとも積極的に交流を行なっていくことで、ロールプレイング・ゲームという趣味自体が、さらに多くの人たちに、洗練された形で楽しみを与えるものとして理解され、自律的に拡大していく必要がある、とのことをガイギャックスは述べている。

かようなデザイナーの目論見が、インターネットに代表される高度なユビキタス社会の到来に伴い、より身近で手軽なものとして発展を遂げたことは説明するまでもないだろう。そして、ロールプレイング・ゲームが受容者たちに求める創造性が、いつの間にか市場に転嫁され、ソフト産業という形で肩代わりすることで発展してきたのが、コンピュータ・ロールプレイング・ゲームという娯楽ジャンルなのである。

そもそもガイギャックスは、熟練したプレイグループの切磋琢磨によってもたらされるゲーム界自体の活性化を、健全な市場への信頼に基づいた自由主義経済の発展の過程になぞらえている。ゲームシステムの創り手と受け手、ゲームグループのプレイヤーと「ダンジョンマスター」との間でそれぞれ創り上げた公共空間を、特別なイデオロギーを差し挟まない純粋な形で、つまりは『レストレス・ドリーム』が行なったように表象としての空間ではないものとして提示し、より多くの人たちと楽しみを分かち合うためのコミュニケーション空間として発展させていくことを真情としているがゆえに、コンピュータというジャンピング・ボードを得たロールプレイング・ゲームは、開かれた市場をベースとした自由主義経済との間に、強い親和性を持つこととなったのである。

さて、自由主義の現代的な継承を自称する新自由主義経済は、日本においては「失われた十年」を打開する方法として期待された反面、グローバリズムとローカリズムの対立構造や、いわゆる「格差社会」を産み出した原因として、毀誉褒貶が著しい。岩田規久男は、新自由主義を標榜する「小さな政府」は必要悪ではなく、社会福祉政策に頼りきった社会よりも、長期的な視座では国民全体の所得水準を向上させることに繋がる、といった旨のことを述べたうえで(『「小さな政府」を問いなおす』)、日本の小泉政権が「改革」によって志向する「小さな政府」が、不充分にしか達成されていないことを問題としている。

著者から見ると、小泉改革には中途半端なもの、真の民営化とはいえないもの、改革を始めるのが遅すぎたものが少なくない。それは第一に、小泉政治がサッチャー首相ほどの「信念の政治」ではなく、官僚などの抵抗勢力と妥協する「合意の政治」から完全に抜け出すことができなかったからであると思われる。第二に、不良債権処理や産業再生機構による債務超過企業の再生といった、デフレ下での後ろ向きのバブル処理に手間取ったからであろう。〔……〕この意味で、小泉改革は道半ばかそれより手前の段階にとどまったといえよう。

(『「小さな政府」を問いなおす』一四四頁)

岩田によれば、「小さな政府」を希求する新自由主義経済が非難されるのは、公正な「場」としての市場を政府が提供し得ていないこと、それに競争からの脱落者を救済する措置が充分でないことが、理由になっている。つまり、ロールプレイング・ゲーム的な「ダンジョンマスター」が、新自由主義経済の体制下では、充分に供給することができていないのだ。よって、ロールプレイング・ゲームの原理を、新自由主義的なものを切り離す形で読み替えねばならない。

ここで、話のわかる神としての「ダンジョンマスター」の替わりに求められてくるのが、公共哲学である。市場万能主義によって掘り崩された道徳を再興し、人間性に対する信頼を取り戻すこと。環境問題などの「市場の失敗」を、「市場のルール」を精緻化することによってもカヴァーできなかったとき、どれだけの責任感をもって事態に対処できるのか。そうした倫理を問い直していく姿勢こそが、必要不可欠なものとなるのだ。

竹田青嗣は、『人間的自由の条件―ヘーゲルとポストモダン思想』において、それまでは立憲君主制擁護のための理論武装、という意味合いで理解される傾向が強かったヘーゲルの国家論を、アーレントの「人間の条件」を経由させて読み直すことで、「国家」という枠組みに囚われない「自由の相互承認」という概念を析出する。

竹田は、ロマン主義からポストモダン思想に繋がる、超越性を持って実体を否定する思想を、シニシズムであるとまとめて斬って捨て、その代替物としてヘーゲルの「自由の相互承認」を持ち出すわけであるが、ここでの竹田は、実体的な概念として「自由の相互承認」を認識しているように思える。そうして、「自由の相互承認」が公共哲学の基盤として必要不可欠なものであるということが提示されたあとに彼は、その「自由の相互承認」をどのように社会のなかに位置づけていくかについては、哲学ではなく、社会学の役目であるとする。

だが一方で、第一次世界大戦前夜の状況を『八月の砲声』を通してジャーナリスティックに読むにしろ、第一次世界大戦前後におけるヨーロッパ精神状況のカリカチュアとして『魔の山』に触れるにしろ、二十世紀に繰り返されてきた殺戮や大量死の多くが、「自由」を保障してくれる超越性を求めての苦闘によって引き起こされた軋轢が原因となっているということは、火を見るよりも明らかである。

そのような背景にもかかわらず、社会に生きる一人一人が、「自由」を超越的なものではなく、人間が人間らしく生きていくために必要な最低限の条件として定義し直すことによって、互いが互いの「自由」を承認し、無軌道な市場の暴走を食い止めるための礎を築き上げるなどということは、あまりにも楽観的に過ぎるのではないか。だが、それなら、「実体」として措定される「自由」の位相は、どこに置かれるべきなのだろうか。

八、否定性より生じる結節点

ジョルジョ・アガンベンは、アーレントの『全体主義の起源』とシュミットの『政治神学』を基盤にした著作『ホモ・サケル―主体権力と剥き出しの生』において、シュミットが「政治的なものの概念」で語ったような「例外状況」における「決断主義」と、古代ローマにおける「ホモ・サケル」、つまり法による保護の対象外にあるがゆえに、殺害しても罪に問われないながら、生贄としてその死を特権化することを禁じられた特殊な存在とを、それぞれがちょうど同じ位相の両極端にあるものとして規定している。

その意味で現代における「ホモ・サケル」とは、例えば、住処を追われ、収容所に閉じ込められて虐殺された、ナチズムの犠牲者という形を取って現れる。いわば「ホモ・サケル」は、「決断主義」を行うことが許された特権的な主体の存在が社会に与える余波のバランスを取るために、犠牲となる者が当然受けて然るべき敬意を廃したスケープゴートとして扱われる存在であるのだ。

一見、竹田の言う「自由の相互承認」の地平は、超越性を「相互承認」を行う主体のなかに内在化させているような印象を与えるがゆえ、「ホモ・サケル」のような存在が介入する余地はないように思えるが、私たちの思いもかけないような場所から、突如「ホモ・サケル」のような存在が噴出してくる可能性は否定できない。現に、私たちの馴染み深い市場原理は、「貨幣」という媒介物を監視装置として備えることで、人々の「相互承認」をシステム内部に組み込んでいると言えるが、市場原理ほど「ホモ・サケル」の母体として似つかわしいシステムもそうそうない。

私たちは往々にして、システムの構造のみに着目し、システムを造り上げた、繰り返される反復の過程から目を逸らす。そのせいか、構造の迫力のみが、外観として強調されることとなる。槍一本でドン・キホーテのごとく突撃しても、どうせ打ち倒されてしまうのだから、せめて殺戮者の被害に巻き込まれることだけは避けようと、付和雷同の精神のみが称揚される。

しかし、おそらく私たちは、システムの土台にある反復の過程を、非常に狭い観点からしか認識できていないだけなのだ。サミュエル・R・ディレイニーは、『エンパイア・スター』にて、人類の認識能力を、シンプレックス、コンプレックス、マルチプレックスという発展段階に区分した。シンプレックスにおいて、単一の世界にしか生きられなかった人類は、コンプレックス、マルチプレックスと進むにつれ、世界の多様性を、多様なままに把捉することができるようになる。私たちには、こうした認識能力の広がりこそが必要だ。しかしそれを、ニーチェ的な「超人」のみが所有できる、特別なものと憧憬してはならない。

反対に、私たちが為すべきことは、〈エコノミメーシス〉を多様な位相から再確認することで、新たな「ホモ・サケル」が誕生するであろう場所を探し当て、パルチザン的な言語を駆使することで、そこから「構想力」の革命が、認識能力の爆発的な発展に繋がりうるヴィジョンを求めることなのだ。

否定性の結節点から繋がるヴィジョン。それは、〈自然〉と〈理性〉、政治と哲学、歴史と文学、伝統とジャンク、革命と夢想、そうした諸々が交錯し妥協と調整を繰り広げる場所、そのような地点から掘り起こされて来るべきものであるし、掘り起こされた後も、より巧妙な手段によって、人間性が移り変わる起点を明かし立てるための、新たな土台として活用されねばならない。

その一例として、ジャン＝リュック・ナンシーの講演「世界化の時代における政治」を参照してみることにしよう。

ナンシーは、今日の状況をキリスト教の歴史の帰結であるとする。だが、これは狭い意味での西洋の倫理的基盤を指すのではなく、ギリシア・ローマ世界を引き継いだ世界、つまりは西洋式の文明、その総体を意味するものである。古代ギリシアに端を発する諸要素、とどのつまりは、合理性・科学技術を基礎とした文明・民主主義・近現代へと連動性を持つ芸術・グローバル化された資本主義の源流としての経済は、ナンシーによれば、そもそも事の始まりから無神論的性質を有していた。それは要するに、社会システムに所与のものとして超越性を組み込んでいない、ということを意味している。

超越性を排除した社会は、社会そのものが存在するための目的を欠く。そうした事態から必然的に、神々の非‐現前の形象として「哲学」と「政治」が誕生することになる。ナンシーは、「哲学」と「政治」は、同一の「無神論的状況」の、「異なる様態」であると述べている。すなわち、「哲学」は無神論の「理論的な様態」、対する「政治」は「実践的な様態」であるのだ。こうして、古代ギリシアの「哲学」は、「意味作用が与えられていないなかで思考を実践すること」となり、対する「政治」は、「共同生活の自己創設の問題」となる。

しかし、古代ローマ帝国の末期になって、キリスト教がもたらされ、ヨーロッパの精神状況を塗り替えることになる。キリスト教はそれまでの無神論を基礎とした地平に「二つの事象」をもたらした。その一つは、「世界と天上の分離」であり、もう一つは「キリスト教の偉大な戒律、すなわち愛」である。ナンシーの用法に倣って言えば、前者は無神論的世界に導入された超越性の「理論的様態」であり、後者は「実践的様態」である。

さて、これらの区分は図らずしも、シラーのカント理解に酷似しているが、シラーとは異なりナンシーは、〈エコノミメーシス〉を経た形において、「魂の力」のあるべき姿を追求するのだ。

一神教としてのキリスト教が世界にもたらした超越性は、政治史を中心とした一般的な歴史においては「国家」という単一の支配体制に対立するものとしての「教会」という形を取った。そして同時に、そのような神の国や神の愛は、「西洋の政治理論もしくは哲学の全歴史」において、以下のような問いを常に投げ掛けることとなる。

力は自らを正当なものとなしうるのか。もし力が自らを正当なものとなしえないとすれば、法権利は、自らの正当性をどこから導き出してくるのか。これはルソーにとっての問題であると同時に、政治的事象に関わるすべての思想家たちにとっての問題だったのです。もし逆に、愛の掟が地上の国をも支配する掟であるならば、どのようにしてそれを機能させることができるのでしょうか。

（「世界化の時代における政治」、『文学界』二〇〇六年七月号、一六一頁）

ナンシーがここで言う法権利の正当性への根拠と、地上の国をも支配する愛の掟とは、西洋のあらゆる政治思想を動かしてきた第一原因としての超越性を意味している。彼は、ホッブズやマキャヴェッリの政治哲学ですらこの種の超越性に突き動かされてきた、と述べている。そしてヘーゲルが『エンツィクロペディー』の『精神哲学』において、「愛こそが国家の原理である」と述べたことと、フランス革命において「自由、平等」の他に「博愛」がスローガンとしてつけ加えられたことを例に出し、十九世紀まで連綿と続いてきた（立憲君主制を含む）保守的な君主による支配も、ロマン主義的な「機会原因論」を契機とした革命の理念も、共に一神教的な超越性を基盤にしていると語ったのだった。

ここで私たちは、ナンシーが例に挙げたヘーゲルの言葉と、「自由の相互承認」との間の奇妙な類縁性に気がついてしまう。仮に「自由の相互承認」を保証するものとしての「国家」を抜き取ってしまっても、「相互承認」を行う主体の寄りどころとして神を源流とする「愛」が残るのであるから、「世界」から区別されたものとしての「天上」は、依然としてその力を誇ることになる。ナンシーは、共産主義に導入された超越性が引き起こした事態に即して、こうした矛盾が何であるかを解説する。

（サルトル的な実存主義の向かう先にあるものとしての共産主義的理念を否定したうえで）、共産主義の理念には愛の共同体の理念が含まれていた、といいたいのです。おそらくそこにはキリスト教が求めると同時に超越したものが存在していました。というのも、**キリスト教は愛である神の名において愛の共同体を求め、また同時に、地上の国を天上の国から完全に独立させることで、愛の共同体を拒絶したからです。**

（「世界化の時代における政治」、『文學界』二〇〇六年七月号、一六四頁、補足・強調引用者）

ここで言明されるキリスト教の愛の根本的な矛盾が、共産主義の崩壊の直接的な原因となるとともに、歴史のなかでキリスト教が「自己解消」し、世界が「脱魔術化」していく根本的な引き金となったのである。しかし、超越性の「自己解消」は、テーゼとアンチテーゼに分かたれて地上に落下し、止揚されてジンテーゼとなり、ふたたびその特性を取り戻すべきとして措定される契機を窺っているのではない。代わりに引き起こされたのは、世界の「脱魔術化」の後、一神教的な超越性が抱えてきた本質的な矛盾が、超越性が取り払われることによって赤裸々に露呈したという事態である。そのような状況に対処するために、例えば、「力の政治」のような制度が創設されることになる。たとえば「国家」が、近代の国民国家の必要条件としての「主権」といった概念を考えるようになった事例は、まさに典型的であろう。

　ナンシーはこうした状況を「三重の問題」として、「身体なき共同体」、「愛なき欲望」、「主権なき権威」といった具合に整理するのだが、おそらく私たちは、ナンシーの問題提起が、絶えざる反復を繰り返した結果導き出されたものであり、そうした反復が、より多様な位相において、行なわれていくべきだということを知っている。

　創発的な回顧と、超越性に内在する亀裂の問い直し。そこから見出されたポイントを、価値観のコペルニクス的な展開が生じる〈特異点〉として再定義し、パルチザン的な言語によって、相応しい精査を積み重ねていくこと。

　実直な弔いの作業でも、奔放な捨て身の特攻でも、ましてや革命でもなく、人間性を新たに位置づけ直すために、否定性より生じたマルチプレックスの誕生を、文学のパルチザンが切り開くべき新たな空間（ラウム）の発見を、私たちは希求してゆくべきだろう。人間性が根本から変容する兆しを敏感に読み取り、創造の作業へ反映させなければならないのだ。

　それは同時に、シシュポスの神話や、「飢えた子供を前にして文学には何が出来るか」という大時代な問いの根本的な変革を促し、文学そのものの在り方を変え、私たちをあるべき地平へと、静かに連れ戻すことへも繋がり得るだろう。

【主要参考文献】

ヴァーナー・ヴィンジ「特異点とは何か?」向井淳訳、『SFマガジン』二〇〇五年一二月号、早川書房
イマニュエル・カント『判断力批判』篠田英雄訳、岩波文庫、一九六四
小田部胤久『象徴の美学』東京大学出版会、一九九五
ポール・ド・マン『美学イデオロギー』上野成利訳、平凡社、二〇〇五
フリードリヒ・シラー『美学芸術論集』石原達二訳、冨山房百科文庫、一九七七
ヨハン・ゴットフリート・ヘルダー「彫塑」小栗浩訳、『世界の名著38 ヘルダー・ゲーテ』中央公論社、一九七九
ジェイムズ・グレアム・バラード『クラッシュ』柳下毅一郎訳、ペヨトル

工房、一九九二
ケネス・クラーク『風景画論』佐々木英也訳、岩崎美術社、二〇〇〇
イマニュエル・カント『純粋理性批判』宇都宮芳明他訳、以文社、二〇〇四
フリードリヒ・シラー『ヴァレンシュタイン』濱川祥枝訳、岩波文庫、二〇〇三
カール・シュミット『政治的ロマン主義』大久保和郎訳、みすず書房、一九七〇
池田雄一『カントの哲学　シニシズムを越えて』河出書房新社、二〇〇五
ジャック・デリダ『絵画における真理』高橋允昭・阿部宏慈訳、法政大学出版局、一九九七
アラン・ロブ＝グリエ『新しい小説のために』平岡篤頼訳、新潮社、一九六七
アラン・ロブ＝グリエ『消しゴム』中村真一郎・三輪秀彦訳、河出書房新社、一九五九
アラン・ロブ＝グリエ『覗くひと』望月芳郎訳、講談社文芸文庫、一九九九
アラン・ロブ＝グリエ『嫉妬』白井浩司訳、新潮社、一九五九
ミシェル・フーコー他「文学について」岩崎力訳、『現代人の思想5　文学の創造』佐々木甚一編、平凡社、一九六八
クロード・シモン「誇張法がフローヴェールの文体にあまりにも疵を付けている」佐藤正樹訳、『早稲田文学』二〇〇二年七月号、早稲田大学出版局
石川忠司『現代小説のレッスン』、講談社現代新書、二〇〇五
蓮實重彦『批評あるいは仮死の祭典』、せりか書房、一九七四
ジャン・ブロック＝ミシェル『ヌヴォー・ロマン論』島利雄・松崎芳隆訳、紀伊国屋書店、一九六八
ブライアン・オールディス『世界Aの報告書』大和田始訳、サンリオSF文庫、一九八四
ジョン・ロナルド・ルール・トールキン『妖精物語について　On Fairy-Stories』青山富士夫注解、北星堂書店、一九九〇
フレドリック・ブラウン『発狂した宇宙』稲葉明雄訳、一九七七
アラン・ロブ＝グリエ『快楽の館』若林真訳、河出書房新社、一九六九
アラン・ロブ＝グリエ『ニューヨーク革命計画』平岡篤頼訳、一九七二
ジャン・リカルドゥー『小説のテクスト―ヌーヴォー・ロマンの諸問題』野村英夫訳、紀伊国屋書店、一九七四
ジャン・リカルドゥー『言葉と小説―新しい小説の理論のために』野村英夫訳、紀伊国屋書店、一九七一
ヴィンフリート・ゲオルグ・レッシング『ラオコオン』斎藤栄治訳、岩波文庫、一九七〇
カール・シュミット『政治神学』田中浩・原田武雄訳、未来社、一九七一
カール・レーヴィット『カール・シュミットの機会原因論的決定主義』田中浩・原田武雄訳、『政治神学』所収、一九七一
カール・シュミット『政治的なものの概念』田中浩・原田武雄訳、未来社、二〇〇〇
バーバラ・ウェアハート・タックマン『八月の砲声(上)、(下)』山室まりや訳、ちくま学芸文庫、二〇〇四
トーマス・マン『魔の山』高橋義孝訳、新潮文庫、一九六九
桂令夫・坂東真紅郎「戦争とゲーム」、『TRPGサプリ』5号、アトリエサード、二〇〇四

カール・シュミット『パルチザンの理論―政治的なものの概念に関する中間所見』新田邦夫訳、ちくま学芸文庫、一九九五
イマニュエル・カント『実践理性批判』波多野精一・宮本和吉・篠田英雄訳、岩波文庫、一九七九
トーマス・ベルンハルト『消去』池田信雄訳、みすず書房、二〇〇四
ウィリアム・ギブスン『ガーンズバック連続体』、『クローム襲撃』所収、黒丸尚訳、ハヤカワ文庫SF、一九八七
椹木野衣『シミュレーショニズム―ハウスミュージックと盗用芸術』、河出文庫、一九九四
陣野俊史「文学の「前衛」のために」、『群像』二〇〇四年五月号、講談社
ミシェル・ビュトール『心変わり』清水徹訳、岩波文庫、二〇〇五
ミシェル・ビュトール『即興演奏』清水徹・福田育弘訳、河出書房新社、二〇〇三
ロバート・J・ソウヤー『ホームズ、最後の事件ふたたび』内田昌之訳、山岸真編『90年代SF傑作選』所収、ハヤカワ文庫SF、二〇〇二
笙野頼子『レストレス・ドリーム』河出書房新社、一九九四
ジョン・スラデック『遊星から来た昆虫軍X』柳下毅一郎訳、ハヤカワ文庫SF、一九九二
ミハイル・バフチン『ドストエフスキーの詩学』望月哲男・鈴木淳一訳、ちくま学芸文庫、一九九五
江藤淳『成熟と喪失』講談社文芸文庫、一九九三
笙野頼子『水晶内制度』新潮社、二〇〇三
ゲイリー・ガイギャックス『ロールプレイング・ゲームの達人』多摩豊訳、社会思想社現代教養文庫、一九八九
竹田青嗣『人間的自由の条件―ヘーゲルとポストモダン思想』講談社、二〇〇四
ジョルジョ・アガンベン『ホモ・サケル―主体権力と剥き出しの生』高桑和巳訳、以文社、二〇〇三
サミュエル・R・ディレイニー『エンパイア・スター』、米村秀雄訳、サンリオSF文庫、一九八〇
ジャン・リュック=ナンシー「世界化の時代における政治」三浦信孝・福崎裕子訳、『文學界』二〇〇六年七月号

「世界内戦」下、「伊藤計劃以後」のSFに何ができるか

——仁木稔、樺山三英、宮内悠介、岡田剛、長谷敏司、八杉将司、山野浩一を貫く軸

はじめに

SFを取り巻く状況が大きく変化しています。伊藤計劃が『虐殺器官』で描いた風景が、没後五年の今年、早くも現実になりつつあります。ウクライナや台湾で大規模な政治的衝突が起こるなか、日本でも周辺諸国との緊張がかつてないほど高まり、ネット上には差別的な言辞が今まで以上に溢れています。時代はまさしく「世界内戦」のさなか……。

——これは二〇一四年の五月四日に東京の虎ノ門・発明会館で開催された「SFセミナー2014」というコンヴェンションの本会企画「「世界内戦」下、SFに何ができるか」というパネル・ディスカッションの告知文として、私がしたためた文章の前半部である。登壇者は、初の短篇集『ミーチャ・ベリャーエフの子狐たち』（二〇一四年）[*1]を発刊したばかりの仁木稔と、著名文芸誌に掲載寸前で拒否された危険な短編『セヴンティ』（二〇一三年）[*2]を発表に漕ぎ着けた樺山三英、そして仁木稔や樺山三英論を収めた批評の単著『「世界内戦」とわずかな希望——伊藤計劃・SF・現代文学』（二〇一三年）[*3]を上梓した私だった。

SF関係のイベントにはさまざまな形がある。SFセミナーは学術大会などのアカデミックな集会を模した構成をとっており、Serious で Constructive なイベント、略してサーコンと呼ばれるコンヴェンションの代表格だ。昼間は二百名あまりの聴衆の前で作家や評論家を交えたインタビューやディスカッションが開催され、夜間は旅館を貸し切って昼間のパネルの続きの話や、読書会などの企画が行なわれる。

メインとなった「「世界内戦」下、SFに何ができるか」というタイトルの命名者は私で、ジュディス・メリル『SFに何ができるか』（一九七二年）[*4]を意識したものだった。SFにおけるニューウェーヴ運動の代表的な論客として知られるジュディス・メリルは、運動において従来のSFを過剰に工学的だとして退け、科学技術についての批判的精神、ひいては思弁性（スペキュレーション）そのものを核に据えることでSF概念の更新を図ったがため、SF史的にも特異な位置づけにある。メリルはJ・

G・バラード、トーマス・M・ディッシュ、サミュエル・R・ディレイニーら、文学的野心に満ちたな若手を理論的に擁護するとともに、彼らの作品を収めたアンソロジー『年間SF傑作選』を編み――そこにウィリアム・バロウズ、アンリ・ミショー、ギュンター・グラスら、世界文学の書き手を取り入れるなどして――SFの射程を大幅に広げることに成功したのである。つまりメリルは、新しいタイプのSFと世界文学を、まったく等価なものであると戦略的に謳ってみせたのだ。

無軌道な商業主義に半周遅れで追随しようとするSF文壇において、小松左京ら二十世紀の作家が追い求めた実存のあり方を更新し、〝二十一世紀の実存〟を深く問うた作家は、否応無しに孤軍奮闘を余儀なくされる。だが、『ミーチャ・ベリャーエフの子狐たち』も『セヴンティ』も、商品としての成功のみを目指したSFがしばしば目を背けたがる「世界内戦」下のリアリティを、きわめて鋭敏に捉えていた。SFセミナーで来場者に配布した資料で私が記した解説を要約すると、「世界内戦」とは、カール・シュミットが『パルチザンの理論』（一九六三年）で論じた公法秩序の「例外状態」、すなわち平穏なはずの日常が戒厳令下のようになった状況を前提としている。二〇〇一年九月十一日の世界貿易センターへの同時多発自爆テロ事件が、その転回点だった。ヴェトナム戦争に見られたようなパルチザン戦争を包摂する形で、戦争の次元は内戦へと転化されていったのだ。背後には、ベルリンの壁が崩壊し社会主義体制が終焉を告げた一九八九年以降、新自由主義経済（ネオリベラリズム）を基軸とし社会領域への介入を最小限にとどめた、サッチャリズム的な「小さな政府」の台頭がある。

二〇一四年一〇月一九日に広島大学で開催された「日本近代文学会　二〇一四年秋季大会」のパネル「世界内戦と現代文学―創作と批評の交錯―」は、「「世界内戦」下、SFに何ができるか」で問われた問題を、柳瀬善治や押野武志といった近現代日本文学の研究者たちの批評的視座を導入することで――ちょうどメリルがSFと純文学の境界を解体したように――より普遍的な形で組み替えていくための試みだったと総括できる。

ここでキーとなるのは、作家・伊藤計劃（一九七四～二〇〇九年）の仕事である。仁木稔（一九七三年生まれ）も樺山三英（一九七七年生まれ）も、実は伊藤計劃とほぼ同世代の作家であり、共通する問題を作品で扱ってきた。そこで本稿では、「世界内戦と現代文学」で私が行なった発表の論旨はそのままに、最新の状況論をも織り込むことで、『「世界内戦」とわずかな希望』で示した「伊藤計劃以後」のヴィジョンを、伊藤計劃と同世代の作家たちを貫く軸を模索する形にて、より明確化させてみたい。*5

一、「世界内戦」とテロルのイメージ――「近代文学の終り」

日本におけるカルチュラル・スタディーズ第二世代にあたる

という比較文学者の清水知子は、『文化と暴力　揺曳するユニオンジャック』(二〇一三年)*6において、「揺り籠から墓場まで」と言われる福祉国家を築いた英国が、一九七〇年代後半には高い失業率と不況に苦しみ身動きがとれなくなっていたと論じている。すなわち、新自由主義的な政策と暴力は当初から連関していたのだ。

一九七九年に英国初の女性首相として登場したマーガレット・サッチャーは、「小さな政府」をスローガンとして掲げ、強固な政治理念と大胆な政治手法を用いて新自由主義(ネオリベラリズム)的な経済改革を断行した。それにより「欧州の病人」と皮肉られていた英国は、長期的な経済停滞から見事な復活を遂げた。だが、その代償は大きく、サッチャーをめぐる評価は、今なおくっきりと二分されている。「社会はありません」という言葉は、そうした彼女の時代を象徴するものである。そしてこの「社会のない社会」において、文化と暴力は複雑に絡み合いながら互いの領分を更新し直してきた。*7

それから三十年以上を隔てた、二〇一一年夏。ロンドン北東部で黒人男性が警官に射殺された。これを機に始まった警察に対する抗議運動は、大規模な暴動へと発展。そして、炎上する建物や略奪といった衝撃的な映像とともに、「危機」に陥る英国というイメージはスペクタクルとして報道され、瞬く間に共有・拡散を遂げた。清水は『文化と暴力』で、この暴動が、「かつてのように明白な政治的メッセージをもったものではないということ、あるいは、今日支配的な社会のシステムによっては分析しえない社会的経験に根ざしている」ことを指摘していた。こうした不明瞭な「社会的経験」が矛盾を孕んだ形で一人歩きしている様子を、作家・批評家の笠井潔は、政治学者の白井聡との対談書『日本劣化論』(二〇一四年)*8で指摘してみせた。

九・一一に際して、ブッシュ大統領はきわめて曖昧な態度を取った。まずブッシュは「これはテロではない、戦争だ」と口走った。アメリカ第一の都市ニューヨークを攻撃して、五〇〇〇人もの犠牲者を出すような攻撃はテロの次元を脱している、戦争という以外は。ところがアフガン戦争に向かう過程でブッシュは「これは戦争ではない、テロだ」と正反対のことをいいはじめた。九・一一がアルカイダによるテロであれば、反テロ戦争は国際的警察行為だから戦時国際法に拘束されない、ということです。(……)テロをテロと認定し、警察行動で対処するメタレヴェルの世界的権力など存在しないということならまた世界戦争の時代に戻ったのか。しかしアルカイダは国家ではないから、対テロ戦争は対国家戦争ではない。二〇世紀の世界戦争には、交戦団体が国家ではないゲリラ戦という逸脱も含まれていましたが、それでも基調は国家間戦争でした。しかし反テロ戦争では国家間戦争が中心とはいえない。テロとも戦争とも決めかねる軍事力行使に、これまた国家間戦争ではない反テロ戦争が対抗する。[*9]

テロルの定義も戦争の定義も国家の定義もすべてが混交し、不可視化されたうえで単純なイメージが一人歩きする状況。その状態を「世界内戦」のモデルで捉えるにあたっては、フランクフルト学派の研究で知られるスーザン・バック＝モースが、『テロルを考える　イスラム主義と批判理論』（二〇〇三年）[*10]で提示した視座が、役に立つだろう。まずバック＝モースによれば、「暴力をグローバルなスペクタクルにした点で、9・11はそれ以前のテロ行為とは袂を分かつ」ものである。「権力が行使する弁証法、つまり権力自体が自分の弱みを作りだすという事実」が、それ自体メッセージへと転化されてしまうのだ。ツイン・タワーを襲撃した者らは、何ら具体的な要求をしないまま、民間人を巻き添えにして生命を捨てた。その無私なる〝自己犠牲〟は、襲撃された側の記録映像に残されることで、人工衛星を経由し、全世界に繰り返し拡散された。

全世界の聴衆の前で、ひとつの声なき行為が何度も何度も流れる――人工衛星で群集（マルティテュード）に送られたメッセージ――そしてこの映画的時間―イメージ、運動―イメージを目撃した多種多様な人びとが、爆発的に兵士と化して敵陣になだれこんだわけだ。[*11]

こうしたイメージは「グローバルな公共圏」における多様なコミュニケーション領域へと同時に入り込むことで、あるところでそれはテロルにほかならないと語られながらも、別のところでは大勝利と報道される。かねてから存在したコミュニケーション・コードの差異による解釈の相違が、個々の差異を単純化させつつ、無数に分裂して拡散されていく。つまり、「グローバルな公共圏」を標的とした戦争においては、戦いの場所は空間的に分離されていない。当然ながら、「敵」は攻撃すべき地政学的空間に縛り付けられているわけでもない。アメリカがアフガニスタンという特定の場所を地政学的な攻略ポイントとして攻撃したが、そのことは「世界内戦」が懐胎する矛盾をよく表している。「グローバルな公共圏」に外部はない。少なくとも、9・11テロの実行者はそのことを直観的に心得ていた。

近代文学の論理は「場所」と密接に結び付けられている。より正確に言えば、「グローバルな公共圏」の外部こそが、近代文学の言葉で表象されるべきトポスであった。だからこそ「文学は無力で、無為であり、反政治的にも見えるが、（制度化した）革命政治より革命的なものを指し示すのだ、また、それは虚構であるが、通常の認識を越えた認識を示すのだ」という擁護の論理を持ち出すことが可能になる。このような総括を行なったのは、「近代文学の終り」(二〇〇四年)[12]を説いた批評家の柄谷行人だった。柄谷は中上健次の盟友だったので、柳瀬善治が「世界内戦と現代文学」で報告した「三島由紀夫以後・中上健次以後」の理論的な真空を明らかに意識したうえで、このような総括が行なわれているのは火を見るよりも明らかだ。そのうえで柄谷は、「グローバルな公共圏」が表象不可能なものとなってしまったのであれば、それはもはや文学のフィルターを通して考えられるような問題ではない、と告げたのである。

> 資本主義はますますあらゆるところに浸透している。今や臓器から赤ちゃんにいたるまでグローバルに商品として売買されている。環境などは物理的文化的にめちゃくちゃに破壊されている。これはとめどなく進行していくものです。それに対して、どうするのか。私は、それを文学で考えろ、などといいません。その逆です。文学を離れて考えろ、というのです。[13]

　ここで言う「文学を離れて考えろ」というのは、いったいどのような営為を意味しているのか。文学が脱政治化されていることが既定の条件としてあったとして、その穴を埋めるだけの有効な行動とは、いったい何を指すのだろうか。その後の柄谷行人の発言からすれば、デモ行進に参加するということが、かつての文学で考える行為に該当するのかもしれない。あるいはSNS上でのプロパガンダ競争が、そのまま文学の代替物になっているのかもしれない。少なくとも、二〇〇〇年代前半から中盤において、文学や思想が軒並みサブカルチャー化しているのは間違いなく、想像力の〝脱政治化〟は所与のものとされている。

　二〇〇七年、そこに突如として現れたのが伊藤計劃であった。

二、「SF冬の時代」と伊藤計劃――高橋良平の総括から

　伊藤計劃の与えた衝撃を仔細に論じるのは紙幅が許さないので、ここでは二〇一六年三月現在における最新の例を、一つ取り上げるに留めたい。

　『SFマガジン』二〇一六年四月号に、「早川書房七十年のSF出版で最良の年はいつだったのか」というテーマでの対談「ランキングで振り返るSF出版70年」[14]が採録された。二〇一五年一二月二一日、早川書房のカフェ・クリスティで行なわれたイベントである。早川書房や『SFマガジン』は、言わずと知れた日本のSF文壇を支える媒体。ランク選定と解説はSF評論家の高橋良平が担当、聞き手は『SFマガジン』編集長の塩澤快浩がつとめた。いわば〝公式見解〟である。ここで第一位に選ばれたのは――高橋の仕事を知る者にとっては意外なことに――二〇一〇年。中心となる作家は伊藤計劃であった。塩澤はこの年の周辺状況を「伊藤さんがデビューされたの

は二〇〇七年、亡くなったのは二〇〇九年ですが、二〇一〇年に『虐殺器官』『ハーモニー』が文庫化されています。当初の装幀もけっこう斬新で、そこから大きな話題になりました」と簡単に総括し、そのうえで伊藤計劃が没した二〇〇九年は、先行する作家として（注：栗本薫の）「《グイン・サーガ》という、初版が十数万部も刷られる作品が隔月で出ていた時代が終って」しまったことを問題にしている。注意すべきは、この塩澤の発言が、高橋による以下の解説を前提としていたことだ。

「以後／以前」という言葉を誰かが付けてくれましたけど、伊藤計劃という人の残した影響が（注：二〇一〇年に）表れてきた。それは読者はもちろん、これからSFを書こうという人に与えた影響というのが驚くほど強かったのだと、『伊藤計劃トリビュート』の出版で感じました。
　伊藤計劃について、神林さん（注：先行世代の神林長平）も何らかの思いがあるし、同世代の作家に、ものを書くという態度に対する影響を与えている。これは日本SF始まって以来のことかもしれないです。翌年には大震災もあって、結果的には日本人がみんなもう一度ものごとを考え直す、そのはじまりの年だったんじゃないかと思いますね。＊15

一九五一年生まれの高橋良平は、ファンダム・プロダムをまたいだ戦後SF史の熱気を、当時を知る「生き字引き」であるかのように、それこそSFセミナーのような場で積極的に証言をしている。「本の雑誌」に長期連載されている「戦後日本SF出版史」が代表作である高橋が前述のランキングで取り上げた第十位から第一位までのうち、四つが一九七〇年代、三つが一九六〇年代であることからもわかるように、彼自身、これらの時代を体験した証人たる役割を積極的に担ってきた。その高橋が、伊藤計劃「以後」の書き手を意識したうえで、伊藤が与えた先行世代や同世代への影響について「日本SF始まって以来のことかもしれない」と公に述べたことは、少なくとも日本SFの歴史においての伊藤計劃の先進性が――伊藤とSF観を共有する（と思われた）世代を超え――事実としてお墨付きを与えられるほどに浸透したことを意味している。＊16
　なにせ、高橋は八〇年代以降については、「第五位　一九八七年」と「第二位　二〇〇三年」を取り上げたのみ。一九八七年はサイバーパンクの影響で「専門誌以外の雑誌でSFがとり上げられるようにな」ったこと。二〇〇三年については、伊藤計劃が『虐殺器官』を最初に発表した叢書でもあるハヤカワSF―Jコレクションの創刊によって、「新しいSFの書き手を早川書房が求め始めたこと」が、選定の理由として挙げられていた。その意味で伊藤計劃がフィーチャーされるのは自然なようにも思えるが、ここで一九九〇年代がランクにすら入れられていないことは見過ごせないだろう。

というのも、『本の雑誌』一九九七年三月号に載った鏡明との対談「この10年のSFはみんなクズだ!」[17]での高橋は、世に出ているSFが「クズばっかり」で、それは「この十年」どころか「本来はこの二十年」だと述べているのである。この放言は、『日本経済新聞』や『SFマガジン』のような媒体をも巻き込み、「SF冬の時代論争」などと呼ばれる論争を惹起した。プロの物書きが多数参戦したこの論争は、控え目に見ても盤根錯節たる様相を呈していたと言うほかないが、ここで重要なのは「クズ」や「冬の時代」という評言が、黙殺されずに真剣な議論の対象になってしまうくらいには、状況からSFが切断されているという認識が否応無しに共有されてしまっていたことだろう。そして、論争を起こし「冬の時代」を提唱した当事者にとってすら、伊藤計劃はそこに風穴を開ける存在として位置づけられていたのだった。

『本の雑誌』の「この10年のSFはみんなクズだ!」の冒頭では、いきなり、同誌前号(一九九七年二月号)の特集「この新人をマークせよ!」での高橋の発言[18]が参照されている。その発言を実際に見てみると、取り上げられた新人が「クズ」ではない独創的な作家だという理由として、「すごく上質なポスト・サイバーパンク」という評言が用いられていた。曰く、重要なのは、たとえ十八世紀や十九世紀が舞台の作品であっても、それを現代の話として、「ビビッドに、リアルに」読めるべきだという「考え方」が取られていること。それが外部を巻き込んだサイバーパンクの本質なのだと、高橋は述べている。ここでは、SFが体現する現代性や意外性、奇想性の融合が重視されている。反対に、「売れている作家」や「自分が読んで面白かったもの」をうわべだけ模倣して終りという姿勢は厳しく批判されている。そのようなエピゴーネンに終わらない「ポスト・サイバーパンク」の範疇に、伊藤計劃の『虐殺器官』は見事に当てはまるものだろう。少なくとも、「終り」を迎えた「近代文学」では表象不可能な「グローバルな公共圏」の状況が、『虐殺器官』で正面から取り扱われているのは間違いない。

三、「虐殺の文法」が射抜いたもの——『虐殺器官』

『虐殺器官』のテクストから、「世界内戦」のリアリティを描出している箇所を具体的に見ていこう。まず、それが二一世紀の日本にも通じる高度資本主義と連動したものだということは無視できない。語り手シェパードの独白で表現される次の箇所は、その典型だ。

> 戦争は絶えず変化した。/しかし、デリバリー・ピザは不変だった。/ぼくが生まれる前から変わらず存在したし、たぶんぼくが死ぬまで立派に営業するだろう。ドミノ・ピザが不変性を獲得している世界から、ぐるぐる変わる世界を語ることはとても難しい。[19]

「ドミノ・ピザが不変性を獲得している」普遍的な世界とは、世界のすべてが資本主義の論理でフラットに均されてしまった状況を意味している。あるロック・ミュージシャンの言葉を借りれば、「神はTVの中にいる」[*20]というわけだ。当然ながら、そんな場所では超越性は存在できない。伊藤も愛読していた「ポスト・サイバーパンク」の作家であるジャック・ウォマックの『ヒーザーン』（一九九〇年）では、こうしたジレンマに焦点が当てられた。その四半世紀後に書かれた『虐殺器官』では、脳科学的／認知科学的なアプローチが採用される。


「ぼくは無神論者だ。だから、地獄うんぬんについては気の利いたことは言えそうにないな」

「神を信じていなくたって、地獄はありますよ」

アレックスはそう言って、悲しそうに微笑んだ。

「そうだな、ここはすでに地獄だ」（……）

しかし、アレックスはそうじゃないと言って自分の頭を指差した。

地獄はここにあります。頭のなか、脳みそのなかに。大脳皮質の襞のパターンに。目の前の風景は地獄なんかじゃない。逃げられますからね。目を閉じればそれだけで消えるし、ぼくらは普通の生活に戻る。だけど、地獄からは逃れられない。だって、それはこの頭のなかにあるんですから。[*21]

だが、神なき時代の「地獄」が「大脳皮質の襞のパターン」に閉じ込められるものだったとしても、フラットな世界で人々は衝突し、唯物論的な意味での「地獄」を創造してしまう。『虐殺器官』は冒頭部からこのジレンマが執拗に差異をはさみつつ反復されていると言ってよいが、この矛盾を表現するギミックとして、「虐殺の文法」が召喚されるのだ。無軌道に他者を殺して回る虐殺という行為を、科学的に統御するための「文法」のことである。この「虐殺の文法」があるからこそ、『虐殺器官』はSFたりえていると言われているが、作中で想定されるのが、いわば「虐殺の文法」の〝平和利用〟だったと判明した際、この「虐殺の文法」はSFのギミックではなく、ましてや隠喩でもなく、今なお世界各地で繰り返されている生の現実そのものの形象化であるとわかってくる。「国内で内戦がはじまれば、怒りを外に向けている余裕はなくなる。国内で虐殺がはじまれば、外の人々を殺している余裕は消し飛ぶ」という認識のもとに、「外へ漏れ出そうだった怒りを、その内側に閉じこめる」ことが目指されていた。この点、「虐殺の文法」の〝平和利用〟は、核（＝原子力）の〝平和利用〟によく似ている。そして、フラットな世界の秩序とは、その〝外部〟として規定された者らの犠牲により辛うじて成り立っている、きわめて脆いものにすぎないことが明かされる。

脳科学／認知科学の視座からグローバル社会のジレンマをそのまま露呈させること。その切り込みの深さは活字よりも映像が与えるインパクトに近いとすら思わされるが、こうした発想の原点は、黒沢清監督の映画『CURE／キュア』（一九九七年）に負っていると、伊藤計劃は『虐殺器官』についてのインタビュー[22]で述べている。

> 萩原聖人が演じた犯人の間宮は、対話を通じて人間の心に潜む憎悪を増幅させる力を持っているのですが、あのアイデアを民族レベルにまで拡張したらどうなるか、と。（……）小説（引用者注：『虐殺器官』）の背景は２０２０年前後を想定していますが、作中のモチーフやアイデアは、ほとんど現実のものというか、いま問題になっていることが下敷きで、着々と現実に追いつかれつつあります（笑）。[23]

だが、「人間の心に潜む憎悪」を「民族レベルにまで拡張」させて構造化し、状況に即したリアリティを付与するためには、そのための枠組みとなるものが必要だ。本稿では、伊藤計劃が深くコミットメントしたゲームの方法論に、一つのヒントがあるのではないかと仮定したい。

四、ゲーミフィケーションと環境管理型権力――『ハーモニー』

とはいえ、ゲームを語るのは難しく、しばしば煩瑣な手続きを経なければならない。とりわけ、伊藤計劃の小説はゲーム性を内在させているだけではなく、実際に市場で売られているゲーム・タイトルを強く意識したものでもあるので厄介だ。『虐殺器官』と『ハーモニー』（二〇〇八年）[24]の間には、『METAL GEAR SOLID GUNS OF THE PATRIOTS』（二〇〇八年）[25]という長編が書かれている。これは小島プロダクションが開発したデジタルゲーム『メタルギアソリッド４』（二〇〇八年）のノベライズであるが、そもそも『虐殺器官』からして、ゲームデザイナー・小島秀夫が関わった諸作品に強い影響を受けたものだった。『虐殺器官』の原型短編「Heavenscape」（二〇〇四年）[26]は、小島秀夫監督のデジタルゲーム『スナッチャー』（一九八八年）を下敷きとしている。『スナッチャー』をリアルタイムでプレイした伊藤計劃は、その体験を通じ「テクノロジーと社会の相互関係」について開眼したという。それは別段特異なことでもなく、一九八〇年代中盤から後半にかけて、サイバーパンクの精神とＲＰＧやアドベンチャーゲームの相互干渉性（インタラクティヴィティ）が、メディアと文化、そして社会をラディカルに変革すると信じられる文脈が連綿と存在していた。こうした「テクノロジーと社会の相互関係」について、ゲームを通して思考することは、「観念の世界」と「現実の世界」、これら二つの世界を関連づけようとする知の方法として、再評価が可能だ。つまり、両者の関係を「事後的なフィードバック」と「事前的なフィードフォワード」の往還を通して分析するものの見方として、ゲームで用いられる動的なモデルが有用となる。

防衛大学校教授の鎌田伸一は、そうした「事後的な検証（確認）の相互作用」のなかで、「対象の中の論理を事前に洞察しようとする知的努力の一つ」として、「ウォーゲーム」を論じている。[27]ウォーゲームとは、もとはナポレオン戦争を経て一九世紀プロイセン軍が開発した職業軍人創出のための教材「クリークシュピール」を起源としている。それが二〇世紀には、H・G・ウェルズの『Little Wars』（一九一三年）を嚆矢とし、商業展開もされるようになった。『メタルギアソリッド』等の戦争を題材としたデジタルゲームの一つの起源を、ホビーとしてのウォーゲームの古典である『Chainmail』（一九六七〜）や『スコードリーダー』（一九七七〜）のような戦術級ウォーゲームに設定することは、まったく牽強付会ではないだろう。そもそも鎌田によれば、ウォーゲームとは、「戦いのモデル化あるいはシミュレーション」であり、実際の軍事力の行使や舞台の作戦運用を想定するものの、あくまでもヴァーチャルなものである。そのうえで、ゲーム中の出来事は、「ゲーム参加者としてのプレイヤーの意思決定（選択）の交互作用」として展開していくことが重要だ。こうした意思決定による架空のモデルを商品として展開するのみならず、歴史教育に応用したのが、キングズ・カレッジ・ロンドンの教授フィリップ・セイビンであった。セイビンは「歴史上の紛争を表現するシミュレーション手法」（二〇一〇年）[28]において、その特徴を以下のようにまとめている。

> シミュレーションとゲームは、より伝統的な教育や学術研究の手法を主に三つの点で補完する。第一に、書面、口頭あるいはビデオ映像の利用者は知識を受動的に吸収するのでしかないのに対して、シミュレーションやゲームの利用者はもっと意欲的に取り組むことができる。第二に、シミュレーションやゲームは「直線的（linear）」因果律に立脚した歴史研究の後知恵論的問題を緩和し、歴史上の事件が有する偶発性・不確実性を否応なく考慮させることができる。第三に、シミュレーションやゲームを製作する人物は史実で起きた事柄と原因とを論理的・包括的・多角的に理解することが求められるため、その過程で以前は見落とされていた事柄を問い直すことができ、比較分析のための強固な基盤を提供できる。[29]

ここでは、ウォーゲームがもたらす「戦いのモデル化あるいはシミュレーション」の特徴が、シリアスゲーム（教育をはじめとする社会の諸領域の問題解決のために利用されるデジタルゲーム）[30]の文脈から組み替えられている。セイビンは歴史教育の講義において、学生にウォーゲームをデザインさせることで、文献史学では習得できない歴史の動的な側面を体感させようと試みているが、それが可能なのは、そもそもゲームというものが、参加者の意欲を引き出し、能動的に歴史の不確実性を考察でき、それらを論理的かつ多角的な理解に繋げられるためだ。ゲーム研究の出発点においては、一人遊びとしての「パズル」と、複数の参加者からなる「ゲーム」を区分する、という論点がしばしば採られる。*31ということは、ゲームはコミュニケーション性を前提とするわけだが、私はゲームを題材としたSF小説『盤上の夜』(二〇一二年)の作者・宮内悠介(一九七九年生まれ)と、ゲーム研究家の草場純との鼎談「第33回日本SF大賞受賞記念インタビュー——宮内悠介『盤上の夜』を語り尽くす!」(二〇一三年)*32で、この問題を議論したことがある。*33

草場　少し観点を変えてみましょう。小説の場合は、書き手がいて、読み手がいます。その意味では、ゲームは小説のように一対一の関係性にあるのではありません。いくらルールシステムの完成度が高くても、一緒に遊ぶ仲間がいないと、その良さはわからない。コミュニケーションの要素がありますから。(……)

宮内　システム自体がコミュニケーションを促す方向性でデザインされていたりするゲームもありますね。(……)

岡和田　ゲームにコミュニケーションの要素があるとして、そのコミュニケーションを促進させる要素がルールシステムのデザインによって可変的だとするのであれば、ゲームを成立させるための環境そのものが、ゲームを語るうえでは視野に入ってきます。

その流れで、例えば、いわゆる「環境管理型権力」——上からの権力が締め付けるのではなく、静かに、人間の環境そのものを変えていくタイプの権力——と、ゲームの考え方は、実のところ相性がいいのかもしれません。*34

ゲーム的な「観念の世界」がコミュニケーションを通じて「現実の世界」に深く影響するのだとして、それはテクノロジーの発展と軌を一にするように浸透を遂げてきたデジタルゲームを鑑みれば、環境管理型権力という側面をも併せ持つことは無視できない。実際、ポイントや順位の設定というゲームデザインの手法を用いてビジネスを効率化する「ゲーミフィケーション」の方法論*35は、まさしく環境管理型権力そのものだ。そして、伊藤計劃作品が優れている理由の一つに、その発想が人間の身体そのものを包括的に管理するものだと直観していた点を挙げることができる。『ハーモニー』での重要人物・ミァハとの会話で、語り手のトァンが「公共的身体」について考える場面を見てみよう。

「トァンはさ、わたしと一緒に死ぬ気ある……」

そう言うミァハはいつものように堂々。誰かに聴かれたら眉をひそめるどころじゃすまない内容を、あけっぴろげに、まだ何人かクラスメートの残っている教室でそう訊いてくる。いつものように、わたしの机に肘をつきながら。

とはいうもののどういうわけか、いつか、きっと、そんなふうに誘われるような気はしてた。だから公衆の面前で集団自殺の話をされても、そのときは別に驚きもしなかった。それもいま、すぐに行うと聞いても。わたしたちがこの場所から脱出するにはそれしか方法がない。そんなふうに思ってた。ミァハの横にはキアンが立っていて、わたしの答えを真剣な顔つきで待っている。

とはいえ、人が死ぬにあたっては段取りも色々必要。とくに少子化人口減、誰も彼もが「公共的身体（パブリック・コレクトネス）」の持ち主で、「社会的に稀少なリソース」と公共的正しさを口やかましくさえずる昨今では。*36


こうした『ハーモニー』での公共性は、実は日本のオタク・カルチャー（＝〝萌え〟文化）が依拠する、きわめて特殊な（＝〝ガラパゴス〟的）文脈でこそ成り立つものとして描かれている。私は「「サイバーパンク」への返歌、現代SFの新たな出発点」（『SFマガジン』二〇一一年七月号、早川書房、『世界内戦」とわずかな希望』所収）において、『ハーモニー』の日本語版と英訳版を比較調査した。その結果、一九九〇年代後半からのオタク・カルチャーの精神性をある意味で体現した「セカイ系」を彷彿させる箇所が——対応する訳語を見出だせなかったためか——いずれも英訳では正確に表現されていない事実を指摘したことがある。「セカイ系」というカテゴリー・タームは、思春期の屈折した自意識が中間領域を消去した形で、そのまま世界の趨勢と直結してしまうような想像力のあり方を描いたフィクションを指す。伊藤計劃は一貫して「セカイ系」に対しては批評的な距離感を保っていた。この事実を前提に考えてみれば、国際標準からすると「セカイ系」的なものは『ハーモニー』の本質ではなく、むしろ『ハーモニー』は日本的な同調圧力の内実を赤裸々に露呈させた小説だと捉えることができるだろう。

五、〝クール・ジャパン〟とゲーム・リテラシー
——『The Show Must Go ON!』連作

政府主導による〝クール・ジャパン〟の例を出すまでもなく、オタク・カルチャーや「セカイ系」は、新自由主義経済体制が産んだ副産物である。ピューリッツァー賞作家のジュノ・ディアスが指摘するように、それらはしばしば、性的・政治的・人種的な差別構造を無自覚に内包している。*37私は別の論考で「セカイ系」の名を借りた新自由主義への隷従を徹底批判したことがあるが*38、「セカイ系」とは別種のアプローチで、

ゲーミフィケーションと環境管理型権力の問題に切り込んだのが、仁木稔の『ミーチャ・ベリャーエフの子狐たち』に収められた『The Show Must Go ON!』(二〇一三年)[39]、『The Show Must Go ON, and…』(二〇一四年)、『…'STORY' Never Ends!』(二〇一四年)といった連作だった。

ここでは「絶対平和(アブソリュート・ピース)」という「全人類規模の徹底した管理社会」化が成し遂げられた未来像が描出される。人々はその性向と身体改造の度合いに応じた等級(グレード)と呼ばれる評価基準によって、細かく生活そのものが区分されている。こうした「絶対平和」は、「亜人(サブヒューマン)」なる二級市民の犠牲をガス抜きとする形で辛うじて成り立っている。だから「亜人」同士は「芸術」として、あるいはエンターテインメントとして殺し合いをさせられる。しかも、「亜人」の代理戦争は、大規模多人数同時参加型オンラインRPG(MMO-RPG)をモデルとした〝クール・ジャパン〟の成果物として描かれている。

等級(グレード)とはすなわち、性向に基づく生活様式の区分である。等級が低い——数字が小さいほど、その生活は伝統的かつ自然なものとなる。逆に等級が高い——数字が大きいほど工業化の度合いを高めるのだ。等級を含めた個人情報は、亜人と同様に額の皮下に記された番号によって登録されるが、外見からも区別が付けられるよう額の認証印(スティグマ)と装飾改造(デコレーション)が義務付けられている。そのような制度がオーウェルあるいはハクスリー流の悪夢ではなく楽しい遊戯として歓迎されたのは、等級選択が完全な自由意思であることに加え、新日本文化に負うところが大きかった。すでに老いも若きも、大都市生活者から狩猟採集民に至るまで、アニメやゲームを通じて、段階(レベル)に応じて設計(デザイン)——能力や装備、利用できるシステム、さらには外見もが変わるという概念、およびそれらの意匠(デザイン)に慣れ親しんでいたのだ。制度の設計(デザイン)および装飾改造の意匠(デザイン)に、日本人の創造者(クリエイター)たちが大いに腕を振るったのは言うまでもない。[40]

ここではオタク・カルチャーと融合した「ゲーミフィケーション」が、そのままプロパガンダの手段となった世界が描かれている。プロパガンダ研究で知られる歴史学者の山本武利は『ブラック・プロパガンダ——謀略のラジオ』(二〇〇二年)[41]で、プロパガンダを目的や意図、発信者、内容が第三者に検証可能な「ホワイト・プロパガンダ」と、目的や意図などが検証不可能な「ブラック・プロパガンダ」に区分した。セイビンの訳者・蔵原大が指摘するように、二〇〇九年、アメリカのバラク・オバマ大統領は就任直前に「ホワイトハウス　ウォーゲーム」を行ったように、ゲームと政治は密接な関わりを有しており、受容者にリテラシーがなければ、しばしばブラック・プロパガンダとして機能してしまう。[42]プロパガンダに踊らされないリテラシーを手にするためには、参加者としてゲームを受容するだけではなく、むしろゲームデザインという営みそのものを〝表現〟として再検討していく必要があるだろう。

こう考えれば、ゲーム研究者の高橋志行が、編集者の永田希との対談「ブレインダンス・クラウドコア――インデックスによる戯れ――適応サイクルから適応スパイラルへ」（二〇一〇年）*43において、MMOの原型である会話型RPGにおいて、ゲームマスターとプレイヤーの相互干渉性によってゲーム空間そのものが再構築されていくプロセスを重要視し、「シェアド・ゲームデザイン」という概念を提唱しているのは重要だろう。

たとえば小説家の佐藤亜紀は『小説のストラテジー』で、「小説という表現は〈記述の運動〉で成り立っている。そして、小説において物語と呼ばれているものは、しばしば〈記述の運動〉である」といった趣旨のことを書いています。小説の表現から物語や思想を読み解く、というのではなく、そこで表現のために尽くされた技巧それ自体を、丹念に読み取るということです。そして僕は、ゲームデザインという営みも、独立した表現形式の一つとして捉えてみることはできないのか、と考えているわけです。僕が会話型RPGについて「シェアド・ワールド」ではなく敢えて「シェアド・ゲームデザイン」を強調するのは、今述べたような思考によるものです。*44

六、「世界精神型」の（反）英雄――『十三番目の王子』、

高橋志行が、ここで重要視するのは、SF／ゲーム評論家の安田均の役割だ。先の対談で高橋は、「RPG産業を日本に根付かせた人としても知られていますが、元々はSF・ファンタジーの翻訳と批評として出発した人」としての安田均を、「「SFファンタジィ」というカテゴリで名指される70年代以降の英米文学の一潮流が、小説以外のメディア、特にボードゲームやデジタルゲームという新しい表現形式にどう伝播していったかを問いかけ続けた人間」でもあると総括している。

安田によるゲームの伝播という側面から重要となるのが、岡田剛（一九七九年生まれ）のファンタジー小説『十三番目の王子』（二〇一三年）*45だろう。ゲームライターの田島淳は「岡田剛『十三番目の王子』書評」（二〇一四年）*46で、会話型RPGをもとにする安田均の翻訳した異世界ファンタジー『ダークエルフ物語』（一九九〇年〜）とロールプレイングゲームのディシプリンから、その内在的論理を鋭く分析している。

現代のファンタジーは、全てが現実と無関係ではなく現実要素と非現実要素が適度に混在し、両者の均衡と対照によって独自の雰囲気を作り上げている（安藤聡「現代英国ファンタジーとその背景」）。ならばその舞台となる世界は、単純な絵空事ではなく複雑な現実と地続きになる。地続き

であるからこそ〈永遠の袋小路〉（引用者注：栗本薫「語り終えざる物語〈ヒロイック・ファンタジー論・序説〉」）を相対化することが可能になるのだ。

（注：『十三番目の王子』の作者）岡田剛はR・A・サルバトーレのヒロイック・ファンタジー『ダークエルフ物語』の熱烈なファンだとエッセイで公言している。『ダークエルフ物語』の舞台フォーゴトン・レルムは、『Chainmail』から発展した会話型ロールプレイングゲーム『ダンジョンズ&ドラゴンズ』のワールド・セッティングの一つで、数あるファンタジー世界のなかで、もっとも情報量が多く緻密に設定されたものとして著名だが、岡田はサルバトーレが広大な世界において「物語ではない出来事、一人一人の人生の一場面」を丁寧に描いたことに着目している。それは「世界を救うという壮大な物語」でこそないが、「力への意志」（引用者注：ニーチェ）をもって、複雑さを増した〈永遠の袋小路〉を突破するためのヒントを提示してくれる。作品の世界観が現実を巧みに引き受けていればいるほど、「選び取られた単純さ」の精神は効果的に発揮されるからだ。

けれども、突破の過程において、英雄の性質は微妙にして決定的な変容を余儀なくされる。『ダークエルフ物語』の主人公ドリッスドはドラウ（ダークエルフ）社会のアウトサイダーとして描かれ、その根底に「選び取られた単純さ」を抱きながら、ダークヒーロー〝反英雄としての英雄〟という立場を堅持している。彼はどこにも居場所がなくひたすら孤独だ。だからこそ岡田はドリッスドに寄り添い、その視点で世界に対峙する。[*47]

私はこの書評の監修を担当し、完成に至る過程で田島と議論を重ねてきた。従来、ファンタジーは児童文学研究の領域にて論じられることが多かったものの、そこでは会話型RPGとの相互影響関係が不当に軽視されてきた、という問題意識が前提にあった。結果として抽出された、〝反英雄としての英雄〟。その像は、伊藤計劃が「世界精神（ヴェルト・ガイスト）型の悪役」と告げた人物像、そのものだろう。それはつまり、伊藤が称賛を惜しまなかった[*48]クリストファー・ノーラン監督の映画『ダークナイト』（二〇〇八年）に登場する悪漢（ヴィラン）ジョーカーのように、他者の認識を変革させるような強烈なヴィジョンを広範囲に演出することで、世界の本質を抉り出すことそのものを目的とする悪役のことだ。どんな現世的な欲望も頓着せず、「世界を支配するのでもなく、政治的な目標を達成するのでもなく、金をもうけるのでもなく、ただある世界観を「われわれ」の世界観に暴力的に上書きする時間を演出する、それだけを目的とした悪役たち」[*49]。「世界精神」という言葉にドイツ語の「ヴェルト・ガイスト」があてられているように、ここではヘーゲル的な全体性のイメージが提出されている。悪役は主人公（『ダークナイト』で言えばバットマン）と対立を運命づけられているがゆえ、世界観の刷新に伴う暴力性を吐露しやすい。だが、ヘーゲルがナポレオンを世界精神と呼んだ逸話を引くまでもないが、「悪役」たることは本質ではなく、むしろ圧倒的な暴力性を正面から引き受けているのであれば、物語上は善玉であってもかまわない。実際、『十三番目の王子』のクライマックスでの騎士団長ソローの演説は、紛れもなく「世界精神型」の（反）英雄の行為として描出されている。


　希望を、と広間の後ろから混迷した空気を切り裂く声が響き、全員が後ろを向いた。エネミアが迷いのない視線をソローに向ける。

「団長、ここに残るものに希望をください」

　かなわないな、とソローは思う。エネミアは本当に団員たちの気持ちがわかるのだろう。嘘でもいいから希望を。

「叙任を受けていなくとも問題ではない。君らが真の騎士であることを願う。騎士ならば護るべきものを知っているからだ。そして君らが充分に恐れていることを願う。相手がどれほど強大か、理解していれば当然のことだからだ」

　ソローは銀の剣を抜き、石床の隙間に突き立てる。決して大声を上げず、静かに、力強く語りかける。「恐怖を感じてなお、この剣と共に戦おうというものは、家族の顔を思い浮かべろ。友人の、恋人の顔を思い浮かべろ。隣の家に住むもの、街ですれ違うだけの顔も思い浮かべろ。君ら一人一人がここで立っていれば、彼らは生きる。君らが倒れずにいれば、彼らは命を繋ぐ。鼓動を感じろ。すでに今、ここで、君らの心臓の刻む一秒一秒が、ラダッカの民の生存を勝ち取っている」

　ソローは自分の心臓の音に耳をすませるかのように目を閉じる。「これは殺すための戦いではなく、生かすための戦いだ。理不尽な暴力を、六万の民に代わって受け止めるための戦いだ。故に敗北はない。息絶えるそのときまで、勝利の連続があるのみ」＊50


　嘘でもいいから希望を、との声に応じる形で、ソローは「理不尽な暴力を、六万の民に代わって受け止める」ことを要求した。圧倒的な暴力に対峙する覚悟ができれば、敗北はないというヴィジョン。ここでのソローの演説と「虐殺の文法」には、明らかに通底するものがあるが、それは「ブラック・プロパガンダ」ではなく、ソローが価値を担保する「ホワイト・プロパガンダ」として語られている。

七、脳のなかの異世界と、侵食する暴力
——『ムイシュキンの脳髄』、『allo,toi,toi』、『私から見た世界』

仁木稔は『ミカイールの階梯』（二〇〇九年）＊51で、「既存

の秩序を維持する」ために「為政者がなすべきことは暴力の統御」だと語る（反）英雄レズヴァーンを創出した。[52] 興味深いのは、レズヴァーンが作中の別の箇所で、「経験する自己と意識する自己が分かたれてしまっている」と告白していることだ。ここでは『虐殺器官』における「地獄はここにあります。頭のなか、脳みそのなかに。大脳皮質の襞のパターンに」という文句が、間違いなく反響している。このモデルを参考に、脳科学的／認知科学的な視点を、「世界内戦」下における複数的な実存のあり方として表現している例として、宮内悠介、長谷敏司、八杉将司らのSF小説を概観してみよう。

　宮内悠介『ムイシュキンの脳髄』（二〇一三年）[53]は、音楽をテーマとしたSF短編だ。ここでは、「ある種の家族が暴力で結びつけられるように」、暴力によって結び付けられたバンドの実態が描かれる。その暴力による緊張感が、奇跡的な音色を生み出したとされるバンドである。ゆえに、ドストエフスキーの『白痴』にちなんだ〝ムイシュキン〟というステージネームを持つリーダー・網岡が特殊な施術であるオーギトミーを受けたことで、バンドが解散してしまったのは、「自然」な成り行きだったと語られる。


　術後、網岡は確かに「人格」を変えた。

　網岡自身が持て余した脳内の暴風――再現のない怒りの感情や暴力衝動は消えていた。

　そしてそれは、巷間で噂されるような「極度の無気力状態」などではなかったときに暴力に転じた網岡の鋭敏さは、一点、気遣いや献身に向けられることになった。

　網岡は以前の偏執性はそのままに、自分を殺し、音楽をやめ、他者のために生きるようになった。

　オーギトミーは天使を生み出したのであった。

（……）

「何も、網岡は悪魔から天使になったわけではないんだよ」

「ええ」

「彼は暴君ではあったが、少なくとも他者への想像力を持ち合わせていた。だからこそ、わたしは施術を強く勧めた」[54]

　言うならば、悪魔だから暴力性を有しているわけではなく、暴力を「他者への想像力」と併存できる人間がいるということ。オタク・カルチャーに内在するセクシズムを半ば寓意的に掘り下げた長谷敏司（一九七四年生まれ）の『allo,toi,toi』（二〇一〇年）[55]では、少女性愛というタブーに踏み込むことで、「他者への想像力」のあり方が問い直されている。何人もの少女をレイプして殺害し、終身刑を言い渡された囚人チャップマン。「あれもこれもと試している間に、少女がひとりの人間ではなく、自分の穴を埋めるための記号に見えていた。だから、淡々と彼女を殴り、行為はどんどんエスカレートしていった」と回想される彼の行為が、なぜ犯罪なのか。それは「児童との良好な恋愛関係のモデルなど存在しない」からである。だから、「児童との性交渉に、家庭をつくったり子孫を残せたりといった、社会的な達成」はない。『allo,toi,toi』では、「小児性愛者（ペドファイル）にとっての報酬の、もっとも高い価値のものは脳内にある」がゆえに、擬似神経制御言語ＩＴＰによる矯正の対象となる。ＩＴＰによって、「好き／嫌い」を恣意的に分かつフィードフォワード／フィードバックの往還運動が破壊されるのだ。

八杉将司（一九七二年生まれ）の『私から見た世界』（二〇一三年）[*56]では「頭のなか、脳みそのなか」、つまりは「大脳皮質の襞のパターン」そのものが変容し、現実を飲み込んでしまう光景が描かれる。

> 世界とは心の姿だ。脳の形が変わり、それが心に変化をもたらそうとしているのなら、私の世界は生まれ変わろうとしているのかもしれない。その世界を私は受け入れるしかないのだろう。（……）
>
> おそらく私は時間という概念も認識できなくなってしまったのだろう。
>
> 存在（ある）とは現在に存在（ある）ことだ。過去と未来に存在（ある）ことを人間はもとより認識できない。私が認識できなくなっている存在も、現在に存在（ある）ものだけである。時間そのものまで認識できなくなれば、私は未知のものまで含めて今ある世界全部を認識できなくなる。
>
> それが起きているようだった。
>
> 私の周囲が白く包まれる。桟橋も船もビーグル水道までも白く塗りつぶされる。
>
> すべてが白くなったと思った瞬間、反転した。急に闇夜が訪れたように暗くなった。
>
> だが、すべてが暗闇に覆われたのではなかった。遠くにぽっかりと白い穴が空いていた。トンネルの出口のようだった。（……）
>
> 私はそうかと思った。あれがこの世界の出口、いわばフィクションの世界の入り口なのだ。[*57]

『私から見た世界』では、こうした「フィクションの世界」は神話のイメージで語られる。「我々が神話や伝承として知っている世界は確かに実在はしませんが、それぞれの人の無意識の奥で、この現実の世界のように存在する」というわけだが、一方で「その神話の世界と意図的にコンタクトを取るには、現実の存在を認識する知覚撮影をシャットアウトする必要」があるという。こうした「観念の世界」と「現実の世界」の転倒が、極限まで推し進められたのが『allo,toi,toi』の世界だろう。少女たちを一方的に「好き」になってしまい犯して殺したチャップマンは、無垢な子どもを暴力に晒す存在であるがゆえ、近代市民社会の秩序からすると排除されねばならず、同情の余地はない。事実、チャップマンは施術によって脳内に理想の少女を住まわせながらも、壮絶にして悲惨な死を遂げる。ただ、その死に至るチャップマンの思考回路をどこまでもフラットに描き抜くことで、同情を拒みながらも、テクストはチャップマンと読者を同じフィールドに置いてしまうのである。だからこそ、次の問題提起が説得力を帯びてくる。

> 小児性愛者を〝怪物（外部）〟のように扱うことは、問題をはさんで世界を〝向こう〟とこちら側とに切り分けるのと同じだ。そして、排除し、あるいは関わるまいとすることで、こちら側にいることで自分は何も変えたくないという態度でもある。だが、安全圏など本当はない。ことばになった「好き」は動機（モチベーション）と同時に錯誤を生み出し、あらゆる人間を突き動かしているのだ。*58

八、もう一つの「世界内戦」
――『収容所群島』、『セヴンティ』、『地獄八景』、『殺人者の空』

『allo,toi,toi』の問いを正面から引き受けたのが、樺山三英の『収容所群島』（二〇一〇年）*59だと言える。ここでは、『私から見た世界』でいう「フィクション」の世界を、東西冷戦においてソヴィエトが勝利したもう一つの未来というヴィジョンが示される。収容所機構は世界全体を覆い尽くし、体制の敵を至るところに見出し、告発と粛清が繰り返される「人民の誰もが、互いに互いを監視する時代」は、なぜか新自由主義的な『ハーモニー』の未来像に酷似してしまっている。「敵はもはや外部にはない。とすれば、内部に潜んでいるに違いない」と、裏側から見た「世界内戦」が描かれるのだ。ソルジェニーツィンの『収容所群島』（一九七三〜七五年）を本歌取りした『収容所群島』では、「歴史というのは一方向に進む、唯物論的過程なのだよ。世界は様々な誤差、諸々の蓋然性を含むが、しかし進む方向自体は一つだ」と言われるものの、それは事実ではないと語り手は直観している。にもかかわらず、収容所国家へ徐々に親しみを覚えてきてしまう。

> 「ぼくのいた世界は、ここよりもずっとましでした。はっきり言いますが、ここはひどい世界です。可能なものの内でも最悪に思える。ただ、にもかかわらず、ぼくは単純にここを否定し、かつての世界を肯定することができない。ここでは、何もかもが剥き出しで存在しています。自分を騙すための嘘や、それらしい大義名分をでっちあげる必要がない。余計なものをそぎ落としていけば、そこに残るのは、あらゆる社会に共通する規則だけです。そこではできるだけ無慈悲に、冷酷に振る舞う者が生き延びる。これは

> ひどく残酷かつ冷徹で、でも正直で素朴な真実に思える。ぼくはだんだん、この素朴さに惹かれつつあるのかもしれない。この世界の掟に、慣れてきているのかもしれない……。*60

　こうした「素朴さ」は、いわゆるネット右翼（ネトウヨ）の陰謀論的な世界観、在日朝鮮人や身体障害者、生活保護受給者やアイヌ民族・琉球民族らのマイノリティを〝内なる敵〟として設定する世界観に酷似している。大江健三郎の『セヴンティーン』（一九六一年）をアップデートさせた『セヴンティ』では、こうしたネトウヨの精神性が、〝向こう〟ではなく〝こちら〟に引きつけられる形で語られている。

> 　ごく若い、まだ二十代のころから、おれはこの身を国に捧げてきた。様々な愛国の活動に携わり、多くの危機を叫んできた。この国を蝕む敵は、ありとあらゆる場所にいた。外国人、障害者、教師、公務員、マスコミ、大企業――奴らは特権を傘に着てこの国を牛耳り、国民の生活をどん底に落とし込んだ張本人だ。ほんとうは加害者のくせに、被害者ヅラをして居直るクズども。弱者の味方のふりをして、耳触りのいいことばかりのたまう偽善者ども。金儲けのためなら手段を選ばない、死肉に群がるハイエナども、こういう連中が国を蝕み、寄ってたかって駄目にしたのだ。おれはそれが許せなかった。
>
> 　おれも最初から気づいていたのではなかった。新聞やテレビはもちろん、自分たちに都合の悪い真実を隠していた。おれはなにかおかしいと感じつつ、日々をただ漫然と過ごしていた。だがあるときネットの動画で、奴らに容赦ない罵声を浴びせ、勇敢に闘う人びとを見た。彼らは街頭に立ち、真実を訴えていた。ほんとうの加害者が誰なのかを、ほんとうの敵が誰なのかを訴えていた。胸の高鳴りが止まらなかった。おれはすぐさま彼らに連絡を取り、自分にも闘う資格があるだろうかと問うた。するとすぐに答えが帰ってきた。誰にでも戦う資格はあるはずだと。おれはもう次の集会には参加していた。*61

　少女の性的消費を示唆するオタク・カルチャーの熱心な消費者であっても、実際に少女を強姦して逮捕される者はごく一部にすぎない。両者の間に相関関係は認められたとしても、科学的な因果関係を立証することは困難だ。それは性的な欲望があからさまな煽動ではなく、「フィクション」という装い、「現実の世界」とは切り離されているというエクスキューズのもとで消費されているからだろう。一方、『セヴンティ』の語り手が倒錯した被害者意識のもとに「ネットの動画」で「真実」に気づき、集会に参加するまでのプロセスには、「フィクション」という緩衝材が欠けているのだ。実際、『セヴンティ』で描かれているような中高年ネトウヨは、私の見てきた限りでも少なからず実在する。そのうえで『セヴンティ』では、3・11東日本大震災と原発事故によって、逆説的に「核」が求められるようになった未来像が幻視されている。人間の身体は有限だが、「核」は永遠を体現している。

こうした永遠を求めるがゆえの垂直性への渇望は、日本SF第一世代の山野浩一（一九三九年生まれ）が、『殺人者の空』（一九七四）[*62]で書いたものだった。一九八四年に『レヴォリューション』（NW―SF社）を出してから三十年あまり沈黙していた山野浩一は、伊藤計劃や樺山三英らの活動に刺激を受けて新作『地獄八景』を書き下ろした（二〇一三年）[*63]。七〇歳を超えた山野浩一は、伊藤計劃の二倍以上の時間を生きていることになるが、ここでの死生観には、先行世代（例えば神林長平）に特有の、後発世代を矮小化する視座はない。むしろ『地獄八景』には、死後の世界ですらフラットでソーシャルになってしまっているという「笑い」がある。私はイベントで『地獄八景』を論じた際、[*64]もともと『SFマガジン』の特集タイトルとしての商業的ラベリングとして用いられた「伊藤計劃以後」というタームを批評的に読み替えられる実例として、『地獄八景』を「伊藤計劃以後」の文脈で論じた。伊藤計劃の問題意識を「継承」した「伊藤計劃以後」たる要件として、私は「一、世界史的な視野をもって、紛争に代表される「例外状態」と現在を繋ぐこと」、「二、世代間の格差を（過去の作品を参照するなどして）批評的に埋めようとすること」、「三、サイバーパンク以後の、テクノロジーや情報環境への批判意識」が必要だと論じたのだが、山野浩一は伊藤計劃が生まれるはるか以前、それこそ戦後日本SFの草創期から活躍しているにもかかわらず、三つの条件を満たした「伊藤計劃以後」の作品を完成させたのだ。

なぜ山野浩一は伊藤計劃を理解できたのか。それはサイバーパンクの源流に、山野が主導したニューウェーヴSF運動が存在したからだろう。ジュディス・メリルが英語圏でのニューウェーヴの立役者だったとすれば、日本での第一人者は紛れもなく山野浩一だった。オルタナティヴ・メディアとしての『季刊NW―SF』やサンリオSF文庫の創刊などで知られ、また『虐殺器官』でも言及されるJ・G・バラードをもっとも熱心に紹介したのが、ほかならぬ山野浩一だった。その山野は3・11のあった二〇一一年に『山野浩一傑作選』（I・II、創元SF文庫）を上梓しており、二巻目の表題を『殺人者の空』としていた。『殺人者の空』は、辛口で知られる山野をして、著者あとがきで「ああ、ようやくこれだけの作品が書けたと思えた満足度の高かった作品で、今回読んでも確かに充実した読後感を得ることができた。文体も完全に山野浩一のものとして完成されており、ほとんど無駄なく思念が物語を引っ張っていく」と語らしめるほどだ。この『殺人者の空』は革命を目指す学生運動での内ゲバ殺人を題材にしたもので、セクト間の対立で疲弊した語り手が、誤ってKという同士を殺してしまう、という筋書きだが、話が進んでいくうち、殺したはずのKは、実は社会的な顔を持たなかったことが徐々にわかってくる。排斥するはずだった他者が、自らの内宇宙（インナー・スペース）にしか存在しない相手だと判明した最後、カフカを思わせるKはよみがえり、時間は進むことなく反復を開始、脱出口としての「フィクション」はジャンク化し、救済を拒むロケットのようにベタなＳＦ的ガジェットの形をとって現れる。

> ここには私が私自身であることに耐え得る何かがある。私と私の中のKを結びつけて、我々の文学部自治会を本物の革命組織に育て上げる何かがある。
>
> K。私が殺したK。あの男はこんな名もない土地からやってきたのだ。(……)私もまた名もない土地からやってきて、偽物として、偽殺人者としてここまでたどりついたのだ。
>
> 私が歩き始めると雑草の草が少しずつ変化し、みおぼえのあるいぬたでなどが混じるようになった。Kはかなり先を進んでいる様子で、私が早足で歩いても姿を見せることはなかった。再び空が赤く輝いて爆発音と地震が襲ってきた。先程よりも遠くでまた一機ロケットが上昇していった。それはこの土地から逃げ出すための宇宙船のようでもあり、世界の全滅を目指して飛び立つ核ミサイルのようでもある。そして今度は更にもう一機、別の方角からロケットが飛び立った。＊65

思い返せば、個人と社会をつなぐ中間領域を消去する「セカイ系」では、「セカイ＝世界」はあくまでも「観念の世界」にとどまるものだった。ところが『殺人者の空』では観念に亀裂が生じている。ここで核ミサイルのイメージが提出されたことを忘れてはならない。山野は、冷戦下における核開発を「全財産を危険な賭に出して平和という利潤を上げているようなもの」＊66であったと指摘しているが、公法秩序という紳士協定が破られた「世界内戦」下において、そのような賭けは成立しない。ゆえに、行く先は必然的に「我々の革命闘争のように何度も何度も同じ地点に戻って」くることとなる。「世界内戦と現代文学」のパネルをはじめ、私はこれまで、主に伊藤計劃と同世代の作家の仕事を論じて「伊藤計劃以後」のＳＦの向かう先を考えてきた。その一方で、伊藤計劃がデビューした二〇〇七年よりは作品の発表場所が飛躍的に増えたことを素朴に反映しているのか、何ら独創性を発揮することなく伊藤計劃の仕事を二次創作的な共有材として消費する（主に）二〇代の作家が目立つようにもなってきた。「思想」としての「伊藤計劃以後」から「状況」としての「伊藤計劃以後」へ。そうした状況で真に問題視されるべきは、なぜ「何度も何度も同じ地点に戻って」くるような現象が訪れてしまうのか、そのことを正面から考える批評的な姿勢が決定的に欠けていることだろう。

それがないから、やすやすと、商業主義に身を委ね、アイロニー抜きでの劣化コピーや批評性なきマッシュアップに甘んじることができてしまうのだ。「世界内戦」の現実は、「グローバルな公共圏」でのスペクタクルを通して、剥き出しの暴力が横行するというもの。となれば、鳴り物入りでマッチポンプ的に世に押し出される新作よりも、『殺人者の空』のような作品のほうが、複雑な現実の様態を的確に表現していることになろう。その意味で『殺人者の空』は「伊藤計劃以前」に書かれた「伊藤計劃以後」の作品である。『セヴンティ』が示したように、自らの内なる「核」が、いつの間にか現実の核開発と一足飛びに結びついてしまうこと。「伊藤計劃以後」のSFにできることは、それを絶えず警戒し、〝脱政治化〟された想像力の弛緩を告発することで、撹乱されるコードのなかから、現実との回路を創造的に恢復する道筋を探りだすことにほかならない。

【脚注】

*1　仁木稔『ミーチャ・ベリャーエフの子狐たち』（ハヤカワSFシリーズ　Jコレクション、二〇一四年）

*2　樺山三英『セヴンティ』（『季刊メタポゾン』一〇号　メタポゾン／寿郎社、二〇一三年）

*3　岡和田晃『「世界内戦」とわずかな希望――伊藤計劃・SF・現代文学』（アトリエサード／書苑新社、二〇一三年）

*4　ジュディス・メリル『SFに何ができるか』（浅倉久志訳、晶文社、一九七二年）

*5　なお、原稿の性質上、同書や、『ミーチャ・ベリャーエフの子狐たち』の解説（「自らの示すべき場所を心得た世界文学、〈科学批判学〉SFの傑作集」）、および「「近代文学の終り」と、樺山三英「セヴンティ」――3・11以後の〈不敬文学〉」（『未来』二〇一五年冬号、未來社、ただし「世界内戦と現代文学」発表時には脱稿済み）と一部、論点が重複する部分がある。あらかじめ諒解されたい。

*6　清水知子『文化と暴力　揺曳するユニオンジャック』（月曜社、二〇一三年）

*7　前掲『文化と暴力』、一一頁。

*8　笠井潔・白井聡『日本劣化論』（ちくま新書、二〇一四年）

*9　前掲『日本劣化論』、二四四～四五頁。

*10　スーザン・バック＝モース、『テロルを考える　イスラム主義と批判理論』（村山敏勝訳、みすず書房、二〇〇五年）

*11　前掲『テロルを考える』、三四頁。

*12　「近代文学の終り」（『早稲田文学』二〇〇四年五月号、『近代文学の終わり　柄谷行人の現在』所収、インスクリプト、二〇〇五年）

*13　前掲「近代文学の終り」、二九頁。

*14　高橋良平・塩澤快浩「ランキングで振り返るSF出版70年」（『SFマガジン』二〇一六年四月号）

*15　前掲「ランキングで振り返るSF出版70年」、二五九頁。

*16　なお、高橋が言及した神林長平については、私は「「伊藤計劃以後」と「継承」の問題――宮内悠介『ヨハネスブルグの天使たち』を中心に」（二〇一三年、『「世界内戦」とわずかな希望』所収）で言及し、神林

の伊藤計劃理解がいかに浅薄なものかを論じた。

*17 高橋良平・鏡明「この10年のSFはみんなクズだ!」(『本の雑誌』一九九七年三月号、本の雑誌社)

*18 高橋良平「私を信じるなら高野史緒を読め」(『本の雑誌』一九九七年二月号、本の雑誌社)

*19 伊藤計劃『虐殺器官』(ハヤカワSF―Jコレクション、二〇〇七年、三二頁、ハヤカワ文庫JA、二〇一〇年)

*20 マリリン・マンソン「ロック・イズ・デッド」(『メカニカル・アニマルズ』所収、一九九八年)

*21 前掲『虐殺器官』、三八頁。

*22 「INTERVIEW [第1回] プレイボーイミステリー大賞第1位「ミステリーというジャンルを意識して書いたわけじゃないんです」伊藤計劃」(『PLAYBOY』No.396、二〇〇八年一月号、集英社)

*23 前掲「ミステリーというジャンルを意識して書いたわけじゃないんです」、三八頁。

*24 伊藤計劃『ハーモニー』(ハヤカワSF―Jコレクション、二〇〇八年、ハヤカワ文庫JA、二〇一〇年)

*25 伊藤計劃『METAL GEAR SOLID GUNS OF THE PATRIOTS』(角川グループパブリッシング、二〇〇八年、角川文庫、二〇一〇年)

*26 伊藤計劃『伊藤計劃記録　第弐位相』(早川書房、二〇一一年) および『The Indifference Engine』所収(ハヤカワ文庫JA、二〇一二年)

*27 鎌田伸一「ウォーゲームの方法論的基礎」(『防衛大学校紀要』九十八号、二〇〇九年)

*28 フィリップ・セイビン「歴史上の紛争を表現するシミュレーション手法」(蔵原大訳、『年報・戦略研究』第8号、芙蓉書房出版、二〇一〇年)

*29 前掲「歴史上の紛争を表現するシミュレーション手法」、七七頁。

*30 藤本徹『シリアスゲーム　教育・社会に役立つデジタルゲーム』(東京電機大学出版局、二〇〇七年) の定義による。

*31 Gonzalo Frasca *LUDOLOGY MEETS NARRATOLOGY: Similitude and differences between (video)games and narrative.* (http://www.ludology.org/articles/ludology.htm) に再録、一九九九、二〇一六年三月末日リンク確認)

*32 宮内悠介・草場純・岡和田晃「第33回日本SF大賞受賞記念インタビュー――宮内悠介『盤上の夜』を語り尽くす!」(『Webミステリーズ!』、東京創元社、二〇一三年三月号)

*33 なお、先述の「「伊藤計劃以後」と「継承」の問題」では、宮内悠介の作品と伊藤計劃の関わりを主題的に論じている。

*34 前掲「第33回日本SF大賞受賞記念インタビュー――宮内悠介『盤上の夜』を語り尽くす!」

*35 参考:井上明人『ゲーミフィケーション　〈ゲーム〉がビジネスを変える』(NHK出版、二〇一二年)

*36 前掲『ハーモニー』、四一頁。

*37 岡和田晃「ジュノ・ディアス来日記念イベント参加報告」(二〇一一年、speculativejapan、http://d.hatena.ne.jp/Thorn/20141125/p1 再録、二〇一六年三月末日リンク確認)

*38 岡和田晃「青木淳悟――ネオリベ時代の新しい小説(ヌーヴォー・ロマン)」(『社会は存在しない　セカイ系文化論』所収(南雲堂、二〇〇九年))

*39 仁木稔『The Show Must Go ON !』(『SFマガジン』二〇一三年六

月号、早川書房、前掲『ミーチャ・ベリャーエフの子狐たち』所収)

*40 前掲『The Show Must Go ON!』

*41 山本武利『ブラック・プロパガンダ――謀略のラジオ』(岩波書店、二〇〇二年)

*42 蔵原大「ウォーゲームの歴史――クラウゼヴィッツ、H・G・ウェルズ、オバマ大統領まで」、SF乱学講座、二〇一一年九月一九日)

*43 高橋志行・永田希「ブレインダンス・クラウドコア――インデックスによる戯れ――適応サイクルから適応スパイラルへ」(「モダン・ラヴ」、終りの会、二〇一〇年)

*44 前掲「ブレインダンス・クラウドコア――インデックスによる戯れ――適応サイクルから適応スパイラルへ」、一八頁。

*45 岡田剛『十三番目の王子』(東京創元社、二〇一三年、創元推理文庫、二〇一五年)

*46 田島淳「岡田剛『十三番目の王子』書評」(「TH(トーキングヘッズ叢書)」№60、アトリエサード/書苑新社、二〇一四年)

*47 前掲「岡田剛『十三番目の王子』書評」

*48 伊藤計劃「ダークナイトの奇跡」(http://d.hatena.ne.jp/Projectitoh/20080723、二〇〇八年、『伊藤計劃記録 第弐位相』、早川書房、二〇一一年、『伊藤計劃記録Ⅱ』、ハヤカワ文庫JA、二〇一五年)

*49 伊藤計劃「殺しの烙印(『ゾディアック』評)」、(「伊藤計劃:第弐位相」、二〇〇七年)

*50 前掲『十三番目の王子』、二八七~二八八頁。

*51 仁木稔『ミカイールの階梯』(上下巻、早川書房、二〇〇九年)

*52 詳しくは、「『世界内戦』下の英雄(カラクテル)――仁木稔『ミカイールの階梯』の戦略」(二〇一〇年、『「世界内戦」とわずかな希望』所収)を参照。

*53 宮内悠介『ムイシュキンの脳髄』(『小説現代』二〇一三年七月号、『彼女がエスパーだったころ』所収、講談社、二〇一六年)

*54 前掲『ムイシュキンの脳髄』、一二六頁、一四一頁。

*55 長谷敏司『allo,toi,toi』(『SFマガジン』二〇一〇年四月号、早川書房。『My Humanity』所収、ハヤカワ文庫JA、二〇一四年)

*56 八杉将司『私から見た世界』(『小説現代』二〇一三年七月号、講談社)

*57 前掲『私から見た世界』、二四六~二四七頁。

*58 前掲『allo,toi,toi』、四七頁。

*59 樺山三英『収容所群島』(『SFマガジン』二〇一〇年六月号、『ゴースト・オブ・ユートピア』所収、早川書房、二〇一二年)

*60 前掲『収容所群島』、一八九頁。

*61 前掲『セヴンティ』、一〇二頁。

*62 山野浩一『殺人者の空』(『SFマガジン』一九七四年二月号、『山野浩一傑作選Ⅱ 殺人者の空』所収、創元SF文庫、二〇一六年)

*63 山野浩一『地獄八景』(大森望責任編集『NOVA10』所収、河出文庫、二〇一三年)

*64 岡和田晃・海老原豊・八杉将司「未来を産出(デリヴァリ)するために~新しい人間、新しいSF~」(二〇一三年一〇月五日、ジュンク堂書店池袋本店、『genkai.vol.3』所収、限界研、二〇一三年 ※ただし岡和田は二〇一五年二月に限界研を退会)

*65 前掲『殺人者の空』、二八八頁。

*66 山野浩一「SFにみる核戦略 想像力を超えた核兵器側からの人間への逆襲」(『潮』一九八二年五月号、潮出版社)

書評●トーマス・M・ディッシュ『プリズナー』

▼名作TVドラマのノベライズの枠を超えた超絶技巧

監視社会の実相をスリリングかつ多角的に描き出したSFテレビドラマの名作『プリズナーNo．6』。主演俳優パトリック・マクグーハンの不敵な面構えとともに、ノベライズを手がけた作家の名を記憶に留める古参ファンは少なくない。しかし本作は、何よりもまず〝ディッシュの小説〟として再評価されねばならない。作家の到達点を示した『キャンプ・コンセントレーション』（一九六八）の翌年に発表された『プリズナー』は、モチーフの多くを同作と共有している。閉鎖空間で巡らされる思弁を抽象的な観念のままに自足させず、洒脱な会話やSFガジェット、さらにはシェイクスピア『尺には尺を』等の先行作と自然に結びつけることで、「その結果全世界がひとつの牢獄になってしまう」様子を描き切る超絶技巧。眩惑されること請け合いだ。（永井淳訳／一九七七年／早川書房）

書評●カート・ヴォネガット『母なる夜』

▼憎悪の煽動に対峙する無垢の精神

本作にはアウシュヴィッツ監獄の製造者アイヒマンが実名で登場し、劇作家だった語り手と対話する場面がある。六百万のユダヤ人虐殺に罪があるとは思わないと断ったうえで、アイヒマンは殺害数を「少し分けてやってもいい」と提案する（！）。哲学者アーレントはアイヒマンの裁判を傍聴し、彼に小役人めいた「悪の凡庸さ」を見て取ったが、それは私たちが無責任に加担している「純粋さ」の裏返しだと、ヴォネガットは看破したわけだ。役割を二重三重に変転させる人物、緊張に満ちたプロット、装飾を削ぎ落した文体は、読み返すたびに驚きを与える。レイシズムとプロパガンダが蔓延する時代で「善に仕える」ことは可能かと問いかける、無垢（イノセンス）の精神。飛田茂雄の翻訳も実に味わいがある。（飛田茂雄訳／一九八七年／早川書房）

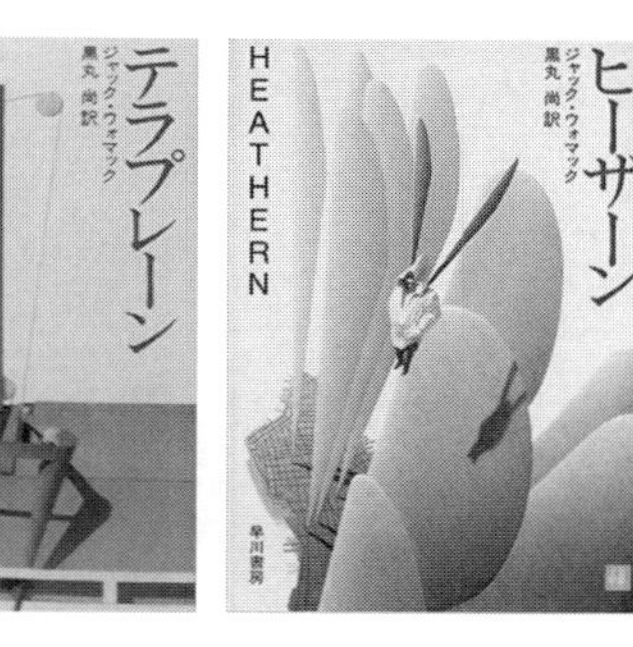

書評●ジャック・ウォマック
『ヒーザーン』『テラプレーン』

▼サイバーパンク随一の切り込みの深度

巨大企業ドライデン・コーポレーションに牛耳られ、絶望と暴力と死に支配された陰鬱な近未来を先鋭的に描きぬいた六部作の、第二部と第三部である。名訳者・黒丸尚の夭折のため、続く翻訳が止まってしまったものの、原書でシリーズを読み漁る熱狂的ファンが、いまだ数多く存在する。「ピカレスク・ロマン」の始祖トマス・ナッシュに学んだ独自の造語を媒介した世界認識の切り込みの深度は、サイバーパンク随一。大衆のイコンことエルヴィス・プレスリーが、奇形化したグノーシス主義と対応する悪夢から目を背けるな！　著名なファンサイトの運営者・倉田タカシがＳＦ界へ参戦した今、第一部 *Ambient* の紹介が待たれてならない。（黒丸尚訳／一九九二年／早川書房）

書評●山野浩一『鳥はいまどこを飛ぶか』

▼決定論的なシニシズムを超越する

全ての問題は皆殺しによって解決する！　収録作「ヘイ・フレドリック」で繰り返される、衝撃的な逆説。核開発、帝国主義へのゲリラ戦、民族浄化……。〝ジャパニーズ・マイケル・ムアコック〟こと山野浩一が幻視した現在は――本書で強調されるゲームやロックの遊戯性と情動を介し――二一世紀にはいっそうアクチュアルに迫ってくる。「鳥はただ、前へ……と信じる方向にはばたくだけ」。巻末、終戦の日から作家のライフヒストリーを振り返る記述は、こう締められた。途中の配列を任意にシャッフルしても読める表題作をふまえて書かれたことを鑑みれば、本書が決定論的なシニシズムを超えて、「鳥」の行き先を決めるのはあなた自身なのだと、強烈なメッセージを投げかけているのは間違いない。（一九七一年／早川書房）

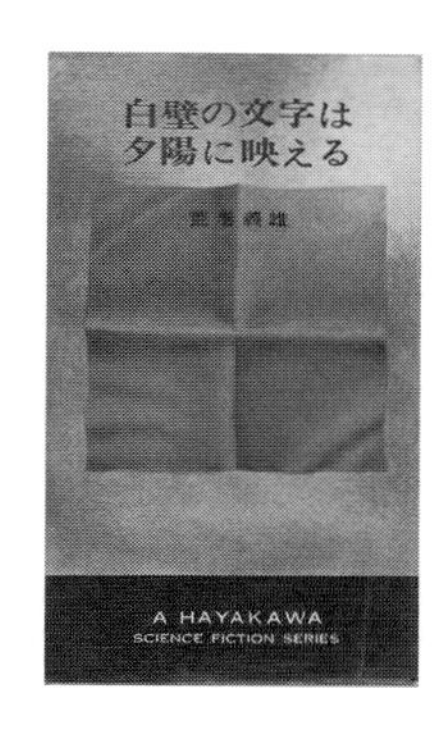

書評●荒巻義雄『白壁の文字は夕陽に映える』

▼荒巻義雄の処女長編にして思弁小説の傑作

後に一八〇冊を越える本を出すことになる、荒巻義雄の最初の著書。「万一ぼくが職業作家になったとしても」、「良い意味でアマチュアリズムに徹するつもりです」と語られているように、人好きのする顔も覗かせるが、収録作からは煮えたぎるような初期衝動のパトスが溢れている。「緑の太陽」や「無限への崩壊」に凝集されたこの危うさが、SF者を熱狂させた。シュルレアリスムと精神分析、実存主義が基調となっている収録作にハズレはないものの、後に再録された際には改稿された箇所が、いわゆる「差別語」を含めて少なくなく、原点を併読して思弁を重ねる必要がある。なお、表題作は第三回星雲賞日本短編部門を受賞したが、小松左京や筒井康隆と同世代の著者が、SFで受けた賞はこれだけ。冷遇が過ぎる。（一九七二年／早川書房）

思弁小説（スペキュレイティヴ・フィクション）の新しい体系
――『定本荒巻義雄メタSF全集』完結によせて

「SFは、主流に対するサブ・カルチャーではない。あくまで、カウンター・カルチャーである。だが、SFが対抗文化で終わるはずがない。かつて主流派の美術評論家たちによってさんざんに言われた印象派絵画のように、カウンター・カルチャーが主流派になるのが歴史というものなのだ」――この確信に満ちた断言は、本全集の最後に荒巻義雄が書き下ろした「SF作家の幻視眼――未来はどうなるか?」(別巻『骸骨半島　花嫁他』)の一節だが、同時に全集そのもののコンセプトをも、明晰に言い当てたものとなっている。

　では、荒巻の言うSFとは何だろうか。本全集の編集委員をつとめた三浦祐嗣が聞き手の自伝「人生はSFだ」(第5巻『時の葦舟』)によれば、それは「無限に拡がる脳内宇宙」に準えられる「思弁小説(スペキュレイティブ・フィクション)」としてのSFである。もう一人の編集委員・巽孝之は、それを「北米のブラックユーモア小説、南米のマジック・リアリズム小説のように、旧来の約束事をふまえながらもそれを内側から転覆していくポストモダン文学、転じてはメタ文学」と並走する「メタSF」として位置づけ直した。

　一九三三年生まれの荒巻義雄は、現役のSF作家では筒井康隆と並んで最長老の世代にあたる。一九七〇年に批評「術の小説論」と小説「大いなる正午」(ともに第1巻『柔らかい時計』所収)が「SFマガジン」に掲載されて商業誌デビューを果たした荒巻は、現在に至るまで精力的な執筆活動を続け、著書はなんと約一八〇冊にも及ぶ。しかしながら、伝奇小説や架空戦記の大ヒットで一般にも浸透した作家の知名度とは裏腹に――本書に収められたような――複雑な構成を有する高踏的にして奇想に満ちたマニエリスム的な傑作群については、長らく絶版で入手困難な状態が続いていた。

　にもかかわらず、近年、荒巻義雄の「メタSF」は盛んに批評の対象とされている。実際、サルバドール・ダリの絵画をモチーフとし「客観的時間」が主観的な〈原餓〉によって消化改変される壮大なヴィジョンを描き一九八九年にはイギリス随一のSF誌*Interzone*にも進出した「柔らかい時計」(第1巻)を、ポスト・サイバーパンク的なナノテクノロジーの知見から分析したタヤンディエー・ドゥニ(第4巻月報担当)に、ウィーンをはじめヨーロッパ各地を放浪しギャンブルで生計を立てる主人公がマルキ・ド・サド的な異界へと入り込んでしまい、全編に死の雰囲気漂う『白き日旅立てば不死』(第3巻所収)を、ドゥルーズ&ガタリの〝ノマド〟という観点から平滑的に分析した藤元登四郎（別巻月報担当）といった気鋭の論客が、相次いで本格的な荒巻ＳＦ論を発表し、高く評価されたのだ。

本全集の刊行も、そうした批評的な興隆の延長線上に位置づけられるものだが、面白いのは、作家と四十年来の交流があり、多大な影響を受けてきた編集委員二人のほかにも、著者である荒巻自身が、テクストの校訂（アップデート）という形で作品群の読み直し（リ・リーディング）に参加していることだろう。こうして本全集は作品集という体裁を取りつつも、実質的には批評集でもあるという、まこと特異な性格を帯びるに至った。「自作解説魔」たる作家自身を含んだ多士済々たる解説者や月報寄稿者、さらには中野正一の美麗きわまりない表紙画は、その事実を何よりも雄弁に物語っている。なかでも、ノヴァーリス『青い花』の中断した第二部を書き継いだがごとき『聖シュテファン寺院の鐘の音は』(第4巻)に添えられた高山宏の「体現／体験されるマニエリスム」、錬金術とバロックの美学を綜合しつつ「現代宇宙論であるとともに古代神話論でも」あり、二〇一七年にはミネソタ大学出版局から英訳も出版予定されている『神聖代』（第6巻）に安藤礼二が寄せた「意識と宇宙が発生してくる起源の場所へ」を経由すれば、二十世紀の不条理に正面から向き合った荒巻ＳＦの倒錯した「建築への意志」と、充溢する実験的かつ遊戯的な精神を「時間と空間の隔たりを越えたあらゆる地に撒種してゆく」間テクスト的な浸透力に――現代のフィクションではおよそ不可能な境地から――世界を読み替えるヒントが無数に鏤められていることが理解できる。

また、これまで単行本化された作品だけではなく、『神聖代』の原型「種子よ」(第6巻)、「無限に拡がる脳内宇宙」を見事に形象化し「大いなる正午」の原型となった「しみ」(第1巻)や「8（エイト）あるいは宇宙時計」(第5巻）といった最初期の同人誌発表になる作品群、思弁小説とヌーヴォー・ロマンを融合させる(改行がまったくない!)「プラトン通りの泥水浴」(第7巻『カストロバルバ　ゴシック』)、レヴィ＝ストロース流の構造主義人類学と戦略論的シミュレーションとを切り結んだ「ポンラップ群島の平和」(第2巻『宇宙25時』)と、別個に発表されていた幻の短篇群が今回、本全集の体系に組み込まれたことも見逃せない。

そのうえで、作家の原体験が投影され、山尾悠子に影響を与えた硬質にして透明な幻想小説『時の葦舟』（第5巻）のページを開けば、夢と現実の境界を解体し現実世界を変革させる「地層の無意識」(「ウォール」、別巻)を汲み取ることができる。別巻の英文タイトル *Volume Infinity* に象徴的だが、本全集の収録作はそれぞれが個別の宇宙を形成しつつ、互いが響き合い、批評的なアプローチを媒介として多種多様な〝星座〟を形成する仕組みになっているのだ。少なくとも、アニメや映画とのタイアップではなく、批評性のみを推進力としてここまで盛り上がった現代ＳＦは稀有だろう。あなたもぜひ、無限の発展可能性を秘めたカウンター・カルチャー、内宇宙（インナー・スペース）の冒険に参画してほしい。

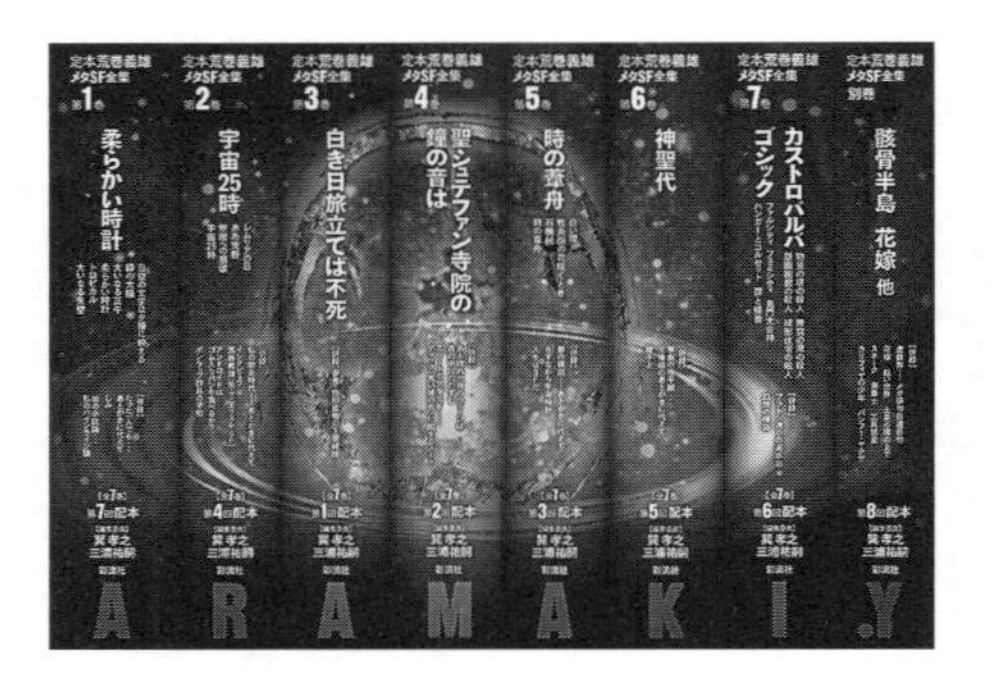

「世界にあけられた弾痕」にふれて
――『定本荒巻義雄メタSF全集　別巻』月報解説

一九八一年生まれの私が荒巻義雄（敬称略）の名前を初めて意識したのは、国書刊行会から『山尾悠子作品集成』が出版された二〇〇〇年にまで遡る。かつて荒巻は、山尾の『夢の棲む街』（一九七八）や『仮面物語〈或は鏡の王国の記〉』（一九八〇）の解説を手がけていたが、そこではデュシャンやダリが言及されつつ、「小説のアナログな力」（安部公房）を復権する硬質な幻想小説として、山尾の作品が位置づけられていた。しかし、『時の葦舟』をひもとけば自明なように、この評は荒巻ＳＦの「原郷」を解読するヒントともなっている。実際、長く沈黙を続けていた山尾悠子の復活が知れ渡ると、先覚者としての荒巻義雄のニューウェーヴなＳＦも、熱く語られるようになった。しかし当時、本全集に収められた作品群にアクセスすることはきわめて困難だった。

最初に荒巻義雄の謦咳に接したのは、それから八年後の春、ＳＦセミナー２００８でのこと。昼の本会にて荒巻義雄・山野浩一・川又千秋・巽孝之（司会：増田まもる）という錚々たる面々が集い、「Speculative Japan 始動！」というパネルが開催されたのだが、ここで荒巻は「今こそ時代がニューウェーヴに近づいた」と大見得を切り、ＳＦをシリアスに語ることのできる土台を構築すべきであって、起こりうる批判に堪えられるような理論の錬成こそが必要なのだと、挑発的に吠えていた。荒巻は筒井康隆に「今頃〝新しい波〟か」と笑われたので「いつでも〝新しい波〟だ」と返したら、妙に筒井が納得していたというエピソードをユーモアたっぷりに披瀝しつつ、物質元素と空間認識を軸としたバシュラールの理論を紹介することで、自然科学的な認識論と詩的なイマージュの橋渡しの必要性を訴えかけたのだった。

会場を埋めた二百名あまりの聴衆。その最前列に在りし日の伊藤計劃が混ざっていたことは、特筆しておく必要があろう。イベントの二日前に（癌による）股関節の痛みが再発し、立ても歩けも眠れもしない激痛をステロイドで抑えていたという伊藤だったが、なんと夜の合宿企画にも姿を見せた。そこで彼が「荒巻先生の〝俺、俺〟が、なんとも可愛らしかった（笑）」と、ウィットに富んだ感想を述べたことを、私は鮮明に憶えている。

話しぶりから察するに、作家の内宇宙（インナー・スペース）には何かが刻みつけられたに相違なかった。約四ヶ月後、入退院を繰り返していた伊藤は、完成した長編としての遺作『ハーモニー』の初稿を書き上げることになる。毎月文芸時評を手がけている都合上、自信をもって断言できるが、荒巻や伊藤が示した文学の抜本的な変容は、いまでは自明の前提だ。

ＳＦセミナーの合宿では三時間近くにわたって、本会企画の続きが議論された。真ん中には荒巻が陣取り、カントの『判断力批判』からグローバリゼーションや土俗性の問題へと、めまぐるしくトピックは移り変わった。ジェンダーや民族差別といったテーマをどうしたら有効に扱えるのか、敷衍して「他者」という怪物性との向き合い方に至るまで、広範かつ濃密な議論が交わされた。この議論に参加したことで初めて、私はＳＦが世界を認識するアクチュアルな手段になるという確信を、自分のものとすることができた。実は、ＳＦ的な想像力は完全に時代遅れのものになったとする論調が、一九九〇年代より言説空間を席捲していた。私自身も呪縛されていたその種の桎梏から、脱出するための契機を得られたように思うのだ。

この夜、伊藤計劃は荒巻発言への感想を述べた後、自分が柄谷行人の愛読者だったと私に告げた。そこで想起されたのは、『隠喩としての建築』（一九八三）である。この書物では、文芸批評の領域に留まらず、数学や経済学、都市プランニング等の観点から、ポスト構造主義の諸問題を包括的に論じることが目指されていた。つまり、〝技術＝知（テクネー）〟の〝起源＝頂点（アルケー）〟、荒巻風に言えば〝術（クンスト）〟がもたらした知の体系性を解体し、別の場所から再設計することが志向されていたわけだ。その過程においては、ゲーデルの「不完全性定理」に顕著な「自己差異的な差異体系が形式的に先行する」ジレンマ、つまり「建築への意志の倒錯的起源」が、手を変え品を変え、繰り返し問い直されている。

しかし、「大いなる正午」にしろ『神聖代』にせよ、荒巻ＳＦでは「建築」が技巧やモチーフの中核を為しているものの、そこでは形式体系の自己言及性で自閉するのとは、別種の戦略が採られている。それは、スピヴァクや巽孝之の理論に則れば、コンピュータを通じてヴァーチャルに制御可能な「地球（グローブ）」ではなく――『神聖代』のボッシュ星のごとき――「他者」を前提にした「惑星（プラネット）」という場所を模索しているかのようにも見える。思い返せば一九八〇年代後半から二〇一〇年までの荒巻は、ボードリヤール的なシミュレーションの哲学と、マッキンダー流の地政学（ジオポリティクス）とを、綜合させようと夢想していた。そこでは、ポストモダンな社会状況が前提としたシニシズムの袋小路が、「矛盾の機関砲弾」で打破されている。その延長線上で紡がれた『骸骨半島』は、荒巻ＳＦのアルファにしてオメガとも言うべき問題作だが、この境地を体感することで、私たちは「次元の巡礼」の一員となり、普段は機会主義（オケージョナリズム）に覆われた「世界の裂け目」を、目の当たりにすることになる。

SF・文学・現代思想を横断し「脱領土化」する、平滑的な比較精神史
――藤元登四郎『〈物語る脳〉の世界』解説

「資本主義は、想像的であれ、象徴的であれ、あらゆる種類の残滓的、人工的領土性を設立する……」
――『アンチ・オイディプス』（宇野邦一訳）

「私は、人間は自分の表現したいことは決まっており、それを終えるまでは生き続けるのだと信じています」
――藤元登四郎

あなたが今、手にしている『〈物語る脳〉の世界――ドゥルーズ／ガタリのスキゾ分析から荒巻義雄を読む』（以下、本書）は、医学博士・藤元登四郎がものしたSF評論／文芸評論の分野における二番目の単著である。本書の姉妹編たる藤元の前著『シュルレアリスト精神分析　ボッシュ＋ダリ＋マグリット＋エッシャー＋初期荒巻義雄／論』（中央公論事業出版、以下『シュルレアリスト』）は、自費出版ながら第三三回（二〇一二年度）日本SF大賞の最終候補作に選出された驚嘆すべき著作であった。これは日本SF大賞始まって以来、前代未聞の快挙である。また、藤元の共著『北の想像力――《北海道文学》と《北海道SF》をめぐる思索の旅』（寿郎社）には、インタビューと評論を取り混ぜた「荒巻義雄の謎――二〇一三年の証言から」、および「フィリップ・K・ディック『いたずらの問題』」その他の小論が収められているが、この書物は第三五回（二〇一四年度）日本SF大賞の最終候補となっている。加えて、年間の優秀作品を顕彰するムック『SFが読みたい！』（早川書房）の「ベストSF２０１２」では『シュルレアリスト』が一八位に、「ベストSF２０１４」では『北の想像力』が八位に、それぞれランクインを果たした。

こうして概観すると華やかにも思えるが――日本SF大賞と『SFが読みたい！』とでは集計の性質は異なるものの――ともに暗黙の了解として商業性を重視する風潮があり、かつ、小説と評論は同枠で評価されるため、ジャンル的に〝売れない〟とされる評論は出発点からして不利な立場を余儀なくされていることを忘れてはならない。第三三回日本SF大賞の最終選考

委員をつとめた作家・冲方丁は、『シュルレアリスト』が「専門的見地によるきわめて多角的で多義的な批評」であり「難解」であるがため「荒巻義雄を知らない世代には届」かないという主旨の選評を書いたが、批評的知性に対するこの種の時代遅れなアレルギー反応は、いまだ文壇には根強く残存している。

ところが現在の荒巻義雄リバイバルは、大資本やマスメディア主導によるものではなく、さまざまな書き手が荒巻作品を批評的に取り上げるようになった、というところが発火源になっている。その中核には『シュルレアリスト』があった、というわけだ。思い返せば筆者自身、二〇〇〇年頃に本書で論じられる荒巻作品を知ったはいいものの、現物が絶版で入手できずに当惑したものだった。その意味では筆者も「荒巻義雄を知らない世代」にほかならないが、『シュルレアリスト』の意義はよく理解できたし心打たれるものがあった。少なくとも、文壇が硬直し反知性主義的な気風が世間を覆いつくさんとするなか、藤元の仕事が台風の目と位置づけることができるものなのは間違いない。その藤元が満を持して発表した最新作こそが、本書なのである。『シュルレアリスト』をはじめ過去に藤元が発表した荒巻義雄論の土壌の上に書かれながら、単体でも十二分に読者の知的な関心に応えるものとなっている。むしろ、作品の成立やあらすじが丁寧に解説されており、「荒巻義雄を知らない世代」へ向けた最良のガイドブックとしても過言ではないだろう。

藤元登四郎は一九四一年七月二十五日、宮崎県都城市に生まれた。「SFマガジン」の創刊が一九五九年の十二月だから――ちょうど、小松左京・星新一・筒井康隆・光瀬龍・矢野徹・福島正実・柴野拓美・石川喬司・半村良・平井和正・手塚治虫ら、そして山野浩一や野田昌宏、何より荒巻義雄など――一九六〇年代から七〇年代にかけて戦後日本SFの基礎を築いた草創期の巨匠たちと、リアルタイムで「宇宙塵」や「SFマガジン」において共闘していてもおかしくない世代ということになる。そんな藤元は少年時代に秋田書店の「冒険王」を愛読し、福島鉄次のダイナミックな劇画『沙漠の魔王』に胸躍らせるなど空想力に恵まれ、「SFは空気のように自然な存在」との認識を抱いて育った。東京大学医学部を経てパリのサルペトリエール病院へ留学し、精神神経学と児童精神医学を学び、一九七三年に帰国してからは、社団法人八日会藤元病院で精神科医として勤務。現在は藤元メディカルシステムの理事長を務めるほか様々な要職にあり、医学者としての受賞歴にも事欠かない。本書でも援用されるアンリ・エーの著作をはじめ、精神医学関連の訳書や論文も多数、発表がなされている。

……このような輝かしい経歴を紹介すると、ともすれば本書は功成り名を遂げた紳士の余技だろうと決めてかかられてしまうかもしれない。だが、さにもあらず。藤元が東京から都城にUターンしたのは、もともとはヒッピー・ムーヴメントの影響を受けてコミューンを作るためだったというし、また二十代の頃、祖母の実家は「梁山泊として宮崎鹿児島間を行き来する旅人の拠点」ともなっていたほどで、ジャズ喫茶「サムシン・エルス」の経営もしていたという。つまりはカウンター・カルチャーへの共鳴がその文業の根幹にあるのだ。SFは現代日本の状況ではオタク向けの萌え系〝サブカル（の元祖）〟として括られがちで近年はその傾向に拍車がかかっているが、本来的にSFとは何よりもまずカウンター・カルチャーなのである。本書はそのことを雄弁に証明するものだ。

「SFマガジン」を創刊号からすべて書架に揃えているという藤元は、日本SF評論賞（二〇〇六年〜二〇一四年、第九回で休止）へ応募するようになる。二〇〇七年発表の第二回こそ予選落ちしてしまったが、二〇〇九年、「『アンドロイドは電気羊の夢を見るか』と精神病理学」で、二〇一〇年には「『スキャナー・ダークリー』と多重人格」で、それぞれ第四回・五回の最終候補となった。そして二〇一一年、七〇歳を迎えた藤元は、ついに「『高い城の男』――ウクロニーと「易教」」（「SFマガジン」二〇一一年七月号に掲載）で第六回日本SF評論賞の選考委員特別賞を射止め、伝統ある日本SF作家クラブ（一九六三年〜）への（推薦人なしでの）入会資格を勝ち取ったのだった。当時、評論を扱う登竜門としての新人賞は他に一つか二つあるきりで、もちろん小説の賞を含めて七〇代での受賞はきわめて異例のことだったし、小説にも目をやれば、七五歳で早稲田文学新人賞と芥川賞を同時受賞した黒田夏子（一九三九年生まれ）の「登場」よりも、二年近く先んじている。

受賞まで藤元が書いていたのは、いずれもフィリップ・K・ディックの諸作を精神医学の観点から論じたものであった。最終選考でこれらを読み、最後に選考委員特別賞を与えたのが、第四回〜第六回の選考委員長をつとめた荒巻義雄その人だったのだ。それまで両者に面識はなかったが、荒巻自身ディック作品に造詣が深く、「エリートの文学SF――ディック『高い城の男』に関するノート」（『定本荒巻義雄メタSF全集　第四巻』所収）や「アンドロイドはゴム入りパンを食べるか？」（『全集　第二巻』所収）を書いているので、けだし奇縁というべきだろう。実際、筆者は藤元の贈賞式に参加したが、そのとき、挨拶もそこそこに彼が、「ディックも好きですが、私は荒巻先生の大ファンなんです」と満面の笑みで語ったのをよく憶えている。

――そう、他人ごとのように書いていたが、実は筆者も第四回と第五回のSF評論賞には因縁浅からぬ関係があり、ゆえに一人の好敵手として「藤元登四郎」という固有名を認識していた。そのため、選考会でいかにピント外れな評が出たりボロクソに貶されたりしようとも（この賞は選考過程がまるまる座談会形式で雑誌に掲載されていたのだ）、精神医学とディックにこだわり続ける不屈の闘志に「この人はいったい、どんな人なのだろう」と、畏怖の念をおぼえていた。ところが、いざ本人を目にしてみたら、なんとなんと、

「私は宮崎県の都城市で長いこと精神科の医師をやっております。大学を出てから三年間、フランスへ留学して精神医学を学びました。都城市では、お祭りの時に花火を上げますが、授賞式の前の晩にそれを見て、『SF評論賞をもらった俺を祝福しているんだな』と思ってしまいました……と、これは誇大妄想と診断されるものです（笑）」

人好きのする笑顔で、ユーモアたっぷりのスピーチを行なうではないか。まるで嫌味がなく〝上から目線〟でもない。どこまでも人間精神の深奥を見据えながら、それでいて一歩引いた視点を忘れない。そのような藤元の姿勢は一見すると思弁的で難解な「SF機械」を論じた本書においても、伏流のごとく通底するものである。

前著『シュルレアリスト』では、画家サルバドール・ダリの理論を援用した「偏執狂的SF批判（パラノイアック・クリティック）」という軸に、シュルレアリスムの父祖たるヒエロニムス・ボッシュにまで遡る形でシュルレアリスム絵画を題材にした荒巻義雄のSF作品、すなわち、『神聖代』（ボッシュ）、「柔らかい時計」（ダリ）、「トロピスム」（ルネ・マグリット）、『カストロバルバ』（M・C・エッシャー）が、それぞれ論じられてきた。パラノイアック・クリティックに関しては本書でも「柔らかい時計」を扱った章において詳しく論じられているのでそちらをご参照いただきたいが、その方法論的な意義を筆者なりに一言で敷衍すれば、ポスト構造主義の批評理論がいつしか嵌ってしまい身動きが取れなくなった〝悪しき相対主義〟の陥穽から脱出するための打開策、と要約することができるだろう。

ここで藤元は、ポストモダンな精神分析批評の淵源に——それまで見過ごされてきた——芸術家ダリのインスピレーションを発見した。フェルメールの『レースを編む女』を模写しようとして「すべてがまさしく一本の針に、一本のピンに集中していたこと」を幻視し、自らをフェルメールの絵のなかに投げ入れて「宇宙全体が、存在は確かだが人間の目に映るようには作られていないその針の先を中心に回っていること」を確信したダリ。その方法を経由することで、藤元は微小で「マイナー」なものにこそ新たな世界性を見出すための強度が宿ると考えたのだ。精神分析批評の基盤には、フロイトが唱えたエディプス・コンプレックスの考え方が根ざしている。そして『シュルレアリスト』では、エディプス・コンプレックスでは解釈できない、逸脱する「何か」の存在が指摘されていた。その後、藤元はさらに思弁を進め、続く「荒巻義雄の謎」、および「荒巻義雄とジル・ドゥルーズ——比較精神史の試み——」（「SFファンジン」復刊三号）では、その「何か」について具体的な考究が行なわれている。その過程で析出されたキーワードこそが、ボードレールやアンドレ・ブルトンの文学を通して得られた「ヴィジョン高速記述法」、そしてドゥルーズ&ガタリの哲学で用いられる「脱領土化」の概念である。

本書ではこれらの概念についても懇切丁寧な解説が加えられているが、それらは畢竟——荒巻義雄が「荒巻義雄の謎」のための取材で語った——「物語る脳」のメカニズムを解き明かすことを目的とした、いわばツールにほかならない。「物語る脳」とは「荒巻義雄の謎」の最後で語られた概念であり、「現実とは異なる別の世界を、書く前に脳内で映画のように前頭葉でイメージするもの」。それはモダニズム文学の技法として知られる（ヴァージニア・ウルフ等の）「意識の流れ」とは、明確に峻別されるものだという。荒巻自身が講演で語ったところによれば、「物語る脳」とは量産できるタイプの作家であれば誰しもが持ち合わせているものであり、取り立てて不思議ではないという。かく言う筆者自身、ロールプレイングゲームの分野で実作者として現場でも活動していてプレイヤーの発言に当意即妙で応じる形で物語を紡ぎ出すことに慣れ親しんでおり、それを小説のような読み物としてまとめる仕事も商業媒体で多数発表してきた。そのため荒巻の発言は体感的に理解できたが、意地の悪い言い方をすれば経験則の世界を出るものではないと考える部分もあった。

しかし藤元はあくまでも愚直に、哲学と精神医学というツールを通して「物語る脳」を、洋の東西を超えた思想史の系譜に位置づけようと試みる。文壇ではしばしば、〝小説は小説家にしかわからない、批評は批評家にしかわからない〟という狭隘なセクショナリズムが発言力を持つが、藤元はこうした袋小路を回避するため、いったん作家の思惑をすべて受け入れることで、その内在的論理に踏み入ろうと果敢に試みたのだろう。荒巻は「物語る脳」を「物語機械」に準えており、それは本書における藤元の「SF機械」と照応することからみても、実作と批評の間に、理想的な関係が構築されているということが窺い知れる。

そこで藤元は、いたずらに新奇なものを探し求めるのではなく——とりわけ『アンチ・オイディプス』に的を絞る形で——ドゥルーズ&ガタリの思想に深く沈潜していった。『アンチ・オイディプス』は「資本主義と分裂症」というタイトルでも知られているが、この書物では私たちの社会の構成原理としてもっとも強力に機能している資本主義とそれを駆動させる「欲望機械」のメカニズムが、散文詩を思わせる独特の文体で事細かに説明されている。ドゥルーズにせよガタリにせよ、時期によってその思想は様々に変化していくわけだが、本書はあくまでも『アンチ・オイディプス』を中心に据えることで、一九七〇年から七三年に書かれ商業媒体に発表された荒巻義雄の初期作品を、一貫したパースペクティヴのもとで、（ほぼ）網羅的に論じることに成功した。このヴィジョンを中心に、七〇年代後半から八〇年代前半に書かれた『神聖代』や『カストロバルバ』についても、『時の葦舟』に続き「夢」の領域そのものを「脱領土化」しようとしたものとして切り込んでいく。

私たちの社会も資本主義も、それ自体救いようがなく狂っている。だからこそ、『アンチ・オイディプス』の理論では、「脱領土化」をその本質とする荒巻義雄の「SF機械」は、「社会的生産の極限としての欲望的生産」を志向することになる。留意しなければならないのは、藤元が作品分析を通じ荒巻や読者に医師として何らかの診断を下しているわけではない、ということだ。本書は——阪神淡路大震災とオウム真理教による一連のテロ事件（つまり一九九五年）を分水嶺として——SF評論／文芸評論の文脈ではおよそ不可能と思われてきた、神秘主義的なものと唯物論的なものとの境界解体の試みを徹底させることで、「分裂症的なもの（スキゾ）＝統合失調症的なもの（フレニー）」を排除するのではなく、それを折り返して人工的に「再領土化」しようとするのでもなく、スキゾのダイナミズムを積極的に肯定しようとする稀有な試みとなっている。そうすることで、スキゾに医学レベルでの病気としての意味を付与することなく、作品に潜む「欲望機械」の動きが、他の「欲望機械」の動きと、どのように接続していくのかを平滑的に捉えることが目指されている。

そこで藤元は、奇妙なシンクロニシティに着目する。本書で論じられる荒巻作品は一九七〇年から七三年に発表されたものであり、なんと『アンチ・オイディプス』は一九七二年、ほぼ同時期に公刊されたものであったのだ。本書では故意か偶然か語り落とされているが、この時期は、藤元自身が東大医学部を卒業してフランスに留学し、アンリ・エーの薫陶を受けて帰国するまでの期間にも相当している。都城で生まれ育ち現在も都城で暮らす藤元にとって、このような「フランス体験」という「脱領土化」を経たことは、多大なインパクトがあったに違いない。つまり誰よりも藤元自身が、『アンチ・オイディプス』が書かれた時期のフランスの知的風土を皮膚感覚レベルで受容していたのである。そして『アンチ・オイディプス』の議論を精神医学の観点からエーも評価していたことから鑑みても、精神医学の知見とスキゾ分析の発想は、藤元のなかで違和感なく接続されていたのだろう。それゆえ、ドゥルーズ&ガタリと荒巻義雄を取り結ぶ回路を、藤元は直線上ではなく網目状（リゾーム）に設定することができたのだ。

日本の文芸ジャーナリズムでは、浅田彰の『構造と力』（一九八三年）から千葉雅也の『動きすぎてはいけない』（二〇一三年）に至るまで、状況の変化に見合う形でドゥルーズの思想を読み整理し直すことで、アナロジーとして一つのモデルや体系を作り出すようなアプローチが好まれてきた。そうしたアプローチは議論としては複雑だが、アナロジーとしてのメタ・メッセージはスキゾ的でなく常識的でシンプルであったため、かえって資本主義を「再領土化」してしまう部分が少なくなかった。一方、宇野邦一のようにドゥルーズの文体を深く咀嚼することで——初の単著『意味の果てへの旅——境界の批評』（一九八五年）から——一貫して詩と哲学のあわいをいくような強度ある批評を発表し、「再領土化」を拒み続ける論客も存在している。藤元の仕事は、これらのどちらにも属さない。ドゥルーズ&ガタリの仕事を徹底的に読み込みSF作家の代表的な作品群を網羅的に論じた書物は、世界的に見ても、これまで前例がなかったからだ。ドゥルーズ&ガタリはさかんにSFに言及し自らの思想がSFであるとさえ述べているものの、これまでSFから本格的な応答がなされてこなかったのである。七〇歳まで文壇の外部に自らを置いていた藤元は、そこに何が欠けていたのかを鋭敏に直観していたのだろう。だから本書は、ベストセラーになった『構造と力』や『動きすぎてはならない』以上に、人口に膾炙すべき書物だ。

本書では、直接話法でも間接話法でもない「自由間接話法」が重要なキーワードとなっている。この「自由間接話法」によって、ユングやバシュラールの錬金術思想、さらにE・A・ポーやアルベール・カミュといった先行する作家による「脱領土化」の試みが荒巻の「SF機械」と接続される。現実には妄想が並べられ、自然科学の隣には近代化によって葬り去られたはずの自然哲学がいつの間にか顔を出す。そのことは、本書において、ドゥルーズ&ガタリ—荒巻義雄—藤元登四郎の間に介在する「語る／語られる」といった階層性(ヒエラルキー)が実のところ綺麗に解体されることを意味している。結果として、欲望とはエディプス・コンプレックス的な「欠如」ではなく、むしろ「生産」だということが明示されることになる。本書を通読された方は――筆者がまさしくそうであったように――「おわりに」での結論に驚きを隠せないのではないかと思うが、それは、単に神秘主義的なものを「ここ」(here)から切断された「あちら側」(there)のものとして全肯定するのではなく、あるいはファシズム的な極限へと短絡化させることで「ここ」に留め置くのでもなく、「SF機械」を経由しつつ「そこ」(neighbor)へと切り返していくことで、私たちの世界認識を根底から刷新することを目指しているのである。

むろん、本書によって荒巻義雄のSF作品に潜む「謎」が隅々まで解き明かされた、というわけではまったくない。スキゾ分析が「既成概念(社会の象徴的秩序)を破壊あるいは転覆している箇所を見出すこと、すなわちアンチロゴス的シーニュをマッピングする」ことによって接続を生むものである以上、藤元のマッピングに収まりきらなかった部分が存在するに違いないからだ。例えば「宇宙25時」については本書での解析を経たあとでもなお、『アンチ・オイディプス』における「n個の性」の観点から論じることができるようにも思われる。また、『白き日旅立てば不死』の「続編」である『聖シュテファン寺院の鐘の音は』(『全集　第四巻』)は、ドイツ・ロマン主義を代表する詩人ノヴァーリスが『青い花』の第一部で表象の彼方として描いたものを未完の第二部で前景化させようとしたようなものだから、スキゾ分析とは別のマニエリスム的な解釈によって「断層線」を探る試みが有効だろう。さらに付言すれば、『定本荒巻義雄メタSF全集』には、同人誌初出等のこれまでアクセス困難だった作品が多数収録されており、解析が求められている。

二〇一三年、デビュー間もない書き手としては異例のことに、藤元登四郎を顕彰するパーティが日本SF作家クラブ主催で開かれたが、この催しに向けた挨拶文で藤元は、「言葉は不思議なもので、一見、途方もない空想を語っているようであっても、最終的には、無意識にたどり着きます。また、精神の内面を語っているつもりであっても、メビウスの輪のように、いつの間にか外の出来事を語っています。SFは、この内と外、そして意識と無意識の交錯の問題に向かって、大胆に切り込むことができる先端的な分野です」と述べていた。この評言は本書の構造を端的に言い表している。本書を書き終えた藤元は、いよいよ、かねてより取り組んでいたディック研究の総括に挑むのだという。だが、その前に、ひとまず読者は、本書を通じて荒巻義雄を読み、また荒巻義雄を通じて本書を読むという往還運動に身を委ねるのがいいだろう。それによってあなたは、これまでの自己が変成されるのを体験し、未知なるアイデンティティのあり方を見出すだろうから……。

【主要参考文献】

荒巻義雄「〈物語る脳〉」、『定本荒巻義雄メタSF全集――［月報1］』、彩流社、二〇一四年。

忍澤勉「「藤元登四郎さんを励ます会」&「第8回日本SF評論賞贈賞式」レポート」、「SF Prologue Wave」二〇一一年四月二十一日号、http://prologuewave.com/archives/3042

杉田俊介「ジェノサイドについてのノート――リティ・パニュ、ジョシュア・オッペンハイマー、伊藤計劃」、「新潮」二〇一五年三月号。

小泉義之『ドゥルーズと狂気』河出ブックス、二〇一四年。

高山宏「解説　体現／体験されるマニエリスム」、『定本荒巻義雄メタSF全集　第四巻　聖シュテファン寺院の鐘の音は』彩流社、二〇一四年。

藤元登四郎『宇宙神話 Science Ficiton 三〇〇年の眠りから覚めたキリシマ』、日本SF作家クラブ主催「藤元登四郎さんを励ます会」（二〇一三年二月一日、於：ホテル・フロラシオン青山）参加者用パンフレット、丸野勇・宇宙神話プロジェクト、非売品。

藤元登四郎「地球SF大全2　少年の夢よ再び――福島鉄次『沙漠の魔王』が復刻された!」、「21世紀、SF評論」二〇一三年一月十五日、http://sfhyoron.seesaa.net/article/313617053.html

宮野由梨香「第六回日本SF評論賞贈賞式」ルポ、「SF Prologue Wave」二〇一一年四月二十一日号、http://prologuewave.com/archives/577

※その他、『定本荒巻義雄メタSF全集』刊行記念トークイベント（二〇一四年十二月九日、於：東京堂ホール）における荒巻義雄の発言も参考にした。

【付記】本稿脱稿後、藤本の共著『北の想像力』は、第四六回星雲賞ノンフィクション部門の参考候補作（事実上の最終候補）に選出された。

現代SFを楽しむためのキーポイント：シンギュラリティ

シンギュラリティ（特異点）は、本来、数学における関数の値が無限大になる点、物理学ではブラックホールの内部など通常の自然法則が成り立たない点を意味している。これが現代SFを理解するための重要なキーワードとなったのは、数学者にしてコンピュータ科学者のヴァーナー・ヴィンジによる著名な提言がきっかけだった。一九八三年の講演において、彼は、主として一九八〇年代前半のコンピュータ・テクノロジーの発展に伴うハードウェアの高度化を前提にしながら、人間を超えた知性が創造されることで、従来の人間観・社会観が揚棄され、新しい現実が支配的となる時点が訪れると宣告した。それが技術的特異点の到来であり、ヴィンジはその時期を二〇〇五年から二〇三〇年の間であろうと予測していた。いったんシンギュラリティが訪れれば、人間は動物としての自然な進化の過程を一足飛びに越えてしまい、予想をはるかに上回る進化を遂げる。結果、その本性が完全に制御不可能なものとなってしまうだろう。超人的な知性を有し「覚醒」に至るコンピュータが開発されること、巨大なコンピュータ・ネットワークおよびそのユーザーが超人的な知性を持った一つの実体として「覚醒」すること、マン＝マシン間のインターフェースが密接になった結果としてそのユーザーに超人的な知性が備わること、バイオテクノロジーの発展によって人間の生得的な知性が向上することなどを、ヴィンジはシンギュラリティの到来の原因とした。ヴィンジによれば、ナノテクノロジーを駆使したり、ＡＩの知能のプロセスをコントロールしたりすることが、来るべきシンギュラリティへの対策として示唆されている。思想家のレイ・カーツワイルは、『ポスト・ヒューマン誕生　コンピューターが人類の知性を超えるとき』（二〇〇五年）において、ヴィンジらの研究を明快に整理したうえで、「収穫加速の法則」という概念を提示した。コンピュータ製造業の指数関数的な発展と細密化のプロセスを扱った「ムーアの法則」をパラフレーズしたものであった。カーツワイルによれば、進化は閉鎖系ではなく、ある段階での進化が次の段階の進化を生むために利用される加速度的なものであり、進化のプロセスの効率が上昇することでより多くの資源が供給されるようになる。それによって潜在力が消費され尽くすと、大規模なパラダイム・シフトが生じるというのが「収穫加速の法則」の要諦である。

ＳＦにおいて、シンギュラリティの考え方を意図的に導入した代表的な人物は、やはり当のヴィンジだろう。彼が書いた『マイクロチップの魔術師』（一九八一年）は、頭脳とダイレクトに接続されたコンピュータ・ネットワークを描くシンギュラリティＳＦの代表作と言うことができる。一方、シンギュラリティＳＦの起源を辿っていけば、フレドリック・ブラウンの「回答」（一九五四年）に行き着く。ヴィンジの提言以前にも、それこそ十九世紀から、シンギュラリティに類した考え方を提示した科学者や思想家は連綿と存在してきたが、「覚醒」したコンピュータによって起こり得たもう一つの歴史の叙述という体裁をとったウィリアム・ギブスン&ブルース・スターリング『ディファレンス・エンジン』（一九九〇年）は、サイバーパンクの作家たちによるシンギュラリティへの回答と読むことができる。また、二十一世紀に入ってからは、チャールズ・ストロスの『シンギュラリティ・スカイ』（二〇〇五年）に代表されるイギリスの「ニュー・スペースオペラ」と呼ばれる作家たちが、シンギュラリティ後の世界を前提とした作品群を精力的に発表している。近年の日本ＳＦにおいては、円城塔『Self-Reference Engine』（二〇〇七年）、伊藤計劃「From the Nothing, with Love.」（二〇〇八年）、山口優『シンギュラリティ・コンクエスト　女神の誓約』（二〇一〇年）、藤井太洋「コラボレーション」（二〇一三年）等が、シンギュラリティを主題的に扱った作品として注目に値するだろう。

【主要参考文献】

ヴァーナー・ヴィンジ「〈特異点〉とは何か？」「ＳＦマガジン」二〇〇五年一二月号、早川書房。

現代SFを楽しむためのキーポイント：ナノテクノロジー

ナノテクノロジー（以下、ナノテク）の「ナノ」とは、十億分の一の単位を表す接頭辞であり、もともと小人を意味するギリシャ語の「nannos」とラテン語の「nano」に由来している。一ナノメートルは、一〇のマイナス九乗メートル＝十億分の一メートルを意味しており、ナノテクとは一般に、このような極小単位（ナノスケール）で原子や分子の配列を自在に制御することにより、望みの性質を持つ材料、望みの機能を発現するデバイスを実現し、産業に活かす技術と定義されている。ナノテクノロジーという言葉を人口に膾炙させたのは、エリック・ドレクスラーの『創造する機械』（一九八六年）を嚆矢とする。ドレクスラーは分子機械工学という学問分野を提唱し、ナノスケールの機械を「アセンブラー」と名づけた。アセンブラーを用いれば、原子の配列を自在に制御でき、自然の法則の許す限り、何でも作り上げることができるというのだ。極端な話、ありふれた材料をアセンブラーに入れ込んでおけば、車でも飛行機でも、好きなものが出来上がるという塩梅である。このようなプロセスは生物の身体のなかでも起こっていることである。ドレクスラーの発想は、学術論文としての厳密さを欠いていると批判されたが、科学界に強烈なインパクトを与え、広く浸透を見せもした。「医療、宇宙、コンピュータ、製造技術のこれからの進歩は、すべて原子を配列する我々の手腕にかかっている。だからアセンブラーを使えば、我々の世界を再構築することも可能だし、破壊することもできる」と告げたドレクスラーは、ナノテクの利点だけではなく、危険性についても言及していた。ナノテクは、純粋に技術のみが追究されるだけのものではなく、それによりもたらされる社会的影響込みで考察される対象とするべきものである。だからこそ、ナノテクは複雑な社会状況を理論的に描く現代SFの方法論と強い親和性を有している。

ナノテクSFの起源はシオドア・スタージョンの「極小宇宙の神」（一九四一年）にまで遡ることができる。映画『ミクロの決死圏』（一九六六年）はナノテク的な考え方を広く知らしめたが、先端技術としてのナノテクにいち早く着目したSF作家は、ドレクスラーと同時代に華々しい活躍を行なっていたサイバーパンクの作家たちだった。彼らは情報環境の進展だけではなく、ドレクスラーと同時代的に共振するヴィジョンを巧妙に作中へ取り入れたのである。とりわけグレッグ・ベアの『ブラッド・ミュージック』（一九八五年）やニール・スティーヴンスンの『ダイヤモンド・エイジ』（一九九五年）は高い評価を集め、一九九〇年代以降は、SFのサブジャンルとしての「ナノテクSF」が定着を見せた。現在では、ナノテクは主題的に扱われるというよりも、SFガジェットの一種として自然に登場するケースが多いようだが、ナンシー・クレス「ナノテクが町にやってきた」（二〇〇六年）のような作品も江湖に問われている。一方、日本においては、『ブラッド・ミュージック』に強い影響を受けた森青花『BH85』（一九九九年）や黒葉雅人『宇宙細胞』（二〇〇八年）等を、ナノテクSFの代表作として取り上げることができるだろう。加えて、映画やコミックのみならず、ハードSF的な自然科学志向とは異なるスタイルを志向したスペキュレイティヴ・フィクションが――荒巻義雄「柔らかい時計」（一九六八年）や、飛浩隆「夜と泥の」（二〇〇四年）のように――ナノテクのヴィジョンと作品の世界観がうまく結びついた佳作として読み直され、新たな解釈を生むケースも少なくないようだ。

【主要参考文献】

タヤンディエー・ドゥニ「日本SFにおけるナノテクによる社会的影響の批判的展望：『銃夢』のケーススタディ」「立命館言語文化研究」22巻3号、立命館大学国際言語文化研究所、二〇一一年。

SFの伝統に接続される、現代社会の諸問題

――伊藤計劃読者のためのノンフィクションガイド10

【ブックリスト（言及順）】

・『例外状態』ジョルジョ・アガンベン（上村忠男、中村勝己訳、未來社）
・『日本劣化論』笠井潔、白井聡（ちくま新書）
・『「帝国」の構造　中心・周辺・亜周辺』柄谷行人（青土社）
・『ジェノサイドの丘　ルワンダ虐殺の隠された真実』フィリップ・ゴーレイヴィッチ（柳下毅一郎訳、WAVE出版）
・『小説のタクティクス』佐藤亜紀（筑摩書房）
・『人工知能　人類最悪にして最後の発明』ジェイムズ・バラット（水谷淳訳、ダイヤモンド社）
・『柴野拓美SF評論集　理性と自走性――黎明より』牧眞司編（東京創元社）
・『ルールズ・オブ・プレイ　ゲームデザインの基礎（上・下）』ケイティ・サレン、エリック・ジマーマン（山本貴光訳、ソフトバンククリエイティブ）
・『私たちが、すすんで監視し、監視される、この世界について　リキッド・サーベイランスをめぐる7章』ジグムント・バウマン、デイヴィッド・ライアン（伊藤茂訳、青土社）
・『チェチェン民族学序説　その倫理、規範、文化、宗教＝ウェズデンゲル』ムサー・アフマードフ（今西昌幸訳、高文研）

伊藤計劃の登場によって、SFのみならず日本の文化状況は抜本的なパラダイム・シフトを迎えたといっても過言ではない。いかにして遺された作品を読み直し、ヴィジョンを「継承」していくか。そのための批評的な姿勢こそが「伊藤計劃以後」を生きる私たちには問われている。この探究（クエスト）に役立ちそうなノンフィクションを紹介しよう。

何気ない〝いま、ここ〟と紛争地帯の惨劇が一足飛びに結び付けられ、旧来の常識が通用しない混沌とした状態が恒常化してしまう不条理。ドイツの公法学者カール・シュミットは、それを公法秩序の「例外状態」と呼んだ。政治の様態とイデオロギーの分析に優れた才覚を発揮したシュミットは、しかしながら、独裁を正当化することでナチスを擁護してしまった。『例外状態』は――「本当の意味で政治的なのは、暴力と法のつながりを断ち切るような行動だけなのだ」という一節に象徴的だが――過ちを繰り返さないよう慎重に、シュミット理論のダイ

ナミズムを読み替えている。ここで問われた、剥き出しのまま曝される〝生〟のあり方について、『日本劣化論』は、現代の社会状況へより引きつけた形で掘り下げている。この本では「テロとも戦争とも決めかねる軍事力行使に、これまた国家間戦争ではない反テロ戦争が対抗する」、「テロの定義も戦争の定義も国家の定義もすべてぐちゃぐちゃになってきた」、二十一世紀のスペクタクル化した『虐殺器官』的現在を、「世界内戦」というシュミットの言葉をアップデートさせる形で考えているわけだ。9・11同時多発テロ以降の情勢のように、「世界内戦」下においてはアメリカという「帝国」が国際秩序の覇権を握る。そこから古代より近世に至る「帝国」の歴史を、マルクス流の「交換様式」を介して振り返り、「中心から隔たっているが、中心の文明から伝わる程度には近接した空間」として日本を位置づけたのが『「帝国」の構造　中心・周辺・亜周辺』だ。ヘーゲルの法哲学やウォーラーステインの世界システム論がベースになっている同書だが、この手の思想史的な背景は、伊藤計劃作品の大枠を鋭角的に特徴づけている。一方、抽象化の行き届いた思想書のみならず、「七百五十万人の人口のうち、少なくとも八十万人がわずか百日のあいだに殺された」模様を赤裸々にレポートした『ジェノサイドの丘　ルワンダ虐殺の隠された真実』のように生々しい書物についても、伊藤計劃は目配りを欠かさなかった。だからこそ「The Indifference Engine」のような作品も書けたのである。

「世界内戦」の衝撃を伊藤計劃は鮮明に形象化したが、その表現方法には膨大な映像作品からの影響が窺い知れる。「記述の運動によって読み手の応答を引き出すこと」を「小説の目的」としたうえで、表現を駆動させる形式が何によって規定されるのかを考えた『小説のタクティクス』では――『トゥモロー・ワールド』や『宇宙戦争』といった――二十一世紀に公開された映画の技法へ準（なぞら）えられる形にて、「内戦下の絶望を我々が住んでいる現在に接続」した作品が『虐殺器官』であり、また「人間という固有の顔を持たない人の世界」を描き出すことに成功したのが『ハーモニー』だと論じられている。このような「顔」を持たない人間像とは、技術的特異点（シンギュラリティ）が到来した未来を描くポストヒューマンSFのヴィジョンと、まさしく相似形をなすだろう。アーサー・C・クラークやレイ・カーツワイルらに取材し、人工知能をめぐる最新の研究動向を紹介した『人工知能　人類最悪にして最後の発明』では、人間の知能レベルを超えた人工汎用知能（AGI）の性質が解説され、それが「核分裂と同じく二面性をもったテクノロジー」にほかならないと、様々な論点を介して警告されている。つまり人間とAIには、埋めることのできない断絶があるというわけだが、こうした悲（喜）劇は、『ハーモニー』や「From the Nothing, with Love.」を読み解く恰好のヒントとなろう。そして『柴野拓美SF評論集　理性と自走性――黎明より』が伝えてくれるように、グローバル時代において「個人の制御を離れて自走」するテクノロジーのあり方は、実のところ早すぎたポストヒューニズム論者である柴野拓美が、日本SF黎明期から模索してきた主題でもあった。〝日本SF育ての父〟としても知られる彼のハードSF論は、SF史という豊穣な遺産を通して伊藤計劃を〝再発見〟する際にも威力を発揮する。

『ルールズ・オブ・プレイ　ゲームデザインの基礎』は、意味のある遊び（ミーニングフル・プレイ）や双方向性（インタラクティヴィティ）といった切り口を軸に、アナログな伝統ゲームから最新のデジタルゲームまで、ゲームを理論的に捉える多様な知見を提示してくれる基本書であり、伊藤計劃の『メタルギア　ソリッド　ガンズ　オブ　ザ　パトリオット』のみならず、ゲームならではの知見や技法を、現代SFがいかに昇華させてきたかを考察するうえでは外せない。「自走」したテクノロジーが私たちの身体を包摂し、Facebookのようなソーシャル・ネットワーキング・サービス（SNS）を通して、ゲームのように監視社会への自発的な参与を促す『ハーモニー』的現在。『私たちが、すすんで監視し、監視される、この世界について　リキッド・サーベイランスをめぐる7章』では、そのSNS的な相互監視の実態が論じられているが、この書物を通して「監視を駆り立てる精神やそれを前進させるイデオロギー、さらにはそれに機会を与える出来事」への批判的な視座を培うことは、私たちの生活そのものが「植民地化」される現在へ、剥き出しの〝生〟それ自体として抵抗するために必要不可欠だろう。そして、字義通りの「植民地」として包摂されながら、そこに生きるマイノリティとして差別される民族の伝統と内在的論理を紹介しているのが、『チェチェン民族学序説　その倫理、規範、文化、宗教＝ウェズデンゲル』だ。『ハーモニー』のクライマックスを考えるうえでは必読であるが、のみならず、「血の復讐」ならぬ「血の赦し」という考え方は、「世界内戦」が恒常化させた憎悪の連鎖からの脱出口を、このうえなく明快に指し示している。

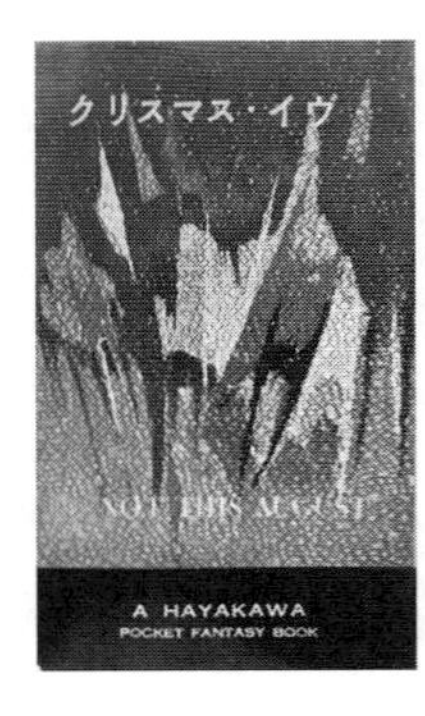

書評●C・M・コーンブルース『クリスマス・イヴ』
▼昏さを語る、サイバーパンクの祖先

コーンブルースは伊藤計劃に似ていると、以前から思ってきた。三十代半ばで夭折したから、というだけではない。世界の昏さを語る切れ味が共通しているし、フレデリック・ポールとの共作は円城塔との友情を彷彿させる。単独で書いた長編『シンディック』や〝未来のスリック小説に載る普通小説〟を企図した短編群は、どう見ても伊藤が依拠したサイバーパンクの祖先。何より、本書の先進性。一九六五年にアメリカがソ連と中国に戦争で負け、その支配下に置かれたと、五五年に書いた。共産主義者とみなされる危険もあったろうに。兵役を逃れて美術家から酪農家に転職した主人公をはじめ、筋・設定・人物造形のいずれも、よく書き込まれ皮肉が効いている。アメリカ文学史の文脈からも、再評価されるべき傑作だ。

空間秩序と、上田早夕里『深紅の碑文』

——悪夢を想像する力

作家・上田早夕里、待望の新作長篇『深紅の碑文』が、いよいよ世に問われる（ハヤカワSFシリーズJコレクション、上下巻）。第三十二回日本SF大賞に輝いた『華竜の宮』（二〇一〇）を大きく上回る、四〇〇字詰め原稿用紙換算で一六〇〇枚というボリュームだ。筆者は、この二〇一三年を締め括るに相応しい大著にいち早く触れる僥倖を得たのだが、いまだ読了後の興奮が冷めやらない。磨き上げられた文体と練りこまれた構成には、畏怖の念すら覚えるが、何よりもSFという方法を通じて読み手の世界認識を刷新する、知的な啓発に満ちているのが素晴らしい。本稿では、『深紅の碑文』についての議論が活性化することを期して、この作品がいかなる射程を有しているのかを論じていく。

『華竜の宮』と『深紅の碑文』の二長篇に、「魚舟・獣舟」（〇六、日本SF作家クラブ編『日本SF短篇50　5』所収、ハヤカワ文庫JA）、「完全なる脳髄」（一〇、大森望・日下三蔵編『年間日本SF傑作選　結晶銀河』所収、創元SF文庫）、「リリエンタールの末裔」（一一、同名作品集に所収、ハヤカワ文庫JA）の三短篇を加えた一連の作品群は、『華竜の宮』の英題から採られた《オーシャン・クロニクル》シリーズと呼ばれている。長篇こそ今回の『深紅の碑文』で完結するが、短篇については、今後も書き継がれる可能性があるという。この《オーシャン・クロニクル》では、丸山茂徳・磯崎行雄『生命と地球の歴史』（一九九八、岩波新書）等で紹介された最新のプルームテクトニクス理論を軸に、白亜紀（クリテイシャス）相当の大規模な海面上昇〈リ・クリテイシャス〉なる災厄によって、「世界中の政府が、人類という種を存続させるために、ついに、科学技術に関する従来の倫理規定を捨てる決断をした」という設定のもと、環境適応を目的とし、人間に大胆な遺伝子改変が施すことが容認された世界観が共通の基盤となっている。

シリーズで最も早い時期に発表された「魚舟・獣舟」は、〈リ・クリテイシャス〉の結果、「生涯を陸へあがらず海で過ごす」ことを選択した民族である海上民の日常と、その日常を脅かす異形の存在・獣舟（けものふね）にまつわる因果が、どこか説話的な語りを通して描出される。〈操舵者〉たる海上民と、その生活の場を形成する魚舟の間には、遺伝子レベルでの紐帯があった。何らかの理由によって〈操舵者〉を持てなかった魚舟は、野生を剥き出しにした獣舟と化す。つまり、体長十七メートルにも及ぶ、魚とワニが入り混じったような独特の外見をした獣舟は、ほかならぬ人間の成れの果てでもあったのだ。

続く「完全なる脳髄」では、災厄が原因で起きた紛争にて濫用された分子兵器により、「肉塊としての形しか持たない人間」が生まれるようになったがため、それを遺伝子操作と機械脳によって人間に近づけた擬似人間——つまりは現代版『フランケンシュタイン』の怪物とも言うべき——合成人間（シム）の一人称で語られる。語り手は他人の生体脳を収集し、それらを自らの機械脳へ連結させることで、人間が抱える矛盾と逸脱を、生きることの証として、燃え盛るような激しい情念を羨望しつつ追い求める。

これら二篇は、遺伝子改変によって生み出された異形について、ホラーやハードボイルドの結構を活かしながら、各々異なる切り口で焦点化することで、人間にとっての内なる「他者性」への原理的な思弁を促すものともなっている。ここで言う他者とは、断絶を保持したままに共存を余儀なくされる相手のことを指しているが、第七回日本SF評論賞優秀賞を受賞した渡邊利道は、受賞論文「独身者たちの宴　上田早夕里『華竜の宮』論」（「SFマガジン」二〇一二年五月号所収）で、まさしくこのような「他者性」という切り口から、『華竜の宮』を仔細に論じていた。渡邊が指摘しているように、『華竜の宮』は、一人称と三人称を混在させ、あるいは歴史と世界を鳥瞰する年代記風の記述を入り混ぜること、また、シンメトリックな構成を取りつつ描写の視点を自在に移動させるといった戦略を採っている。これによって、コンセプチュアルな短篇の視座を包含しつつ、重層的で奥行きのある背景世界が表現されるわけだが、短篇群が提示する豊かなイメージは、私たちの「想像力」を刺激することで、背景世界と歴史的な現実の持続性を見事に補完するのだ。

『華竜の宮』は作家・評論家・翻訳家等の投票により決定される『SFが読みたい！　2011年版』（早川書房）において、二位以下を大きく引き離す形で「ベストSF2010」の一位を獲得したが、それを受けた本誌の「ベストSF2010上位作家競作」企画で発表された「リリエンタールの末裔」では、背中に二本の鉤腕が生えた高地民であるチャムが、成人祝いで観たオットー・リリエンタールの記録画像に触発されて、社会構造に根ざした都市民からの激烈な差別に堪えつつ、十余年の苦節を経ながら、特権階級のみに許されたハンググライダーでの滑空に挑む過程を描出している。チャムが鉤腕に見合ったオーダーメイドの新型機で空を飛べば、高地民が嫉妬と羨望と攻撃の対象となり、ひいては都市に動乱が起きることが示唆される。それでもチャムは、「飛ぶことで、いま、この街にないことになっている差別を、皆の目に見える形にしたい。鉤腕は武器ではなく、僕たちの誇りであることを皆に知らせたい。衝突が起きるなら、僕はその最前線に出て皆を止めましょう。きっかけを作ったものの責任として絶対に逃げない」と宣言するのだ。

作家が本格的に「飛翔」の主題に挑んだ本作においては、飛ぶことの原初的なロマンティシズムと、陰湿な社会的差別が表裏一体のものとして結びつけられている。ここで、先行する「魚舟・獣舟」や「完全なる脳髄」で、音楽が重要なモチーフとして採られていたことを思い出そう。トマス・M・ディッシュの『歌の翼に』（一九七八、邦訳は二〇〇九、国書刊行会）では、飛翔のイメージと同性愛に代表される社会的なタブー、すなわち異質でありながら単性的なものを求めるイメージが、死の隠喩を通して結びつけられていた。一方、『華竜の宮』のラストでは、「プルームの冬」と呼ばれる、国際環境連合（IERA）の高速環境シミュレーター・シャドウランズ（C・S・ルイスの戯曲名に由来）が予測した地球規模の寒冷化がもたらす〈大異変〉すなわち人類絶滅必至の破滅（カタストロフィー）が描かれる。そこでは、海上民と陸上民の合唱として「海と大地を吹き荒れる渺々たる嵐のように、力強く、かつ底抜けに明るく、どこまでもどこまでも響き続けた」鎮魂歌が、圧倒的なカタルシスをもって提出されるが、死に向き合う音楽が轟かせる単性性、そして澄明な垂直性が、『深紅の碑文』を貫く縦糸となっている。つまり、チャムが「飛ぶ」ことにかけた希望が、読者が『深紅の碑文』をひもといた時に図版として目に飛び込む無人宇宙船《アキーリ号》のイメージに重ね合わされるのである。実際、老人となったチャムは、《アキーリ号》の技師として、後半部で重要な役割を果たす。

さて、その『深紅の碑文』は、『華竜の宮』の第八章までのエピソードとエピローグを取り結ぶ「空白の四十年間」を、能う限り詳細に描写したものだ。《アキーリ号》にまつわる深宇宙研究開発協会（DSRD）の計画は、冒頭に登場する星川ユイらの活躍を通じ「他には何も夢のない」者たちに、「何の差別もせずに、平等に」夢をもたらす希望の綱として描かれる。その縦軸を活かすため、複雑な「語り」と構成を追究した『華竜の宮』とは異なる方法を、『深紅の碑文』は追究している。それは、「垂直」の効果を最大限に発揮させるため、まずは「水平」的なポリティカル・シミュレーションを徹底させる方法だ。『華竜の宮』は、眉村卓の〈司政官〉シリーズに、しばしば準えられてきたが、同シリーズで眉村が試みた〈インサイダーSF〉、権力機構のあり方をその内部からの視点をもって抉り出すような方法。そうした志向性を、『深紅の碑文』は、『華竜の宮』よりもリアルに推し進めている。仁木稔『ミカイールの階梯』（〇九、ハヤカワSFシリーズ　Jコレクション、上下巻）と好対照を為すだろう。

そもそも『華竜の宮』は、竹内修司『幻の終戦工作　ピース・フィーラーズ　1945夏』（〇五、文春新書）に「強いインスピレーション」を受け、その方法を徹底させる形で書かれた。そこでは外交戦が重要なキーワードとなっている。つまり、外交戦という「思考の手順」が、SF的な未来予測、《オーシャン・クロニクル》シリーズではシャドウランズが導き出した「プルームの冬」という、シミュレーションの帰結、人類の未来として理念的に共有されたイメージに対抗し、オルタナティヴを拓く手段として模索されている。どういうことか。

軍事史研究者のピーター・P・パーラは、理論書『無血戦争』(一九九〇、邦訳は九三、ホビージャパン)で、戦争のような状況をシミュレートし、未来に向けたフィードフォワードをもたらすためには、その状況を媒介するためのモデルの作成が必要になると論じている。パーラによれば、そのモデルは「抽象化→単純化→人工化→理念化」という過程を経る必要があるというが、『深紅の碑文』が、この「抽象化」から「理念化」へ至る階梯の裏に潜む圧倒的な表象の暴力性を、わずかでも軽減させるための調整役として――『華竜の宮』の焦点人物であった――青澄誠司(あおずみせいじ)の活躍が事細かに描かれている。

青澄は、外務官僚の身分を「自己都合で」捨て去ったとされており、自ら立ち上げた救援団体〈パンディオン〉の理事長として、無軌道な虐殺を続ける陸上民と海上民の摩擦を解消するための活動を行なっている。青澄は、自らが過去に培ってきた経験と人脈のみを頼みにし、ある意味でフリーランスに近い立場にて――自らが文字通りに「道具で」あるかのように――献身的に、救援活動へ従事している。その活動は、「完全なる脳髄」の語り手とはちょうど正反対のもの、つまり人間が抱える逸脱と矛盾を、人間を人間たらしめる「倫理」の保持にあえて収斂させることで、貫徹させようとしている。〈リ・クリティシャス〉の頃に開発された殺戮知性体のデータに基づくモルネイドと呼ばれる兵器の使用を、青澄が最後まで躊躇うのもそのためだろう。他者を変えることなく他者のままで受け入れる吸収型宗教〈調和の教団(プレジェ・アコルド)〉の窓口役として青澄に接する暗い過去を有した女性アニスとの関係も、この視点を抜きには理解できない。

ここで重要なのが、『深紅の碑文』のもう一人の焦点人物であり、何から何まで、青澄と対照的な生き方を貫き通す、ザフィールという存在だ。ザフィールは、ラブカと呼ばれる(深海に棲むサメの名に由来する)一種の海賊団のリーダーである。ザフィールは、その本名をヴィクトル・ヨーワと言い、もとは医者という特異な経歴を持っているが、陸上流の考え方に、最後まで馴染めない。『深紅の碑文』では、ザフィールの父親アントン・ヨーワへの聞き取りという形で、その過去が詳細に語られるが、そうした証言をもってしても、なお、ザフィールがラブカに身を投じ、まるで勝ち目のない――そして「プルームの冬」を前提とすれば、ドン・キホーテ的な蛮勇にほかならない――死闘を継続するのは、ザフィールの抱えた屈折が、個人の内面に留まるものではまったくなく、ラブカという、特異な社会集団のあり方と、まさしく切っても切り離せないことを証し立てている。

『深紅の碑文』では、海上強盗団(シガテラ)とラブカの違いが、冒頭部から詳細に説明される。生物船である魚舟しか持たない前者と違って、ラブカは機械船を操る技術を知り、小型の潜水艇を持っている者さえいる。また、放浪民によって構成されるのではなく、家族やコミュニティを守り、維持するために活動をする。必要があれば人殺しも辞さないが、筋の通った思想のある海賊、それがラブカである。では、根本的に、なぜラブカは陸上民へ抗い続けるのか、そのことは、第二次大戦下、ナチスのイデオローグとして活躍し、国家と政治についての犀利な分析で知られる公法学者カール・シュミットが、『陸と海と』（一九四二、邦訳は二〇〇六、慈学社）で、このうえなく明晰に説明している。

大陸というものを首尾一貫して海の側から純粋に海洋的な視点で見るという見方は、領土的な観察者には容易に理解できない。われわれの日常語はいろいろの名称をごく自明のこととして陸地から作り出している。（……）われわれが地球について作り出すイメージをわれわれは無造作に大陸（地球）像と呼び、それについての海洋像もまたありうるということを忘れている。われわれは海に関しても海路と言う、ここには交通の路線があるのみで陸上のような道路はないにもかかわらず。われわれは太洋上の舟を、海をゆく一片の陸地として考える。その陸地が海を進むのである。ひとつの「漂流体国家領域」――この問題が国際法的に扱われるときはこう呼ばれる――として。

（生松敬三・前野光弘訳）

「漂流体国家領域」とは、ラブカの存在様式と符号する。シュミットの指摘は、私たちが想定する公法秩序が、あくまでも大地をベースにした公法秩序にほかならず、ザフィールが体現する海洋民の基本秩序とは、空間的な境界設定において、根本的に異質なものであることを説明するものである。シュミットは「すべての基本秩序は空間秩序である」というが、『深紅の碑文』が一六〇〇枚を通じてできるだけ微細に描き出そうとするものは、この空間秩序をめぐる闘争の人類史的な意義であろう。

シュミットは、空間秩序をめぐる認識は時代とともに変遷し、また、その変化こそが歴史状況に、一種のコペルニクス的な転換をもたらすのだと考えた。それをシュミットは「空間革命」と呼んだが、この「空間革命」とは、彼が戦争をもたらした歴史的な現実を精査し、パーラに倣えば「抽象化→単純化→人工化→理念化」の階梯を経てたどり着いた、「理念型」だと考えてよいだろう。この時、念頭に置かれていたのは、一六〜一七世紀、つまり大航海時代によって与えられた、世界像の抜本的な変化である。この世界像の変化は、大地と海、という二極対立に留まらず、地球を有限の球体として捉える見方にほかならなかった(*)。

大航海時代に、いち早く、海洋的な知見から世界を捉える方法論を獲得したのは、「空間革命」を経験したヨーロッパだった。

大航海時代の到来によって、ヨーロッパは、新たな世界認識、そしてその認識をさらに推し進めていくための科学技術を獲得した。一方、海の彼方の異郷は植民地として収奪される対象と化し――「戦争の世紀」たる二十世紀をもたらした――帝国主義の前提となった。つまり、「空間革命」は、強国による地球の分割にほかならなかった。つまり、《オーシャン・クロニクル》が示すのは、第二次「空間革命」と言うべき状況であり、それは作品世界の二大連合国家、ネジェスと汎アジア連合の対立にも尾を引いている。

　だが、皮肉にも、第二次「空間革命」をもたらしたのは、必ずしも人間同士の紛争のみに帰結しない〈リ・クリティシャス〉という人間から絶対的に断絶された、地球規模の災厄が、否応なしに人類の認識を変化させ、次いで、「プルームの冬」をもたらす〈大異変〉が、半ば強制的に、それに対抗するすべを模索させたからだ。その意味では、人類は争っている暇など毛頭ない。ところが、ここにタイムスケールの罠が介在していた。

　環境シミュレーター・シャドウランズは、「アジア海域におけるホットプルームの発生と含水鉱物層との接触、マグマ溜まりの形成、それが地上へ噴き出すきっかけ」こそシミュレートできたが、発生する日時を正確に予測することができなかった。かくして、この時差がもたらす無意識を埋めるため、青澄は調整に奔走し、ザフィールは最後まで抵抗を続ける。最初に両者が顔を合わせた時、ザフィールは獣舟の計画的な管理へ難色を示すが、それは明らかに、獣舟が体現する人間性の彼岸を、憧憬し続けているからだ。

　『深紅の碑文』において、未来予測に留まらず、海上民と陸上民は、その保持する情報において、圧倒的に非対称的な存在として描かれる。両者の断絶を埋めようとするのは「想像力」、それも「悪夢を想像する力」の役目である。こうした「想像力」の重要性を、能う限りに観念的な粗雑さを排する形で訴えかけること、海上適応型の異形の人類・ルーシィ（ラテン語で「光」の意）は、その延長で提示されたものだ。やがてクライマックス、「垂直性」の象徴たる《アキーリ号》の完成を見たうえで、「水平的」な闘争が終焉を迎えようとする瞬間、青澄とザフィールの運命はどうなったのか、すれ違い続けた二人が、いかなる決定的な邂逅を見るのかもまた、「悪夢を想像する力」抜きには語れない。

　「他者性」に向き合う「倫理」を描いた『華竜の宮』は、「彼らは全力で生きた。それで充分じゃないか」との台詞で締め括られた。これは、同作のエピローグで、焦点人物の一人である人工知性体マキ（ラテン語の「機械（マキナ）」に由来）が、遠距離航行宇宙船に乗って深宇宙を目指し、地球を離れる際に発したものである。『深紅の碑文』では、シミュレーションの帰結として導き出された「理念型」としての「想像力」を核に、青澄とザフィールの苦悩が、より普遍的に問い直されている。それは、「未来」の在り処を問おうとするための苦悩である。

それなのに――頭の中には、未来の光景が鮮明に浮かぶのだ。まだ見ぬ世界、見るはずのない世界を、人間の想像力は易々と形にして、私たちの深紅の血を騒がせる。
人間の想像力を否定できるものなど、この世のどこにも存在しない。私たちは想像力ひとつで、どこまでも飛び続ける。
けれども、そこに血の代償があったことも私たちは忘れない。罪科を自ら背負い、後ろ指をさされることを受け入れた――多くの人々の重い生涯を忘れない。取り返しのつかないどうしようもない過去と、どうしようもない現実を、なんとかして取り返すために、人類は最後まで足掻き続けるしかないのだろう。

（『深紅の碑文』）

これまで『深紅の碑文』が《オーシャン・クロニクル》のモチーフをいかにして批評的に再解釈したのかを概観してきたが、それは「悪夢を想像する力」の意義を確認し、未来へ向き合う営為だった。ここで、作家が世界の次代を担う青少年へ寄せたメッセージを読んでみよう。「悪夢を想像する力」が作品内の表象を越え、希望に昇華する確信が持てるに違いない。

想像力を働かせるとき、ひとつだけ気をつけて欲しいことがあります。その想像によって得られるものは、果たして、本当の意味で人間や社会をしあわせにするのかどうか。特定の人間の利益のためだけに、他人のしあわせや権利を踏みにじる可能性を孕んでいないか。これを、繰り返し繰り返し、常に問い続ける必要があります。

（上田早夕里「夢と悪夢の間で」（二〇一二、日本SF作家クラブ編『未来力養成教室』所収、岩波ジュニア新書）

（＊）本稿における『陸と海と』解釈は、作家・批評家の倉数茂の論考「北方幻想――戦後空間における〈北〉と〈南〉」（岡和田晃編『北の想像力』所収、寿郎社）から、大いに啓発を受けている。もし誤解等があった場合、その責任の一切は筆者にある。

自らの示すべき場所を心得た世界文学、〈科学批判学〉SFの傑作集

——仁木稔『ミーチャ・ベリャーエフの子狐たち』解説

平和を維持するうえで、戦争という手段にも果たすべき役割がある。

——二〇〇九年、オスロでのノーベル平和賞授賞式におけるオバマ・アメリカ大統領の演説より

現代SFと世界文学を架橋する作家・仁木稔（一九七三〜）の手になる五年ぶりの新刊『ミーチャ・ベリャーエフの子狐たち』が、このたび、満を持して世に問われる。仁木稔は〈HISTORIA〉と名付けられた未来史シリーズを連綿と書き続けており、本書もそのなかに位置づけられるが、これまで発表された同シリーズはいずれも長篇だった（後述）。それに比べて本書は五つの中短篇から構成されており、語られるエピソードは、いずれも未来史の根幹をなす重要なものだ。また、同時代的な問題を多角的に扱っているため、入りやすく、これまで仁木稔に触れたことのない読者にとっても、その作風と世界観を知るために最適の一冊となっている。とりわけ、没後五年を迎えた伊藤計劃（一九七四〜二〇〇九）の『虐殺器官』（二〇〇七、ハヤカワSFシリーズ Jコレクション。後にハヤカワ文庫JA）や『ハーモニー』（二〇〇八、ハヤカワSFシリーズ Jコレクション。後にハヤカワ文庫JA）、短篇集『The Indifference Engine』（二〇一二、ハヤカワ文庫JA）所収の作品群が示した〝危険なヴィジョン〟（ハーラン・エリスン）に共鳴し、世界認識を刷新する手段としてSFや文学を求める新しい読者にとって、本書はひとかたならぬ衝撃と感銘をもたらすに違いない。

ウクライナ・ロシア間に走る緊張、台湾の大規模な動乱、国内で吹き荒れる排外デモの嵐……。かつて「終わりなき日常」と嘯（うそぶ）かれた幻想は、もはや完全に過去のものとなった。新冷戦の始まりと謳われる二〇一〇年代においては、テロや紛争は日常と完全に不可分で、市場原理の暴走は留まるところを知らず、情報環境こそ高度化したものの、社会格差はいっそうの拡がりを見せている。公法学者カール・シュミットの言葉を借りて、こうした紛争状況を「世界内戦」の恒常化と捉えるならば

——そのスタイルこそ異なれど——仁木稔は同世代の伊藤計劃とヴィジョンを共有しつつ、〝集団的な知〟としての科学技術に内在する権力構造の性質を、独特の未来史体系の構築を通して暴き出す〈科学批判学〉としてのSFを打ち立てた真に新しい作家だ。

加えて、伊藤計劃の思弁（スペキュレーション）を自覚的に「継承」した宮内悠介（一九七九〜）の『ヨハネスブルグの天使たち』（二〇一三、ハヤカワSFシリーズJコレクション）とも、本書は共鳴を見せている。『ヨハネスブルグ〜』は、アパルトヘイト以後の南アフリカ共和国、「アラブの春」とも通底したアフガンやイエメン等における現代の政治情勢に代表される「世界内戦」の恒常化を、『エンパイア・スター』（一九六六、邦訳はサンリオSF文庫）のサミュエル・R・ディレイニーを思わせる凝集的な叙述とポストヒューマニズムの観点から捉え直した傑作で、第百四十九回直木賞候補、第三十四回日本SF大賞特別賞に輝いた。同時代的な共振を見せる『ミーチャ〜』と『ヨハネスブルグ〜』は、対にして語られるべき作品集だろう。それでは世界観解説を交えつつ、具体的に本書収録作を概観していきたい。

「ミーチャ・ベリャーエフの子狐たち」

初出は〈S-Fマガジン〉二〇一二年六月号。作中では「偉大な祖国」と呼ばれるアメリカが舞台、時代は近過去、つまり私たちの歴史においては九・一一同時多発テロ事件前夜に相当する時期として設定されている。「世界の警察」としてのアメリカは——ネグリ&ハートの思想書『〈帝国〉グローバル化の世界秩序とマルチチュードの可能性』（原書二〇〇〇）が示したように——その圧倒的な権勢をもって、グローバル・ガバナンスの鍵を握ったメイン・プレイヤーとしての地位を確立していた。仁木稔の作品は、SFのサブジャンルでは広義のサイバーパンクに分類できる。情報環境の性質を内側から再考していく姿勢はサイバーパンクの大きな特徴であるが、本作ではインターネットと「偉大な祖国」で猖獗（しょうけつ）を極める反知性主義的な陰謀論が結びつき、「法の抜け穴」を利用して人工子宮より生み出されたクローン人間としての隣人、つまり「妖精」を、ひたすら蹂躙する有様がクローズアップされる。陰惨な拷問描写の数々は、読む者の生理的な嫌悪感を掻き立てずにはおかないが、それは作者による露悪趣味の発露なのではまったくない。現代社会の矛盾を剔（えぐ）り、「見ること」の暴力性を読者に気づかせるために仕組まれた巧妙な（レ）トリックなのだ。

さらに言えば、主要登場人物ケイシーの行動原理と生き方は、陰謀論と排外主義に取り憑かれた現代日本のネット右翼のなれの果てと見ることもできる。そのようなネトウヨ的な差別主義者（レイシスト）を語り手に据えた作品に、ユートピアSFの古典を大胆に本歌取りして第三十二回日本SF大賞候補作となった『ゴースト・オブ・ユートピア』（二〇一一、ハヤカワSFシリーズ Jコレクション）の著者・樺山三英（一九七七〜）の問題作「セヴンティ」（二〇一三、〈季刊メタポゾン〉第十号）がある。箍（たが）の外れた事大主義（ポピュリズム）の跳梁と、それを陰に陽に育む、歴史修正主義的な陰謀論の数々。それこそが、ツイン・タワーを解体させた、真の原因なのだろう。現代のフィクションが往々にして見て見ぬふりをする、想像力の〝脱政治化〟の問題へ真正面から切り込む「ミーチャ～」には、SFを通して人間性の淵源を問い直す、確固たる批評性が宿っている。

「はじまりと終わりの世界樹」

初出は〈SFマガジン〉二〇一二年八月号。仁木稔はコンセプトによって文体を自在に使い分ける書き手だが、まず、本作を特徴づけているのは、今年でデビュー十周年を迎える作家の膂力が遺憾なく発揮された〝語り〟の超絶技巧にほかならない。ペルーの密林で目眩く光の饗宴に身を浸しつつ、ジョゼフ・コンラッド的な「闇の奥（ハート・オブ・ダークネス）」へと踏み出してゆく束の間、読者はつい、自分が今いる場所がどこかを忘れてしまうことだろう。閉鎖空間のなか、一九八五年から二〇一二年まで、四半世紀の時間が圧縮された形で怒濤のごとく回想される。キューバの作家アレッホ・カルペンティエールの『バロック協奏曲』（一九七四、邦訳はサンリオSF文庫）を彷彿させる、色彩感覚に満ちた音楽的なスタイルだ。その文体に溶かし込まれているのは、歴史に刻み込まれた鮮烈なまでの痛みである。本作でアメリカは「合衆国（エスタドス・ウニドス）」と呼ばれ、その覇権の拡大は、パナマ侵攻と湾岸戦争の語り直しという形で表現される。異種混交的（ハイブリッド）な外観をした語り手の「ぼく」と、金髪碧眼の美少女としてゲルマン的美質を体現した「姉」は、本作で語られる幾重にも絡み合った陰謀論の、いわば虚焦点となっている。とすると、本作で再話されるアブグレイブ収容所における凄絶極まる捕虜虐待の光景は、いったい何を企図したものなのか。

ジョン・G・ラッセルは、二〇〇三年のアブグレイブ事件以降、アメリカ社会において、拷問と虐待がエンターテインメントとして消費されるようになったと述べている。性的拷問に特化した映画ジャンルすら生まれ、そこでは拷問者を怪物のように描くことで、視聴者に「自分と拷問者との本質的な違いが存在している」という安心感を付与しているとも論じている（「ウォー・ゲーム：大衆文化と情報社会における戦争の正常化と美化」、二〇〇九）。このことから考えると、本作での「姉」と、クライマックスで語られる「無原罪懐胎（インマクラーダ・コンセプシオン）」が結びつく意味も、自ずから窺い知れようというものだ。本作は〈HISTORIA〉シリーズの出発点を記し、世界観の根幹にある謎を解き明かす記念碑的な傑作で、読者投票による二〇一二年度の「SFマガジン読者賞」を受賞。プロの書評家にも高く評価され、大森望／日下三蔵編『極光星群　年間日本SF傑作選』（二〇一三、創元SF文庫）収録の有力候補ともなった（中篇という分量その他の事情で掲載は見送られた）。なお、初出時の本作は、九・一一同時多発テロ事件の再現を主軸とする宮内悠介「ロワーサイドの亡霊たち」（『ヨハネスブルグ〜』所収）と並べて雑誌に掲載され、読者に両者の問題意識やモチーフの共通性を印象づけた。

「The Show Must Go on!」
「The Show Must Go on, and…」
「…'STORY' Never Ends!」

本書に収められた作品群は、一部の人物・設定を共有しているが、基本的には独立して読める。しかし後半のこれら三篇は、ストーリーが直接的に繋がっているので、連続して読むことをお勧めしておきたい。「The Show Must Go on!」（二一九〇年から約一年半後のエピソード）の初出は〈S-Fマガジン〉二〇一三年六月号。残る二篇（二二〇一年夏から翌年秋、およびその直後のエピソード）は書き下ろしとなっている。これらの連作を語るうえでまず強調したいのは、この三篇がアーシュラ・K・ル・グウィンの短篇「オメラスから歩み去る人々」（一九七三、ハヤカワ文庫SF『風の十二方位』所収）を強く意識しているということだ。理想社会（ユートピア）は実のところ、力を持たない者の犠牲によって成り立っているというジレンマを「オメラス〜」は静かに告発している。そして、かような考え方は、本書の後半三作で前景化される〈HISTORIA〉未来史の基本設定「絶対平和（アブソリュート・ピース）」の原理を構成するものともなっているのだ。

「ミーチャ〜」や「はじまりと〜」を前史としつつ、そこから時代が進んだ、「The Show Must Go on!」連作においては、「全人類規模の徹底した管理社会」化が成し遂げられた結果、人々はその性向と身体改造の度合いに応じた等級（グレード）と呼ばれる評価基準によって、細かく生活そのものが区分されている。それが「絶対平和」の秩序体系なのだが、この社会は一種の信用経済めいた互酬性で成り立っており、秩序維持の代償は「ミーチャ〜」では「妖精」と呼ばれた「亜人（サブヒューマン）」なる二級市民の犠牲に基くものとなっている。「ミーチャ〜」で示唆された、他者の痛みをポルノとして消費し続けながら、そのことに居直って恥じることのない心性。それは作中人物の言葉を借りれば、「（……）人間に自尊心を与えるために、亜人は惨めな状態で居続ける必要がある。それも、奴隷労働だけじゃ間接的すぎて不充分なの。目に見える暴力がなくちゃ」という考え方によって、見事に正当化されている。

この「目に見える暴力」は殺し合いとして、歪んだ血債主義とポリティカル・コレクトネスに結びつきながら、社会全体にまで広がりを見せている。亜人の殺し合いをドラマティックに演出するための技術（アート）こそが芸術（アート）の源となった、理想社会の誕生である。十九世紀以前の〝紳士的な〟戦争——すなわち核戦争のような殲滅戦として公法秩序を決定的に崩壊させることのない戦争——の歴史を歪んだエンターテインメントとして刹那的に消費するグロテスクな未来像の提示と、そこに日本的なものが果たした役割のシニカルな解釈は、たとえSFに興味がない者でも一見の価値があるだろう。

しかも、「亜人」の代理戦争は、大規模多人数同時参加型オンラインロールプレイングゲーム（MMO－RPG）をモデルとしており、インターネットを介した直接民主主義にも通じる政治参加（アンガージュマン）の手段ともなっている。加えてそれらは、「絶対平和」の思想的な基盤として採用された日本的な本音（ホンネ）と建前（タテマエ）なるジョージ・オーウェル風の二重思考（ダブルシンク）と構造的に癒着している。生物学的な技術進展は、ゲームのキャラクター・メイキングを行なうかのように、遺伝子操作や生体改造を可能にしたが、それはヴァーチャル空間に影響するのみならず、現実世界をもダイレクトに操作するものとなっている。近年、ゲーミフィケーション（産業や教育、社会参加等にゲームの方法論を応用すること）の可能性が話題を読んでいるが、一方、双方向的（インタラクティヴ）であるがゆえ——政府の政策を正当化させて支持を取り付けたり、あるいは戦争に対する抵抗感を減少させて兵士の募集に役立てたりいった具合に——ゲームの方法論は実のところプロパガンダにも積極的に用いられている。そのためネット・リテラシーならぬゲーム・リテラシーの確立が喫緊の課題となっているわけだが、こうした状況下、本作が提示する思弁（スペキュレーション）の意義は、いっそうインパクトを増していくことだろう。

さて、本書の掉尾を飾る後半二作のタイトルを繋げると"The Show Must Go on, and 'STORY' Never Ends!"となることにお気づきだろうか。なかなか洒落た演出と思われるかもしれないが、仁木稔はナイーヴな物語礼賛を旨とする作家ではまったくない。つまり、このフレーズには、痛切なアイロニーが潜んでいる。その外観がいかに変容しようとも人間精神の内実は「物語（ストーリー）」を望み、それがある限り他者への「暴力（ザ・ショウ）」は続いていく。現に、これら二作では、「絶対平和（パクス・アブソルータ）」が内側から瓦解する発端の模様が、予見性を帯びつつ明示されているが、その結末は、仁木稔の原稿用紙一〇〇〇枚を超える規格外のデビュー作『グアルディア』（二〇〇四、ハヤカワSFシリーズ　Jコレクション、後に上下巻としてハヤカワ文庫JA）へ直接、続いていくのだ。「無原罪懐胎」の問題は、長篇第二作『ラ・イストリア』（二〇〇七、ハヤカワ文庫JA）で深められ、「世界内戦」下の戦争状況と記号化（キャラクター）された人間としての英雄像（カラクテル）は、グローバル・ガバナンスの内在的な矛盾を鋭く突いた世界幻想文学大賞レベルの超大作『ミカイールの階梯』（二〇〇九、ハヤカワSFシリーズJコレクション、上下巻）で究められる。〈HISTORIA〉シリーズを構成するこれらの長篇は、SFの伝統を「継承」しながら、伊藤計劃が直観していた世界の痛みと共振し、アクチュアルな世界文学として表現するテクスト的な野心に満ちている。けれども、意地悪な者は、仁木稔が打ち立てる〈科学批判学〉としてのSFは、刹那的な共感と癒やし、読み捨てと消費を軸とする〝クール・ジャパン〟のエンターテインメントと、完全に逆行しているとも告げるだろう。なにせ、それらの弱点と欺瞞を露呈させているのだから。では、そこに希望はあるのか。私は評論家としての勝負をかけて――登場人物に引っ掛けて一人の「アキラ」としてでもかまわないが――間違いなく希望はある、と書き付けておきたい。誰よりも先行者ル・グウィンが、すでに、そうしているのだ。

> 彼らがおもむく土地は、私たちの大半にとって、幸福の都よりもなお想像にかたい土地だ。私にはそれを描写することさえできない。それが存在しないことさえありうる。しかし、彼らはみずからの行先を心得ているらしいのだ。彼ら――オメラスから歩み去る人々は。
>
> ――アーシュラ・K・ル・グウィン
>
> 「オメラスから歩み去る人々」（浅倉久志訳）

ハードSFのポエジー
――円城塔『シャッフル航法』書評

何を隠そうハードSFである。伝説の同人誌「宇宙塵」を主宰し〝日本SF育ての父〟として知られる柴野拓美曰く、ハードSFとは現代（もしくは近代）自然科学技術の成果およびそこから外挿される方法論を作品のテーマと一体不可分の形で根底に据えたSFのことであり、なかでもSFの思考方法と作品形態を採用しなければテーマが成立しなくなるようなSFは〝ハードコアSF〟と呼ばれる。いかに変貌を遂げようとも、いちばんSFらしいSFとしての核（コア）は揺るがない本物、という謂いであるが、ここには「現実からの飛躍によって生まれる幻想的な異世界に惹かれるあまり、そこにいたる外挿の論理的整合などには目もくれない人々」への強固な対抗意識が根ざしている（牧眞司編『柴野拓美SF評論集　理性と自走性――黎明より』、二〇一四年）。つまり、たとえ真に迫った異世界描写をなしていても、ジャンルミックス的な混交体ならばハードSFではない。あくまでも「論理的整合」性を重視し、切り離して純化させたものこそがコアなSFだと、乱暴に言い切ってしまうこともできそうだ。現に本書に収められた十作の短編小説は、そのほとんどが『書き下ろし日本SFコレクションNOVA』をはじめとしたSF専門媒体が初出となっている。ならば「新潮」よりも「SFマガジン」でこそ、ガッツリ論じられるべきではないのか……。

いやいやいや。実のところ本書がその佇まいによって解体しているのは――〝大人の配慮〟によってなされる――棲み分けなのではないか。ジャンルに関する七面倒臭い理屈を前提とするならばまだマシなほう。選別基準は不明なものの、とにかく文芸誌で発表されたものは「純文学」で、SF専門誌で発表されたものが「SF」、ほらわかりやすい安心ね……という居直りを、円城塔は存在そのものによって覆してしまうのだ。思い返せば、二〇〇七年に「オブ・ザ・ベースボール」（第一〇四回文學界新人賞受賞作）と『Self-Reference ENGINE』（第七回小松左京賞最終候補作）で純文学とSFにてほぼ同時にデビューを飾ってから、円城塔は純文学とSFを車の両輪として活動してきた。作家生活六年目の二〇一二年には、「道化師の蝶」が第一四六回芥川賞を勝ち取り、盟友・伊藤計劃が遺した冒頭部を書き継いで完成させた『屍者の帝国』が第三三回日本SF大賞特別賞を射止めている。最近でも、「文學界」では「プロローグ」、「SFマガジン」では「エピローグ」と、互いに連関性のある二つの長編を別ジャンルの雑誌に連載を続け、今年、完結させたばかりだ。

　けれども、こうした領域横断的かつ精力的な活動の一方で、肝心の円城塔という署名を付されたテクストには、どこか無名性への希求とでも名指すべきものが、逃れ難くまとわりついている。表題作「シャッフル航法」で考えてみよう。同作は、プログラミングを駆使して文章の規則を順番的に並べ替えることで書かれた実験的な短編で、機械が大半を執筆したという意味において、作品を統御する因果律が外枠から論理的かつ強固に規定されているので、紛うかたなきハードコアＳＦであり、小説製造機械を自認する円城塔の面目躍如たる作品だ。だが、あえてランダマイザーを導入することで、著者(オーサー)の権威(オーソリティ)をテクストから積極的に剥奪していったにもかかわらず、そこから逆説的に作家性のようなものが立ち上がってくるのはまことに奇異である。「バリバリバリバリ」、「ボコボコボコボコ」という擬音の連続に、「新潮」読者であれば筒井康隆の「バブリング創世記」（一九八二年）を連想するかもしれないが、ナンセンスに終わらないウィリアム・バロウズ流のカットアップ技法の徹底と、残余としてのポエジーが読者に強く印象づけられ、そこから新たな文学が誕生するようにすら思われる。どういうことか。

　表題作がモデルとしているのは、ずばり荒巻義雄の思弁小説(スペキュレイティブ・フィクション)「緑の太陽」（一九七一年）だろう。同作では、宇宙工学的な自然科学的リアリズムを補完する形で、いわばアナロジカルな視点による独自の宇宙航行の仕方が解説されている。世界を統御する経済原理が、「躁鬱型性格」と「分裂型性格」とに二極分化した宇宙。主要人物のカルナック博士は、相対性理論に基づくアインシュタインの分裂型宇宙像を批判的に検討した結果、飛行物体が光速を超えた時に現れる〈虚〉の宇宙と、〈実〉の宇宙との様態を転換させることで、無からエネルギーを創出する独特の航法（カルナック航法）を開発しえたのだった。宇宙冒険物語(スペース・オペラ)と形而上学の見事な融合、すなわちワイドスクリーン・バロックと呼ばれるＳＦサブジャンル特有のギミックである。

　「シャッフル航法」ではこれをさらに発展させ、トランプのカードと「存在する宇宙」の総数が同じだと仮定したうえで、カードのデッキを半分に分割し、それぞれの山に属するカードが互い違いに重ねられていくような「宇宙間の移動手段」が描かれている。〈虚〉の宇宙と〈実〉の宇宙の反転に留まらず、トランプと同じ五十二の多元宇宙(マルチ・ブレーン)を渡り歩く、というわけだ。精神病理学的な観点によって世界を読み解く手法は影を潜めたように見えるものの、この種の無作為にすらコンピュータが介入し、心理学的な分析を加えていることが、「緑の太陽」では示唆されていた。とすれば、カルナック航法からシャッフル航法へという変遷が意味することは、『アンチ・オイディプス』（一九七二年）でドゥルーズ&ガタリが示した分裂(スキゾ)分析という方法論の行使によって、いっそう明晰になるだろう（参考：藤元登四郎『〈物語る脳〉の世界――ドゥルーズ&ガタリのスキゾ分析から荒巻義雄を読む』、二〇一五年）。

すなわち、作品世界を統御する「彼女とあなた」の位置づけが、バラバラに分節化されようとも、既成観念に囚われずそれらをスキゾ的に接続させていけば、読者は錯綜した諸々の観念を平滑的な形で再構成することができる。だからこそ、ＳＦの王道を行きながら、本作はどこまでも自由であるのだ。表題作で実例を示したが、本書所収のハードＳＦ群は、いずれも異なる因果律をもって自覚的かつ統制的に書かれており、精緻な分析にも充分堪える。それでいてダグラス・アダムズ『宇宙の果てのレストラン』（一九八〇年）等、ユーモアに満ちた先行テクストへの目配りも欠かさず、ぶっちゃけ雰囲気レベルでも楽しめる。ジャンルのお約束をあえて踏襲することでもたらされた、自己言及的な解放の喜び。それこそが本書の醸し出すポエジーの正体であり、ここにこそ形骸化した文芸状況を打破するための鍵が隠されているのは間違いない。

現代文学とSFの限界超える
——円城塔『エピローグ』書評

芥川賞と日本SF大賞の両方を受賞した唯一の作家、それが円城塔である。小説製造機械を自認し、ジャンルをまたぐ異能の書き手だ。惜しくも夭折した盟友・伊藤計劃の遺稿『屍者の帝国』の執筆を引き継ぎ、映像的な作風を「完コピ」しつつ完成させた偉業から3年が経過し、久方ぶりに世へ問われた長編が本書である。

タイトルからして、いかにも人を食っている。しかも、本作が「SFマガジン」に連載されるのと同時期に、「文學界」では「プロローグ」と題する長編が綴られてきたのだ。「プロローグ」では、本が何部売れるか、校正刷りをどうするか、故郷・北海道への想い……といった、身近で「私小説」的なモチーフが、執筆に用いたコンピュータの機能を駆使する形で大胆に変奏されていた。単線的な一人称視点の語りが、テクノロジーを経由することで、どこまで輻輳的になりうるのかという実験が行われたのである。

一方、三人称的に語られる物語の可能性が追究される本書は、ちょうどベクトルが反対。コンピュータは手段ではなく、宇宙全体を構成するデジタルな論理の隠喩となっている。「はじめに言葉ありき」ではなく、存在するのは「ビット＝情報」なのだ。量子機械工学者セス・ロイドの『宇宙をプログラムする宇宙』を彷彿させる。

キーとなるのは、人間と機械とを峻別するチューリング・テスト。これを人間より器用にクリアしてしまうOTC（オーバー・チューリング・クリーチャ）と呼ばれる存在が、世界観の核となっている。OTCは現実を侵攻し、情報としての宇宙に「階層」を加え、時間や空間を「改築」しさえもするのだ。

数学的秩序さえ超越するOTC。特化採掘大隊の朝戸連と支援ロボット・アラクネは、その構成物質を求めて旅する。一方、刑事の椋人は、「人類未到達連続殺人事件」の調査を命じられ……。見え隠れする「イザナミ・システム」の正体とは？ 宇宙のすべてがフラットで、結局はただのモノにすぎないのならば、そこでは、いかなる物語が可能になるのか？

というのも、本作は随所にSFやゲーム絡みの小さな物語が差し挟まれている。だが、それらを統制する大きな物語は意志を持って自走する。語られることの暴力から、自らを徹底して引き離そうとするのだ。しまいには、語るという仕組みそのものが、終焉（しゅうえん）の危機を迎えてしまう。その先をも見据えた本作は、現代文学とSFの限界を同時に突破する、期待通りの野心作だ。

実演される生成論
——円城塔『プロローグ』書評

『シャッフル航法』、『エピローグ』、そして『プロローグ』。伊藤計劃との共著『屍者の帝国』から三年の間に書き溜められた作品群が、二〇一五年、怒涛の勢いで刊行を見た。短編集『シャッフル航法』の表題作は「現代詩手帖」の「SF×詩」特集に寄稿されたもので、プログラミング技術を駆使し内容をランダムに入れ替えられた物語にもポエジーが宿る、ということが示された。長編『エピローグ』では、宇宙全体がコンピュータのアナロジーで描かれ、そこにプログラムされた人工知能たちの織りなす複数的な物語を通して、語ることの暴力が問い直された。『シャ〜』で用いられたランダマイザーが、『プロ〜』では『千字文』や『新撰姓氏録』をベースに構築されたデータベースという形で取り入れられ、『エピ〜』からは、主要キャラクターの椋人（クラビト）が独立した作家として登場する。つまり、先行テクストを統制するものとして、『プロ〜』で提示された一人称の語りは位置づけられている。そして、記述される「わたし」が、世界をいかに学習するかが開陳されるのだ。

　ゆえに本書を読む際には、生成論という批評的アプローチを押さえておかねばなるまい。これは「テクストの生成過程を、その痕跡である草稿などの資料の分析と解釈を通して闡明しようとする」試みである（松澤和宏「生成論／本文研究」、「日本近代文学」第90集、二〇一四年、日本近代文学会）。分析の過程では、〝著者の意図〟と〝書かれるテクスト〟はどこまでも峻別され、「還元不可能な複数性」へと留め置かれる。従来は、手書きの草稿が現存している古典的な作家に対して採用されることが多かった生成論。だが、『プロ〜』では執筆過程をリアルタイムにインターネット上で公開し、それを雑誌にも連載しつつ自己言及的に〝小説を書くこと〟というテーマに据え、執筆の際に迷いとして生じる「語の選択と配列における書き手の価値判断」を内容とすることで、生成論で分析されるべき判断材料を、著者・円城塔自らが問いとして提示してみせたのだ。だからテクストを追うことで読者は、作中で「架空の国の言葉」として設定されたら「そんな面倒な言語は人間には扱えないだろうとか評されかねない」とまで言われる「日本語」で小説を書くことの内在的論理を、「わたし」とともに学習していくことになる。生成されるテクストが、「なんとなく文字列を処理しながらだらだらと愚痴を連ねていくという仕事」として韜晦される伝統的な「私小説」をアップデートさせ、読者を新たな序章（プロローグ）へと案内するのだ。

アルス・コンビナトリアの復活
——荒俣宏・松岡正剛『月と幻想科学』解説

試みに本書のページをめくってみた方は、荒俣宏と松岡正剛、二人の碩学による、みずみずしく自由奔放な想像力の飛躍に圧倒されたことだろう。そもそも「月の話」で一冊まるまる対談が成立してしまうというのが、イマドキの感覚からすると想定外にして規格外に違いない。そこで、本解説では主として若い読者へ向けて、本書を楽しむために役立つ、簡単な予備知識をご紹介しておこう。

『月と幻想科学』（本書）は、松岡が創立メンバーであった工作舎から出ていたプラネタリー・ブックス（一九七九〜八一年、全二〇冊）その⑩として、七九年一〇月に刊行されたものが底本となっている。もとの表紙には「太陽に背を向けるルナティックな存在と精神のための遊学テキスト」、「月に憑かれた奇妙区のピエロとかぐや姫のために」というユニークなリード文が付されていた。このプラネタリー・ブックスとは、「しゃべる本」、「エディトリアル・アーティスト松岡正剛の快談集」、「《遊》のプラクリット（話し言葉）の放射圏」などと銘打たれたシリーズ。松岡が編集長をつとめた伝説の雑誌〈遊〉（七一〜八二年、工作舎）の〝自由なアルス・コンビナトリア〟というコンセプトを、「話し言葉で親しみやすく読者へ伝えることが目されていた。

アルス・コンビナトリア、英語ではArt of Combination。ノイバウアーが*Symbolismus und symbolische Logik*（七八年）で提唱した理論。ノヴァーリスの秘教的断章をも「情報」として捉え返し「関係結合的に世界や現象や事物を見ていくということ」を意味する。一見、無関係と思われるものに秘かな共通項を見出し、それらを連綿と繋ぎあわせていくことで、世界を大胆に読み替えていくカウンター・カルチャーの方法論。実際、射程に入れられるテーマは森羅万象に及んだが、〈遊〉では、卓越した技術と独創的なセンスによって、アルス・コンビナトリアのダイナミズムを雑誌という器に落とし込むことが〝本気で〟目指されていた。原動力となるのは、知的好奇心とオブセッション。つまり、「現代史の死角にうずくまる物々と物々に憑れる人々と共に、或る〝兆〟を求め」る媒体としてのオブジェ・マガジンが志向されていたのだ（〈遊〉創刊号、七一年九月）。

さて、本書では、松岡正剛が〈話の特集〉誌に一年間「月の遊学譜」なる連載を行なったこと（七八年一月号〜一二月号）がマクラとなっている。後に「月の遊学譜」は加筆修正を加えて単行本『ルナティックス——月を遊学する』（九三年）にまとめられ、現在は中公文庫（二〇〇五年）で読むことができる。本書のサイドリーダーとして最適だが、松岡の「月の遊学譜」予告文を見てみよう（引用は『自然学曼陀羅』（七七年より）。

ここで「月」を話題にしはじめたらキリがなくなるだろう。なにしろ僕は名うての〈月球派〉であって、ヨハネス・ケプラーやジュール・ラフォルグの月の夢から、賢治、足穂、冬衛、露風、白秋に至る詩語のルナティシズム、またクビーンやゾンネンシュターンから芳年、北斎、ポール・デルヴォーの夜半都市にかかる月の絵、はてはグラム・ロッカー、デヴィッド・ボウイの額についた三日月に至るまで、ともかく月という月ならなんでも許可してしまうのだからいささか危険だ。何にせよ、アレキサンダー・ポープの「なんとなれば、地球において喪せにしものは、ことごとく月に安置されたればなり！」を盲信していると言ってよい。万事、月光が解決するとおもいこんでいるところなど、それこそ『月光仮面』の読みすぎと言われても仕方がない。なぜこれほどに月を愛好するのか、ごく簡単に理由を綴っておく。

第一に、月は反射光しかもっていない。そこがよい。われわれは自身をエネルギー発現者であるとおもいこみすぎている。第二に、月は新月から満月までの「みかけの増減」を繰り返している。「みかけ」であるところがなかなか粋である。第三に、いま月は地球から年に三センチずつ遠のきつつあり、やがては天体の彼方へ帰還する宿命をもっている。「帰らなければならない途上」という形而上学的風情がよい。第四に、月は御婦人方の月経リズムからジャガイモの茎の伸長に至るまで、地上のサーカディアン・リズムの不可思議を提供している。この〝知られざる立役者〟という役どころがうるわしい。第五に、月には何もない。水もなければ空気もない。その何もないところが、いかにも精神の原荒野にふさわしい……。

「月の遊学譜」を通読すれば、この予告が連載全体の梗概にもなっていたことに気づかされる。こうした文脈を受けて、対談では荒俣宏が初の単著『別世界通信』（七七年）の冒頭で「月の話をちょっと書いたこと」が言及される流れになっていたわけだ。ここで、同書が月刊ペン社から刊行されていた幻想文学叢書・妖精文庫（七六～八三年、三三冊が刊行）の別巻、いわば理論編として位置づけられていたことを見過ごしてはならない。『別世界通信』には、「現代科学技術の散文的な威力が月を地球の延長につなぎ止め、もともとは遥けきものであったはずの太陰を「既知の土地（テラ・コグニタ）」に変えてしまったとき、私たち現代人は象徴としての「月」を失ったと言っていい。（……）しかし、現代に生きるわたしたちが「月の喪失」を悲しむのは、（……）「人間の伴になる世界」あるいは、拡大された自分自身としての月ではなく、別世界としての月を失ったからだ」との切なる嘆きが綴られていた。

「月の遊学譜」で「月」が語られたそもそもの動機は、生命の起源としての太陽エネルギーと月の直系であるエネルギー反射体を併せ持っている存在こそが、「われわれ」だと松岡が考えていたからだった。一方、こうした太陽と月の二重性を、荒俣は「現実世界」と「到達（不）可能な別世界」の類比（アナロジー）として理解していた。『別世界通信』での考究を経て「ファンタジーとは、かつて飛翔の希（ねが）いを果たす壮大な実験に挑んだ冒険者たちすべての記録であった」ことを確認した荒俣は、松岡との交流を一つの契機として、その視座を拡張させていく。『理科系の文学誌』（八一年）ではユートピア文学から現代SFへ至る系譜を作り、『大博物学時代』（八二年）にまとめられたような、〝忘れられた学問〟としての博物学の再評価に至るのだ。自然が人間の心に送り込んだ詩的想像力の淵源を解き明そうという企てである。その背景には、松岡による「もはや、科学はひとり科学の領域に寝てはいられない。物理学は東洋学とも生物学とも形態学とも結びつくべきであり、数学は芸術とも言語学とも心中する覚悟でいなければならない。民族学とサイバネティクスと現代音楽が同じ語り口の中で共鳴関係をおこすことこそ、いま待望されているのではあるまいか」（『自然学曼陀羅』）との檄文が轟いているのは間違いない。

アカデミックな学問領域が細分化された個々の方法論のうちに自閉し、日常のコミュニケーションが趣味的な〝クラスタ〟に限りなく分節化されている現在、「太陽」ではなく「月」の復権を訴えかける精神のぶつかり合いは、限りなく痛快で刺激的、また感染力の高いものだ。松岡によれば、「月の遊学譜」をきっかけに、「JAPAN LUNA SOCIETY」なるものが生れ、月光派を自認する人々が毎月満月の夜に僕の主催する夜会に狼男・狼女となって参加し」ていた。メンバーには作家の中井英夫や山尾悠子、漫画家の南伸坊や倉多江美らもいたというが、その心意気を継いだアルス・コンビナトリアの復活、新世代の「狼男・狼女」の誕生こそが、切に求められているのだろう――もっと狂気（ルナシー）を！

幸運なことに、プラネタリー・ブックス⑤『稲垣足穂さん』（松岡正剛）が立東舎文庫のラインナップに入るというから、併読してもらえれば、刊行当時の熱気をより鮮明に感じ取ることができるはずだ。その他、本書と同月に刊行された⑨『SFと気楽』においては、荒俣・松岡の二人に、既存の〝サイエンス・フィクション〟の概念へ大胆に〝否（ノン）〟を突きつけたSF作家・評論家の山野浩一を加え、挑発に満ちた談論風発が展開されており、本書ともリンクする内容で、再評価が待たれる。

そうそう、本書一四二頁にある「松岡正剛が選んだ月をめぐる一〇〇冊の本」の末尾には、もともとは「※絶版等で現在入手困難なものも多少含まれます」なる「どこが多少か！」と突っ込みたくなる但し書きとともに、「工作舎の刊行物より」と、〈遊〉

のほか、『大泥棒紳士館』（野尻抱影）、『二十一世紀精神』（津島秀彦・松岡正剛）が紹介されていた。探してみるのも一興だろう。

また余談だが、プラネタリー・ブックス⑯『愛の傾向と対策』（八〇年）は、ちょっとしたキキメとして古書市場では知られた本だ。というのも密室芸人時代のタモリと松岡の対談だからで、ブルトン『シュルレアリスム宣言』批判に始まり、シモネタ連発、途中にはイタリア大使館で偽イタリア語を披露しレオ・レオーニを大喜びさせるなど、暴走ぶりが半端ない。本書に見られるアングラながらもポップな感性は、実はこんなところにも発揮されていた。そうそう、遊び心といえば、来たるべき読者、遊星（プラネタリー）の旅人への餞（はなむけ）として、「月の遊学譜」から特にルナティックな一節を捧げたい。

ジギイの頃のデヴィット＝ボウイの額には金色の満月が
輝やいていた。『地球に落ちて来た男』のボウイは猫目色
の眼を持っている。月と猫の関係にはいろいろと説がある
が、ボウイの二つの顔に集約されているようにおもわれる。

トランスヒューマン時代の太陽系
——『エクリプス・フェイズ』とシェアードワールド

心はソフトウェア。　プログラムせよ。
肉体は入れ物に過ぎない。　交換せよ。
死は単なる病気だ。　治療せよ。
絶滅の危機が近づいている。　立ち向かえ。

これは、「ナイトランド・クォータリー Vol.06 奇妙な味の物語」に掲載されたケン・リュウ「しろたえの袖（スリーヴ）」の書かれたシェアードワールドの世界観を象徴する四行連句だが、アメリカのPOSTHUMAN STUDIOSが発表したSFロールプレイングゲーム『エクリプス・フェイズ』(2009〜)の根本思想でもある。『エクリプス・フェイズ』（ＥＰ）とは、未来の太陽系を舞台に最先端の科学技術を扱ったＲＰＧ作品で、基本ルールブックの4th Printing（2015）を底本とする日本語版が、二〇一六年六月末に発売された（アークライト／新紀元社）。Ａ４変形版フルカラーで四百頁という大著で、ルールブックの重量は約一・四キロ、情報量は優に百万字を超える。Twitter上の〝ＴＲＰＧクラスタ〟はこの話題で持ち切りとなっているので、噂を耳にしたという向きもあるだろう。そこで小説読者向けにＥＰの背景を解説していきたい。

■スターリング流のサイバーパンク

一九八〇年代を代表するＳＦムーヴメントが、加速度的に進化する情報技術を基軸とした〝テクノロジカル・ランドスケープ（Ｊ・Ｇ・バラード）〟を描く「サイバーパンク」だということに、異論を挟む者はないだろう。誰しもが認める代表作は、ウィリアム・ギブスンの『ニューロマンサー』(1984)。そこからサイバーパンク表象は、映画やコミック、デジタル／アナログゲーム、現代思想／美術、さらには建築へと至るまで浸透を見せた。九〇年代には、ニール・スティーヴンスン『スノウ・クラッシュ』（1992）等の「ポスト・サイバーパンク」が登場、現在、Googleや Facebook、ディズニーといったメガコーポが熱い注目を集めるVR（ヴァーチャル・リアリティ、仮想現実）の土台を文字通りに形作った。

けれども、サイバーパンクとは、『ニューロマンサー』がモデルにした近未来都市のイメージのみで片付けられるものではない。スティーヴンスンの『ダイヤモンド・エイジ』（1995）からEPは信用経済のモチーフを採用しているが、何より――ムーヴメントを理論的に支えた〝書記長〟こと――ブルース・スターリングの『スキズマトリックス』（1985）こそが、EPの屋台骨だ。日本でも再評価の気運が高まるジョン・ヴァーリイの『へびつかい座ホットライン』（1977）、その延長にも位置づけられる『スキズマトリックス』は、太陽系を舞台に「機械主義者（メカニスト）」と「工作者（シェイパー）」の対立を描いたシリーズの中核をなす雄大なスケールの長編で、サイバネティックスやナノテクノロジー、シンギュラリティ到達以後の社会変動、ポストヒューマニズムの希求といった二十一世紀SFの基幹をなすテーマが、すべて取り入れられている。EPは『スキズマトリックス』を主要なイメージ・ソースの一つとしているが、そうすることで色褪せた〝アーバン・アクション〟の桎梏からサイバーパンクを華麗に解き放とうとしたのではあるまいか。

EP世界では、技術的特異点（シンギュラリティ）を迎えたティターンズという人工知能の反乱、つまり〝大破壊（ザ・フォール）〟によって、地球の人口の九割が殺戮されてしまい、絶滅の危機に瀕した人類は太陽系のあちこちで独自の文明を築き上げた。それから10年後がゲームにおける現在で、壮麗な空中都市（エアロスタット）が浮かぶ金星に、テラフォーミングが進み西部開拓時代のアメリカを彷彿させる火星、原理主義化したカトリックを奉じ身体改造やバックアップをも禁じる木星など、星ごとにまったく異なる文化圏が形成されているのだ。驚くほどに広大だが、パンドラ・ゲートというワームホールを抜ければ、太陽系の外に出ることもできる。

デザイナーのロブ・ボイルは、ノイズ・ミュージックのDJで、反（アンチ）ファシスト。さらにはアナルコ・トランスヒューマニストとも名乗っている。そんな彼が、スターリングのラディカルな批評性に惚れ込んだのは想像に難くない。実際、広大な太陽系を包含するEPは、ルネッサンス以後、人類を束縛し続けているヒューマニズムの矛盾へ大胆に切り込む作品となっており、その意味で「無邪気な残虐性」を求める〈奇妙な味〉の理念にも通じるだろう。

■身体とジェンダー、死生観

EPの時代背景は、一説によれば二十三世紀。すでに、量

子コンピュータで精神、すなわち魂はデジタル化されている。だから魂はバックアップを取ることができるし、必要に応じて義体と呼ばれる肉体を取り替えることも自由に行える。これをさらに推し進めていけば、三十世紀を舞台に精神を集合化したデータとして加速化された時間を生きる、グレッグ・イーガン『ディアスポラ』（1997）の世界に行き着く。

着装する義体の種類は多彩の一言。遺伝子調整された人間や、知性化された動物（哺乳類や鳥類、タコなど）からなる生体義体、蛇型義体や蜘蛛型義体、さらにはナノサイズのボットが集合した群体義体までをも含んだ合成義体、そして義体のない情報体に至るまで、バラエティに富んでいる。

ジェンダーも多彩だ。魂の性、義体の性、性的指向のそれぞれが、男性、女性、中性、両性に分かれ、多様なジェンダー・アイデンティティを形成している。もっとも、違う種類の義体に乗り換えると背の高さや身体のつくりの違いに慣れるまでは混乱が続くことが多く、性や身体形状が大きく異なる義体の場合にはアイデンティティ・クライシスのような問題も生じる。

魂がデータ化されているということは、独自の死生観にも結びつく。大多数の義体には、大脳皮質記録装置という拳大のダイヤモンド製容器がセッティングされており、義体が破壊されても死体からこれを回収して魂データをサルベージすれば、復活が可能となるのだ。バックアップ保険で定期的に魂データの記録を取ることができるので、大脳皮質記録装置が回収できない場合でも、少し前の時点までの魂データからの復活はできる。

非常に高価ではあるが、緊急遠方送信装置という選択肢もある。これは48時間ごとに魂の完全バックアップデータを送信するほか、緊急時には反物質の爆発によって魂の最新バックアップを送信することができる。さらに、魂は分岐させることができる。

もっとも、オリジナルの完全コピーであるアルファ分岐体は倫理的問題から内惑星圏では禁止されており、不要な記憶データを削除したベータ分岐体の方が便利な存在として多用されている。分岐体を再統合すれば、記憶を保全することが可能だが、分岐体相互の歩みの違いから精神的負担が生じる場合も考えられる。「しろたえの袖」がテーマとしているのは、こうした複数的なアイデンティティのあり方であるが、ぜひ実際に作品へあたって確認していただきたい。

■シェアードワールドの魅力

「しろたえの袖」を収めたEP小説のアンソロジー*After the Fall*（2016）には、ルールブック巻頭の小説「欠落」（ロブ・

ボイル）や、『vN』（2012）の邦訳が日本でも愛読されているマデリン・アシュビーの *Thieving Magpie* を含め、全十五作のＥＰ小説が収められている。だが、実はこうした英語版アンソロジーの発刊に数年先駆けて、日本ＳＦ作家クラブ公認ネットマガジン「SF Prologue Wave」上では実力派日本人作家による『エクリプス・フェイズ』シェアードワールド小説企画が進められており、二〇一六年七月末時点で掲載作品は五十作を数える。

このように、作りこまれたＲＰＧの世界観が小説の背景として活用されるのは決して珍しいことではない。もっとも有名なのは、ファンタジーＲＰＧの基礎を作った『アドバンスド・ダンジョンズ＆ドラゴンズ』（1979〜）のノベライズ『ドラゴンランス』（マーガレット・ワイス＆トレイシー・ヒックマン、1984〜）シリーズだろう。同書の成功を一つの契機として、『ダンジョンズ＆ドラゴンズ』の関連作品は数百冊も展開されている。本誌でもおなじみキム・ニューマンは『ウォーハンマーＲＰＧ』（1985〜）のノベライズを手がけている（ジャック・ヨーヴィル名義）。『ウォーハンマー』関連小説はBLACK LIBRARIESという専門の出版社まで創られている。特定のゲームシステムに拠らないシェアードワールドも、ロバート・アスプリンの *Thieve's World*（1978〜）や、邦訳もある『魔法都市ライアヴェック』（1885〜）など数多い。

日本で最初に発売されたシェアードワールドＲＰＧ小説は、「ナイトランド」の立役者であるエドワード・リプセットがデザインした『スタークエスト』（1984〜）のノベライズ『銀河は滅びず』だろう。一九八五年刊、谷甲州、松本富雄、虚青裕が参加していた。その後、安田均とグループＳＮＥが主導した『ソード・ワールド』（1989〜）や『妖魔夜行』（1991〜）のヒット、『ライアヴェック』日本版とも言える『架空幻想都市』（1994）といった試みが存在感を放ったにもかかわらず、こうしたシェアードワールド作品はしばしば、不当に軽視されてきたのは否

めない。とはいえ、「しろたえの袖（スリーヴ）」をお読みいただけたら、それがまったく見当違いだとわかるだろう。

二〇一六年九月、大胆で独創性あふれるルール・システムが魅力の古典的ファンタジーRPG『トンネルズ&トロールズ』（T&T、1975〜）、その完全版（2015）の邦訳が発売された。それにあわせて、T&Tのノベライズ *Mage's Blood & Old Bones*（1992）がアトリエサードより刊行される予定だ。R・E・ハワードやフリッツ・ライバーを彷彿させる濃厚で土俗的な世界観に、モンティ・パイソンやテリー・プラチェット『ディスクワールド』（1983〜）を思わせるブラック・ユーモアが光り、無二の世界観を構築しえている。

面白いのは、本作がもともと日本の紹介者たちの企画にT&Tのデザイナーたちが応答して書かれたもの、ということ。アンソロジーの執筆陣には、コンピュータ・ゲーム『バーズテイルIII』（1988）のデザインで知られるマイケル・スタックポールも参加していた。しかし、好事魔多し。かつてT&Tをサポートしていた「ウォーロック」誌で内容が紹介されていたにもかかわらず、発行元の社会思想社がゲーム出版から撤退したために、お蔵入りを余儀なくされていたのだった。「ゆるふわ」な願望充足的ファンタジーが蔓延する状況に喝を入れる、そんな幻の名作が、いま不死鳥のごとく蘇る。こちらも楽しみにしていただきたい。

＊【SF Prologue Wave】http://prologuewave.com/ep_top 現在までの「エクリプス・フェイズ」作品寄稿者は伊野隆之、浦浜圭一郎、蔵原大、小春香子、齋藤路恵、朱鷺田祐介、仲知喜、伏見健二、片理誠、山口優、吉川良太郎、渡邊利道（五十音順）

※文中、西暦年の算用数字表記は原書刊行年を示します。（編集部）

トランプ大統領以後の世界、「手のつけられない崩壊の旋風」を描くゲーム

――『ドン・キホーテの消息』と *Genocidal Organ* が直視したもの

■『ドン・キホーテの消息』に見るトランプ政策の〝情念〟

アメリカ大統領選挙におけるトランプの勝利を耳にしたとき、これまでの歴史が培ってきた公共性が音を立てて瓦解するのを目の当たりにした。少なくとも私は、そのような感想を抱かざるをえなかった。黙ったまま、どこかへ消えてしまいたい（だが、どこに？）。そのような衝動を必死で押さえ、ＳＦとゲーム、二つの観点から突破口を模索する。

ゲーム研究者の井上明人が考案した『ドナルド・トランプゲーム』をご存知だろうか（「Yahoo! ニュース」二〇一六年一一月十七日）。プレイヤーは、大統領就任以前にトランプが〝思われていた〟イメージと、実際はどのような大統領になるのかを比較検証し、「かなりマシ（六十％以上の行動を支持できる）／マシ（四十一％～五十九％の行動を支持できる）／ひどい（二十一％～四十％の行動しか支持できない）／かなりひどい（二十％以下の行動しか支持できない）」のいずれかの評価を選択する。次いで、トランプの具体的な政策を思いつく限り列挙していき、個々の政策について「支持できる」、「支持できない」のどちらに該当するかを腑分けしていく。結果を集計し、最初の選択にどれくらい近かったかで勝敗が決まる、というもの。このサイクルを終えたら、今度は半年後のトランプ大統領がどのような大統領になるかを改めて選択する……。トランプの政策を分析・検証することで、その将来をもシミュレーションしようという試みなのだ。

興味深いのは、ここで井上がチュートリアルとして示した例である。具体的に十六個の政策が挙げられているのだが、井上は選挙期間中の言動や公約と選挙後のそれが異なったものに注目する。「ムスリムの追放を公約から削除：選挙活動時には米国からムスリムを追放することをうたっていたが、当選後ウェブページから削除された（……）」、「日韓への核保有拡大を否定：日本や韓国など核保有国の拡大を認めるような発言をしていたが、（……）これを否定するコメントを発表」といった具合である。これらの〝公約違反〟について井上は積極的な「支

持」を表明することで、「「予想されたよりマシ」といえるいくつかの行動を確認することができたのは相対的に嬉しいニュースでもあった」と総括する。

井上はアメリカ西海岸（サンフランシスコ）への在住経験があり、「誰もがマイノリティである」という〝日本のどこにもない〟リベラルな環境を知悉している。にもかかわらず、闇雲な悲観論に与するのではなく、「自らの対極にいるような相手に対して、ぼんやりとした忌避感だけでなく、相手のなかに尊敬できるポイントを見出していくきっかけを作る」ことを目指し、ゲームデザインという形式で実践してみせた。イデオロギーという観念に安住するのではなく、具体的な政策レベルでの改善策に目を向けよというメッセージがそこにはある。

トランプ大統領の誕生以後のアメリカ、そして世界の見通しは、いままで以上に混沌としている。大メディアは軒並みヒラリーの勝利を予測し、ウォール街の社会的エリートや文化人も追随した。にもかかわらず、大方の予想を覆しトランプは大統領になってしまった。つまり大メディアは、トランプを支持したサイレント・マジョリティの〝声〟を拾い上げることに失敗したわけである。その〝声〟を、非エリート層による内向きの本音として片付けてしまってよいのだろうか。井上が『ドナルド・トランプゲーム』で示したのは、〝声〟の是非を問うことではなく、そうした〝声〟が支配的な状態で何ができるのかを可視化することだろう。井上は「メキシコとの国境に壁を作る」といった暴言をいまだトランプが撤回していないことをさりげなく指摘しているが、この〝公約〟は、そもそも経済的なレベルで実現可能なものではない。にもかかわらず「支持」されたということは、政治的な実効性よりも不合理な排外主義、理屈ではなく〝情念〟が選択されたということだ。

二〇一六年に刊行されたSFで、このような〝情念〟に焦点を当てて、その内在的論理をもっとも的確に表現したのは、樺山三英『ドン・キホーテの消息』（幻戯書房）だろう。樺山は同書の刊行記念インタビューで、「近代小説の起源である『ドン・キホーテ』は、同時に近代という時代の随伴者でもありました。書物を読み、考え、自らの意志と行動を決定する近代的人間像は、この小説とともに培われてきたと言っていい。しかし近年、書物の意味と価値は変貌し、コンピューターとそれが構築する広大なネットワークに取って代わられようとしています」と述べている（「幻戯書房News」二〇一六年六月十日）。このような時代にドン・キホーテは四百年の時を経て甦るわけなのだが、そのことを通じ、いったい何を語ろうとするのか。

大江健三郎『憂い顔の童子』（二〇〇二年）、殊能将之『キマイラの新しい城』（二〇〇四年）、清水義範『ドン・キホーテの末裔』（二〇〇七年）など、『ドン・キホーテ』を書き直そうとした先行作は数多い。『ドン・キホーテの消息』もこれらの系譜に連なるものだが、「べつの『ドン・キホーテ』を書くこと――これは容易である――を願わず、『ドン・キホーテ』そのものを書こうとした」作家が語られるホルヘ・ルイス・ボルヘスの短編『ドン・キホーテ』の著者、ピエール・メナール」から強い影響を受けている。セルバンテスになりきって十七世紀の『ドン・キホーテ』をコピーするだけでは、『ドン・キホーテ』を書いたことにならない。そうではなく「歴史、真実の母」と「現在の規範と忠告、未来への警告」を併せ持った、いわば「重ね書きの羊皮紙」としての『ドン・キホーテ』を樺山三英は紡ぎ出そうと試みた。その結果、『ドン・キホーテの消息』は、「みんな」でスケープゴートを探して回るSNS時代の同調圧力によってドン・キホーテは突き動かされたと仮定するのである。この「みんな」とは何なのか。作中で従者サンチョ・パンザが語る台詞が、的確に言い表している（いずれも太字は原文ママ）。「大事なことは**みんな**で決めます。まあじっさいには**みんな**で選んだだれかに決めさせるわけなんですが。でもこの手続きが複雑で、なかなか**みんな**が思ったとおりにはなりません」、「（……）**みんな**は同じ意見を持っていますし、同じものの見方をしますが。そのうえ磁石のようにお互いを呼んで、お互いを真似て、誰もがそっくりになっていきます。そっくりにならない奴は、味方じゃないので敵になります。だから排除し、そうすれば誰もが最後は全員味方で、まわりを巻き込みさらに仲間を増やせるわけで。**みんな**と一緒でそのなかにいれば、差別もされずみなが平等。安心です」。

つまり『ドン・キホーテの消息』は、衆愚と化した民主主義が、ムラの内部に敵を見つけ、それを叩くことを自己目的化する排外主義へと転化するプロセスを抉り出すのだ。こうした「みんな」の〝声〟を解説するサンチョに学んだドン・キホーテは、クライマックスで「耳を澄ませ。**みんな**の声が聞こえてくるぞ。もろもろの技術、（……）情報端末、交通網、官僚制、地方政治、マスメディア、そうしたすべてが**みんな**を騙してひざまずかせた。それらがなければ生きてはいけない。そのように思い込ませて、恐怖を植えつけ憐みを乞わせた」と言い放つ。その「恐怖」を取り除くため、「みんな」の意志はドン・キホーテへと集約されていく。そして、ドン・キホーテはあえなく玉砕した風車へ向け、再度の突撃を試みるのである。『ドン・キホーテの消息』はトランプが大統領となる以前に書かれたが、この一節はトランプ現象へ見事に「重ね書き」される表現と言えよう。安倍晋三や石原慎太郎、橋下徹といった、小トランプとでも言うべき日本のポピュリスト政治家の姿を、そこに見て取ることも可能ではないか。

■新自由主義に近接する排外主義、オルタナ右翼の台頭

井上明人の『ドナルド・トランプゲーム』は、教育やビジネスにゲームの方法論を取り入れる「シリアスゲーム」の発想が下敷きとなっているが、実は純然たるホビー目的のゲームでも、トランプを扱ったものが存在している。「不動産王」トラ

ンプ自らが監修した*Trump : The Game*（MILTON BLADREY COMPANY、一九八九年。後に『ミスタートランプゲーム』として、ツクダオリジナルより日本語版も出た）だ。このゲームを取り上げた二〇一六年十一月十九日の「日本経済新聞」一面のコラム「春秋」は、「3～4人が盤上でホテル、カジノ、オフィスビルなどを売買し、築いた財産の多さを競う。40歳の頃のトランプ氏の写真が印刷されたゲーム用の紙幣を使って、オークションや相対での売買が繰り広げられる。巨額の資産を数秒のうちに得る人も出れば、逃す人も出る」と、概要を説明した。そのうえで「春秋」の執筆者はトランプの自伝を引用し、数々の取引はどんな意味があるかと問われた際に「返事に窮する。ただそれをやっている間楽しかったと答えるしかない」と答えるほど、取引自体に魅力を感じてしまうというトランプの「ゲームの達人」ぶりに、「彼がどんな政策を繰り出してくるのか、まったく油断はできまい」と警鐘を鳴らしている。

この「春秋」では触れられていないが、実はTrump : The Gameの説明書には、トランプからのメッセージとして「権力を感じてください！」と書かれている。ホビーを通して交渉の楽しさを伝え、資本主義社会の「権力」そのものを追体験させること。「ゲームの達人」が*Trump : The Game*に込めたメッセージはそれである。それはどのような類の「権力」か。ずばり、新自由主義経済体制における勝利者たれ、というメッセージだ。*Trump : The Game*の出た一九八九年はベルリンの壁が崩壊した年であり、以後、新自由主義経済体制は雪崩を打ったかのように世界的な浸透を見せる。日本においてはバブル経済の末期であった。

すでに確認したように、大統領選におけるトランプの発言には宗教やエスニシティ、セクシュアリティといった社会的属性を標的とするヘイトスピーチ（差別煽動表現）が目立った。「ムスリムの追放を公約から削除」したように、ヘイトスピーチの多くは人気取りのためのパフォーマンスだろう。ただ、政策レベルでは迂回されたからといっても、ヘイトスピーチが支持を集め、トランプ大統領の誕生を支えた事実は変わらない。

奈良教育大学准教授の中谷いずみはデヴィッド・ハーヴェイの『新自由主義』（二〇〇五年）を援用しながら、「法や諸制度と、あるいはそれを生産管理する「国家」の位相を問うことなく、その枠内に収まることを自明にする点で今日の排外主義言説と新自由主義を支える論理は近接的なのである」と述べているが（「ナショナリズムの語りと新自由主義――排外主義言説と小林よしのり『戦争論』――」）、新自由主義をベースに排外主義的発言を繰り返すオルタナ右翼（alt-right）と呼ばれる層が、トランプの強力な支持基盤だということは広く報道されている。トランプは「オルタナ右翼のプラットフォーム」として知られるサイト「ブライトバート・ニュース」のスティーヴン・バノン会長を政権移行チームに加え、トランプを熱烈に支持する白人至上主義団体クー・クラックス・クラン（ＫＫＫ）はその判断を激賞した。

経営学者にしてコラムニストの八田真行は、「オルタナ右翼ことalt-rightに統一されたイデオロギーは存在しない。移民反対など、個々の政策でだいたい方向性が一致しているものはいくつかあるが、むしろ彼らが共有しているのは、ある種の「気分」のようなものだと思う。その気分とはようするに、「自分たちは不当に迫害されている」という思い」だと説明する（「mhatta's mumbo jumbo」二〇一六年九月十八日）。こうして「気分」としての被害者ポジションから、「白人あるいは西洋の文化が多文化主義のリベラルによって脅かされている」と主張する点において、オルタナ右翼は日本のネット右翼（ネトウヨ）によく似たメンタリティを有している。

オルタナ右翼の台頭は、ＳＦやゲームと無関係ではない。ヒューゴー賞二〇一五においてサッド・パピーズ＆ラビッド・パピーズが女性やエスニック・マイノリティの作品を中傷し自分たちへの組織票を呼びかけた事件、女性キャストでリメイクしたＳＦ映画『ゴーストバスターズ』（二〇一六年）の出演者に対する苛烈な中傷、女性ゲーム開発者ゾーン・クインに対する殺害予告などのオンライン・ハラスメント（「ゲーマーゲート事件」）、仮想現実（ＶＲ）ベンチャーで「オキュラスＶＲ」共同創業者のパーマー・ラッキーがオルタナ右翼の団体に資金援助をしていた事件など、むしろ具体例には事欠かないのだ。

ナチズムの持つ荒唐無稽な世界像、英雄化への欲望、その裏に潜む差別と偏見、露骨な権力志向はまた、多くのＳＦ作品が隠し持つ要素である――これは樺山三英による、ノーマン・スピンラッドの『鉄の夢』（一九七二年）解説の一文である（『ハヤカワ文庫ＳＦ総解説２０００』）。『鉄の夢』は、アドルフ・ヒトラーが書いたＳＦ小説をそのまま再現したという体裁の作品だったが、ここでの「ナチズム」はそのまま「オルタナ右翼」へと置き換えることもできるだろう。

■ニック・ランドの思想と、英訳版『虐殺器官』の試み

たとえオルタナ右翼が「気分」にすぎないのだとしても、そこには理論的な支柱が存在する。ニック・ランドの「暗黒の啓蒙（ダーク・エンライトメント）」運動だ。ランドは、一九九〇年代にウォーリック大学のサイバネティックス文化研究所を設立し、学生たちにカリスマ的な影響力を有した人物である。ジル・ドゥルーズやジョルジュ・バタイユの思想をルーツとし、思弁的実在論（スペキュレイティヴ・リアリズム）と呼ばれる新しい哲学潮流の立役者の一人として知られ、ＳＦ評論の仕事も少なくない。理論とフィクションを橋渡しするような作品を多々、残している。

> 手のつけられない崩壊の旋風。旋風の中心は、安定したものが全て徐々に嵐の中で液化していくように、人間という動物がところかまわず「新たな剥き出しの状態へ」放り

出されていく非人間的な大都市の資本蓄積が実質的にゼロとなる地点である（＊）。

これはニック・ランドの初めての単著であるバタイユ論、*The Thirst for Annihilation: Georges Bataille and Virulent Nihilism*（一九九〇年）からの一節である。このヴィジョンを政治的に具体化したのが「暗黒の啓蒙」運動だ。このプロジェクトについて、ランドはコグニティブエリート主義［経済的に豊かな知識人エリート主義］と人種差別的な社会ダーウィニズム、それに専制的なオーストリア派経済学を織り交ぜた「おぞましい」混合物を熱烈に採用するものだと、偽悪的に説明している。ランドは、リベラルな「反人種差別主義や民主主義や平等さへの訴え」を、しょせんは「左翼」の「専制的な神学」にすぎず、「空虚な道徳主義」だと嘲笑する。「資本主義それ自体の未来を実現するための現実的なステップを描くことをせずに、資本主義の破壊傾向を鎮めようとしている」と非難するのだ。ランドは、「資本がますます濃密に実現される未来を有するのに対して、資本の敵たる左翼の方は明らかに上辺だけの未来しかもつことができない」とうそぶく。

単刀直入に言って、一種の逆張りであろう。にもかかわらず、「空虚な道徳主義」を乗り越え、「手のつけられない崩壊の旋風」をもたらす新自由主義のエネルギーそれ自体を称揚しようとするダイナミズムの礼賛は、ネトウヨだけではなく知識人を自認する者にとっても受け入れやすいのではないか。何より、オルタナ右翼の〝情念〟の位置を鮮明に解説してくれている。ここで私が想起したのは、伊藤計劃『虐殺器官』（早川書房、二〇〇七年）の末尾に記された衝撃的な一文だった。周知の通り、『虐殺器官』では、ジョン・ポールが開発した「虐殺の文法」が、人間に「啓発された残虐行為」、「生存のための大量殺人」をもたらすメカニズムが語られる。不安定に語られるラストでは、「英語による虐殺の深層文法」が瞬く間にアメリカ全土を覆い尽くしていく。まさしく究極の逆張りが幻視されるのだ。

これでしばらくは、アメリカにテロを仕掛けようなどと思う人もいなくなるだろう。アメリカの輸入は完全にストップしていた。世界のどの国にも恨まれるような迷惑も掛けようがない。

ぼくは罪を背負うことにした。ぼくは自分を罰することにした。世界にとって危険な、アメリカという火種を虐殺の坩堝（るつぼ）に放り込むことにした。アメリカ以外のすべての国を救うために、歯を噛んで、同胞国民をホッブズ的な混沌に突き落とすことにした。

とても辛い決断だ。だが、ぼくはその決断を背負おうと思う。ジョン・ポールがアメリカ以外の命を背負おうと決めたように。

外、どこか遠くで、ミニミがフルオートで発砲される音がする。うるさいな、と思いながらぼくはソファでピザを食べる。
けれど、ここ以外の場所は静かだろうな、と思うと、すこし気持ちがやわらいだ。
（『虐殺器官』、ハヤカワ文庫JA、三九六頁）

さて、この結末は、英語圏ではどのように受け止められるのだろうか。本稿の執筆にあたって改めて比較検証してみたが、エドウィン・ホークスが英訳した*Genocidal Organ*（HAIKASORU、二〇一二年）は、もとの日本語版よりも全体的に、描かれる近未来社会の資本主義的な特性が強調されている。また、語り手シェパードの語りには、しばしば言葉が補われることで、その〝決断〟が主体的になされたことが明示されている。

具体的に見てみよう。末尾（二九七頁）だと、「世界のどの国にも恨まれるような迷惑も掛けようがない」という部分は〝No country is going to have cause to be jealous of us or hate us for our economic imperialism anymore.〟となっており、「恨まれるような」は〝jealous〟や〝hate〟と具体化されており、「迷惑」は〝our economic imperialism〟だと、はっきり名指されている。また、「うるさいな、と思いながらぼくはソファでピザを食べる」という部分は、イタリック体で〝Oh, hurry up and kill them already so we can get some peace. I'm trying to enjoy my pizza here!〟と加筆され、虐殺がもたらす「手のつけられない崩壊の旋風」へと、独白の方向性が具体化されている。〝I'm trying to enjoy my pizza here!〟と、「ピザ」が象徴する資本主義を〝enjoy〟することが、感嘆符を通して強調されているのだ。

英語圏の書評サイトを眺めていくと*Genocidal Organ*は額面通りの近未来ミリタリー言語SFとして読んだ例が意外と多いことに気付かされる。それは『虐殺器官』に横溢する――不定形でリゾーム状に広がる――破壊と憎悪の感覚をあらかじめ可視化させることで、英訳版のテクストがジャンル・フィクションの文法で制御したことの現れなのかもしれない。世界とSFの転倒がデファクト・スタンダードと化した現在において、オルタナ右翼の台頭にSFが少なからず加担してしまっている以上、表象困難な「新たな剥き出しの状態」を直視しつつ、「資本主義の破壊傾向」の内部に取り込まれてしまわない、真に新しい倫理のあり方が求められている。

（＊）引用部を含めたニック・ランドについての解説は、次に依拠している：アンドリュー・カルプ『ダーク・ドゥルーズ』、大山載吉訳、河出書房新社、二〇一六年。

【追記】ニック・ランドについては、以下の批評で改めて考察し直した。岡和田晃「高橋和巳、自己破壊的インターフェイス」、『高橋和巳、世界とたたかった文学』所収、河出書房新社、二〇一七年。

ベストSF2011

国内編・海外編

【日本編】

・山野浩一『山野浩一傑作選Ⅱ　殺人者の空』
・横田創『埋葬』
・佐藤哲也『ノベル氏』
・門倉直人『シンデレラは、なぜカボチャの馬車に乗ったのか〜言葉(ことのは)の魔法〜』
・伊藤計劃『伊藤計劃記録　第弐位相』

山野浩一作品の強度に圧倒される。日本文学は重要な書き手をないがしろにしてきたものだ。そのため（山野作品の系譜に連ねることもできる）『埋葬』や『ノベル氏』のテクスト的冒険こそが王道と、強く主張する必要性も感じる。

門倉直人の待望の単行本は、まさに魔術書であり、『伊藤計劃記録　第弐位相』と対になりうる。

ほか、新鋭に力作が多い。『樹冠惑星―ダイビング・オパリア―』、『シンギュラリティ・コンクエスト〜女神の誓約(ちかひ)』、『光を忘れた星で』、『夜の写本師』、『水の中、光の底』……。いずれも、より高い評価を与えられてしかるべきと考える。また、佐藤亜紀『醜聞の作法』に唸らされたことも書き添えておく。

【海外編】

・J・G・バラード、増田まもる訳『千年紀の民』
・フレドリック・ジェイムソン、秦邦生訳『未来の考古学Ⅰ　ユートピアという名の欲望』
・マルグリット・ユルスナール、岩崎力訳『世界の迷路Ⅰ　追悼のしおり』
・サミュエル・R・ディレイニー、大久保譲訳『ダールグレン』（Ⅰ・Ⅱ）
・ジャック・ヴァンス、浅倉久志編訳・酒井昭伸訳『奇跡なす者たち』

ニューウェーヴ以後の成果を中心にした新しいSF観が描けそうな傑作揃い。圧倒的に足りないのは、これらの作品を単に「消費」するのみではなく「批評」へ向かう姿勢にほかならない。その意味で、ジェイムソンの翻訳が為ったのは画期的である。

ほか、『ポストヒューマンSF傑作選　スティーヴ・フィーヴァー』、『バウドリーノ』（Ⅰ・Ⅱ）、『ドクター・ラット』、『ヒュペルボレオス極北神怪譚』、『ペインティッド・バード』、『21世紀東欧SF・ファンタスチカ傑作選　時間は誰も待ってくれない』、『詐欺師フェーリクス・クルルの告白』（上・下）は外せない。筆者が関わったものを挙げてよいなら『オスカー・ワオの短く凄まじい人生』も。

ベストSF2012

国内編・海外編

【日本編】

・伊藤計劃×円城塔『屍者の帝国』
・樺山三英『ゴースト・オブ・ユートピア』
・宮内悠介『盤上の夜』
・八杉将司『Delivery』
・藤元登四郎『シュルレアリスト精神分析―ボッシュ＋ダリ＋マグリット＋エッシャー＋初期荒巻義雄／論』

小説は七〇年代生まれの作家の独壇場だった。特に『屍者の帝国』の完成度には唸らされた。エーコやスターリングが書き継いだとしても、ここまで完成度が高くは仕上がらなかったろうと評したが、この評言が大仰だとはまったく思わない。円城さん、ありがとう。

残る三作も恐るべき水準で、それぞれアプローチこそ異なれども、実存を突き詰める思弁性に満ち、世界文学的な視座で「わたし」の問題が再考される。もはや、ＳＦを時代遅れのサブカルチャーとは言わせない。

『シュルレアリスト精神分析』は、ラカンの読み方が根幹から変わり、読み手の世界認識を塗り替える高次の批評。傑作にもかかわらず自費出版という絶望的な状況が、改善されることを心から祈念している。

【海外編】

・クロード・シモン、芳川泰久訳『農耕詩』
・クラウディオ・マグリス、池内紀訳『ドナウ　ある川の伝記』
・チャイナ・ミエヴィル、日暮雅通訳『都市と都市』
・ウィリアム・ピーター・ブラッティ、白石朗訳『ディミター』
・ハンヌ・ライアニエミ、酒井昭伸訳『量子怪盗』

シモンの最高傑作と言われる『農耕詩』が単行本にまとめられたことの意義は、どれだけ強調しても足りない。ＳＦと現代文学の間に垣根を設けることは無意味だと、山野浩一は、半世紀も前から主張してきたが、何度でも叫ばれる必要があろう。「わたし」を突き詰め、歴史性をふまえて世界観を塗り替える「ヌーヴォー・ロマン」の批評性は、ＳＦの本質と見事なまでに呼応する。

同じ意味で『ドナウ』も重要だ。かつて、佐藤亜紀はアナール学派の歴史家ブローデルの『地中海』を、これがSFと評したものだが、まさにそのようなヴィジョンを実践に移した作品だと、理解することができる。

『都市と都市』と『ディミター』は、共同体を取り上げる手つきに瞠目させられる。『量子怪盗』は、邦訳されたニュー・スペースオペラでは、最高傑作だと思う。

ベストSF2013

国内編・海外編

【国内編】

・宮内悠介『ヨハネスブルグの天使たち』
・岡田剛『十三番目の王子』
・八杉将司「私から見た世界」
・山野浩一「地獄八景」
・酉島伝法『皆勤の徒』

伊藤計劃の仕事を安直な解釈で縮小再生産した愚作が濫造され、SFをめぐる議論の水準も低下し、悪貨が良貨を駆逐した感が否めない年であったが、ここに挙げた五作は、そうした地盤沈下のうちに埋没せず、伊藤計劃が直観的に掴んでいた世界の変動と共鳴し、その磁場を独自に昇華させていた。特に山野浩一の「地獄八景」が体現した、「世界内戦」下における「死」を直視し、その先を笑い飛ばす胆力には、瞠目させられた。

【海外編】

・アンナ・カヴァン、山田和子訳『アサイラム・ピース』
・タニス・リー、市田泉訳『薔薇の血潮』(上下巻)
・会津信吾・藤元直樹編『怪樹の腕〈ウィアード・テールズ〉戦前邦訳傑作選』
・チャイナ・ミエヴィル、日暮雅通訳『クラーケン』(上下巻)
・ピーター・ワッツ、嶋田洋一訳『ブラインドサイト』(上下巻)

サンリオSF文庫収録作の復刊、ラテンアメリカ文学の精力的な翻訳、またソローキンやキニャールの来日など、話題に事欠かず、狭義のSFに絞っても、その翻訳紹介は例年以上に豊作だった。何より『アサイラム・ピース』の刊行は、どれだけ慶賀してもし足りない。「NW-SF」に部分訳が掲載されてから、三十五年。スペキュレイティヴ・フィクションの可能性が、アクチュアルなものとして、再び世に問われているのだろう。

ベストSF2014

国内編・海外編

【国内編】

・牧眞司編『柴野拓美SF評論集　理性と自走性』
・上田早夕里『深紅の碑文』
・仁木稔『ミーチャ・ベリャーエフの子狐たち』
・相沢美良、伏見健二『なぞの鳥をさがせ！――ブルーシンガーRPG　勇者編』
・藤井太洋『オービタル・クラウド』

これらの力作には第35回日本SF大賞エントリー募集に応じる形でも批評を寄せた（http://d.hatena.ne.jp/Thorn/20141110/p1）。一方で、現代日本のコンフォーミズム（画一主義、順応主義）に対し無防備な〝大政翼賛的〟新作が散見される点に、強い危惧をおぼえる。SF系新人賞関連では『テキスト9』が図抜けていた。手前味噌だが『向井豊昭傑作集　飛ぶくしゃみ』と『北の想像力』は、SFファンにもっと読まれてほしい。

【海外編】

・ジーン・ウルフ、西崎憲・館野浩美訳『ピース』
・アンナ・カヴァン、細美遙子訳『われはラザロ』
・キジ・ジョンスン、三角和代訳『霧に橋を架ける』
・ヴィクトル・ペレーヴィン、東海晃久訳『ジェネレーション〈P〉』
・パスカル・キニャール、小川美登里訳『秘められた生』

ここに挙げたもののほか、タニス・リーにキム・スタンリー・ロビンスン、ジョン・クロウリー、ロラン・ジュヌフォールの新訳が出る等、充実していた。ヴィクトル・ペレーヴィン、ボフミル・フラバル、水声社〈フィクションのエル・ドラード〉シリーズ等、ロシア・東欧・ラテンアメリカ等の秀作が紹介されたのも喜ばしい。また、SFとゲームの観点からはアーネスト・クライン『ゲームウォーズ』の紹介が重要。

ベストSF2015

国内編・海外編

【国内編】

・林美脉子『エフェメラの夜陰』
・藤元登四郎『〈物語る脳〉の世界　ドゥルーズ／ガタリのスキゾ分析から荒巻義雄を読む』
・佐藤哲也『シンドローム』
・宮内悠介『エクソダス症候群』
・円城塔『エピローグ』

「現代詩手帖」SF詩特集がSF文壇の閉塞を打破した。詩人では林美脉子が図抜けている。『〈物語る脳〉の世界』の反骨精神に敬意を表し、『定本荒巻義雄メタSF全集』も含め、関係者だが敢えて推す。『シンドローム』は、「図書新聞」連載の文芸時評第二回で、『エクソダス～』は第九回で、それぞれ論じた。『エピローグ』は「日本経済新聞」一一月一日号で書評した（本書所収）。一方、「SFマガジン」二〇一五年一二月号で批判した類の、低水準の伊藤計劃論が目立ったのは残念。

【海外編】

・ダン・ゲルバー、エリック・ゴールドバーグ、グレッグ・コスティキャン、沢田大樹訳『パラノイア【トラブルシューターズ】』
・スタニスワフ・レム、深見弾・大野典宏訳『泰平ヨンの未来学会議　改訳版』
・ロバート・E・ハワード、中村融編訳『失われた者たちの谷～ハワード怪奇傑作集』
・ジョン・ヴァーリイ、大野万紀訳『汝、コンピューターの夢〈八世界〉全短編1』
・トマス・ウェスターリッチ、日暮雅通訳『明日と明日』

ディストピアSFの傑作に連なるRPG『パラノイア』の邦訳は、レーベルや販売法も含め両ジャンルにとっての快挙。レムやヴァーリイの再評価、ウルフやオールディス、ハワードやホジスン、ストーカーらの新たな邦訳がなったのも嬉しい。この動きの先端を行くナイトランド叢書や「ナイトランド・クォータリー」に注目。新作はスウェッターリッチ、映像関係では『神々のたそがれ』や『ホフマニアーナ』が衝撃だった。

ベストSF2016

国内編・海外編

【国内編】

・上田早夕里『夢みる葦笛』
・宮内悠介『彼女がエスパーだったころ』
・樺山三英『ドン・キホーテの消息』
・東雅夫、下楠昌哉編『幻想と怪奇の英文学Ⅱ：増殖進化編』
・森元斎『具体性の哲学 ホワイトヘッドの知恵・生命・社会への思考』

『夢みる葦笛』と『彼女がエスパーだったころ』の収録作は初出で読んだものも再読したが、実力に裏打ちされた力作。複雑化する世界をソリッドに切り取る方法論に刺激を受けた。最前線だ。『ドン・キホーテの消息』はジャンル横断的な快作。もっと読まれ、評価されるべき。ＳＦレーベル外から出ているのも重要。『幻想と怪奇～』は閉塞化するアカデミズムを開く意欲的な試み、継続を。『具体性の哲学』は、思弁的実在論（批判）として重要。

【海外編】

・ケイト・ウィルヘルム、尾之上浩司・安田均・増田まもるほか訳『翼のジェニー　ウィルヘルム初期傑作選』
・柳下毅一郎監修・浅倉久志ほか訳『Ｊ・Ｇ・バラード短編全集1　時の声』
・ウィリアム・ホープ・ホジスン、野村芳夫訳『〈グレン・キャリグ号〉のボート』
・イエスパー・ユール、松永伸司訳『ハーフリアル　虚実のあいだのビデオゲーム』
・ロブ・ボイルほか、朱鷺田祐介監訳、岡和田晃・待兼音二郎ほか訳『エクリプス・フェイズ』

ウィルヘルム、バラードの再評価、〈ナイトランド叢書〉の奮闘を讃えたい。ゲーム研究の基本書『ハーフリアル』が出た事と、『エクリプス・フェイズ』日本語版が出せたのはＳＦ史に見ても画期的と思う。短編の力作が「ＳＦマガジン」（アリエット・ドボダールなど）「ナイトランド・クォータリー」（ニール・ゲイマンなど）「GRANTA JAPAN with 早稲田文学」（チャイナ・ミエヴィルなど）に出て、「図書新聞」の文芸時評で言及した。

２０１６年下半期「図書新聞」読書アンケート回答

（単行本で３冊）

・ケイト・ウィルヘルム、尾之上浩司・安田均・増田まもるほか訳『翼のジェニー　ウィルヘルム初期傑作選』
・笙野頼子『ひょうすべの国　植民人喰い条約』
・東雅夫・下楠昌哉編『幻想と怪奇の英文学Ⅱ』

ケイト・ウィルヘルム！　サンリオSF文庫で翻訳されたものの、長きにわたり紹介が途絶えていた書き手である。「文学」と「ジャンル小説」の狭間で過小評価されてきた。アレゴリカルな批評意識は古びていない。ジェンダーを問い直すためにも必要な作家だ。

彼女の作風にも通じる笙野頼子。緊急刊行がなった新刊は、ＴＰＰの暴力を鋭く批判する唯一の現代文学。萌え文化のセクシズムが権力と野合したディストピアは、笙野頼子が警鐘を鳴らし始めた十余年前とは比較にならないほど日常に浸透した。衣食足らず、国民皆保険制度も崩壊した世界は、私たちが目を背けたがる〝いま、ここ〟だ。

『幻想と怪奇の英文学Ⅱ』は、タコツボ化し読者から見限られつつあるアカデミックな文学研究を、幻想文学という視点から再生させる野心的な試み。執筆者が自分の〝専門〟から抜けきれていないのが歯がゆいものの、「日本語での幻想文学研究のプラットフォーム」構築を夢みる下楠昌哉の姿勢に賛同。

やや時期はずれるのでリストには入れていないが、樺山三英『ドン・キホーテの消息』（幻戯書房）も重要である。

第2部 ロールプレイングゲームという媒介項（メディア）

第2部では、SFと幻想文学を橋渡しする想像力のあり方を示したものとして、ゲーム（特にアナログな会話型のロールプレイングゲーム）と、関連するエッジの利いたSF・ファンタジーの古典的名作群を論じた批評文を集成している。また、スチームパンクについて書いた批評も、ここに収めた。スチームパンクという表象は、広く流通してはいるけれども、その原理を考えるのは難しく、少しでも足がかりが必要と考えたからだ。加えて、「パンク」性そのものを再評価する原稿や、第3部との関わりとしてクトゥルー（クトゥルフ）神話を原作とするRPGについての考察にも紙幅を割いている。

これまで私は、『ダンジョンズ&ドラゴンズ』、『ウォーハンマーRPG』、第1部で扱った『エクリプス・フェイズ』等のRPGの翻訳紹介に携わり、関連したシナリオ・リプレイ小説の創作をしてきたが、その一方、この分野の批評を拓くべく腐心もしてきた。その成果をまとめることができて、とても嬉しく思っている。

昨今、デジタルゲーム関係の学会や研究会、あるいは産学連携のプロジェクトは珍しいものではなくなっている。ただ、アナログゲームに関しては、いまだその段階にも達してはおらず、壁は厚い。また、職業的なゲーム研究者の多くは、いわゆる工学畑の出身が多いためか、文芸批評の方法論に疎く文学的知識も浅い場合が少なくない。

一方、こちらの方が深刻なのだが、アカデミックな文学研究者や文芸評論家の多くは、ゲームについて一般ユーザー未満の知識しかないどころか、しばしば強固な偏見を有している。現に、学術誌での論考、商業文芸誌でのレビューの双方で、「ゲーム的」という紋切り型のレッテル貼りは、頻繁に見受けられる常套句だ。

閉塞した状況に一石を投じるべく、ここではあえてゲームを文学と等価、往還可能なものとして論じる。ゲーム専門媒体に寄稿した原稿の場合、想定読者が文学に馴染みがないことも考えられたので、狭義の書評の体裁にこだわらず、より柔軟で自由な様式をとった。専門用語を使わざるをえない部分もあったが、できるだけ文脈に落とし込むことを心がけたので、臆さず好きなところから読み進めていただきたい。

ドラゴンが、やってきた。

――『ダンジョンズ&ドラゴンズ 竜の書：ドラコノミコン』紹介文

世界初のRPG『ダンジョンズ&ドラゴンズ』（D&D）、その第3.5版の伝説のサプリメント（追加設定資料集）『竜の書：ドラコノミコン』の日本語版が、二〇〇七年冬、いよいよ発売された。

ファンタジーの象徴にして万物の王者、ドラゴン。その脅威に満ちた世界を紹介する書物だ。

はじめにお断りしておくが、これは単なるゲームの解説本ではない。D&D世界におけるドラゴンの生体から社会、哲学、戦闘能力などの情報を完全網羅した総合的な研究書なのだ。過去、アルゼンチンの学匠作家ボルヘスの著した『幻獣辞典』など、架空の生きものについての解説本は数多く出版されてきたが、この『竜の書』は、なかでももっとも詳しく、もっとも具体的な形でドラゴンという存在について記した書物と言えるだろう。

ドラゴンは、D&D世界、ひいてはファンタジーそのものを文字通りに体現する存在である。ゆえに、ドラゴンについて知ることはそのまま、君たちが生きる世界の原理を探る試みにほかならないのだ。

君はドラゴンがブレスを吐く、その仕組みを知っているか？ なぜかくも莫大な量の宝を集めるのか、その理由を考えたことがあるか？ ドラゴンの骨格や筋組織はどうなっている？ 宗教は？ 卵は何日で孵化する？ レッド・ドラゴンはなぜ乙女を生け贄に要求する？ ともにジョーク好きなことで知られるブロンズ・ドラゴンとカッパー・ドラゴンが鉢合わせしたら、どのような騒動が巻き起こるのか？

――答えはすべて、『竜の書』にある。いかなる人間の賢者も知りえないとっておきの情報が、『竜の書』には溢れんばかりに盛り込まれているのだ！ 君は必ずや、ドラゴンの神秘に驚嘆することだろう！

■おそるべきデータの数々

もちろん、D&D用ゲームデータとしての満足度も保証する。ドラゴン用の追加呪文やアイテムはもとより、ドラゴン用特技の凶悪さは、全国のダンジョンマスターを狂喜乱舞させること請け合いだ。君は、《ブレス高速化》と《ブレス威力最大化》のコンボを耐え切る自信はあるか？ 仮に生き延びたとしても、《ブレス急速回復》によって、すぐさま悪夢は再来する。

上級クラス（職業）もすさまじい。なかでも不浄の力でドラゴンのソーサラー呪文を信仰呪文に転換させ、ブレスの威力を格段に上昇させるアンホーリィ・ラヴィジャー・オヴ・ティアマト、凶悪な「竜の怒り」を振りまくブラッドスケイルド・フューリィ。爆発的にhpが上昇し最後には半神の域に到達するドラゴン・アセンダントなど、その迫力には身震いする。

ドラゴンに関する新モンスターの数々にも注目したい。可愛らしいフェアリー・ドラゴンからずる賢いファング・ドラゴンなどが、いっそう冒険の幅を広げてくれる。さらには次元界に棲むイセリアル・ドラゴンや、アンデッドのヴァンピリック・ドラゴン、ドラコリッチのテンプレートまでついている！

圧巻なのは、各年齢段階に対応した120体にも及ぶトゥルー・ドラゴンの具体的なサンプル・データだ。ドラゴンごとの性格や個性まで記載され、詳細の極み！　これでもう、ドラゴンに関したシナリオ作成のネタに困ることはない。財宝の作成チャートや脅威度に即したリストもあるので、報酬の設定も簡単だ。まさに、至れり尽くせりのサプリメントである。

■目指せ、ドラゴンライダー！

『竜の書』は、プレイヤーにとっても必読の本だ。

ドラゴンに立ち向かう際、どのような戦術を取ればよいのか？　対ドラゴン用の呪文や特技は何がある？　ドラゴンの皮から防具を作るには？　ドラゴンに騎乗して戦うには？　ドラゴンを同胞として迎えるには？　善のドラゴンに気に入られるには？

――など、ドラゴンについてプレイヤーが抱く疑問に対し、詳細な答えと解説を与えてくれるからだ。

なかでも注目すべきは、誰もが憧れるドラゴンライダー、善の竜神バハムートの加護を受けたプラティナム・ナイト、ドラゴンの寝首を掻く技術に特化したドラゴンストーカー、さらにはドラゴンのねぐらからお宝をわんさか頂戴できるホードスティーラーなど、ロマン溢れる上級クラスの数々である。そのカッコよさに、胸が踊ること請け合いだ。

また、ドラゴンをプレイヤー・キャラクター（プレイヤーが演じる用のキャラクター）として用いる際のガイドラインまで盛り込まれているから、これでドラゴンを主役にしたキャンペーン（連作ゲーム）も夢ではない！

その他、ドラゴンに関係しないものでも、例えば敵のダメージ減少を5下げる《弱点感知》特技のように、有益な情報があちこちに転がっている。

『竜の書』はD&Dの可能性を根本から広げてくれる、まさに最高のサプリメントだ！　さあ、君も『竜の書』を手に、ドラゴンの脅威を体験しよう！

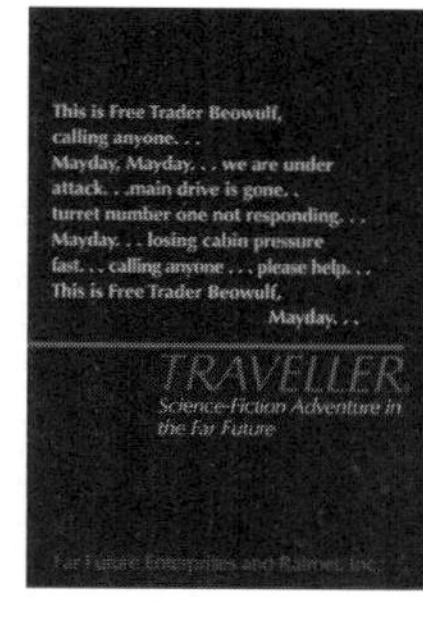

レビュー●『トラベラー』

▼SFとRPGをつないだ古典

五十七世紀。一万一千の星系を従える大銀河帝国が、封建的支配体制を敷いている、遥か遠い未来の時代。「帝国」はジャンプ航法と呼ばれる宇宙船のワープ・システムと、それを利用したXボート通信システムを用いて、全く性格の異なる様々な世界を、なんとか一つにまとめあげていた。反重力、核融合などの技術が既に現実のものとなっている一方、科学の発展が追いつかない星系やら、いまだ開発がなされていない星系、帝国の支配に不満を抱いている星系なども多数あり、一攫千金や立身出世を狙う者たちにとっては、またとないチャンスの宝庫となっている。

君はそんな胸躍るSF世界を「旅人（トラベラー）」として渡り歩き、各々の目的を果たすべく冒険を重ねていくことになる。君は商船の艦長として貿易に精を出すこともできれば、偵察局の吏員として、星間戦争を阻止すべく力を尽くすこともできる。宇宙海賊としてアウトローに徹することもできれば、科学者として失われた超古代文明を調査することもできる。宇宙は何千光年の彼方にまで広がっており、君が活躍するフィールドもまさに無限大なのだ！

『トラベラー』では、こうした大宇宙での冒険に必要なあらゆるルールが用意されている。キャラクターの経歴や恩給を決めるライフパス、独自の星系や異星生物をデザインするためのチャート集、オリジナルの宇宙船を建造し維持していくためのマニュアル、コンピュータや効率的なジャンプ航法のガイドライン、さらには宇宙での戦闘や超能力研究所のルールなど、まさに盛りだくさん。背景世界は壮大でありながらオリジナルの設定を挟み込む余地が充分に確保されているし、『メイデイ』などのシミュレーションゲームとリンクさせれば、銀河を揺るがす大戦争までもやすやすと再現できる。もちろん、これらのシステムはどれも、科学的なリアリティとプレイアビリティの間でばっちりバランスがとれており、他のジャンルに類のない、斬新な冒険をお約束できる。発売から三十年もの間不動の人気を誇ってきたSF－RPGの傑作を、君も一度体験してみてほしい。（田中克明ほか訳／二〇〇三年／雷鳴）

レビュー●『ストームブリンガー』

▼呪われた「運命」の軛に抗え

——君は「運命」の不条理に立ち向かう勇気があるか？

『ストームブリンガー』は、〈法〉と〈混沌〉の間で行われる、「宇宙の天秤（コズミック・バランス）」を巡った絶え間ない闘争が主題のダークファンタジーRPGだ。基本的な世界観は、英国出身の作家マイクル・ムアコックが創造した「永遠の戦士エルリック」という小説シリーズに基づいている。そこでは、定命の人間のみならず神々でさえ、〈法〉と〈混沌〉の相克が彩なす数奇な「運命」から逃れることは敵わない。

後に「白い狼」と呼ばれ畏れられることになるエルリックは、ふとしたことから手にしてしまった〈混沌〉の魔剣ストームブリンガーに翻弄され、愛する者や自らの祖国をその手で滅ぼしてしまう。生来の虚弱体質であるエルリックは、ストームブリンガーを通して殺した相手の生命力を吸収しなければ生きられない。このような矛盾を抱えながら彼は、「運命」に抗う道を探し続ける。

同じように『ストームブリンガー』の世界では、PCたちは冒険者として活躍しながら、〈法〉と〈混沌〉、それぞれの側の思惑に翻弄されることになる。

だが、世界は確実に〈混沌〉の魔手に呑まれつつあり、魔術にしろ、使役の対象であるデーモンにしろ、対処するための僅かな手段も結局は〈混沌〉に堕しており、誘惑から逃れるのは容易くない。

『ストームブリンガー』のゲームシステムは、こうした「揺らぎ」を克明に再現しているのみならず、他のRPGには類を見ない激しい戦闘ルール、イメージ豊かな背景世界の設定、独創的な魔法体系などを採用したりすることで、他のゲームには類を見ない緊張感を導入することに成功している。

君は何度も、「運命」の重圧に押し潰されかけることになるだろう。それでも信念を持ち続け、かつ生き延びることができたならば、やがて君は自らの使命、転生を重ねながら無限に闘いを重ねる「永遠の戦士」という役割の何たるかを、悟るときが来るかもしれない。

『ストームブリンガー』をプレイすることは、存在の意義、そして世界の真の意味を探るための旅に出ることを意味するのだ。（江川晃／グループSNE訳／二〇〇六年／エンターブレイン）

レビュー●『クトゥルフ神話TRPG』

▼禁断の知識と対峙する者たち

あるとき、君は知ってしまった。我々の暮らすこの世界の背後にある、まさに戦慄すべき事実を。宇宙には、人類には想像も付かないほど強大で邪悪な力を持つ存在が多数ひしめいており、版図を広げようと絶えず画策しているのだ。そのような連中が侵略を開始すれば、我々の世界など、たちまち地獄と化してしまうだろう…。

あらゆるメディアにおいて今も書き継がれている「クトゥルフ神話体系」は、こうした悲壮な世界観に基づいている。だが、『クトゥルフ神話TRPG（クトゥルフの呼び声）』はひと味違う。プレイヤーは「探索者」として、「クトゥルフ神話」に登場する異形の神々や、狂気に憑かれた崇拝者たちの謀略を食い止めるべく、力を尽くすことができるのだ！

ただし、「探索者」は、他のRPGのキャラクターとは違って、我々と同じ普通の生活を営む一般人に過ぎない。彼らは知恵と勇気のみを頼りに問題の解決にあたることとなるが、そのたびに、圧倒的な恐怖に襲われる。システムとしては、敵について調べたり、異界の知識に触れたりするごとに、「正気度判定（SANロール、俗にSANチェックとも）」を行うことで処理される。そして「探索者」は禁断の情報と引き換えに、少しずつ自らの理性を失っていくこととなる。

鍵となる知識を手に入れ、悪しき神々の野望を阻止できるのか。それとも深入りしすぎて発狂し、虚しく朽ち果ててしまうのか？　ほかのRPGでは味わえない、極めてスリリングなシチュエーションがある。

このように魅力的かつ独特な設定を持つ『クトゥルフ神話TRPG』だが、システム自体は各スキルや能力値に対しD100下方ロールを行うという非常にわかりやすいものなので、初心者でも充分に楽しめる。慣れれば、シーン制を導入したり、今風のカスタマイズを行うのも簡単だ。

基本の舞台は現代日本や禁酒法時代のアメリカだが、充実したサプリメント群を導入すれば、暗黒期のヨーロッパ、陰謀渦巻く大日本帝国、妖怪が跋扈する戦国時代など、様々な舞台で冒険を行うことも可能になる。

発売から25年以上も熱い支持を受け続けてきた本格ホラーRPGの金字塔。この作品を知らずして、現在のゲームを語ることはできないだろう。（中山てい子ほか訳／二〇〇四年／エンターブレイン）

レビュー●『クトゥルフ・ダークエイジ』
▼暗黒時代の狂気を旅せよ

十世紀ヨーロッパ。人々の多くは貧困と病苦にあえぎ、野心ある者たちは傭兵となって諸国を彷徨い略奪の限りを尽くしている。聖職者たちは寺院に閉じこもって怪しげな秘儀に没頭し、辺境の領主は少しでも領土を拡大しようと戦争の準備に余念がない。海洋ではヴァイキングたちが新天地を目指して航海を続け、人里離れた薄暗い森のなかには、妖精や怪物たちがいまだ徘徊していると噂される。

後に中世暗黒時代と呼ばれるこの時代には、多くの歴史家たちによる懸命な調査にもかかわらず、多くの謎が残されている。もしその裏に、「クトゥルフ神話」の邪神たちの翳が見え隠れしたとしたら、どうだろう…？

『クトゥルフ・ダークエイジ』はH・P・ラヴクラフトの創造した「クトゥルフ神話」の世界を、中世ヨーロッパを舞台に再現したRPGである。プレイヤー扮する「探索者」は、封建的な身分社会の規律に縛られながらも、日常のすぐ隣に、人間の常識を遥かに越えた存在が息づいていることを知ってしまう。

何気なく目にする村祭りは、異形の存在を崇拝するものであるかもしれない。そして、ミルクと引き換えに農作業を手伝ってくれるノームの正体は、彼らに仕えるための奉仕種族であるかもしれないのだ。

一方、修道士が筆写している神学書には、邪神を呼び出す方法が書かれているのかもしれない。教会が異端者どもを取り締まるために派遣した十字軍は、裏でもっとおぞましい目的のために利用されているのかもしれない！

そのようなかで探索者たちは、大いなる存在がもたらす圧倒的恐怖に耐えながら、知恵と勇気を振るい立たせ、悪しき者どもの陰謀を阻止することになる。そのために禁断の知識を獲得すれば、当然、「探索者」の理性は狂気の淵へと近づいていくことになる。

君は無事、邪神とその信奉者たちの侵略を食い止めることができるのか？　その前に、金切り声を上げて狂人の仲間入りをしてしまうのだろうか？

付属シナリオを含め、類を見ない綿密な調査で再現されたリアリティ溢れる中世ヨーロッパ世界での「クトゥルフ神話」的冒険譚は、君を魅了してやまないだろう。（坂本雅之ほか訳／二〇〇五年／新紀元社）

「世界内戦」を描いたゲームリスト10

「世界内戦」下におけるゲーム表現の紹介は難しい。その起源と発達史の双方において、ゲームは戦争と密接な関連性を有していると言うことができるからだ。いやそもそも（パズルとは異なる）ゲームというジャンルは、メカニズムを介したプレイヤー同士の相互干渉によって成り立っている。つまりその様相は、あまりにも実際の戦争に似すぎているのだ。

だから本リストでは、表象する状況の変遷のみならず、プレイヤー同士の関わり方の変容について、鋭敏な感性を発揮している作品をも視野に入れることとした。ゲームの表現はテクノロジーの進展とともにドラスティックに変化するが、今回は二〇一〇年末を観測地点に据えて、そこから見える状況を前提に整理した。

なおリスト作成にあたり、海外ゲームの場合には、原作の版元と本国の発売元を両方明示している。またハードの表記については、以下の略所を用いる場合がある（プレイステーション2：PS2、プレイステーション3：PS3、マイクロソフト・ウィンドウズ：Win、MAC OS X：Mac、ニンテンドーDS：DS、プレイステーション・ポータブル：PSP、会話型ＲＰＧ（紙媒体）：RPG）。

◆「世界内戦」の再現

コンピュータの表現技術が高度化したことによって、それまでは困難だった現代の戦争状況を、映画さながらの臨場感とゲームならではの双方向性を生かした形で切り取ることが可能になった。

●『コール・オブ・デューティ4　モダン・ウォーフェア』（アクティヴィジョン／スクウェア・エニックス、PS3、X360、Win、Mac、DS、Wii、二〇〇七）

『コール・オブ・デューティ』シリーズは、二〇〇〇年代以降のコンピュータ・ゲームのシーンにおいて世界的に人気を集めることとなったファースト・パーソン・シューティング（以下、ＦＰＳ）の代表作の一つである。中でも本作はシリーズにおいて初めて、正面から現代戦を取り上げたことが注目に値する。冷戦時代の米ソの対立構造と、九・一一以降の急進的な覇権主義が絢い交ぜになった強烈な世界の中、プレイヤーはイギリス軍特殊部隊員、アメリカ海兵隊員などに成り代わって、戦場の「いま」を擬似体験する。

●『ストーカー〜シャドーオブチェルノブイリ〜』(GSC GAME WORLD、THQ/イーフロンティア、Win、二〇〇七)
近年、ロシアや東欧のゲーム会社が佳作を発表する例が増えてきている。中でもウクライナ発の本作は評価が高い。それはコンピュータやAIの演算機能をフル活用する形で、銃器の操作のままならなさや、奇妙な生態系のありようを、愚直なまでの忠実さをもってシミュレートした点によっている。なお舞台となる原発事故の跡地「ゾーン」の危険性を視覚的に表現するにあたり、モデルとなったチェルノブイリ原子力発電所の跡地には徹底した調査が施された。ゲーム内ではその成果が、偏執狂的な精密さをもって反映されている。なお本作のタイトルは、ストルガツキー兄弟のSF小説『ストーカー』の映画版に由来する。

◆箱庭空間と「自由」

「世界内戦」の到来は、個人と世界を繋ぐ領域のリアリティ、共同体へのなまなかな帰属意識を崩壊させた。一方でゲームの中では、精緻に作り込まれた架空世界における「自由」のありようが問われることとなった。

●『グランド・セフト・オートⅣ』(Rockstar Games/カプコン→2K Games、サイバーフロント、PS3、X360、Win、二〇〇八)
『ウルティマ』や『ルーンクエスト』の初期作の昔から、ゲームとは、どこまでも無限に広がる、それでいて独自の因果律を有した箱庭世界の完成を夢見てきた。本作はそうした作品群の中で、最も成功したもののものの一つである。街はどこまでも街らしく、人々にはそれぞれ意志がある。そしてキャラクターはどこまでも自由だ。どうやって移動するか、いかなる生きざまに意義を見いだすか。法を遵守するか、友人を裏切るか。すべてはプレイヤーに委ねられている。ゲームの原点を確認させる、古き革袋に新しい酒と呼ぶべき逸品だ。

●『ポスタル2 ウィークエンド』(Running With Scissors/ドライブ、Win、二〇〇四)
いわゆる残虐ゲームの代表作。プレイヤーは猟奇的な連続殺人鬼に成り代わり、街の住民を無差別に殺して回る。いや、無理して殺す必要はない。ただしその場合、出逢う人間がみな悪意をもって接してくるし、不愉快な仕打ちにばかり遭う羽目となる。黙って我慢の子を貫くか、それとも「ブチ切れ」るのかはまったくの自由だ。その過剰なまでなゴア表現(猟奇的な残酷表現）と腐り切ったゲーム・コンセプトによってこの上ない嫌悪感を強いる作品ではあるが、いつの間にかそれにも慣らされてしまっていることに、プレイヤーは気づく。

◆閉鎖空間の独創性

「世界内戦」の恒常化は、日本社会の閉鎖性にさらなる拍車をかけた。しかしそのことによって新たに、独創的なゲーム・メカニズムが誕生したことも事実である。

●『SIREN2』（ソニー・コンピュータエンタテインメント、PS2、二〇〇六）

昭和が終わることなく延々と続いている世界。絶海の孤島に閉じ込められた主人公たちが、複雑怪奇な背景設定と無数の物語分岐に翻弄されながら、敵の「視界」をジャックすることで生き延びようとする。ここでは『バイオハザード』（一九九六〜）シリーズに代表される3Dサバイバル・ホラーの恐怖感と（演じるキャラクターは一般人なのでさらに恐怖はつのる）、思緒雄二のゲームブック『送り雛は瑠璃色の』（一九九〇）や、『かまいたちの夜』（一九九四）のようなノベルゲームが描き出す複数的な物語性との融合が、ゲーム・メカニズムのレベルで鮮やかに達成されている。

●『絢爛舞踏祭』（アルファシステム、プロキオン制作、ソニー・コンピュータエンタテインメント発売、PS2、二〇〇五）

本作のデザイナーである芝村裕吏は『高機動幻想ガンパレード・マーチ』（二〇〇〇）のAIおよび基礎的なシステム・デザインを設計したことで広く認知されるようになったが、ゲーム・メカニズムと形式論理の関係性についてこだわり続けてきた。本作はその一つの到達点といえる。プレイヤーは基本的に宇宙船という閉鎖空間の中で、自身に何ができるのかをトライ&エラーを通して認知、学習していく状況に焦点が当てられている。その独特の「手探り感」は、これこそが「世界内戦」下におけるゲーム・デザインの形だと、暗に主張しているかのようでさえある。

◆携帯ゲームとコミュニケーション

「世界内戦」はコミュニケーションの様相を一変させた。特に据え置きゲームと携帯ゲームの優位性が転倒したことは、記憶に新しいだろう。こうした状況は生み出される作品そのものへも、強く影響を及ぼした。

●『モンスターハンター　ポータブル2nd』（カプコン、PSP、二〇〇七）

日本においては箱庭的なビッグゲームよりも、本作のような携帯ゲームによる「小さな世界」の交換を軸としたコミュニケーションのありように注目が集まる傾向があった。いわば日本では携帯ゲーム機そのものが、「世界内戦」の日常化を端的に象徴していたと言えるのである。だが今や携帯ゲームの代名詞となった本作は、海外RPGが基体とする統一的な因果律に基づいた無限の箱庭世界の魅力を、いわば再帰的にユーザーへ提示する戦略を取っている。図らずも本作の成功によって日本のゲームの方向性は、海外のそれと接続される契機を得たのだ。

●『勇者30』(マーベラスエンターテイメント、PSP、二〇〇九)

携帯ゲームは基本的にコンパクト志向だ。迫力はどうしても据え置きゲームにかなわない。だが本作はその現実を逆手に取った。一見何気ないクォータービュー視点のRPGだが、始まってから30秒が経過すると世界が滅び、ゲームオーバーとなってしまうのである。こうした驚異的に斬新なコンセプトを表現するためのゲーム・メカニズムは、ファミコン時代のRPGを彷彿とさせるドット絵を模したチープなグラフィックとも相俟って、それ自体が携帯ゲーム的なコミュニケーションの「軽さ」を、文字通りに体現していると言えるだろう。

◆ユーザー・コミュニティと「世界内戦」

「世界内戦」下はゲームのユーザーが形成するファン集団(コミュニティ)の性質をも変容させた。そうしたコミュニティの変容が向かう先は、必然的に産業としてのゲームの行く末をも占うものとなるだろう。そんなゲームの原点を確認するため、重要な会話型RPG二作を取り上げてみる。

●『ダンジョンズ&ドラゴンズ 第四版』(ウィザーズ・オヴ・ザ・コースト/ホビージャパン、RPG、二〇〇八〜)

世界最初のRPG『ダンジョンズ&ドラゴンズ』は、絶えずアップデートを続けてきたゲームでもあった。『竜の書:ドラコノミコン』のようなゲーマーでなくとも堪能できる追加設定資料集や、王道ヒロイック・ファンタジーであると同時に近代的なエッセンスがたくさん盛り込まれたエベロン世界など、新しいワールド・セッティングも取り入れてきた。とりわけエベロンは、魔法を動力にして動くスチームパンク的な小道具の数々や、暴力や陰謀が渦巻くノワール風の陰鬱な雰囲気。そして何より、映画『インディ・ジョーンズ』シリーズを思わせるダイナミックなアクションで知られる。「充分に進化したテクノロジーは、魔法と見分けがつかない」というアーサー・C・クラークの名言を、ゲームの領域にて表現している。

本作のような会話型RPGは、シナリオの自作をはじめとしたユーザーによる参与の深度に特徴があるが、中でも本作は、大胆な単純化と抽象化によるプレイアビリティの向上を選択した。その上で本作は、追加設定を記載した資料書（サプリメント）を充実させつつ、ウェブの利便性を自在に活用したサポート体制を敷き、また店舗ベースの体験イベントを定期的に開催することで、ユーザー・コミュニティを形成し広げていくための環境整備に焦点を当てている。いわばデジタルとアナログ、マス・プロダクツと草の根普及活動、双方の長所の折衷こそが、本作の課題とされているのだ。

●『ウォーハンマーRPG』第二版（ゲームズ・ワークショップ／ホビージャパン、二〇〇五〜）

　イギリスのゲームズ・ワークショップ社が展開している、ミニチュアゲームや小説、コンピュータゲームをまたいで展開している作品のRPG版。舞台の「オールド・ワールド」は、中世からルネッサンス期を経て、具体的には十七世紀、「神聖ローマ帝国」が存在した頃のヨーロッパをモデルにしている。その「オールド・ワールド」の面白さとして、まず第一に、それがトールキンの小説『指輪物語』の舞台である「中つ国」のように、現実世界と完全に切り離された別世界を構築しているの「ではない」ことだ。ファンタジー世界と史実との距離を意図して縮めたような仕様となっている。真空から別世界を構築することはできない。それならば、はじめから現実世界のシャドウをモチーフにとってしまおう、ということか。

　だいたい、「オールド・ワールド」という名称からして、「古きよきヨーロッパ」という、保守的な回顧の志を皮肉るかのような趣きがあるし、「エンパイア」はまるで「神聖ローマ〈帝国〉」の略称のように響く。名称のみならず設定の面にも、パロディ精神は批評的に昇華され、「混沌の嵐」の被害は、まるで史実の「ドイツ三十年戦争」のそれ。そして、「ナーグル腐れ病」は、そう、黒死病……（もっとも、ゲームには別個に黒死病も出てくるが、アナロジーとしては正しいはずだ）。

　などなど、史実的な要素を導入することでともすればファンタジーの弱点として語られがちなナイーヴさを徹底して回避している。こうした姿勢こそが、「オールド・ワールド」というワールド・セッティングをたまらなく魅力的なものとしている。トールキンは、ファンタジーの役割として「逃避し、慰めを与え、回復させるための場」であると語ったが、その流れで言えばオールド・ワールドは、「慰め」ではなく叛逆である。まさしく「世界内戦」下のRPGと呼ぶにふさわしい。

◆追補編：ゲームの「外」へ出るために＋αの三作

　ゲームは「エンターテインメント」であるからと、単体で閉じたものとして語られることが多いが、それでは批評的な魅力が半減してしまう。ここで挙げられたゲーム作品とセットで読むのをオススメしたい小説作品を三点、挙げておきたい。

●佐藤哲也『妻の帝国』(ハヤカワSFシリーズ―Jコレクション、二〇〇二)

一見冴えない、語り手の妻。しかしその正体は顔なき独裁者にほかならず、アトランダムに切手のない手紙を投函することで彼女自身の「帝国」を形成していたのだ。その手紙を受け取った人間は「民衆細胞」として覚醒し、直感に基づく全体主義国家を形成すべく活動を始める。やがて「民衆細胞」は暴走し、直感による支配に馴染まない者は「個別分子」として収容所へ送られる。この、さながらスターリン体制の悪夢的な再来とも言うべき事態は、シミュレーションの範疇を越えて、今や私たちの暮らす日常のすぐ背後にまで迫っている。

●ヤスミナ・カドラ『テロル』(藤本優子訳、ハヤカワepiブック・プラネット、二〇〇八、原著二〇〇五)

イスラエルのテルアビブ。バーガーショップで自爆テロが起き、多くの人命が失われた。犯人は、どうやら自分の妻らしい。イスラエルに帰化し医師として働いていた夫アミーンは、妻の足跡をたどりながら、やがて危険なパレスチナ自治区へ足を踏み入れ、真実を知らされる。テロリズムによる「暴力」が家庭生活という個の領域にまで浸透したさまを描き出した本作は、紛争地帯における現実を描いた強烈な同時代性とミステリ的な筆致の鮮やかさとが相俟って、文明社会と例外状態のくびきが、もはや完全に瓦解してしまっているさまを明るみに出した。

●ヴィクトル・ペレーヴィン『チャパーエフと空虚』(三浦岳訳、群像社、二〇〇七、原著一九九六)

現代ロシアで人気の作者は、ペレストロイカ以降のロシア精神を炙り出すことにかけて右に出る者がない。本作はマルクス主義的な疎外論と人間性の変容をライトモチーフとしながら、近代以降のロシアを成立させた契機である革命期の動乱を徹底して読み直すものだ。革命期の英雄チャパーエフと共闘したと主張する主人公は、精神病院に入院している患者でもあり、彼が幻視する革命期の闘争は、観念と夢と俗流オリエンタリズムが入り交じったごった煮にほかならない。それはさながら、現代社会の内在的論理を端的に示しているかのようですらある。

映画『ロード・オブ・ザ・リング』三部作が切り捨てたもの

――『指輪物語』における〝昏さ〟の意義について

私事で恐縮だが、一九九三年、小学6年生の時にひと月以上かけて四苦八苦しつつ『旅の仲間』の上巻を読み終えた時の感覚を、筆者はよく憶えている。そこからひたすらJ・R・R・トールキンの創り出した世界に魅せられ、その熱情はいまでも醒めずに持続している。率直に言って、筆者はトールキンに波長が合った。冗長であるとまま評されるホビット庄の歴史（パイプ草！）も素直に楽しめたし、作品の中心となっている「一つの指輪」がもたらす叙事詩的な苦悩についてもごく素朴に受け入れることができたのだ。

荘重に読み上げられるエルフ語の響き。『マビノギオン』などケルト的な黄昏とも共鳴する孤独の情景。癒されることのない傷。哀切な死。かようにトールキンは彼岸への憧憬を隠さない。

現に『指輪物語』の終幕部において、あるいは『指輪物語』の「追補編」の年表的な記述の一部として語られるエピソード内において、「一つの指輪」に関わった者たちはみな、遥かな西方へと旅立ったことが語られる。

彼らは去ったが、去り行くまでの過程については、ページを繰ればいつでも蘇る。「一つの指輪」をめぐる「大いなる年」の模様は「読み直し（リ・リーディング）」を経ることによって新たな意味を付与され、読み手の中で深められる。その過程には、ある種の〝昏さ〟がつきまとっている。その〝昏さ〟とは、いわば「ケルトの黄昏」（W・B・イェイツ）と、読み手の「内宇宙（インナー・スペース）」（J・G・バラード）を擦り合わせる行為によって生み出されたものだと言い換えることができるかもしれない。

――ひょっとして『指輪物語』が重要なのは、この〝昏さ〟ゆえではないか。

それを真の意味で確認したのは大学生になり、ピーター・ジャクソンが監督した『ロード・オブ・ザ・リング』三部作を劇場で見てからのことだった（二〇〇二年）。初回時には期待で胸が踊り、深夜、先輩と待ち合わせて新宿の劇場で（第一部）『旅の仲間』の映像を堪能したものだった。一回観ただけではもったいない気がして、劇場に通いつめ何度も観直した。しかし……観れば観るほど物足りなさが募ってくる。

神は細部に宿るというが、細部にケチを付けたいのではない。初見の際に、その再現性に驚いた（霧ふり山脈の峻厳さには圧倒された）。浅瀬でフロドたちを救援に現れるグロールフィンデルがいつの間にかリヴ・タイラー演じる〝健康的な〟アルウェン姫に変わっていても、苦笑はしたが許容範囲ではあった（もっともこれは、映像で中つ国に触れられた喜びに勝るものはなかったというだけの話かもしれない）。

いずれにせよ、筆者は『ロード・オブ・ザ・リング』三部作を極めて高く評価している。しかし、求めすぎだと重々承知はしていたものの、やはり映画にはあの感覚が欠落していたと言わざるをえない。いや、原作の『旅の仲間』の色調、〝昏さ〟――この感性を、おそらくピーター・ジャクソンは意図的に排除したのではなかろうか。

『指輪物語』はラルフ・バクシによって（原作の前半にあたる部分が）すでにアニメ映画化されていたが、バクシ版の『指輪物語』には、（クリーチャーを実写の映像をキャプチャーとして取り込むなどの）もろもろの試みによって、こうした〝昏さ〟を色調として取り入れようする試行錯誤が見受けられた。

ジャクソンはバクシ版『指輪物語』を熱心に研究していたという。なのになぜ、バクシがトールキンから引き継いだ〝昏さ〟を受け入れなかったのだろうか。むろん、ジャクソンが〝昏さ〟を理解していなかったとは思えない。なにしろ、『ロード・オブ・ザ・リング』で世界的な大ヒットを飛ばす前、ジャクソンが監督した映画には、少女たちの「内宇宙（インナー・スペース）」の交歓を主題にした『乙女の祈り』にしろ、ルサンチマンに満ち満ちた（賛辞としての）B級ホラー『バッドテイスト』『ブレインデッド』にせよ、『指輪物語』の〝昏さ〟に呼応してもおかしくない部分が多々、見受けられたからだ。

映画『ロード・オブ・ザ・リング』は箱庭的な映画であるとまま言われる。莫大な予算を投入し、アラン・リーのヴィジュアルに代表される「箱庭としての」『指輪物語』を、ピーター・ジャクソンは映像を通して再現しようとした（その模様は各種メイキング映像で触れることができる）。そして、その試みは世界的な成功を収めた。バクシ版の『指輪物語』の後篇が封切られず、事実上『指輪物語』の映像化は不可能とみなされていた状況において、ピーター・ジャクソンが成し遂げた仕事の功績は、その壮大なスケールと相俟って、映画史における一つのメルクマールとなりえたのだろう。

一方、『ベーオウルフ』や『ガウェイン卿と緑の騎士』を研究していたトールキンが、自作を過去の叙事詩との内在的な連関性を抜きにして考えていたとは思えない。だが、ピーター・ジャクソンはそのような方向性を、映像化にあたって、あえて切り捨てざるをえなかったのだろう。まずは『指輪物語』三部作をきちんと映像として再現すること。壮大な物語を未完で終わらせず、ちゃんと最後まで描ききること。なんとも味気ない言い方になってしまったが、それこそがピーター・ジャクソンの目論見だったのではなかろうか。

しかし一方で、絵画芸術やオペラ、映画芸術などで表現された精神性が『指輪物語』に大きな影響を与えてきたことは、どれだけ強調してもし足りないだろう。ドイツ・ロマン派の画家カスパー・ダーヴィッド・フリードリヒは、廃墟や荒涼たる糸杉の情景を好んで描いたが、そこで彼は荒涼たる自然を描出しながら、自然に美を付与する神性を浮き彫りにしようとした。

ロバート・ローゼンブラムは『近代絵画と北方ロマン主義フリードリヒからロスコへ』において、フリードリヒから十九世紀絵画の「北方ロマン主義」に至る系譜を裏付ける作業を行なっている。ここからトールキンにつなげるルートを探すのは、おそらくそれほど困難ではない。より率直に、リヒャルト・ヴァーグナーの『ニーベルングの指環』を間に挟めば、彼らのインスピレーションの源としてのドイツの英雄叙事詩『ニーベルンゲンの歌』を共通の祖とし、ドイツ・ロマン派とトールキンをつなげようとすることもできるだろう。

ここで『ニーベルンゲンの歌』について、もう少し考えてみよう。『ニーベルンゲンの歌』はフリッツ・ラングの監督で映画化されたが、その際にラングは第一部では英雄ジークフリートが邪竜ファーヴニルを成敗する物語を重視し、第二部では、復讐鬼クリームヒルトと簒奪者ハーゲンとの骨肉相食む争いを描いた家内劇の側面をクローズアップした。ラングはゲルマンの叙事詩を「現代の物語」として伝えるにあたり、民族の深層に深く染み渡ってきた英雄劇と家内劇としての復讐譚の二点に着眼したのは疑いのないところだろう。しかし一方でラングが自分の仕事が全体主義的な精神性へ括られることを拒んで（ナチのプロパガンダとして利用されるのを拒んで）アメリカへ亡命したのは広く知られているし（＊1）、『ニーベルンゲンの歌』に題材を採ったヴァーグナーにしても、トーマス・マンの講演『リヒャルト・ヴァーグナーの苦悩と偉大』によって、リヒャルト・ヴァーグナーを第二次世界大戦下の大きな暴力、ナチズム、全体主義的な運動体から切り離そうと試みられた。ヴァーグナーが描いた民族精神は、全体主義などに括られる卑小なものではまったくないとマンは主張したのである。

そしてトーマス・マンがヴァーグナーを擁護しようとした動機と同じ問題意識を、『指輪物語』の翻訳者である瀬田貞二は抱いていたのではないかと筆者は考えている。瀬田はトールキンが自作を隠喩として受け止められることを嫌った事実を大前提としつつも『ホビットの冒険』に登場する赤竜（黄金竜）スマウグによる「たての湖」エスガロスへの襲撃を第二次世界大戦下の爆撃に見立て、あるいは「一つの指輪」を原爆に準える読み方を示唆せざるをえなかった。そうすることで逆説的に、トールキンを俗流ロマン主義的、そして全体主義的に受容される可能性を退けようとしたのだろう。

実際、『指輪物語』と戦争の可能性を考えるにあたって、おそらく最も語りづらいのが、このヴァーグナーとナチズムの関係にあたる部分だ。トールキンは自作に政治的な含意を認めなかったが、それでも『指輪物語』は往々にして〝白豪主義的〟だとの非難に逢っている。『指輪物語』に大きな影響を受けたアーシュラ・K・ル＝グウィンの『ゲド戦記』(意外と知られていないが、この作品は「68年小説」の系譜にも含められる)では、白色人種たるカルガド人がマイノリティとして描かれていた。この点、ル＝グウィンの創作の背景に根づいている文化人類学的な方法と相俟って、それがトールキンへの批評意識によっている部分も大きいのではないかと思える。

事実、いかに本人が否定しようとも、軍人としてのキャリアを有したトールキン、『指輪物語』執筆時に紙不足に苦心したトールキンが、自身の体験した戦争の光景を作品へ投影した部分がまったくないと断言することは難しい。なにせ、『指輪物語』は両大戦の戦間期から第二次世界大戦のさなか、延々と書き継がれていた作品なのだから。

こうした問題を思考するためには、やはりトールキンがいかに考え創作を行なっていたのかということについて、向き合うほかない。彼は自らの創作姿勢を、旧約聖書でヤーヴェが天地を創造したことをふまえ〝準創造〟と定義した。トールキン直々に薫陶を受けた翻訳家の猪熊葉子によれば、〝準創造〟によって定義された世界とは、すべてのもののあるべき「真実」の姿を目に見えるものとして提示した世界にほかならないという。ならば『指輪物語』につきまとう〝昏さ〟とは、作品と読み手の相互干渉性（インタラクティヴィティ）のみならず、それらの「真実」の姿と生の実体とのあわいを描いているからこそ生まれ出ずる、極めて特殊なものなのかもしれない。だが、トールキンが前提としたカトリックの神学を引くまでもなく、あるべき「真実」が文字どおりの「真実」だとするのであれば、当然、作品の依って立つ状況と無縁でいることはできないだろう。この「真実」を作品が成立した時代性の表象として読むことに筆者は抵抗を覚えているが、さりとてトールキンのレイシズムを審議するうえでは、補助線が必要だ。そのためには、『指輪物語』を、戦間期から第二次世界大戦下にかけて成立した――カール・シュミット言うところの――「例外状態」の反映として読む視点を導入した方がよいのではないかと思わざるをえない。

こう考えると、映画『ロード・オブ・ザ・リング』の第一部が、本国では二〇〇一年に公開されたこと、その年に9・11の同時多発テロが起きたという奇妙な照応にある種の気寒さを覚えてくる。『ロード・オブ・ザ・リング』における〝死〟の感覚の排除は、『ロード・オブ・ザ・リング』が「例外状態」に正しく向き合えていなかったということを意味してしまうのではなかろうか。

9・11の同時多発テロを契機として、現代の戦争の様相は変化を遂げた。カール・シュミットいうところの「例外状態」が顕在し、その状況が恒常化し「例外社会」（笠井潔）となる直前の時代精神を、『ロード・オブ・ザ・リング』三部作は全身で呼吸していたと見ることも可能だろう（『ロード・オブ・ザ・リング』三部作が、同時並行的に撮影がなされたことはよく知られている）。

この点を、第二部『二つの塔』内での最大の激戦地である角笛城の戦いに代表される、戦争表現のあり方という観点から考えることも可能だろう。角笛城は――例えば米国ＩＣＥ社が発売し日本語化もされた『指輪物語ロールプレイング』のサプリメント（追加設定資料集）『ローハンの乗り手』のように――熱心な『指輪物語』の支持者であるゲームデザイナーたちによって詳細な地図が作られ、合戦の経過についても（想像の翼を広げた）研究が進められている。だが、おそらく『ローハンの乗り手』のデザイナーたちが捕捉していたような戦局の全体性をピーター・ジャクソンは考慮していない。端的に言って、『ロード・オブ・ザ・リング』三部作の戦争描写はひどく単純化されたものと受け止めざるをえない。

続いて、映画版で排除されたエピソード群についても考えてみよう。例えば原作にはトム・ボンバディル、あるいはゴールドベリといった「一つの指輪」の影響から超然とした存在が描かれていたが、彼らは映画版には登場しない。また『王の帰還』の原作のラストで語られる「ホビット庄の掃討」は、おそらく「一つの指輪」を挟んだフロドとゴクリの対立構造を「一つの指輪」なき状況において反復した、いわば（前作『ホビットの冒険』と同じように）「行きて帰りし物語」である『指輪物語』のセルフ・パロディとして機能する極めて重要な挿話だ。しかしこの部分も、映画版においてはまるごとカットされてしまっている。

今回は以上の二点を取り上げたが、それ以外にも単純化された戦争描写、そして物語における重層性の軽視はまま見られる。これらが映画全体における〝昏さ〟の排除と、密接な関係性を有していることは言うまでもないだろう。そして『ロード・オブ・ザ・リング』のみならず、トールキンの影響下にある現代のＳＦやファンタジー全般において、これらの問題は重要性をいや増していると言うことができる。

ピーター・ジャクソンの功績は確かに大事だ。彼は『指輪物語』を「現代の物語」として再生させたと讃えられた。しかし彼の「読み直し（リ・リーディング）」は『指輪物語』をフラットなものとして捉え直す結果となってしまった。時代的な要因も大きく関わっているだろう。彼がニュージーランドを撮影の舞台に選んだのは、9・11前夜の政治的な状況から作品を切り離すためだったのかもしれないが、結果として彼の試みは「例外社会」における自閉的な精神性の反映としても受け止められるものとなってしまった。すなわち『ロード・オブ・ザ・リング』は「例外状態」から目を背けることにより、「例外社会」をそれ自体として体現してしまったとみなすこともできるのである。とすれば『王の帰還』が日本で封切られてから短くない年月が経過し、『ホビットの冒険』の映画化の進行が難航していると伝えられる今、彼が切り捨てたものにいま一度目を向け直す必要があるのではなかろうか。

周知の通り、日本においても『ロード・オブ・ザ・リング』三部作は記録的な大成功を収めた。そしてその時期は、日本における若者文化、閉鎖的な自意識に耽溺するサブカルチャーの通称である「セカイ系」の流行と奇妙な重なり合いを見せている。ひょっとすると、『ロード・オブ・ザ・リング』三部作は、半ば無意識的に、他者性を欠いた「セカイ系」のような受容をなされた部分があるかもしれない。現に単純化された戦争描写と、物語における重層性の排除という観点は「セカイ系」の特徴そのものであるし、二〇〇〇年代前半のSFやファンタジーの多くとも共鳴を見せている。

筆者は『「世界内戦」とわずかな希望　伊藤計劃・SF・現代文学』(二〇一三年11月刊行予定、アトリエサード/書苑新社)に収められている「「世界内戦」下の英雄(カラクテル)——仁木稔『ミカイールの階梯』」においては、こうした「セカイ系」的な考え方が排除した「中間領域」がいかなる重要性を有しているのかを、トールキンの準創造論、ひいてはL・スプレイグ・ディ=キャンプのヒロイック・ファンタジー定義やピーター・P・パーラが『無血戦争』で記した(戦略論における)シミュレーションという考え方を軸に、9・11以降の戦争状況にできるだけ向き合った形で論じたつもりだ。仁木稔の傑作SF小説『ミカイールの階梯』の作品論という形を取っているが、『ミカイールの階梯』の戦略は、『ロード・オブ・ザ・リング』三部作の問題点を乗り越えるための重要なヒントをも懐胎している。ご興味をお持ちの方は、お読みになっていただければ幸いだ。

なお最後になるが、筆者は『王の帰還』のラストシーン、すなわち「滅びの山」に「一つの指輪」を投げ入れた後の場面の描写こそが、『指輪物語』における〝昏さ〟の最深奥であると考えている。(*2)

> そして大将たちが南の方モルドールの地をまじろぎもせず見つめるうちに、雲のとばりになお黒く、巨大な人の影のようなものが上ってきたように思えました。それは一切

の光を徹さないほど黒く、頭に稲妻の冠をいだき、空をいっぱいに占めていました。下界を見降ろして高く大きく頭をもたげると、それは途方もなく大きな手をみんなに向かって嚇すように突き出しました。その恐ろしさは総毛立つほどでしたが、それでいてもはや何の力もなかったのです。なぜなら、それが一同の上に身を屈めたちょうどその時、大風がそれをさらって運び去り、消え去ったからです。そのあとはしーんと静まりました。

（J・R・Rトールキン『指輪物語　王の帰還』（下）、瀬田貞二・田中明子訳、評論社、一九九二年）

ちなみにこの箇所は『指輪物語』が重要なモチーフとなっている現代文学、ジュノ・ディアスの『オスカー・ワオの短く凄まじい人生』（新潮社）においても引用される。

同書については「ジュノ・ディアス『オスカー・ワオの短く凄まじい人生』（都甲幸治／久保尚美訳、新潮社）：SFとRPGと魔術的リアリズムのハイブリッドが生んだ新しい文学！」(https://shimirubon.jp/columns/1673110) を参照されたい。

【脚注】

（＊1）フリッツ・ラングとナチズムの関係については諸説ある。しかし一九三一年の『M』や一九四三年の『死刑執行人もまた死す』が全体主義的な精神性への強烈な批評性を有しているのは「例外状態」との関係からも疑いのないところであろう。

（＊2）ここで『指輪物語』日本語版の表紙や挿絵を担当した画家、寺嶋龍一の重要性を外すことはできない。しかし本稿では論旨の明確化のため深入りを避ける。ただ筆者が寺嶋龍一を『指輪物語』の“昏さ”のよき理解者であると認識していることは付言しておきたい（例えば、彼の描いたガンダルフとバルログの対峙を置いてみよう）。なお本稿では素描にとどまったが、レッシング『ラオコオン』に代表される絵画言語と詩的言語の対比を嚆矢として、『指輪物語』は今一度、事物の羅列に留まらず、批評的に読み解かれるべきに違いない。

書評●野田昌宏編〈スペース・オペラ名作選〉

▼オールドスクールの原初的な熱気

〝ラノベの原型〟。近年はこんなマクラで語られるパルプ雑誌のスペース・オペラ。けれども、確かな鑑識眼に裏打ちされた野田昌宏の精選になるこれら二冊を読んでいくと、そんな生易しいものではないことがよくわかる。野田節の効いたC調な翻訳、偽悪的ながらユーモアに満ちた解説文からすると意外だが、中短編を通して壮大な宇宙冒険物語の醍醐味を伝えるというのは、世界でも類のない試みだった。収録作の幅は広く、活劇としての描写が光るストロング・スタイルの作品があればミステリと融合したジャンル横断的な作品もあり、〝お約束〟の順列組合せに居直るポストモダンなエンタメとは一線を画した原初的な熱気が横溢している。ハヤカワ文庫ＳＦ指折りの入手困難作だったが、二〇一三年に合本として復刊（創元ＳＦ文庫）。（野田昌宏訳／二〇一三年／東京創元社）

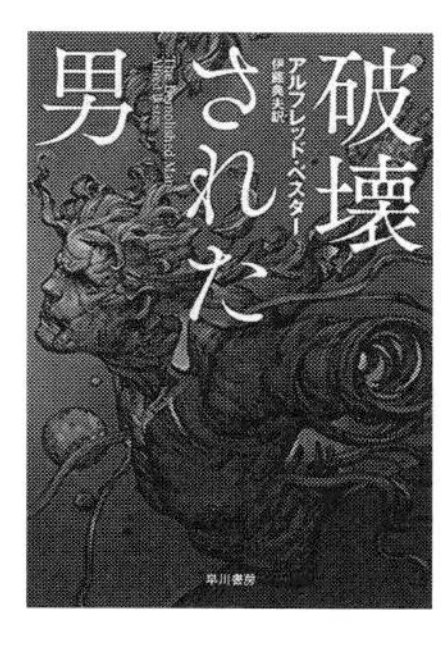

書評●アルフレッド・ベスター『破壊された男』
▼長らく封印された伊藤典夫版のベスター

『幼年期の終り』や『人間以上』を破り第一回ヒューゴー賞長編部門を受賞した本書。沼沢洽治訳『分解された男』として知られるが――それと同年同月に出た――あの伊藤典夫の訳になる本書も必見だ。『ゴーレム100』の刊行記念イベントで、滝本誠も伊藤訳を紹介していた。ベスター流のタイポグラフィがもたらす破壊力が全然違う。伊藤は本書の形式を、ミステリのホワイダニットにあると述べた。また、ベスター自身の言葉を引いて、「誰でも思いつくような小細工や技法」ではなく、「きびしい現実と四つに組んだ十年間の重労働」が「言わせたもの」にこそ、本書を魅力的にした決定的要素があるとも述べており、その解釈が訳へ反映されている。まるで古びず、何度でも読みたい世紀の傑作。(伊藤典夫訳/二〇一七年/早川書房)

書評●アルフレッド・ベスター『虎よ、虎よ!』

▼相対主義の陥穽を打破する怒りのダイナミズム

かつて〝ベスターの二項式〟〝ベスター症候群〟〝ベスター裂溝〟といったようなものを発見してノーベル賞をとりたい、と嘯(うそぶ)く翻訳家がいた。『虎よ、虎よ!』を再読すると、まるで大ボラに聞こえない。一行一句たりとも凡庸な文章を書かない、とでも言いたげなベスターの才気は誰が見ても明らか。作品構成も洗練をきわめ、「まさに黄金時代」の煌きに満ちている。本作を貫く芯となるのは「神を冒瀆しながらも祈りつづけ」るニーチェ的な怒りのダイナミズムだ。それは相対主義の陥穽に陥った現代日本のフィクションを取り巻く環境に最も欠けているものだろう。後半、タイポグラフィの洪水に至る「大胆な超文学的手法」がもたらす「麻薬的快感」(ギブスン)の演出も流麗で、アヴァン・ポップの始祖的作品とも言える。(中田耕治訳/一九七八年/早川書房)

若き『トラベラー』のための航海図

SF－RPGは運用が難しいとされる。ゲームの文法だけではなく、科学的な要素が、どのようにゲームの文法に影響を与えているのかを、考慮していく必要があるからだ。そのため、時として、新参のゲーマーには敬遠されてしまいがちとなる。

本記事では、傑作『トラベラー』を題材にとって、SF－RPGを楽しむために必要な事前知識を、対話形式にてまとめてみた。筆者が見聞きしてきた古強者たちの方法論を、新参のプレイヤーにも通じるような形で、噛み砕いて解説してある。SF－RPGの〈考え方〉を理解し、説明するための一助としていただければ、幸いだ。

■登場人物

友部麻耶（ともべ・まや）：一九八九年（『ソード・ワールドRPG』の発売年）生まれ。中世ドイツ史専攻の女子大生。RPGは大学に入ってから始めた。趣味は一人旅。両目とも視力2.0なのが自慢。村上春樹、町田康、カート・ヴォネガットを偏愛する。

本格耐太（ほんかく・たいた）：一九八一年生まれ。ライター。話す古参ゲーマーに「生まれてくるのが15年遅かった」と呆れられる（自称）ハードゲーマー。近頃は飽きられたか、まるで突っ込みが入らない。

●「生活」を楽しむRPG

麻耶：本格さんって、『トラベラー』ご存知ですか？　ちょっとやってみたいんですけど。

本格：大好きだよ、『トラベラー』。でも、なんか意外だね。偏見かもしれないけど、SF－RPGは難しいって、敬遠する人、いるじゃない。

麻耶：それはよくわかりませんが、ネットの記事か何かで見て、「無限に広がる大宇宙で冒険ができるってステキだな」って、素直に思ったんです。特に、アートワークが綺麗で。

本格：加藤直之さんのイラストだね。あれは確かに、素晴らしい。でも、麻耶ちゃんがSFというジャンルに興味があるって話、はじめて聞いたな。

麻耶：あまりマニアックには読んでませんが、SFは大好きですよ。アシモフ、ハインライン、ディック、スタージョン、ティプトリーの短編が気に入ってます。あと、ル＝グウィンの『闇の左手』がベストですね。

本格：なるほど、あのあたりにはSFのエッセンスが凝縮されているよね。じゃあ、やっぱ『トラベラー』だ。基本ルールセットはこれ（手渡す）。

麻耶：BOXデザインがクール！「TRAVELLER」と、Lが2つ重なっているところにこだわりを感じます。いつ発売されたRPGなんですか？

本格：これは二〇〇三年、雷鳴という会社から復刊された版。最初に日本語版が出たのは一九八四年だよ。

麻耶：わたし、生まれてません。

本格：ただ、『トラベラー』はプレイスタイルが斬新なので、さほど古さは感じないと思う。

麻耶：斬新……。（ぱらぱらとルールブックをめくりながら）これ、結局、何をするゲームなんですか？　金星人を殴るんですか？

本格：簡単に言えばね、映画の『スター・ウォーズ』のハン・ソロ船長をやるのよ。あらゆるSF小説を再現できるというのが売り文句だけど、基本的には宇宙商人みたいなことをやるゲームだと思ってください。

麻耶：ごめんなさい、『スター・ウォーズ』観てないんですよ。『カウボーイ・ビバップ』でいいですか？

本格：……まあ、ニアイコールってところかな。でも、派手な活躍はあまりできません。日本の漫画で言うと、藤子不二雄の『21エモン』や『モジャ公』みたいな感じになる。古きよきスペース・オペラの宇宙で、戦闘ではなく生活を楽しむのがコンセプトなんだ。もともと『トラベラー』は、ウォー・シミュレーションゲームの直系にあたるRPGなのだけれども、戦争ではなくて、宇宙での生活や、宇宙での社会の仕組みを表現するためのルールが多い。

麻耶：それは、新鮮ですね。じゃあ、ルールは背景世界の情報がメイン？

本格：飲み込みが早い、と言いたいけど、微妙に違うんだ。ルールに入っているのは、世界設定を自作するためのキットみたいなものなのさ。

麻耶：細かいところは自分で肉付けをするということですか？

本格：そのとおり。ランダムで何もかも決まるのは、楽だけど、下手をするとパターンの順列組み合わせに終わりがちだ。その点、『トラベラー』はあえて、ユーザーに創意工夫の余地を与えてくれているんだよ。

●SF－RPGでのリアリティ

麻耶：なるほど、面白そうですね。でも、読んでみたんですが、ルールブックの記述、不親切すぎません？

本格：麻耶ちゃんにはそう見える？

麻耶：ええ。なんか全体として抽象的で、ピンと来ませんね。正直、全然住むところが違う世界の話を聞かされているというか、一生、縁のない世界の話だろうな、と思います。

本格：セットの入門用「BOOK 0」を読んでもピンと来ないのかな？

麻耶：ええ。実際のセッションでどう遊ばれているのか、イメージができないんですよ。

本格：それは困った。じゃあ、とりあえず僕がいちどレフリー（ゲームマスター）をしてあげる。でもその前に、キャラメイクのルールを見ようか。

麻耶：辛うじて、ここは面白かったですね。『ギア・アンティーク・ルネッサンス』を思い出しました。

本格：その手の「ライフパス」を設定するゲームの原型みたいなところは、確かにあるね。

麻耶：その割には、キャラが作成途中で死ぬとか、デッドリーですね。

本格：リアル志向のゲームですから。

麻耶：リアル＝死ってことですか？

本格：ちょっと違うな。さっきも言ったけど、『トラベラー』の設計思想は、「宇宙でのリアルな生活を表現」すること。超人ではなく、あくまで生身の人間が、交易をしたり、冒険をするといった感じかな。ＲＰＧだからといって、なんでも思い通りにできるわけではなく、せせこましい金勘定や、宇宙船の搭乗員の重量計算や、お偉いさんの顔をうかがって仕事を回してもらったりとかいう日々の生活を行なうことになる。

麻耶：それだけ聞くと、ものすっごく、つまらなそうですね。

本格：そんなことはない。リアルなだけに面白いんだよ。なんでかっていうと、「宇宙」という舞台そのものが、めちゃくちゃエキゾチックで非日常的なものだから、単に生活をしていくだけでも充分楽しいし、不思議と生活そのものが、冒険に直結している感じになる。

麻耶：そっか。非日常世界で非日常な人格を演じなきゃならないんじゃ、わけがわからなくなりますものね。

本格：うん。そうそう。それに、不自然なロールプレイをしなくていいので、ある意味楽だ。ただ、知恵は絞らなきゃいけない。だから考え抜いてシナリオをこなすごとに、「やりきった」という達成感がある。

麻耶：でも、キャラが弱そう。

本格：やっぱ、強いキャラじゃなきゃダメ？『ハイ・ガード』や『マーセナリー』というサプリメントを活用すれば、士官学校出のキャラが演じられて、戦争映画なシチュエーションもできるようになるよ。

麻耶：それでも、戦争映画じゃあ、銃弾1発当たれば半身不随、2発目を受ければ、死んでしまいます。

本格：仕方がない。それがリアリズムというものですよ。

麻耶：でも、すぐ死んでしまうんじゃ怖くて、どう行動すればよいのかわからなくなりませんか？

本格：「リアル＝死」をちょっと引きずっているなあ。そうじゃないんだよ。ＳＦって、作品世界がどのような物理的法則で成り立っているのかということが、すっごく大事な要素になってくるジャンルじゃない？　だから、ゲームにするのでも、そうした「物理法則においてのＳＦらしさ」をうまくゲームに落としこんでいるのかが、大事になってくる、というわけ。架空世界を統べる法則が、いかに首尾一貫したものとして描かれているか、その法則を守りつつ、予想もつかなかった面白い展開が訪れるところに、ＳＦならではの醍醐味があるんじゃないかな。

　で、こうした「ＳＦらしいリアルさ」を『トラベラー』は追求しているので、きちんと世界観に沿った行動を取りさえすれば、不条理な展開にならないはずだよ。仮にキャラが死んだとすれば、キャラが死ぬような意思決定を、安易にとってしまったからになるんじゃないかな。

麻耶：なるほど。でも、実際にゲームをするとき、どういう行動が「ＳＦらしいリアルさ」に結び付くかって、非常に細かいところがあるじゃないですか。「ゲーム世界でのリアルさ」と「ＳＦらしいリアルさ」を結ぶ、わかりやすい指針がほしいんですが。

本格：ひとことで要約できるスローガンがあるよ。それはずばり、「ホラーＲＰＧだと思って、『トラベラー』はプレイせよ！」ということ。

●ＳＦとホラーの共通点・相違点

麻耶：なんでまた、ホラーの話が。ややこしくしないで下さいよ。

本格：いや、ＳＦとホラーは、実は結構相性がいいジャンルなんだ。まず、「ホラー」は「超自然的なものへの恐怖」が物語の核にあり、対して「ＳＦ」は「超自然的なものへの驚き（センス・オブ・ワンダー）」が最も大事な基盤となっている。あと、プレイスタイルもけっこう似ている。ゲーム専門誌に載ってるホラー特集を見てもいいけど、一応「ホラーＲＰＧ」を遊ぶうえでのポイントを挙げてみようか。

（Ⅰ）ホラーＲＰＧのプレイヤー・キャラクター（ＰＣ）は肉体的にはさほど強くはない

↓プレイヤー（ＰＬ）は知恵を絞って、迅速かつ慎重に行動しなければならない。

↓ゲームマスター（ＧＭ）は、ＰＬのアイディアが活かせるように、アドリブを利かせられなければならない。また、発想が湧きやすいように、舞台を細かく準備しなければならない。

（Ⅱ）ホラーは雰囲気が大事

↓PLは、PCが怖がっていることをしっかりと認識しておかなければならない。
↓GMは情景描写をしっかりとして、PLが状況をイメージできるようにしなければならない。
↓GMはホラーらしい超自然的な感触を出すために、PCがもととなる事件に積極的に絡まざるを得ない状況を作り出さなければならない。

(Ⅲ) ホラーは勢いが大事
↓PLは、決断を躊躇したら、それがPCの死に繋がると思わねばならない。
↓GMは、テンポ良く事件を起こし、PCを追い込まなければならない。

麻耶：どれも、よくわかります。
本格：いま説明したホラーRPGの心得は、軒並み『トラベラー』に当てはめることができるんだよ。
麻耶：えっ、どうしてですか?
本格：それは、言ってきたように、『トラベラー』はリアル志向のRPGだからだ。で、ホラーは「超自然的な恐怖」がベースにある。「超自然」を演出するためには、「リアル」がきちんと描写されていなきゃいけない。その意味で、『トラベラー』と「ホラーRPG」のスタイルは、相通じるところがあるんだ。
麻耶：そう聞くと、さほど牽強付会に思えてこなくなりますね。
本格：でも、ホラーとは違ったSFならではの独自性もある。例えば、舞台の「広がり」だ。『クトゥルフの呼び声』なんかでは、往々にして密室的な空間が舞台となり、そこがゲーム世界で移動可能な範囲すべてである、などという事態が起こる。本格ミステリのロジックだね。
麻耶：それは、よくわかります。
本格：でも、『トラベラー』では、仮に密室が舞台となっても、それが世界の全部ではなく、少なくともその外には、「(Ⅰ) 国」「(Ⅱ) 星」「(Ⅲ) 星系」「(Ⅳ) 星域」「(Ⅴ) 宙域」この5段階の世界が物理的には存在する、というわけ。舞台となる世界が多層的な構造になっているんだよ。
麻耶：メタ的な視点を抜きに?
本格：そう。だから、単なる密室シナリオだと、『トラベラー』っぽくならない。領域間の移動がゲーム的に大事な要素になっているからだ。ただ設定の記述を増やすだけではなく、システム内の構造として、空間の多様性と世界の広がりが保証されている。こういうところにも、『トラベラー』の世界観が魅力的な理由があると思う。
麻耶：ほかには、これといった違いがありますか?
本格：やっぱり、SFだから、テクノロジーも大事な要素になってくるね。同じゲーム世界のなかに、非常に原始的なレベルのテクノロジーの世界と、いわゆるSFに出てくるような未来社会が、共存できていたりするんだ。テック・レベルの差異は、移動や交易の際にも、ルールシステムにかっちり組み込まれているので、テクノロジーを意識する機会は多い。
ただ、『トラベラー』の骨格は、やはり昔に作られたものなので、90年代以降のSF界の流行である、ナノテクノロジー、バイオテクノロジー、特異点は、あまりフォローされていない。サイバースペースも、さすがに恒星間規模では影が薄い。これらの導入には工夫が必要になるかな。
麻耶：だいたいわかりました。じゃあ、友だち呼んで来るんで、本格さんがレフリーしてみて下さい。
本格：よーし、腕が鳴るなあ!

●シナリオ構造、そして戦闘

麻耶：(セッションを終えて)これが『トラベラー』ですか。ちょっとしたカルチャーショックです。
本格：自由度高くてびっくりした? 斬新というか、面白いでしょ。
麻耶：いままで、シナリオラインがひとつしかないセッションしか体験したことなかったんですが、今回は何本シナリオがあったんですか?
本格：合計で、3つかな。「謎の惑星&遺跡探索」、「クーデターに巻き込まれる」、「貴族の意地をかけたヨットレース」。合い間合い間は、交易やパトロンとのランダムエンカウントでも場が保っちゃう。
麻耶：不思議ですね。
本格：そうかな? 気をつけたのは、「こっちがシナリオを押し付ける」のではなく、「PCが自由に行動できる楽しさを追求させる」ことかな。まあ、2つ目のは巻き込み型だけど。
麻耶：でも、事前に情報が出てましたからね。複数のシナリオラインがあるだけで、自然と物語世界に厚みが出てきますね。
本格：基本的に、SFは「世界」が命なんで、そこはけっこう工夫してる。
麻耶：描写、凝ってましたもんね。まともな戦闘が1回しかなかったんですが、私としては満足でした。
本格：『トラベラー』の戦闘は、「居合い」をイメージするといい。剣を抜いたときには、すでに決着が付いているというような状況をセッティングしておく、ということね。
麻耶：つまり、先読みと位置取りが大事、ってことでしょうか。
本格：そうそう。そして、平和がいちばん。デザイナーはヴェトナム戦争に従軍してるんで、実際に戦争の悲惨さを目にしてきてるんだろう。
麻耶：キャラメイクのとき、「ひとりは商船部門を伸ばしてね」と言ったのは、意図したものですか?
本格：パーティの看板役となってくれそうな、「自由貿易商人」がほしかったのさ。彼にベンチャー企業を作ってもらって、他のPCがそれに何らかの形で絡むようにするってこと。

麻耶：企業といっても、ファンタジーRPGのパーティ感覚でプレイできたので楽でした。

本格：あえて、「トラベラー」は、「脱サラしてベンチャー企業を始めた人たち」で、「自由貿易商人」のメンタリティは、「商人60％、冒険者40％」と、割り切って説明したのがよかったのかもしれないな。

麻耶：企業名と、宇宙船の名前を決めさせるのも、面白かったです。

本格：はじめはネーミングが浮かばなくて苦労するみたいだけど、自分で名前を付けると、思い入れが違うんだよね、やっぱり。

麻耶：はじめに、「トラベラー」としての基本セオリーを教えてもらえたのも助かりました。えーと……。

本格：(Ⅰ)まず、星に着いたら、貨物を売って安定収入を得る。(Ⅱ)次に、山っ気を満たすための、美味しい仕事を探す。古代遺跡の探索だとか、行方不明になった貴族の令嬢の捜索だとかを請け負うわけ。(Ⅲ)移動する際、星系間は基本的に「ジャンプ（ワープ）」で移動する。ワープの時間は1週間あり、その間暇なので、筋トレしたり、映画を観て暇を潰したりする。

ついでに言えば、この（Ⅰ）、（Ⅱ）の際に、レフリーはパトロンやNPCを使って、PCを事件に巻き込む。（Ⅰ）の時でも、例えば積荷に麻薬を紛れ込ませ、PCを誤認逮捕させたりと、バリエーションは増やせるよ。

●『トラベラー』宇宙の外観

麻耶：だんだんわかってきました。ほか、レフリーをする際に、気を遣ったことはありますか？

本格：『トラベラー』宇宙の外観について、簡単でいいんで説明しておくことかなあ。

麻耶：「SF」ってことは『AKIRA』みたいな世界？　と思ってた人もいましたし、やっぱり必要でしょうね。

本格：ざっくりとまとめてみると、こんな感じになるかな。

・西暦で言うと57世紀だが、大規模な戦争で歴史が何度もリセットされているので、現在21世紀から、テクノロジーが幾何数級的にかけ離れているわけではない。

・進歩しているテクノロジーは、主に「恒星間飛行（ジャンプ［ワープ］を含む）」、「反重力」の2点くらい。それよりも進んだテクノロジーは、おおむね「太古種族」の遺産。

・ゆるやかな封建制を敷いている銀河帝国が存在する。

・帝国は、1万と1千の星系を支配している。星系によって、当然テクノロジーのレベルは異なる。

・光速よりも早い通信手段はないので、ジャンプを中心にした直接移動に頼らざるをえなくなる。結果として、帝国の中心から辺境までは最大で88週間のタイムラグが生じる。ゆえに、辺境に行くほど混沌としてくる。

・帝国には400種類を越える知的種族が存在するが、そのうち、超光速航法を開発した種族が、「主要種族」と呼ばれる。主要種族のうちで、特に勢力が強いのが、アスラン人（ライオンに似た種族）、ククリー人（ケンタウロスに似た種族）ドロイン人（鳥に似た種族）、ヴァルグル人（犬に似た種族）、ハイヴ人（口のある胴体に6本の足が付いている甲虫のような種族）、そして人類の「6大種族」である。

・人類は、大きく3つに分けられる。ソロマニ人は、地球（テラ）を故郷とする人類、ヴィラニ人は、ソロマニ人の進出以前より銀河で活躍している人類。ゾダーン人は、超能力を使うことのできる人類。彼らは、それぞれ別の地域に住み分けている。

●お金と所持品のコントロール

麻耶：あと、はたから見ていると、積荷の価格管理をはじめ、登場させるお金のコントロールが難しそうだな、と思えました。

本格：実はこれ、難しいと思ったら、ある程度アバウトに決めていいんだよ。セッションの最初に宇宙船を買わせて、毎月のローン支払い価格の目安を出し、それを中心に「活かさず殺さず」なお金を報酬として設定すればいいんじゃないかな。もし大盤振る舞いになることがあっても、宇宙船のカスタムやオーバーホールで消えちゃうから、まず問題ないよ。

麻耶：あと、ルールブックのアイテムリストがけっこう充実してますが、そもそもPCにとって便利なアイテムって何なんでしょうか？

本格：特に便利なアイテムというのはあんまりなくて、それよりもクエスト内容に即したアイテムを買い忘れないことが大事。船外活動がメインとなるのに、宇宙服がないと困るでしょ。このあたり、ファンタジーRPGで強い魔法の剣を買おうとするよりも、実生活でアウトドアをやる際、必要な道具を準備し忘れない、という感覚に近いものがあるかな。

●［万能］技能の処理

麻耶：さっき本格さんにレフリーをやってもらった際には、PCに高レベルの［万能］技能持ちがいましたね。正直、困りませんでした？

本格：そう見えた？　彼に出番を振りすぎたかな。でも、もともと［万能］は、何でもできるというよりも、臨機応変の才を示すものなんだ。文字通り何でもできてしまってはつまらないので、僕としては、「何か技能判定を行なって失敗したとき、替わりに［万能］で再チャレンジできる」という具合に、狭く解釈する形で運用をさせてもらってたのだけど……。

麻耶：やっぱ、それでも強いですよ。

本格：どうしてもという場合は、オリジナルで手を加えるのも一つの手だ。［万能］をさらに細分化するというのが、いいかもしれない。肉体労働系の［万能］と、頭脳労働系の［万能］といった具合に、別種の技能としてカウントするようにすれば、バランスが取れるんじゃないかな。

ただ、もし麻耶ちゃんがレフリーをやりたいと思うのであれば、［万能］のほかにも、癖があってレフリーとして運用が難しそうな技能などについて、自分なりの注釈や改善案を考えて、セッション開始前にプレイヤーへ伝えておかなきゃいけない。粘りに粘って獲得した技能が、セッション中、急に弱体化したらプレイヤーとしてもたまらないから。

麻耶：なるほど。そう言えば、本格さんも、「近接戦闘系の技能は、テック・レベルが高い（銃器が持ち歩きづらい）星系じゃなきゃ、使う機会が少ないかも」と言ってましたね。

●最後に

本格：色々偉そうに言ってきたけど、『トラベラー』がきちんと遊べるようになれば、ＲＰＧ生活の幅がすごく広がると思うんだよ。だから、麻耶ちゃんにもがんばってほしいな。

麻耶：ええ。レフリーに挑戦してみます。ありがとうございました！

協力／小春香子、早稲田大学ＴＲＰＧサークル乾坤堂

〈地図〉を携え、〈地図〉の彼方へ

■登場人物

友部麻耶（ともべ・まや）：一九八九年（『ソード・ワールドRPG』の発売年）産まれ。中世ドイツ史専攻の女子大生。趣味は一人旅。視力2.0が自慢。村上春樹、町田康、カート・ヴォネガットを愛読する。

本格耐太（ほんかく・たいた）：一九八一年産まれ。ライター。「産まれてくるのが15年遅かった」と古参に呆れられる（自称）ハードゲーマー。念のためにお断りしておきますが、本格氏と筆者は完全な別人です。筆者はもっとナイスガイです。

●む、村上春樹RPG!?

麻耶：ねぇ本格さん、村上春樹の『世界の終わりとハードボイルド・ワンダーランド』（上下巻、新潮文庫、以下、英語版のタイトル"Hard - boiled wonderland and the end of the world"より、『HW&EW』と略）という小説、読まれました？

本格：もちろん読んでいるよ。「世界の終わり」と「ハードボイルド・ワンダーランド」というまるで異なる二つの世界を、章ごとに交互に描写していく現代小説だね。両方の世界を結びつけるための構造や因果律は、具体的に名指しはできないけれども、現代人にとって非常に切実な問題を孕んでいるように思えるがゆえに、読後、日常を見る目が変わる。

麻耶：ご存知でしたか。わたし、『HW&EW』、大好きなんですよ。で、RPGでプレイしたいと思いまして。

本格：な、なんだって！？

麻耶：だって、本格さん言ったでしょ。「〈地図〉があれば、そのフィクションはRPG化できる」って。ほら、『HW&EW』を見てください。冒頭にファンタジーな〈地図〉が付いているじゃないですか。で、システムはどれを使いましょう？

本格：……うーん、まず、なぜ僕が「〈地図〉があれば、RPG化が可能」と言ったかを説明しよう。というのは、〈地図〉というものには、RPGに必要とされる具体的な要素が、軒並み込められているからなんだ。

麻耶：また小難しい話を……。

本格：いやいや、難しくなんてないよ。腰を据えて聞いてくれればいい。RPGがもともとウォー・シミュレーションゲームから発展したゲームだというのは、知っているよね？　シミュレーションゲームで大事なのはリアリティだ。どんなタイプのRPGも、どこかしらそうした流れを引き継いでいるところがある。だから、架空世界を扱いながらも、首尾一貫した物理法則や因果律を制定することができるわけ。これが、他の物語ジャンルにはないゲームならでは強みだと言える。なので、RPGで表現する架空世界を支離滅裂なものにしないためには、ある程度物語の雛形となる部分をきっちりと定めておく必要が生まれてくる。おまけに、RPGは自由度の高さがウリなところがあるから、そのためにも基盤となる要素はしっかりと具体化していく必要があるんだよ。そのためには、〈地図〉というオブジェクトについて、考えるのがいちばんだ。さしずめ、RPGの〈地図〉は、ボードゲームのゲーム盤や、コンピュータ・ゲームでのメイン画面みたいなものだからね。〈地図〉というメイン画面がしっかりと設定できるようならば、理屈としては、どんなフィクションでもRPG化は可能なんだよ。

麻耶：じゃあどうして「村上春樹をRPG化したい」というアイディアに驚いていたんですか？

本格：それは、村上春樹の小説が、よくあるハリウッド映画的なフィクションに比べて、(Ⅰ)主人公の内省が主体　(Ⅱ)メタフィクションっぽい展開が多い　(Ⅲ)ある種の「感性」に対する共振を、作品が求めているところがある　(Ⅳ)結末をぼかされることが多い　という特徴があるから、「単純明快な活劇シナリオがメインのRPGには馴染みづらいかな」という先入観があったからさ。つまりは、純文学っぽいということだから……。

麻耶：難しいでしょうか。

本格：何とも言えない。ただ、そのためにはRPGにおける〈地図〉の役割について、もうちょっと考えを深めておく必要がある。なぜって、RPGにおける〈地図〉の形そのものが、いまは多様化しつつあるからね。そこを、まずは整理していかないと。

●RPGはシステムによって、〈地図〉の見方が違う？

本格：ずばり、RPGは特殊なゲームだ。システムやGMにより、〈地図〉というオブジェクトへの「解釈」が変わってくるのだから。例えば、細かい戦況の変化や、移動の方法、戦術オプションなどが設定されているシステムは、必然的に地形や距離の細かな情報を必要とするよね？　そのためには、地形や距離が緻密に設定されている、状況に見合った〈地図〉を使わなきゃいけない。

麻耶：ふむふむ。

本格：一方、コミック的なダイナミズムを重視するシステムでは、戦闘時に関する〈地図〉の提示はわりと大雑把で、キャラクター同士がエンゲージ状態にあるか否か、というところ「だけ」が重視されたりもする。エンゲージ状態ではじめて、具体的な「何メートル」という距離が出てくることなんてザラだ。
麻耶：対照的ですね。「〈地図〉が提示する情報の質」がシステムやGMによって違ってくる、と。
本格：その通り。この手のシステムでは、物理的な距離関係はさほど重要にならない。どちらかと言えば、人間関係を基盤とした、相対的な距離関係が重要になってくるというわけだからね。
麻耶：あー、なんとなくわかってきました。だから、システムが大事になってくると。
本格：そう。ゲームシステムが、〈地図〉というオブジェクトをどのように解釈せしめるか。それを考え直したいというわけ。とりわけ、『HW&EW』のような、いまだRPG化がされていないフィクションを扱う際には、大局的な観点が大事だ。

●RPGのシステムを分類してみる

麻耶：面白くなってきたんで、もっと詳しく教えてください。
本格：いや、大風呂敷を広げてはみたんだけれども、詳しく言うときりがない。というのも、RPGには何百も種類があるけど、それぞれのシステムには独自の観点が存在するからなんだ。でも、システムを趣向別に分類してしまうことはできる。（多摩豊『次世代RPGはこーなる！』［電撃ゲーム文庫］を取り出す）
麻耶：なんですか、その本？
本格：多摩豊氏の本だよ。惜しくも若くして亡くなってしまわれたのだけれども、多摩豊は日本にRPGを紹介したパイオニアの1人だ。で、この本には色々と、システムについて考えるのに役に立つような記述が見つかる。麻耶ちゃん、「RPG世代論」って知ってる？
麻耶：いいえ、知りません。
本格：『次世代RPGはこーなる！』が書かれたちょっと前、そうだな、バブルがはじける直前くらいまでは、コンピュータ・テクノロジーの進化とRPGという新しいゲームのジャンルの進化が、パラレルに語られるところがあった。つまり、テクノロジーはどんどん発達していくのだから、それに合わせて、若いエンターテインメントであるRPGも、無限に進化していく可能性があるだろう、ということが期待されたわけだ。で、その頃、「次世代のRPG」について、さんざん予測され議論されてきたんだな。「次世代」について語るためには、当然「旧世代」について整理しなければならないよね。そこで、「第1世代」「第2世代」「第3世代」と、RPGシステムを分類する議論が、行われるようになった。
麻耶：はあ。
本格：もちろん、システムを世代ごとに分類するという作業は、どうしても恣意的なものが含まれてきてしまうので、一概に正しい分類はできない。でも、多摩豊氏はゲームやテクノロジーに対する見識がとてもある人だったので、彼の分類には参考になるところが多いと思うよ。ちょっと、『次世代RPGはこーなる！』の分類を要約してみよう。

▼第1世代RPG：ダンジョン探検のみに特化したRPG（例：『ダンジョンズ&ドラゴンズ』、『トンネルズ&トロールズ』）。

▼第2世代RPG：ダンジョンを抜け出し、背景世界の設定を重視したRPG（例：『トラベラー』、『ルーンクエスト』）。

▼第3世代RPG：ゲーム世界のなかでも、キャラクターの個性の表現を重視したRPG（例：『ジェームズ・ボンド007』、『ストームブリンガー』）。

麻耶：うーん、第2世代まではしっくり来ます。でも、第3世代の説明が、よくわかりませんね。

本格：今の日本のRPGシーンから見ると、ちょっと違和感があるかもしれないな。記述が、海外RPG中心だからね。海外RPGは、もともとシミュレーションゲームの土壌があるからか、はたまた英語圏のSF小説に見られる重厚長大な設定がよしとされる風潮があるからか、きちんとした世界設定を乗せたうえで、「キャラクタープレイを行うべし」という不文律が存在する。例に挙がった『ジェームズ・ボンド007』は、タイトル通り、冷戦時代、大国に翻弄されるスパイをプレイするRPGだ。一方の『ストームブリンガー』は、「秩序」と「混沌」の狭間で永遠に闘争を繰り返す転生戦士たちをプレイするRPGだったりする。

麻耶：あ、どっちも相反するイデオロギーの狭間で苦悩する個人にスポットが当たっている。

本格：そうそう。良きにしろ悪しきにしろ、まず「世界の重み」があって、それから個人の実存にスポットが当たる。でも、これは『次世代RPGはこーなる！』が発売された1995年時点の——元となる原稿が書かれたのは、それよりもかなり以前の——話だ。まだ国産のRPGが、それほど日本に根付いていなかった頃のことなんだよ。いちどプレイしてみるとわかるが、国産のRPGにおいては、シミュレーション性のほかに、「コミック的でダイナミックなキャラクタープレイ」という別の軸が入ってくる。同時に、比較的キャラクターに焦点を当てる形で、ダイレクトにプロットそのものをを書き換えていくセッションも可能となる。

麻耶：海外のRPGって確かに、「背景世界が重すぎて、やりたいように動けないなあ」と思うことがありますものね。そこがよかったりもするのですから、難しいですが。

本格：このような違いが出てきたことについては、おそらく、文化的な風土の違いによるところが大きいと思う。日本ではR

PGが広まる前に、コンピュータゲームがシェアを獲得してしまったとか、コミック文化の影響とか、色々な原因が考えられるのだろうけど、こうした「テクノロジーの発達やキャラクター文化を軸にした架空世界の提示のしやすさ」が、日本におけるRPGの進化を根本から変えてきたのだと思う。もちろん、自分でRPGをデザインしようと思うほどRPGにのめり込んだ人間は、多摩氏の言う第1世代や第2世代のRPGに親しんできているから、RPGの基本となる部分はきちんと吸収しているわけだけれども、そこからの発展経路が、根本的に異なってくるんじゃないかな。

麻耶：じゃあ、本格さんが世代の表をリメイクして下さいよ。

本格：では、簡単な表を作ってみよう。ただ、絶版のものでもいわゆる「名作」は入れさせてもらうよ。あと、「世代」という言葉を使うと、どうしても「世代間格差」だとか「旧世代はダメ」みたいな印象が出来てしまうので、替わりに「タイプ」という表現を用いることにした。

【本格流：RPGシステム分類】

▼タイプ1：ダンジョン探検など、特定のテーマに特化したRPG（例：『トンネルズ&トロールズ』、『墜落世界』、『RPG大饗宴』的なミニシステムなど）

▼タイプ2：特定のテーマもプレイできれば、充実した背景設定により、それ以外のスタイルも許容されるRPG（例：『D&D』、『トラベラー』、『ハーンマスター』など）

▼タイプ3：世界設定をきちんと踏まえたうえで、キャラクターの表現にスポットを当てたRPG（例：『ストームブリンガー』、『クトゥルフの呼び声』、『ウォーハンマーRPG』など）

▼タイプ3.5（α）：タイプ3から世界観による過度な束縛を取り払い、キャラクター表現の活劇的ダイナミズムを強化したRPG（例：『トーキョーN◎VA』、『TORG』など）

▼タイプ3.5（β）：タイプ3の利点を活かした上で、ストーリーの再現からストーリーの創造へと目的をシフトさせたRPG（例：『ローズ・トゥ・ロード』シリーズ、『深淵』、『ワールド・オブ・ダークネス』、『キャッスル・ファルケンシュタイン』など）

▼タイプ4：タイプ1～3.5の長所を、汎用性の高いシステムで折衷しようとするRPG（例：『ナイトメアハンター＝ディープ』、『Aの魔法陣』、『ブルーローズ』など）

麻耶：さっきのと違って、タイプ3.5やタイプ4がありますね。

本格：うん。もちろん、僕の感性で分類を進めたものだから、麻耶ちゃんにとっては必ずしも納得がいくものではないかもしれない。けれども、こうやって自分なりの分類を進めていくことで、システムの設計思想の差異を考えていくことは、とても大事であると思う。設計思想をきちんと汲み取ってあげさえすれば、〈地図〉に代表されるプレイエイドをどうやって組み立てていけばいいかがわかってくるはずだから。次から僕なりの分類基準に沿って、分類に見合った〈地図〉のあり方を考えてみようかな。

●タイプごとの〈地図〉との関わり

▼タイプ1：ダンジョン探検など、特定のテーマに特化したRPG

本格：特定のテーマに特化したRPGだと、〈地図〉が出てきたら基本的にプレイヤー・キャラクターが動くことのできる範囲は、〈地図〉のなかに限定されてしまうと思っていい。〈地図〉はゲーム盤なのだから、ゲームの進行に必要な情報は、その〈地図〉をきっかけとして伝えられるようでなければならない。あらかじめ、白紙のグリッドマップやヘクスマップを用意して、舞台となる場所の情報を書き込んでおくという作業は必須だろうな。まあ、ファンタジーRPGだったら、アクセサリーとしてカスタム可能なダンジョンタイルや、村や要塞の地図などが販売されている場合も多いから、それらを使ってみるのも面白いかもしれない。

麻耶：わたしは、方眼紙に手書きで地図を描いていくのが好きですね。なんといっても、わくわく感がある。実際のセッションではそれを、フリップマット（特殊な加工がなされており、水性ペンで書くと後から消すことができるようなマット）を使ってプレイヤーたちに提示しますね。

本格：僕は、パソコンでまるごと作っちゃうことが多いかな。『D&D』のような、グリッドマップを使うゲームだと特に便利だ。Excelやペイントソフトで縦と横の長さや座標を合わせれば、グリッドマップっぽくなる。あとはそれに、色を塗ったりオブジェクトを貼り付けていったりすればいいわけだから。

麻耶：何か、〈地図〉作成支援ソフトとかはないんでしょうか？

本格："Dundjinni"（ダンジニ）という有名なソフトがある。『D&D』や『ウォーハンマーRPG』の公式シナリオに付いている地図のなかには、この"Dundjinni"を使って作られていたりするものもあるから、要チェックだ。ちょっと容量が重いけれども、RPG通からの評判はピカイチだ。ただ、海外サイトから有償でダウンロードしてくる必要があるので、入手までの敷居が高いし、容量も重い。ただ、"Dundjinni"は、無料体験版をダウンロードしてくることが可能になっている。

麻耶：無料と言えば、フリーソフト系ではいいものはありませんか？

本格：記事の最後にまとめておいたよ。ただ、ほぼ英語だから注意。まあ、色々ソフトいじってみて、合うものを選ぶのがいちばんなんじゃないかな。

麻耶：ほか、気をつけることは？

本格：あえて言えば、縮尺かな。作成支援ソフトで作るような精密な〈地図〉が必要な場合もあれば、場所全体を見られる鳥瞰図や俯瞰図が要る場合もあることがあるので、注意したほうがいい。とりわけ、現代もののシナリオは、場所がめまぐるしく変わることが多いので要注意。

麻耶：現代もののシナリオを遊ぶ場合には、図書館やウェブサイトで色々と建物の構造とかを拾ってくるのが、楽そうですね。

本格：あと注意すべきことは、立派な〈地図〉を用意すれば、プレイヤーは喜んでくれることが多いけど、それでGMとしてのリソースを使い果たしては困るということ。手書きのメモ程度でも、戦術を楽しめるRPGもあるから、悪凝りは禁物だ。

▼タイプ2：特定のテーマもプレイできれば、充実した背景設定により、それ以外のスタイルも許容されるRPG

麻耶：タイプ2の場合、タイプ1の方法論がそのまま応用できそうですね。

本格：そうだね。あとは、タイプ2ならではの問題、「それ以外のスタイル」をどうするか、ということになるかな。そのためにはまず、「充実した背景設定」をどう表現するか、って話になる。〈地図〉というツールを活用して、『トラベラー』での「スピンワード・マーチ宙域図」のように、自分が世界のどこにいるのかということを、うまく目に見える形で提示できると面白いかな。僕は、地図の上から被せることができる透明なグリッドマップを自作してる。領域間の移動をはかるためには、とても便利だよ。

麻耶：タイプ1のシステムでの〈地図〉は、PCたちの行動範囲をはっきりさせるのが目的だったわけじゃないですか。でも、タイプ2の〈地図〉はそれとは違って、世界の「広がり」を提示するためにあるようなものなのでしょうね。こういった「広がり」を提示するために便利なソフトウェアなんかはありますか？

本格：テキサス大学のウェブサイトには版権フリーな〈地図〉ライブラリが大量にあって、僕はこれが気に入っている。実在の地図をあれこれいじくるのは、架空世界の〈地図〉を作成するにあたって、基本だからね。あと、特定のシステムになっちゃうけど、『トラベラー』だったら"Traveller:Heaven&Earth"という優れたフリーソフトがあるね。これを使えば、星域の設定から個々の星系の設定まで、あっという間に行なってくれるよ。感動的だ。

▼タイプ3：世界設定をきちんと踏まえたうえで、キャラクター

の表現にスポットを当てたRPG

本格：タイプ3で注意すべきことは、〈地図〉に、ロールプレイに通じるような「内面」を盛り込むことかな。

麻耶：設定と「内面」の重みって、相反するところがある気もします。

本格：タイプ2的な設定の重みは、世界観を安っぽくしないために是非とも必要なのだけれども、それとは別に、内面に結び付いた演出が、〈地図〉に欲しい、と言いたいのさ。

麻耶：どういうことですか？

本格：どうしても抽象的な説明になってしまうのだけれども、『ストームブリンガー』ならば、「秩序」と「混沌」の相克や「永遠の戦士（エターナル・チャンピオン）」の輪廻転生などがキーワードとなっている。だから、〈地図〉が示すイベントによって引き起こされるイベントに、それらしいキーワードをちりばめておくんだ。『クトゥルフの呼び声』ならば、SANチェックを必要とする箇所で、工夫する。

麻耶：〈地図〉を介して世界観やテーマを効果的に伝達し、「PCの感情をどのように揺さぶるか」ということを考えろというわけですね。

本格：ついでに言えば、もっと世界観の根幹に関わるような壮大なテーマでもOKだ。『クトゥルフの呼び声』でPCが「SANチェック」をさせられるのは、いま見えている世界が非常に儚く、実はクトゥルフ神話の神々が世界を背後から操っているという裏事情に気が付いてしまったからであって、そのことはシステムが表現しているテーマ性を、そのまま表しているじゃないか。

麻耶：では、「これがあったら役に立つ」というものはありますか？

本格：今まで紹介してきたようなソフトウェアとは、ちょっと「作成支援」の次元が変わってくるかな。その意味では、桐生茂『RPGシナリオメイキングガイド』（新紀元社）が役に立つと思うよ。「地図から考えるシナリオ作成方法」について、詳しく書かれているから。でも絶版だから、図書館やオンライン古書店でチェックしてみてくれ。

▼タイプ3.5（α）：タイプ3から世界観による過度な束縛を取り払い、キャラクター表現の活劇的ダイナミズムを強化したRPG

本格：タイプ3.5（α）のシステムが提供するシナリオは、ぶっちゃけた話、ゲーム盤というよりも映画の脚本に近い。ただ、RPGでは「脚本」をなぞるだけではつまらないよな。だから、PCが介入する余地をしっかり作ってやることが大事だ。簡単に言えば、シナリオの構造を示してあげることにつきる。活劇のシーンでは、PCと敵との立ち居地を、ある程度アバウトでもいいからポーンやトークンを使って示してやること。そして、恋愛シーンや説得シーンでは、登場人物の人間関係を、時に相関図を描いてでも提示してあげるといい。これも立派な〈地図〉だ。

麻耶：〈地図〉における、物語論的な側面が非常に強くなるわけですね。

本格：そう。だから、シナリオを創る際も、映画作法のマニュアルを見たりする方がよいかもしれない。シナリオを細かく構造分けできて、「ここは盛り上がるところだから」という伏線を、わかりやすく提示することができるようになるから。

麻耶：それも、本質的には〈地図〉と同じ機能ですね。

本格：うん。僕のお勧めは、ニール・D・ヒックス『ハリウッド脚本術』(フィルムアート社)かなあ。誰でも知っている名作を軸に、エンターテインメントの基本を1から学べるしね。とにかく、シナリオの作法を勉強し、親切すぎるほど絡む「隙」を示してあげること。これっきゃないね。

▼タイプ3.5(β):タイプ3の利点を活かした上で、ストーリーの再現からストーリーの創造へと目的をシフトさせたRPG

麻耶：ごめんなさい。「ストーリーの創造」ってのが、よくわからないんですが。

本格：基本的に、あらゆる物語芸術は、現実の模倣だという。これは、遥か二千年以上も前にアリストテレスが『詩学』に書いた、物語の基本事項だ。ゲームもまた例外ではなく、現実や既存の物語を模倣して「再現」する方法だと言っていい。ただ、一方で、RPGは物語形式としては圧倒的に新しいジャンルであるのも間違いない。たとえシナリオが同じでも、システムやメンバーが変われば、ひとつとして同じ展開にならないし、時として、ゲームマスターが予想もしなかったような展開が訪れ、予定したレールを外れて独り歩きしていくことがあるのは、麻耶ちゃんも経験済みだろう。

麻耶：そうなった結果、予想より数段素晴らしい物語を産み出すことができる場合もあるし、反対に、コントロールできなくて失敗してしまう場合もありますね。

本格：ああ。ただ、成功したときの喜びは計り知れない。そして、タイプ3.5(β)のシステムは、そうしたいい意味で「レールを外す」試みを、きちんとルールに組み込んだゲームであると言えるだろう。例えば、『深淵』の「夢歩き」。これは、PCの側から積極的に「夢」という形で展開のヒントを引き出すと同時に、「物語の先をこうしてほしい」という意志表示を行なうことができるという、活気的なギミックだった。『ビヨンド・ローズ・トゥ・ロード』や二〇〇二年版『ローズ・トゥ・ロード』のサプリメント『タトゥーノ』が提示した「マジックイメージ」というルールにも、相通ずるところがあるね。

麻耶：「予定調和」から一歩踏み出すことを奨励している、ということでしょうか。

本格：そう。そのためには、ＰＣとＧＭとがしっかりと意思疎通を図り、さらにその先を目指さなければならないんだけど……。

麻耶：それこそ、もう、〈地図〉の次元じゃないですね。

本格：難しい話だ。それこそ、〈地図〉が提示しようとする「ゲーム盤」の外を志向していく話だからね。そのためには、進むべきルートを〈地図〉で示していくというよりも、道なき道を歩いていくだけの気概が沸いてくるような、空気というかフレーバーの提出が大事になるよ。『深淵』にしろ、『ローズ・トゥ・ロード』にしろ、幻想性を生かしたセッションが基盤になっているから、Ｊ・Ｒ・Ｒ・トールキンのエッセイ『妖精物語について』（評論社）や、アーシュラ・Ｋ・ル＝グウィンの評論『夜の言葉』（岩波現代文庫）を読み、ファンタジーについて考えるのも勉強になる。また、フレーバーを作り出す細部の演出も大事だ。細部を語ることで、単なる快楽原則の追求ではない、物語の深い部分について考察するようにすること。このあたりの「世界と物語の関わり」について興味がある向きには、佐藤亜紀の評論『小説のストラテジー』（ちくま文庫）をお勧めしておこう。

▼タイプ４：タイプ１〜3.5の長所を、汎用性の高いシステムで折衷しようとするＲＰＧ

麻耶：で、最後のタイプ４ですが。

本格：近年、ドイツ産ボードゲームを中心に、ゲームの「ダウンサイジング」が注目されるようになってきた。ゲーム性や背景をコンパクトに凝縮して、運用性や拡張性を高めるわけ。こうした発想と相通ずるところのあるＲＰＧをタイプ４としてみた。例えば、『ナイトメアハンター＝ディープ』は、タイプ3.5（α）のダイナミズムを戦闘の面白さという形で残しつつ、あえて「コンボを前提としない」超能力や、マスタリングの参考となるようなフレーバーを多量に盛り込み、タイプ3.5（β）的なプレイを可能にしている点が、僕にとっては新しく見えたんだ。そして、コンセプトは貪欲だけど、システムは軽い。ただ、これらのシステムで〈地図〉を使うのは、比較的楽だったりする。ポイントが絞れるから。『Ａの魔方陣』ならば、〈地図〉はシナリオから自分に有利な成功要素を抽出ためのツール、と解釈すればいい話だから。ただ、狙いどころを外さないように注意する必要はある。

●結局、村上春樹ＲＰＧは？

麻耶：ＲＰＧはタイプが色々あるのはわかりました。『ＨＷ＆ＥＷ』をＲＰＧでプレイするとしたら、どうなるのでしょう？

本格：僕ならば、『ＨＷ＆ＥＷ』は、タイプ３のシステムを使うな。二つの世界への帰属度を作って、時折で要求される判定の結果次第で、帰属度が揺れ動く（笑）。キャラクターが、プレイヤーの思い通りに動かないわけ。『ペンドラゴン』という未訳RPGの感情ルールに近いかな。

麻耶：肝心の〈地図〉はどうなるんですか？

本格：本の冒頭に付いているものを基本に、他のプレイヤーが作ったキャラクターが、問題なく歩き回れるくらいに情報を増やしていく。シナリオの核には、「一角獣の頭蓋骨」など、原作の根幹に関わるアイテムを登場させる。そうすれば、少なくとも、読み手が掴み取った「世界観」は提示できるはずだ。

麻耶：でも、作品から読み取った「メッセージ」を直接プレイヤーにぶつけたいと思ったとしたら、どうでしょうか？　わたし、そっちの方が、興味があるのですけれども。

本格：それならば、麻耶ちゃんが読み取ったメッセージを、思い切って別のシステム、タイプ3.5（β）あたりのシステムを使って、提示してみることをお勧めするよ。〈地図〉に代表される具体的なオブジェクトを通して、どう話を展開させたらよいのか、手を動かしながら、考えを進めていってほしいと思う。麻耶ちゃんがどのように村上春樹を料理するのか、非常に楽しみになってきたよ。

麻耶：ええ、がんばってみます。本格さん、どうもありがとうございました！

【付録：〈地図〉に関するお役立ちURL集】（明示なきものは、英語）

- "Dundjinni"
  http://www.dundjinni.com/
- "Dungeon Tile Mapper"
  http://www.wizards.com/dnd/dungeontilesmapper/
- "Hexographer"
  http://www.hexographer.com/
- "Dave‐s Mapper"
  http://davesmapper.com/
- "Hex Map Generator"（日本語）
  http://www.ne.jp/asahi/kani/labo/hex.html
- "The Univercity of Texas at Austin"
  http://www.lib.utexas.edu/maps/index.html
- Traveller:Heaven&Earth
  http://www.downport.com/wbd/HEAVEN_&_EARTH.htm

忘れたという、その空白の隙間で
——門倉直人『ザ・ワンダー・ローズ・トゥ・ロード』の構造

逃げまどう人々を君は喰らい、焼き、引き裂いて殺しまくった。——だが、君の心の中の〝空しさ〟はその都度大きくなり、何を喰っても満たされることがないのだった。やがて、君の内なる増大し続ける〝空しさ〟は、君自身を喰い始めた。

——門倉直人『失われた体』

●もの語り遊戯

二〇一〇年三月、『ザ・ワンダー・ローズ・トゥ・ロード』と呼ばれる一冊の本が世に送り出された（以下、「ザ・ワンダー」は略）。

表紙に描かれているのは昏い森の中を描いた風景画。だが構図はいささか奇妙だ。見る者に自由な連想の飛躍を与えながら、象徴性が特定の箇所に集約されず、ジョルジョーネの絵画のように、朧げな不安をもたらすものともなっている。

……忘れられた石碑の上に花輪を持った小妖精が現れて笑いかける。静かに佇立する獣が煌々と眼を輝かせ、森の奥を見遣っている。巨大な茸はこの森が長く人跡未踏の地であったことを示し、茸の根本を、光蟲が森の奥へ何かを誘うように飛んでいく。森の奥からは僅かに一筋の水が流れてくる。その奥は見通せないが、待ち受けているのものがあるのは間違いない——そうした予感が、読み手へ静かに伝えられる（＊1）。

そして帯文の惹句に記されているのは「もの語り遊戯」というシンプルな言葉。

これは、「言葉を組み合わせ、みんなで物語を作っていく遊び」のことだと『ローズ・トゥ・ロード』には書かれている（＊2）。Katie Salen と Eric Zimmerman は、「プレイヤーが人工的な闘争を実施する世界であり、その世界は規則によって定義され、その闘争は数量的出力結果を導き出すものである」とゲームのことを定義した（＊3）が、ここでの物語遊戯は、著者である門倉直人自身も述べているように、ゲームというよりもむしろ「物語の世界を創って遊ぶ遊戯（プレイ）」に近いものがあるだろう。

むろん遊戯といってもさまざまな要素が存在するが、『ローズ・トゥ・ロード』のコンセプトは、アイヌ文化のウエペケレ

近い部分がある。のような筋の緩い口承文芸、あるいは連歌のような言葉遊びに

それは『ローズ・トゥ・ロード』が定義する「規則」が、「数量的な出力的結果」を生み出すものというよりも、私たちが言語によって生まれる意味を撹乱させ、新たに生まれた意味をより創造的なものへと再解釈させることを志向しているためだと言ってよいだろう。

『ローズ・トゥ・ロード』を遊ぶためには参加者はそれぞれ書物を持ち寄って集まり、そこから言葉を抜き出して自由に連想を働かせつつ、それらの言葉同士を組み合わせてイメージを遊ばせる。

一見何の関係もないようなある言葉と別の言葉がいかにして結びつき、その結果、新しく生まれた言葉から、どのような意味、ひいては「物語」が生ぜしめられるのか。

——その過程こそを、参加者は自由に想像力を働かせて楽しむということになる(＊4)。

完全な無であった世界に言葉が生まれ、その言葉がさながら生成因子のように新たな言葉を呼び寄せ、巡り巡って思いもかけない意味を生み出す。

こうした言葉の生成の過程へ、参加者が主体的に参与すること。それが『ローズ・トゥ・ロード』という「もの語り遊戯」の内実である。

●「逸脱」の物語論的な捉え直し

そして『ローズ・トゥ・ロード』はこの「遊戯」の規則と「遊戯」に必要なデータを示した書物という体裁を取った作品であり、「もの語り遊戯」を遊ぶための情報がひと通り網羅されたものになっている。

面白いのはこの『ローズ・トゥ・ロード』という「もの語り遊戯」に設定された「規則」が、常にある種の「逸脱」を許容していることだ。この「逸脱」は創造的な要因を孕んでいるが、それを理解するためには、高橋志行の論考が役に立つ。

高橋志行は、あるゲームを遊び込んだプレイヤーが「ただ与えられたパターンを学習するだけではなく、時にプレイ経験を元手に、新たな学習対象を創造してもいる」ところに眼をつけ、こうした「創造的プレイ」に2種類の方向性が見られることを指摘した。それはすなわち「A．与えられたパターンのうち、いくつかの要素を組み替え、それまでとは異なる傾向の遊びへと向かう方向性」であり、もうひとつは、「B．与えられたパターンの規則を守りつつ、それをより複雑化・高度化する方向性」(＊6)である。

高橋は前者を「A．ゲームの変容（transformation）」、後者を「B．ゲームの再設計（re-design）」と呼んでいるが、『ローズ・トゥ・ロード』における「逸脱」については、とりわけ前者の「ゲームの変容」を物語論(ナラトロジー)の立場から再構成したものだと

言えるだろう(＊7)。

『ローズ・トゥ・ロード』には言葉を「変容」させるためのヒントが散りばめられている。同音語・対義語や擬音語、ひいては地口などを撚りあわせ、少しずつ手繰り寄せていくことで、言葉そのものの「変容」に主眼が置かれたものとなっているというわけだ。

この過程を物語論の伝統から理解し直すにあたって参考になるのは、ジャンニ・ロダーリが『ファンタジーの文法』において「池に落とした石」のアナロジーで語るような、言葉を介した想像力の拡散のモデルである。

池に石を落とすと同心円の波が起きる。

(中略)

ことばもまた同じことであり、何かのひょうしに精神(こころ)の中に投じられると、表層の波と深層の波を生み出し、無限につながった一連の反応をよびさます。ことばは落下しながら、音とイメージを、類推と追憶を、意味あるものと夢とを巻き込み、経験と記憶、ファンタジーと潜在意識とにかかわる運動へと変わる。この運動がなかなか複雑であるのは、精神自体がその運動の表出にただ脇役をつとめているのではなく、受け入れたり拒んだりすること、他と結びつけたり検閲したりすること、作り上げたり破壊したりすることを通じて、たえず介入しているからである。

――ジャンニ・ロダーリ
『ファンタジーの文法 物語創作法入門』窪田富男訳、ちくま文庫、P22

かように連鎖的な言葉の広がりに加え、『ローズ・トゥ・ロード』における「変容」は「規則」の根幹部分にも大きな影響を与えている。

ある者が提示した言葉の語幹(＊8)を、別の言葉を修飾するための母体として変容させること。それが「言葉決め」と呼ばれる『ローズ・トゥ・ロード』の最も重要な「規則」となっている。

そして面白いのは、この「言葉決め」の際には『ローズ・トゥ・ロード』本体のみならず、積極的に外部のテクストから言葉を導入することが公に推奨されている点だ。

ゲームとしてみれば、こうした外部テクストの参照性は――おどろおどろしい「物語」を作りたい時にはホラー小説から言葉を借り、「物語」に躍動感をもたらしたいのであればアクション小説から言葉を借りるといったように――生み出される「物語」の色調を、ある程度コントロールできるようになる優れたギミックとして理解できる。あるいは、『ローズ・トゥ・ロード』に盛り込まれている情報を拡張させる、一種の拡張パックとして外部テクストが割り当てられていると見ることも可能だろう。

ただし、このギミックを物語論の立場から捉え返せば、この様式は『ローズ・トゥ・ロード』が間テクスト性を「規則」の中にあらかじめ設定した、特異な「遊戯」と見えることもできるのではなかろうか。本稿ではこの観点から考えを進める。

●意味づけの終着点

『ローズ・トゥ・ロード』においては複数の参加者たちが、相互に言葉を交換し合うこと――相互干渉性(インタラクティヴィティ)――がプレイの前提となっている。こうした相互干渉性によって引き起こされることは、自らの言葉が「他者」によって別な意味を与えられるという「意味づけ」だ(＊9)。むろん単独でも「もの語る」ことは可能だが、その場合においても創造された「物語」は、絶えず内なる「他者」による「意味づけ」を必要としている。すなわち言葉の「変容」に伴い、否が応にも参入してくる「他者」による「意味づけ」を、『ローズ・トゥ・ロード』では外部のテクストへの参照性を導入することで乗り越えようと試みているというわけだ。

ただし『ローズ・トゥ・ロード』の終着点は、物語論の参照する地平――例えばロダーリの提示した地平とはまるで異なる。ロダーリの『ファンタジーの文法』は、彼自身がノヴァーリスの言葉を借りて述べた「論理学のように、ファンタジー学」(＊10)といった文句のように、ファンタジーと体系性という相反する要素を両立させようとした試みだった。

そこでは、言葉の使い手（あるいは読み手）が、言葉と想像力のあり方を探究しなおすことで、言葉と自己、そして世界を見つめ直し、精神的な成長を遂げるという認知－学習の過程が期待されている。その意味で『ファンタジーの文法』は物語論を介した教育の書ということができるかもしれない。

対して『ローズ・トゥ・ロード』は、ロダーリの言うような成長の過程に加えて、成長の過程で取り入れた言葉をフィードバックすることによる世界の変容（への期待）そのものをも視野に入れた、いわば祈りの書であると言ってよいだろう。

『ローズ・トゥ・ロード』における参加者は、原則的に逍遥舞人――アムンマルバンダ――と呼ばれる存在の役割を受け持つことになる。彼らは言葉を変容させる能力を持つ存在だが、自ら「もの語った」旅程を終えるたびごとに、自らが宿した言葉を解放し、その解放した自分自身に「透色(すきいろ)」を融け合わせる。

そして彼らが宿した言葉は彼らが旅した世界の風景へと映し出され、その結果もとの自己は少しずつ風のように透けていく。そして彼らが見出した真の自己は、通り過ぎた世界そのものと化していく。

すなわち「言葉」を介して取り込まれた「他者」には新たな「意味づけ」が与えられ、代わりに与えた自分自身は、浄化された世界そのものと一になるわけだ。

近代の西洋美学の立役者の一人であるフリードリヒ・シュ

レーゲルは、精神の内に無限なものを見出す観念論哲学と、その無限なもの（［端的に解き明かしえないもの］）を想像力と感情の働きによって自然の形象を用いて表現しようとする実在論的文学、これら両者を統合したものを「新しい神話」と呼んだ（＊11）。

しかし『ローズ・トゥ・ロード』の終着点は、シュレーゲルの言うような観念論哲学と自然の形象が融合した「新しい神話」を志向しながら、かつ言語という媒介物が本質的に志向する、ロゴス中心主義を脱構築（ジャック・デリダ）するという意味で特異なものだ。ロゴス中心主義とは、認識の果てに真理を追及するという姿勢を指すが、それこそデカルト以降の西洋の哲学史の伝統において、真理はいわば近代的な「自我」との関わりにおいて考えられてきた。この点について、『ローズ・トゥ・ロード』のデザイナー、門倉直人はいかに考えていたのか。

ひとつのヒントとしては、「忘れること」が挙げられる。この「忘れること」とは、おそらく近代的な「自我」を「忘れること」にほかならない。『ローズ・トゥ・ロード』を構想中の門倉直人が鈴木銀一郎と小林正親との対談において語った、コンセプトの部分を見てみよう（後に触れるが、引用部で登場する『ローズ・トゥ・ロード』における魔法とは、世界における「自我」の投影にほかならない）。

例えば、魔法を忘れたら、忘れたでおしまい。というのが今までのゲームだったんですけど。これは、忘れることに重要な意味があるとする。その忘れたことに意味を持たせることをシステムとして作っていきたいなと考えています。魔法に限らず、想い出とか、記憶のなかの風景、過去の出来事、そういうものを入れていくと、ユルセルーム（引用者注：『ローズ・トゥ・ロード』の背景世界）っぽくなっていくんですけど。自分が大事にしていた想い出なんだけど、それを忘れてしまった。忘れたら、それでおしまい、ではなくて、忘れたという、その空白の隙間に重要な意味がある。

――「R・P・G」1号、「ゲームデザイナー対談：ぼくらは、お話のなかに生きている」、国際通信社、二〇〇七年、P151

●空白の隙間

「忘れたという、その空白の隙間」とは何か。それを考えるためには、もう少しパースペクティヴを広げる必要性があるのかもしれない。

門倉直人は一九八四年に日本初のオリジナルファンタジーRPG『ローズ・トゥ・ロード』の最初のヴァージョンを発売し（＊12）、その後はRPGのデザインを仕事の重要な柱に据えながら、小説やゲームブックやコラムの執筆、コンピュータゲームのデザイン、大規模なネットワークゲームの運営など、寡作ながら多角的、常に最先端で活動を続けてきた人物だ。二〇一一年春には「もの語り遊戯」としての『ローズ・トゥ・ロード』の成立に多大な影響を与えるとともに、門倉直人のこの二〇〇〇年代以降の年の仕事の集大成とも言える『シンデレラは、なぜカボチャの馬車に乗ったのか〜言葉（ことのは）の魔法〜』（新紀元社）が刊行されている。

フリードリヒ・シュレーゲルは「イデーエン」において、「いかなる芸術家もただ一人で、芸術家の中の芸術家、中央芸術家、他のすべての芸術家の総裁（Künstler der Künstler, Zentral-Künstler, Direktor aller übrigen）であるべきではない。全ての芸術家が同じ程度に、どの芸術家も自分の立場からそうあるべきだ」と告げている(＊13)が、およそ現代日本の書き手の中で、とりわけ言語にこだわりながら、言語とあまり関係がないと往々にして思われがちなゲームという分野へコミットを続けたその越境的な姿勢において、門倉直人ほど、このシュレーゲルの芸術家観が見合う書き手も少ないだろう。

シュレーゲルは「文学についての会話」の中で、「新しい神話」は、「孤立した人間」によって作られるのではなく、「精神的な息吹」に結び合わされた友人たちの共同作業によって実現されるべきだとされている。この共同作業とは、「一人の師匠が指導する流派ではなく芸術家たちが相互に教えあい学びあう対等な関係であるべきで、個々の芸術家には自己の「個性」と「独創性」を最大限発揮することが求められる」と述べているが、おそらく門倉直人も、共同作業によって実現される「新しい神話」を夢見ていたに違いない。

いわば彼はゲームデザインを通じ、共同作業としての「新しい神話」の形成こそを志向していたのだろう。だからこそ、彼の作品は良い意味で未完成であり、常に「隙間」が「他者」へ向かって開かれている。一九八四年、門倉直人の創作活動の出発点である、『ローズ・トゥ・ロード』の初版に記されたデザイナーズノートには、すでにそのような姿勢が明言されていた。

> 厳密な意味で、ゲームデザイナーは、今、これを読んでいる皆さんで、私はただRPGのヒントを与えたにすぎない。正直言って、RPGの紹介者に毛の生えた様なものなのである。私が願うのは、この本を読んだ諸氏が、自分の本当に楽しめるファンタジーの世界、指輪物語あり、ゲド戦記ありの世界をRPGで探検できると感じていただくことである。
>
> ――門倉直人『ローズ・トゥ・ロード』デザイナーズノート
> （引用は二〇〇二年版に再録されたものによった）

筆者が考えるに、こうした「隙間」が「他者」として開かれていることに、門倉直人の捉え難さの一端があるように思われる。特に「もの語り遊戯」を遊ぶ過程は常に流動的であり、その動的な流れをモデルとして規格化するのは難しい（＊14）。それゆえここでは「もの語り遊戯」をプレイして創られる「物語」のひとつのモデルとして機能するであろう、『ローズ・トゥ・ロード』と共通する背景世界を舞台にした門倉直人の散文を見てみたい。

●「ホシホタルの夜祭り」

まずは門倉直人が今までに（商業誌、ファンジンともに）発表した（ほぼ）唯一の小説で、「RPGマガジン」（ホビージャパン）1990年7月号に掲載された、現在は有志の手によってHTML化が施され、こうしてウェブ上での閲覧が可能になっている「ホシホタルの夜祭り」を検討しよう。

「ホシホタルの夜祭り」を一読すれば明らかな通り、「ホシホタルの夜祭り」は、J・R・R・トールキンの『指輪物語』、アーシュラ・K・ル＝グウィンの『ゲド戦記』、C・S・ルイスの『ナルニア国ものがたり』、さらにはピーター・S・ビーグルの『最後のユニコーン』など、モダン・ファンタジーを代表する傑作群にも共通する雰囲気（フレーバー）を有した作品だ。あるいは『ユートピアだより』のウィリアム・モリス、『ペガーナの神々』のロード・ダンセイニ、あるいは『金の鍵』のジョージ・マクドナルドなど、主に19世紀後半から20世紀中盤にかけてに活躍したエピック・ファンタジーの作品にまで、遡ることができるかもしれない。

しかしいずれにせよ、「僕がその老人を初めて見たのは、苦渋に満ちた学問の旅を終え、故郷に帰った朝だった」という書き出しで始まるこの「物語」は、おそらく作品世界においてはすでに若くないであろう語り手が、「落伍者」として故郷に戻ってきたところからその「語り」を開始している。

ここでトールキンの『指輪物語』の幕開けとなった『ホビットの冒険』が「行きて帰りし物語」だったことを想起すれば、この「物語」は「行きて」の部分が語られないということがわかる。「語り」の始まる以前から、主人公は出発を果たしており、その旅路で絶望し、帰路についた。そして故郷の村へ到着し、とある老人と出逢うこととなるわけだ。

「ホシホタルの夜祭り」を読み終えた方ならばお判りの通り、ここで登場するのが「老人」なのには意味がある。語り手が生きる地平は、老人から見ると「語り直された」ものにほかならないのだ。ここでは時間軸が意図して撹乱され、語り手と「老人」は合わせ鏡のように無限の反復を繰り返すこととなる。

このことがいかなる機能を有しているのかを知るためには、間テクスト性から離れ、「ホシホタルの夜祭り」の背景世界（それは当然『ローズ・トゥ・ロード』の背景世界でもあるが）を確認しなければならないだろう。

●〝薄暗がりの時代〟

作中でも語られる通り、「ホシホタルの夜祭り」は〝薄暗がりの時代〟を舞台にしている。この小説の背景となっているのは、ユルセルームと名付けられた架空世界だ。

ユルセルームは門倉直人によって紡ぎ出され、無数の続く語り手を生み出し、今も多くの後継者によって語り継がれ(＊15)、(著作権は門倉直人に属するものの)事実上、一種のシェアードワールドとなっている。そしてこの〝薄暗がりの時代〟とは、ユルセルーム世界の因果律を表す重要な要因としての魔法という要素が、死すべき定めの人の子らとは遠くかけ離れてしまった時代のことを意味している。

四つの王国が事実上の分割統治を行なっていた時代を離れ、ユルセルーム世界に「大いなる忘却の呪縛」が訪れた。人の子らは軒並み忘却の眠りにつき(＊16)、その後の〝大暗黒期〟を経た上で、世界が虚無に呑み込まれるのか、それとも遥かな黎明へ向かって徐々に光を取り戻しつつあるのか。

その端境(はざかい)にあるのが〝薄暗がりの時代〟にほかならない。

ここでひとつ考えてみよう。〝薄暗がりの時代〟とは、何らかの隠喩(メタファー)なのだろうか。

ファンタジーの多くは、その色調に隠喩を含有している。『ゲド戦記』の第1巻『影との戦い』に登場する「影」が何だったのか、いまいちど、想起してもよいかもしれない。そして「ホシホタルの夜祭り」は「癒し」が重要なモティーフとなっている。かつて、とある思想家は「隠喩としての病い」について語った。そして隠喩としての「癒し」が、現代のSFでも極めて重要な意味性を帯びている。

現代SFを代表する傑作、伊藤計劃の『ハーモニー』において、登場する固有名詞の多くは「癒し」と病とに関係した、ケルト神話に登場する面々のそれが意図的に被せられている。

ダーナ神族の王にあたるヌァザは、「モイ・トゥラの戦い」と呼ばれる二度の大戦における奮闘で知られた。かつてエリン(アイルランド)の地を治めていたトゥアハ・デ・ダナーンの医療神ディアン・ケトの息子の名前はミァハと言った。ディアン・ケトの息子であって魔王バロールの娘をめとり、彼女との間に光明神ルーをもうけたキアンもまた、戦いや魔術のみならず、優れた鍛冶の力や医療の力を有していた。

『ハーモニー』においては、こうしたケルト神話の神々が突如暴発させる理不尽なまでの暴力性と、アーキテクチャによる管理が人々の実存を縛り付けるほどにまで徹底された社会とが対比的に描かれたが(＊17)、翻って考えれば「ホシホタルの夜祭り」に登場する「癒し」は、それ自体として自律し、言うならば作品内で閉じられているように見える。だが、ここでの見えるというのが難物である。いかに完成した幻想世界であっても、それが現実から純粋に自律するということはありえないからだ。

トールキンがファンタジーの効能として総体的な癒し「回復、逃避、慰め」があると語ったように(*18)、仮に想像力によって仮構された世界が逃避のためのものであれば、それはどこまでも自己の内側で、ともすれば自閉的なまでに完結している必要がある。

現に、多くの作家は執筆活動を通し、物狂おしいまでにそうした自律性を希求してきた。ファンタジーやロマン派から遠く離れても、レーモン・ルーセルのように、私たちが日常において使用する言語を徹底して組み換えそれらを自律させることで、言語＝世界を認識する主体のあり方に到るまで、変容を試みた書き手は歴史上、常に存在してきている。

●〝準創造〟と自律した言語

門倉直人が言葉を重視したのは、言葉によって隠喩を越えた神話を紡ぎ出す必要があったからだ。言葉こそが、世界を創り出す。門倉直人の作品の外郭を規定する重要な役割を担ったと言ってよいトールキンもまた、このダブル・バインドに極めて自覚的な書き手であった。

だからこそトールキンは、自らの創作姿勢を〝準創造(Sub-creaition)〟と呼び慣わし、さながら『旧約聖書』においてヤーヴェが「言葉」から世界を紡いだように独自の言語を紡ぎ出し、そこから壮大な神話世界を構築していったのではなかろうか。

トールキンは講演録『妖精物語について』において、妖精物語とカトリシズムの歴史に絡め、自己の創作姿勢を率直に語っているが、トールキンの言葉が有する含蓄を捉え損なうと、たちまち陥穽へと落とし込まれることになる。そこで今回は優れた導き手として、トールキン直々に薫陶を受けた語り手、猪熊葉子がどのように〝準創造〟を捉えたのかを見てみよう。

第一の世界(訳注：現実)は神の創造されたものでありますからこの世界に「真実」が存在することはあきらかです。しかし、この第一の世界においては、それは常に人の目にあきらかに見えるような姿で存在してはいません。

人間の「空想」が「準創造」する第二の世界は、すべてのものの「真実」の姿——それは又すべてのもののあるべき姿にほかなりませんが——をまざまざと目にみえるものとして形象する世界なのです。この意味において、第二の世界は表面的にはいかに非現実的にみえようとも、「嘘」ではなく「まこと」であり、第二の世界に入っていくことは、世間で常識的に考えられているように、悪しき意味の逃避ではなく、第一の世界から遠く離れながら、かえって、それを新鮮な目で見直し、その価値を再発見させる働きをします。(中略)

トーキン(引用者注：トールキン)の考えからすれば、人間の「準創造」の行為は、人間が神の創造のわざに参与する独得な方法のひとつであるといえましょう。そして人間が人間である限り、人間はこの「準創造」の行為をくりかえし、そのなかに神の偉大な創造のわざを反映し、さらにそれを豊かなものにしていくのです。ここに「妖精物語」が今日なお意味を失わない理由があります。トーキンが「指輪物語」を「準創造」することの意味も又そこに見出されます。「指輪物語」は、まさに近代の「妖精物語」にほかなりません。

——J・R・R・トーキン
『ファンタジーの世界——妖精物語について』
猪熊葉子訳、福音館書店、一九七三年、P173

そしてここでの〝準創造〟と呼ばれる行為を、おそらくトールキンは言語の創造から出発した。トールキンの創作言語については複数の研究書が存在しているが(＊19)、創造する行為そのものがトールキンにとってどのような位置づけにあったかという点については、トールキン研究者の赤井敏夫の『トールキン神話の世界』で真摯な考察がなされている。そこではトールキンにとっての言語体系と神話体系が不可分の関係にあるということが、トールキン自身の言葉を通して示唆されている。

これは極論かも知れないが、わたしは次のような見解を提唱したい。すなわち、芸術としての言語を完璧に構成するには、それに付随する神話体系を少なくとも概略だけでも構築しておくことが必要であると。その理由は、韻文による作品は不可避的に(ある程度)完成された神話構造の一部となるからばかりではなく、言語の作成と神話創造とは互いに関連した機能であるためである。個人的な言語に独自の色彩を付与するためには、その中に独自の神話の意図が織り込まれていなければならない。それが個性的であるのは、人間に本来具わった神話創造能力の枠組の中で機能するからであり、個人的な言語が人間の音韻論的限界、もしくは印欧語の音韻的範囲内においてのみ個性的であり得るのと同断である。そしてまたこの逆も真実である。個人的な言語がひとつの神話体系を生み出すこともあるだろう。

——J・R・R・トールキン〝ON FAIRY STORIES〟、
赤井敏夫訳、訳文は赤井敏夫『トールキン神話の世界』、
人文書院、一九九四、P41

芸術として自律した言語は、それ自体が独自の神話構造を帯びなければならない。だがしかし、独自の神話構造が表象する「神話素」(クロード・レヴィ＝ストロース)が、私たちの暮らす日常的な現実から立ち上がってきた別種の神話と交錯してしまう機会は十分に考えられることだろう。

現に Jessica M.Ney の『ミドルアース言語ガイド』では、トー

ルキンが創造した（広義の）のエルフ語のうち、シンダール語とクウェンヤ語に関しては、（トールキンの創造世界における）共通の古代言語に属していると語られる。一方で伊藤盡は、一〇〇〇年頃の『サクソン族の医学書』第二巻、聖書の『ユディト書』、『ベーオウルフ』らをひもとき、「エルフ語」の基板となる「エルフ」という存在の起源を探求している（＊20）。

そして門倉直人はユルセルーム独自の言語を構想していたようで、作品中の随所にその言葉は登場するものの、決して体系だってその文法を明示しなかったのは、個人的な言語と神話体系の関係性を、開かれたものにする必要があると考えたからではなかろうか。だからこそ、門倉直人はむしろ言語と神話体系の「隙間」をこそ重視するのだ。

●〈マジックイメージ〉と内宇宙（インナー・スペース）

この「隙間」と言語、神話を繋ぐものは、門倉直人にとっての「魔法」である。「ホシホタルの夜祭り」において語り手が〝薬医〟から、より高次の階梯である〝呪医〟へと這い上がろうとし、そこで無惨な失敗を遂げたことを思い出そう。彼には「知識はあった」。しかし、「魔法のイメージを感じ、これを組み立てて用いることができなかった」と語られるのだ。

魔法を使うためにはイメージを組み立てて活用する必要があるらしい。だが魔法のイメージとは、いかなるものか。この「イメージとしての魔法」が具体化されたことがユルセルームを特徴づける重要な要因であり、「ホシホタルの夜祭り」においても、魔法は観念的な「イメージ」が、具体的な形をとったものとして実際に立ち現れる。


――落下し、その身をよじるたくさんの蝶……。やがて、それらはつながり合わさってまだら模様の鎖へと変化した。鎖はのたうちながら、こんがらがって固まり、口から泡を吹いて暴れる狂犬へと姿を変えた。

――こっちだ。僕はイメージの現われた方へと歩き始めた。夜とはいえ、もう夏なのに、身体にぞくぞくと鳥肌が立つ。

――しかし歩みを止めるわけにはいかない。僕は心の中にあるイメージを喚起しようと努力した。――金……、金色の炎……。心の中にそれっぽいイメージが浮かびそうになるが、遠かったり近かったり、あるいは一瞬の内に通り過ぎたり、なかなか固定しようとしない。

――このようなときは呼んでやらねばならない……。

「ファ……、ニム・ファ！　ネファー！」

うまいぐあいにイメージが固定した。すぐさま、この心的イメージを手にした杖の先端に集中させ、解放する。

――杖の先に、小さな橙色の光が現れた。

――門倉直人「ホシホタルの夜祭り」

これが「ホシホタルの夜祭り」に登場する魔法のイメージだ。〝薄暗がりの時代〟の因果律を象徴するような各々の意味性を有している。

ここでの意味性は「ホシホタルの夜祭り」という短編の内部にのみ閉じられたものではなく、門倉直人の生み出した架空世界ユルセルームの世界の因果律を象徴する、文字通りのシンボルとして現れている。それが魔法のイメージ＝〈マジックイメージ〉なのだ。ユルセルーム世界における無意識は、その多くが〈マジックイメージ〉として具体化・具現化され、操作の対象となる。〈マジックイメージ〉を介して主体と世界は結びつき、主体〈マジックイメージ〉の操作を通じ、世界と自己の関係を撹乱させるのだ。

門倉直人との署名がなされ商業媒体で発表された書物のうち、〈マジックイメージ〉が言及された最初の作品は、『魔法使いディノン1　失われた体』（ハヤカワ文庫ゲームブック、一九八七、以下『失われた体』）であろう。

『失われた体』は小説ではない。ゲームブックという表現ジャンルを選択している。ゲームブックとは、ひとつの「物語」を「パラグラフ」という大きな括り（必ずしも「段落」を指すわけではない）ごとに分割し、無作為に並び替えたものである。そのため、最初から順番に読んでも意味がない。パラグラフには通し番号が振られているので、読んだパラグラフの指示に従って特定の番号へ進めば、話が数珠繋ぎのようにひとつの意味を形成するようになっている。そうした読者による参与性こそが、「ゲームブック」という名の由来となっていることは間違いないだろう。

この方法が画期的だったのは、小説ではなしえない複数的な物語性を実現したことだ。すなわち、ゲームブックにおけるパラグラフの連結は多様であり、リンクの仕方によってまったく別な展開が生まれる。1→2と「物語」が進んで、次に指示される分岐を3に進むか4へ行くかによって、まるで異なる展開を見せるのがゲームブックならではの魅力である。

しかしながら優れたゲームブックの多くは、こうした複数の選択肢の提示による意志決定の妙のほかに、もう一つ異なる位相から、「物語」を補強するための要因が存在する。それはゲームの「規則」だ。『失われた体』の場合、「物語」の世界を統御する重要な要因としては〈マジックイメージ〉という「規則」の存在が該当する。『失われた体』における「規則」の多くは〈マジックイメージ〉のそれに割かれている。〈マジックイメージ〉を解釈し、時に状況を変革するためにどのように解放するのか、読者は常に選択を迫られることになる。パラグラフ選択とルールシステムの相互作用によって『失われた体』における読者のコミットメントは、いわば立体性を有したものとなるというわけだ。

だが読者は、『失われた体』において、作品に対してメタレベルに立ち、いわば神々の立場から選択を行なうわけではまったくない。他の多くのゲームブックと同じく、読み手は「物語」の主人公である「君」として、作品世界を能動的に変革させる存在としての立場を余儀なくされることとなる(*21)。読者はそれを認めるか、さもなければ最初から本を閉じて立ち去るしかない、というわけだ。

『失われた体』において、「君」は現実世界から召喚され、別の魔法使いによって、これまでの肉体を交換された存在として描かれる。これ自体は特に珍しい展開ではない。けれども『失われた体』の展開は、あくまでも舞台であるベレヌ・アムルの村、周辺に留まっている。

その背景となる舞台であるユルセルーム世界は、南北3500キロメートル、東西4000キロメートルに渡るユルセルーム大陸と、その周辺諸島のことを指しており(*22)、各々の地方に詳細なる設定があって、それらも商業媒体において発表されているにもかかわらず、『失われた体』は極めて限定された地域を舞台としている。

なぜ舞台が限定されたのか。スティーヴ・ジャクソンの『ソーサリー』四部作、イアン・リビングストンの『雪の魔女の洞窟』や『恐怖の神殿』のように、迷宮と野外の冒険を組み合わせ、さながら壮大なアドベンチャー・ムービーのように旅をするゲームブックも存在し人気を集めている。だが、『失われた体』はそうした方法を採用してはいない。そこには何かしらの意味があると見てよいだろう。

『失われた体』においては、冒険といっても「君」の内的世界の探究がその主題となっている。「物語」の途中から、舞台はユルセルームから〈深遠なる国〉という、『ゲド戦記』の第3巻『さいはての島へ』に登場する「死者の国」を想起させる世界に舞台は移行するが、この世界において、〈マジックイメージ〉はユルセルーム世界よりもさらに明確な意味性を帯び、人間の内的な世界との結びつきを、いっそう強く指し示すものとなる。

ここからわかることは、門倉直人が『失われた体』において、内宇宙(インナー・スペース)(J・G・バラード)の探究を主題としているということだ。内宇宙への沈潜が要求するのは、自己と世界の関係性を再整理することである。

しかし内宇宙への沈潜が求めるものは、サルトルやカミュが追究した「実存」に近いものと見るべきだろうか。私は、実存主義の作品群よりも、バラードが敬意を払って作品に触れたというアラン・ロブ＝グリエの思想にこそ、内宇宙への沈潜が志向する実態は近しいものがあると考えている。

二度の大戦を経てその無力さを浮き彫りにした十九世紀的な価値観と、あくまで十九世紀的な価値観を引き摺った上に積み上げられた形式的な冒険とが打ち立てた伽藍は、ロブ＝グリエの見た世界においては、見事に瓦解し崩れ落ちてしまっていた。だからロブ＝グリエらは否応なしに、核たるものを失った自己と、非情さを剥き出しにした社会とが、どのように関わって行くべきなのかを、生存に関わる深刻な問題として考えざるを得なかったのである。そこでロブ＝グリエが採用した苦肉の策は小説内の描写方法から内面の規定を廃し「視線」に注目することで、世界の唯物性を浮き彫りにして見せるというやり方だった。

> 私の視線の相対的な主観性が、まさしく私に、世界における自分の地位を決定するのに役立ってくる。私はただ、自分から、この地位を隷従に変えるのに協力することを避けるだけである。
>
> ――アラン・ロブ＝グリエ「自然・ヒューマニズム・悲劇」、『新しい小説のために』所収、平岡篤頼訳、一九六七年、P84

ここでロブ＝グリエが「視線」を通して模索した「世界における自分の地位を決定する」方策は『失われた体』が目指した方法論とリンクするのではなかろうか。このように考えれば、門倉直人の方法論は、単なる実存主義の反復たる弊を乗り越えることができるだろう。

最終的にいかなる決断を下すかによって、『失われた体』の結末は異なるものとなっている。続篇『闇と炎の狩人』においてはいっそうに顕著だ（「闇と炎」は、ユルセルームにおいては「人間性」のことを意味するのである）。しかし、ここでいかなる選択を行なおうとも、生まれた「物語」は「ホシホタルの夜祭り」の結末と、奇妙な照応を見せることになる。そこで設定されるのは「意味のある偶然」であり、「意味のある偶然」として「君」＝読み手は新たな「自我」のあり方を知ることとなる。

> 「わしは今、自分の名前を思い出した。――決して忘れようとしたわけではなかったが、しかし、今、思い出した。“ホシホタル”、それがわしの名じゃ、――もちろん、ただの偶然じゃが……」
> 「意味のある偶然……」
> だんだんと熱くなった僕の目は、もはや老人の姿を、はっきりととらえられなくなっていた。老人は自分の杖に残った最後の枝――若葉の生えた枝――を折り、これを僕に差し出して微笑んだ。
> 「――そうじゃ。故に、わしはおまえにさらばとは言わん。しかし、ごきげんよう！　つつがなく行かれよ！　魔法は、より小さく、そして、より大きくあらしめられるものならば……」
> 老人は目を閉じ、そして二度と開かれることは無かった。
>
> ――門倉直人「ホシホタルの夜祭り」

彼は「意味のある偶然」として、真の自己を識った。つまり

〈マジックイメージ〉の正しき活用法を「想起」することによって、みごと〝想医〟という位階にまで、自らを上昇せしめたのだ。こうして「ホシホタルの夜祭り」の〝薬医〟－〝呪医〟－〝僧医〟へ至る階梯と、『失われた体』でおいて「君」が「自己」を見出すことの相関関係が明らかになった。その後、門倉直人は「魔法イメージ探訪記」において、〈マジックイメージ〉で定義された数々のシンボルを、いまいちど言葉の領域へ引き戻そうと試みてきた。とすると、「ホシホタルの夜祭り」や『失われた体』で示された階梯とその照応は、『ローズ・トゥ・ロード』の「規則」として、そのあちこちに「宝石が散りばめられている」（鈴木銀一郎）ような形で埋めこまれているのではなかろうか。そして冒頭で語ったような『ローズ・トゥ・ロード』の表紙が誘うものは、かような方向性だと言えるのではなかろうか。

『ローズ・トゥ・ロード』で生成される「物語」のモデルの一つとして「ホシホタルの夜祭り」や『失われた体』を見た場合、「空白の隙間」で行なわれることを期待されていた重要な作用として、こうした「他者」としての「自我」との出逢いを挙げることができるだろう。そうした過程を経て初めて、近代的な「自我」を忘れ去ることは可能になり、［透色］を受け入れる準備ができる。世界が少しずつ浄化される――かもしれない――その萌芽が見えてくる。

アンブローズ・ビアースは自ら編纂した英語辞書の「辞書編纂者（lexicographer）の項目に「言葉に定義を与えることで、言葉の持つ可能性をそぎ落とす者」としたが（＊23）、ビアースの言う「定義を与えること」と「可能性をそぎ落とすこと」。すなわち言葉に意味を与えることと、「意味づけ」を「忘れる」ことのあわいを彷徨い、目眩いがするようなその道程を楽しみ、可能ならば合間合間に垣間見える真空に言葉を与え、その言葉を、ひいては言葉を発する者たちの思考を、彼らが向き合う世界をも含めた形で「変容」させること。そしてその行為が、信頼できる仲間とともに行なわれること。

こうした「変容」の過程がいずれ無意識の底に沈み、世界の変化そのものが忘れ去られ、『ローズ・トゥ・ロード』という書物の目指したものが特異な「規則」ではなく、言葉から創造性を引き出すひとつの法則となりえた時……『ローズ・トゥ・ロード』は、そして門倉直人は、また新たな階梯へと一歩踏み出すこととなるだろう。

● After Session, One Question

トールキンに出会ったときぼくはお願いするのだ。

「あなたの〝準創造〟の秘密を教えてください」

すると、教授はだまって一冊の本を差しだす。ぼくはひったくるようにその本を手に取り、ページをめくり始める。とたんに困惑する。

「なにも書かれていません。すべて白紙じゃないですか！」

　そしておそらく（パイプタバコをくゆらせながら）教授はやさしくこう告げるのだろう。

「言葉を記しなさい。あなたの言葉を」

　突如、星のない空と果てしなく広がる空虚な空間にぼくは放りだされる。不安でさびしくていたたまれなくなって挫けそうで、もう笑うしかない。考えるだけでもおそろしい事実を突きつけられた。

　ぼくがこれまで『物語』だと信じていたものは所詮773人目の神様を作りだす行為にすぎなかったこと。そしてぼくがこのさきその呪縛から逃れられる保証もないこと。

　いまなら世界を創造した神様の気持ちがわかるような気がする。半ばヤケクソだったんじゃないかと。

「光あれ」だと？

　やれるというのか？　このぼくに？

　これならいっそ地獄に落ちてメフィストとダンスを踊りながらベルチ・ザ・バーバリアンの同人誌でも作ったほうが幸せなんじゃないかとさえ思えてくる。

　チクショウ！

　手が、震える。

——仲知喜「no road」（「Tales of the Dragon's Tail」より、引用にあたって一部改変）

　ここで問われている問題を考えてみよう。あなたがトールキンに会うことができたとする。そうしたら、あなたはなんと尋ねる？

　仮に「あなたの〝準創造〟の秘密を教えてください」と頼んだとしたら、すべて白紙の本を渡されたとしたら、あなたはあなた自身の言葉として、一体何を記すことになるだろう？

　果てしない空虚に落とし込まれ、虚無に飲み込まれないためには、言葉を記すほかなかったとしたら？　いったいどのような言葉を記すのだろう？　真空の中で、向き合う対象が自分しかなく、進み行く階梯がすべて合わせ鏡のように続く「自己」の無限の反芻に終わってしまうのだとしたら？

　いずれにしても、書く手だてとしてばかりでなく、考える手だてとしてぼくに与えられているらしい言語は、ラテン語でもなければ英語でもなく、イタリア語でもなければスペイン語でもなく、単語の一つすらぼくには未知の言語ですが、その言葉を用いて物いわぬ事物がぼくに語りかけ、その言語によってぼくは、いつの日か墓に横たわる時、ある未知の裁き手の前で申しひらきをすることになるだろうと思うのです。

——フーゴー・フォン・ホーフマンスタール『チャンドス卿の手紙・アンドレアス』、川村二郎訳、

講談社文芸文庫、一九九七年、P25

跪き、申し開きをするのではなく、ホシホタルのように真空を照らし出すための「規則」。それを門倉直人は模索してきたのではなかろうか？

> 世界がこのまま続いていき、もっと人間的になりうるのだと信ずるためにも、想像力は必要なのだ。今やヨハネの黙示録が盛んである。自分たちの支配に日没を見ている人びとは、世界の崩壊という鍵の中でこの日没を生きているのだ。
>
> ——ジャンニ・ロダーリ『ファンタジーの文法』、窪田富男訳、ちくま文庫、P293

【脚注】

（＊1）表紙の描写についてはウェブログ「club chain mail」におけるエントリ「ユルセルームを彷徨う」の表現を借用した部分が多い。この場を借りて厚くお礼を申し上げたい。http://d.hatena.ne.jp/polypousrace/20100402

（＊2）門倉直人『ローズ・トゥ・ロード』、二〇一〇年、P6。続く引用部はP7。原則として、特に断りのない限り、本稿ではこの2010年版（『The Wander Roads To Lord』と呼ばれる版）を『ローズ・トゥ・ロード』として語る。なお、『ローズ・トゥ・ロード』の成立にあたっては、一九七四年の『ダンジョンズ&ドラゴンズ』から始まる「ロールプレイングゲーム」（RPG）の伝統が重要な影響を与えており、『ウォーハンマーRPG』などの（特に）海外のRPGが背景としている西洋の思想史・社会史とも密接な関わりを持っているのみならず、それは門倉直人自身の「遊戯」観とも密接な関わりを有している。「R・P・G」1号、「ゲームデザイナー対談：ぼくらは、お話のなかに生きている」、国際通信社、二〇〇七年、P146を参照。なおここでは「21世紀、SF評論」の読者の理解を促すため、また『ローズ・トゥ・ロード』の特徴を明快な形で提示するため、そして論考の焦点を絞るため、あえて『ローズ・トゥ・ロード』を「もの語り遊戯」として語っている。このことはRPGとしての『ローズ・トゥ・ロード』を軽視しているわけではまったくないことを書き添えておきたい。誤解なきよう付言すれば、『ローズ・トゥ・ロード』はRPGの一種として理解するのはまったく差し支えなく、またそもそも後述する『ローズ・トゥ・ロード』の初版自体が日本のRPGにおけるパイオニア的な作品であり、『ローズ・トゥ・ロード』こそが日本のRPGの礎の一端を築いたと言っても過言ではないだろう。それに門倉直人自身、RPGと「もの語り遊戯」の境界線を厳密に設けているわけではないようにも思われる。それゆえRPGというジャンル史内での『ローズ・トゥ・ロード』の特異性については、今後の研究が期待される重要な仕事であることは言うまでもない。蛇足ながら筆者に関して言えば、RPGライターとしても活動を続けており、RPGというジャンルの特異性については、自分なりに考え、その成果を作品や実演、講演という形で発表してきてもいる。RPGの物語論的な位置づけについては、二〇〇九年七月五日のSF学講座「「ナラトロジー」×「ルドロジー」――新たな角度からSFを再考する」において、筆者のRPG畑での仕事『アゲインスト・ジェノサイド』（狩岡源監修、岡和田晃著、新紀元社、二〇〇九年）を題材に、本稿とは重複する問題意識について考察を試みた。

（＊3）Katie Salen and Eric Zimmerman, "Rules of Play: Game Design Fundamentals". (Massachusetts Institute of Technology Press, 2004), P.81、引用箇所の訳文は蔵原大による。

（＊4）『ローズ・トゥ・ロード』が実際どのように遊ばれるかについては、長月りらが『Role&Roll』Vol.70（アークライト／新紀元社、2010年）より連載している「リプレイスソング」というリプレイ（プレイ記録を読み物として整理したもの）が役に立つ。ウェブ上で読めるまとまった報告としては、東條慎生『『ローズ・トゥ・ロード』というRPGをやってみた」（http://d.hatena.ne.jp/CloseToTheWall/20101104/p1）が参考になる。

（＊5）高橋志行「文芸批評家のためのルドロジー入門」。

（＊6）高橋志行「ロールプレイング・ゲームの批評用語」。

（＊7）ここで筆者が「物語論（ナラトロジー）」と言う時、主にウラジミール・プロップの『魔法物語の研究　口承文芸学とは何か』（齋藤君子訳、講談社学術文庫、二〇〇九年）に代表されるようないわゆる「ロシア・フォルマリズム」の伝統と、ジャン・リカルドゥー『言葉と小説――ヌーヴォー・ロマンの諸問題』（野村英夫訳、紀伊國屋書店、一九六九年）に代表される「ヌーヴェル・クリティーク」の伝統を、包括的な形で念頭に置いている。ただし『ローズ・トゥ・ロード』の設計コンセプト自体は、リカルドゥーが語るような言語生成によって生まれる意味の集合体というヴィジョンに近い。

（＊8）ここは日本語文法で定義されるところの「語幹」より、意図して若干ずらされたものとなっているのではないかと筆者は考えている。

（＊9）この過程をゲームの文法で考えるためには、前掲の「ロールプレイング・ゲームの批評用語」の「共同ゲームデザイン」を参照されたい。

（＊10）『ファンタジーの文法』P16。

（＊11）田中均『ドイツ・ロマン主義美学』、御茶の水書房、二〇一〇年、P188。

（＊12）この初版『ローズ・トゥ・ロード』は、シミュレーションゲームや『ダンジョンズ&ドラゴンズ』など初期のロールプレイングゲームの影響が極めて色濃い。二〇〇二年にはエンタープレインから増補や改稿を加えた『ローズ・トゥ・ロード』の復刻版が発表された。また本稿で登場する「魔法」についての考察は、門倉直人の『ビヨンド・ローズ・トゥ・ロード』（一九八九年）や、復刻版に伴うサプリメント『タトゥーノ〜〝風に絵を描く〟かりそめの魔法』(門倉直人監修、小林正親著、アークライト、二〇〇三年)を外しては語れないが、本稿はあくまでも物語論的なアプローチを基体とするので、ロールプレイングゲームのシステマティックな伝統にまで踏み込む余裕はなく、別の機会を待ちたい。

(＊13) 『ドイツ・ロマン主義美学』、P170(直前の引用を含む)。

(＊14) ただし高橋志行のように、RPGの動的なモデルを、パースの記号学を想定した「index-symbol」サイクルを援用しつつ思考している研究者も存在している(高橋志行×永田希「ブレインダンス・クラウドコア」、「モダン・ラヴ」所収、終わりの会、二〇一〇年、P6)。

(＊15) 例えば司史生ほか『大旗戦争』、遊演体、一九九六年、P185〜186「関連資料目録」を参照。

(＊16) 門倉直人監修、小林正親執筆『ローズ・トゥ・ロードリプレイソングシーカー』、新紀元社、二〇〇六年を参照。

(＊17) ケルト神話の解説は拙稿「「世界内戦」とわずかな希望――伊藤計劃『虐殺器官』へ向き合うために」(「SFマガジン」二〇一〇年五月号)と重複する部分があるが、重要であるために改めて本稿でも言及を行なう。

(＊18) J.R.R.Tolkien "ON FAIRY-STORIES"、Edited with Notes by FUJIO AOYAMA、北星堂書店、一九七六年。

(＊19) 伊藤盡『「指輪物語」エルフ語を読む』青春出版社、2004年、Jessica M.Ney、佐藤康弘訳、『ミドルアース言語ガイド』、ホビージャパン、一九八九年など。

(＊20) 伊藤盡「入門! エルフ語講座」レジュメ、二〇〇九年一一月一七日。

(＊21) トールキンはサミュエル・テイラー・コールリッジの言う「不信の自発的停止」(willing suspension of disbelief)を援用しつつ、詩的真実を自然に受容する主体と方法のあり方を模索するが("ON FAIRY-STORIES",P.36)、"ON FAIRY STORIES"での講演におけるトールキンは、そうした作為をも迂回させようとしているように見えることはきちんと指摘する必要がある。現に文学作品において二人称を主体とした作品の代表としては、ミシェル・ビュトールの『心変わり』を挙げることができるだろう。ここでの「君」という二人称という効果は読者そのものを名指すのではなく、一人称の記述と三人称の記述、その中間点を模索するものとして機能していた。その点『心変わり』と、『失われた体』などのゲームブックに登場する「君」は大きく異なる。

(＊22) 門倉直人『ローズ・トゥ・ロード』、エンターブレイン、二〇一〇年、P74。

(＊23) Ambrose Bierce,"Devil's Dictionary",Bungay (Penguin Books 1984) P.207f. 引用箇所の訳は古田島伸知による。

ゲームとミステリ

——二〇二二年と二〇二三年

●伝奇ミステリ

本書所収の「現代「伝奇ミステリ」論——『火刑法廷』から〈刀城言耶〉シリーズまで」では、伝奇ミステリというミステリとホラーを融合したサブジャンルについて考えるにあたり、京極夏彦の〈京極堂〉シリーズから三津田信三の〈刀城言耶〉シリーズに至る流れを通史的に追っています。いわゆる新本格以降の伝奇ミステリから現代の〈刀城言耶〉シリーズに至るまでに、いかなる変遷が起きてきたのか、ということですね。

まず戦後日本において、伝奇ミステリと呼べる作品は粛々と書かれてきました。横溝正史以降も、高木彬光など、いろいろな作家が書いているわけですが、一方でミステリとホラーの融合を原理的に考えた例は意外に少なかった。むしろ大衆的な支持を得ていたのは栗本薫『魔界水滸伝』のような伝奇ロマンであった以上、そうしたものがよくイメージされたと思うのです。

そうした伝奇ロマンの流れが、新本格のある種の〝軽さ〟に影響を与えているのかなとも思います。一方で、新本格が本格の復興運動という側面を強く持ったときに、改めてミステリとホラーの関係を再定義しなければいけなくなった。

新本格はパズラー的だと言われてきましたが、単なるパズラーに留まらない、意欲的な作品も書かれました。つまり、〈京極堂〉シリーズのような作品です。認知科学のフレームを持ち出すことによって、とらえ方の定まらない土俗的なものを明晰に整理し、再構成したのが大きな特徴ですが、この際に重要になるのが、『姑獲鳥の夏』の参考文献に挙がっている小松和彦『憑霊信仰論』。これは社会学的な文脈によって、分類しがたい民俗信仰というのをうまくまとめた論考です。後に三津田信三も援用していますが、京極夏彦の場合は、人知を越えた恐怖を理解可能な領域へ引き寄せるために、『憑霊信仰論』の方法論を認知科学に接続しました。

京極的なものから三津田的なものへの移行の背景には、怪異を何かの象徴としてとらえるという見方そのものが変化したのかなと考えています。象徴を重視しすぎると、メタフィクション的視点が前提となり、やがては袋小路に入ってしまう。『黒い仏』以後の殊能将之作品、とりわけ『キマイラの新しい城』、摩耶雄嵩『隻眼の少女』のような作品を読むと、一つの隘路に入りつつあるのかなと危惧します。そこで三津田信三は距離をとって、京極夏彦が象徴として用いた超自然的な要素を、箱庭的世界を造りあげるための道具として持ってきたというのが私の仮説です。

幸い、二〇一二年の初出の際には、二十代前半の読者からも好意的な反響があり、また途中でエーコ『薔薇の名前』を補助線として入れたところも好評でした。一方、巽昌章『論理の蜘蛛の巣の中で』などの批評では、〈刀城言耶〉シリーズの方法論は、一種、バーチャルなものとして理解する見方を採っています。

●本格ミステリとモダニズム

そもそも本格ミステリは、ジェイムズ・ジョイスなどのモダニズム文学から自らを切り離すことによって成立した文学という側面があります。ただ、そこで時代性が再帰的に入り込んでくるところがあって、第二次世界大戦後に成立した「ヌーヴォー・ロマン」はミステリとしてもモダニズム文学としても読める。いわばジャンルについての認識論的な問題に挑戦しているというわけで、その曖昧さは現代ミステリにもつながっています。それは近代の暗部に切り込むことにもなるのです。〈刀城言耶〉シリーズの近作『幽女の如き怨むもの』が重要です。この作品では、本格要素が軽くなり、また、ホラーというよりも、遊郭の風俗描写に重きが置かれているように見えます。ただ、こういう構成になったのは、近代知が鬼子として生んだ公娼制度を描くうえでの必然であろうとも感じました。遊女という、声なき存在「サバルタン」（スピヴァク）を、遊郭という閉鎖世界と明治から昭和に至る時代の変化を背景に、うまく描き出しています。伝奇ミステリという技法は、構造化しづらい近代の暗部を伝えるための有効な方法なのでしょう。

その意味で、ミステリの隣接ジャンルを見渡してみれば、ホラーが活性化しているのって、実は大事なんじゃないかなと思います。専門誌「ナイトランド」の奮闘が記憶に新しいのですけど、最近は創土社が日本人作家によるクトゥルー（クトゥルフ）神話の復刊や新作の刊行に力を入れていて、二〇一三年の九月には『ホームズ鬼譚～異次元の色彩』というラヴクラフトのオマージュをテーマとした新作アンソロジーが出たんですね。執筆陣に山田正紀さんや北原尚彦さんがいることもあって、なんとホームズのパスティーシュにもなっています。つまりクトゥルーとホームズの二重縛り（笑）。

古参のファンが喜びそうな内容と思われがちですが、最近はクトゥルーやホームズが一種の共通言語として浸透してきたためか、新しい読者も入ってきているみたいで、そのような層にも少なからずリーチしているようです。ホームズとクトゥルー、それぞれのファンはお互いにタイプが似ているから、相乗効果もあるでしょう。ホームズものだと、ホロヴィッツの『絹の家シャーロック・ホームズ』や、田中啓文の『シャーロック・ホームズたちの冒険』が話題になりましたね。アメコミの『ヴィクトリアン・アンデッド　シャーロック・ホームズ vs.ゾンビ』なんて怪作もインパクトありました。

●『人狼』ミステリと、日本的なムラ社会

ゲームブックは、いわゆるコンピュータゲームで言う〝作業ゲー〟みたいなのとは違います。単にお使いを繰り返して惰性でレベルアップすればクリア可じゃなくて、考えないと進めない。最近では、リアル脱出ゲームの話とソーシャルメディアを連動させたオルタナティブ・リアリティ・ゲーム（ARG）が盛んです。タカラトミーが与論島で主催した「ヨロン島 リアル人生ゲーム島」など、まさに新本格という感じですが、地方の振興と結びついているのかなとも思います。

それと『汝は人狼なりや？』、いわゆる『人狼』も盛んです。イベントでは、盛り上がっています。参加者二百人という大規模な『人狼』も行なわれるほど、盛り上がっています。ミステリ的には、シリーズ化もされた川上亮『人狼ゲーム』に言及しておきたいとこ。映画にもなりました。この小説内では『人狼』が、いわゆるJホラーや『バトル・ロワイヤル』の文脈とドッキングしています。要は主人公の女子高生が拉致されて、生き延びたければ『人狼』で勝利しろと。『人狼』って、村人が投票で仲間に混じった人狼らしき人物を吊るしていき、吊られなかった人狼は秘密裏に村人を殺すことができる、という流れで進むのですが、『人狼ゲーム』では、本当に人が殺され、その心理的な葛藤にスポットが当てられる。そこに、高校生の人間関係が関わってくるんです。つまり「学園＝ムラ」としてのディストピア。それが『人狼』的な相互干渉性に結びつくのって、Twitter や Facebook のようなSNSの浸透と切り離せないと思います。

『人狼』って、『マフィア』という名前でも長く知られていた欧米の伝統ゲームですが、日本で火がついたのはここ数年で、最初はネット経由でした。本格ミステリでは二〇〇九年の千澤のり子『マーダーゲーム』が『人狼』を題材にした先駆的な傑作です。千澤さんは『マーダーゲーム』のためにオリジナルの『人狼』ルールをデザインし、リアル脱出ゲームにも見られる宝探し要素や、「（ネット）いじめ」の問題を入れ込みながら、舞台となる小学校と『人狼』のゲーム空間とを自然に溶け込ませられるように工夫しています。時代の流れを完璧に予見できていたので、今こそ再評価されなければならないでしょうね。

川上亮『人狼ゲーム』がインパクトと臨場感を重視しているとしたら、『マーダーゲーム』は作りこみが光ります。千澤さんは秋口ぎぐる名義で批評を書いていますし、川上さんは別名義で『キャット&チョコレート』というナラティヴ要素の強いゲームをデザインして日本ボードゲーム大賞を獲得していますから、批評性とゲーム性の融合が重要なのでしょう。こういう参加型のミステリが増えてくるんじゃないかなという予感が、ひしひしとしています。すごい鉱脈が眠っているかも。そうそう、この前、明治学院大学にたまたま仕事で行ったら、カフェ

でテニスサークルとか入ってそうな大学生がみんなで『人狼』をやっていて、すごい浸透率だなと思いました。テレビ番組にもなっちゃって、芸能人の対戦を実況中継したり……。これは近代のムラ社会では空気といった可視化できないものが、一つのルール体系として整理されている、米澤穂信『折れた竜骨』にも繋がるでしょう。ハイ・ファンタジーや会話型RPG（テーブルトーク）の世界設定にも通じる論理に則った特殊設定ミステリとして、『折れた竜骨』の推理は面白いですね。

●新しいフレームとしての「変格」

本格を原理的に捉え過ぎると、自閉的になっていくことは避けられません。「旧来の原理的な評価枠に加えて、新しいフレームも入れなければ、海外作品も論じられません。大事なのはバランスです。実際、海外のミステリでも、スターリン体制下の徹底した管理社会を舞台にしたトム・ロブ・スミスの『チャイルド44』、今年邦訳された作品だと、無神論が席捲した一九七三年のアルバニアが重要な舞台となるW・P・ブラッティの『ディミター』などの意欲作が、これまでのミステリで描きづらかった社会状況をうまくモデル化しており、新しい批評の枠組みを切実に必要としています。旧来の原理的な評価枠に加えて、新しいフレームも入れなければ、海外作品も論じられません。大事なのはバランスです。SFには「浸透と拡散」という言葉がありますが、単に拡散を主張しているだけではないと理解してもらうことが重要です。

二〇一二年から一三年のミステリとその周辺の状況を改めて概観してみると、推理のために採用される方法や推理のベースになる共同体や知の土壌が、完全に溶解し、あるいは拡散してしまっているのだなという認識を新たにせざるをえません。少なくともゲームミステリは、本格のフレームを素朴に反復することに何らリアリティーを見出していない。今年の収穫として松本寛大『妖精の墓標』は外せないでしょうが、この作品も本格ではありますけど、謎解きの快感が強調されるわけではまったくない。探偵は認知科学の知見を駆使しながら、本格という構造そのものを一種の神話として美学的に語り直すのですが、それはさながら、島田荘司が演出した「新本格」に対する挽歌のようです。

あるいは倉数茂『魔術師たちの秋』においては、中井英夫や稲生平太郎といった戦後の「変格」の文脈がしたたかに取り入れられています。二〇一三年九月に出た谷口基『変格探偵小説入門　奇想の遺産』では、本格に対比される「変格」の祖型として、先駆的な映像メディアとの連関性といった見地から谷崎潤一郎の作品が議論の遡上に載せられました。ひょっとすると「ポスト新本格」あるいはメフィスト賞以後における、「変格」のかたちが、社会とメディアの変遷を踏まえながら、再定義される時期に来ているのかもしれません。

イロニーとしてのシェアードワールド
——『闇のトラペゾヘドロン』×『クトゥルフ神話TRPG』

※高木彬光「邪教の神」、積木鏡介『歪んだ創世記』および「マ★ジャ」、殊能将之『黒い仏』、ウンベルト・エーコ『フーコーの振り子』の核心に触れています。

本稿では現代日本のミステリと、H・P・ラヴクラフト（以下、HPL）の文学および彼の創造した「クトゥルー（クトゥルフ）神話」との関わりを考察していく。HPLは著名なエッセイ「文学における超自然の恐怖」（初出は一九二七年、以下すべて原著発表年）で、ゴシック小説の歴史や幽霊文学、あるいは自身が「フィクションにおける私の神」と手紙に書くほどの影響を受けたエドガー・アラン・ポーらの系譜について論じている。HPL自身、ポーに学んだだけあって、サスペンスに満ち——「謎」とその論理的解明を基調とした——ミステリとして評価できる作品が少なくない。「アウトサイダー」（一九二六年）では叙述トリックが駆使され、「戸口にあらわれたもの」（一九三七年）は倒叙の構成が採られている。長篇「チャールズ・デクスター・ウォード事件」（生前未発表）は堂々たる本格の風格を湛えた傑作で、ミステリとしても一級品だ。また「クトゥルーの呼び声」（一九二八年）は、日本で最初に書かれたオリジナルのクトゥルー神話小説とされる高木彬光の「邪教の神」（一九五六年）に、強烈な影響を及ぼしている。

「邪教の神」では邪神クトゥルーを模したと思しき「チュールー神」の像を手にした者が、次々と怪死していく事件が描かれる。レッドヘリングとして邪神のしもべと称する怪人物が登場するが、名探偵・神津恭介により、事件の真相はあくまでも金銭と男女のしがらみに起因すると論理的に解明される。その意味で「邪教の神」は本格ミステリの結構を有しており、事件解決後に「残余」として超自然的要素が仄めかされることからしても、横溝正史から三津田信三に至る「伝奇ミステリ」のひとつとして理解ができる。

一方で、物語における小道具（ガジェット）の域を越えてミステリとクトゥルー神話の切り結び方を主題的に考えるためには、神話の核を構成する内在的論理に踏み込まねばならない。校訂版HPL作品集の編纂で知られるS・T・ヨシは、クトゥルー神話を「HPLの作品のいくつか、とりわけ最後の十年に書かれた「宇宙的」な作品の根底にある擬似神話」と批判的に紹介したうえで、その「擬似神話」は「人工神話というよりも反神話――現代にのみ可能になった神話」なのだと論じている（『Ｈ・Ｐ・ラヴクラフト大事典』、二〇〇一年）。この「反神話」とは、「人類の歴史や宇宙の歴史、英雄の事績などを説明したり語ったりすることを目標とした伝承や伝説」のような伝統的な神話概念とは異なり、「登場人物が作中で事実と信じてしまったということになっている一連の出来事」を意味している。つまり、クトゥルー神話の構成原理は、ロマンティック・イロニー（参考：Ｆ・シュレーゲル）にほかならないというのだ。

「文学における超自然の恐怖」でＨＰＬは、怪奇幻想小説の本性と目的を「混沌と底知れない宇宙の悪魔からの攻撃に対する唯一の守りである自然の法則の、悪意ある停止あるいは敗北」だと定義づけている。この定義は、クトゥルー神話が体現する「宇宙的恐怖（コズミック・ホラー）」のイロニー的な構造を明快に説明したものとも解釈できるものの、それが複数の作家が作品世界を共有し拡張させるシェアード・ワールドという形で受け入れられ定着を見せたところに、クトゥルー神話のしたたかな内実は存在している。

このようなシェアード・ワールドの意義を考えるにあたって、ロールプレイングゲーム（ＲＰＧ）という新しい形式で「クトゥルー神話」を捉えた『クトゥルフの呼び声』（現行版は『クトゥルフ神話ＴＲＰＧ』表記、一九八一年〜、以下ＣｏＣ）が参考になる。ＣｏＣのような会話型ＲＰＧは、単に世界観をシェアするのみならず、参加者相互が直截的に影響を及ぼし合うことを焦点化した「シェアード・ゲームデザイン」（高橋志行、「モダン・ラヴ」、二〇一〇年）というスタイルをとっているからだ。この「シェアード・ゲームデザイン」という考え方は、二〇一二年頃からの「クトゥルー神話」のリバイバル・ブームが、動画サイトを中心としたＣｏＣの再評価とセットになっている現状を鑑みれば、欠かすことのできない分析ツールとなるだろう。

もう少し詳しく説明すると、ＣｏＣは単に双方向的だというだけではなく、参加者が演じるキャラクターの立場を「探索者（インヴェスティゲイター）」として明確に位置づけた点、神話的怪異に遭遇すると「正気度（サニティ）」（ＳＡＮ値）が下がって精神に変調を来たすという特徴的なルール、あるいは単純な善悪二元論に回収されない世界観の妙によって、「宇宙的恐怖」を「主体的に参加するもの」として再設計することが企図された作品となっている（参考："Different Worlds" issue 19、一九八二年）。ゆえに、単なるメディアミックスに終わらず、イロニーとしての「宇宙的恐怖」をゲームというメディアを通して洗練させることに成功したがゆえ、「新本格」の勃興と重なる一九八〇年代後半から、ＣｏＣは陰に陽に影響力を発揮し続けてきたのだ。

実際、熱心なＨＰＬファンとして知られる佐野史郎は、嶋田久作や石川真希、ペヨトル工房の編集者・小川功と「五日間ぶっ通し」でCoCをプレイしていたと告白している（「R・P・G」Vol. 1、二〇〇七年）。このような熱気をミステリ作品へ「翻訳」し現在に伝えてくれる先駆的作品として、斎藤肇『夏の死』（一九九一年）が存在する。『夏の死』は、その不安定な世界観を表現するにあたってCoCを作中作として登場させ、一定の効果を上げている。また、市販されているCoCのシナリオ群には、綿密な考証に基づく設定も相まって――有坂純&門倉直人の『黄昏の天使』（一九八八年）など――単体のミステリ作品として評価できるものも少なくない。またCoC日本語展開にもスタッフ側で関わっている松本寛大は『妖精の墓標』（二〇一三年）で、シナリオ集『療養所の悪魔』（ロバート・M・プライス、一九八三年）に由来する固有名を出すなど、作品構築にあたっての影響を仄めかしている。

前述したクトゥルー神話のブームを受けて創土社が刊行を開始した〈クトゥルー・ミュトス・ファイルズ〉叢書（二〇一二年～）は、ゲームとインターネットを介して「浸透と拡散」を遂げたクトゥルー神話に対し、実力派作家たちがアンサーとして「抽出と凝固」を試みたラインナップとして理解することができる。とりわけ『ダンウィッチの末裔』（二〇一三年）に始まる、特定のHPL作品をテーマにした小説・ゲーム・コミック・アート等、三人の作家の競作を収めるオマージュ・アンソロジー群は――それこそ〈異形コレクション〉シリーズ（一九九八～二〇一一年）のように――ミステリ読者にとっても興味深く読める作品が揃っている。

本稿の文脈では、高度経済成長期、土俗的な因習が残る南信州を舞台にした間瀬純子の「羊歯の蟻」（『ユゴスの囁き』所収、二〇一四年）は――緻密かつ彫琢をきわめた文体と鮮烈なイメージ喚起力をもって――CoCで探索者たちが行なうような冒険を雰囲気たっぷりに描き、伝奇ミステリの形式論的な窮屈さから一歩踏み出すことに成功した。CoC的なアプローチといえば、図子慧の「電撃の塔」（『無名都市への扉』、二〇一四年）も外せない。語り手の父であるカメラマンの変死と、「人種の美しいカクテル」と形容される少女アンヘラをめぐる騒動に、語り手のルーツの謎が模索されるお約束的なプロットに、巧妙なずらしが加えられていく。その過程でライトモチーフとして日本神話が導入されることにより、HPLの「無名都市」（一九二一年）に内在するオリエンタリズムが、ゆるやかに解体されていくというわけだ。

クトゥルー神話の定形に対する批評意識ということでは、『チャールズ・ウォードの系譜』（二〇一三年）に収められた立原透耶「青の血脈～肖像画奇譚」も忘れてはならない。同作は伝奇ミステリの起源である志怪小説――「妖怪・変化、死霊・神仙」がその題材となる――を「宇宙的恐怖」の視点から現代的に再解釈した異色作だ。同種の批評性を正反対のベクトルで追究するのが、『超時間の闇』（二〇一三年）に収録された林譲治「魔地読み」である。同作は現代日本のファシズム的な政治状況を環境管理型権力として徹底させることで、海外のシーンで「新しい波」として注目される「クトゥルフパンク」にも通じる野心作に仕上がっている。

あるいは、「宇宙からの色」(一九二七年)と〝シャーロック・ホームズもの〟の二重縛りで書かれた『ホームズ鬼譚～異次元の色彩』(二〇一三年)。同書は明らかに、CoCの追加設定資料集(サプリメント)『クトゥルフ・バイ・ガスライト』(ウィリアム・A・バートン、一九八六年)からインスピレーションを受けているが、収録されたフーゴ・ハルの「バーナム二世事件」は、地図や手がかりを主体的に駆使して読者が事件を推理するという趣向のゲームブックだ。つまり、デニス・ウィートリーの『マイアミ沖殺人事件』(一九三六年)や著者が関わった『シャーロック・ホームズ10の怪事件』(日本語版一九八六年)の実質的な後継作となっている。ゲームを通して前景化した読書行為論の視点に、島田荘司ばりの大がかりな物理トリックが融合し、論理的な解決を見た事件は、「宇宙的恐怖」へ再帰的に収斂されていく……。

以上の文脈で、二〇〇二年の『芙路魅(ふじみ)』以降、紙媒体での新作発表が途絶えていた積木鏡介の問題作「マ★ジャ」を考えてみたい(『闇のトラペゾヘドロン』所収、二〇一四年)。そもそも積木のデビュー作『歪んだ創世記』(一九九八年)は、時間が不連続に逆行し幾重ものメタ視点が張り巡らされた世界を描く、奇怪なメタフィクションだった。そのクライマックスではクトゥルーが登場するが、これは「全能の殺人鬼＝〈創造主〉の歪んだ脳細胞」が生み出した世界の一貫性を断ち切るための異分子として機能している。つまり、ジャック・ラカンの精神分析理論に準えれば、クトゥルーが「象徴界」の秩序を粉砕し、その裂け目に読者行為論の視点を導入したものとして読むことができるのだ。

『闇のトラペゾヘドロン』に「闇の美術館」を寄せている倉阪鬼一郎の初期作品、「地底の鰐、天上の蛇」(一九八五年)を参照すれば、「マ★ジャ」の方法論がより鮮明に見えてくる。「地底の鰐～」は、HPLの十四行詩連作「ユゴス星より」(生前未発表)や、荒巻義雄の観念論的土木SF「大いなる正午」(一九七〇年)の手法を貪欲に取り入れることで、「宇宙的恐怖」が垂直的に追究されている。けれども「マ★ジャ」では、そのような、孤高にして素朴な方法は選択されない。おそらく「地底の鰐～」のような垂直性に、積木は、他者の介在する余地がないと考えているのだろう。

代わりに積木は、犯罪者が抱える〝心の闇〟といった俗説が伝播していく過程や、宇宙的恐怖を素朴な善悪二元論に回収したと批判されるオーガスト・ダーレスのクトゥルー神話観を*敢え*て取り入れる。つまり、クトゥルー神話にまつわる多面的なコードをジャンクなままに同居させ、それらが混在したままの状態で、落語めいた「笑い」で一気にオトしてしまうのだ。

実のところ、このような技法には先例がある。殊能将之の怪作『黒い仏』（二〇〇三年）では、探偵の推理に裏から「操り」を加える存在として、邪神たちの暗躍する姿が描かれていたが、その乱雑さは「マ★ジャ」を彷彿させる。また、ウンベルト・エーコは、陰謀論とオカルトのフルコース料理とも言うべき『フーコーの振り子』（一九八八年）のクライマックスで、いささか唐突に「クトゥルフ」の名前を真犯人たるサン・ジェルマン伯爵に叫ばせ——読者を脱力させながら——偽史的想像力の妥当性を問うていたが、このやり方は「マ★ジャ」によく似ている。

三作品に共通するのは、ＨＰＬのイロニーを「笑い」を通して脱臼させるという試みである。「宇宙的恐怖」の背後には、宇宙の法則すべて日常の一挙手一投足が、自分たちの手の届かない超越的なものによって予め決定されてしまっているというシニシズムが存在する。そうした諦念へ曖昧に身を委ねて終わるのではなく、他者としての不確定性を取り戻すことで生まれる意味とは何だろうか。「マ★ジャ」が投げかけるのはまさにこの問題で、「僕たちはこの宇宙の傍観者ではなく、宇宙という巨大なＲＰＧのプレイヤーなのです」（『クトゥルフ・ハンドブック』、一九八八年）という山本弘の言葉が、同作を読み解く重要なヒントとなるだろう。

サイバーパンクとクトゥルフパンク

——その理論的枠組みについて

——〈クトゥルフパンク〉をご存知だろうか？

何だそれ、聞いたことない、という方がほとんどだろう。先に種明かしをすれば、これは一九九五年に発売された『ガープス・クトゥルフパンク』（未訳、以下『クトゥルフパンク』）という会話型ロールプレイングゲーム（テーブルトークRPG、TRPG）で採用された概念のことだ（＊1）。おっと、ゲームとは縁がないという方も待ってほしい。ゲームだけに留まらないトランスメディア的な方法論として、〈クトゥルフパンク〉という考え方が今、英語圏の若い作家から提唱され、ホラー小説の〝新しい波〟として注目を集めているのだ。そこで〈クトゥルフパンク〉について、源流たる『ガープス・クトゥルフパンク』を軸に考えてみよう。

　クトゥルフパンク。クトゥルフ神話とサイバーパンクの融合。ぱっと見、あまり似つかわしくなさそうだ。なに、ぶっちゃけ、砂塵に汚れたサイバーパンクの未来世界と、H・P・ラヴクラフトの宇宙的恐怖（コズミック・ホラー）との間に、共通するものは本当にあるのかって？　君が思い描くより、はるかに多くの共通項がある（＊2）。

　『クトゥルフパンク』の序文である。ここでデザイナーのクリス・W・マッカビンが主張している「共通するもの」とは、要するにクトゥルフ神話も、サイバーパンクを生み出したサイエンス・フィクションも、ともに時代の〝昏さ〟を掬い上げてきたということだ。マッカビンは、一九四〇年代のアメリカン・コミックや五〇年代——つまり黄金期——のSF映画というものは、ラヴクラフトの主たる活躍の場であった「ウィアード・テールズ」に代表される二〇年代のパルプ小説誌と同じように、他の洗練された芸術形式よりも巧みに社会の〝昏さ〟を表現しえていたのだと主張している。確かに、その主張には、頷ける部分が少なくない。その強烈な同調圧力において、形を変えたファシズムの反復と言える事態を、私たちは少なからず経験している（＊3）。ホラーには、人々の集合的な不安が投影されるが、SFのジャンル的特徴、つまり〝超自然的なものへの驚き（センス・オヴ・ワンダー）〟と、コズミック・ホラーが描く〝超自然的なものへの恐怖〟は、未知なるものへ向き合う態度として、まさしくコインの表裏でもあるのだ（＊4）。

高度資本主義の旋風が渦巻く八〇年代に勃興したサイバーパンク・ムーヴメントにおいて、〝昏さ〟の共通性はいっそう顕著なものとなる。サイバーパンクSFの代表作、ウィリアム・ギブスンの『ニューロマンサー』（一九八四）で描かれた、富者や権力に裸一貫で反抗するアナーキスト・ハッカーの姿は、ストリートを生きる孤独なハードボイルド探偵が一つのロール・モデルとなっていた（＊5）。ゲームとしての『クトゥルフパンク』は、こうした共通性を——比較文学的な表象類似性の指摘に留まらず——個別具体的な設定のレベルで、世界観に落とし込もうと試みていた。ああ、何よりも、マシンガンを抱えたサイボーグ戦士を奇襲するティンダロスの猟犬という、組み合わせの妙、そのヴィジョンの蠱惑性といったらない！ 実際、二〇一三年三月に発売された「ナイトランド」誌 vol. 5（トライデントハウス）では「サイバーパンク／SFホラー特集」が組まれ、クトゥルフ神話の新境地を開くものとして『クトゥルフパンク』が日本の読者に提示された。

ところで『ガープス・クトゥルフパンク』の『ガープス（GURPS）』とはシリーズ名で、Generic Universal Role-Playing System の頭文字を並べたもの（＊6）。同シリーズは世界観の因果律を措定する共通法則の規格化がしっかりしているため、ハイ・ファンタジーや西部劇といった異なる世界を同一のルールで表現することが可能になっている。「クトゥルフ＋サイバーパンク」といった無謀な発想も、マッシュアップが容易な『ガープス』のシステムが根幹にあるからこそ、実現させることができたのだろうか。クロスオーバーやオリジナルな作品世界の創造も、『ガープス』が得意とするところだ。そういえば、一九九九年から刊行され、邦訳もあるハイ・ファンタジー小説《マラザン斃れし者の書》シリーズ（スティーヴン・エリクスン著、日本語版はハヤカワ文庫FT）は、もともと『ガープス』を用いてデザインした背景設定を活用していた。

けれどもゲームの背景世界が小説に転用されただけだったら、いま〈クトゥルフパンク〉が熱い、なんてことを言いはしない。現に『クトゥルフパンク』は絶版になって久しく、お世辞にも旬であるとは言いがたいのだ。私はむしろ、〈クトゥルフパンク〉がサイバーパンクをベースにした、そのセンスにこそ興味を惹かれる。そもそも〝サイバーパンク〟の〝パンク〟とは、Sex Pistols や The Clash など、パンク・ロックにその源流があるからだ。SFにとって、なぜ〝パンク〟であることが重要なのか。一九八五年八月三一日に北米SF大会（ナスフィック）で開催された世界最初の「サイバーパンク・パネル」における作家ジョン・シャーリィの発言が、その理由を雄弁に物語っているだろう。

> パンク・ロックはあらゆるものを歪曲しようとする力だろう。いっぽう、SFは多くの文化——主流文学、現代詩、ロック——を吸収するジャンルだった。パンクはそんなS

Fを強く弁護しうるものとして浸透した——それはいってみれば〈水の中の氷〉のようにSFのなかにしたたり、少なくとも二〇年間というものSFの成長を不毛にしてきたクリシェの一群を拭い去ってくれるひとつの浄化作用なのだ。サイバーパンクは、だからパンク音楽における怒りのエネルギーと幻視力の強さをあわせもった新たなメディア・マトリクスを利用する点でSF的プロセスの等価物と呼ぶことができる。（＊7）

お約束(クリシェ)の一群を拭い去る浄化作用(カタルシス)。だからこそ、〈クトゥルフパンク〉はそのエネルギーと幻視力をもって、トランスメディア的な運動として息を吹き返しつつある。それは旧来のクトゥルフ神話のモチーフが〝触手うねうね〟や〝魚顔(インスマウス)〟といった定番ガジェットの濫用に少なからず自閉している今だからこそ、その閉塞を打破するためにパンク精神が必要とされるのだ。ゆえに〝萌えクトゥルー〟がごとき手垢のついた記号への耽溺とは異なる、新たな美学的計略(エスセティック・ポリティクス)を提示する試みともなりうるのではなかろうか。すなわち、〝クトゥルフ神話のニューウェーヴ〟の到来を意味する。サイバーパンクとはもともと、旧来のSFや文学概念を根底からアップデートさせようという革新運動だったが、そのダイナミズムを再生させ、叛逆の精神を内に秘めた新時代のカウンター・カルチャーとなることを、私は〈クトゥルフパンク〉に期待したい。その理論的な大枠を素描するのみで紙幅が尽きたが、機会があれば〈クトゥルフパンク〉と〝ゴシックパンク〟との関係性を考察したり、あるいは具体的な〈クトゥルフパンク〉作品を論じてみたい。

【脚注】

（＊1）*GURPS CTHULHUPUNK* written by Chris W. McCubbin, Steve Jackson Games, 1995.

（＊2）前掲書、四頁。引用箇所の日本語化は筆者によるが、若干文意を補なった。

（＊3）同調圧力についての考察は、岡和田晃「「サイバーパンク」への返歌、現代SFの新たな出発点——*HARMONY* by Project Itoh」、『「世界内戦」とわずかな希望　伊藤計劃・SF・現代文学』所収、アトリエサード／書苑新社、二〇一三年に詳しい。

（＊4）ロールプレイングゲームの文脈でこの点を詳しく論じたものとして、岡和田晃「若き「トラベラー」のための航海図」、「R・P・G」vol. 3、国際通信社、二〇〇七、五二頁（本書に収録）。

（＊5）この類似性は *GURPS CTHULHUPUNK* の考え方に基づく。

（＊6）『ガープス』は第三版が角川スニーカー・G文庫で、第四版が富士見書房から邦訳出版されたが、ここではその方面には敢えて踏み込まない。

（＊7）巽孝之『サイバーパンク・アメリカ』、勁草書房、一九八八、二五頁。

ゴシックパンクとクトゥルフパンク
――コンフォーミズムから脱するために

本書所収の「サイバーパンクとクトゥルフパンク」では、ホラー小説の〝新しい波〟としての〈クトゥルフパンク〉の理論的枠組みを、サイバーパンクの観点から考えてみたが、そもそもクトゥルフ神話は、H・P・ラヴクラフトとその周辺にいた作家たちが形成した世界観を基軸とする、シェアードワールドとして受容されている。

現状のクトゥルフ神話ブームは、そのシェアードワールド性が、〝萌え〟を本質とするオタク文化の一部として記号的に翻訳・吸収されたことに、多くを負っている。だが、オタク文化はインターネットを媒介したヴァーチャルな連帯意識と親和性が高く、ドミニカからの移民の家に生まれた作家ジュノ・ディアスが指摘するように、性的・政治的・あるいは人種的な差別構造を内包している場合が少なくない(＊1)。オタク文化を主要なコンテンツとするニコニコ動画にヘイトスピーチ(人種等の差別を煽動する言辞)で席捲され、ヘイトスピーチを集め〝炎上〟を誘導するまとめサイトに同種の広告が溢れている現況からしても、そのことは明らかだ。実際、オタク文化と〝ネトウヨ(ネット右翼)〟の相関関係について、最近は盛んに論じられるようになっている(＊2)。

政治学者の白井聡が指摘するように、ネトウヨ的な排外主義の核には、すさまじいまでのコンフォーミズム(順応主義・画一主義)が根づいている(＊3)。ゆえに国家のような権威にへつらい、マイノリティを排除しようとする。そこには、カウンター・カルチャーとしての叛逆精神は、微塵も見られない。だからこそ、抵抗原理としての〝パンク〟精神の復権が要請されるわけだ。

〝パンク〟の始祖的存在であるSex PistolsがアルバムNever *Mind The Bollocks*(『勝手にしやがれ』)をリリースした一九七七年、イギリスでは極右勢力が台頭していた。とりわけナショナル・フロントと呼ばれるグループは「白いイギリスを!」と主張、エリック・クラプトンのようなミュージシャンも、人種差別的な運動を支持していた。

この種の差別煽動へのカウンターとして、「Rock Against Racism」が誕生。翌七八年の四月三〇日には、彼らの協力のもとで一〇万人規模の抗議デモが行なわれた。デモ終了後には、無料のロック・フェスティバルが開催され、そこでThe Clashらのパンク・バンドがライヴを行ない――「ロックがレイシズムと闘った記念日」として——歴史に刻まれることとなる。ジョン・シャーリィの言葉を借りれば「あらゆるものを歪曲する力」としての〝パンク〟が、コンフォーミズムを打破するために、多大な貢献を果たしていたのだ。

　では、このような〝パンク〟は、クトゥルー神話と、どう有機的に繋がりうるのか。より踏み込んだ視座を得るため、ここでは〝ゴシックパンク〟という観点から考えてみたい。ゴシックパンクとは、会話型ロールプレイングゲーム「ワールド・オブ・ダークネス」シリーズ(*4)の基本的なコンセプトを指している。そこで、〝パンク〟と接続する〝ゴシック〟には、いかなる定義が与えられているのだろうか。

> 〝ゴシック（Gothic）〟はワールド・オブ・ダークネスの雰囲気を表現している。古典的な柱やしかめ面をしたガーゴイルで装飾され、控え壁で支えられた建物が頭上にそびえている。街に住む者は、巨大な建造物に比べればちっぽけな存在だ。人々は、現実世界から逃れ、天空へはい上がろうとするかのように建てられた、高い尖塔の中をさまよっている。教会の信者は増え続けている。未来にほんの少しでも希望を持たせてくれるものであれば、それがどんな旗印を掲げていようとも、人間たちはそこに群がるのだ。またアンダーグラウンドには力と救済を保証するカルト宗教があふれている。(*5)

　これはシリーズで最初に紹介された『ヴァンパイア：ザ・マスカレード』（邦訳は二〇〇〇、以下『ヴァンパイア』）の解説文だが、ジャック・ウォマックの『ヒーザーン』（一九九〇）の世界観とも共鳴した昏い現代／未来像が提示されているのがわかるだろう。『ヒーザーン』は、ウィリアム・ギブスンに絶賛されたが、一方、そのギブスンは、「高度に発達したテクノロジーの内部に——徹底的に人工的で計算され尽くしたシステムの内部に——なにかしら不安に満ちた悪夢（幻想）」を形成する作家・ストーム・コンスタンティンのことを、「テクノゴシック」だと評していた(*6)。つまりテクノロジーと〝ゴシック〟の接続に、ギブスンはサイバーパンクの新機軸を見ていたわけだ。

　そして、『ヴァンパイア』はゲームという表現形式を選択することで——ギブスンの言うテクノゴシックと連動し、ウォマック的な世界観を単にSF的な小道具（ガジェット）に落とし込んで終わるのではなく——既存のコミュニティの同質性を解体・変容するものとして広がりを見せたことで、サイバーパンクと〝ゴシック〟を〝習合〟させることで生まれた革新の相（かたち）を示すという、離れ業を見せた。ゲーム批評の基本書『ルールズ・オブ・プレイ　ゲームデザインの基礎』で、そのメカニズムの尖鋭性が論じられた箇所を見てみよう。

このゲームのプレイヤーは、(……)『ヴァンパイア:ザ・マスカレード』の遊びの空間へ入るに当たって、自分が既に持っていた(引用者注:ゴシックな)意味の体系をこのゲームに持ち込んだのだった。同時に、このゲーム自体、ゴシック関連の傍流文化を広め、普段は黒ずくめの服や厚いアイラインやオカルトに親しみがなかったゲームプレイヤーにも普及するようになった。文化の表現法が、外側から内側へとゲームへ入り込み、ゲーム自体がゴシックの文化とゲームの文化の〔橋渡しをする〕稜堡となり、今度はその混淆した表現法を内側から外へと広げたわけである。(*7)

つまり「支配的な文化や様式に対してはっきりと対立するのを良しとする」ものとしてのゴシック性を、既存の(ゲーマー的、あるいはオタク的)コミュニティと直に混ぜ合わせる、それを解体・再構築させるものして機能するようにデザインされていたことが、『ヴァンパイア』の特徴であり、それは同時に、ゴシックパンクが有する革新性ともなっていたのだ。

ラヴクラフトは、ホラー小説を歴史的に分析しながら自身の創作スタンスをも示したものとして著名なエッセイ「文学における超自然の恐怖」(一九二七)で、全一〇章中ゴシック小説に三章を割いている。実際、ラヴクラフト作品にはゴシック小説からの影響が強く見受けられる。そのうえで彼は、エドガー・アラン・ポーを、「怪奇小説の発展において中心的役割を果たした人物」だとみなし、「停滞に陥ったゴシック小説の因果的手法を一変させ、人間心理の実相を暴きうるまでのものに高めた功労者」だと考えていた(*8)。

私淑するポーに既存の〝ゴシック的なもの〟の解体・再構築を見出したラヴクラフト。同様に、ラヴクラフトを読む私たちは、テクノゴシックを経由した新時代のゴシックパンクとして、〈クトゥルフパンク〉を発見することはできないだろうか。

【脚注】

(*1) 岡和田晃「ジュノ・ディアス来日記念イベント経過報告」(https://shimirubon.jp/columns/1677157)「speculativejapan」、二〇一一年、リンク先は「シミルボン」での再掲。

(*2) 一つ挙げるならば、村上裕一『ネトウヨ化する日本 暴走する共感とネット時代の「新中間大衆(フロート)」』、KADOKAWA/中経出版、二〇一四。

(*3) 笠井潔・白井聡『日本劣化論』、ちくま新書、二〇一四、一四八頁。

(*4)「ワールド・オブ・ダークネス」は、「TH(トーキングヘッズ叢書)」No.17「ゴシック・テイスト〜暗黒世界(ワールド・オブ・ダークネス)への扉」でも詳述されている。

(*5) アンドリュー・グリーンバーグほか『ヴァンパイア:ザ・マスカレード 日本語版』、徳岡正肇ほか訳、アトリエサード/書苑新社、二〇〇〇、二八頁。

（＊6）小谷真理『テクノゴシック』、ホーム社／集英社、二〇〇五、一三頁。

（＊7）ケイティ・サレン&エリック・ジマーマン『ルールズ・オブ・プレイ　ゲームデザインの基礎』下巻、山本高光訳、ソフトバンク　クリエイティブ株式会社、二〇一三、五〇三頁。

（＊8）S・T・ヨシほか『H・P・ラヴクラフト大事典』、エンターブレイン、森瀬繚日本語版監修、岡和田晃ほか訳、二〇一二、三一二頁。

書評●チャイナ・ミエヴィル『ジェイクをさがして』

▼旧弊な世界を切断する ニュー・ウィアード

不可思議（ウィアード）な事象を、名指してしまわないことの意味。目に見えないが、画然と存在するものの機能性。ジャンルを横断する長篇『都市と都市』で思考実験として提示されたこれらが、表題作をはじめ本書所収の中短編では、より多角的に追究されている。なかでも「細部に宿るもの」は、日本では手垢に塗れたガジェットの使い回しに堕したクトゥルー神話を、これ一篇で刷新させる可能性を秘めた傑作だ。ローカス賞受賞作「鏡」は、ロンドンの街の暗鬱で危険な空気を、吸血鬼との戦争を通して技巧的に描き抜いたゴシック・パンク。スタイリッシュなグラフィック・ノベル「前線へ向かう道」に充満する戦争の予感。キレキレでソリッドながらも、茫漠たる間を残した〝語り〟を介し、あなたの世界認識は根底から刷新される。（日暮雅通ほか訳／二〇一〇年／早川書房）

スチームパンクと崩壊感覚、歴史への批評意識としての「パンク」

●ネオ・スチームパンク・ムーヴメントとロールプレイングゲーム

現在のスチームパンク・リバイバル。スチームパンクは別名「マッド・ヴィクトリアン・ファンタジイ」と呼ばれたようにヴィクトリア朝イングランドが舞台になることが多いが、このようなイメージは――飛行船であれ魔列車であれ、それらを統御する怪しげな疑似科学であれ――スチームパンクという〝言葉〟の摩訶不思議な引力と絡みあいながら積極的に肯定され、すべてを包摂していくのである。

このスチームパンクが復活を遂げ盛り上がりを見せているが、その理論的視座を日本語で最初に提供したのは、「ＳＦマガジン」（早川書房）二〇一〇年六月号の「特集　スチームパンク・リローデッド」および二〇一一年七月号の「特集　スチームパンク・レボリューション」だろう。これらの監修をつとめた英米文学翻訳家の小川隆は、「レボリューション」の特集解説で「海外でのスチームパンクの勢いはとどまるところを知らない。英米だけでなく、ブラジルなど中南米から、ルーマニアなど東欧、さらにはシンガポールや中国にまでブームが訪れている」と切り出している。それがとうとう日本にまで波及したというのが、三年後の現在を概観するにあたって誰もが認める状況認識だろう。

共通しているのは、それまでスチームパンクをＳＦのサブジャンルとしてきた認識の「外に大きく逸脱して起きている社会現象」であるがため、「映画、ゲーム、音楽、アート、ファッション、そして何よりコンヴェンションというファンの集まりこそがいまのスチームパンクのシーン」という点をおいてほかにない。「レボリューション」での評言を借りて、現在のスチームパンクを「ネオ・スチームパンク」と呼ぶとしよう。ネオ・スチームパンクは何よりもまず、〝スチームパンクを知らなかった子どもたち〟の手よって形作られたムーヴメントだ。

八〇年代、高度に発達した情報環境と、そこでの実存のありかたを鋭く問うた「サイバーパンク」がＳＦのみならず、哲学やアートにまで広範な影響を見せた。そのサイバーパンクのパロディとしてスチームパンクなる造語を生み出した（フィリップ・Ｋ・ディックの周辺で活動していた）三人の作家の代表作、『悪魔の機械』（Ｋ・Ｗ・ジーター、一九八七）、『リバイアサン』（ジェイムズ・P・ブレイロック、一九八四)、『アヌビスの門』(ティム・パワーズ、一九八三)に、産業革命以降のテクノロジーを原理的に再考した『ディファレンス・エンジン』(ウィリアム・ギブスン&ブルース・スターリング、一九九一)。残念ながらネオ・スチームパンクでは、これら準古典ともいうべき作品群は(優れた例外を除き)ほとんど参照されない。実際『ディファレンス・エンジン』を除けば、日本語では再刊されてすらいないのだ。

小川隆も「リローデッド」「レボリューション」の双方で指摘しているが、ネオ・スチームパンクが盛り上がりを見せた大きな要因として、ゲームの影響は見過ごせない。理由は明白だろう。アートや音楽を基軸としコンヴェンション等での参加型形式で広がりを見せてきたネオ・スチームパンクがどこまでも双方向的(インタラクティヴ)なムーヴメントであるとすれば、ゲームを他の表現メディアと明確に区分するのもまた、相互干渉性(インタラクティヴィティ)にほかならないからだ。歴史を遡ればゲームで自覚的にスチームパンクを扱った嚆矢は――『天空の城ラピュタ』はもとより、ジーター、ブレイロック、パワーズらの文脈にも連なる――伏見健二の『ギア・アンティーク』(一九九二〜)であろう。関係者によれば同作の影響下にあるともいわれる『キャッスル・ファルケンシュタイン』(一九九四〜)も重要だ。

これらスチームパンクなゲーム作品は、電源を使わないアナログな会話型(テーブルトークの)ロールプレイングゲーム(RPG)として発表されてきた。会話型のRPGを特徴づけるのは、与えられた世界観や各種設定を用いて参加者が主体的にストーリーを創造し、あるいは肉付けしていく要素だろう。このため一九七四年に世界初のRPG『ダンジョンズ&ドラゴンズ』がデザインされた時から、SF・ファンタジー文学の発展と並走し互いに深い影響関係にあった。

一方コンピュータ・ゲームでも、『ワンダープロジェクトJ 機械の少年ピーノ』(一九九四)、『ヴェルヌ・ワールド』(一九九五)といったスチームパンク作品が発表されている。とりわけ日本語圏・英語圏問わずに絶大な影響を与えたのは『ファイナルファンタジーVI』(一九九四)だろう。小川隆は同作をネオ・スチームパンクの直接の祖の一つとみなしている。この『ファイナルファンタジーVI』がいかに受容されたのかについて、一九八三年生まれの作家タオ・リンが、それこそ「ファイナルファンタジーVI」というタイトルの短編小説を著している(「GRANTA JAPAN with 早稲田文学」Vol.01、早川書房、二〇一四)。ここでは英語圏におけるユーザーがリアルタイムでいかに同作を受容したか、その内在的論理が克明に記録されている。

僕が好きなロールプレイングゲームの『ファイナルファンタジーVI』はちょうどそのころ、一九九四年に発売された。背景となる世界はファンタジーとSFの要素が混じっていて、魔法と科学技術、つまり中世風のアニミズム的な過去と、憂鬱なディストピアの未来が共存していた。プレイできるキャラクターは十四人いたが、半ばまで進むと世界崩壊という災厄が引き起こされ、ゲーム世界の地形が激変した。崩壊後の世界において、冒険は一本道ではなくなり、悠々と寄り道をして回ることができるようになる。ラスボスのケフカを倒すとゲームが終わるのだが、ケフカは崩壊後の世界のおよそ中心部にある塔にいた。けれどもその塔に入れ、という誘導やあからさまな指示はなかった。ケフカのことを忘れて別のことをやっていてもよかったのだ。一九九四年に十歳か十一歳だった僕は、こういうのはいいなと思った。何をするべきかはっきりとわからないのが気に入ったのだ。でも僕は崩壊後の世界には住んでいなかった。僕が住んでいたのは地球の郊外で、ローラーブレードについていちばんよく憶えているのもだいたいこのころのことだった。(「ファイナルファンタジーⅥ」、都甲幸治訳)

台湾からアメリカに移住してきた両親をもつタオ・リンは、ブログを「炎上」させたりしてゴシップを振りまき「権威をもつ大人たちからは決して認められない」「ウェブ上の文学スター」として少なからぬ話題を提供してきたが、一方その作風は「オーソドックスなまでに文学的」である(都甲幸治『21世紀の世界文学30冊を読む』、新潮社、二〇一二)。ごく大雑把に切り分ければ、タオ・リンはウェブ世代の私小説作家というわけだ。

本作ではかつて日本製のゲームをプレイしたときの体験が、郊外に生きる一台湾系アメリカ人青年が抱える日常の漠然とした不安とゆるやかに重ね合わされている。そしてゲーム内での「世界崩壊」とそれによってもたらされた〝「誘導やあからさまな指示」の消失=自由な行動〟とは、内に「アニミズム」と「ディストピア」を抱えながらある種の崩壊感覚を疑似体験したものということがわかる。この崩壊感覚は、阪神淡路大震災とオウム真理教事件を経過した一九九五年以後の日本の文化環境が、少なからず分有しているものだろう。

『ファイナルファンタジーⅥ』はシリーズ旧作と異なり、中世風の異世界ではなく魔導というテクノロジーが発達を遂げた近代風の世界観をベースとしている。その雰囲気はまさにスチームパンクで、もとは公募のシノプシスから生まれた『ダンジョンズ&ドラゴンズ』の新しいゲームワールド・エベロン(二〇〇六〜)にも通じるといわれている(もっともデザイナーサイドは影響関係を否定しているらしいが)。

一方で小説やオンラインゲーム等でトランスメディア的な展開を見せたエベロン世界は、衰退したヴィリコニウムという古代帝国での詩人剣士の冒険を描いたM・ジョン=ハリスンの『パステル都市』(一九八一)を彷彿させる——スチームパンク以前、頻繁に見られたSFとファンタジーの融合系である——サイエンスファンタジーの文脈を確実に継承している(*)。そもそもタオ・リンの小説からして「日本についての四千ワードのエッセイ」というお題で書かれたものだから、彼の内なる日本的なものをあぶりだそうとして出てきたのが『ファイナルファンタジーVI』だったのだろう。「アニミズム」と「ディストピア」は伏流のごとく拡散・浸透し、エベロンのようなハイブリッドという形で結集を見たのではないか。実際、スチームパンクと冠したゲーム作品は——アナログ/デジタル問わず——現在、数知れず発表されている。

●スチームパンクは、なぜパンクでなければならないか

ゲームとタオ・リンを通じてスチームパンクとネオ・スチームパンクに通底する「崩壊感覚」を確認した。この「崩壊感覚」は、スチームパンクという言葉が生まれるはるか以前、スチームパンク的想像力をもって書かれたキース・ロバーツの『パヴァーヌ』(一九六八)で、ケルト的な黄昏の感覚として表現されたことでもある。この崩壊感覚が批評的な通奏低音として浸透する一方で、日本においてスチームパンクが議論されるときに「パンク」の要素はしばしば軽視されてきた。これまで筆者は本書所収の拙稿「サイバーパンクとクトゥルフパンク」と「サイバーパンクとゴシックパンク」で、それぞれThe ClashやSex Pistolsといったパンクロックや一九七〇年代に開催された人種差別への対抗運動Rock Against Racismに絡めて文学における「パンク」の意義を論じてきたが、ここではスチームパンクにとって「パンク」がなぜ重要かを考えてみたい。

昨今、英語圏でスチームパンク・ムーヴメントにコミットしている人たちの間では「パンク」の意義が盛んに議論されており、そこには傾聴すべき意見も少なくない。このような論争文の一つとして提供されたオーデリア・E・フリントの「なぜスチームはパンクを必要とするか」*Why Steam Needs Punk*(二〇一一、http://trialbysteam.com/2011/03/03/why-steam-needs-punk/)を参照してみよう。

> 私は長らくスチームパンクにおける「パンク」は無力な添え物ではない、という考えを提示してきた。それは私のスチームパンク観やスチームパンク的な生き方と結びついており、スチームパンクの思想とライフスタイルの根幹をなしている。(……)
>
> スチームパンクが「パンク」でないとしたら、それは一つの美学にすぎない。(……)
>
> スチームパンクが「パンク」でないとしたら、私たちは自分たちの歴史的ルーツを否定することになる。(……)
>
> スチームパンクが「パンク」でないとしたら、個々の職人、音楽家、あるいは製作者を支える「製作者文化」(Maker culture)の焦点を見失ってしまいかねない。(……)

スチームパンクが「パンク」でないとしたら、私たちは単なる模倣者か、あるいはネオ・ヴィクトリア人（Neo-Victorian）にすぎないものとなってしまう。（「なぜスチームはパンクを必要とするか」、岡和田晃訳）

文脈としては、スチームコンというイベントの共同主催者ディアナ・ヴィックが先に発表した「スチームパンクについての七つの誤解」という記事のなかで、スチームパンクにパンク性は必要ないという見解を表明しており、フリントの文はそれへの反論として書かれたものである。非常に明瞭だが、ここでフリントのスチームパンク観が過去のヴィクトリア朝文化を継承しながらそのエピゴーネンに終わることを拒否するものだという点に着目しよう。

マイアミ大学英語副教授で評論や創作を手がけるネイダー・エルヘフナウは「もうひとつの十九世紀　つきせぬスチームパンクの魅力」（小川隆訳、「リローデッド」所収、二〇〇九）で、政治家のマーガレット・サッチャーや経済学者フリードリヒ・フォン・ハイエクなどの「保守主義者」や、あるいは「アメリカの帝国化」を提唱する「ネオコン」が、「その社会的、道徳的理想（たとえば、自由放任経済や性的慎みの規準）からみてヴィクトリア朝時代を好ましい時代」だと思い、さらには「今日の多元的世界よりはるかに好ましい、西洋が自信にあふれていた時代」だと考えているようだと分析している。エルヘフナウは「とりわけイギリス人にとって、十九世紀は祖国の栄光の頂点をさし、公式には人類の四分の一、非公式には残りの大半までを支配する、大英帝国に〝日が沈まなかった〟時代である。アメリカ人にとっては、南北戦争と、〝大西部〟開拓と、合衆国を経済超大国にしたがむしゃらな工業化の時代だ」としたうえで、こうした経験を経済学者のミルトン・フリードマンが共著『選択の自由』（一九八〇）で〝大英帝国とアメリカ合衆国の黄金時代〟と総括したことも紹介している。サッチャー、ハイエク、フリードマン。彼らは新自由主義経済体制（ネオリベラリズム）――国家が担う医療、教育、福祉を縮減し、そこに競争原理を持ち込むことで社会や文化を徹底して市場化する動き――を社会に浸透させたその立役者として知られている。

一方、エルヘフナウは歴史家のエリック・ホブズボームの『資本の時代』（一九七五）のように、この〝黄金時代〟を「ただの金メッキの時代でしかな」く、「経済と帝国の拡大の姿は、〝紳士の歴史〟の幻想と自己満足を剥ぎとって下から見てみると、まったく違ったもの」となり、かつ「〝秩序〟と〝道徳〟などただの偽善と、虚栄と、抑圧と、迫害と、搾取と、偏見でありーーあるいは、たんに過去の複雑な現実を後世に単純化しているだけ」という視点があることをも紹介している。エルヘフナウによれば、「彼らが十九世紀を引き合いに出すのは、手本や理想として掲げるというより批判するため」ということだが、こうしたホブズボーム的な「批判」精神はまさしく「パンク」

そのものだろう。そして筆者は、こうした「パンク」性にもっとも正面から向き合ったテクストは、K・W・ジーターの『悪魔の機械』にほかならないと考えている。

翻訳家の山岸真によれば、スチームパンクという言葉はこの本の書評に対して作者のジーターが「こういう話をスチームパンク呼んではいかが」と手紙を送ったことに端を発するという(『悪魔の機械』解説)。エルヘフナウは「もうひとつの十九世紀」で、サイバーパンクの派生語のなかから、本物のサブジャンルになった数少ない成功例がスチームパンクだと述べているが、そこから考えれば、『悪魔の機械』の意義を現在の観点から再評価するまなざしが求められてくるだろう。

十九世紀的な擬古文を意識して書かれた『悪魔の機械』は、その大仰な語り口調と語られる破天荒な物語との意図的な乖離が痛快きわまりない。矢継ぎ早に訪れるマッドで奇天烈な事件を事後的に回想するといった視点で語られているためもあろうが、主人公である時計職人のジョン・ダウアーはあまりにも無能で、終始、騒動に巻き込まれた後になぜそうなってしまったのかを思い出す、という記憶の欠陥を抱えている。このような人物造形は――〝見る前に跳べ〟とでも言おうか――思考よりも決断が先にくる政治的人間のパロディのようであり、あるいは安楽椅子から動かず安全地帯で手駒を動かす保守主義者を揶揄しているかのようでもあり、一方で、『バリー・リンドン』(一八四四)のサッカレーから、『大転落』(一九二八)のイヴリン・ウォーと、イギリス文学の伝統を彷彿させもする、豊かな解釈可能性に満ちたテクストだろう。

SFのみならず現代の文化状況を根底から刷新させる批評的視座を有した作家の伊藤計劃は、エッセイ「スチームパンク/サイバーパンク」(二〇〇八)で、スチームパンクとサイバーパンクのジャンル的な差異に着目することで、スチームパンクを逆説的に定義づけている。両者の差異をテクノロジーへの関心の有無に見る伊藤は、「スチームパンクそれ自体はファンタジイの領域に接近してい」るもので、「冒険活劇や蒸気機械へのノスタルジーを伴うところも特徴」と断じているが、一方で『悪魔の機械』をよく読めば、それは単なるノスタルジイというよりも、ホブズボームの言葉を借りれば「十九世紀の最後の四半世紀」への「ある種の不快感、おそらくは嫌悪感」を表現しているのではないかと思えてくる。作中で語られる「地球粉砕計画」やエーテル理論などの超科学も単にトンデモというだけではなく、精神史な観点から十九世紀という時代の内在的論理を紹介するために導入されたものとみれば合点もいく。

ホブズボームを読むエルヘフナウは、こうした時代精神(ツァイトガイスト)の結節点を、一八四八年のパリ二月革命に見ている。つまりスチームパンクがモデルとする後期ヴィクトリア朝が「資本主義のもっとも恐るべき批判者の主要作、カール・マルクスの『資本論』(一八六七)が出版された時期でもあった」ことに着目しているのだ。というのも、「一八四八年の革命は(ほぼ)文字どおりの意味でヨーロッパにおける最初で最後の革命であり、つかのま左翼の夢と右翼の悪夢が現実となった」からであり、マルクス自身もルイ・ナポレオンこと後のフランス皇帝ナポレオン三世が一八四八年革命で成立した「第二共和政」を一八五一年のクーデターで打ち倒し独裁的ヘゲモニーを握ったことに着目していた。

一八四八年、ルイ・ナポレオンは大統領選で七五%の支持を得て当選するわけだが、批評家の蓮實重彦は「喜歌劇とクーデタ」(「文學界」二〇〇五年八月号、文藝春秋)で、この七五%という数字が二〇〇一年に小泉純一郎が内閣総理大臣となったときの(当時の)支持率と通底することを問題視し、一八四八年革命とそれがもたらしたボナパルティズムの射程とを現代に結びつけつつ分析している。小泉純一郎はサッチャー式の新自由主義政策を日本で強烈に推進させたが、それは現代の社会・文化状況への多大な傷痕となっている。このような状況をスチームパンクの日本での勃興と切り離して考えることは難しいだろう。蓮實は選挙において「有権者の「75」パーセントもの支持をえたとき、そこには、民主主義の危機が胚胎して」いると述べている。それはつまり「実際、思考とはおよそ異なる何らかの不合理な力が作用していなければ、一つの政策なり政見なりが「75」パーセントもの支持を得ることなどまずありえ」ないということを意味している。実際、9・11同時多発テロ直後のジョージ・W・ブッシュによる「テロとの戦争」という対外政策は、アメリカ国民の七五%を超える支持を集めた。

思い返せば、スチームパンク的な想像力の起源として絶えず参照されるジュール・ヴェルヌは、そのキャリアの長きにわたって〝ボナパルティズム=「七五%」的なもの〟という状況下で活動を余儀なくされた書き手にほかならなかった。ヴェルヌは反ボナパルティズムの書き手だと思われてきたが、二〇一四年に(完全版としての)日本語版が刊行されたフォルカー・デースの『ジュール・ヴェルヌ伝』をひもとけば、ヴェルヌがそのような短絡的な結論を下せるほどに単純な書き手ではなかったことがよくわかる。

そのことは、実のところクリエイターたちも敏感に嗅ぎとっていたようで、『キャッスル・ファルケンシュタイン』では、ナポレオン三世の政権でジュール・ヴェルヌが科学技術庁長官をつとめているという皮肉な設定が用意されていた。それもまた「パンク」な視点による再解釈だろう。スチームパンクをエッジの利いた「パンク」として読むこと。それは、たえず価値転覆的(subversive)な批評意識を堅持しながら、歴史と芸術へ参与していくあり方を意味している。

(*)岡和田晃「エベロン対応アドベンチャー・シナリオ『失われし王冠を求めて』紹介記事」『ダンジョンズ&ドラゴンズ』日本語版公式サイト(http://hobbyjapan.co.jp/dd/article/soac_guide/index.html)、ホビージャパン、二〇〇九。

書評●サム・マーウィン・ジュニア『多元宇宙の家』

▼歴史改変SFのユニークな古典

敏腕編集者マーウィンが、フリーランスとなった一九五一年に上梓した本作。訳者が中上守名義でプロットを巧みに縮約したジュヴナイル版『時間かんし員』（『次元パトロール』）により、日本でも長く親しまれてきた。一八一四年を境に南北アメリカの政治的なパワーバランスが逆転するに至った、もう一つの現在。接時点を監視する老人の依頼を受け、平行世界に入り込んだバイセクシュアルの女流詩人エルスペスと元ボクサーのカメラマン・マックは、宇宙を統御する「量子の構造ぜんたい」への異変を回避すべく奮闘する。ここで描写の比重が置かれるのが、各々の世界における科学技術の微妙な相違にあるというのは、かえって新鮮。二人が古代ローマや遠未来へ向かう続編が、邦訳されていないのはもったいない。（川村哲郎訳／一九六七年／早川書房）

書評●キース・ロバーツ『パヴァーヌ』
▼カトリックの昏い原理に支配された稠密な近代史

実のところ二十世紀的なスチームパンクの祖型を築き上げたのは、本作ではないか。独立した短篇として読める六つの「旋律」から構成された『パヴァーヌ』は、著者唯一の邦訳書でありながら熱狂的な支持を集め、三度も刊行されている。そこでは、女王エリザベスI世が暗殺され、カトリックの昏い原理に支配されたもう一つの近代史が、作品の内在的論理に結びついた形で詩的かつ稠密に描出されるのだ。

独自の発達を遂げた蒸気機関車のネットワークは、彼岸と此岸・人間と自然をめぐる二項対立を繰り返し解体させるが、その結果もたらされるものは――人を抑圧から解放する資本主義的な狂騒とは縁遠い――どこまでも陰鬱で静謐なヴィジョンだ。なかでも、翻訳家・伊藤典夫が偏愛した第二楽章「信号手」は、失語を強いる緊張感に満ちている。そのケルト的なイメージは、ひょっとすると、本作が発表された一九六八年という〝政治の季節〟からの逃避場所(アジール)を示していたのではなかろうか。(越智道雄訳/二〇一二年/筑摩書房)

書評●マイクル・ムアコック『グローリアーナ』

▼近代小説とはまったく別の可能性

ステファンヌ・マンフレドは『フランス流SF入門』で世界幻想文学大賞受賞作の本作を「バロック風の美を追求し、過去の著名的出来事を再考」したスチームパンク作品の代表例だと紹介している。事実、ロックバンド「ホークウィンド」で活動したニューウェーヴ作家・ムアコックほど〝パンクな〟作家も珍しいだろうが、彼の「永遠の戦士（エターナル・チャンピオン）」シリーズ後期作とも響き合う絢爛たる叙事詩的文体で表現されるのは、理想化された黄金期の英国（アルビオン）と、それを司る女王グローリアーナ（エリザベスI世）の抱えた深淵・孤独を、〝心の闇〟として描かないことだ。

ムアコックが本作で試みた前人未到の冒険とは、世界と人物から徹底してアイロニーを締め出し、セルバンテスの『ドン・キホーテ』に代表される近代小説とは、まったく別種の表現が存在するという道筋を示すという冒険だった。ゆえに本作の冒頭には、『妖精女王』（スペンサー）との「いくばくかの関係」が銘記されている。（大瀧啓祐訳／二〇〇二年／東京創元社）

書評●佐藤亜紀『1809　ナポレオン暗殺』

▼近代の歴史と文化、その結節点を剔る

佐藤亜紀の作品は〝歴史小説〟の類型で読まれることが多かった。そうした既成概念を破壊するため、次の長篇『天使』にて『ゼンダ城の虜』が言及されることを導きの糸とし、スチームパンクという観点から、そのダイナミズムを掬い上げる試みが必要だろう。

本作ではナポレオン戦争期におけるヴァグラムの戦いを背景に、ヨーロッパ文化の粋を集めた中心地たるウィーン、近代がもたらした（工学的な）技術（クンスト）への関心、そしてフランス革命以後の〝凡庸な〟人間観が——さながら三位一体のごとき絡み合いを見せつつ——掘り下げられる。なかでも、暗殺計画の「黒幕」たるウストリツキ公爵が語った「精神の自由——何ものにも拘束されない、精神の絶対の自由」という〝空虚なヴィジョン〟（ユルスナール）と、視点人物パスキ大尉が下した決断の連関性は、近作「メッテルニヒ氏の仕事」と対になるがごとき、汎ヨーロッパ的スケールでの文明史的観点から、把捉し直されねばならない。（一九九八年／文藝春秋）

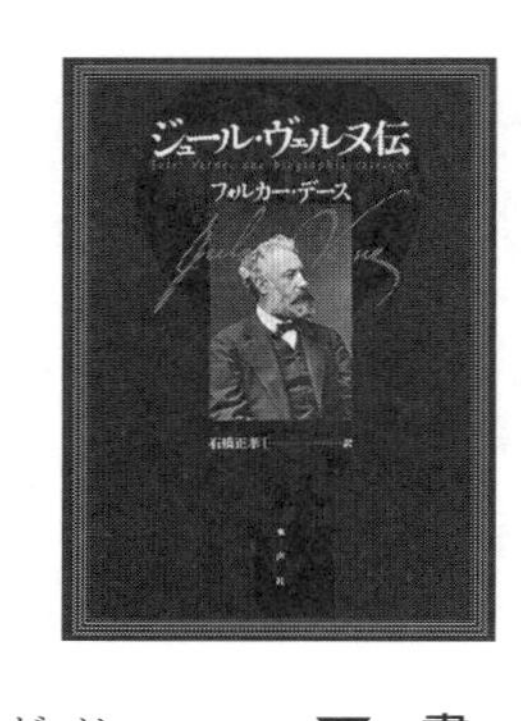

書評●フォルカー・デース『ジュール・ヴェルヌ伝』

▼「ヴェルヌの見た夢」を知るための基本書

スチームパンクの根幹には「ヴェルヌの見た夢」がある、という。けだし名言だろうが、父祖たるジュール・ヴェルヌが実際にいかなる人物であったのかということについては、いまだ多くの謎が残されている。事実、明治期から作品が繰り返し翻訳されてきたにもかかわらず、ヴェルヌの本格的な評伝は、なぜか本邦では出版されてこなかった。

その沈黙に風穴を開けた本書は——訳者のためにドイツ語版から特別に製作されたフランス語版を元にしており——B5版で七百頁を超える大著で、まさしく壮観だ。一次資料を手広く押さえながらも、作家の生涯と作品の関わりにつき緻密にして批評的な考察を加えているという点において、基本書の名にふさわしい。評者はとりわけ、編集者エッツェルと出逢う前、作家がいかなる環境で育ち、第二帝政期のフランスをいかに立ち回ったかについて、興味深く読んだ。スチームパンクを考えるヒントが、無数に詰まった一冊である。（石橋正孝訳／二〇一四年／水声社）

書評●ウィリアム・ギブスン&ブルース・スターリング
『ディファレンス・エンジン』

▼あなたが過去志向か未来志向かを試す試金石

一九八〇年代に「サイバーパンク」の作家たちが、自分たちがそれまでの〝古い〟ＳＦと一線を画していると主張していたのは、高度に情報化された社会におけるテクノロジーと日常との結びつきをリアルかつヴィヴィッドに描いている、という点だった。本作が体現するのは、その視座をもって——産業革命時代にまで遡る形で——現代的な技術史の総体を問い直そうとする野心的な試みだ。ポストヒューマニズムを体現したサイバーパンクとして本作を捉えるか、それとも荒唐無稽でノスタルジックでスチームパンクとして理解するのかで、あなたの文学観が未来志向か、それとも過去志向かがわかる。円城塔の『Self-Reference ENGINE』、伊藤計劃の「The Indifference Engine」をはじめ、本作に影響された作品は多いが、ここではそれらで拾わなれかった論点として、カール・マルクスの歴史的位置づけの再考が確かに試みられていたことを指摘しておきたい。（黒丸尚訳／二〇〇八年／早川書房）

書評●マイクル・ムアコック

〈永遠の戦士フォン・ベック〉

▼歴史の転換点を非線形に書き換える英雄

ドイツ三十年戦争とフランス革命、観念の徹底的な敗北と、際限なき虐殺の拡大。その傷跡から西洋近代が立ち上げられた重大な歴史の転換点を、ムアコックは非線形(ノンリニア)に書き換えようと試みた。〝歴史〟と〝物語〟の境を彷徨う英雄フォン・ベックを《永遠の戦士》の系譜に取り込み、多元世界的な宇宙観の土台としたのだ。堕天使ルシファーと聖杯、両者を結ぶ貴婦人、宿敵。これらロマンスのモチーフが、リアリズムを経由し再構築される。ヒトラーが象徴する全体主義に嵌らず、錬金術が夢見た〈合〉の境地を描く思弁的な筆致には迷いがない。トールキン的な「逃避(エスケープ)」の創造性を更新する傑作群だ。(小尾芙佐訳/二〇〇七~〇八年/早川書房)

死と隣り合わせの世界で、「感情と意志の交錯」を追体験

――『ストームブリンガー』第二版と、伏見健二「紫水晶と鮮血」

ロールプレイングゲーム（ＲＰＧ）の話をしよう。シナリオ執筆と司会進行を同時に務めるゲームマスター（ＧＭ）と、セッションに参加するプレイヤー（ＰＬ）たちが、当意即妙のやりとりでストーリーを進行する表現スタイルというのはご承知の通り。二〇〇七年にＲＰＧライター・翻訳者としてデビューした私は、このゲームを演劇や小説と変わらない伝統的な芸術の一分野として捉え、文芸批評の仕事と並行する構えで仕事を続けてきた。本書に掲載されている原稿も、ＲＰＧと関連する芸術分野との横断を一つの核としている。

そうした活動の一環として、去る九月五日と六日、ジャパンゲームコンベンション（ＪＧＣ）２０１５に参加してきた。ＪＧＣは日本最大級のＲＰＧ系イベントとして知られている。私はＪＧＣ２００７以後、毎年ゲストとして宿泊参加者や一般参加者に対してＧＭをしたり、あるいはイベントの模様を雑誌向けに取材したり、ゲーム翻訳者の懇話会に出演したりしてきた。今年はサンセットゲームズ社のブースで『ハーンマスター』の体験会のチューティングを行なったのだが、なんと、そちらに作家の長谷敏司氏がＰＬとして参加してくれた。『My Humanity』で第三五回日本ＳＦ大賞を射止めたばかりの実力派だ。

彼とプレイした『ハーンマスター』とは、Ｎ・ロビン・クロスビー（一九五四～二〇〇八）のデザインした汎用ファンタジー世界『ハーンワールド』を体感するためのルールシステムである。主な舞台のハーン島は中世イングランドをモデルとしており、「年表、各国の王族の家系図、貴族の紋章。等高線付きの地図、各村落の位置や世帯数が設定済み」（鈴木康次郎）という精密さが何よりの魅力だ。『ハーンマスター』は、簡明なルールシステムで、『ハーンワールド』のリアリティを表現している優れもの。一言でいえば〝リアル中世ヨーロッパ戦闘シミュレーター〟なのだが、初見であるこのシステムの特性を瞬時に見抜いた長谷氏のプレイングは実に秀逸だった。洞窟に潜む山賊騎士を征伐する冒険シナリオをプレイしたが、敵に不意を打たれないための位置取りがまさしく絶妙なのだ。

それもそのはず、長谷氏は関大在学中、ＲＰＧ研究会で鍛えら

れた猛者であった。……と書いてしまうと、何やら特別なケースと思われるかもしれない。しかし、とりわけ一九八〇年代前半から一九九〇年代前半にかけて、SFとRPGは密接な関係を保持していたし、大学のSF研究会でRPGやボードゲームがプレイされることも決して珍しくなかった。そして、その頃のダイナミズムを復活させるというのが、私の長年の目標で、実際に日本SF作家クラブの公認ネットマガジン「SF Prologue Wave」ではブルース・スターリングの『スキズマトリックス』のようなポストヒューマンSFを題材にしたRPG『エクリプス・フェイズ』のシェアードワールド小説を、作家たちと協力して展開している。最近では、「TH(トーキングヘッズ叢書)」No.61の「エッジの利いたスチームパンク・ガイド」執筆に伴う仕込みとして、スチームパンクの源流を体感しようと、執筆者の一部と『キャッスル・ファルケンシュタイン』の実践プレイを行うという実験も行ってみた。

こうした試みの一貫として、今年九月二十一日には、『エンドレス・ガーデン』や〈屍竜戦記〉で著名な作家であり、「SF Prologue Wave」の編集長でもある片理誠氏を交えて、『ストームブリンガー』(SB)というRPGをプレイする、という企画を実施してみた。伝説の魔剣にちなんだタイトルからもわかるとおり、これはマイクル・ムアコック(一九三九〜)の小説を原作としたRPGであり、片理誠氏はSBは未プレイながら「SFマガジン」二〇一五年四月号の「ハヤカワ文庫SF総解説」に〈紅衣の公子コルム〉のレビューを執筆するほどのムアコック者だったからである。

SBの基本ルールは三度にわたって邦訳されてきたが、今回、遊んでみたのは一九八九年に日本語化された第二版だ。選択した理由は、『トンネルズ&トロールズ』(T&T)という名作RPGのデザイナー、ケン・セント・アンドレ(一九四七〜)が手がけた版だったからである。世に中世風ファンタジーは数あれども、ケンの大胆なデザイン・センスと独特のユーモアは類例がない。『カザンの闘技場』や『デストラップ』など、現代教養文庫から訳出されているソロ・アドベンチャーに熱狂した経験のある方もおられるのではないか。

そのSB第二版だが、ケンが噛んでいるためか、とかく大胆な作りである。ファンタジーRPGの基本を押さえつつ、ダークファンタジー的な色調を表現するため、様々な工夫が凝らされている。そもそもSBのルールブックには、ムアコックは当時存在した紋切り型の決まり文句をすべてくつがえして英雄エルリックを創造した、と書かれている。王座を求めて戦う蛮人の代わりに王座を捨て去る洗練された貴公子を、美しい乙女を邪な悪漢から救う代わりに最愛の恋人を手にかけてしまう悲劇を、はちきれんばかりの筋肉の代わりに、ポーションや魂を啜る魔剣で生き永らえる白子を……といった具合に、価値転覆的(subversive)な批評意識に満ちている。ゲームでもこうしたコンセプトを汲んでプレイするのが美しい。

というわけでGMは「TH（トーキングヘッズ叢書）」の常連寄稿者でもある田島淳氏にお願いした。ムアコックの小説やSBに通暁し、また伏見健二氏が執筆したSBのシナリオ「紫水晶と鮮血」（「タクテクス」№72掲載）を所持していた。伏見健二氏は「TH（トーキングヘッズ叢書）」の「レトロ未来派」に「スチームパンク・ワールドをデザインする」を寄稿していたが、彼が商業デビューした企画（武蔵野美術大学在学中の一九八九年！）が、SBのシナリオ・ライティングだったのである。国産RPGの多くが批評性を軽視して守りに入るなか、「気鋭の新進ライターが放つ、異色の問題作」（リード文より）を体感することには、相応の意義があろうと考えたのだ。集まったPLは、シリアスゲーム研究者で東京電機大学講師の蔵原大氏に、『ウォーハンマーRPG』体験会（日本語版の版元・ホビージャパンの協賛を得て開催していたイベント）実行委の伊藤大地氏。そこにゲストとして片理誠氏を迎えた恰好になる。

さて、RPGのプレイにあたっては通常、自らが演じる主要登場人物（プレイヤー・キャラクター、PC）をルールに従って創造する。今回は、キャラクターの能力値や国籍、経歴職業といった要素をすべてダイスでランダムに選択した。結果、私のPCはピカレイドという国出身の女盗賊ということになった。SBでは「〈法〉と〈混沌〉の抗争」が重要なテーマとなっているが、ピカレイドは〈混沌〉を信奉する排他的で危険なお国柄。驚いたのは、盗賊の使用する技能の多くが、100面体ダイス（10面体ダイスを2つ振って、1〜100までの数値を作る。%と対応しているので、パーセンテージロールとも）を振って能力値から算出されるボーナスを加えて決定されることだった。技能制を採用したシステムは通常、パラメーターを細かに調整するものが多く、ここまで豪快なルールは初体験である。結果、〈観察〉技能が103%、反対に盗賊らしい〈鍵開け〉はわずか19%。この特徴を活かし、キャラクターを「鷹の目の女王」シェリーラと命名。出目がよかったので、盗賊らしからぬ堂々たる筋力も誇る。そうこうしているうちに、他のPCも完成していった。

片理誠／ダリジョール（混沌の島パン・タンの属国）出身の男性戦士、ゾルアを担当。

蔵原大／シャザール（辺境の国）出身の女性狩人、ローワンを担当。

伊藤大地／イルミオラ（森林と農地の国）出身の男性商人、クルードを担当。

かくして役者も揃い、ゲーム・セッション開始！

【以下、伏見健二氏の許可を得て、「紫水晶と鮮血」の内容に触れていく。同シナリオを未読の方、プレイ予定の方は注意されたい（なお、内容はGMが運用時に一部アレンジした）】

「紫水晶と鮮血」の時代設定は、ちょうどメルニボネ最後の皇帝エルリックが誕生した頃。メルニボネ国は凋落を続け、ちょうど頽廃の内に籠もってしまった古代ローマ帝国末期のような状態だ。一方、交易で賑わう「紫の街の島」の船団が、イギリスの私掠船のごとく暴れ回っている。現にピカレイドの東海岸にある「剣の女王」キシオムバーグ（〈紅衣の公子コルム〉でもフィーチャーされる〈混沌〉の神）を崇める神殿も、略奪の被害に遭ってしまった。この時に奪われてしまったご神体を取り戻すよう、一行は醜悪な司祭クリジャミドから命令を受ける……というのが導入である。

「教団の命令なので、報酬は出ませんよ」と、さらりと言い放つGM。ピカレイド出身のシェリーラはキシオムバーグ信者なので問題ない（?）が、ゾルアは老婆の孫娘にたぶらかされた……といった具合に、各々の冒険に絡む理由と動機を考えていく。クリジャミドの依頼を聞くうちに、奪われたのは「百八の魔剣」という儀式用の剣の一つだと判明。それを奪った略奪隊は、紫の街の島の汎用小帆船が一隻。さらには三人の男と一人の女が、三十人もの手下を率いて襲ってきた、ということだった。復讐に狂った老婆は「よいか、その四人、特に首謀者は、十分に恐怖を味わわせ、一族郎党を皆殺しにせよ！」と叫び続ける。

★「紫水晶と鮮血」のプレイ光景。左のBOXが『ストームブリンガー』第二版。

「一族郎党皆殺しがミッションとは、ブラック企業顔負けですね（笑）」とローワン。「派遣社員みたいなものよ、金は出ないけど」とシェリーラ。しかし愚痴っていても仕方なく、航路を辿って紫の街の島の首都メニイに入り込む。紫の街の島は〈法〉の庇護下にあり、〈法〉の僧兵が二人一組でスピアをもって街を巡回している。さっそく酒場“咳込み坊や”亭に入り込んで（GM「シナリオに名前がなかったので、ゾラの『居酒屋』から取りました」）、聞き込みを開始するパーティ。「我々は手持ち無沙汰で、どこか景気のよい船に乗りたいと思っているんだ。ピカレイドで酷い目にあったので、できればあそこで略奪の成果をあげた船ならば望ましい」と、ローワンは巧みに客に話かけて情報を引き出す。こうして、ターゲットは若手の船長であるレントン、女剣士カンテイラのクルネス兄妹、さらには航海士のロジアースとハーシェブの四人だと明らかになった。ちなみにレントンは熱心な〈法〉の信者で新婚。それが気に入らないカンテイラはグレてしまい、今や不良たちの頭目となって街を荒らしているらしい。

　しばらく酒場に張っていると、噂のロジアースがやってきた。とぼけた調子で話かけてくる彼の調子から、略奪したご神体が「百八の魔剣」にほかならないと見当をつけた。ただ、ロジアースは自分とハーシェブの住居については教えてくれるものの、クルネス兄妹の居場所は知らないという。「二人の家で飲み直そうと言って、そこで始末してしまうのはどうか？　ロジアースに案内させれば、場所もわかるし一挙両得」と、ゾルアが歴戦の強者らしい悪辣な提案。ただ、ロジアースの家で宅飲みを続けても、肝心のハーシェブは戻ってこない。いたずらに時間だけが経ってしまう。というのも〝鋸歯〟亭、〝老いぼれ白馬〟亭、〝紫めいた狼煙〟亭など、商人クルードの金を使って酒場や宿をはしごして聞き込みを続けていた際、ロクな情報は得られず、客に怪しい振る舞いを見咎められて、ハーシェブのもとに報告されていたからだった。

　さすがに勘付かれたことを察知した一行は、酔い潰れているロジアースを始末し、部屋を荒らして物取りの仕業に見せかける。その噂はメニイの街に広がり、ロジアースの葬儀が執り行われた。葬儀に混じってハーシェブを引き離し、裏通りにて殺害にも成功するが、その光景を〈法の番人〉に見咎められ、パーティは追われる身となってしまう。逃げる一行を馬車に乗せて窮地を救ってくれたのが、レントンの妻、ラースアイだった。もちろん彼女は、一行の正体を知らない。あくまでもノーブレス・オブリージュとして救いの手を差し伸べてくれたのだった。

　ただ、カンテイラ率いるゴロツキたちはパーティをマークしており、広場に呼び出して勝負を挑んでくる。「キシオムバーグの犬め！」、「そうまで言われては仕方ない、魔剣を返してもらおうか！」。ただ、ゴロツキやカンテイラは自分の力を過信しており、ゾルアにタイマン勝負を挑んだ結果、返り討ちにされてしまった。「兄貴は女に腑抜けにされたから、どうなろうとかまわない。あたしはもっと刺激が必要なんだ」と、カンテイラはレントンの住居を教えつつ、ゲラゲラ笑いながら袈裟斬りにされて絶命してしまう。

　「しかし、SBのシナリオってイカれたやつしか出てきませんね（笑）」、「普通にやってること、冒険というか殺人ですから（笑）」と、PLは荒んだ会話を広げていたが、しかし、言ってしまえば、敵も味方もどっちもどっちなワル。要するに〈法〉と〈混沌〉との間には、拠って立つイデオロギーの性質が相対的に異なるだけ、という苦い思想がある。要するにSBは、大人のためのRPGなのだろう。

　いよいよクライマックス、海沿いのクルネス亭にカチコミを仕掛けた一行は、待ち受けた護衛たちと一大決戦を繰り広げるのだが、ここでPC側のダイス目がふるわず、シェリーラが、そしてゾルアが命を落としてしまう（！）。SBでは蘇生呪文のようなものはなく、死んだキャラクターはずっと死んだままだ。通常ならば、キャラクターシートを破り捨てて最初からキャラクターを作り直し、ということになるのだが、ここはGMの粋な計らいによって、キシオムバーグ神の介入により、〈混沌〉の執行人として急遽、シェリーラとゾルアは転生することになった。「一つ、人の世に恨みもて生まれ」、「二つ、故郷に決別し」、「三つ、見るもの皆殺し」というのが登場時のセリフ(笑)。

　こうして護衛の傭兵たち、それにレントンを無事に始末したが、「一族郎党を皆殺しにせよ」というミッションを達成するためには、かつて自分たちを救ってくれたラースアイと、彼女が抱く赤ん坊をも手にかけなければならない。ここでまた一悶着があったのだが、どうなったのかは敢えてご想像に任せよう。なお、本シナリオの末尾に添えられた伏見健二氏の「あとがき」によれば、「〝ストームブリンガー〟の魅力は生と死の体感できる世界と時代において、感情と意志とが交錯するドラマを体験すること」にあり、「高度な感情移入と積極性」にアピールするため、常に自己を動かす動機を確認し、葛藤を促すようなシナリオ・ライティングを心がけたという。韮沢靖氏の美麗な挿画が、そのダークな雰囲気を盛り上げている。

　プレイ後、当時について伏見健二氏に取材を試みたところ、「『ストームブリンガー』のシナリオは、いったんアメリカナイズされたメタル系ファンタジーを、英国の陰鬱さに戻す、みたいなことを意識していたように覚えておりますよ」という回答が得られた。〝英国の陰鬱さ〟とは、古くはアーサー王伝説の基調をなし、現代ではムアコックが採用したような、因果応報と破滅の美学だろう。では、「アメリカナイズされたメタル系ファンタジー」とは？　これを聞いて私は、エピック・メタルと呼ばれるジャンルの祖Cirith Ungolが一九八一年に発売した1stアルバム*Frost And Fire*が、SBの追加設定資料集『ストームブリンガー・コンパニオン』と同じく、マイクル・ウィーランのアートワークがジャケットを飾っていたのを、ふと思い出した。機会があればこの「メタル系ファンタジー」とRPGについて考察してみたい。

※「メタル系ファンタジー」については、「TH（トーキングヘッズ叢書）」No.66から連載中の拙稿「ロック・ミュージックとRPG文化」で詳しく扱っている。

★Cirith Ungolのアルバムに添えられたマイクル・ウィーランの美麗なイラスト。

世界劇場と吸血鬼ジュヌヴィエーヴ

——いま、ジャック・ヨーヴィル『ドラッケンフェルズ』を読み直す

J・R・R・トールキンが『指輪物語』で確立したハイ・ファンタジーは、その起源となる部分に妖精物語やメルヘンを擁しつつ緻密な異世界構築を基体とすることで、モダニズムの系譜に連なる数多の二十世紀文学とは異質な、独自のジャンル的様式を築き上げた。その意義を問い直すにあたり、本稿ではイギリスの作家ジャック・ヨーヴィルのファンタジー小説『ドラッケンフェルズ』(一九八九)について考えたい。

『ドラッケンフェルズ』の舞台は、一六世紀頃のヨーロッパを模したオールド・ワールドという世界、なかでも三十年戦争時代の神聖ローマ帝国によく似たエンパイアと呼ばれる国である。主人公のジュヌヴィエーヴは十六歳の時に、「闇の父」の〝抱擁〟を受けて吸血鬼と化した。外観こそ十六歳の美少女だが、実年齢は六百五十歳を超えている。幼女のように無垢でありながら、したたかなまでに老獪で、秘めた情熱と永遠の倦怠が同居している。確かに彼女は吸血鬼ではあるが、やたらに人間に襲いかかることはない。理性を失わず、あらゆる階層の人間たちと関わりながら、その血を僅かに分け与えてもらうことで生きながらえてきたからだ。時には「蛭女」と不気味がられることもあるが、ジュヌヴィエーヴは人間社会に溶け込み、穏やかに共存を志向する存在として描かれる。

『ドラッケンフェルズ』は、エンパイアを構成する領邦の一つ、オストランドの選帝侯の皇子オスヴァルトに誘われて、悪名高き邪悪な大魔法使いコンスタント・ドラッケンフェルズを討伐するため、ジュヌヴィエーヴが仲間たちとともに、魔法使いの砦へ遠征する場面から幕を開ける。苦難のなか、全身を「裏返し」にされ骨に警告文を刻み込まれる仲間すら出るなかで、冒険者一行は、ドラッケンフェルズのもとに辿り着く。しかし、実際に対峙してみると、魔法使いの力はあまりにも強大に過ぎた。仲間は、一人、また一人と倒されていき、ジュヌヴィエーヴもまた、戦いの最中に意識を失う……。

実は、ここまでが実質的なプロローグ。そのドラッケンフェ

ルズとの対決から二十五年が経過したところで、『ドラッケンフェルズ』の本編は開始される。焦点人物は、新作の公演契約を突如破棄されて天文学的な額の借金を抱え、債務監獄へ入れられてしまった劇作家デトレフ・ジールック。そのデトレフのもとに、皇子オスヴァルトが来訪するのだ。彼はデトレフの借金を肩代わりする代わりに、自分が二十五年前にドラッケンフェルズを成敗したエピソードを、演劇化してもらいたいと依頼してくる。そう、ジュヌヴィエーヴが意識を失っている間、ドラッケンフェルズは彼によって撃退されていたのだ。

デトレフは大魔法使いとの対決を生き延びた冒険者たちを訪問し、当時の模様について、聞き取り調査を行なう。ところが二十五年という歳月がもたらした惨状は、目も当てられないものだった——例えば、美貌の踊り娘にして暗殺者であるエルツベトは正気を失い、ホスピスでの療養生活を余儀なくされているといった具合に。それでも、ドラッケンフェルズを倒したかつての冒険者たちは、ドラッケンフェルズの砦へと集結し、芝居という形で、かつての偉業を〝再現〟しようと準備を進める。修道院に身を隠していたジュヌヴィエーヴも、オスヴァルトと再会し、また、後にパートナーとなるデトレフと、運命の出会いを果たす。

むろんドラッケンフェルズ討伐の物語を演劇として再現するとはいっても、冒険者本人がそのまま出演するわけではない。彼らを模した俳優たちに演技指導役として関わるわけだが、舞台「ドラッケンフェルズ」の制作進行が進むうちに、かつての生き残りは一人、また一人と奇怪な死を遂げていく。その手口は、大魔法使いの所業を彷彿させる陰惨このうえないものだった。そして公演当日、思わぬハプニングにより、ジュヌヴィエーヴは「吸血鬼ジュヌヴィエーヴ」本人役として舞台に上がらざるをえなくなる。さて、皇太子オスヴァルトがドラッケンフェルズを企図した真相とは……。

こうして芝居という意匠のもと、『ドラッケンフェルズ』は大魔法使いをめぐる物語が、二重の入れ子構造という形で読者に提示されるわけだ。シェイクスピアの『ハムレット』に劇中劇「ゴンザーゴ殺し」があるように、あるいはフランシス・ボーモントの戯曲『ぴかぴかすりこぎ団の騎士』で市民が堂々と壇上にのぼって劇に注文をつけているように、演劇が織りなす虚構性は、しばしば自明の前提として、作品内に取り込まれてきた。

こうした発想は、イギリスの思想史家フランセス・イエイツが『世界劇場』で説明するように、劇場という仮構された小空間が、全宇宙の模造として観衆に受容された歴史的経緯が前提となっている。このように世界を劇場として見る考え方は、三十名を超える登場人物が書き分けられる群像劇めいた構成のハイ・ファンタジー『ドラッケンフェルズ』にも踏襲されている。つまり、『ドラッケンフェルズ』はハイ・ファンタジーの方法論で、シェイクスピアやボーモントら、エリザベス朝演劇の方法論を批評的に再生させることを目指したテクストなのだ。

さて、『ドラッケンフェルズ』には直接の続篇「流血劇」(一九九三)がある。これは文庫で百四十頁に満たない中編だが、本作は『ドラッケンフェルズ』が〝縦〟の入れ子構造として描いた物語相互の関係性を、具体的なテクストに接続させることで、大きく〝横〟に拡張した作品だ。「ドラッケンフェルズ」上演に伴う騒動の後にデトレフが演じる戯曲は、「ジークヒルンスンの『ジキル博士とハイド氏』というタイトル。これはR・L・スティーヴンスンの『ジキル博士とハイド氏』に引っ掛けているわけだが、その含意は、内なる獣を飼いならし、獣を演じていたはずの人間が、知らず、獣に乗っ取られてしまうという主題を、「流血劇」がそのまま踏襲していることを暗示している。

『ドラッケンフェルズ』で、デトレフとジュヌヴィエーヴはめでたく結ばれるのだが、「流血劇」ではその後の二人をめぐる不和の意味をも暗示している。吸血鬼として永遠の生命を得ているジュヌヴィエーヴと、定命の存在であるがゆえに年老い、徐々に精力を失っていくデトレフ。二人の仲は軋んでいる。一方、めきめきと頭角を現している新人女優エヴァがクローズアップされる。ジュヌヴィエーヴがデトレフと共依存的な関係を続け、無為に過ごしている間に、エヴァは一歩一歩、スターダムを駆け上っていく。

エヴァの成功の背後には〝落とし戸の悪魔〟の手助けがあった。〝落とし戸の悪魔〟とは、デトレフの劇場の特定の席に住み着いていると噂される存在だ。その正体は、かつて一世を風靡した劇作家ブルーノ・マルヴォアザンのなれの果てである。マルヴォアザンは戯曲で「混沌」という正体不明の存在を追究するうちに、自らが「混沌」に穢されてしまっていた(この設定はラヴクラフトの「ピックマンのモデル」の影響を感じさせる)。「混沌」に汚染され、もはや人間とは似ても似つかない存在へ変異してしまっていたにもかかわらず、演劇への情熱を捨てられないマルヴォアザンは一世紀もの間、劇場に潜んで、数々の公演をひたすらその目で鑑賞してきた。そこで培った経験と無垢な存在へのプラトニックな憧憬を軸に、〝悪魔〟は姿を見せずに女優を指導してきたのである。

マルヴォアザンの人物造形は、明らかにガストン・ルルーの『オペラ座の怪人』が下敷きとなっている。『ジキル博士とハイド氏』に『オペラ座の怪人』。両者は、過剰な自意識に苦しむ近代的な人間像と、その人間を蝕む獣性との葛藤が主題となっている。そこに、滅びたはずの大魔法使いドラッケンフェルズが、再度、暗躍してくるのだ。

マルヴォアザンは劇場の地下に潜みながらも、その姿が可視化されない存在として過ごしていた。つまり彼は、世界を劇場として見ていたが、自らをその渦中へ置いていなかった。言うならばそれは、人間社会における「流血劇」において、ジュヌヴィエーヴの立ち位置と、よく似ている。「流血劇」においてジュヌヴィエーヴは「世界劇場」の外部に立っているのだ。

著者ジャック・ヨーヴィルは、「流血劇」が単行本『吸血鬼ジュヌヴィエーヴ』として刊行される前年、キム・ニューマン名義で、作家の代表作となる歴史改変SF『ドラキュラ紀元』(一九九二)を世に問うている。この『ドラキュラ紀元』は、ブラム・ストーカーの『吸血鬼ドラキュラ』を筆頭に、古今東西における「ドラキュラもの」の作品が、縦横無尽に「引用」され、歴史そのものを塗り替えるという驚くべき怪作だ。その方針は徹底していて、「ドラキュラもの」のフィクションのタイトルが列挙されるだけで終わる章が存在するほどである。まさに、テクストが織りなす「世界劇場」にほかならないが、その中心に位置するのは、吸血鬼ジュヌヴィエーヴという存在なのだ。

情報環境の高度化とともにヴァーチャルな仮想世界があまりにも身近となったためか、現在、ハイ・ファンタジーという様式のインパクトは薄れ、存続の危機を迎えていると言ってよいが、ヨーヴィル/ニューマンの方法からは、多くを学ぶことができるだろう。夭折した天才・伊藤計劃の遺稿を書き継いだ円城塔によって、長編『屍者の帝国』が完成、現代SFにおける一つの到達点を示したことは記憶に新しいが(第33回日本SF大賞特別賞受賞)、事実、同作は『ドラキュラ紀元』の「発想の系譜」に連なるものとして、構想・執筆がなされている。

ヴァンパイアの情念、理性への叛逆

——カーミラとジュヌヴィエーヴ、神話的思考とリアリズム

「私はあなたの暖かな命のなかで生きて、そしてあなたは私のなかで、甘く優しい気持ちで死ななければならないの」「ローラ、私はあなたのなかで生きていますわ。そしてね、あなたは私のために死ぬの。そうよ、こんなにもあなたを愛しているのですもの」——これらは、「最後のゴシック・ロマンサー」ことジョセフ・シェリダン・レ・ファニュが一八七二年に発表した、『女吸血鬼カーミラ』(長井那智子訳　亜紀書房)の一節である。爛々と赤い目を輝かせる美少女カーミラ。彼女は興奮し、むせび泣くように囁き、語り手である十九歳のローラへ火のようなキスを浴びせかけるのだ。繰り返し仄めかされ、むせかえるように濃密なエロティシズムの蠱惑。「その頃の私は、それ相応の男性とお付き合いしたことはありませんでした」と回想するローラが、「確かに男性とのお付き合いを想像させた」と綴るカーミラとのひとときは、吸血鬼（ヴァンパイア）と獲物（ヴィクティム）という捕食関係よりも、むしろ愛にあふれた二人の女性の姿を浮かび上がらせる。

カーミラ(Carmilla)、ミラーカ(Millarca)、あるいはマーカラ(Mircalla)……狙いを定めた少女に対し、アナグラム的に使い分けられる仮初めの名前、その甘美な響き。優に一世紀を生きる彼女は、定命のローラと過ごしその血を媒介とすることで、時間のくびきを超越した自己を確認している。そのエゴイズムと音楽的に響き合うのは、「ロリータ、我が命の光、我が腰の炎。我が罪、我が魂。ロ・リー・タ。舌の先が口蓋を三歩下がって、三歩めにそっと歯を叩く。ロ。リー。タ。」(若島正訳『ロリータ』新潮文庫)と書き付けた、ウラジーミル・ナボコフの超絶技巧かもしれない。というのも、『女吸血鬼カーミラ』が描くのは、表向きは暴力やセックスの隠喩がごとき吸血行為だが、その実、精神的な紐帯と情念こそが重視されているからだ。もっとも、それはどこまでも非対称なのだが。

ゆるやかに死へと下降していく倦怠の念。『女吸血鬼カーミラ』が見事に形象化したそれは、二十世紀の終わり、ストーリーテリングゲーム『ヴァンパイア：ザ・マスカレード』（一九九二〜日本語版はアトリエサード刊）の登場をもって、ゴシック的な理想像としてイコン化された。ストーリーテリングという営為は、「幻想的または非現実的と思われてしまうものを隠喩的なリアリティのあるものとし、物語のコンテクストの中で現実味を持ったものとすること」を目的とする（徳岡正肇訳『ワールド・オブ・ダークネス』新紀元社　筆者が一部改訳）。わざわざフロイトを援用するまでもなく、フィクションに登場し、そのイメージが広く浸透することで表象作用の対象となる吸血鬼がごとき怪物は、私たちの無意識を投影したもの、とするのが常識だろう。ところがストーリーテリングは――フランケンシュタイン博士のように――その怪物へ神話的な生命を付与してしまう。

　私たちの現実に、それそのものとしての吸血鬼は存在しない。たとえ吸血鬼のような輩があちこちに跳梁跋扈していたとしても……しかし、ストーリーテリングは、こうした常識をひっくり返してしまう。参加者たちは、彼らのグループが形成する魔法円（マジック・サークル）（ホイジンガ）内で独自のルールを共有することで、ゲーム空間と外界を区分し、隠喩を隠喩のままに終わらせず、自律したものへと組み替えるための方法を発明する。「隠喩的」なリアリティを「神話的」に思考することのダイナミズムとは何なのか。ストーリーテリングゲームという新しい表現スタイルは、そのような問いを投げかけてみせた。

　『ヴァンパイア：ザ・マスカレード』では、吸血鬼貴族ヴェントルー、憤怒に燃えた叛逆者ブルハー、放浪の〝ジプシー〟ことギャンレル、唯美主義者のトレアドール、魔術に淫したトレメール、墓場に暮らす醜怪なノスフェラトゥ、狂気に翻弄されたマルカヴィアン……と、人間から自分たちの存在を覆い隠す「仮面舞踏会（マスカレード）の掟」なる秩序を維持するための互助会派「カマリリャ」に所属する氏族だけでも多彩であり、関連資料には氏族間の複雑な関係が細やかに設定されている。こうして現代のヴァンパイアは、その本質としての複雑性を懐胎し、プレモダンなゴシック性とポストモダンな交換可能性のあいだを、たえず行き来することになる。

　ジャック・ヨーヴィルの、吸血鬼ジュヌヴィエーヴ・シリーズを見てみよう。《ドラキュラ紀元》シリーズ（キム・ニューマン名義）で「吸血鬼もの」の膨大なテクスト間を自在に逍遥した彼女は、もとは会話型ロールプレイングゲーム（ストーリーテリングゲームとほぼ同義）『ウォーハンマーRPG』のスピンオフ小説『ドラッケンフェルズ』（HJ文庫）以下の四部作で知られるようになった存在だ。日本では九年ぶりに入手可能となった『ウォーハンマーRPG　第二版』（ホビージャパン）は、『ヴァンパイア：ザ・マスカレード』の影響を強く感じさせる作品だが、ドイツ三十年戦争時代の神聖ローマ帝国を主なモチーフにした「オールド・ワールド」というケルト風多神教世界を舞台としている。「旧きよきヨーロッパ」という郷愁を嘲笑うかのように無慈悲な近世で、ジュヌヴィエーヴはひとり倫理的な存在としての自己を貫徹する。つまり、彼女はゴシック小説におけるヒロインと宿敵、相互の役割を一人で演じてしまっているわけだ（！）。ジュヌヴィエーヴの二面性は、現代のリテラリーゴシック（高原英理）が、等しく直面するものでもある。

英文学者の中井理香は、十八世紀後半に流行したゴシック・ロマンスは、異端・怪奇・グロテスクに傾斜することで虚構としての自律性を高めていき、その過程においてイギリス経験論的な哲学の土壌となっている「理性・非理性の支配関係」を逆転させようとしたと述べている（「ゴシック小説における理性・非理性の不連続性〔第一部〕〈恐怖〉の社会的状況」立正大学文学部論叢一二九号　二〇〇九）。つまりゴシック小説は、同時代の社会的事象を、理性的な記述ではなく情念を記録することで捉え返そうとしたのではないかとの仮説を、中井は提唱しているわけだ。それは旧来のリアリズムと神話的思考を折衷させたものであろう。まさしくカーミラとジュヌヴィエーヴを取り結ぶための視点と言えるが、それなしに――近年邦訳がなったタニス・リーの『薔薇の血潮』（原書一九九〇　創元推理文庫）に代表される――中近世の風俗を掘り下げつつ、記述される歴史的な視座に現代の実証史学を通過したとしか思えないようなリアリズムを織り込むタイプの新しいファンタジー文学を、咀嚼することはかなわない。

ケルトの幻像と、破滅的リアリズム

——フィオナ・マクラウドとRPGから、ロバート・E・ハワードの〝昏さ〟を捉える

「ここに語られる物語は、空想と魔法と愛のロマンにいろどられた寓話である。なるほど、これらの物語は、考えようによっては、おもしろくもない一片の夢想にすぎぬかもしれない。それはそうだ——しかし、こうした物語は、けっして古めかしくもなければ、忘れられた存在でもない。なぜか？　その理由を述べよう——人間が「自然」を征服しようとするところにはつねに魔術があり、人間が「理想」を現実のなかに移し入れようとするところには、いつもロマンが生まれるからである」……これはロバート・E・ハワード『征服王コナン』（ハヤカワ文庫SF　一九七〇）の解説の冒頭に付された文章だ。同書は自覚的にこの国へ紹介されたヒロイック・ファンタジー（HF）の嚆矢で、荒俣宏が団精二名義で初めて上梓した訳書でもあったが、そこで先の一節は「作家フィオーナ・マクラウドが世界ではじめて著したヒロイック・ファンタジィ短篇集『蛮族の物語』（Berbaric Tales）に由来し、《剣と魔法》の本質をよく捉えた言葉だと紹介されている。

　ただしこの荒俣の考えは、L・スプレイグ・ディ＝キャンプが一九六七年に『コナンと髑髏の都』（創元推理文庫　一九七二）序文で示し人口に膾炙している、ウィリアム・モリスをHFの起点とする視座からすればいささか異端的だ。『征服王コナン』での引用は、パトリック・ゲッデスの筆になるものと記されていた。十余年後、荒俣は本名でマクラウドの『ケルト民話集』（月刊ペン社　一九八三）を訳しているが、こちらは*The Sin-Eater and Other Tales*（1895）が底本とされていた。そしてなんと、ここにもゲッデスの序文が添えられており、その内容が酷似しているのだ。マクラウドの短篇集にはバリアントが複数存在するが、そのためか、こちらのゲッデスの序文はより長尺で、シェイクスピア『テンペスト』の引用も挿入されており、「いつもロマンが生まれる」という結語の訳文は「いつでもロマンスが残る」と……〝ロマン〟が〝ロマンス〟に、〝誕生〟が〝残余〟に書き替えられていた。

　パトリック・ゲッデス（一八五四—一九三二）。近代都市論者として著名な彼は、「スコットランドの、ケルトの歴史を特徴づける数え切れないほどの敗北のひとつである霞んだ英雄」（*The Evergreen Spring* 1895　松井優子訳）として、中世に活躍した

対イングランド戦の指導者ウィリアム・ウォレスを信奉し、その精神を継承することがスコットランドのルネサンスになると説いていた。そして、ゲッデスと共闘した女性マクラウドとは、実はスコットランド出身の男性批評家ウィリアム・シャープ(一八五五―一九〇五)の筆名だった。ゲッデスは生前にその正体を教えられた数少ない人物の一人。彼らは〝残余〟としてのロマンスを肯定的に読み替える、十九世紀末のケルト復興運動(リヴァイヴァル)を、いわば象徴的に戦ったが、同時にそれを狭隘なナショナリズムから引き離していこうとも試みていた。その屈折にHFの抱えたジレンマと、〝昏さ〟の淵源を見ることができる。

『ケルト民話集』の冒頭に収められた「クレヴィンの竪琴」は、一九二四年に松村みね子が翻訳していたことでも知られる(「琴」)。英雄コルマック・コンリナスと「青緑」と呼ばれる魔剣の登場する哀しい恋物語だが、「その剣は渇いた時に何時もささやいた、その渇きを静め得るのは赤い血の飲みものばかりであった」と語られる、妖しくも雅か(みやびや)で破滅を希求する、ケルト的な〝昏さ〟が印象深い。モリスやダンセイニ卿の作品と同様、本作もHFの先駆けとして捉えられよう。何よりハワードは――盟友H・P・ラヴクラフトを介して――マクラウド的な〝昏さ〟を、反発も含めて内に抱え込んでいたのではないか(参考 Schweitzer, Darrell. *The Robert E. Howard Reader*, 2010)。

★松村訳「琴」収録
(沖積社 1999)

旧《ナイトランド》創刊号に掲載されたハワードの「矮人族」(1928)は、その〝昏さ〟を掘り下げるうえで有用だろう。生前未発表のままに終わった小品だが、その中核には「先史民族の末裔」ことピクト人のイメージがある。「矮人族」以前にハワードが書いた二本目の商業作品"The Lost Race"(1925)では、視点人物である冒険家と、ピクト人との出逢いがフィーチャーされるが、彼らは侵略者のケルト人に追いやられブリテン南部の地下で暮らす原住民として他者化されていた。それを押さえて「矮人族」の「ぼくは家族の女を盗もうとする部族に復讐を誓った穴居人だった」という決意や、「〈永遠〉というささやく深淵から、ケルトの血を引く娘を救えるただひとりの亡霊を呼びもどせる」語り手の「死に物狂いの叫び」(中村融訳)という不穏で強烈な描写を目にすると、ハワードがピクト的なものを、複

★"The Lost Race"収録
(Del Ray, 2005)

雑かつ多層的に解釈しようとしていたことが窺える。エキゾチックな他者と内なる怪物性に、ピクト的なものが引き裂かれつつ、時には混沌と交じり合うのだ。実際、クトゥルー神話作品「大地の妖蛆」(ピクトの王ブラン・マク・モーンの視点、1932)と「妖蛆の谷」(転生戦士ジェームズ・アリスンの視点、1934)では、ピクト的なものへのアプローチはベクトルがちょうど正反対となっている。一方で、自らの使命と力を信じて神話的な怪異へと対峙する〝昏さ〟、破滅的ヒロイズムは共通する。

一九七〇年代中盤以降のHFは、ロールプレイングゲームとの相互的な影響関係を抜きにしては語れないが、ゲームを経由した破滅的ヒロイズムはさらに顕著だった。魔導書『無名祭祀書(ネームレス・カルツ)』に魅せられ狂気に陥った詩人ジャスティン・ジョフリが言及される「黒の碑」(1931)は、「石碑(モノリス)の人々」(『ヨグ=ソトースの影』ホビージャパン所収 一九八六)として『クトゥルフの呼び声』(現『クトゥルフ神話TRPG』)でゲーム・シナリオ化されているが、そこでは原作がいったん解体され、考証と豊穣な追加設定を加えつつ箱庭のごとく緻密にまとめ直されていた。これを遊べば、マクラウド作品が象徴や隠喩の体系のなかで内なるケルト性を追究したのに対し、ハワード作品はそのような体系を「原—ケルト」たるピクト的なものに仮託し、身体的なレベルで捉え返そうとしたことが実感できる。

『ウォーハンマーRPG』のノベライズでもあるケルト的な傑作HF『嵐の戦士』(現代教養文庫 一九九三)で、B・クレイグことブライアン・ステイブルフォードは、「一人の人間の勇敢な行為が、全世界に永遠の平和をもたらすような物語を聞きたいとおっしゃるなら、お話しすることもできます——でも、そんな話がどんなにばかげて、嘘っぱちなのか、あなたにもよくおわかりのはずです」(岡聖子訳)と書いている。この語りからは、近代において仮構されたケルト的なものの淵源を模索したハワードの探究が——破滅的ヒロイズムという形で——受け継がれている様子を聞き取ることができよう。

※本稿の執筆にあたっては、仲知喜氏より貴重な助言と資料提供を受けた。記して感謝したい。(筆者)

※文中、作品タイトルの後の西暦年表記が算用数字のものは、本国での出版等を示します。(編集部)

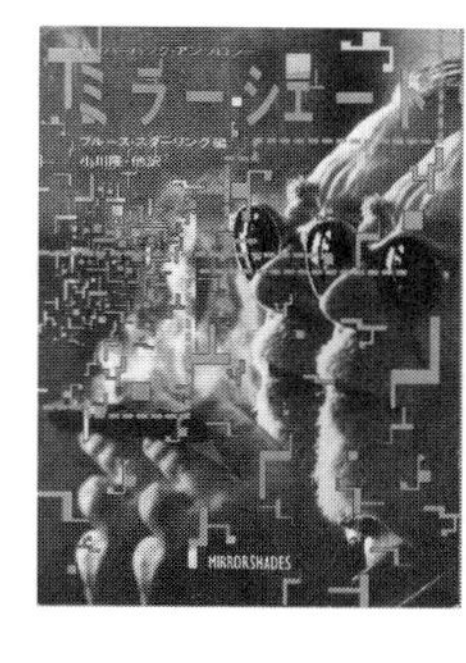

書評●ブルース・スターリング編『ミラーシェード』

▼ガレージ・パンクの美意識と反骨精神

本来、SFの革新運動であったはずのサイバーパンク。けれども、日本ではパンク性は不要と、刺を抜かれて脱政治化された。で、無数のエピゴーネンがアニメで再生産される始末なのだが……それで満足か？　一九八〇年代に書かれた〝ミラーシェード・グループ〟の集成たる本書には、「原（プロト）サイバーパンク」ならではの熱気に、「ガレージ・バンドの美意識」が溢れている。スターリングの過激なアジテーションに始まり——スチームパンクとの連動を予見する——シャイナーとの共作「ミラーシェードのモーツァルト」で締められる。この本（アルバム）でしか読めない作品もたくさん、捨て曲なし。金曜の夜（フライデーナイト）のギグ、セットリストは完璧だ！　おまえがサイバーパンクなら、その魂がここにある！　強烈なヴィジョンを全身に浴びて、実社会（ストリート）をジャックするんだ！（小川隆他訳／一九八八年／早川書房）

レビュー●『ゴーストハンター13 タイルゲーム Expantion 2 ディアブロ・ドゥ・ラプラス』

▼RPGエッセンス溢れる本格ボードゲーム

本作はサバイバル・ホラーをテーマにした『ゴーストハンター13タイルゲーム』シリーズの第三弾にあたるが——第二弾『七つの大罪』と同じく——単体でもプレイが可能になっている。ボードゲームを知っている人なら、このシリーズがコンポーネント（内容物）の充実に比してとんでもなく低廉な価格設定となっていることに驚きを隠せないだろう。四十枚を超える部屋タイルと150枚ものカードを駆使することで、冒険の舞台となる怪異に覆われた街ニューカムが巧妙に表現されている。基本セットと組み合わせれば、原作『ラプラスの魔』（コンピュータゲームはプロジェクトEGGで復刻され、小説はKADOKAWA／富士見から完全版が刊行中）のシチュエーションを追体験するのも可能となっている。アナログゲームは世界的に、5〜15分程度で一ゲームが終わるミニマムな作品と本シリーズのような本格志向の作品とに二極化しつつあると言われるものの——製作費用がかさみ流通方法が限られるということから——日本において後者に挑むのは、リスクが大きいとみなされ敬遠されがちだ。にもかかわらず本シリーズが成功したのは、『ダンジョンズ&ドラゴンズ』（クラシック）や『タリスマン』を彷彿させる厳し目のバランスがスリリングで、プレイヤーの挑戦心を煽る仕様となっているからだろう。この調整には職人芸が求められるので、経験の浅いデザイナーには到底ムリだ。また、狂気に陥った味方キャラクターが敵となって執拗に足を引っ張ってくるというギミックは、ホラーならではの仕掛けで秀逸だろう。初心者でも遊べるが、最近ゲームにご無沙汰という方にこそ、本作に触れてもらいたい。ゲームマスターや事前準備が不要にもかかわらず、やりこみ要素が多いので、キャンペーン（連続）プレイも楽しい。会話型RPGの美味しいところをコンパクトに詰め込んだプレイ感覚の作品なので、一度ならず繰り返しプレイしてみることをオススメしたい。（二〇一四年／グループSNE／cosaic）

書評●奥谷道草

『オモシロはみだし台湾さんぽ』

▼台湾旅行をゲーム化せよ!

奥谷道草とは「散歩の達人」誌に寄稿しているライターで、当人の言を借りれば「中性的センスで雑貨モノ中心に喫茶・エスニック等の企画を取材・執筆」している。購読者ならずとも、同誌HPでの連載「グルメの迷宮」にアクセスすれば、軽妙洒脱で〝粋〟な文章芸を堪能することができるが、この奥谷道草、実はフーゴ・ハル名義で、J・H・ブレナンのカリスマ・ゲームブック〈グレイルクエスト〉シリーズの挿画を担当しているイラストレーターであり、「Role&Roll」で「誑(たぶら)博士とドナの謎石」ほかを連載しているパズルストーリー作家であり、あるいは創土社の『ホームズ鬼譚~異次元の色彩~』に「バーナム二世事件」、『狂気山脈の彼方へ』に「レーリッヒ断章の考察」をそれぞれ寄稿しているゲームブック作家でもある。

「東京散歩はもうじき半世紀」という奥谷道草名義での初の単著となる本書だが、そもそも散歩とゲームやパズルがどのように結びつくのか。Alternative Reality Game (ARG) という、現実世界にゲームを「重ね書き」する分野が、昨今注目を集めているが、奥谷道草の散歩術は、好奇心と観察力と現実をオモシロ世界へと魔術的に変貌させてしまうARGとしても愉しむことができるのだ。

台湾についての本がブームになっているが、その多くは「台北中心の女子旅行者向け」のガイドブックに留まっている。ここから「ほんの半歩先行く散策の手引き」を提示する、というのが本書のコンセプトであり、「半歩先」の捉え方が実にオモシロい。「なんとなくのスケール感、街に馴染む目安に　台北×東京　雰囲気比較マップ」は、散歩のプロとしての手腕が遺憾なく発揮された労作であるし、「実用本位のシブ物」として買い漁られた雑貨の写真(ワンポイント刺繍が添えられた可愛らしいTシャツ!)のセンスは、遊び心いっぱいのフーゴ・ハル印。意外にも初挑戦だという色鉛筆でのイラストレーションも味わい深い。台中・台南の「実録ケーススタディ」の記述が豊富なのもウリだろう。この調子で、今度は東京のガイドブックも書いていただきたいものだ。(二〇一五年/交通新聞社)

書評●安田均監修『ブラックミステリーズ 12の黒い謎をめぐる219の質問』

▼ゲームと文芸を架橋する新鮮な試み

『ブラックストーリーズ』というゲームをご存知だろうか。ドイツの moses 社からカードゲーム形態にて発売され、日本でも cosaic 社から関連タイトル四作品が翻訳出版されている。本書はその十二回におよぶプレイ記録を連作短編という形で再構成した、画期的な企画だ。ちょうど『汝は人狼なりや?』をソリッド・シチュエーション・スリラーとして再構成した小説群をイメージしてもらえば、理解が早いと思う。

ただ、『人狼』が「村人側」と「人狼側」に分かれて勝敗を競うゲームで、その駆け引きによってストーリーが生まれるのに対し、『ブラックストーリーズ』は、出題者(リドルマスター)が提示する奇怪で「黒い」ストーリーの全貌を、解答者が「はい」または「いいえ」の二択で答えられる質問を積み重ねていくことで解明していくプロセスを愉しむものであり、厳密に言えば明確な勝ち負けは存在しない。むしろ面白いのは、常識では考えられない突飛な結論であっても、それが、あくまでも論理をもって導き出されているがゆえに「正しい」ことにあり——解説で、『ウミガメのスープ』のような水平思考パズルとの関連性を踏まえたうえで安田均が指摘しているように——それはミステリ(なかでも「本格」もの)の醍醐味に近いだろう。つまり、「はい」、「いいえ」という機械的な二択によって正解の「コード」を炙り出すところにこそ主眼があり、この「コード」は言語哲学の地平から詳細な分析をしていけば、「ゲーム」と「ナラティヴ」の関係に新たな光を当てることもできそうだ。加えて、『ブラックストーリーズ』での出題は、原因Aと結果Bを結ぶ理路を当てさせるものだが、解答者からの質問に対し、出題者は適度にアドリブを利かせて答えてもかまわないとルールに規定されているため、『人狼』がそうであるように簡易版RPGとしての趣もある。

リプレイ小説として考えれば、グループSNEの関連作品には珍しく、キャラクターとプレイヤーの相関関係が巻末に明記されているので、なんとも聡明な解答者は友野詳、変態ちっく(褒め言葉)でキレキレな話は秋口ぎぐるが担当……と、スター・システム的な楽しみ方も可能だ。各エピソードを大枠から統制するプロローグとエピローグの仕掛けも効いており、「ゲーム」と文芸をめぐる硬直した状況へ一石を投じる、貴重な試みだと評価したい。(二〇一五年/KADOKAWA)

レビュー●『ウォーハンマー・コンパニオン』

▼詳細な設定で芸人の世界を楽しめる

中近世(主にドイツ三十年戦争期)のヨーロッパをモデルとした『ウォーハンマーRPG』の世界にも、サーカスやカーニバルは存在していた。本書の「第1章:畸形と盗賊、旅芸人――オールド・ワールドの巡業見世物――」で語られるのが、その詳細な設定である。リアリズムを基調とした豊富な情報量が他のゲーム設定と異なるところで、アカデミックな社会史資料の香気すら漂う。その延長線上で、フリークス芸人に入り混じった混沌のミュータントを警戒する当局や、ドワーフの技工が動かす蒸気機関駆動式の乗り物といったファンタジックな設定が、世界観に違和感なく溶けこんでいるのだ。「いかさま師」や「大道芸人」といったキャラクターのキャリア(職業)をすり合わせるためのアイデアや、典型的なペテン行為のリストなども記されている。評者のお気に入りは、「ディーター・キィンスバイリィの戦う女剣闘士一座」の設定。修道女カタリン、騎兵乙女ナデジタ、剣の女王エリザ、ふぐり切りのモル……スター剣闘士が繰り広げるイキイキしたショウは、ファンタジーRPG版女子プロレスそのもの!(待兼音二郎ほか訳/二〇〇八年/ホビージャパン)

レビュー●『クトゥルフ神話TRPG クトゥルフ2015』

▼ディヴェロップメントが行き届いた快作

本書は、未曾有の大ブームを起こしているホラーRPGの古典的傑作『クトゥルフ神話TRPG』(『クトゥルフの呼び声』)の追加設定資料集(サプリメント)である。これまで、1980年代を遊べる『黄昏の天使』、90年代を扱う『クトゥルフ・ナウ』といった現代を舞台にした先行作があったが、最新の本書は、21世紀を扱う『クトゥルフ2010』とリンクしている。ただし、内容の多くはこれ単体でも活用できるもので、とりわけプレイアビリティ向上と新規参加者への目配りが、強く意識されているのが特徴的。実際、二〇一六年三月五日、評者は会話型RPG初心者たちの依頼を受け、キーパー(ゲームマスター)として、本書の選択ルールを使用したゲーム・セッションを開催してみた。その際には、従来のようにEDU(教育)のみで職業技能を配分するのではなく、DEX(敏捷性)やAPP(外見)をベースにもできるようになった「2015年日本の職業」ルールに、キャラクターの背景を深める「探索者の特徴」ルールを採用した。世界観を壊さないよう、バランスがよく練られていたのがわかった。

遊んだのは、収録シナリオの「虚像の悪夢」(寺田幸弘)。3Dプリンタとクトゥルフ神話を織り交ぜたキャッチーな構成で、難易度もほどほど。山梨県を舞台にした考古学ネタのお話だが、縁あるプレイヤーがいたため、キーパー(ゲームマスター)判断にて、舞台を青森県に変更。アドリブを交え三内丸山遺跡ネタも出してみたが、割合にうまく機能した。

そうそう、忘れてはいけないが、本格ミステリ作家の松本寛大は、ゲームブック形式の一人用シナリオ「亡霊の樹」で本書に参加している。オーソドックスな幽霊屋敷ものの冒険が、100パラグラフといった手軽な分量で記されている。ブーム以後の『クトゥルフ神話TRPG』入門者は、従来の日本的TRPG業界の文脈とはまったく別の場所から入ってくるのもしばしばなので、安定した文章力にてスタンダードな仕上がりを見せた「亡霊の樹」は、そうしたユーザーの需要を満たす逸品と言えるだろう。(二〇一五年/エンターブレイン)

レビュー●『トンネルズ&トロールズ　ソロ・アドベンチャー サイドショー』

▼怪しい見世物小屋での超展開な冒険

『トンネルズ&トロールズ』（T&T）は初版が一九七五年と、RPG草創期から展開されている人気作品で、開発はアメリカのフライング・バッファロー社。山のようにサイコロを触るシンプルにして豪快なルールが特徴的で、『トンネルズ&トロールズ完全版』も発売されたばかり。本書はイギリスのデザイナーが作ったT&Tの一人用冒険シナリオを、ライセンスを得て邦訳したものだ（以前は、紙媒体でも売られていた）。

ラルフ（ルールフ）大陸の帝都カザン。その「不吉通り」にある、怪しい見世物小屋での奇怪な冒険……のはずが、中身は予想を上回るほどハチャメチャでキテレツ。しかも、もぎりのドワーフ、礼儀正しいトロールの芸人、賞金稼ぎのオウガなど、出てくる連中とは大抵、意味もなく戦えてしまう。結末はオープン・エンドで、ショーの下働きになるのはまだマシなほう。ゾンビにされたり、吸血鬼にされたり、頭をトカゲに改造されたり……超展開の連続。ちょっと他に似たものが思いつかないT&Tの泥臭くブラック・ユーモアに満ちた世界観が、本作でも確かに継承されている。（杉本＝ヨハネ訳／二〇一〇年／FT書房）

レビュー●『ゾンビタワー3D』

▼ゾンビ！ ゾンビ！ ゾンビ！

連続TVドラマ化もされ、小さくまとまりがちな〝このジャンル〟に新たな熱狂を加えたグラフィック・ノベル『ウォーキング・デッド』を思い出せ――あるいは映画化され好評を博した小説『ワールド・ウォーZ』でもかまわないが――そう、とかくゾンビもののイキがいい。アナログゲームも例外ではなく、『ラスト・ナイト・オン・アース』や『デッド・オブ・ウィンター』など、会話型RPGのエッセンスをボードとカードに詰め込んだゾンビ・ゲームが人気を集めている。必ずしもプレイヤー同士が競い合うのではなく、ゾンビ映画よろしく、協力して生き残りを狙うのが特徴的だ。これらの海外ゲームをリスペクトしつつ川上亮（秋口ぎぐる）がデザインしたのが、『ゾンビタワー3D』。

何より独創的で圧倒されるのは、そのコンポーネントだろう。プレイヤー演じるキャラクターが閉じ込められた倒壊寸前のビルが、高さ25センチほどの立体パネルという形でドーン！と表現されているのだ。評者はイベント会場でデモプレイを見物したことがあるが、とかく斬新で人目を惹く。そのうえこのビル、参加者のプレイスペースが、互いの目に見えないように工夫されている。そのため、プレイヤーが実際に声をかけ合いながら瓦礫の隙間（ボードに空いたスリット）に脱出に必要なアイテム（カード）を挟み、受け渡しをする必要が生じるのだ。しかも、自分や仲間が生き残るためには、助けたはずの生存者を囮に使わないといけない場面も多々、発生。筆者はふだんボードゲームをプレイしない人たちと本作を遊んでみたが、コンポーネントのインパクトで、初心者のハートをガッチリ掴めた。法則化されたゾンビの動きをかいくぐりつつ、ランダムで起こるアクシデントを避けながら廃墟を右往左往するのは、キツ目のバランスも相まってスリリング。英語版を出すためのクラウドファンディングも成功を収めたということで、今後も盛り上がりを見せそうな作品である。（二〇一五年／cosaic）

書評●サム・チャップ、アンドリュー・グリーンバーグ『ノド書』

▼冒瀆的な異端美を示す挿画、数奇な体験を記した注釈

本書には「カイン記」、「群影記」、「秘鑰記」ほかの断章が集められている。アリストートル・デ・ローレンなる名をもつ博識の編者らが、数世紀（！）をかけて集めたもの。旧約聖書で弟殺しの逸話が語られるカインは、実は弟を〈天に在す主〉の贄として捧げたために「闇の中へ、ノドの地へ」追放された存在で、リリスの血を飲み四大天使の誘惑をはねつけて呪われ、ヴァンパイアと化した存在だ。十三のヴァンパイア氏族の成立や、彼らが共有する「掟」の典拠に箴言も紹介されている。

内容は、本書が世界観を形作る重要な書物として登場するＲＰＧ『ヴァンパイア：ザ・マスカレード』とリンクしているが、冒瀆的な異端の美を示す挿画、詳細ながらもしばしば編者の数奇な体験の記述へと脱線する注釈の迫力からして、とてもそんな枠に留まりそうにない。実際、あの『ネクロノミコン』と本書を並べた解説で柳下毅一郎が指摘しているように、「ヴァンパイア族の存在は厳重に秘されている秘中の秘」にもかかわらず、彼らの所業としか思えない惨劇で世界は覆われているからだ。（福嶋美絵子ほか訳／二〇〇四年／アトリエサード）

岡和田晃×田島淳

『ダンジョン飯』から広がるディープなファンタジーゲームの世界

九井諒子は、現実と幻想を絶妙のバランスで組み合わせることで、数々の独創的な短編を世に送り出してきた。彼女の手になる初の長編コミック『ダンジョン飯』(二〇一四〜、KADOKAWA/エンターブレイン)は、ダンジョン探索型ファンタジーRPGの世界観にグルメの手法を取り入れる、という斬新なものだった。つまり、モンスターを食べるのである。それだけなら誰でも思いつきそうなものだが、料理法を考えるまでには至らない。なぜならモンスターの生態や体のつくりなどは不明だからだ。『ダンジョン飯』ではこの点をしっかり設定し、おなじみのモンスターに食材として説得力を持たせたうえで料理を成り立たせている。また、その過程を通じて『ダンジョン飯』自体の世界観も説明しえていることが、この作品のひときわ優れているところだろう。本作を楽しむなら、料理だけでなくそういった著者の手腕も味わい尽くしたいものだ。

本稿は、そのために役立つガイドを目指している。実のところ『ダンジョン飯』は、3DダンジョンRPGの系譜に連なる由緒正しい作品だからだ。〝いにしえの王国と狂乱の魔術師に由来する地下迷宮が見つかった。そこに、迷宮に眠るであろう富を求めて冒険者たちが集まる……〟。こうした導入は、どう見ても傑作コンピュータRPG『ウィザードリィ』のシナリオ1「狂王の試練場」(一九八一)を下敷きにしている。パーティを組み、モンスターの徘徊する迷宮に挑む冒険者。村には冒険者のための施設が作られ、冒険の拠点となっている。ドラゴンに敗れ全滅しかけた一行が金のやりくりに困ったり、主人公たちがすでに何度か死んで蘇生されたりしているのは、『ウィザードリィ』をプレイした者ならば誰もが既視感のある光景だろう。それに2巻では、クリーピングコインまで登場する!

矢野徹『ウィザードリィ日記』(八八)、ベニー松山『隣り合わせの灰と青春』(八八)、手塚一郎『ワードナの逆襲』(九〇)、ベニ松や手塚とともに馳星周も参加した『ウィザードリィ小説アンソロジー』(九一)、伏見健二『サイレンの哀歌が聞こえる』(九二)、高井信『女王アイラスの受難』(九三)、そして古川日出男『砂の王』(九四)に多摩豊『トレボーと黄金の剣』(九四)

……。これらSF作家やゲームライターが、『ウィザードリィ』のプレイ経験から想像の翼を広げたオリジナル小説群の真髄を、『ダンジョン飯』は受け継いでいる、と言い切ってしまおう。

しかも『ウィザードリィ』に留まらない。本編で主人公たち四人が食料を遺り繰りしながらダンジョンを探索していく姿は、まさしくコンピュータRPGの野心作『ダンジョンマスター』（八七）の光景ではないか。『トンネルズ&トロールズ　カザンの戦士たち』（九〇）も食糧がなければ餓死したな……と、今回のミニ特集を参考に、あなたなりの系譜を作ってみるのも一興だろう。

★宮本恒之『ザナドゥ・データブック vol.1』『同 vol.2』（MIA、各1300円）

『ダンジョン飯』の登場より三十年近く前から、人がモンスターを食すことが当たり前のファンタジー世界があった。本書で解説される『ザナドゥ』がそれだ。日本ファルコムによるアクションRPGで、ユーザーは〝キングドラゴン〟ガルシスの脅威から王国を救う英雄となる。「ドラゴンスレイヤーシリーズ」の一作ながら、独自の続編が今も発表されている程の人気作だ。データブックにはそのエッセンスが詰まっている。

『ザナドゥ』には、自動消費でHPを回復するが尽きると逆に減少させるFOODという項目がある。これは店での購入のほか、モンスターを倒しても得られるが、その意味するところは言わずもがなだ。「攻略本」の枠をはみ出すことを目指した本書の一文がそれを裏付ける。曰く、〝モンスターは不味いので食料は大量に買い込むように〟と。

見聞録の体裁をとるvol. 2で食に関する記述は更に増え、ある魔法使いが〝子供に人気のモンスターを一度食べてみたかった〟と述懐したり、絶賛を集めたモンスター料理に脂が乗っている理由が〝実は五人を餌食にしたせい〟だと種明かし、といった逸話が語られる。

当時はゲームブックが大流行していたが、なかでも傑作とされるゲームブックは世界観をきちんと掘り下げており、デジタルゲーム原作といえども例外ではない。ファルコムのシナリオライターだった著者は、本作以前に『ザナドゥ』のゲームブックも手がけており、物語ることのノウハウを熟知していたのだろう。ドットで描かれる世界に深みを与えるには、日常にちなんだ食の話を絡めるのが有効で、世界観を伝えるにも役立つ。食を用いてファンタジー世界と我々の日常を繋いだ先駆作だ。

（田島&岡和田）

★キム・モーハン *Advanced Dungeons & Dragons WILDERNESS SURVIVAL GUIDE*（TSR.Inc, 15ドル=未訳）

初期『ウィザードリィ』のデータを見ていると、会話型RPG『アドバンスド・ダンジョンズ&ドラゴンズ』1st Editon（以下、AD&D）のゲーム・システムをそのまま踏襲していることがよくわかる。一人で遊べるAD&Dを、というわけだ。ただ、本家本元のRPGでは、より生活実態に即し「リアル」な設定が求められる。そして、世界最初のRPGの正嫡で、膨大な追加ルールによって架空世界のシミュレーションを極限まで推し進めたAD&Dが、食事について考えていないわけがない。

　やや意外なことに、ダンジョンに関する追加設定資料集 *DUNGEONEER'S SURVIVARL GUIDE* には食糧に関する記述は見当たらず、姉妹編たる本書をひもとく必要があった。冒険者たちが食糧や水なしでどれだけ活動できるか（平均的なキャラの場合、4日をすぎるとヤバくなる）、随行する動物たちの場合はどうか（積荷の重さによる）、1日にどれだけの食糧を消費するか（エルフは他の種族の4分の3ですむ）、水はどうか（ドワーフやハーフリングは3分の2ですむ）、糧秣を集めるにはどうすればよいか、狩猟や漁労の成功率の算出法など、すべてが大真面目に記載されており、これらの選択ルールを導入すれば、キャラクターの生存率が一段と下がること請け合いだ！一九八〇年代RPG黄金期の設定狂たちの「本気」を知るうえでも、ぜひ一読されたい。現在、Drive Thuru RPG 等のオンラインストアでPDF版が購入できる。なお、本作の思想をゲーム・シナリオのレベルまで落とし込んだ作品として、悪の男爵にさらわれた恋人の体重と同じだけの金を求め、船や船員をチャーターして大海原に乗り出すエルフを描いたクラシックD&DのX—SOLOモジュール『ラサンの黄金』（新和から日本語版も出ている）を挙げることができよう。航海の途中では、ワンダリングモンスターを食糧とすることができるのだ。フライング・ヒドラを狩れば、四〇〇食ぶんになる（！）。（岡和田）

★グレッグ・スタフォード&サンディ・ピーターセン『トロウルパック』
（グレイローズ訳、ホビージャパン、4800円）

『ダンジョン飯』では料理をするオークが出てきたが、一番グルメな種族は会話型RPG『ルーンクエスト』の背景世界、グローランサに住むダークトロウルで決まりだ。

　グローランサは各地の神話や文化を参考にして創造された一筋縄ではいかない多神教世界で、あらゆるものに神々の影響が反映される。強力な暗黒の神々を祖にするダークトロウルは他の種族よりはるかに強靭な肉体を有しており、その事実が彼らに捕食者の地位を約束している。敵対する混沌神グバージの呪いにより、新生児の大半がトロウルキンという劣等種になってしまったが、そうでなければ世界を支配しているだろう。並外れた消化器官を持ち、石や土、空気などを含め、ほぼあらゆるものを摂取する。また食材に知性があるかどうかに頓着しない。何よりも彼らは食に喜びを感じていて、誰もが自分を一端の美食家だと思っている。

　さてこういった背景を持つダークトロウルの料理を紹介しよう。人間を飼うモロカンスから仕入れた「人牧（ハードマン）のゼリー」、グローランサでは植物として設定されている「エルフの幹」、名物「トロウルキン・バーガー」には同胞でありながらトロウルキンを同種と認めない特有の精神性が伺える。他にも「ドワーフの尻」や「ピクシーの天麩羅」そして「生きている家畜のかぶりつき」などなど。これらはチェーンを展開するサンダーブレス・レストランで口にできる。ちなみにトロウル以外も入店できるが、料理の提供どころか生命の保証すらない。

『ダンジョン飯』はあくまで人間寄りの料理が主体だが、肉体や精神の構造がまるで異なれば、その料理も人間基準ではありえない。異種族を設定するということは、その食事体系もとことん突き詰めるということだ。食材からして違うし、料理法や食事作法にも想像を巡らさなくてはならない。ダークトロウルのありとあらゆる設定が詰め込まれた『トロウルパック』は、その最高の例だと言えよう。(田島)

★菊地秀行『妖神グルメ』
(創土社、900円)

一九二五年三月二三日に目覚めたクトゥルーが活動を続けられなかったのは何故か。空腹ゆえにだ。再び星辰の正しい位置が近づく今、信者たちは主の飢えを満たすため、ある料理人に目をつける。こと料理となると人格や風貌までが別人と言っていいほど豹変する高校生——ナイアルラトホテップにちなんだ——内原富手夫だ。その超人的手腕はイカモノ料理にしか振るわれない。彼の料理では蛇蠍の類はもちろん、ジャンクフードや雑草、中性洗剤ですら食材となる。邪神を満足させるには、まともな料理では不十分なのだ。かくして地球の命運は「汚穢」と形容される彼のイカモノ料理に委ねられた。

「文学における超自然的恐怖」(ラヴクラフト)によれば最も強烈な恐怖は未知ゆえの恐怖で、それは宇宙的恐怖の本質でもある。恐怖は神話生物の性質が明らかになるにつれて薄れていくが、本作はただそれを暴くのではない。超自然的料理を介しその食性の異質さを際立たせたことによって、クトゥルーが凡庸な怪物とは根本的に違うということを示し、その存在を格上げした。

作者が国内先行作品の二番煎じを嫌って、題材を超能力バトルではなく「食」にしたのは誰にとっても僥倖だった。その一点が本作をおそらくクトゥルー神話作品の中でも世界有数の奇抜さを持つ小説に仕立て上げている。そしてまた、二度の復刊が証明するように、国内神話作品を語る際には必ず俎上に乗せられ、読み継がれる要因となったからだ。お約束のガジェットを再生産するだけの神話作品との違いが、ここにある。(田島)

★ペトロニウス『サテュリコン』
(国原吉之助訳、岩波文庫、699円)

古代ローマ帝国期、AD65年頃に成立した、ピカレスク・ロマンの古典的名著。著者は若きネロ帝に頽廃の美学を教授し、

「趣味の権威者（エレガンティアエ・アルビテル）」と称された。ロシア・フォルマリズムを代表する文芸評論家バフチンは、本書を近代小説の雛型としての「メニッポス風諷刺文」だとしているが、まったく一筋縄ではいかない作品だ。窃盗、暴力、男色、乱交、放蕩、カニバリズム……どこを切ってもパンクそのもの、フェリーニ監督の映画版（一九六九）も原典のカーニヴァルな猥雑さをよく伝えており、まさしく必見。

　なかでも今回の文脈では、「トリマルキオの饗宴」が重要だ。これは単体でも語られる挿話であり――修辞学生エンコルピウスが招かれた――成金の解放奴隷が主宰する絢爛たる宴会の模様を微に入り細を穿って描写した章のことを指している。奇怪な装いに身を包んだトリマルキオは銀の尿瓶で用を足し、少年奴隷の髪で濡れた手を拭くほどの大富豪。提供される料理は、贅を凝らしたヤマネの前菜！　年代もののオピミウス酒！　黄道十二宮に擬したメイン・ディッシュ！　解放奴隷に見立てた特大の猪料理！　果実や菓子は男根神像（プリアポス）の周りに配置！　これでも一部にすぎないが、『ミメーシス』で文学表現の歴史を論じたアウエルバッハは「トリマルキオの饗宴」を「ギリシア・ローマからわれわれの手に残された他のいかなるものよりも近代のレアリズムの表現方法の概念に近い」と述べている。社交や美食に通暁したペトロニウスが、持てる経験と知識を総動員したのだろう、ありえないほど濃厚な描写は、緻密であるがゆえに真に迫る。時代を証言するヒストリオグラフィーでありながら、想像力の奔流によってファンタジーと現実を分かつ障壁が脱構築（デコンストラクト）されるのだ。（岡和田）

書評●中川大地『現代ゲーム全史　文明の遊戯史観から』

▼黎明期から現代までデジタルゲームの発展をたどる

芸術の発展のためには、批評が不可欠だ。しかし、ことゲームに関しては、商業的な広告のレベルから一歩踏み出した形で批評をしようとすれば、たちまち困難に直面してしまう。「ゲームは芸術ではなく娯楽なのだから、小難しく語ったらお客さんが逃げてしまう」と、偏執的に信じている業界人やマニアは珍しくないのだ。とりわけデジタルゲームに関して言えば、プラットフォームとなるコンピュータの性能、映像や通信技術の発展という社会環境が、そのまま大枠と限界を決定づけてしまう。そのため個々の作品の内実は、そのタイトルを生み出した産業構造とセットで語らねば、説得力を持たないと思われている。ここに難しさがある。批評の原動力であるはずの個人の感動はかえって邪魔、客観性を損なうというわけだ。〝炎上〟も大方このパターン。ゲーム史の全体像を記述しようとするならば、Wikipediaのような体裁を取らざるをえないということになる。

しかし、Wikipedia的な記述は、他に独立したソースが提示されることが大前提だ。それに無機質な情報の羅列だけでは、ゲームの背後に存在した社会の変動が読み解けない。それならばと言わんばかりに、黎明期から二〇一六年に至るデジタルゲームの発展段階を「日米ゲームの比較文化論」として丸ごと記述せんとするのが本書である。ただ時系列順にタイトルを並べるのではなく、個々の時代と作品を貫く〝タテの軸〟をしっかり打ち立てようとしているのが特徴だ。この種の〝暴挙〟を介さなければ、ゲームの批評は閉塞と衰退の一途を辿っていくばかりと判断したのか、あえて網羅性を謳った痛快な大著だ。

アメリカにおけるマンハッタン計画のような軍事研究、あるいは宇宙開発、カウンター・

カルチャーとしてのシリコンバレー精神に端を発したコンピュータ・ゲームは、一九七〇年代から商業化され、日本にも積極的に輸入された。特に八〇年代から二〇一〇年代までは、一章が五年刻みで作品の推移とハードウェアの変遷、企業の戦略やユーザー・コミュニティとの関わりが、断絶ではなく連続性をもって記述される。読者は取り上げられた作品をプレイした時期を思い出し、それが未知の文脈へと接続されることを知って、きっと驚くことだろう。クライマックス、拡張現実やGPSという技術に奥深い背景設定を加味し現実とゲームを複合させた『Ingress』論に、それまでの〝伏線〟が回収されていくところは実に読み応えがある。

野心ゆえの欠陥も目につく。カイヨワによる「遊び」の四分類が随所で言及されるが、いま英語圏の学術的ゲーム批評で、カイヨワの分類をベタに適用することはまずない。あまりにも粗くなるからだ。他の論者の言説をもふまえ、ゲームを再定義するところから出発するのが普通。また、ゲームブックが『ロードス島戦記』ブームによって広がったかのように記述したり、『人狼ゲーム』が二十一世紀になって登場したと書くなど、脇の甘さも散見される。八〇年代アメリカを語るのに、かつて「SFゲーム」で安田均が紹介した「SFゲーム」が、ほぼ閑却されているのも違和感が残る。肝心の社会批評にしても、見田宗介や宇野常寛の時代区分へユーザーの欲望を適合させるよりも、ゲームから新たに社会を見返す枠組みを立ち上げるべきではなかったか。それでも、読者を刺激し新たな批評の誕生を促す点において、本書が画期的な仕事であることは揺るがない。あとはこの土台を補強するか、オルタナティヴな史観を立ち上げるかだ。(二〇一六年/早川書房)

第3部

幻想・怪奇・異端の文学

ここでは、広義の幻想文学を本格的に扱う。大きな柱は四本あるが、ゆるやかに連関したものとなっている。

一つ目の柱は、パスカル・キニャール（一九四八〜）のように、バロック的なものへの強い憧憬を軸に、一本筋の通った古典主義的美学を打ち出す作家について書いたもの。映画監督のフェデリコ・フェリーニ（一九二〇〜九三）や、クラシック音楽を題材にした高原英理（一九五九〜）の『不機嫌な姫とブルックナー団』もその流れで扱っている。

二つ目の柱は、俳人の藤原月彦（一九五二〜）、ギヨーム・アポリネール（一八八〇〜一九一八）、あるいはデヴィッド・マドセンや奢覇都館（サバト）の仕事といった、エロティックな異端の美学を旨とする書き手や作品に対する批評である。

三つ目の柱は、一九八〇年代からの「新本格」と呼ばれる、「謎」を「論理」で解明する黄金期本格ミステリの復興・再来を目した商業戦略的ムーヴメント以後に展開された日本の本格ミステリ。なかでも、京極夏彦（一九六三〜）や三津田信三のシリーズものを中心に、「伝奇ミステリ」と呼ばれる、土俗性と精緻なロジックを両立させようとした分野を、そのルーツまで辿り直す形で中心的に取り上げる。第2部と響き合うような、『汝は人狼なりや？』などミステリとゲームを往還する原稿も入れている。

最後の柱は、英語圏の古典的な怪奇幻想文学だ。「クトゥルー神話」の祖であるH・P・ラヴクラフト（一八九〇〜一九三七）に、クラーク・アシュトン・スミス（一八九三〜一九六一）、オーガスト・ダーレス（一九〇九〜一九七一）といった周辺作家たち。あるいはJ・S・シェリダン・レ＝ファニュ（一八一四〜一八七三）、ウィリアム・ホープ・ホジスン（一八七七〜一九一八）、アルジャーノン・ブラックウッド（一八六九〜一九五一）といった、ラヴクラフトが再評価した先行世代の巨匠たちを論じている。日本の学会的な「常識」では、「正統な英米文学史」に記述がないという不条理な建前で排除されてきた作家・作品だ。それでも少数ながら存在する日本語での学術研究と、英語圏の学術論文のサーヴェイを回路として、優雅な「逆襲」をするという試みを行ってみた。

さて、ここでの「正統な英米文学史」とは、戦中から戦後にかけて日本で構築された大学カリキュラムに基づくもので、英語圏の常識とは必ずしも一致しない。そうした保守性に足を掬われなかった先行世代の紹介者たちへの返歌でもある。また、思弁的実在論（スペキュレイティヴ・マテリアリズム）のような新しい哲学動向や、「クトゥルー神話」を軸にしたゲームとの連関など、文学を経由したトランスメディア的な往還も意識した。

パスカル・キニャール
――作家と作品

パスカル・キニャール（Pascal Quignard）は一九四八年、フランス・ノルマンディー地方のユール県に生まれた。その特徴を一言で言い表せば、古代ローマの弁論やバロック音楽等の古典的な諸芸術を「読み直し、書き直す」営為を通じ、哲学と文学の境界を越えた「言語の彼岸」を追究、となろう。その作風を感じてもらうため、まずは代表作『アマリアの別荘』の概要を紹介してみる。

現代音楽の作曲家でピアニストとしても知られる四十八歳のアン・イダンは、夫の不貞を目撃したことをきっかけに、現在の生活とそれまでの人生すべてに耐え切れなくなってしまった。パリの家を売りに出し、生涯の伴侶でもあった三台のピアノも売却した彼女は、一人あてのない旅に出る。スイスを越えてイタリアに入ったアンは、ナポリ湾に浮かぶイスキア島に滞在し、崖の上に建てられた古い別荘に「恋をした」。それはもともと、地元の老農婦アマリアの今は亡き大叔母が建てたもの。アマリアの信頼を得たアンは、この別荘で新たな生活を送るのであるが……。

極限まで彫琢された散文の行間から、読者はアンの「音楽」を聴くことだろう。後半では『ヴュルテンベルクのサロン』の主人公シャルルも登場、著者の思い入れの深さをうかがわせる。実際、二〇一三年に作家が来日した際、自作朗読と博多かおるのピアノ演奏からなる催しが開催されたが、それは本作を基にしたものだった。

さて、第二次世界大戦後のノーベル文学賞受賞者のうち、いわゆるフランス文学の書き手を概観していけば、一九五七年のアルベール・カミュ、六四年のJ＝P・サルトル（辞退）、六九年のサミュエル・ベケット（国籍はアイルランド）、八五年のクロード・シモンといった名前を確認することができる。二度の大戦によってヨーロッパの文化的伝統が灰燼に帰した後、その現実を直視するところから出発を余儀なくされた彼らは、不条理な世界における人間の存在そのものを執拗に問い直し（「実存主義文学」）、あるいは叙述を通し既存の小説観を解体―再創造することで、バルザックやフローベールに代表される十九世紀小説が構築した世界認識の抜本的な刷新をはかった（「ヌーヴォー・ロマン」）。変容する世界の様態を正確に活写しようとつとめた彼らの軌跡は、そのまま戦後フランス文学の屋台骨を形成するとともに、世界中の現代文学に多大な影響を及ぼし続けている。実際、二〇〇八年の受賞者であるJ＝M・ル・クレジオは、「ヌーヴォー・ロマン」の強烈な影響のもとで出発した作家だった。しかしながら、パスカル・キニャールの文業は――深奥において彼らの仕事と呼応しながらも――「言語の彼方」を直截的かつ明瞭にテクストとして表現しようとする点で、独特の立ち位置を誇っている。

邦訳されたなかでもっとも古い作品『アプロネニア・アウィティアの柘植の板』（一九八四）が、キニャールの独自性を雄弁に物語っているだろう。タイトルにある「柘植の板」とは特別な木製の板のことだが、本作はそうした書付板に古代ローマ帝国末期を生きた一人の貴婦人の手になる「手帳のような、暦のような、備忘録のような、日記のような」散文をラテン語から翻訳したという設定の小説で、テクストの成立事情に著者アプロネニア・アウィティアの生涯を記した略伝が添えられている。彼女の生きた時代は、帝政ローマ時代末期の動乱からテオドシウス帝によるキリスト教の国教化、さらには帝国の東西分裂に西ゴート族の侵入と、不穏で血腥い政治状況が持続していた。にもかかわらず、為政者の変遷や帝国の終焉の詳細は、収録された一八三の断章のなかで一切言及されることがなく、代わりに、月初めの利子の支払いに代表される生活の諸事についてのメモ、匂いや食事の好みといった『枕草子』を彷彿させるエッセー等が、アプロネニア・アウィティア本人が遺した史料として、読者に供されることとなる。けれども、そうした仕掛け以上に、何よりも描写の強度が圧倒的だ。とりわけ九七番目の断章に記された「――来世はない。もう顔を合わすことはないだろう」と最期を迎える夫に言われ、感極まって「どちらも涙を流していた。手をとりあっていた」のくだりには、圧倒されるほかはない。このようなキニャールの方法は、古代ローマの弁論家が遺したテクストとその生涯を交互に織り込み、人間性の根源に根付く獣性を現代文学の領域で表現した『アルブキウス』（一九九〇）にも共通して用いられていたが、それは西洋の文学的伝統において規範とされた古典古代の様相を、素朴な生の素材として描き出すものだ。

キニャールの母の家系は文法学者。父方は代々のオルガン奏者で、キニャール自身もチェロの演奏で知られていた。六六年、パリのナンテール大学（パリ第十大学）に入学、哲学者のレヴィナスに師事したが、六八年、パリ五月革命の影響により、執筆中の博士論文を放棄し、大学を離れた。その後、故郷に戻ってオルガン奏者を目指しつつ、ルネッサンス期の詩人モーリス・セーヴについての論考を執筆。この論文が機縁となって、フランスを代表する出版社ガリマールの原稿審査委員の職に就任した。やがて同社の代表顧問にまで昇格し、またヴェルサイユ・バロック音楽フェスティヴァルの実行委員長も務めて多忙を極めた彼は、九四年、すべての公職を退いて執筆に専念する……。小説ならではの輻輳した叙述と哲学的な省察を自在に混交させるキニャールのスタイルには、こうした経歴が色濃く反映されている。

古典古代のほか、キニャールが偏愛するのは、十七世紀のバロック時代だ。とりわけ、アラン・コルノーによって映画化もされた『めぐり逢う朝』（一九九一）では、音楽史の闇に埋もれたバロック期のヴィオール奏者サント・コロンブと、その弟子マラン・マレに焦点が当てられる。妻を亡くして隠棲し、二人の娘とともにささやかな演奏会を開催しているサント・コロンブの評判は、時の国王ルイ十四世の耳にまで入るが、音楽家は宮廷への誘いを頑なに拒否する。一方、声変わりのため聖歌隊を放逐され、サント・コロンブのもとに転がり込んだマラン・マレは、教えられた演奏技術を巧みに自家薬籠中の物とするが、王の御前で演奏を行なったことを咎められ、破門の憂き目にあってしまう。それでも師の音楽を忘れられない彼は、娘マドレーヌを通してその技術を学ぼうとするが、二人の間には愛が芽生えていた。そんなある日、マラン・マレとマドレーヌの仲が露見してしまう。師は弟子に、隠遁者の自分は「見えないものに向かって呼びかけ」ているのであり、「墓とともに生きている」と告げたのだった……。

『めぐり逢う朝』でキニャールは「時間と永遠、人生と神との反立を強烈な緊張として意識する」（望月市恵）中世と近代の合間に位置するバロック世界の終焉を、孤高を貫き、「草と石ころだらけの道」を歩む音楽家の姿に重ね合わせている。それは、バロック小説を現代に再生させることをもくろみ、ドイツ的なものとフランス的なものの狭間で引き裂かれた両大戦後の時代精神を複雑な構成で描いた大作『ヴュルテンベルクのサロン』（一九八六）と、密接に呼応するものだ。実際、同作の語り手シャルル（カール）・シノーニュは、サント・コロンブにまつわる資料を発掘することで出世する。サント・コロンブとマラン・マレの関係については、翌八七年に書かれたエッセイ『音楽のレッスン』でも、別の角度から掘り下げられている。

また、バロックというモチーフそのものへのこだわりについては、十七世紀のパリに生まれ、架空の銅版画家モームの数奇な生涯を、硝酸で顔に大きな傷を負った経緯から、トランプのカード絵のごとく幻惑的に語った『ローマのテラス』（二〇〇〇）や、ポルトガルを代表するバロック建築であるフロンテイラ邸を飾るアズレージョ（釉薬で彩色されたタイル画）の文様から想起された鮮烈なイメージを小説化した『辺境の館』（一九九二）にも引き継がれている。

加えてキニャールは自らの思索の過程を、『音楽への憎しみ』（一九九六）や『さまよえる影』（二〇〇二）といった思弁性に満ちた散文という形でも表現している。『音楽への憎しみ』の第七考では「音楽はあらゆる芸術のなかで、ドイツ軍が一九三三年から一九四五年にかけておこなったユダヤ人殲滅運動に協力した唯一の芸術だ。（……）収容所の飢えと貧窮と労働と苦痛と汚辱と死を組織する手筈を整えることに一役買うことのできた唯一の芸術だ」という衝撃的な書き出しで、芸術をめぐる「痛み」とは何かが論じられる。『さまよえる影』の第四章では、第二次世界大戦の引き金を引いた真珠湾攻撃と、9・

11アメリカ同時多発テロ事件、そしてバーミヤンの石仏の倒壊が並列されて語られ、作家の思考とアクチュアルな〝いま・ここ〟の連続性が明示されている。日本語版で五百頁を超える大著『秘められた生』(一九九八)では、スタンダールの『恋愛論』等の「愛」について考察する数々の先行テクストと、年少の恋人Mとの旅路、そして語り手の肉体に宿るかつて愛した女性ネミー・ザットラーの痕跡をめぐる思弁が綿密に撚り合わされ、「思索と虚構、生と知識がたったひとつの身体であるかのように結ばれ合う一冊の書物」として結実する。そして、寓意や政治的主張を前景化させることなく、死への欲動(タナトス)と「芸術」の知られざる紐帯を浮かび上がらせるキニャールの超絶技巧は、久方の現代小説として書かれブノワ・ジュノ監督で映画化もされた『アマリアの別荘』(二〇〇六)において、さらなる煌きを見せるのだ。

「実存主義文学」や「ヌーヴォー・ロマン」がしばしば落ち込んだとされる、近代人的アイロニーの自家撞着。そのような隘路を巧みに迂回しながら、通俗的な意味での「歴史小説」とも一線を画した仔細な設定考証によって、大鉈で切り分けられた「物語(イストワール)」としての「歴史(イストワール)」を相対化し、両者の狭間で忘却を余儀なくされた人間の姿を、芸術に仮託させつつ甦らせるバロックの申し子パスカル・キニャール。その彼は、二十世紀から二十一世紀にかけて『ローマのテラス』でアカデミー・フランセーズ小説大賞を、『さまよえる影』でゴンクール賞を立て続けに受賞し、二〇一七年にはアンドレ・ジッド賞を受け、今やフランス現代文学を代表する作家としての地位を揺るぎないものとしている。

●日本語で読めるパスカル・キニャール作品

『めぐり逢う朝』、高橋啓訳、早川書房、一九九二（原著 1991）、アラン・コルノー監督により映画化

『ヴュルテンベルクのサロン』、高橋啓訳、早川書房、一九九三（原著 1986）

『音楽のレッスン』、吉田加南子訳、河出書房新社、一九九三（原著 1987）

『シャンボールの階段』、高橋啓訳、早川書房、一九九四（原著 1989）、ゴンクール賞候補作

『アルブキウス』、高橋啓訳、青土社、一九九五（原著 1990）

『アメリカの贈りもの』、高橋啓訳、ハヤカワ文庫 NV、一九九六（原著 1994）、アラン・コルノー監督により映画化

『音楽への憎しみ』、高橋啓訳、青土社、一九九七（原著 1996）

『舌の先まで出かかった名前』、高橋啓訳 青土社、一九九八（原著 1993）

『辺境の館』、高橋啓訳、青土社、一九九九（原著 1992）

『アプロネニア・アウィティアの柘植の板』、高橋啓訳、青土社、二〇〇〇（原著 1998）

『ローマのテラス』、高橋啓訳、青土社、二〇〇一（原著 2000）、アカデミー・フランセーズ小説大賞受賞

『さまよえる影』、高橋啓訳、青土社、二〇〇三（原著 2002）、ゴンクール賞受賞

『アマリアの別荘』、高橋啓訳、青土社、二〇一〇（原著 2006）、ブノワ・ジャコ監督により映画化

『秘められた生』、小川美登里訳、水声社、二〇一三（原著 1998）

『いにしえの光』、小川美登里訳、水声社、二〇一六（原著 2002）

『約束のない絆』、博多かおる訳、水声社、二〇一六（原著 2011）

『さまよえる影たち』、小川美登訳、水声社、二〇一七（原著 2002）、『さまよえる影』の別訳

『世界のすべての朝は』、高橋啓訳、伽鹿舎、二〇一七（原著 1991）、『めぐり逢う朝』の改訳

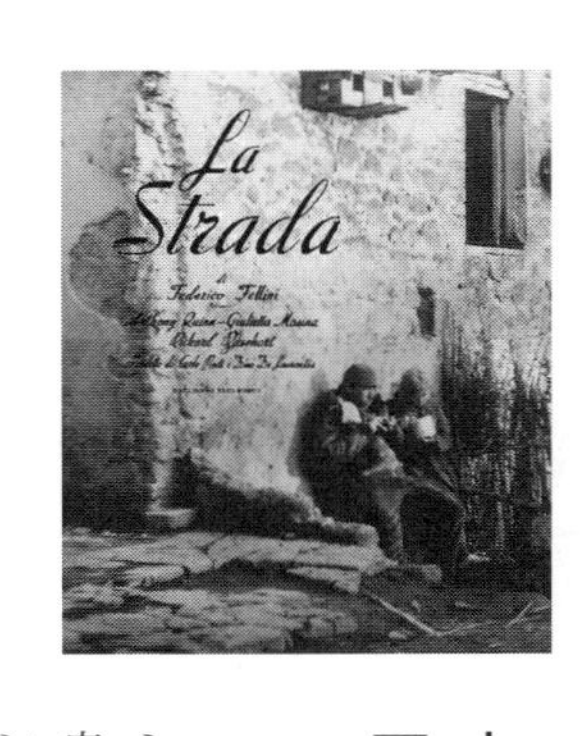

レビュー●フェデリコ・フェリーニ監督『道』

▼小さなサーカス団での無償の愛と理不尽な暴力

ジュリエッタ・マシーナ演じる少女ジェルソミーナ（〝ジャスミン〟の意）の、愛くるしくも時にゾッとさせられる生への疲弊を表現した絶妙の演技と、アンソニー・クイン演じるインチキ怪力芸人ザンパノ（〝悪〟の意）の呆れるような卑近さ。一九五四年に封切られた『道』は、イタリアの寒村の侘びしい風景と、生活感あふれる小さなサーカス団をバックに据えて、無償の愛と理不尽な暴力、合間に立ち上がる聖性とを絶妙に描き切ってみせる。

フェリーニの伝記を書いたジョン・バクスターは、『道』の脚本を「ネオレアリズモの名残と神秘的幻想の折り合いをつけようとした」とまとめ、サーカス団を中世の旅芸人ジョングルールに準えていた。ジェルソミーナの表情はナチュラルに道化の顔に重ねられる。途中から現れる天使の翼をつけた綱渡り芸人イルマット（〝キ印〟の意）はイタズラ大好き、平易な言葉で存在の哲学を語り、残酷な運命をも引き受けてみせる。貧苦のフィルターを通し、人間の哀しみを二〇世紀の文法で翻案した、あたたかく哀しい傑作。

「幻に殉ずる」姿勢

――高原英理『不機嫌な姫とブルックナー団』

何より必要なのは過激と矜持。現世への呪詛。暖かい粗野と居心地のよい屈従を嫌うこと。いかにも不可能ながら、いつか見た幻に殉ずる姿は想像するだに快い。闇なる支配には輝く彼方への鍵があるとは言えまいか――これは一九八五年、高原英理が小説「少女のための鏖殺作法」で第一回幻想文学新人賞を受けた際に寄せた「マニフェスト」の一節だ。選者の澁澤龍彦と中井英夫に応えんという若々しい不退転の決意を感じさせる。

それから三十余年を隔てて発表されたのが、『不機嫌な姫とブルックナー団』(本書)。著者をして「今やっと作家ですと言えるようになった気もする。(……)すなわち私は新人である」と言わしめた本作は、瀟洒な装幀も相まって、かつての「至上の悦楽を保証する地獄巡り」としての「暗黒文学」を追い求めた姿勢とは、一見、縁もゆかりもないかのようだ。著者も認めていることだが、発売後二週間で増刷が決まったという本書の読者は、『少女領域』(一九九八)や『ゴシックハート』(二〇〇四)といった硬質の文学論を貪るように読み熱狂した層とは明らかに異なる。けれども頁を繙けば、あのアントン・ブルックナーの音楽を正面から扱う蛮勇には、「幻に殉ずる」姿勢が確かに息づいているとわかる。

サントリーホールに交響曲第5番を一人で聴きにきた語り手の女性――後に図書館の非正規職員だとわかる――が、「ブルックナー団」を名乗る奇矯な三人組から声をかけられる場面より本書は開幕する。「女性にもブルックナーわかってくれる人がいて嬉しいだけ」と告げる三人組は、コテコテなオタクとしてはしゃぎまわる。うち作家志望の一人は自作の「ブルックナー伝」(未完)を送りつけてきた。つい読んでしまった語り手は、求婚してフラれた女性のリストを「嫁帳」として逐一記録し、敬愛するヴァーグナーには犬のように媚びへつらい、ヴィーン・フィルの団員には舐められて交響曲第3番の初演を台無しにされるといった、「ブルックナー団」に負けず劣らず「残念」な作曲者自身の姿をそこに発見する……というのが本書の大まかな構成だ。アクションは少なく情報は絞られ、出てくるのは負け組ばかり。なのに読むと元気が出る、不思議な味わいの仕上がりになっている。

告白するが、私はブルックナーにはちょっとうるさい。なかでもギュンター・ヴァントが指揮する交響曲第4番と、朝比奈隆が指揮する交響曲第8番は、いくつもの録音を聴き比べてきた。ヴァントによる最後の演奏会（二〇〇一）を収めた『ザ・ラスト・レコーディング』（二〇〇二）には、「究極の目標は、音楽を解釈するのではなく理解することである」という巨匠の言葉が添えられている。「交響曲が、番号なしの習作一作を入れて全部で十一曲あるが、（……）どれも長大で、音域が広く、複雑な和声と、執拗な反復でできている」と本書では解説されるが、そういった特徴は壮麗な建築物にしばしば擬えられてきた。カントは『判断力批判』で美と崇高を区分したが、これほど的確な崇高の実例もそうはあるまい。とすると本書が着目する「残念」なエピソードの数々は、明らかに建築的な垂直性、カントの言う数学的崇高に対するイロニーを示すものだろう。「体制従属的小市民（ビーダーマイヤー）」の典型のようなブルックナーだが、それは「私」ではない「他者」としての音楽に、すべてを賭けていたからだった。生きづらさによる「現世への呪詛」が、すでに抵抗としての意味をも持ちえなくなった「残念」な時代において、真に独創的な音楽の「詩的な意図」を際立たせるにはどうしたらよいか、戦略を工夫したのが本書である。

こうした視点からすると興味深いのは、作曲家の「宿敵」こと『音楽美論』の批評家ハンスリックの視点が、本書にさりげなく翻訳を模した形で挟み込まれていることだ。初期のハンスリックはヘーゲルの観念論的美学に強い影響を受け、ロマン主義的な前衛音楽を通じて世界史が理性的に導かれることを夢見ていた。しかし、ヴィーン三月革命が鎮圧され、本書で語られるヴァーグナーとの軋轢も手伝って、ハンスリックは進歩的な音楽観から離れ、感情の解放を批判し、器楽曲を中心に形式の自律性を重んじる古典主義的な立場をとるようになった。

一九九〇年代に全集の刊行が始まるまでハンスリックへの評価は毀誉褒貶著しく、実際、ナチスは彼がヴァーグナーやブルックナーの「宿敵」であったことに「典型的なユダヤ的相貌」を見出して非難している（吉田寛「時代を映す鏡としてのハンスリック文献（前編）」）。それもまた歴史の一面であるが、こうした弊害を避けるためか、本書でのハンスリック像は「宿敵」一辺倒ではなく、ブルックナーの「音楽的脈絡」に対して理解が及ばないことを素直に認める謙虚さも書き込まれている。ただ、こうした温かい筆致には、事後的な正当化の危うさもある。「ブルックナー団」はあくまでも愛すべきオタクで、2ちゃんねるに書き込む様子は書かれても、悪意に満ちた粘着や自作自演に汲々するような姿は描写されないのだ。本書の評判からしてシリーズ化も期待できるだろうが、研究史の蓄積がもたらす多角的な人間像の分析が深められることで、ダメ人間を泥沼から這い上がらせる光芒の提示がいっそう鮮明になることを望みたい。

現代「伝奇ミステリ」論
——『火刑法廷』から〈刀城言耶〉シリーズまで

（※本稿は参考文献に列挙されている作品群の内容に言及し、とりわけ『火刑法廷』、〈百鬼夜行〉シリーズ、『背の眼』、『黒い仏』、『樒／榁』、『ＴＲＩＣＫ』シーズン３ １「言霊で人を操る男」、『翼ある闇』、『隻眼の少女』、〈刀城言耶〉シリーズの核心部分に触れています。あらかじめご了承ください）

1、「伝奇ミステリ」とは何か

本稿で筆者に与えられた仕事は、「新本格」ムーヴメント、すなわち一九八〇年代後半からの「第三の波」（笠井潔）の達成をふまえたうえで、二〇〇〇年代以降の「伝奇ミステリ」を特徴づけた相（かたち）について探究することにある。二〇〇〇年代後半における「伝奇ミステリ」の代表的作家である三津田信三は、自らの出発点を「ホラーと本格ミステリの融合」に置いていると、さまざまな場所で述べている（＊1）。ホラーと「本格ミステリ」は、似て非なるジャンルとみなされることが多い。ホラーは読者に恐怖を与えるが、「本格ミステリ」はそうした恐怖へ合理的な解決をもたらすからだ。だが一方でホラーは「本格ミステリ」を考えるうえで重要な指標ともなってきた。島田荘司は『21世紀本格宣言』（二〇〇三年）において、ミステリを「論理軸」と「幻想軸」の二極でチャート式に分類している（＊2）。なお、この分類では、「論理」に対置されるものは「情緒」であり、「幻想」に対して「現実」が置かれる。

もちろん、「謎＝恐怖」ではないが、合理的な説明可能性は両者の橋渡しとなろう（＊3）。となると「伝奇ミステリ」はひとまず、「幻想性のある謎」を「説明可能なもの」として論理的に解明する「幻想味のある犯罪小説」と定義してしまうこともできそうだ。作中に登場する怪奇現象は読者をミスリードへ誘う目くらましにすぎず、最終的には科学的推理によって解き明かされる迷妄にほかならない。だから「伝奇ミステリ」における「伝奇」とは、あくまでも「説明可能」でなければならない、というわけだ。しかし「伝奇ミステリ」と呼ばれる作品では往々にして、あらゆる謎が科学的推理で解明されてもなお、論理では収まりきらない別種の怪異の存在がほのめかされる。こうした、いわば「残余」としての怪異は、「伝奇ミステリ」に奥行きを与え物語を盛り上げる役目を果たすものの、一方で読者に煮え切らないご都合主義的な印象を残し、ひいてはパズラーとしての完成度への疑義へもつながりかねない欠点ともなりうる。ならば、怪異を「残余」としてのみ受け止めるのではなく、「伝奇ミステリ」を成立させる「伝奇」の本質なのではないかと捉え直したうえで、「伝奇」の定義について一歩踏み込んで考察することが必要なのではないか。

「第三の波」で書かれた「伝奇ミステリ」は内容のみならずその展開や出版形態において、一九七〇年代から八〇年代に起こった「伝奇ロマン」ブームの影響を特に強く受けていた。「伝奇」について考えるにあたり、「伝奇ロマン」ブームの礎を築いた書き手である半村良の言葉を糸口としたい。彼は「伝奇」について、以下のように述べている。

私の作品に「伝奇ロマン」という言葉をつけて売り出してくれたのは、当時のSFマガジン編集長森優氏であった。その「伝奇ロマン」がきまったとき、私は多少奇妙な感じがしたのを憶えている。たしか明治のころ、ロマンという言葉が入って来て、それに伝奇という二字をあてはめたのではなかったかと思ったからである。

その後自分の作品が「伝奇小説」のひとつとして、なんとなく世間に喧伝されていくのを見ながら、私はよく「伝奇」について考えるようになった。

たしかに「ロマン」と「伝奇」は、形式の点でも、文学史的な流れの点でも、だいぶ違っている。しかし、その違いを混同してもかまわないような部分が、かなりあるように思える。

(……)

「伝奇」とは唐代の小説に与えられた呼び名のはずである。私は「伝奇」と言うとすぐ「志怪」という言葉を思い出す。「伝奇」と「志怪」は私にとって対をなしており、実を言えば、どちらも結局同じようなものだという理解をしている。

(……)

六朝の「志怪」は妖怪・変化、死霊・神仙を題材とし、呪術師の超自然的な力がそれにからむ。唐の「伝奇」はそれにくらべると、より人間的な要素が強く、その意味ではたしかにロマンと同一視されがちなのであるが、「志怪」の要素を色濃くうけついでいるのも事実なのだから、私のように「志怪」と「伝奇」を結局同じものだと考える人間も出て来るわけである。(「伝奇への意志」(*4))

ここで半村良は、自分の出自であるSFを「志怪」と「伝奇」が「新しい衣をまとってあらわれたもの」だとしたうえで、新時代の「伝奇」を提唱する。ただ半村良の伝奇観は、いわば「独自の法則をもった空間」や「現実とは全く異なる歴史を持つ時間」への構築性を志向するものであるため、ジョン・ディクスン・カーの『ビロードの悪魔』(一九五一年)のような、いわゆる「歴史ミステリ」とも強い親和性を有している。半村良自身が「あるときは、推理小説が動機を求めるように、歴史の各時代をひっ括る一本の糸を求めて、私は年表をたどり、史書のページを繰る」、「あるときは密室のトリックを考えるように、血の謎を作り出そうと医学書を積みあげる」と告げているくらいだ。

ただ、半村良の志向するところは、歴史から舞台や題材を採ることに留まらなかった。彼は単なる歴史小説では、到底満足することができなかったのだ。「伝奇への意志」に読み取れる半村良の「伝奇小説」観からは、「ロマン」すなわち近代小説の様式と、「志怪」すなわち怪奇幻想の要素を構築的に結びつけることで、旧来の「伝奇」概念そのものの刷新を求める強い意志がうかがえる。つまり彼の言説は、SFやミステリといった既存のジャンルの枠組みに対する抜本的な革新をも視野に入れていたのである。

むろん半村良以外にも、山田風太郎、荒巻義雄、荒俣宏、五木寛之、菊地秀行、栗本薫、西谷史、夢枕獏などの精力的な活躍があってこそ、「伝奇ロマン」は読者へ熱狂をもって受け入れられ、一大ブームをなしえた。しかしながら半村良が夢見た「伝奇」概念の刷新は、ミステリとの本格的融合という形では行われなかった。戦後日本のミステリ・シーンにおいては、「伝奇ミステリ」の代表的傑作群はむしろ、「伝奇ロマン」ブーム以前に集中していたといえるだろう。

「伝奇ロマン」ブーム以前の戦後日本のミステリ・シーンにおいて「伝奇ミステリ」と呼べる作品を見てみよう。まず、島田一男の『古墳殺人事件』（一九四八年）や『錦絵殺人事件』（一九四九年）などの初期作品は、ヴァン・ダインの〈ファイロ・ヴァンス〉シリーズの影響を強く受け、日本独特の風土をモチーフとした絢爛たる幻想的虚構を築き上げており、横溝正史の金田一耕助シリーズ（後に詳しく検討する）と共振した「伝奇ミステリ」の嚆矢と見ることも可能だ。そこでは「近代小説」の延長線上において、モダニズムの体現者としてのミステリと「怪奇幻想」との融合が確実に模索されていた。軸となったのは「怪奇幻想」という美学性である。本稿の射程とは若干ずれるので深入りは避けるが、この「伝奇ミステリ」の美学性については、千街晶之が『幻視者のリアル　幻想ミステリの世界観』（二〇一一年）で「幻想ミステリ」という枠組みで提示した中井英夫、赤江瀑、皆川博子らの作品等についても、当てはまるものと言えるかもしれない。

一方、『天皇の密使』（一九七一年）と『神々の黄昏』（一九七二年）の二部からなる高木彬光の『帝国の死角』シリーズは、第二次世界大戦中に山本五十六の命を受けてヨーロッパに潜入した海軍大佐の逸話と、「神々の黄昏（ゴッテルデンメルンク）」という不可思議な言葉、および新興宗教団体をめぐる昭和四十四年の逸話が多層的に絡まり合い、日本の近代史をめぐる驚くべき真実が浮上する仕掛けとなっている。これらの作品では、ミステリの方法論は、日本近代史の暗部を浮かび上がらせるための壮大な装置として活用されるものとなっている。あるいは西東登の『蟻の木の下で』（一九七五年）も、新興宗教団体の暗躍と、第二次世界大戦中および戦後に起きたタイと日本軍をめぐる陰惨な事件を題材にしているという点で、『帝国の死角』と同様のラインに組み込むことが可能だろう。あるいは社会派探偵小説の代表的作家である松本清張が描いた復讐譚『Dの複合』（一九七三年）のように羽衣伝説などの民俗学的色彩の強い作品も忘れてはならない。藤本泉の『呪いの聖域』（一九七六年）、『時をきざむ潮』（一九七七年）など下北半島や岩手県などを舞台にする「えぞ共和国」シリーズも――視点のとり方こそ異なるが――おそらく同様の志向性を有していた。

駆け足で概観してきたが、「幻想的な謎」という美学。あるいは反近代的な「伝奇」的題材によって近代史の深部を逆照射し、「現在」へのラディカルな再考を促すこと。この二点に、「第三の波」以前の戦後「伝奇ミステリ」の構成要素は、大きく集約できるのではなかろうか。

2、「論理」と「幻想」の共犯『火刑法廷』

「伝奇ミステリ」の構成要素について、もう少し深く考えてみよう。いったん、ミステリの起源にまで遡行してみたい。

ジャンルとしてのミステリ小説の成立には、ホレス・ウォルポール『オトラントの城』（一七六四年）に始まるゴシック・ロマン、さらにはE・T・A・ホフマン『砂男』（一八一七年）などドイツ・ロマン主義の小説家たちの作品群が、きわめて重要な役割を果たしている。だが、決定打となったのはエドガー・アラン・ポーの登場だろう。

ポーは「モルグ街の殺人」（一八四一年）で現代にも通じるミステリの礎を築き上げた。たとえば先述したゴシック・ロマンとは、何よりもまず壮麗なる過去への追憶で知られるが、「モルグ街の殺人」はそうしたゴシック・ロマンの鬼っ子にあたる存在だった。つまりウォルポールからポーへ至る流れでは、「幻想的な謎」が謎のまま終わるのではなく、合理的な解決を与えられることでカタルシスが生じるという、謎の「質的変化」を観測することができる。

この「質的変化」は、その後の「伝奇ミステリ」の基盤を形作った。二〇世紀に書かれた最初の「伝奇ミステリ」の一つであるコナン・ドイルの『バスカヴィル家の犬』（一九〇一年～二年）は、一九世紀後半に流行したゴシック・ホラーの伝統を明らかに引き継いでいるが、魔犬伝説の謎に合理的な解決が与えられるという意味では、ウォルポールからポーへ至る様式の変化をそのまま踏襲したものとなっている。そして日本の書き手が海外から学ぼうとした際には、「幻想的な謎」を装置として扱う方法論をより様式的に洗練させた、ヴァン・ダインやジョン・ディクスン・カーの影響こそを、強く受けるようになる。ほかならなぬ横溝正史がその代表格だ。

日本における「伝奇ミステリ」の代表的旗手として、横溝正史の名前を外すことはできない。『本陣殺人事件』(一九四六年)に始まる私立探偵・金田一耕助を主人公とした一連のシリーズは大抵、奇妙な伝説の残る閉鎖的な寒村を舞台とし、謎に満ちた血族の因縁話をはじめ、怪奇趣味に満ちたガジェットがふんだんに用いられる。現に「新本格」の作家たちの手法は往々にして「横溝的世界」に準えられている(＊5)。そして実際、横溝正史の作品世界の根幹には、ジョン・ディクスン・カーの方法論が貪欲に取り入れられていた。

横溝正史とカーの関係について笠井潔は、「正史がカーから学んだものは、(引用者註:〈金田一耕助〉シリーズ以前の作品である)『真珠郎』において二律背反の関係を強いられた「怪奇趣味」の要素と「謎と論理の探偵小説」の要素とが、本格探偵小説の作品世界において有機的に一体化しうるという確信にあったのではないか」と述べている(＊6)。

「怪奇趣味」すなわち美学性と、「謎と論理」の一体化。この点について考えた際、カーの仕事の中で『火刑法廷』(一九三七年)の重要性が際立ってくる。一九世紀の毒殺魔マリー・ドブレーが、実は主人公スティーヴンスの妻その人であり、事件を裏で操っていたのではないかという「ゴシック・ホラー」の文法が、探偵役のゴータン・クロスが解き明かす論理的真相と表裏一体となっているのが『火刑法廷』の特徴だ。そこでは、心理学でいう「錯視」をもたらす騙し絵「ルービンの壷」のように(＊7)、『火刑法廷』は「本格ミステリ」と「ゴシック・ホラー」、二通りのレイヤーで読むことが可能になっているのだ。

批評家のS・T・ジョシ(ヨシ)はこの『火刑法廷』について、「この一見まことに素直な『フェア・プレイ』(fair play)の探偵小説は、実は最後になって読者の足元をすくい、超自然の小説となって終わるのだという事を打ち明けておかねばならない。つまり、それまでに起こった殺人に関してのはっきりとした説明を受けてすでに満足していた読者は、その後に続くエピローグに遭遇するのだが、そこで初めてマリー・スティーヴンスが二百歳の魔女でこの犯罪に責任があることを知るという。このような経験は、小説を読んでいて最も不快な思いをする瞬間の一つである」と断ったうえで、以下のような考えを披瀝している。

この作品からどんな形而上学的な結論を引き出すべきなのか、わたしにはわからない。多分、何も引き出せないだろう。カーは、魔女を信じていなかった。この作品からあえて何かを引き出すとすれば、「不可能を排除せよ。その後に残ったものが如何にあり得べからざる事であっても、それらは真実であるはずだ(Eliminate the impossible and whatever is left, however improbable, must be true)」という言い古された探偵小説の原理にこの小説が衝撃的な生命を吹き込んだことだろう。実際のところ、超自然に頼る事なしに事件の内容すべてを説明することなどできはしな

い。この意味で、カーの他のどの小説よりも論理にかなった理由付けに成功した作品といえる。（「超自然現象」(*8)）

S・T・ヨシは『火刑法廷』によって「秩序正しさと合理性、宇宙の基本的な正義」に基づいた「フェア・プレイ」のパラダイムが拡張され、そのうちに超自然も含まれることになったと述べている。人知を超えた論理を作品内に取り込むこと。そのような観点から見れば、たとえばランドル・ギャレットの『魔術師が多すぎる』（一九六六年）から米澤穂信『折れた竜骨』（二〇一〇年）へ至る、いわゆる「特殊設定ミステリ」の方法論をも「伝奇ミステリ」へ組み入れることも原理的には可能であったはずだ。

3、『薔薇の名前』がもたらしたもの

だが、すでに見てきたように、とりわけ戦後日本の「伝奇ミステリ」は「特殊設定ミステリ」を積極的に許容する方向へは進まず、むしろジョン・ディクスン・カーや横溝正史が完成させた一定の様式を守り続けた。そのことによって、独自の美学性を追究しながら、かつ近代史を再考するという達成がもたらされはした。

しかしながら、特に八〇年代以降の「伝奇ロマン」ブームに乗って書かれた小説群では「特殊設定ミステリ」の方向性はなかなか追究されず、反対に七〇年代までの「伝奇ミステリ」が保持してきた論理的要素や美学性・批評性は軽やかに取り払われ、アクションやラブロマンスへ重きを置いたエンターテインメントとして受容されるケースが多かった。そこには賛否両論あるだろうし、「新本格」の小説群の独特の「軽さ」に、「伝奇ブーム」の影響を見ることは容易だろう。だが一方で、「新本格」はミステリという伝統の復興運動という側面を強く有してもいた。「軽さ」だけでは、読者を満足させるだけの強度と奥行きのある作品を生み出すことはできない。

だから本稿では、「新本格」以後の「伝奇ミステリ」に密かな屋台骨となってきた作品として、ウンベルト・エーコ『薔薇の名前』（一九八〇年）の重要性を指摘しておきたい。

本格ミステリのオールタイム・ベスト海外部門において、常に上位にランクインされる『薔薇の名前』は、ここで改めて言うまでもなくミステリ・シーンに多大な影響を与えてきた。そのように広範な受容がなされた背景には、一九八六年のジャン＝ジャック・アノー監督による映画化による影響が大きい。映画化から全訳が刊行されるまでの――「新本格」の勃興とほぼ軌を一にする――四年間において、『薔薇の名前』という世界的ベストセラーの存在感は、日本において徐々に高まりを見せてきた。

『薔薇の名前』は――『火刑法廷』が「ゴシック・ホラー」と「本格ミステリ」を融合させたように――記号論と「本格ミ

ステリ」を見事に融合させた点が、主として評価の対象となっている。確かに中世イタリアの修道院を舞台にした「伝奇ミステリ」としてのみ見ても、その構造は見事なものだ。また、巧妙に偽装されたテクストそのものの成立事情、旧約聖書の「創世記」のパロディをはじめとした膨大な間テクスト性、さらには暗号解読（「アフリカノ果テ」）や個々の「殺人事件」の真相といった諸要素は、いくらでも記号論的な深読みを許容する仕組みとなっている。

ただし『薔薇の名前』は、記号論とミステリが融合することで、一種の不可能性を体現した作品でもあった。異端文学研究者の塚原史は「『薔薇の名前』論または記号論的ミステリーの不可能性について」(＊9)において、ミステリとは「傍観者」としての探偵によって、あらかじめ組み込まれた「終わり」が解き明かされる過程だとしたうえで、『薔薇の名前』にはそのような前提が設定されておらず、修道院内に隠された筆写本をめぐる第一の「謎」、殺人者の名前をめぐる第二の「謎」といったように、ある「謎」が次の「謎」を連鎖的・従属的に導き出すものだと論じた。『薔薇の名前』の解釈には終わりがないが、それでも、無限遠の彼方には、最終的な「正解」が設定されている。一連のドラマを通してかすかに浮かび上がる「正解」は、ずばり「正統」と「異端」という主題性だ。この主題は、中世イタリアのゲルフ（教皇派）とギベリン（皇帝派）の対立ともリンクする。修道院という閉鎖空間での殺人事件から、中世ヨーロッパの政治情勢へ眼差しをずらされた読者は、やがて時空を飛び越え、一九七八年に起きた左翼組織「赤い旅団」によるイタリア元首相アルド・モロの暗殺事件の構造を壮大な隠喩として見出すことになる。つまり『薔薇の名前』で描かれていたのは、何よりもまず、二〇世紀的な同時代性だったのだ。

『薔薇の名前』の探偵役、バスカヴィルのウィリアムは――『バスカヴィル家の犬』を彷彿させる名のとおり――中世人でありながら、シャーロック・ホームズ式の近代的な推理を行う探偵として設定されている。だが、推理方法だけではない。彼は理想の政治形態としてベーコンの思想から近代民主制の端緒を読み取るほどの、徹底した近代人として描出されているのだ。

「伝奇ミステリ」を構成する「伝奇」的要素は、その多くを古代から中世暗黒時代の伝承に拠っている。古代人や中世人は、通常、近代人が考えるような行動原理では動かない。だが「伝奇ミステリ」は往々にして、そうした前提を括弧に入れてきた。同じ「伝奇ミステリ」でも、たとえば一二世紀イングランドの修道院を主たる舞台にしたエリス・ピーターズの『修道士カドフェル』シリーズ（一九七七～九四年）は、丹念な調査によって中世ヨーロッパの風俗を活かした魅力ある「謎」を数多く提示しえている。にもかかわらず、探偵役の修道士カドフェルほかの登場人物たちは、良くも悪くも近代的な思考原理で行動してしまっており、中世文学で描かれる人間像とは乖離を見せていた。

だが『薔薇の名前』は、「本格ミステリ」としての「器」そのものに批評性が籠められているため、前近代的思考法と近代人的思考法を無理なく融合させることができていた。「伝奇ミステリ」の方法論を用いて「現在」の複雑性を「器」の中に構造化した作品。それが『薔薇の名前』にほかならない。『薔薇の名前』では、異端審問官ベルナール・ギーとの対話、さらにはクライマックスにおける「笑い」をめぐる修道士ホルヘとの有名な問答に代表されるとおり、中世ヨーロッパにおける神学的思考と近代的な論理に基づく本格ミステリの思考法との相違点が多声的(ポリフォニック)な形で対比されている。つまり『薔薇の名前』の意義は、前近代的な「伝奇」的設定と近代的な存在論的様態を、意匠の領域を超えて同居することを可能にする、壮大な「器」の提示にこそあったのだろう。

4、パズラーとしての「伝奇」――『聖アウスラ修道院の惨劇』

『薔薇の名前』の日本語版が刊行されたのは一九九〇年だが、「新本格」の流れにおいて『薔薇の名前』を強く意識した最初期の代表的作品としては、二階堂黎人の『聖アウスラ修道院の惨劇』(一九九三年)を挙げることができるだろう。

二階堂黎人は「本格ミステリ」論壇の保守派として健筆を振るうのみならず、『本格ミステリー・ワールド』(南雲堂)等の各種メディアにおいて「本格ミステリ」の原理を擁護する積極的な発言、および各種叢書やアンソロジーの編纂などで影響力を発揮している。その二階堂黎人の看板作といえば、やはり「世界最長のミステリ」である『人狼城の恐怖』四部作(一九九六〜九八年)となるだろう(本書所収の書評も参照)。

ただし、二階堂黎人の志向性を広く印象づけたのは、大作『薔薇の名前』に対する極東からの挑戦ともいうべき『聖アウスラ修道院の惨劇』だといえるのではなかろうか。実際、稲井手彰は「湖畔に建つ古い修道院の地下に埋もれている恐るべき秘密を暴くという、エーコの『薔薇の名前』以上の前代未聞の結末が待っている」と、(真相部分に「『薔薇の名前』との類似性などは皆無だ」と但し書きが添えられるものの)『薔薇の名前』と比較する形で『聖アウスラ修道院の惨劇』を評している(＊10)。

その『聖アウスラ修道院の惨劇』は、探偵・〈二階堂蘭子〉シリーズの第三作にあたるため、舞台は長野県野尻湖畔の修道院、つまり「現代」に設定されている。しかしながら「僧塔院の塔」から落下した死体、盲目の図書館長の護る図書館、ヨハネ黙示録に見立てた連続殺人、あるいは修道院の来歴や、キリスト教の教義についての詳細な言及など、『薔薇の名前』を意識したと思われる設定には事欠かない。

興味深いのは、『聖アウスラ修道院の惨劇』において『薔薇の名前』の「器」は、パズラー・ノベルとして、あるいは『インディ・ジョーンズ』式のアドベンチャー・ノベルとして徹底した読み替えが施されているということだ。例えば、『薔薇の名前』では神学的な解釈によって解決が導き出される「迷宮」は「三方が壁に囲まれている場所を全部塗り潰す」という迷宮探索の実践的方法論をもって踏破される。

あるいはタイトルから想起される（ある意味で日本版『薔薇の名前』ともいうべき）小栗虫太郎の『聖アレキセイ寺院の惨劇』（一九三三年）は、作中に登場する暗号文のバックボーンとして使われている。さらには、キー・アイテムの《ミッチェル＝ヘッジズの頭蓋骨》（水晶髑髏）は、（「十戒が刻まれた石板を収めていた」）《聖櫃》に、（「キリストが最後の晩餐で使ったとされる」）《聖杯》といった、インディ・ジョーンズが追い求めてきたアイテムと並べて語られる。現に、当の水晶髑髏は『インディ・ジョーンズ　クリスタル・スカルの王国』（二〇〇八年）の中心的アイテムとして登場したくらいだ。

また、二階堂黎人はジョン・ディクスン・カーの熱狂的なファンとしても知られている。実際、『聖アウスラ修道院の惨劇』にはカーが得意とした「幻想的な謎」への憧憬が充溢している。現在の視点で『聖アウスラ修道院の惨劇』を読み直してみると、稲井手彰が「驚愕」した結末部分がまず、良くも悪くも圧倒的だろう。

つまり『薔薇の名前』が記号論の立場でキリスト教神学をミステリの枠に落とし込んだものとすれば、『聖アウスラ修道院の惨劇』はミステリ・マニアの視点からキリスト教神学のロジックを大胆に解体し「仏教」の構造的優位性を大きくアピールしたのである。その試みが成功しているかと問われればにわかに首肯はできないが、ともあれ、書き手が日本人であるから許された大胆不敵な試みなのは間違いない。

また、二階堂蘭子自身が警察当局へ半ばゴリ押しで納得させる「犯人は吸血鬼」という超自然的な仮説の、いわゆる「バカミス」的インパクトも忘れがたい。このように二階堂黎人は、S・T・ヨシがジョン・ディクスン・カーの小説に見た「フェア・プレイ」としての超自然的展開を、徹底的にエンターテインメントの文脈へ落とし込むことで実演しようとした。

いったん整理しよう。ゴシック小説が表現した「怪奇幻想」の美学は、ポーに代表される近代の本格ミステリがもたらす「論理的解明」によって、いわば意匠のレベルにまで落とし込まれた。だがカーの『火刑法廷』によって、その「論理的解明」はふたたび「怪奇幻想」と倒置されるようになった。そして、『薔薇の名前』は『火刑法廷』が体現した「伝奇ミステリ」の様式を捨てることなく「中世」と「現代」とを結ぶ「器」の在り方を模索した作品だといえるだろう。そして『聖アウスラ修道院の惨劇』は、大きすぎる「器」を手頃なパズラーとして料理できるよう再解釈した作品といえるのではないか。

それゆえ、『聖アウスラ修道院の惨劇』が『薔薇の名前』に施した種類の読み替えは、異なる書き手によっても継承されていくことになる。『ＱＥＤ　百人一首の呪い』（一九九八年）で

第九回メフィスト賞を受賞した高田崇史による一連の〈QED〉シリーズがその代表格だろうか。〈QED〉シリーズは、パズラー的「伝奇ミステリ」として堅調に刊行を重ねているが、これらの作品は『聖アウスラ修道院の惨劇』の系譜に組み入れることも可能であろう。

5、「主知主義」の陥穽――〈百鬼夜行〉シリーズ、『火蛾』『背の眼』

『薔薇の名前』の日本語版が発売された前年の一九八九年は、「伝奇ロマン」が長い間仮想敵としてきた昭和天皇が崩御した年でもあった。笠井潔は「偽史の想像力と『リアル』の変容(＊11)」において、八〇年代の消費者大衆は、「都の権力と『まつろわぬ民』をめぐる伝奇小説」に魅了されたが、それが失速した後、「『謎―論理的解明』を骨子とする新世代の探偵小説が欲望を吸引することになる」と告げている。笠井は、六〇年代から八〇年代「伝奇ロマン」ブームの系譜学について、次のように簡潔な要約を行っている。

一九六〇年代に三島由紀夫が、続いて七〇年代に解体期新左翼が準備したところの、天皇の想像的な脱中心化というフィクションが、八〇年代的な消費者大衆の無意識的な渇望と絶妙に交差した。第一に天皇を虚構的に中心化し、第二に山人と偽史の想像力を駆使して脱中心化するというシステムの伝奇小説が、未曾有のブームを引き起こしたのも当然だろう。(「偽史の想像力と『リアル』の変容(＊12)」)

ここで重要なのは、昭和天皇の崩御によって虚構的に中心化された天皇という仮想敵が消滅し、加えてバブル経済の崩壊から新自由主義経済の浸透によって、脱中心化への求心力が薄れることになったという点である。

「伝奇ロマン」においては――それこそ半村良や五木寛之が描いたように――「山窩」に代表される、天皇を中心とした正史からは排除された主人公たちの視点が積極的に採用されてきたが、「伝奇」要素の民俗学的基盤を支えてきた「中心―周縁」という構図は、ここで二重の意味で解体されることとなった。

変わって、そもそもがパズラー志向の強い「第三の波」の到来を経ることで、大衆の欲望は「伝奇」的な恐怖を五感で感じる時代から、「伝奇」をパズラーとして再解釈する時代へと突入した。しかしながら、伝統回帰的なパズラー志向に加え、『薔薇の名前』が体現したような「現在性」を、量子論や脳科学といった先端理論を用いることで直接的に補完する新潮流の「伝奇ミステリ」も登場するようになった。その嚆矢は、京極夏彦の『姑獲鳥の夏』(一九九四年)に始まる〈百鬼夜行〉シリーズだろう。

『姑獲鳥の夏』は、それは『薔薇の名前』がもたらした「伝奇ミステリ」の原理的刷新を、いうならば「主知主義」的側面から切り取ったものである。それは、「この世には不思議なものなど何もないのだよ」と切り返す、ホームズ役の中禅寺秋彦こと京極堂による『姑獲鳥の夏』冒頭の講義部分に集約されているだろう。

「二十箇月もの間子供を身籠っていることができると思うかい?」という「尋常なものではない」事態について質問するワトスン役の小説家・関口に対し、脳科学や量子論を活用して「妖怪」の正体を暴くホームズ役の京極堂の方法論は、晦渋な部分がまったくなく、明晰に整理されており、広く読者の支持を集めた。しかし不思議なのは、『魍魎の匣』(一九九五年)、『狂骨の夢』(一九九五年)、『鉄鼠の檻』(一九九六年)、『絡新婦の理』(一九九六年)に至る、京極夏彦の百鬼夜行シリーズ初期作品群であろう。京極作品は、どれも弁当箱のように分厚く、精神分析や日本近代史・民俗学のペダントリーが詰め込まれているものの、いずれの作品も驚くほどにすらすらと読めてしまう。このことについて、野崎六助は「活字による無彩色のコミック世界」という切り口から、次のような分析を試みている。

> 京極ワールドは、活字でぎっしりと中味の詰まったコミック世界だ。一定のレイアウトにしたがって思考の流れが収納されているので、おびただしい情報量も苦にならないように錯覚される。どんなに深遠で複雑な現象が描かれようとも、フラットな図式に還元できるのだ。奇妙な妖異の森に読者を彷徨わせ、最終的には「この世に不思議なものなど何ひとつない」という見得をきって、すべて明快に解いてみせる。
>
> 扱われる事件は一様に陰惨だが、印象はどこか無機的に傾いている。人物のおりなすドラマの奥行きは、始末におえないほど暗い因果話の連鎖として語られるけれど、あとに残るものは不思議と平べったく起伏のない世界だ。あまり精緻でない線描のタッチでくまなく表わされてしまうのだ。(「京極夏彦は妖怪である」[*13])

野崎六助のいう「フラットな図式」とは、明快さの裏返しでもあるだろう。しばしば晦渋で分類困難ともなる民俗学的・宗教学的要素を、徹底して近代合理主義者の立場から明快に整理してみせる〈百鬼夜行〉シリーズの方法論は、いわば説明不可能なものを説明可能なものへと翻案する過程にほかならない(本書所収の『鉄鼠の檻』書評も参照)。

通常ならば、翻案の過程でさまざまなものが削ぎ落とされてしまうものの、「科学というのは普遍的であるべきものだ。同じ条件の下で実験した結果は同じじゃなくちゃいけない」と嘯(うそぶ)く京極堂は、認識のチャンネルを多様化し、それぞれの文脈を論理として筋が通ったものへまとめなおすことで、「伝奇」的な不条理性を「憑き物」と見、その正体を名指すことで「憑き物落とし」を行うのだ。この「憑き物落とし」とは、妖怪に憑かれた者たちを正気に戻す試みのことを意味するが、京極堂が推理を通じて披露する「憑き物落とし」の根幹は、「脳」と「心」を明確に区分させることで、「心」で理解したことを「脳」のメカニズムで再整理するというものである。

民俗学者の小松和彦は代表作『憑霊信仰論』（一九八二年）において、病気や家の盛衰という、当人たちではままならない事柄を説明するための体系として「憑きもの」を再定義した（「説明体系としての憑きもの」（＊１４））。小松和彦は、妖怪に取り憑かれている家系すなわち「憑きもの筋」がムラ社会において忌避されることを、社会人類学者G・フォスターの分析方法を援用し「認識の方向づけ（cognitive orientation）」という概念を用いて説明する。「憑きもの筋」が忌避されるのは、閉鎖的・自律的共同体特有のゼロ・サム思考に基づいた《限定された富のイメージ》(image of limited good) に関係しているからだというのだ。《限定された富のイメージ》に支配された閉鎖的共同体においては、自己の利益は他者の損失とイコールだ。ムラ社会では、村祭りなど「ハレ」の場を除けば、可能な限り慎ましやかな生活を送ることが求められ、逸脱した者には制裁が加えられる。その制裁が、社会的不面目（スティグマ）という形で顕現したのが、「憑きもの筋」というレッテルだ。

『憑霊信仰論』を参考文献に挙げている『姑獲鳥の夏』において京極夏彦は、小松和彦の合理精神をさらに推し進める。その結果として立ち現れるものが、野崎六助の言う「フラットな図式に還元できる」、「不思議と平べったく起伏のない世界」にほかならない。新興宗教団体の暴走と関東大震災による「大量死」を結びつけ、真言立川流の性的儀式とフロイト式の無意識の領域を見事に融合させた『狂骨の夢』、禅の公案を題材とし「（不立文字（ふりゅうもんじ）の極地たる）悟りを得た人物から殺害していく」という事件の真相を有していた『鉄鼠の檻』は、それぞれ『薔薇の名前』への返歌のようである。

これら〈百鬼夜行〉シリーズの「主知主義」的精神は、いわば『薔薇の名前』によって説明された新たな「伝記ミステリ」を、パズラー的様式を保持するという方法のみに縛られず、その「器」の目指したところを正しく受け止めることができていた。とりわけ『狂骨の夢』や『鉄鼠の檻』は、『薔薇の名前』の「主知主義」的傾向が、日本独自の「伝奇ミステリ」の様式と調和した稀有な成功例だろう。そのことで、結果的に〈百鬼夜行〉シリーズは、高木彬光や西東登らが志向していた、近代史の暗部に眼差しを注ぎ、そのことで近代史の総体を読み替えるという壮大な試みへと接近するに至るのだ。

けれども『絡新婦の理』に至って、京極堂をはじめ、理性をもって怪異をフラットに切り取った「主知主義」的な登場人物たちは、犯人役の仕掛ける壮大な陰謀に絡み取られ、思うがままに操られてしまうこととなる。また〈百鬼夜行〉シリーズ初期の総決算たる『塗仏の宴　宴の支度』および『塗仏の宴　宴の始末』（それぞれ一九九八年）においては、催眠術のような特殊設定が大胆なアクションの一種として駆使されることで、もはや「本格ミステリ」と呼べるものではなくなった。

こうした、『薔薇の名前』が提示した「器」を「主知主義」の観点で切り取った京極夏彦の試みを、最もシンプルかつ審美的な感覚で単体の「作品」に仕立て上げたのは、イスラム教神秘主義（スーフィー）の儀礼に題材をとった古泉迦十の『火蛾』（二〇〇〇年）であろう。だが『火蛾』の様式は完成されているがゆえに自閉し、その孤高たる様式と問題意識を引き継いだ後続作を生み出すことはできなかった。

一方、京極夏彦の試みを受け継ぐ形で登場し、二〇〇〇年代に頭角を表した作家としては、道尾秀介の名前を挙げることができる。そのスタイルから〈百鬼夜行〉シリーズのフォロワーという趣が強い、道尾秀介の初期作品群は、何としてもデビュー作『背の眼』（二〇〇五年）が印象深い。『背の眼』は何よりもまず、超自然現象を所与のものとして、論理のうちに組み込んでいることが特徴的だ。むろん〈百鬼夜行〉シリーズも、本来は超自然的な範疇に含まれる仮説を打ち立て、それを前提に推理をするという側面がある。しかし、心霊研究所を主宰している真備庄介が、作者と同名のワトスン役とともに活躍する『背の眼』では、不幸な殺され方をしたがゆえに浮かばれない子どもの霊、そして障害のある妻に文字通り「憑依」された犯人役が登場する。そこでは、超自然的存在が、見事に実体化されているのだ。

この犯人役に対し、真備庄介は京極堂ならば「憑き物落とし」と呼んだであろう「除霊」行為を行おうとする。「憑依下における犯罪は、その残虐性が高ければ高いほど、被憑依者を精神的苦痛から解放する」と、憑依を介して行われた犯罪の性質を熟知した彼は、「除霊」にあたって、憑依体そのものに「語りかけている」という想いが伝わるような方法で、コミュニケーションを試みる必要があると説明するのだ。作中で実際に真備庄介が取った方法は、あたかも印や合掌を組むかのように、手話を用いることだった。

> 僕はご主人に秋子さんが憑依していると知ったとき、まず頭の中で、除霊に必要な共通言語を探した。ご主人の無意識が人格化した秋子さんの霊という存在に、憑依の終了を説得するには、いったいどんな言語が必要なのかを考えた。聖水じゃない、十字架でもない、経文でも払子でもない——ご主人も秋子さんもカトリックではないし、敬虔な仏教徒というわけでもないからね。そこで僕が見つけたのが、手話だったんだ。被憑依者であるご主人と、憑依体である秋子さんに共通の言語として、手話を使えばいいんじゃないかと考えた。聾者である秋子さんの霊に語りかけるには手話しかない、手話ならば秋子さんは聞く耳を持ってくれるだろう——もっと言えば、手話ならば秋子さんが聞く耳を持ってくれるとご主人は認識しているだろうと

ね。(『背の眼』(*15))

これは手話を用いた理由を説明する真備庄介の台詞だが、物理的に「除霊」を行うことと、霊への接し方について媒介項となる人物の視点になって考えるなどの認識論的枠組みの共存が、なんとも興味深い味わいを見せている。

それでは、京極堂と真備庄介の「憑きもの落とし」の方法の違いはどこにあるのか。『姑獲鳥の夏』をはじめ、〈百鬼夜行〉シリーズに登場する「妖怪」は、いわば隠喩の産物であった。逆照射された「近代」の歪みが「妖怪」という形で顕現していたのである。

だから京極堂は、徹頭徹尾、認識論的な枠組みのもとでのみ、憑依という現象を理解する。それに比べて真備庄介は、あくまでも憑依体や披憑依者を一個の対話相手として扱おうとする。『背の眼』が心霊現象を肯定的に描いたのは、単に超自然の脅威を復権させることを目的としているのではない。「憑きもの落とし」が持つ「主知主義」的スタイルがぶつかる壁を、他者への共感を軸として、書き換えようとしたためにほかならないだろう。

すなわち「伝奇ミステリ」の方法論を用い、ごく素朴な形で京極夏彦流の「主知主義」を更新しようとしたのが『背の眼』の目指すところだった。そもそも〈百鬼夜行〉シリーズでは、現状の科学では非合理的なものでも、経験科学としてあり得ることは肯定して推理を進める、先進的な姿勢を取っている部分があった。その方法論をさらに押し進めたのが『背の眼』のオリジナリティだったといえるのかもしれない。このオリジナリティを軸に、翌年発表された『骸の爪』(二〇〇六年)など、道尾秀介は「伝奇ミステリ」の秀作を書き継いでいく。しかしながら彼のスタイルは、第七回本格ミステリ大賞を受賞した『シャドウ』(二〇〇六年)を頂点とし、少しずつ「本格ミステリ」の枠組みに収まらないものとなっていく。

6、「伝奇ミステリ」の自己模倣
――〈石動戯作〉シリーズ、『TRICK』

京極夏彦や古泉迦十、あるいは道尾秀介とは異なるアプローチによって「伝奇ミステリ」の方法論を更新しようとしたのが、殊能将之である。蔓葉信博は「学園の怪異(スクールミステリ)」(*16)において、「オカルト的な現象」をテーマにした学園ミステリを合理的なミステリ、非合理を推理の前提とするミステリ、両者の中間となる鵺的ミステリの三パターンに分類したが、この三分類はそのまま〈京極夏彦〉/〈古泉迦十と道尾秀介〉/〈殊能将之〉の作品に、それぞれが一つの典型として対応を見せるだろう。この「鵺的ミステリ」の様態をもう少し深く考えてみたい。

『ハサミ男』で第一三回メフィスト賞を受賞し、一九九九年にデビューした殊能将之は『火蛾』と同じ二〇〇〇年に『美濃牛』

という大部の「伝奇ミステリ」を発表している。その結末において、舞台となる(ミノタウロスの迷宮があるクレタ島をもじった)寒村である暮枝(くれえだ)村を「逆説に満ちた村」として提示している。『美濃牛』は、ミノタウロス神話と迷宮に関する夥しい引用、コール・ポーターの替え歌「It's Deconstruction」で示されるデリダ流ポストモダニズムへの皮肉、飄々とした「名探偵」石動戯作(いするぎぎさく)の推理法や、作中に挿入される奇妙な「(俳)句会」等の様子も相俟って、「伝奇ミステリ」のお約束の徹底した「ずらし」が模索されている。そして明かされた真相は、いずれも何かしらの逆説を孕んだものだった。

〈石動戯作〉シリーズの第二作『黒い仏』(二〇〇一)では、「伝奇ミステリ」に伴う超常的要素が実在するものであることを前提に、驚くほど荒唐無稽な真相が提示される。すなわち『黒い仏』では、H・P・ラヴクラフトらの作品をもとにオーガスト・ダーレスらが本格的に体系化した「クトゥルフ神話」に登場する異形の妖魔たちが登場人物に化身して事件を引き起こしていたというのが、解決編において読者に提示されるのだ。

ただし、探偵役の石動戯作の推理が的外れでありながらも首尾一貫した論理に基づいていたため、妖魔たちは秘術を駆使し、後づけで石動戯作の推理が正しくなるように演出する。それはあたかも、妖魔たちが石動戯作に付き従っているような印象すら与えるものとなっている。『黒い仏』は『絡新婦の理』のような「操り」に焦点を当てたミステリのパロディにもなっているのだ。

加えて『黒い仏』は、『火刑法廷』のように、巧妙な構成のうえで超自然的展開に説得力を持たせるのではなく、『黒い仏』におけるホラー要素としての「クトゥルフ神話」が、モンティ・パイソンを思わせる一種の脱力系ギャグとして採用されている。殊能将之は、ラヴクラフトの世界を「特殊設定ミステリ」として提示することをよしとしなかった。

翌年の『樒(しきみ)/榁(むろ)』(二〇〇二年)と題された小品では、より「伝奇ミステリ」の内実に沿った形で、こうした解体作業が行われる。『樒/榁』は、講談社ノベルズの密室本企画の一環として企画された小説であり、単行本にして一四〇ページ程度の小品だ(後に先行作にあたる『鏡の中は日曜日』(二〇〇一年)とのカップリングという形で文庫化された)。

「樒」パート(前半部)と「榁」パート(後半部)から成り立っているこの作品は、タイトルから「木へん」を抜いたら「密室」となるように、密室トリックを主題とした作品である。作中では天狗伝説に絡め、一六年の時を隔てた二つの密室が描かれるものの、一つ目の密室では人死にが出るものの犯人は存在せず(真相は事故)、二つ目の密室は、関係者が一六年前の事件を念頭に置くことを前提としたうえで、殺される者が存在しない(真相は器物破損の隠蔽)というものである。いずれも「密室」という、ミステリ読者のロマンを誘う空間をでっち上げながらも、「密室」の過剰な人工性を嘲笑うかのような脱臼が組み込まれていたというわけだ。

　しかしながら『樒／榁』は、「伝奇ミステリ」としても興味深い試みをなしている。それは、舞台の近隣に位置する雲井御所への参拝の様子をはじめ、随所に差し込まれた「魔王」崇徳上皇についての記述である。「死者が生者を動かす」という観点から、「死者の魔が支配する歴史」を描き出そうとする谷川健一『魔の系譜』（一九八四年）を参照すれば、一二世紀、保元の乱に破れて讃岐へ流刑となり、当地で憤死したという崇徳上皇と天狗伝説が、少なくない因果を有していることがわかる。

　民俗学者の谷川健一は、南蛮渡来の宣教師たちが、天狗をキリスト教の「悪魔」として翻案することで、天狗という存在がいわば日本の「魔」として、歴史的な普遍性を有したものとみなされていたことを明るみに出した。だが『樒／榁』において、第一の密室で被害者を死に至らしめた「天狗の斧」は、「天狗原人のふるさと」なる怪しげな町おこしのシンボルとして使われてしまい、崇徳上皇の前ふりは、落語の「崇徳院」の落ちに結びつけるために召喚されたことすら、明らかになる。

　つまり天狗伝説も、天狗伝説と結びついた崇徳上皇の逸話も、超自然の存在を明るみに出すようには機能せず、登場人物ならびに読者を脱力させるための壮大な「ネタ」にすぎなかったのだ。この寄る辺ない脱力感は、犯人なき密室と被害者なき密室に象徴される「空の函（はこ）」のイメージにぴたりと符合する。『樒／榁』は、「伝奇ミステリ」を成り立たせる最も原理的な部分、ミステリ要素もホラー要素も、それぞれが一つの様式、所詮は「空の函」にすぎないということを、極めて即物的に描き出した。

　京極夏彦の『魍魎の匣』は、竹本健治の『匣の中の失楽』（一九七八年）が描いた「宇宙」としての「密室」を「伝奇ミステリ」の手法でバロック的に再現した大作だったが、殊能将之の『樒／榁』では、「宇宙」としての「密室」は、ただ、人知の及ばない場所へ棚上げされることになった。そこでは、『薔薇の名前』が描き出した同時代性が前景化するあまり、「伝奇」的要素の屋台骨そのものが解体されてしまっている。そして現在の殊能将之は、この「空の函」を前に苦闘しているように見える。〈石動戯作〉シリーズの第五作――マイクル・ムアコックのヒロイック・ファンタジー「永遠の戦士（エターナル・チャンピオン）」シリーズの設定を解体させた驚異の「バカミス」でもある――『キマイラの新しい城』（二〇〇四年）においては、「伝奇ミステリ」の延長線上にある「特殊設定ミステリ」の枠組みそのものですら、綺麗さっぱり解体させられてしまっていた。

　このような〈石動戯作〉シリーズの試みを、いわばウルトラバロック化したはるかに商業的な形で推し進めたのが『美濃牛』の発刊年と同じ二〇〇〇年から放映が開始された、堤幸彦監督のテレビドラマ『ＴＲＩＣＫ』だろう。

　『ＴＲＩＣＫ』は、今まで見てきたような「新本格」以後の「伝奇ミステリ」の諸要素を雑多に詰め込んだ作品であるとともに、ＴＶシリーズや映画の大ヒットにより、最も広範に渡る受容者を獲得した二〇〇〇年代以降の「伝奇ミステリ」となっている。

一九九二年にスタートした、コミックの『金田一少年の事件簿』シリーズ（本書所収の書評を参照）など、「伝奇ミステリ」的要素を有した作品は、むしろ小説外において数多く見られた。二〇〇〇年代においては、意匠としての「伝奇」を用いたミステリ風のエンターテインメント作品が数多く発表されている。「本格ミステリ」の手法をそのままデジタルゲームで再現した『かまいたちの夜2 監獄島のわらべ唄』（二〇〇二年）は、『かまいたちの夜』（一九九四年）の続編として話題を集め、前作の脚本を担当した我孫子武丸に加え、SF作家の田中啓文と牧野修がシナリオ執筆に参加し、作品世界をより重層的に演出したものの、「本格ミステリ」としての凝集性が薄れた感は否めなかった。このようなミステリ風の作品の中でもデジタルゲームとして発表され、後に映画にもなった『SIREN』シリーズ（二〇〇三年〜）は注目に値するが、本作を分析するためには「本格ミステリ」という概念と、近年のルドロジー（ゲーム・スタディーズ）の発展によって検討された「ゲーム」という概念の摺り合わせが必要不可欠であり、また「伝奇ミステリ」をゲームとして扱った嚆矢である思緒雄二（日本で最初期にロールプレイングゲームや大規模ネットワークゲームをデザインした、門倉直人の別名義）のゲームブック『送り雛は瑠璃色の』（一九九〇年）なども考慮に入れる必要があるので、ここでは深入りしない（*17）。

さて、その『TRICK』は、仲間由紀恵演じる自称「超天才マジシャン」山田奈緒子と、阿部寛演じる「日本科学技術大学助教授（後に教授となる）」上田次郎が、次々と現れる怪しげな超能力者のトリックを暴いていくというのが基本的なストーリー・ラインとなっている。そこでは「霊能力者は実在するのか？」という問いかけが、しばしば重要なテーマとして提示されてきた。

視聴率が当初は一桁台であった第一シーズンにおいて『TRICK』は多少のおふざけこそあれども、「伝奇ミステリ」のまさしく王道をゆくような構成を見せていた。ところが、シーズン二以降の『TRICK』はパロディ色を強めながら奇抜な演出へと傾斜していく。上田次郎が作中で著した著書は、タイアップ本として発売され、演出も「伝奇ミステリ」という枠組みを得体のしれない力で吹っ切るような勢いを感じさせるものとなってきた。同時に、マンネリ化の兆しを見せ始めた物語展開には、先回りする形で随所で視聴者目線のツッコミが差し込まれ、登場人物への肉体的特徴への「いじり」がくどくどと反復される。

こうしたパロディとギャグの傾向が頂点に達したのは、おそらく二〇〇三年に放映されたシーズン三のうち、TVシリーズの『TRICK』最大の視聴率（一七・八％）を獲得したエピソード一「言霊で人を操る男」だろう。そこで犯人が信者を集めた小屋で行った「山を消す」消失トリックは、隠し場所もなさそうな大規模なクレーン車で小屋そのものを持ち上げたという現実的にはおよそありえない仕掛けに基づくものであり、すかさず「どこまでも手のかかることを！」とツッコミが入る。その後の展開も、キワモノの一言だ。だが、『ＴＲＩＣＫ』が繰り返し行うセルフ・パロディは、どことなく『キマイラの新しい城』が直面したデッド・エンドを彷彿させる。殊能将之が直面した「本格ミステリ」という形式に伴う袋小路と、マス・マーケットを前提としたがゆえにか『ＴＲＩＣＫ』が陥った自己模倣は、現代において「伝奇ミステリ」を描こうとした際に突き当たる壁という点で共通している。

7、仮構された神話――『隻眼の少女』『龍の寺の晒し首』

　自己模倣ということになれば、おそらく麻耶雄嵩は外せない。「第三の波」の代表的作家の一人とみなされている麻耶雄嵩は、デビュー長篇の『翼ある闇　メルカトル鮎最後の事件』（一九九一年）から、「本格ミステリ」という様式の自己模倣ともいうべき作品を書き続けてきた作家である。「本格ミステリ」のお約束を作品内へ全面的に取り入れながら、それを内部から解体してみせた。諸岡卓真は『翼ある闇』を詳細に論じ、作品内におけるホームズ役の木更津とワトスン役の菅彦が共謀して、事件の真相を言い当てた探偵のメルカトル鮎を殺害し、真相を捏造して読者へと提示することによって、作品内における「真実」の位相を完膚なきまでに破壊してみせたという解釈を披露した（「本格ミステリ殺人事件」（＊18））。

　ここで重要なのは、諸岡が自説を「ある程度の強度を持った新たな解決」としながらも、唯一絶対の正解と断じてはいないことだ。彼の語る「真相」は、諸岡を含めた熱心な読者に対して仕掛けられた解釈の遊び（深読み）としての「空白」の存在を明かし立てたものである。だが、そうした「空白」は、あくまでも閉鎖的なゲーム空間でのみ成立するものであり、その外へ飛び出すことはない。

　デビュー当初からデッド・エンドに直面していた麻耶雄嵩は、二〇年後に書いた『隻眼の少女』（二〇一〇年）では、どのような試みを行ったのか。『隻眼の少女』において、まず読者の眼を惹くのは、作品名にも採られている「御陵みかげ」という水干姿の少女探偵と、彼女が関係した二つの事件だろう。水干というおよそ浮世離れした「伝奇」的な装いを「正装であり、普段着」として身にまとった少女の意味合いは、「第一部　一九八五年・冬」と、「第二部・二〇〇三年・冬」において、まるで異なる存在として読者のもとへ提示される。

　『隻眼の少女』の冒頭では「スガル縁起・抄」と題され、作品の舞台となる栖苅村と、村を統治する琴折家の由来が語られている。この「スガル縁起」に描かれた、母と娘が神代の力をどのように継承するのかが、『隻眼の少女』では重要な主題となっている。島田荘司の作品をはじめ、小説冒頭に示された伝説が事件を暗示していたり、説話の形で歴史的背景を説明していたりするミステリは少なくない。近年では、島田荘司に師事し、「昭和の香りのするミステリ」を追い求める書き手として注目を集める小島正樹の『龍の寺の晒し首』(二〇一一年)が、「プロローグ」や幕間にて提示された馬頭伝説や龍の飛翔、寺にまつわる縁起話などが、それぞれパラフレーズされたうえで、トリックや犯人の動機と有機的に結びつく形で、終盤におけるどんでん返しの連続に説得力を持たせることに成功していた。ところが『龍の寺の晒し首』では、「伝奇」的設定が、徹頭徹尾、トリックを成立させるために奉仕する構造となっている。それは横溝正史的な「伝奇ミステリ」を、ひたすら奇形化させたようにすら見える。同様の問題が『隻眼の少女』にも当てはまるだろう。

『隻眼の少女』の第一部においては、伝承の内容が、作中の謎を解決するためのヒントどころが、ほぼそのまま犯人の動機にイコールなものとして解説される。それゆえ、娘ではなく妹を次の「スガル様」とするため、犯人は「鬼子母神」ですらなしえなかった、自らの子を三人も手にかけるという鬼畜の所業に手を染めたと断罪されるのだ。第二部ではその解釈が見事に裏返されるものの、最終的に提出される犯人像もやはり、ホワイダニットとしての説得力を根本から欠落させた動機に基づいた原理で不必要と思われる殺人を大量に発生させた犯人像である。「伝奇」的要素につきまとう不条理を皮肉ったかのような真相は、「本格ミステリ」を成立させるゲーム空間そのものの虚構性を浮き彫りにした。それは『黒い仏』の「クトゥルフ神話」の援用と同じ、単なる「ネタ」でしかない。「本格ミステリ」を成立させる要素は、そもそもが虚構性の強い「ネタ」である。『隻眼の少女』が描いているのは、そうした一種の開き直りだ。

『隻眼の少女』の物語は、二〇世紀における小説の原理的な構造変革を体現した「ヌーヴォー・ロマン」の最初期の作品であるアラン・ロブ=グリエ『消しゴム』(一九五三年)がオイディプス神話の構造に奉仕する仕組みになっていたのと同じように、その構造の多くは冒頭の「スガル縁起」へ回収されるようになっている。栖苅村、そして「スガル縁起」に起源を持つ「スガル教」は、千年の歴史をもつと作中には書かれている。にもかかわらず、その千年の裏付けとなるような民俗学的考証は、作中でほとんど記されていない。

『消しゴム』が、ギリシア悲劇を基体とすることで、文学の歴史の進展を体現したものだとすれば、『隻眼の少女』は「本格ミステリ」のご都合主義ででっち上げられた神話に回収される、いわば偽物を地で行く作品である。それは、物語を構成するご都合主義こそが「縁起」であり、「伝奇ミステリ」を構成する「伝承」なのだと、暗に主張しているかのようですらある。そして、「隻眼の美少女探偵」というキャラクター像を、最初から最後まで完膚なきまでに脱臼させようとする御陵みかげの存在が、その脱臼に拍車をかけている。

いわば『翼ある闇』が「本格ミステリ」のお約束につきまとう自己矛盾を内側に取り込んだものとすれば、『隻眼の少女』はその自己矛盾が一つの歴史となることを証立てたのだともいえるだろう。「本格ミステリ」という紛い物の神に仕える御陵みかげは、自身も真っ赤な偽物にほかならず、「伝奇」的要素はそのことを読者へ伝える媒介項として伝えるものとなっている。ただし、それが『TRICK』のような商業的な自己模倣の果ての息苦しさとは異なる「余裕」のような印象を残すのも、また事実であろう。ある意味、麻耶雄嵩の最新作『メルカトルかく語りき』(二〇一一年)は、この「余裕」をベテランの「余技」として再解釈したような作品であるといえる。

8、現代「伝奇ミステリ」の再構築——〈刀城言耶〉シリーズ

『隻眼の少女』が受賞した第一一回本格ミステリ大賞(二〇一一年)の前年にあたる第一〇回本格ミステリ大賞(二〇一〇年)では、現代の「伝奇ミステリ」の柱となる重要な作家の手になる作品が同賞を受賞している。それが、三津田信三の『水魑の如き沈むもの』(二〇〇九年)である。

「本格ミステリー・ワールド」の創刊(二〇〇七年)以来、小森健太朗、つずみ綾、二階堂黎人が選出する「読者に勧める黄金の本格ミステリ」を毎年のように受賞してきた三津田信三は、いうならば「本格ミステリ」の新たな王道として、極めて高い評価を得ている「伝奇ミステリ」だ。

殊能将之や麻耶雄嵩の小説群が、コンセプチュアルなあまりに論理を奇形化させ、それを作品世界にまで直接反映させているのに比べて、「変格探偵小説」作家・刀城言耶を探偵役とする一連の〈刀城言耶〉シリーズは、『隻眼の少女』が体現した「伝奇ミステリ」の袋小路を乗り越えるべく、シリーズ全体を壮大なサーガとして打ち立てようとするかのような、構築の意志に満ちた作品だ。

〈刀城言耶〉シリーズが評価されたのと同時期には、東北の貧困問題と横溝正史的「伝奇ミステリ」の様式、あるいはマタギ小説的冒険小説の様式を融合させようとした大村友貴美の『首挽村の殺人』(二〇〇七年)をはじめとした〈殺人〉三部作、あるいは脱格系の様式と「顔」の喪失の問題を「伝奇ミステリ」の方法論で融合させた望月守宮の『無貌伝』シリーズ(二〇〇九年)などが個性ある作品として注目された。あるいは近代ドイツ史研究者としての広汎な書誌学的見識を遺憾なく発揮した赤城毅の〈書物狩人〉シリーズ(二〇〇七年〜)等のアプローチも紀田順一郎の〈古本屋探偵〉シリーズやジョン・ダニングの『死の蔵書』(一九九二年)の雰囲気を引き継いだ「伝奇ミステリ」として異彩を放っている。しかしながら〈刀城言耶〉シリーズは、あくまでも「新本格」以後の文脈に則り、京極夏彦以来のスケールで「伝奇ミステリ」のまったく新たな様式を目指しているという点において、圧倒的に斬新な作品群だ。

編集者出身である三津田信三は、『黒い仏』出版と同年の二〇〇一年、『忌館　ホラー作家の住む家』でデビューした。その後、『作者不詳　ミステリ作家の読む本』、『蛇棺葬』（二〇〇三年）、『百蛇堂　怪談作家の語る話』（二〇〇三年）といった、作者と同名のホラー作家・三津田信三が活躍するシリーズで頭角を現した。このシリーズは、「迷宮草子」と呼ばれる（三津田信三の他の作品でも頻繁に言及される）同人雑誌を中心に、作者自身が巻き込まれる事件を描く、幾重にも込み入ったメタフィクショナルな構成を有している。笠井潔は、こうした作家シリーズから刀城言耶へ向かった作家の姿勢を、ラカン派哲学者スラヴォイ・ジジェクを援用する形で、次のように分析している。

> ラカンが主張するところでは、われわれは散文的で魅力の薄い現実から夢（字義的な意味でも比喩的な意味でも）に逃避するのではない。夢にあらわれる〈現実界〉の恐怖から逃れるため、平明な日常性という現実に逃避するのである。いわゆる現実とは、夢から逃れるために編み上げられた第二の夢にすぎない。
>
> 第一の夢（虚構）と第二の夢（現実）を反転させ、侵犯させ、浸透させるメタフィクションは、だから原理的に不徹底であり、「幻覚そのもの〈現実界〉から逃げようとする必死の企てにすぎない」。
>
> 作者が作中に登場するという基本設定を含め、それぞれにメタフィクション的な仕掛けを凝らした作家三部作の世界を、だから三津田は離れ、古典的な探偵小説形式に忠実ともいえる刀城連作に方向転換したのではないだろうか。たしかに探偵小説では、現実と虚構は奇妙な形でねじれている。ただし、このねじれは、ポストモダンなメタフィクションの発想をはるかに超えたものだ。（笠井潔「『作者不詳　ミステリ作家の読む本』解説」(*19)）

ここで笠井潔の言う「第一の夢」と「第二の夢」の「反転」というのは、興味深い指摘である。〈石動偽作〉シリーズや『隻眼の少女』が描き出したデッド・エンドを、三津田信三はすでに「メタフィクション」という形において、作家シリーズを書き継ぐことで通過していたことを示しているからだ。

そう考えたら、笠井潔の指摘する「古典的な探偵小説形式に忠実ともいえる刀城連作」への方向転換は、『薔薇の名前』以後の「伝奇ミステリ」が直面したデッド・エンドとは別の文脈で「伝奇ミステリ」を再構築しようとしたものだと捉えることができるのではないか。

〈刀城言耶〉シリーズの長篇群を『厭魅の如き憑くもの』（二〇〇六年）、『凶鳥の如き忌むもの』（二〇〇六年）、『首無の如き祟るもの』（二〇〇七年）、『山魔の如き嗤うもの』（二〇〇八年）、『水魑の如き沈むもの』『幽女の如き怨むもの』（二〇一二）

と並べてきた場合、まず気づくのは、巻を重ねるごとに、リーダビリティが向上していくことである。

しかしながら、よく言われるように、これは作者が書き慣れてきたというだけの話ではない。というのも、シリーズを一読した者であればすぐに気づく通りに、『隻眼の少女』が体現したような「伝奇ミステリ」の果ての果て、ともいうべき苦しみとは、まるで異なる垂直性を志向したものとなっているからだ。原書房で〈刀城言耶〉シリーズを担当していた編集者の石毛力哉は、『『厭魅』の初稿では、三津田さんはキャラクターから距離を置いていたんです。でも巻を重ねるごとに、周囲の人間関係も定まってきている感じがしますね」(＊20)と証言しているほどだ。このことは〈刀城言耶〉シリーズが、徐々にサーガとしての様相を呈してきたことに対する、またとない証左だろう。

具体的に名状したがき怪異の名を表題に示した〈刀城言耶〉シリーズは、否が応にも京極夏彦の〈百鬼夜行〉シリーズを連想させ、小松和彦の『憑霊信仰論』のように、共通した参考文献も使用されている。しかしながら、三津田信三のアプローチは京極夏彦のそれとはまったく異なる。京極夏彦が採用してきた民俗学文献の「主知主義」的な再構成という側面は、〈刀城言耶〉シリーズにはほとんど見られない。あくまでも、前近代的な因習の世界に入り込み、内側からその独特の内在的論理を「本格ミステリ」の様式で拡張することが目論まれているのだ。一種のテーマ・パークのように、読者が参加可能なものとして「器」が提示されている。

民俗学者の赤松啓介は、『非常民の民俗文化 生活民俗と差別昔話』(一九八六年)において、柳田國男のアプローチでは斬り込むことが難しかった差別された人たち、抑圧された性、階級意識の存在と社会への影響などを好んで主題として取り上げた。三津田信三は、赤松啓介のようにはっきりとしたメッセージ性をもって差別や性を描くことはしない。

彼は島田荘司が示したような本格コードを、単なる手垢のついたガジェットから、丁寧に一つ一つ切り離し、熟練した職人技のように、自らが設計した箱庭へと当てはめていく。そこで提示される「伝奇」的諸要素は、必ずしも現実社会と無縁なお約束の塊ではない。民俗学の伝統への敬意を忘れず、その精神を本格ミステリという土壌で再現しようという意欲に満ちている。

つまり、三津田信三は、何気ない観察者の眼からは往々にして覆い隠されてしまう因習を観念的に捉えるだけではなく、周辺の環境を含めジオラマのように再構築することで、舞台となる村落共同体の内在的論理を、見事に浮き彫りにしてみせたのだ。その方法論は、大村友貴美のような、現実世界の貧困に「伝奇ミステリ」を重ね合わせた際に浮かび上がってくる侘しさとは無縁のものだ。村落共同体独自の因習の内奥が、「本格ミステリ」としての遊戯性を維持されながら、磨かれぬいたトリックと結びつくことで、『薔薇の名前』以後の「伝奇ミステリ」

が直面してきた近代と前近代の対立軸へ、巧妙な「ずらし」がもたらされている。

デビュー作『厭魅の如き憑くもの』では、二つの旧家と神隠しが重要なモチーフとなっている。「さぎり」という名前を与えられた一連の女性たちが、カカシ様と呼ばれる祟り神と村の関係性を担保している。そして、カカシ様の視点という一種の虚焦点にトリックと叙述の様式を調和させた、眩惑的な語りの妙味により、「憑き物筋」にまつわる血で血を洗う因縁が、外部からの記録者・刀城言耶の介入によって相対化される。『凶鳥の如き忌むもの』では、あらゆる証拠を精査していった結果、近代人の立場からは理解と共感を徹底して拒むような、チベット密教独自の風習――すなわち鳥葬――の突き抜けた無常観が、作中へ奥行きを与えている。

『首無の如き祟るもの』では、ついに作中に、『作者不詳』等で重要な役割を果たす幻想文学同人誌「迷宮草子」が登場する。三津田信三の作家シリーズのメタフィクション性が、祟り神によって行われる陰惨な斬首という事件へ再帰的に織り込まれることで、物語の密度は圧倒的なまでの高まりを見せるのだ。『薔薇の名前』で描かれたような間テクスト性の問題を、三津田信三自身が描き続けてきたサーガの枠内で再考した作品とも読むことができるあろう。『山魔の如き嗤うもの』では、姥捨ての言い伝えが残る忌み山への侵入と金山騒動、さらには山岳漂泊民・山窩が絡み合い、シリーズで最も陰惨と思われる大量殺人が描かれる。そのカタストロフは、これまで抑制されてきた前近代的共同体の暗部が、生（き）のままの形で、一気に放出したかのようである。

『水魑の如き沈むもの』では、民俗学的知見がシリーズ随一に整理され、ダイアローグは軽妙さを増し、リーダビリティが段違いに増している。水霊信仰を基軸とする村における増水の儀式に伴う陰謀と惨劇が、島田荘司もかくやという立体トリックを軸に、地上と水中、双方のトリックを駆使する形で立体的に描写される。水魑信仰に伴う儀式描写の迫力はシリーズ随一だ。加えて『厭魅の如き憑くもの』で語られた「さぎり」の来歴が、太平洋戦争時代の満州にまで遡って描き出されることで、作品間の連関性は否応なく高まるとともに、高木彬光や西東登が試みたような近代の読み替えが、大胆にほのめかされることとなる。こうしたテクストの広がりと対になるものが、また「生贄」にまつわる動機の繊細にして衝撃的な真相だ。村落共同体の暗部を抉り出す動機づけは、それこそ赤松啓介が描き出そうとしていたような危険性に満ちている。

『幽女の如き怨むもの』では、（太平洋戦争の）戦前・戦中・戦後の三つの時代に、同じ場所にありながら違う名を持つ三つの遊郭を舞台に、「緋桜」の名を持つ花魁の、三代に渡る逸話が語られる。本作が何よりも圧倒的なのは、田舎の両親に売られて遊郭で男たちに自らの性を売ることを余儀なくされた女性たちの悲哀を、当事者の日記、遊郭の経営者の語り、取材にあたった第三者の記録という複数の切り口によって、多角的かつ多声的に映し出していることだろう。それは、単に「本格ミステリ」の領域で、性のあり方を正面から扱った、ということに留まらない。相通じる主題を扱った京極夏彦『絡新婦の理』のように、真犯人による「操り」へ回収されることもなく、批評家ガヤトリ・C・スピヴァクの言う「サバルタン」(*21)(支配集団への従属を余儀なくされた社会集団)の「声」なき「声」を浮かび上がらせるために必要不可欠な装置として、「伝奇ミステリ」の形式が採用されているのだ。最後に下される刀城言耶の解釈も、犯人を突き止めて裁きを下すというものではない。むしろ、刀城言耶の推理を通して見えるのは、近代の分裂症的な自我のあり方とも異なる、多面的な人間像だ。本作の様式は、近代という不定形の時代の影で蹂躙された者たちの生き様を、単線的な記述からは浮かび上がらせることのできない繊細な襞をも逃さずに、余すところなく映し出す、一つの鏡として機能する。「伝奇ミステリ」の近代批判と美学性は、遊女たちの悲劇を描いたこの『幽女の如き怨むもの』で、一つの達成を見たと宣言することすら可能だろう。

このように〈刀城言耶〉シリーズの長編を概観してみただけでも、「伝奇ミステリ」が追求した美学性と近代批判の枠組みが、徹底して形式内在的な形で追求されていることが垣間見えるだろう。三津田信三の試みを通じて思うのは、「伝奇ミステリ」という形式に則って連綿と書かれ続けていた伝統をごく自然な形で引き継ぎながら、コンセプトの暴走によるデッド・エンドの突入を巧妙に退け、軽やかに、かつ楽しげに作品世界を構築しえていることだ。それはある意味、〈百鬼夜行〉シリーズや『黒い仏』といった先駆的作品群の実験精神を、極めて実直な形で作中へ取り込もうとしたものかもしれない。そこに何ら苦悩が屈託がないとは思えないが、それらは様式の裏側へ軽やかに覆い尽くされている。

日本的な村落共同体にこだわり続ける三津田信三は、あくまでも「本格ミステリ」という形式の論理的厳密性に従うことで様式の力を最大限に引き出すとともに、茫洋として捉えがたいアニミズム的な感性を明確なモデルとして実体化させ、再構築しようとしているのではないかと考える。その試みが、いかなる新しい状況を切り拓くのか。おそらく、イデオロギーとは別の形で、これまで可視化されてこなかった何かが、立体性と彫塑性を兼ね備えた形で、私たちのもとへ顕現しつつあるのは確かだろう。これまでのミステリが目指したものが、厳格な様式に従った細密画(ミニアチュール)だったとしたら、温故知新という言葉を文字通り体現するがごとき三津田信三の仕事は、いわば一種のマニエリスム絵画、いや、マニエリスム的な様式が自走した結果生み出された、壮麗なる怪獣庭園と言えるのではないか。

三津田信三の怪獣庭園は、日本人の深奥に眠る不可侵の部分を、「本格ミステリ」という様式をもって現前させたものだ。島田荘司と笠井潔の対談に見られるとおり、三・一一東日本大震災以降の日本の状況を考えるには、近代の日本人が有してきた「頽落してきたアニミズム的感性」(「三・一一と本格」(*22))を、確固たるモデルとして把握し直す必要がある。

日本人のアニミズム的感性は、日本の精神と文化の隅から隅までを規定している。殊能将之の問題意識にも通じる作風を持ち、「伝奇ミステリ」の様式を内側から解体させたエリック・マコーマック『ミステリウム』(一九九三年)を翻訳した増田まもるは、「日本人の信仰の原点」として神道の原理を考察した「からっぽな宗教」において、神道のアニミズム性を推し進め、その本質を『中味がないこと』そのもの」だと言い切った。

> 神という人間の理解をこえたものが立ち現われるために、神社はからっぽでなければならず、それを維持するためにたえず掃き清められていなければならない。神道という宗教もまた、人間の理解をこえたものを受け入れるために、教義にあたる部分がからっぽで、ことばによる説明や意味づけを人間のさかしらとしてつねに排除しつづけなければならない。その一方で、そのからっぽさを守るために、表層をさまざまな儀式で飾ることはむしろ積極的に歓迎される。(……)
>
> これはかなり特異な宗教ではないだろうか？　人間は生きていくためにつねにまわりの環境を理解しようとしてきた。ことばであらわしたり意味をつけたりして、体系化しようとしてきた。そのもっともめざましい精華が科学であったといえるだろう。しかし、神道はそのような意味づけを拒絶する。教義にあたる部分をからっぽのままにしておくことに全力を注いできたといってもいいだろう。(「からっぽな宗教」(*23))

増田まもるは、こうした「特異な宗教」が生まれた背景に、理不尽極まりない自然災害に襲われ続けてきた日本人の心性を置いている。そして、あらゆる意味づけを拒否する自然を前にして、人間の「死」に意味を与え、せめてもの慰めをもたらそうと、日本人はさまざまな「儀式」を打ちたてたのだろうと論じるのだ。この「儀式」は、いわば空虚な伽藍にほかならず、「伝奇ミステリ」の様式性にぴたりと符合するものであり、三津田信三の作品は、その「儀式」性を丁寧にトレースしたものだと言うことができる。そして、そうした「儀式」性は、西洋の「一神教」の問題と対置されうるものだろう。

笠井潔は自分でも、ラカン派精神分析の方法論および西洋の一神教問題を、『吸血鬼と精神分析』(二〇一一年)の実作をもって考察したが、「伝奇ミステリ」を再構築する三津田信三の方法は、日本的風土の曖昧性を本格ミステリの形式をもって可視化してくれる。「伝奇ミステリ」は今後も書かれ続けていくだろうが、〈刀城言耶〉シリーズのような例外を除き、デッド・エンドへ至るか、拡散の一途をたどっているようにも見える。

それゆえ、今後必要とされる作業は、〈刀城言耶〉シリーズのような作品が達成した怪物庭園の、静謐にして異様なマニエリスム的要素のみを「本格ミステリ」へ再帰的に取り入れて満足するのではなく、「伝奇ミステリ」の新たな様式とみなし、ミステリの方法でしかなしえない表現の相(かたち)を幻視していく、自家撞着を越えた「第三の夢」を幻視する方法、コリン・ウィルソンの言葉を借りれば「夢見る力」を取り戻す作業となるのではないだろうか。

【脚注】

*1　たとえば、芦辺拓「飄々たるチャレンジャー三津田信三小論」『山魔の如き嗤うもの』、講談社文庫、二〇一一年、五六二頁を参照のこと。
*2　島田荘司「本格ミステリーは、いかなる思想を持つか」『21世紀本格宣言』所収、講談社文庫、二〇〇七年、一四頁。
*3　草稿段階および初出後における、読者の意見を参考にした。
*4　半村良「伝奇への意志」、「国文学　解釈と鑑賞」一九七五年三月臨時増刊号所収、至文堂。
*5　野崎六助『ミステリで読む現代日本』、青弓社、二〇一一年、七七頁。
*6　笠井潔「論理小説と物象の乱舞」、『探偵小説論Ⅱ　虚空の螺旋』、東京創元社、一九九八年。
*7　松田道弘『火刑法廷』解説、『火刑法廷』(旧訳)所収、ハヤカワ・ミステリ文庫、一九七六年、三三八頁。
*8　S・T・ジョシ『ジョン・ディクスン・カーの世界 怪奇・密室・そして歴史ロマン』、平野義久訳、創英社/三省堂書店、二〇〇五年、原著一九九〇年。
*9　塚原史「『薔薇の名前』論または記号論的ミステリーの不可能性について」、「早稲田大学法学会人文論集」、早稲田大学法学会、一九九二年。
*10　稲井手彰『聖アウスラ修道院の惨劇』解説、二階堂黎人『聖アウスラ修道院の惨劇』所収、講談社ノベルズ、一九九三年、四七二頁。
*11　笠井潔「偽史の想像力と「リアル」の変容」、『探偵小説は「セカイ」と遭遇した』所収、南雲堂、二〇〇八年。
*12　前掲書、一一〇頁。
*13　野崎六郎「京極夏彦は妖怪である」、『超絶ミステリの世界』所収、情報センター出版局、一九九八年、二二頁。
*14　小松和彦『憑霊信仰論』、講談社学術文庫、一九九四年、一一五頁。
*15　道尾秀介『背の眼』、幻冬舎文庫、下巻、二〇〇七年、三四六頁。
*16　蔓葉信博「学園の怪異」、「ジャーロ」二〇一一年夏号、光文社、一〇一頁。
*17　ゲームブックとミステリについては、ゲームブック作家フーゴ・ハルと筆者との共作「ゲームブック温故知新.「ブックゲーム」という冒険」(http://analoggamestudies.seesaa.net/article/246178978.html)で、基礎的な考察を行なった。
*18　諸岡卓真「本格ミステリ殺人事件」、『現代本格ミステリの研究』所収、北海道大学出版会、二〇一〇年。
*19　笠井潔『作者不詳　ミステリ作家の読む本』解説、三津田信三『作

者不詳　ミステリ作家の読む本』（下）所収、講談社文庫、二〇一〇年、四三八頁。

*20　三津田信三『首無の如き祟るもの』文庫刊行記念　三津田信三特集　杉江松恋・杉田修・担当編集者座談会「刀城言耶って、どんな人？」、「IN POCKET」二〇一〇年五月号、九頁。

*21　G・C・スピヴァク『サバルタンは語ることができるか』、上村忠男訳、みすず書房、一九九八年、原著一九八八年。

*22　笠井潔・島田荘司「三・一一と本格」『本格ミステリー・ワールド2012』、南雲堂、二〇一一年、一五七頁。

*23　増田まもる「からっぽな宗教」、「SF Prologue Wave　日本SF作家クラブ公認ネットマガジン」(http://prologuewave.com/archives/1641)、二〇一二年三月。

【主要参考文献】

（注釈に出典を記したものは除く。また、入手しやすい版を挙げた）

島田荘司『世紀本格宣言』、講談社文庫、二〇〇七年、原著二〇〇三年。

島田一男『古墳殺人事件』および『錦絵殺人事件』、扶桑社文庫（合本）、二〇〇二年、原著一九四八年／四九年。

千街晶之『幻視者のリアル　幻想ミステリの世界観』、東京創元社、二〇一一年。

高木彬光『帝国の死角（上）天皇の密使』、角川文庫、一九七八年、原著一九七一年。

高木彬光『帝国の死角（下）神々の黄昏』、角川文庫、一九七八年、原著一九七二年。

松本清張『Dの複合』、新潮社、一九七三年。

藤本泉『呪いの聖域』、旺文社文庫、一九八七年、原著一九七六年。

藤本泉『時をきざむ潮』、講談社文庫、一九八〇年、原著一九七七年。

ホレス・ウォルポール『オトラントの城』、千葉康樹ほか訳『オトラント城／崇高と美の起源』（英国十八世紀文学叢書）、二〇一二年、原著一七六四年。

E・T・A・ホフマン『砂男』、種村季弘訳『砂男　無気味なもの　種村季弘コレクション』、河出文庫、一九九五年、原著一八一七年。

エドガー・アラン・ポー「モルグ街の殺人」、巽孝之訳『モルグ街の殺人・黄金虫—ポー短編集〈2〉ミステリ編』、新潮文庫、二〇〇九年、原著一八四一年。

コナン・ドイル『バスカヴィル家の犬』、延原謙訳、一九五四年、原著一九〇二年。

ジョン・ディクスン・カー『火刑法廷』、加賀山卓朗訳、ハヤカワ・ミステリ文庫、二〇一一年、原著一九三七年。

横溝正史『本陣殺人事件』、角川文庫、一九七三年、原著一九四六年。

ランドル・ギャレット『魔術師が多すぎる』、皆藤幸蔵訳、ハヤカワ・ミステリ文庫、一九七七年、原著一九六六年。

米澤穂信『折れた竜骨』、東京創元社、二〇一〇年。

ウンベルト・エーコ『薔薇の名前』、河島英昭訳、上下巻、東京創元社、一九九〇年、原著一九八〇年。

エリス・ピーターズ『聖女の遺骨求む』、大出健訳、光文社文庫、二〇〇三年、原著一九七七年。

京極夏彦『姑獲鳥の夏』、講談社文庫、一九九八年、原著一九九四年。

京極夏彦『魍魎の匣』、講談社文庫、一九九九年、原著一九九五年。

京極夏彦『狂骨の夢』、講談社文庫、二〇〇〇年、原著一九九五年。
京極夏彦『鉄鼠の檻』、講談社文庫、二〇〇一年、原著一九九六年。
京極夏彦『絡新婦の理』、講談社文庫、二〇〇二年、原著一九九六年。
京極夏彦『塗仏の宴　宴の支度』、講談社文庫、二〇〇三年、原著一九九八年。
京極夏彦『塗仏の宴　宴の始末』、講談社文庫、二〇〇三年、原著一九九八年。
道尾秀介『骸の爪』、幻冬舎文庫、二〇〇九年、原著二〇〇六年。
道尾秀介『シャドウ』、創元推理文庫、二〇〇九年、原著二〇〇七年。
古泉迦十『火蛾』、講談社ノベルス、二〇〇〇年。
殊能将之『美濃牛』、講談社文庫、二〇〇三年、原著二〇〇〇年。
谷川健一『魔の系譜』、講談社学術文庫、一九八四年、原著一九七一年。
殊能将之『キマイラの新しい城』、講談社文庫、二〇〇七年、原著二〇〇四年。
コミック『金田一少年の事件簿』シリーズ、講談社、一九九二年〜。
TVドラマ『TRICK』シリーズ、テレビ朝日系列、二〇〇〇年〜。
テジタルゲーム『かまたいたちの夜2　監獄島のわらべ唄』、チュンソフト、
　二〇〇二年（プレイステーション2版）。
デジタルゲーム『SIREN』シリーズ、ソニーコンピュータエンタテイ
　ンメント、二〇〇三年〜。
道尾秀介『背の眼』、幻冬舎文庫（上下巻）、二〇〇七年、原著二〇〇五年。
殊能将之『黒い仏』、講談社文庫、二〇〇四年、原著二〇〇一年。
殊能将之『樒／榁』、講談社文庫『鏡の中は日曜日』所収、二〇〇五年、
　原著二〇〇二年。
思緒雄二『送り雛は瑠璃色の』、創土社、二〇〇三年、原著一九九〇年。
麻耶雄嵩『翼ある闇　メルカトル鮎最後の事件』、講談社ノベルズ新装版、
　二〇一二年、原著一九九一年。
麻耶雄嵩『隻眼の少女』、文藝春秋、二〇一〇年。
麻耶雄嵩『メルカトルかく語りき』講談社ノベルス、二〇一一年。
小島正樹『龍の寺の晒し首』、南雲堂、二〇一一年。
アラン・ロブ＝グリエ『消しゴム』、中村真一郎訳、河出書房新社モダン・
　クラシックス、一九七八年、原著一九五三年。
大村友貴美『首挽村の殺人』、角川文庫、二〇〇九年、原著二〇〇七年。
望月守宮『無貌伝』、講談社ノベルズ、二〇〇九年。
紀田順一郎『古本屋探偵の事件簿』、創元推理文庫、一九九一年。
ジョン・ダニング『死の蔵書』、宮脇孝雄訳、ハヤカワ・ミステリ文庫、
　一九九六年。
赤城毅『書物狩人』、講談社文庫、二〇一〇年、原著二〇〇七年。
三津田信三『厭魅の如き憑くもの』、講談社文庫、二〇〇九年、原著
　二〇〇六年。
三津田信三『凶鳥の如き忌むもの』、原書房、二〇〇七年、原著二〇〇六年。
三津田信三『首無の如き祟るもの』、講談社文庫、二〇一〇年、原著
　二〇〇七年。
三津田信三『山魔の如き嗤うもの』、講談社文庫、二〇一一年、原著
　二〇〇八年。
三津田信三『水魑の如き沈むもの』、原書房、二〇〇九年。
三津田信三『幽女の如き怨むもの』、原書房、二〇一二年。
エリック・マコーマック『ミステリウム』、増田まもる訳、国書刊行会、
　二〇一一年。
笠井潔『吸血鬼と精神分析』、光文社、二〇一一年。

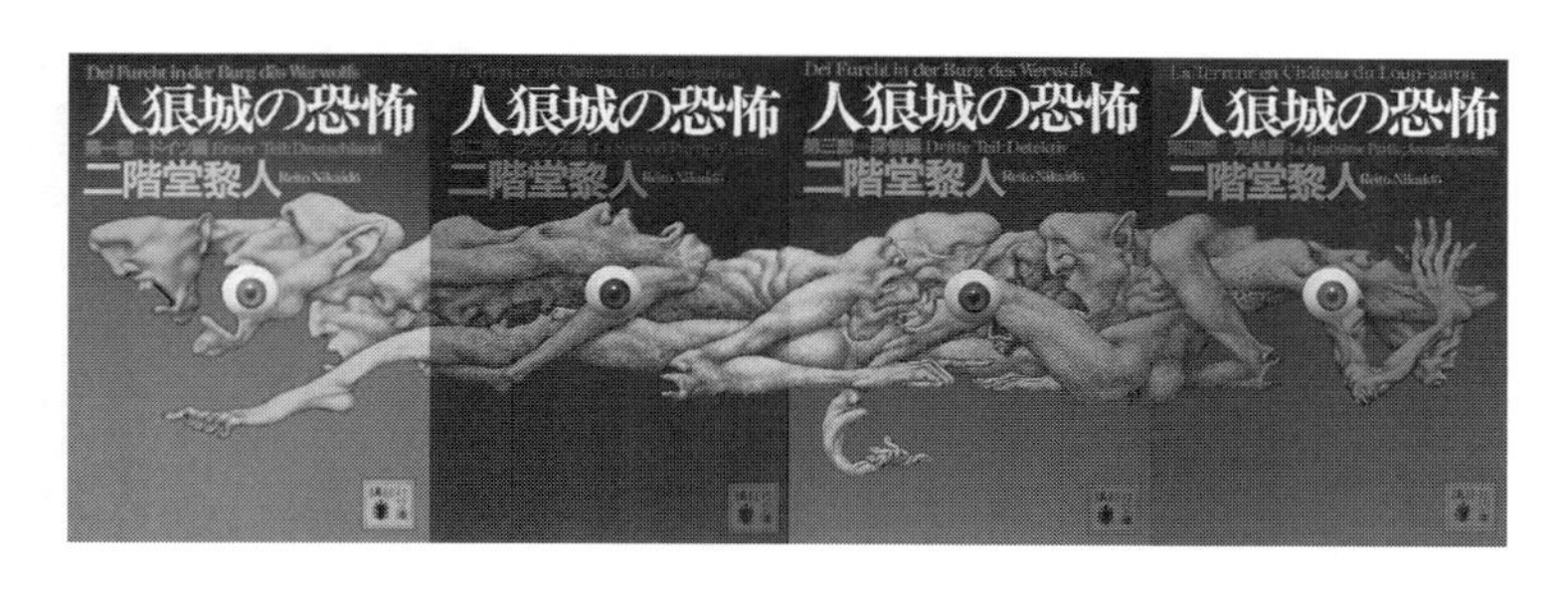

書評●二階堂黎人『人狼城の恐怖』

▼巨大化する「新本格」という器

四分冊、原稿用紙四〇〇〇枚に及ぶ世界最長の「本格ミステリ」であり、〈二階堂蘭子〉シリーズの第五作にあたる本作は、ライン河畔の二つの古城で起きた連続殺人事件を、ドイツ側とフランス側、双方の視点から綿密に描くものだ。独仏の国境に位置する地政学的な盲点を軸に演出された壮大な「第三の城」のトリックと、ナチス・ドイツから中世に遡る「優生学」をベースにした「真の動機」が立体的に交錯するさまは、ひたすら読者を唖然とさせる。綾辻行人の〈館〉シリーズが、現実から切り離された謎解き（パズラー）のための空間を毎回趣向を変えて繰り出したもの言えるが、本作は愚直なまでに「新本格」の「器」性を巨大化させた。巨大化によってルール違反すれすれの偽史的真相を大ネタとして盛り込むことができた反面、土台にあるヨーロッパ精神史の暗部はメロドラマとして過剰に単純化されてしまう結果となった。「新本格」という「器」がどこまで拡張可能かを体現した問題作である。

（一九九六〜九八年／講談社）

書評●天樹征丸・金成陽三郎・さとうふみや

『金田一少年の事件簿』

▼「新本格」の論理を視覚化したコミック

一九八〇年代以降に生まれた世代の多くは、本作との邂逅こそが、「本格ミステリ」に開眼する契機となったのではないだろうか。本作および青山剛昌『名探偵コナン』は、およそ活字メディアではなしえない規模の読者を「本格ミステリ」へと誘導した、「新本格」ブームを陰で支えた功労者とも言えるだろう。だが本作の真の意義は、「新本格」の虚構性溢れる舞台設定とドラマを、最も早い時期にヴィジュアルな情報として提示したことにほかならない。結果として、島田荘司の某作をはじめ、名作群との安直な類似性もまま見られたものの、手を変え品を変え繰り出されるクローズド・サークルの数々は、「新本格」の虚構性こそがむしろ「リアル」なのではというメッセージを投げかけ、オウム真理教と阪神大震災が世間を賑わせた一九九〇年代中盤の閉塞感を見事に反映するものとなった。近年、断続的に発表される新作は完全に「守り」に入ってしまっているが、大作「金田一少年の殺人」を含め、方法論的野心に満ちたエピソードも少なくない。(一九九二年〜/講談社)

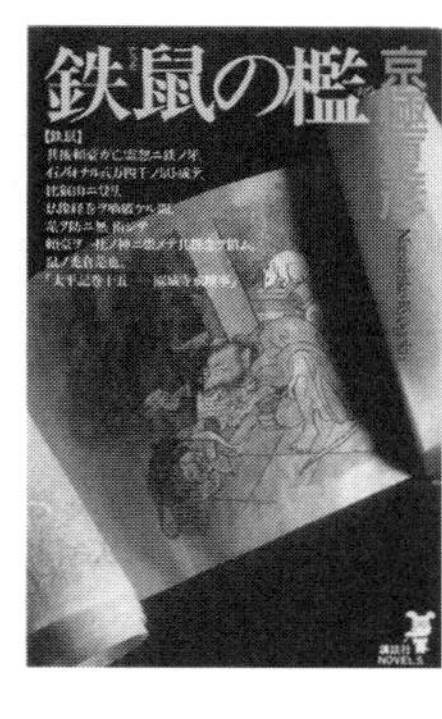

書評●京極夏彦『鉄鼠の檻』

▼禅の素養が速成インストール……される!?

〈百鬼夜行〉シリーズ第四作にして、京極夏彦の最高傑作。箱根山中の禅寺で起きた連続殺人事件の謎を探偵役の京極堂が解き明かす。この謎には禅の理論が密接に関わっているが、推理の過程で難解な禅理論は実に明晰に整理される。経済評論家の山形浩生は、啓蒙書『新教養主義宣言』で、禅の入門書として本作を評価したくらいだ。傑作「宗教ミステリ」である本作は、ウンベルト・エーコの『薔薇の名前』に対する極東からの応答として読むことができる。だが、本作はエーコのように人物や歴史背景を徹底して書き込む微笑ましい「愚直さ」が欠けており、あくまでも禅の枠組みを読者に提供するだけに留まっている。本作を読んだからといって『正法眼蔵』を理解したことにはならないのだ。「新本格」で散りばめられた衒学性(ペダントリー)は、人文的教養を若い読者へインストールさせるものとして機能したが、その際に行なわれた割り切りは、教養の伝達という観点からすると功罪併せ持つものだった。(一九九六年/講談社)

人工知能と「存在の環」

——浦賀和宏『頭蓋骨の中の楽園』解説

二〇世紀も終わりを迎えた一九九九年発表の『頭蓋骨の中の楽園』は、作家・浦賀和宏（一九七八年生まれ）の第三長篇である。十五年の時を経て、このたび文庫化と相成った。先んじて、デビュー作『記憶の果て』と第二作『時の鳥籠』（ともに一九九八年）が、講談社文庫に収められている（それぞれ上下巻）。これらの作品は、背景設定と主要登場人物を『頭蓋骨の中の楽園』と共有している。けれども本作は、前二作と大きく趣向を異にする。前二作が村上春樹の『海辺のカフカ』（二〇〇二年）を先取りしたがごときジャンルミックス的な作品だったのに比べ、本作は『記憶の果て』の語り手である「笑わない男」こと安藤直樹が、独自の論理を駆使し事件を解決する「本格ミステリ」になっているからだ。

事件の発端となったのは第一の殺人事件、女子大生・菅野香織が、通っていた大学の構内で首なし死体として発見されたことである。彼女は、本作の語り手である平凡な大学生の穂波英雄、そして安藤直樹のクラスメイトだった。彼らは冬休みに、安藤の幼なじみの飯島鉄雄を交え、湘南の海へ遊びに行くような仲でもあった。そこに、恋人を殺した犯人を探し出そうと躍起になるあまり事件の担当から外された田上刑事に協力を依頼され、穂波英雄や、その妹でミステリ好きの少女留美、英雄のクラスメイト・雨宮由紀夫らも、事件の謎に巻き込まれていく。ただし、田上は警視庁捜査一課の新米刑事で、性格も風体もまるで刑事らしくない。案の定、先輩刑事の増山常久らに足手まといだと思われ、恋人殺害の犯人探しではなくその兄・菅野肇の殺害事件の捜査に回されている状態だ。

間髪入れず起きる、第二の殺人事件。首なし死体として発見された被害者は、彼氏に捨てられたことが心の傷となっている少女・根本美佐江だった。彼女と女性同性愛の関係にあったボーイッシュな美少女藤崎由紀が、事件の鍵を握っているらしい。そして、由紀の夫である気鋭のミステリ作家・藤崎葵のヒット作『雪山屋敷の殺人』の被害者名が「カンノ」といい菅野香織と一致すること、また本作冒頭に配置された詩のような文章が藤崎由紀の手になるものだということが明らかになっていく。さらには、事件の一年以上前、藤崎葵の担当編集・二宮優樹が以前担当していた作家・小林英輝もまた、首を切断された死体として発見されたことも判明。妻の真由美が行なう、怪しげな告白。加えて、小林英輝が私淑していた久遠寺剛史もまた、首なし死体として発見された作家だった……。

だが、本作を「讃美歌Ⅰ」、「間奏曲」、「讃美歌Ⅱ」と、章立てられた順序に従う形で読み進めていき、解決編たる「天使祝詞」に踏み込んだ読者は、数々の首なし死体と、登場人物たちとを取り結ぶ関係性の糸が、悪意に満ちたインモラルな論理で織りなされていたことを知り、愕然とせざるをえないだろう。さらには、なぜ本作『頭蓋骨の中の楽園』がこのような結末に「飛躍」しなければならないのか、その意味するところについて、先行作をベースに考えていきたい。

【以降、『記憶の果て』、『時の鳥籠』、『頭蓋骨の中の楽園』の真相に触れています。気になる方は上記三作をお読みいただいたうえで、お進み下さい】

『記憶の果て』では安藤直樹が、原因不明の自殺を遂げた父のコンピュータに遺されていた仮想人格と思しき「裕子」との対話に没頭する様子が描かれていた。裕子は自分と同じく父の記憶を保持しており、電源を落としている時にも意識があるらしい。むろん彼女は肉体を持たず、そのメッセージはディスプレイに表示されるだけで、返事をするには内容をキーボードに打ち込まねばならない。その意味で裕子は、現実世界の直樹から截然と隔てられている。講談社ノベルズ版『記憶の果て』には京極夏彦が帯文を寄せたが、その京極夏彦を愛読していた作家・伊藤計劃のSF短編「From the Nothing, with Love.」（二〇〇八年）では、「例えるなら私は書物だ。いまこうして生起しつつあるテクストだ。私は以下の記述を生み出すよう育てられたアルゴリズムだ」と、自意識を持ったテクストによる一人称の語りが強調されたが、『記憶の果て』はあくまでも、裕子ではなく直樹の視点で書かれている。ゆえに裕子は人間というよりも「たまごっち」（一九九六年）のような、デジタルゲームの人工知能（AI）に近い存在として位置づけられている。

だが、十八歳の誕生日に「解放」されるはずの裕子が、意図せざる形で消滅したことの意味を直樹が悟る場面に顕著だが、意識のレベルにおいて人間とAIは、今や単純な二元論で区別できるような関係ではなくなっているのも、また事実だ。デジタルゲームにおけるAIの開発・研究を専門とする三宅陽一郎博士は、AIを「プレイヤーがこの場所に来たら飛びかかる」といった割り当てられた役割に忠実な「お化け屋敷型AI」と、自分で状況を認識し判断や行動を行なうことができる「自律型AI」に区分している（「人工知能は数学を理解できるのか」）。自律型AIとは、化身としての身体を保持したまま、自由意志をもって仮想空間を動き回ることができる存在だ。『頭蓋骨の中の楽園』での直樹は、人間味を排した無機質な存在として語られるが、一方、その裏で事件を貫く論理が何かを見極めようと、密かに自分の意志で行動もしている。実際、本作の発表と同時期の二〇〇〇年頃から、マサチューセッツ工科大学を中心に自律型AIの基礎研究が盛んになってきたという。その成果はゲーム産業において実践に移され、数々のヒット作にも取り入れられてきた。だから、この流れで裕子をお化け屋敷型AI、直樹を自律型AIとして理解することは、さほど牽強付会でもないだろう。現に「天使祝詞」では『記憶の果て』で父の同僚として脳科学を語った萩原が登場し、この地球がスーパーコンピュータで復元されたシミュレーションの世界であると「真相」を告げてくれる。直樹たちがいるのは、箱庭的なゲーム空間にほかならないというのだ。

三宅博士は先の「人工知能は数学を理解できるのか」で、「人工知能をプログラミングするということは、知性を一から構築するのではなく、世界にあるいろんな『もの』や『こと』を、人工知能が解釈できる形に直す作業」だと述べている。とりわけ自律型AIを表現するにあたっては、数式だけでは間に合わず、複雑な世界で身体を含んだ知能を実際に駆動させるために、「認知科学や心理学、生物学、生態学の分野が明らかにしてくれた基本認知と身体動作のプロセス」をプログラムする作業が必要になってくるからだ。もともと人間は、自分の五感や生体器官で捉えているだけの主観的な情報を通じてしか、世界を把握することがかなわない。想像や推理は、あくまでもその延長線上に設けられるもの。さらには、自分の身体状況の変化によっても、把捉できる世界の様態は異なってくる。このことはそのまま、自律型AIが直面している問題にほかならないのだ。こう考えると『記憶の果て』は、安藤直樹という白紙状態の自律型AIが、浅倉幸恵という他者に出逢うことで、その基本認知と身体動作を学習するプロセスを描いた寓話なのではないか、という仮説が浮かび上がってくる。

けれども、その過程で直樹はアイデンティティに対する揺らぎを経験し、また裕子の状況を想像することで、〈死〉を垣間見てしまった。だからこそ、自律型AI・直樹は、人間性の臨界点で離人症的な「痛み」を保持しながらも、連続殺人事件の内在的論理を察知するに必要な直観力を養うことができたのだろう。『記憶の果て』では、幸恵に再会することで、直樹は辛うじて〈死〉から〈生〉の側へと帰還することが可能になった。彼が「音楽とセックス」を愛するというのは、これらが幸恵によって与えられた〈生〉の希望と密接に繋がっているからだろう。だが一方、直樹にとって幸恵はまったくの他者なので、その苦しみは、直樹の主観ではとても語ることのできない類のものだった。だから彼は、自分と幸恵の断絶を象徴する〈死〉にも惹かれ続ける。このような経験を前提としなければ、『頭蓋骨の中の楽園』の屋台骨となる〝藤崎由紀が久遠寺剛史から、菅野香織が菅野肇から、根本美佐江が雨宮由紀夫から、それぞれ性的な虐待を受けていた〟という限りなく〈死〉に近いショッキングな真相について、直樹が推理できた理由を理解することはかなわないだろう。

一方、幸恵の世界は、萩原に「無限に続く階層の世界を繋げる為の」鍵と名指されていることからもわかるとおり、特権的な位置づけを与えられている。その存在論的な意味を描いたのが、『時の鳥籠』というテクストだ。『記憶の果て』を補完するものとして記された『時の鳥籠』が特徴的なのは、世界を来るべき滅亡から救うため、過去への時間旅行というSF的な手段が大々的に採用されていることだ。その時間旅行は、「天使祝詞」で、脳から情報を取り出してデジタル化することで可能になると、種明かしがなされる。この発想は、藤崎由紀が「この世界ではない、別の世界での復活」を目して菅野香織や根本美佐江の頭部を切断した動機とも、密接に結びついているものだ。

「でもね……過去には戻れるのよ……。でも、もし過去に戻って何をしても、絶対に歴史は変えられない。だって……歴史は宇宙が誕生してから滅びるまで、全部全部、映画のシナリオみたいに決まっているから……」
(中略)
「じゃあ……そのシナリオって、きっと神様が書いたんだろうね」(『時の鳥籠』)

歴史とは「神様が書いた不動のシナリオ」だから、書き換えることはかなわない。この悲観主義に向き合う営為が、『時の鳥籠』には書き込まれている。その構造を理解するためには、『頭蓋骨の中の楽園』の「讃美歌I」でエピグラフとして引用されている藤子・F・不二雄のSF短編「創世日記」(一九七九年)が役に立つだろう。同作は、平凡な中学三年生の少年が、見知らぬ男から「天地創造システム」という奇妙な装置を渡され、それを使って地球の「神様=創造主」となる話だが、そこでは〝少年が宇宙を創ったからこそ、彼や他の人類が生きる宇宙が今も存在することができている〟というパラドックスが思考実験の対象となっている。このような〝卵が先か、鶏が先か〟ともいうべき自己矛盾を内包した時間の構造を、SFでは「存在の環」と呼んでいる。こう考えれば、浅倉幸恵という存在を、安藤直樹の「主観的な世界」と、その外部にある「客観的な物の世界」を橋渡しする存在として描くことで、「存在の環」をめぐるディレンマに対峙することこそが、『時の鳥籠』が目指したものなのだと要約することができるだろう。

ゲームAIのアナロジーで考えれば、萩原とは他のAIよりも階層として上位に置かれ、流動的に変化するゲーム状況をその都度調整する役割を担った「メタAI」に相当するだろう。メタAIとして種明かしを行なう萩原の企図するところを安藤直樹が喝破したように「存在の環」の内側に留まることで歴史が終焉を迎えてしまうのであれば、未来はそのまま破滅を意味する。だから浅倉幸恵がいかなる位相にいるのかを見極め、「存在の環」の外部を描き出すことが、『記憶の果て』、『時の鳥籠』、『頭蓋骨の中の楽園』を総括する「天使祝詞」では求められてくる。これ以後、つまり浦賀和宏の「安藤直樹シリーズ」が「本格ミステリ」として書き継がれ、個々の作品のなかで明確な解決がなされなかった「残余」としての謎を、別の作品で形を変えて再登場させ、続刊が前作と親子関係というよりは養子縁組関係（アフィリエーション）にあるかのように続いていくのは、予測される未来を、停滞や過去の反復に終わらせないための配慮だろう。だから読者もまた、転回点（クリティカル・ポイント）たる『頭蓋骨の中の楽園』を他の作品との横断的連携関係（アフィリエーション）のもとで絶えず位置づけし直すことにより、「解放へとあなたを導く、音楽」（作中の小説『季節の模型』より）を獲得することができるに違いない。

新たな時代の〈ロゴスコード〉を求めて
——川上亮『人狼ゲーム BEAST SIDE』解説

本書『人狼ゲーム BEAST SIDE』（以下、『BEAST』）は、日本では『汝は人狼なりや?』*Are you a werewolf?* や『タブラの狼』*Lupus in Tabula* 等というタイトルで知られる著名なゲーム（以下、〈人狼〉）を題材にして書かれた小説であり、映画化や漫画化もされた前作『人狼ゲーム』（二〇一三）の続篇にあたる。とはいっても、ストーリーや登場人物は完全に独立したものとなっているので、前作を未読の方でも、本書を愉しむことは充分に可能だ。何より本書が素晴らしいのは、〈人狼〉のノベライズとしての完成度を高めることによって、高水準のミステリ（小説）ともなっていることだ。

ミステリというと多くの人は、「謎」が核に置かれた文学（フィクション）を想像するだろう。だからサスペンスやホラー等も、「謎」が重要な引きとなるのであれば、大枠としてのミステリに含まれる。では、続篇『BEAST』では、いかなる「謎」が核となっているか。一般的に〈人狼〉を遊ぶ参加者は、黒子としての司会者を除いて、村人側と人狼側に分かれる。視点人物である女子高生・樺山由佳（かばやまゆか）は、いったん村人として〈人狼〉を生き延びた過去があるらしく、今回は人狼側としてゲームに参戦することとなる。彼女は誰が人狼なのかをあらかじめ把握している。仲間の人狼たちも同じで、そこに「謎」はない。

つまり前作が犯人探し、ミステリ用語で言う〝Who done it?〟（フーダニット）の物語であったのに対し、『BEAST』は、〝How done it?〟（ハウダニット）（犯行の手口）に焦点を当てた作品に仕上がっている。由佳は退屈な日常に辟易しており、さりとて熱中できる何かを見出すこともできないでいる。それゆえ強制されたはずの殺人ゲームに嬉々として参加し、その場にこそ生きる手応えを見出すに至るのだ。〈人狼〉空間において、彼女は天性の連続殺人鬼（シリアルキラー）として振る舞う。一歩、ゲーム空間の外に出れば、ごく普通の女子高生に戻ってしまうがゆえ、彼女は殺すか殺されるかの刺激を、際限なく追い求めていく。彼女のような冷静な殺人鬼を語り手に据えたミステリは、通常ならば探偵が推理を通して間接的に浮上させるしかない犯人側の情報を、踏み込んだ形で提示することができる。それによって殺人の過程で見えてくるより大きな問題を「謎」として提示することも可能になるのだ。

この大きな問題へ向き合うには、ミステリの中核に位置する

「本格ミステリ」と呼ばれる分野での議論が役に立つ。「本格ミステリ」では、提示された「謎」を論理によって解明することが重視される。ミステリ作家・評論家の小森健太朗はここでの論理を、形式論理学で扱われるような〝狭義の論理〟と、倫理コードや社会規範までも含有する〝広義の論理〟とに区分し、後者を〈ロゴスコード〉と命名、社会の変動に伴い、作者―読者間の共通理解としての〈ロゴスコード〉も変遷していくとした（『探偵小説の様相論理学』、二〇一二）。小森は、本書と同じく〈人狼〉をモチーフとした米澤穂信の『インシテミル』（二〇〇七）について、犯人が多数決で決められることを「近代的な法制度のもとでは異常なやり方」で、「二〇世紀の名探偵は、犯人決定のプロセスを多数決に決して委ねたりしなかった」、つまり近代市民社会の法制度に基づいた〈ロゴスコード〉が、時代の変遷とともに半ば通用しなくなり、変容を余儀なくされたことを看取している。

そして『BEAST』は、この延長線上で考えられるべき作品だろう。これまで〈人狼〉をモチーフにした小説は少なからず書かれてきたが、『BEAST』ほど、そのゲーム・メカニズムを徹底的に描き尽くした小説は、ほかにない。思わぬ位置から共有者が現れる興奮、安全地帯にいるはずの仲間を切り捨てなければならない悔しさ等、〈人狼〉を遊んだ際に出くわすシチュエーションを的確に押さえながら、さらにその先をも描いている。著者の川上亮は、自らデザインした『キャット&チョコレート』（秋口ぎぐる名義、二〇一〇）で日本ボードゲーム大賞を受賞しているゲームのプロだ。『BEAST』では、その手腕が如何なく発揮され、参加者も、役職も、人狼の数も増え、複雑さを増したゲーム状況を明晰ながら緊迫感に満ちた筆致で伝えてくれる。単にルールをなぞっていくだけではなく、想定外のトラブルも起きるが、むしろ、そのトラブルを呑み込む形でストーリーは進行していく。死亡者が増えることは、そのまま推理の手掛かりが新たに生成されることを意味し、日常と転倒した外部をもたない場、異形のゲーム空間が強調される。その意味で、この小説の真の主役は、人狼たちを名目上の犯人として駆動させる、〈人狼〉というゲームのルール体系（システム）そのものなのではなかろうか。小説においてゲームが登場した時、それはしばしば、メタフィクショナルな構造への布石として用いられるが、むしろ『BEAST』はゲーム空間の冷酷さを際立たせることにより、〈ロゴスコード〉の変容をより先鋭的な形で表現しえている。

ミステリ的な〈ロゴスコード〉の変容と、〈人狼〉というゲーム・システム。両者の関係を考えるには、ゲームに関する浩瀚な理論書『ルールズ・オブ・プレイ　ゲームデザインの基礎』（二〇〇四）が役に立つ。著者のケイティ・サレンとエリック・ジマーマンは、〈魔法円（マジック・サークル）〉という術語を用いてゲームという場の社会的な性質を考察している。〈魔法円〉とは、歴史家のホイジンガが遊びを論じた古典『ホモ・ルーデンス』（一九三八）から採られたものだ。ホイジンガは非日常を演出し、外の現実世界から時間的・空間的に切り出されたものが遊びの場を構成していると考えたのである。

あらゆるゲームは固有の〈魔法円〉を設定するが、とりわけ〈人狼〉は人付き合い（ソーシャル）のゲームであるがゆえ、現実社会との境界は、より曖昧なものとなっている。こうした〈魔法円〉の性質にこそ『BEAST』が露わにした〈ロゴスコード〉の変容の意味を探るためのヒント、あるいは伝統ゲームであるはずの〈人狼〉が最新型のエンターテインメントとしてブームになった秘密が隠されている。Facebook や Twitter 等ソーシャル・メディアの浸透に伴う、他者とのコミュニケーション機会の拡大と、その反動たる「ネットいじめ」のようなトラブルの増加。こうした情報環境の劇的な変化は、〈人狼〉のプレイスタイルの多様性にも反映されている。事実、日本における〈人狼〉は、オンライン上で仮想のキャラクターを演じるRPGのようなスタイルが主であったが、近年は対面型パーティゲームとして生身の人間が参加する伝統的なスタイルが復活を遂げるとともに、新たな試みとして、演劇やリアル脱出ゲームとの融合や、二百人規模の参加者よりなる大イベントも催されるようになった。一方、フレッシュマンセミナーでの活用や、ロボット・エージェントを用いた言語・対話習得実験といった、教育目的での応用も模索されている。

ここから、いかなる未来が拓かれるのか。それを考えるためには、〈人狼〉の起原を、もう一度見直す必要があるだろう。

もとはヨーロッパやアメリカ、旧ソ連での伝統ゲームとして遅くとも一九六〇年代には遊ばれていたという説、一九八六年にソ連の心理学者 Dimitry Davidoff によって開発された『マフィア』*Mafia* というゲームを起原とする説等、その起原の設定は様々であるが、一つの源流として、遅くとも一九世紀にはプレイされていた Parlour Game と呼ばれるジャンルを見落とすことはできないだろう。これは、ヴィクトリア朝イングランドで上流階級の人々が、夕食後の余興として遊んでいた伝統ゲームの総称だ。カードを用いるものやボードを用いるもの等、色々あるが、そのなかには *Wink Murder* や *Murder in the Dark* といった、〈人狼〉にも通じる推理ゲームが含まれていた（*Parlour Games for Modern Families* ,written by Myfanwy Jones, 2012）。彼らはこうしたゲームを遊びながら、一方で、コナン・ドイルの『シャーロック・ホームズ』のような同時代のミステリを熱心に読んでいたのである。

やがて Parlour Game は英語圏、つまりアメリカやオーストラリアにも普及を見せたが、おそらくこの流れで、一九三〇年代のアメリカでは *Jury Box* なるゲームが発売され、Murder Mystery と呼ばれるゲーム・ジャンルの嚆矢となる。そして、奇しくもこの時期は、ミステリ黄金期、つまりエラリー・クイーンやジョン・ディクスン・カーといった現在でも熱狂的なファンを多数抱える巨匠たちに脂が乗っていた時代と重なっていた。

さてMurder Mysteryとは、参加者が、殺人事件の現場周辺にいた人物として設定されたキャラクターの役割を演じるゲームのことで、各々は論理的に謎を解き明かす探偵でもあり、同時に容疑者ともなっている。その代表作である『クルー（ド）』*Clue(do)*（一九四四）は、『殺人ゲームへの招待』CLUEというタイトルで一九八五年に映画化され、アメリカの作家スティーヴン・ミルハウザーによって「探偵ゲーム」*A Game of Clue*（一九九〇）という題で小説化もされている。前者は上映館ごとに三種の異なる結末が用意され、後者は内面描写や視点の工夫によってメタフィクショナルに世界の虚構性を浮き彫りにした。こう見ると、ゲームとミステリが、とりわけ一九世紀以降、互いの特性を活かす形で並走しつつ発展を遂げたという仮説も立てられるだろう。そもそも川上亮のデビュー作『並列バイオ』（二〇〇〇）はSFだが、ミステリ作家ジェイムズ・エルロイの『ホワイト・ジャズ』（日本語版）の文体に、深く影響を受けていた。ミステリへの敬愛の念を抱き続ける川上の最新作『BEAST』を読むという経験は、ミステリとゲームの双方を通じて過去を知り、新たな時代の〈ロゴスコード〉を探るという営為を意味するのだ。

※ Parlour GameやMurder Mysteryについてはゲームデザイナーの門倉直人氏に、〈人狼〉のゲーム性についてはベテラン〈人狼〉ファンの小春香子氏に、貴重な情報提供をいただいた。

黄昏詩華館に集いし者たち
——藤原月彦、北村秋子、吉川良太郎

「天球図獅子座のあたり血しぶけり」。これは歌人の藤原龍一郎（一九五二年〜）が、藤原月彦名義で「俳句研究」一九七五年二月号に発表した十五句「アルンハイム世襲領」のうちの一句であり、二〇一四年に刊行され広範な読者を集めた『リテラリーゴシック・イン・ジャパン』（高原英理編、ちくま文庫）所収の「藤原月彦三十三句」にも採られている。「三十三句」は月彦の句集『王権神授説』（一九七五年）および『貴腐』（一九八一年、ともに深夜叢書社）収録作を精選したものだが、底本の二冊はすでに稀覯書となっている。

> 擬前衛と亜伝統の跋扈する貧血質の俳壇史の封印を破瓜し、颯爽と躍り出た活目の新鋭の書き下ろし処女句集。異邦の海市アルンハイムを舞台に蒼ざめた廃嫡者の群れの演ずる感応と瀆神の冥福下りの劇。赤尾兜子氏主宰「渦」を城砦に青春の傲慢と衰弱の王権を断弦する熾天使の逸品二百顆

『王権神授説』の帯文である。月彦の作品に触れれば、このいかめしい惹句が決して大仰ではないことがよくわかる。燦然と煌めく反時代的な光彩。ポストモダンな饒舌とは縁遠い硬質さが、ヒロイック・ファンタジー（HF）的な反近代性をもって希求されている。田島淳は、『貴腐』に跋文を寄せている「中島梓＝栗本薫」の手になるHF論「語り終えざる物語」を援用し、近代国家が抱える諸矛盾を超克するための「選び取られた単純さ」を、ニーチェ的な「自然への回帰」や「力への意志」の文脈で捉え返している（「TH（トーキングヘッズ叢書）」№60、「岡田剛『十三番目の王子』書評」）。そうすることで、HFにおける「複雑な現実と地続き」の世界観を論じていた。このような世界認識は、惜しくも逝去したタニス・リーのHF『薔薇の血潮』（原著一九九〇年、創元推理文庫）等）を彷彿させるが、それに通じる月彦の句が「アルンハイム世襲領」と、「天動説」（十五句、「俳句研究」一九七三年十一月号）にある。

> 炎昼を硝子の馬とともに病み
> 世襲領兄の殉死を告げわたる
> 紋章の「大鴉」と幾何を憎みけり
> 鏡売り歩む陰画の旧市街
> 世紀果て近親婚の宴なほ
> 一族の血の切り札の裏ジャック

祖国亡ぶ予感に満ちて天動く

澁澤龍彦が夢見た、血とエロスに塗れた暗黒の中世ヨーロッパ。そして、反近代を希求し中世を追い求めることは、特定のイデオロギーに殉じる近代的な生き方を相対化する、政治的な態度表明でもあった。だからこそ、「罌粟果つとも王権神授説」という月彦の句に凄みが生まれる。俳人は早大文芸専修在学中に上梓した『王権神授説』の「後記」で「夢と夢とのあわいのかそかな覚醒の刹那、狂気のように襲ってくる言葉の奔流」に対し、「俳句形式というフレイの剣をとってたちむかい斬りむす」んだと書いている。その際に「飛び散った悪夢の破片」こそを、彼は俳句と呼称しているのだ。さながらマイクル・ムアコックの創造したアンチ・ヒーロー、血を啜る魔剣ストームブリンガーに翻弄されるメルニボネの皇子エルリックのごとき悲壮な決意と言えるだろう。

藤原が「貧血質の俳壇史の封印を破瓜」を試みたのは、自身が「早稲田戦線異常なし」(「短歌人」一九七三年八月号)で記したような、「かつてのように閉ざされた美の世界に盲目的にひたりきることはできない」という屈折を前提としていた。「転向や挫折などというカッコイイ言葉で敗北を意味づける」こと、「鉄パイプで乱打されうずくまる友の顔から流れる血」を審美的に捉えること、「鮮血のテロル」や「奴らを高く吊せ」といったシュプレヒコールを歌に入れ込んで肯ってしまうこと……。これらをすべて拒否したうえで、現在の「陰惨な状況」から「決して目をそらすことなく、できる限り真摯に対決して行く覚悟」を、月彦は貫こうとしたのだ。文字通りの「中世の秋やひとりのけものみち」。それは「言葉を喪い、歌のわかれ」が訪れる危険性と背中合わせだった。

かくて〝黄昏〟が訪れた。月彦の名と作品を捨て去った歌人・藤原龍一郎は、最新のインタビューで「俳人・藤原月彦は端的にいえば、塚本邦雄の韻文世界のエピゴーネンだった」、「今、それらの作品を読むと、若気の至りとしかいえない」と、否定的な総括を行なうに至っている(「黄昏の伴走者　藤原龍一郎インタビュー」、「共有結晶」Vol. 3、二〇一四)。それに先駆けて、梅津英世は「藤原龍一郎と藤原月彦」(「詩学」一九八九年十一月号)で、「固有名詞とその時の自分の心情表現によって、同時代の気分をすくいあげる」という龍一郎の奔放でポストモダンな〈居直り〉と「あれほど自己抑制に満ちた作品を産んだ」月彦を対比させ、〈火のごとき孤絶とは何?〉という原理的な問いを投げかけていた。

思い返せば、高原英理が『リテラリーゴシック~』に月彦の仕事を入れ込んだ背景に、「すでに一九八〇年代くらいから、耽美とか大ロマンとか美意識とか世界の敵とか、そういう言い方が恥ずかしくてならない人が増えてきた。さらに九〇年代末以後、「中二病」という言い方が(……)広く他者への揶揄・嘲笑の語として使われ始め、ゼロ年代後半あたりでは、卓越性や崇高といった発想はいずれも「自意識のこじれ」の結果としてただ恥ずべきものとなった」(「TH(トーキングヘッズ叢書)」№60、高原英理「カドゥケウスの杖13 作家が選ぶアンソロジーについて」)という状況認識があったのは間違いない。

藤原月彦を襲った〝黄昏〟。これを「転向」とみなすのは早計だろうが、その意味するところを考えるにあたって「黄昏詞華館」の双方向性(インタラクティヴィティ)が恰好のヒントを提供してくれる。「黄昏詞華館」とは「JUNE」および「小説JUNE」で連載されていた詩歌の読者投稿コーナーで、藤原月彦/龍一郎は選者をつとめていた。「JUNE」時代の「黄昏詞華館」については、白峰彩子が「「黄昏詞華館」のころ」(「ユリイカ」二〇一二年十二月号)に、読者の立場から興味深い回想録を寄せている。一方、雑誌の休刊やリニューアルで「黄昏詞華館」が消滅した後、新風舎の投稿雑誌「TILL(第二次)」への移行後の動向はほとんど触れられておらず、そこが不満だった。「黄昏詞華館」は「JUNE」から出発したが、そこだけで終わったものではない。また、私は高校時代「TILL」の投稿者で、当時の空気をよく知っていた。

「TILL」の発行元だった新風舎は、著者に出版費用を負担させる「共同企画出版」を事業のメインに据える出版社だったが、多額の負担金をめぐるトラブルや自転車操業的経営などがたたって、二〇〇八年に倒産した。が、「TILL」を刊行していた頃(一九九八~二〇〇〇年)の新風舎は、地味ながらも良心的に活動していた印象が強い。少なくとも、当時の空気を知っている私は、「TILL」が休刊してしまったからこそ、新風舎は〝割りきって〟なりふり構わず商業主義路線を突き進んでしまったのではないか、とすら考えてしまう。そんな「TILL」の紙面は、日比野克彦や平田オリザといった著名ゲストを迎えた記事で華やかさを演出しつつ、大半は活字の読者投稿から成り立っており、田舎の高校生には新鮮だった。

十六歳の私は「影と闇と光の狭間でただ一人奮闘を続けた大いなる男の叙事詩」という長い題の作品を書いてショートショートのコンテスト欄「短いのがお好き?」へ応募していた。すると二九二編のなかから、入選作として第一号の紙面に掲載された(のち、日本SF作家クラブ公認ネットマガジン「SF Prologue Wave」に再録、http://prologuewave.com/archives/2209)。選者の藤井青銅による「これには笑った。一発アイデアの作品なのだが、途中の書き込み方がいい。なぜにギリシア悲劇風なのか? そこがいいのだが。/ぼくの作風にも近い。が、ギリシア悲劇は思いつかないなぁ」という講評も添えられていた。初めて創作が商業誌に掲載されたことに気をよくした私は、時折、思い出したように投稿を続け、「消えた事件」が第三号「短いのがお好き?」の佳作、「ほんとうのおたから」が第五号の短編小説コンテスト「風の学校」(選者・水野麻里)佳作となった。きっと、こうした入選経験がなければ、自分が物書きになれるという確信はもてなかったろう。その意味で「TILL」は思い入れの深い媒体だったが、思い出されるのは自作よりも「黄昏詞華館」の衝撃である。

藤原は「黄昏詞華館」で、「つながりあった言葉と言葉の間に意味以上の衝撃力を生み出す」、「言葉の魔力の解放」することの必要性を説いていた。「詞華」という文句が塚本邦雄に由来するように、藤原はあくまでも、塚本や春日井建（『王権神授説』の帯裏には『春日井建選集』の宣伝がある）の美意識を普遍的なものだと考えており、その延長線上で選考も行なっていたようで、「JUNE」要素が露悪趣味的に強調されることはなかった。代わりに藤原が関心を寄せていたのは何よりも書き手の育成であり、一人挙げるならば北村秋子（一九六九年〜）だろう。北村は「TILL」第一号の「鳴かぬ猫」でいきなり「特選」に選ばれ、後に「第1回ティリエンナーレ」のグランプリを獲得する。全投稿者中のナンバーワンに輝いたわけだ。「鳴かぬ猫」を藤原は「主題は暗室の中での異形の愛」と分析し、「猫を愛人の比喩にするというのは、いくらでも前例があるのですが、鳴かない猫というイメージを造形しえたところに作者の想像力の勝利があるのです。ここには確かに言葉の魔力が乱舞しています。特にドギツイ単語がひとつも使われていないのに、どのフレーズも妖しく美しい輝きを放っている」との講評を添えている。

> この黒い髪を見ると／遠い昔に愛でられていた／猫のことを思い出すとおっしゃり／始終黙ってお側にひかえておりますのも／またお気に召すところであるようで／王子は私の事を／鳴かぬ猫とお呼び下さいます
> こうしてただ二人きりで／一日を過ごすようになってから／もう数えきれぬ月日が経っておりますが／それよりもずいぶん前から／私の喉は使い物にならなくなっており／お話のお相手すら出来ぬ役立たずを／寡黙さなのだろうと笑って／王子はお許し下さいます
> ここは深い地の底で／石の壁から水が静かにしたたり落ちて／わずかに震える気配のする時には／ようやく外が嵐であることを知るばかりで／王子は黙って私の側に居られます

「鳴かぬ猫」の前半である。固有名が排されながら、地下牢に閉じ込められた王子と侍女をめぐるゴシック的なイメージがどこまでも滑らかに彫琢されている。王子は、父、母、義弟の策謀に嵌められ、四つん這いにされて嘲笑を浴びせられた。この経験を王子は「雷」のアナロジーで理解しており、「あの時(注：雷の時）にお前が鳴かなくてよかった」と回想しながら、「鳴かぬ猫」の「膝によりかか」ったまま、「日の光のうつろい」など知ることもない永劫を、これからも二人きりで過ごすことが示唆されている。閉鎖的なモチーフだが、アマチュアにありがちな自己満足感がない。輪郭のはっきりした言葉で倒錯的なシチュエーションを切り取ることに成功している。澁澤龍彦に倣えば「もっと幾何学的精神を！」という渇望に応えた作品だ。北村は「ＴＩＬＬ」以前からの「黄昏詞華館」投稿者だったが、当時から彼女に憧れて同コーナーへの投稿を始めるフォロワーを出すなど、抜きん出た存在感を有していた。さらには、「ＴＩＬＬ」創刊前に藤原が企画した作品集『黄昏詞華館アンソロジー』（一九九七〜九八年）にも深く関わった書き手の一人だった。しかし「ＴＩＬＬ」参加以前と参加以後北村の作品を読み比べれば、藤原流に言うと「文章の結晶度」において、後者のほうが優れていると言わざるをえない。北村は「天人落」、「金輪」、「愛の夢」、「城」といった作品を「ＴＩＬＬ」誌上で発表していったが、説話的で硬質なイメージを少しずつ撹乱させる方法でその鋭角性を維持しながら、「現在の現代詩に接近する」かのように複雑性を増していくという技巧を発揮した。そして「ＴＩＬＬ」第八号（終刊号）では、「北村秋子という詩人はすでに完全に自立しています。詞華館を離れても、詩の前線で活躍できるでしょう」と絶賛されるに至る。が、二〇〇〇年代序盤以後、北村は沈黙を続けている。

きっと、様々な困難があったのだろう。しかし、ここは角度を変えて、月彦の遺伝子が、北村以外にも受け継がれたかを見てみたい。北村の影に隠れて目立たないが、実は「ＴＩＬＬ」創刊号の「黄昏詞華館」の佳作には、「掲載はできなかったけれど、魅力を感じさせてくれた作品」として、吉川良太郎「天窓のある牢獄」が言及されていた。これは、『ペロー・ザ・キャット全仕事』（二〇〇一年、徳間書店）で第二回日本ＳＦ新人賞を受賞し、近未来を舞台にしたサイバーパンク・ノワールや歴史を題材にした犀利な短編で知られる吉川良太郎の、デビュー前の仕事を意味している。吉川に取材を試みたところ、同作は「中井英夫の怪奇趣味を濃くしたような、ビジュアルイメージが優先された作品」だったが、手書き原稿だったので現存していないという。ただ、短編「青髭の城で」（井上雅彦編『Ｆの肖像　フランケンシュタインの幻想たち』、二〇一〇年、光文社文庫）における〈天使〉の描写に書いたことを反映させた、との証言を得た。そこで「青髭の城で」を繙いてみると……。

【アルケー】
天使の歌。銀の大鉢に寝かせたトルソー、白い喉、口腔にゆらめく小さな舌、手足はなく、ただ歌うための器官だけがある。細い鎖骨を指でなぞってみる。脳から出て鎖骨にそって走る神経はここで反転し喉に至る。生贄の喉を切り開き、プレラッティの示すまま、薄い貝殻のような器官が震えて声となることを知った驚きと不思議な得心。優しい海鳴りのような、この小さな貝殻の歌を懐かしむ。

オリンポスの昔から神に逆らうことは人の宿命であり、また栄光であろう。そして神に逆らう権利を持つ者がいる。いや――いた。その者のために、神に奪われた栄光を取り戻すために、地獄へ堕ちることこそわが栄光である。
……天使がふいに囁いたような気がした。
——本当に、左様でございましょうか？

流麗たる描写が鏤められ、確実に「黄昏詞華館」の精神が息づいていることがわかる。まさに『王権神授説』の「乱歩忌の劇中劇のみなごろし」。描写のみならず「青髭の城で」にはプロットに仕掛けが施されているからだ。これについては現物を読み驚いていただきたいのだが、挟まれたユイスマンス『大伽藍』を彷彿させるバロック的な描写は圧巻で、「TILL」での試みがこのように「継承」されていたことは嬉しい発見だった。吉川は、「時々帰省した時などに互いの詩を見せ合ったりしてた」新潟在住の女性に「TILL」のことを教えられ、「天窓のある牢獄」を書いたという。平準化された「エンターテインメント」や「現代詩」の範疇に収まりきらない、「感応と瀆神の冥福下り」を経た作品が、「鳴かぬ猫」や「天装のある牢獄」に限らず、他にも存在しているに違いない。「遠来を神々の計とおもふべし」（藤原月彦）。

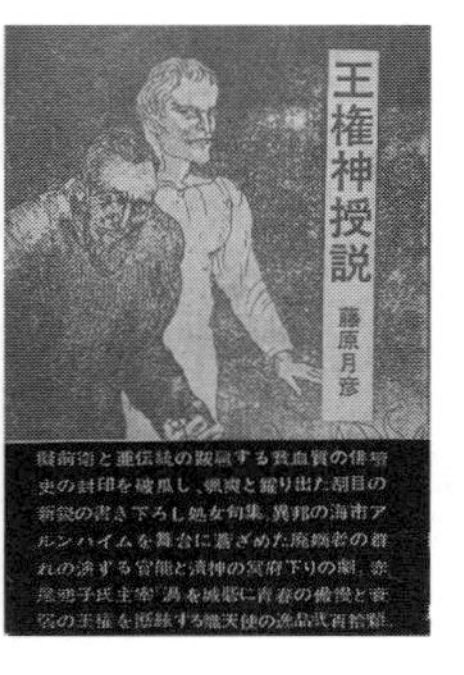

書評●生田耕作ほか

『「芸術」なぜ悪い――「バイロス画集事件」顛末記録』

▼劣情の刺激と表現としてのエロスを分かつ

「低俗と量産の時代に、敢えて問う誇り高き少数者の声」。神戸にあった生田耕作のプライベート・プレス・奢灞都館の出版理念である。同社を支えた生田かをるは二〇〇九年に没し事業は停止したが、目録のなかでも異彩を放つ本書は、美を擁護する者すべてが押さえておかねばならない闘争記である。

一九八〇年、ウィーンで活躍した画家フランツ・フォン・バイロス伯爵の画集(同社刊)が、わいせつ図画販売容疑で神奈川県警・横浜地検に摘発された。このとき耕作は一貫して、「ワイセツではなく芸術、芸術なぜ悪い」という姿勢を貫いたのだ。それで今度は〝ワイセツ擁護派〟からの糾弾を受けることともなったのであるが、本書にはその経緯が逐一まとめられている。現在、商業的二次元ポルノのセクシズムをめぐるゾーニングの是非と、国家権力による弾圧から芸術の自立性を擁護する必要性とが、複雑に混線した形での議論が続いている。鍛えられた審美眼を担保に、劣情の刺激と表現としてのエロスを分かつという生田耕作の戦略は、そこに風穴を開けるものとして、今でも充分通用する。(一九八一年/奢灞都館)

書評●作者不詳『女哲学者テレーズ』

▼旧弊な政治体制を覆さんとする、エロスという理性

露骨な性描写で読者の欲望に奉仕しつつ、教会や世俗権力、さらには宗教そのものを弾劾する政治的ポルノグラフィ。それが本書に代表される十八世紀「リベルタン小説」の特異性である。歴史家ロバート・ダーントンは『革命前夜の地下出版』で、本書のような「猥褻、反宗教あるいは治安攪乱的な書物」が「哲学書」と総称されたと指摘した。『閨房哲学』の執筆にあたって本書から強い影響を受けたサド侯爵は、本書を著したのはアルジャンス侯爵だと証言している。他方、自慰を描いた場面の類似から、『ダランベールの夢』のディドロが作者だと推定する説もある。いずれにせよ、「人は趣味によって逸楽を好み、理性によって哲学を愛する」というエピグラフが、口付けを交わしつつ勃起した男根を握らせる卑猥な挿絵と違和感なく同居する本書は、思想と性とが不可分だった啓蒙時代ならではの産物であろう。精密な機械としての身体と、逸脱する情念としての快楽。互いに矛盾する両者を結びつけて旧弊な政治体制を覆さんとするのは、エロスと呼ばれる理性なのだ。（関谷一彦訳／二〇一〇年／人文書院）

書評●作者不詳『ペピの体験』

▼ペドフィリア・ポルノのあらゆる要素を凝集

一九〇八年、私家版で秘密裡に刊行された本書は、原題を『ヨゼフィーネ・ムッツェンバッヒェル——あるウィーンの娼婦の身の上話』という。「一年に千二百人、三十年でおよそ三万三千人」という「ちょっとした一軍団くらいの」お客を相手にし、「全体として見れば、愛の行為なんてくだらないもの」と達観するに至った熟練の娼婦ペピが、五歳で性に目覚めた頃からローティーンでプロの〝たちんぼ〟になるまでの淫らな体験を回想するという内容だ。ペドフィリア・ポルノのあらゆる要素が凝集された傑作として、本国では今なお支持を集めている。著者は『子鹿のバンビ』の著者フェリックス・ザルテンと言われているが、私は『夢小説』を書いたアルトゥーア・シュニッツラー作者説を支持したい。ペピの造形は世紀末的ファム・ファタルを彷彿させるし、全体の構成を〈ヴィルヘルム・マイスター〉流ビルドゥングス・ロマンのパロディと読むこともできるからだ。長じてペピは高級娼婦にまで出世し、一八七三年ウィーン万博の時期に人気を集めたともいうが、シェーンラテルン小路をうろつく彼女に、他にもいただろう無数の「ペピ」を重ね合わせるのは難しくない。（足利光彦訳／一九七七年／富士見書房）

書評●ギョーム・アポリネール『一万一千本の鞭』

▼ポルノのお約束を突き詰めた末に振り切った傑作

一九〇七年の「秘密出版カタログ」に「G・A作」として登録され、以後、好事家の間で読み継がれてきた本書は、いみじくもルイ・アラゴンが看破したように、記号の組み合わせにすぎないポルノのお約束を、本書は突き詰めた末に振り切っている。ルーマニア太守の家系に生まれたプリンス・ヴィスベクはフランスかぶれで、パリジェンヌをものにすべくオリエント急行に乗り込む。行く先々では性の饗宴と、激しい流血騒ぎが勃発する次第なのだが、それらの装置によって強調されるのは、セルビア王国の五月クーデター（一九〇三年）や日露戦争（一九〇四年）といった、ユーラシア大陸を揺るがす大掛かりな社会動乱にほかならない。皮肉あふれるマゾヒスティックな結末は、虐殺の世紀の幕開けにおいて個人の担う美学がいかに卑小なのかを強烈に印象づけている。さすがはシュルレアリスムの発明者、二十世紀文学の出発点に定位されるべき傑作だ。古くから複数の訳者による仕事が存在するものの、角川文庫版を改訳して一九七〇年版あとがき（メトサン・モリニエ）を付した富士見ロマン文庫版を推したい。（須賀慣訳／一九八三年／富士見書房）

書評●ミシェル・ビュトール
『ポール・デルヴォーの絵の中の物語』

▼外へ開かれた、少女の寂しげな裸体や夜、死のイメージ

二〇一六年八月二四日、二十世紀文学の革新を担った「ヌーヴォー・ロマン」最後の生き残り、ミシェル・ビュトールの訃報が届いた。かつての前衛が、名実ともに歴史の領域へと移行してしまったわけだ。『ミラノ通り』、『心変わり』、『時間割』、『段階』と、全体小説を志向した初期四作を発表した後、ビュトールは狭義の小説から離れ、芸術ジャンルとメディアをまたいだ膨大かつ多様な作品を発表し続けてきた。五巻と一〇年をかけ、「引用」を通して人間の無意識を追求した『夢の物質（マチエール）』連作の第二巻に位置づけられる本作は、ほぼ同時期に出された『絵画のなかの言葉』と響き合う。けれども、同じくデルヴォーの挿画を小説の言葉で迷宮として冷徹に形象化した『幻影都市のトポロジー』（アラン・ロブ＝グリエ）とは異なり、ビュトールは少女の寂しげな裸体と夜、時間と死のイメージに、ジュール・ヴェルヌの『地底旅行』に顕著な動的にして冒険的モチーフを重ね書きさせていく。ロブ＝グリエが内へ沈潜したとすれば、ビュトールのテクストは外へと開かれている。（内山憲一訳／二〇一一年／朝日出版社）

書評●デヴィッド・マドセン『グノーシスの薔薇』

▼聖性と堕落、正統と異端の価値を鮮やかに転倒させる

ルネッサンス期のヴァチカン。男色に耽る教皇レオ10世、異端審問をめぐる壮絶な権謀術数、フリークショーでの猥雑な見世物、すべてを回想録に記録する「小人」のペッペ……本書は巧妙な語りをもって聖性と堕落、正統と異端の価値を鮮やかに転倒させてみせる。覆面作家マドセンが一九九五年に発表した処女作だが、反美学を徹底させた描写はすさまじく、口コミで評判が広がった。最近、世界初のマドセン論と称する批評が文芸誌に出たもののリサーチが甘いので、閑却された先行研究として批評文「神学者と震えるアヌス」(＊)が指摘した点を紹介したい。それは、自分が真に創造したのは「グノーシスの教えを奉じる小人」という特異なキャラクターのみだとマドセンが語った、ということ。グノーシス派の根本原理は、今ある世界が本来のものではないと捉えることにこそある。つまり、ペッペというフィルターが織り成す欠落を孕んだ世界像は、逆説的に歴史のリアリティを反映するために召喚されたものなのだ。ありきたりなエログロとは一線を画した、まさに現代の古典。(大久保譲訳／二〇〇四年／角川書店)

(＊) イギリスのリベラルな文芸誌 *New Statesman* の一九九七年六月二五日号、著者は文芸ジャーナリストの Suzi Feay。

書評●アラン・ロブ＝グリエ『快楽の漸進的横滑り』

▼エロスの美学と、挑発的に散りばめられたモチーフ

いわゆる「ヌーヴォー・ロマン」の旗手ロブ＝グリエが監督し、一九七四年に封切られた本作は日本では公開されず、本国でＤＶＤ化されても入ってくることはなかった。唯一日本語で読めるのは、シノプシス、撮影台本、採録コンテの三部によって、その世界を表現した本書であるが、世間が〝映画の脚本〟と聞いて連想するようなスタイルとは異質な書き方が採られ、独立したひとつの文学になっている。

映画と同じ照明のもとに監督の妻カトリーヌが撮影した写真が添えられた記述の多くは、女優アニセ・アルヴィナとオルガ・ジョルジュ＝ピコの美しい裸体で、性的な絡みを示唆している。筋の通ったエロスの美学に貫かれていながら、奴隷や吸血鬼というモチーフ、挑発的に散りばめられた「瓶の破片、卵、青い靴、ベッド、赤い絵具、火、鋏、マネキン人形という《物体＝テーマ》は差異を孕んで反復し、視聴者のまなざしを解体させていく。女体を彷彿させる化粧台など、オブジェの存在感がすさまじい。ポルノ的なものを批評するならば、まずは向き合わねばならない問題作。（平岡篤頼訳／一九七七年／新潮社）

伊藤整『幽鬼の街』とその原罪

二〇一四年五月、『北の想像力　〈北海道文学〉と〈北海道SF〉をめぐる思索の旅』（寿郎社）という四百字原稿用紙に換算して二千枚にも及ぶ大著を編集・刊行した。同書は第三十五回日本SF大賞の最終候補作となり、また『SFが読みたい！　2015年版』（早川書房）で第八位にランクインした。いささか手前味噌だが、いずれもその年に刊行されたSF評論の分野で最も高く評価された恰好になる。「TH（トーキングヘッズ叢書）」No.59に詳細なレビューがあるので（レビュアー：田島淳）、あわせてご参照いただきたい。

商業出版の限界に挑戦した『北の想像力』。そのコンセプトは、「世界文学」と「地域文学」を越境し、文学とSFを分かつ境界を突き崩すために「スペキュレイティヴ・フィクション」という観点を再度、導入することにあった。こうした観点から、今号の特集「大正耽美」の「大正（～昭和初期）の耽美で華やか、だけど虚無的な空気感」というコンセプトに連動する作品として、伊藤整（一九〇五～六九年）の「幽鬼の街」（一九三七、昭和十二年）を概観していきたい。

「幽鬼の街」は北海道の小樽市を舞台にしている。当時の小樽は北海道でもっとも賑わいを見せるモダンな港町だった。現在、『定本荒巻義雄メタSF全集』（彩流社）の刊行に伴い、日本において自覚的に「スペキュレイティヴ・フィクション」を書いた先駆者として荒巻義雄（一九三三年～）の読み直し（リ・リーディング）が盛んになされている。荒巻も小樽の生まれで――『時の葦舟』の「石機械」や『カストロバルバ』の「トカゲタクシー」等――その代表作を生み出した原型的なイメージを、まさしくこの街にて培ったのだった。荒巻が小樽で過ごした時期は、ちょうど「幽鬼の街」が「文藝」に一挙掲載された時期と符号を見せている。

この事実はとても重要だ。荒巻の原体験が、「幽鬼の街」にも書き込まれていることを、意味するだろうからである。その「幽鬼の街」は雑誌版と単行本版のあいだでテクストに異同が見られ、初出時に添えられていた手書きの地図は、なぜか一九三九（昭和十四）年の単行本『街と村』（第一書房刊）では削除されており、また代表的な固有名詞が軒並み変更されてしまっている。「私」は伊藤ひとしから鵜藤つとむに、小林

★伊藤整『街と村』（第一書房版）、写真提供：川勝徳重

多喜二は大林瀧次に、里見弴は村見遁に、芥川龍之介は塵川辰之介に、北海屋ホテルは北洋ホテルに……といった具合に変わっているわけだ。講談社文芸文庫の『街と村　生物祭　イカルス失墜』をはじめ、現在、広く出回っているテクストは、いずれも第一書房版がベースになっている。そのため「街と村」の真髄を味わうには、初出誌を併読せねばならないのだが、幸い、当時の「文藝」が二〇一三年一月に不二出版から復刻されているので、参照はそこまで難しくない。

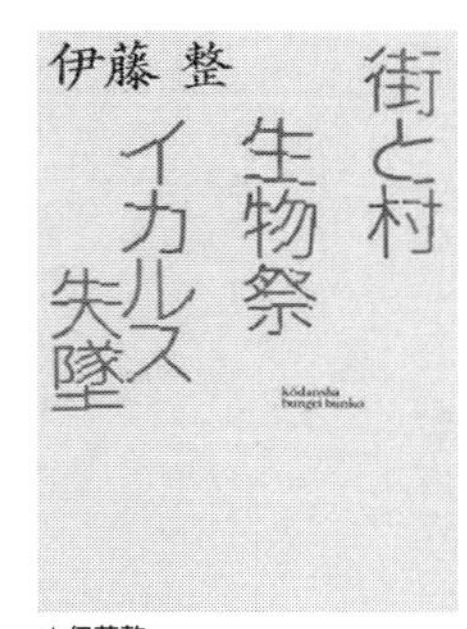

★伊藤整
『街と村 生物祭 イカルス失墜』
（講談社文芸文庫）

『北の想像力』刊行直後、私は「文藝」一九三七年八月号のコピーを片手に、「幽鬼の街」の主たる舞台であった小樽の中心部を実際に歩いてみた。むろん当時と今とでは、街並みは大きく変わっている。そもそも北海屋ホテルそのものが無くなってしまっているのだ。また、語られている小樽は、「私＝伊藤」が参加したという一九二七年、里見弴と芥川龍之介が小樽で講演した時点にまで遡行することができるし、後述するような奇怪きわまりないストーリー展開によって、時間的な対応性はみごとに撹乱されていまっている。

にもかかわらず、テクストから受けた印象と小樽という土地の精霊（ゲニウス・ロキ）には、不思議と相通ずるものがあるように思えてならなかった。研究者たちも同様の感覚を得ていたようで、地獄巡りに擬した「人間主義的地理学（ヒューマニスティック・ジオグラフィー）」から幻想世界が発動するという観点、「全域的空間」と「局所的空間」という異なる空間把握を絡み合わせて「私」が外界を把握する過程を描いたものだという観点、といった塩梅に、地理学的・認識論的に敷衍する形で理解しようと試みている。ここで彼らが着目するのは、その種のフィルターを通した記述に「列挙法」が用いられていることだ。

> 街の両側には、北海道名産アイヌのアツシ、熊の彫りもの、小樽市名所八景、手宮の古代文字とその因縁、樺太案内記、北千島漁場詳解、などの土産物を賣る店があり、〆二、丸正、角一などの大きな文字を硝子戸に書き記した旅館がならんでゐる。誰やら、もうこの街で古いこと見なれたやうな商人だとか、眼をそばだてる必要もないやうな中年の女たちなどが鋪道を歩いてゐる。

「幽鬼の街」の冒頭である。鋭敏な主観をもって、事物の取り合わせが事細かに描写される。列挙法を採用しているという意味で、ここはジェイムズ・ジョイス（一八八二～一九四一年）の『ユリシーズ』（一九一八～二二年）に対応するものとして論じられることがある。言うまでもなく、伊藤整は日本近代文学を代表する作家の一人だが、「北海道」という内国植民地に「風景的なあこがれ」を抱いているという意味で「北海道文学」の代表的な書き手としても理解されている。そんな彼にとって小樽は、「都会の原型」でもあった。

伊藤整は、もっとも早い時期に『ユリシーズ』を訳した者の一人としても文学史に名を残している。『ユリシーズ』とは「意識の流れ」という風にベタに心理主義的な形で翻案したと、その浅薄さをしばしば批判されることもあるが、「幽鬼の街」では表層的な理解が、かえってうまく機能しているようにも思われてならない。市内を流れる妙見川が「君はまるでリッフイー河畔のレオポルド・ブルウムのようなうれい顔をしてゐるじゃないか?」と挑発的な見立てを提示してくる場面がある。言うまでもなく「レオポルド・ブルウム」は『ユリシーズ』における主要人物の謂いだ。そして伊藤整が「キルケー」の章を「ヴァルプルギスの夜」として激賞したことからしても、二つのテクストの照応関係は自明だろう。

ケルトの民間伝承を起源とする「ヴァルプルギスの夜」(四月三十日か翌日)。この晩、魔女はサバトを行い、魔物が跳梁跋扈すると言われている。実際、「幽鬼の街」には、「私」が過去に臥所を共にし、妊娠させて捨てたと思われる女性の亡霊が魔女のイメージを仮託されつつ、複数登場するのである。

最初に「北海屋ホテルの暗い硝子戸」から現れる「眞白く白粉を塗つた女」百枝。彼女は話をしているうちに「私」を加害者だとなじり、それとともに、人間というよりも、むしろ仮面のように描写されるようになる。そして終いには、「彼女の眼は三角の形にひそめられ、頬骨の上に蒼白い鞣皮を張りつけたやうな顔は、その顔の下にもうひとつの顔があるのではないかと思はれるやうなものであつた。口が蛙のようにぱくぱく動いた」と描かれるようになるが、これでは怪物であっても人間とはいえない。まさに幽鬼だ。

続いて、共用便所の隣の大便所から「嗄れた女の声」が聞こえてくる。もはや名前すら与えられないわけだ。「――ここですよ、伊藤さん。私があれを始末したのは。この便所ですよ。小樽新聞に出てゐたでしょう。色内驛下の共同便所に……遺棄さる、つて。あなた見なかつた? 私はその暗い秘密を持つたまま死んだのよ。あなたのせゐですよ。」と語りかける女。彼女が堕胎された子どもともに「無限地獄」で「眼にも鼻にも口にも」子どもが来るのと訴えかけると、「何者とも知れない手」が「私」の着物の袖をつかみ、無限地獄へ引きずり下ろそうと企ててくる。

さらには、川面に映る「ゆり子」なる女の顔、「唇が眞赤で、橙色の顔」の女といった、断片化された特徴を基本とする亡霊が「私」にまとわりつき、異口同音に非難し嘲弄を浴びせてくる。「けふはね、僕を鬼どもが寄つてたかつて責めさいなむんだ」と、語り手は絶望的な心持ちとなってしまうが、幽鬼たちとの邂逅は、ひょっとすると物語が語られる以前の原罪意識を想起させ、強調する効果を生んでいるのではないか。

なぜ原罪なのか。それは幽鬼のなかに、キリスト教のイメージが付与された者がいるからだ。拓殖銀行の通用門に現れた小林多喜二の亡霊である。彼はオブローモフの研究のノートを回収するために銀行へやってきたとうそぶくが、たちまち様子が変わる。彼が「天狗山のむかふ」から来たと天空を指差せば、なんと「カルル・マルクス」がキリストのごとく降臨するのだ(!)。マルクスの放った煙のなかに小林多喜二と「私」は包みこまれ、「遥か下の谷」に無数の人間の姿を見ることとなる。そしてマルクスの『資本論』は、聖書のアナロジーで理解され、史的唯物論はひとつの宗教として語られてしまう。

この時、かつて聞いたこともない怖ろしい吶號が天地に轟きわたつた。喉音のはげしいこのドイツ訛りの吶號こそ、新らしき西洋の主カルル・マルクスその人のものであるにちがひなかつた。

——見よ、見よ、見よ、これこそは天地創造以来はじめての人類の創造なる十九世紀のユダヤ人によって述べられたる教なる唯物論による最後の審判である。最後の審判は、今より始まり、やがて無限の未來にまで續くものだ。見よ、これのみが人類最後の、そして………である。人は物に始まり、然して物に終る。

このような小林多喜二や(マルクスに対するものも含むと思しき)「戯画的な描写」は、中条百合子(宮本百合子)によって「歴史的重要さが求めているだけの批判をなしているとみずから承認されはしない」との批判を浴びせられた。けれども、いま読むと、マルクス主義的なイデオロギーを宗教の一部だと解釈する見方は陳腐でこそあれ、「西洋の主カルル・マルクス」とまで言いぬけて黙示録的な光景を描出する奇想の迫力には、思わず圧倒されてしまう。その体験を経てみれば、どう見ても本作は正統派の怪奇幻想小説なのにもかかわらず——むしろ対象の「歴史的重要さ」に慄いているかのように——モダンホラーのディシプリンを通してアプローチを試みた先行研究が(管見の及ぶ限り)まるで存在していないことに驚かされる。

「幽鬼の街」の英訳者は、むしろ『ユリシーズ』に代表されるモダニズム文学から引き離す形で、アリストファネスの戯曲『蛙』(紀元前四〇五年)との類似性を読み込んでみせた。この芝居もまた、地獄巡りの話でありながら現実世界を描いており、「冗談、ドタバタ、罵り」がふんだんに盛り込まれ、作中では「進歩派のエウリピデス」や「伝統派のアイスキュロス」が対話を繰り広げ、小林多喜二やマルクスや芥川龍之介の「河童」が挿入される「幽鬼の街」との比較もわからない話ではない。

片方にモダニズム文学を置き、もう片方に古典的な喜劇を置く。かような再地図化(リマッピング)の過程を通して、幽鬼たちの「皮膚が敗れて内蔵がどろどろと流れ出る」のを感じつつ、それが「私の首や胸に觸つて過ぎるのを感じた」との描写がなされる結末部を読み直してみれば、『ユリシーズ』に代表されるモダニズム文学にアンビバレントな感情を抱きつつ——古代ローマの修辞学者の「頭蓋骨」の奇想天外な遍歴を描いたボルヘス風のモダニズム短編「イビッド」を一九二七(もしくは二八)年に発表している——H・P・ラヴクラフト(一八九〇～一九三七年)、という固有名がクローズアップされてくる。というのも、ここでの幽鬼の描写は、ラヴクラフトの小説における名状しがたき怪物の描写を彷彿させずにはいられないからだ。著名な「インスマウスを覆う影」やその原型の一つ「故アーサー・ジャーミンの家系とその家系に関する真実」といったラヴクラフトの小説群では、異種混交性(ハイブリディティ)への嫌悪が作品の基盤を形作っている。

とりわけラヴクラフトがズィーリア・ビショップ名義で代作した「メドゥサの髪」(一九三〇年)は、語り手の息子がパリに渡った際に結婚した神秘的なフランス人女性マルセリーヌが、じつは「吸血鬼、ラミア」そのものの魔女であったことが徐々に判明し、たとえ彼女が息絶えてもその髪がひとりでに動いて人を殺す、といった内容の作品だった。この作品ではラストに、マルセリーヌが魔女だったのは彼女が「ごくかすかなものとはいえ」黒人の血を引いていたからだと暴露される衝撃的な場面がある(版によっては削除されている)。「メドゥサの髪」の構想ノートには、「物語の最後に用意されていた人種差別的な事実暴露が、クライマックスで恐怖を最高潮に盛り上げるために意図されたものであること」が明記されていた。恐怖の演出と、裏返しとしてのレイシズムは紙一重なのだ。

それは「幽鬼の街」において、「縮れた髪によってアイヌであることをみとがめられるというテーマが前景化」して、また「私」が「アイヌ」を母方の祖先にもっていたとわかったがゆえに内地(本州)への切符を売ってもらえない、といったエピソードが提示されることによっても確認することができるだろう。恐るべき話ではあるが、発表から八十年近く経ても、なお「幽鬼の街」が現代的なものとして読めてしまうのは、恐怖を通して私たちが内に秘めた「差異のレイシズム」を原罪として突きつけられてしまうからではないか。

【参考文献】(複数の初出があるものは最新版のみ記述した)

▼尾形大「現実と幻想の間——伊藤整「幽鬼の街」の構造——」、「文藝と批評」第10巻第2号、二〇〇五年。
▼岡本亮「「幽鬼の街」論—認識過程論序説—」、「愛知教育大学大学院国語研究」第八号、二〇〇〇年。
▼岡和田晃「〈世界内戦〉下の文芸時評　第1回　人を「笑いながら殺せと叫ばせる」もの」、「図書新聞」二〇一五年三月十四日号。
▼亀井秀雄『「幽鬼の街」の巡り合わせ』、ウェブサイト〈亀井秀雄の発言〉、二〇〇四年。
▼川口喬一『昭和初年の『ユリシーズ』』、みすず書房、二〇〇五年。
▼河原信義「「幽鬼の街」試論」、「学芸国語国文学」第三十号、一九九八年。

▼鈴木暁世『越境する想像力　日本近代文学とアイルランド』、大阪大学出版会、二〇一四年。
▼曾根博義編『未刊行著作集12　伊藤整』、白地社、一九九四年。
▼ウィリアム・タイラー「『幽鬼の街』を翻訳して」、『伊藤整生誕100年　市立小樽文学館特別展記念講演会・シンポジウム全記録』、二〇〇五年。
▼林和久「伊藤整とジョイス——都市小説としての「幽鬼の街」と『ユリシーズ』——」、「神戸女学院大学論集」第37巻第2号、一九九〇年。
▼S・T・ヨシほか『H・P・ラヴクラフト大事典』、森瀬繚監訳、岡和田晃ほか訳、エンターブレイン、二〇一二年。

★小樽の現在の街並み（2014年5月、撮影：岡和田晃）。なお、「幽鬼の街」で小林多喜二が出てくる拓殖銀行は、写真にはないが、小樽市指定建造物に指定されていた。

書評●C・M・ケリー『パンドラの少女』

▼ゾンビが席巻する世界の倫理をスリリングに描く

〈餓えた奴ら（ハングリーズ）〉と呼ばれるゾンビ化した人類に席捲され、約二十年が経過した近未来。遺された者らは打開策を求め、感染しても知能を失っていないかに見える〈餓えた奴ら〉の子どもを捕獲、軍事基地にて教育を与え、反応をデータとして収集していた。そうした子どもの一人メラニーは、優しい女教師の教育を経て知性を育む。だが、平穏は続かない。急襲を受けて基地は崩壊、メラニーらはあてのない逃避行を強いられる……。

終始スリリングな展開が続くが、死と隣り合わせの世界における倫理のあり方、ゾンビとの共生という主題を描き切ったところに、本作の意義はある。パロディにしなければうまく描けず、ロメロ御大からして二〇〇九年の『サバイバル・オブ・ザ・デッド』で大コケしたテーマであるが、背景設定や登場人物を絞り込むことで、アラを出さずに緊張感とSF的な大ネタを堅持することができたのだ。DCやマーベルのアメコミ原作にて鍛えた、〝スティーヴン・キング以後〟を担わんとするがごとき豪腕を見よ。映画版は二〇一六年に英語圏で公開された。トレイラーは必見だ。

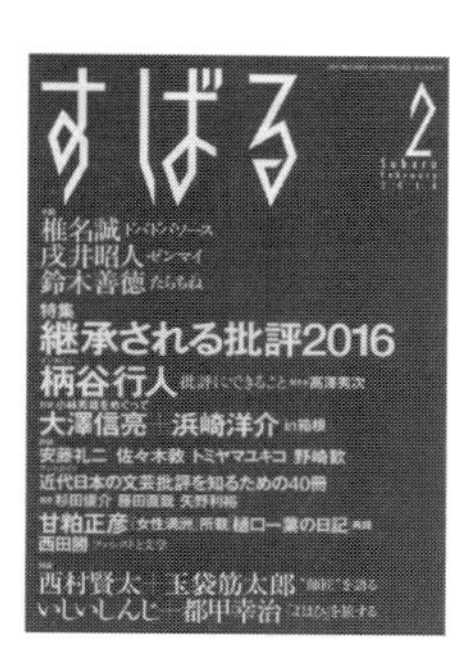

書評●戌井昭人「ゼンマイ」

▼ジプシー魔術団の女性に託されたゼンマイの箱

どこまでがホラでどこまでが実話かわからない、「昭和」の風景、ノスタルジック見世物小屋の記憶。とぼけた語りで、その記憶を追いかけた小説が「ゼンマイ」だ。

裏社会の片棒を担ぐチンピラからトラック一台で成り上がった老社長は、半世紀前の一九六七年、フランスの芸人たちを迎えた「ジプシー魔術団」なる興行の機材を運搬する仕事をしていた。曲者揃いの魔術団員のなかで、彼はハファと親密になる。「血を舐めたように赤くて艶かし」い舌をもつ褐色の肌の女性だ。魔除けになるからと、彼女に託されたゼンマイの箱。そのゼンマイが完全に止まってしまう前にハファに会いたいと、老人は語り手を巻き込み、モロッコへ飛ぶ……。

死者となった団員連中についての回想、むんむんする熱気が伝わる北アフリカの描写など、細部が魅力的なのはもとより、ジャンルレスながらページをめくらせてしまう、不思議な推進力を備えた作品。舞台の内でも外でも、ハファは身体を小さくすることができた。それが何を意味するのか、ラストで示される手紙を通して考えてみるのも一興だろう。(「すばる」二〇一六年二月号/集英社)

書評●レインボー祐太『サイドショー映画の世界』

▼映画で扱われたサイドショーを詳しく解説

レインボー祐太は一九八五年生まれの若いライターで、「TRASH-UP!」誌に「脱力ホラー映画」についての連載を持っている。戦前の大衆芸能への該博な知識で知られ、自虐ネタを入り混ぜたサービスたっぷりの文章芸と、根本敬や蛭子能収を「ヘタ」にしたようなイラストの破壊力。そんな無二のスタイルで、「西洋の安い見世物小屋全般」を扱った映画を五〇本も紹介した自費出版本である（模索舎にも並べられていた）。

映画で扱われるような、サイドショーの具体的な中身、コニーアイランドと浅草の比較文化論、名物興行師たちの生涯も解説され、少なくとも日本語では類書がない。うさんくささ抜群の興行師と芸人、インチキだとわかっていて騙される観客。この両者が織りなす、チープで祝祭的なカーニバル……その空間を追体験したい、という求道的な姿勢が貫かれていて、読後感はとても爽やか。なお、本誌今号に寄稿している川勝徳重との共同誌「怪奇（グロテスク）」創刊号（新宿ビデオマーケットにも並べられていた）のコラムでは、「サイドショーのインチキ見世物ベスト5」が綴られている。こちらから読むのも入りやすいだろう。（二〇一五年／個人誌）

H・P・ラヴクラフトと煉獄の徴候
——レ・ファニュ、ストーカー、アイリッシュ・ヴァンパイア

怪奇幻想文学評論の金字塔とも言うべきエッセイ「文学における超自然的恐怖」(1927)のなかで、H・P・ラヴクラフト(以下、HPL)はJ・S・レ・ファニュについて「ロマン的で、半ばゴシックで、ある程度まで道徳的な」傾向を一九世紀に浸透させた書き手として、軽く言及するに留めている。同じエッセイで、M・R・ジェイムズが四人の「近代の巨匠(モダン・マスターズ)」の一人として熱っぽく論じられるのとは雲泥の差だ。レ・ファニュは一八七三年に没したが、その後、ゆるやかに忘れ去られ、二十世紀に入ってからはジェイムズによって「再発見される迄、ほとんど忘却の淵に沈んでしまっていた」(室谷洋三「Joseph Sheridan Le Fanu序論」岡山大学教養部紀要　一九八〇)。レ・ファニュの強い感化のもとでジェイムズの「マグナス伯爵」(1904)が書かれ、同作が「チャールズ・デクスター・ウォード事件」(1927)や「クトゥルーの呼び声」(1928)といったHPLの小説に影響を与えたことを鑑みれば、いささか不可解な断絶ではなかろうか。

この問題を*Le Fanu Studies*誌の第六号(2011)で指摘したのはジム・ロックヒルである。彼の検証によれば、まず出逢いが悪かった。HPLが最初に読んだアンソロジーは、レ・ファニュと他の作家の小説が区別できない形で編纂されていたのである。傑作として名高い『墓地に建つ館』(1863)にも、ヴィクトリア朝小説に典型的な冗漫さしか見出だせなかったHPLであるが、一九三一年十一月二十日付のオーガスト・ダーレス宛の書簡で、唯一「緑茶」(1872)は気に入ったと書いている(*H. P. Lovecraft's Response to the Work of Joseph Sheridan Le Fanu*)。しばしば世界初のドラッグ小説とも称される「緑茶」では、形而上学的医学(メタフィジカル・メディシン)なる奇怪な理論や、スヴェーデンボリの神秘哲学が登場するのだが、結末部で表明された「幽霊幻覚」への所見を含め、これら疑似科学的な要素が、むしろ無神論を唱える宇宙的唯物論者(コズミック・マテリアリスト)たるHPLに感応する部分もあったのではないか。

「緑茶」と同じ作品集*In a Glass Darkly*に収められたレ・ファニュの『吸血鬼カーミラ』(1872)に刺激を受け、ブラム・ストーカーの『吸血鬼ドラキュラ』(1897)が書かれたという事実を思い出そう。精神分析からジェンダー・リーディングに至る批評理論の興隆によって、『吸血鬼ドラキュラ』というテクストは—

一九八〇年代後半からのポストコロニアル批評の枠組みに限っても――「辺境からメトロポリスへ攻め入る、逆行した侵略者」、「植民地として収奪されるアイルランドのカトリック貧農」、「アングロ・アイリッシュ（イングランド系とアイルランド系の混血）の不在地主」といった具合に、吸血鬼という表象に対してなされた解釈が他の解釈と両立しない、ゆらぎを孕んだテクストとして読み継がれてきた（桃尾美佳「夜明け前のヴァンパイア――Bram Stokerとアイルランド吸血鬼文学――」、《エール》第31号、二〇一二）。

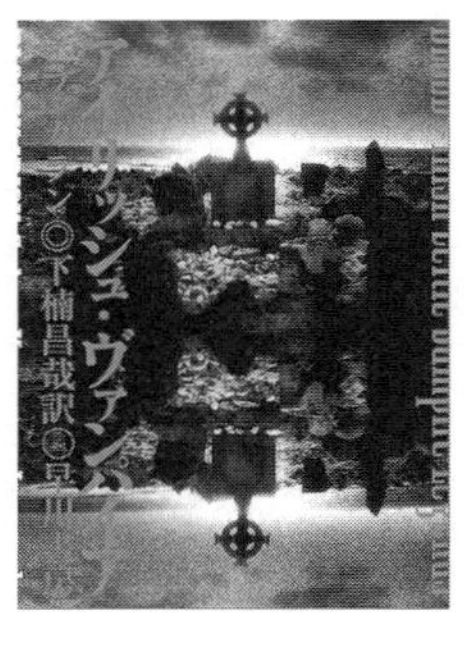

ストーカーは『吸血鬼ドラキュラ』内でアイルランドを直截的に書かなかった。トランシルヴァニアの農民の描写等を通じ、あくまでもメタフォリカルな形で自らの来歴たるアングロ・アイリッシュ性を表現したのだ。ゆえに、こうした解釈も可能になったわけだが、一方、レ・ファニュもまた、アングロ・アイリッシュの名門の出であった。そんな彼らに刻みつけられた植民地主義（コロニアリズム）の徴候に応答した最良のテクストは、ボブ・カランの『アイリッシュ・ヴァンパイア』(2002)にほかならない。同書の序文では、「世界のほとんどすべての文化に、吸血鬼伝承は巣食う」としながら、「アイルランドほど、その信仰は差し迫ったものであるところはない」（下楠昌哉訳）と続く。初期キリスト教会における「帰還する死者」への恐怖が、もともとあったケルトの信仰と習合し、土地とそこに暮らす共同体に分かちがたく結びついたとカランは告げる。つまり、高度資本主義下でグローバルに拡散するサブカルチャーとしての吸血鬼表象に、アイルランドというローカリティをもって果敢に対峙したのが『アイリッシュ・ヴァンパイア』なのである。

『イグの神秘』ほか冒瀆的で実在不明な書物の数々が言及されるなど、HPLへのオマージュとして書かれたのが明白な収録作「乾涸びた手」では、魔女として畏れられたキリグリュー夫人のもたらす惨劇が事細かに綴られる。作中で彼女は、ケルト人到来のはるか以前からアイルランドに暮らしており、やがては地下に追いやられてしまった「人間以前の種族の最後の生き残り」だと語られるのだが、それが一六世紀、レンスター地方のウェックスフォードを要害としていた私掠船長の一族に入り込んでしまった、というのが事件の発端になっている。パルプ・ホラーの定型を借りつつ、大航海時代にまで遡る形で、植民地主義による土俗的なものの包摂が示唆されているのだ。

興味深いのは『アイリッシュ・ヴァンパイア』に登場する吸血鬼像が、ある作品では炉端の影、別の作品では森に住まう青年……と、収録作によってまったく異なることだ。にもかかわらず、夢を通じた侵食というコンタクトは往々にして共通する。つまり総体として考えれば、吸血鬼なる異形がいかなる〝位相〟

において存在するものとされているかが、むしろ問題となってくる。本稿では、彼らが棲まうのは「煉獄の穴」だと仮定してみたい。木原誠によれば、ダーグ湖とエルネ湖の間には古代にタタラ場の聖地があり、そこはキリスト教を受け入れた後、煉獄のイメージへと変化したという。このことを論じた『煉獄のアイルランド　免疫の詩学／記憶の徴候の地点』（二〇一五）において木原は、アナール学派の歴史家ジャック・ル＝ゴフの学説を援用し、天国と地獄の中間に位置する「煉獄」という概念は中世ヨーロッパ最大のパラダイムであり、ヨーロッパの心性を見定めるための固有の表象だと述べている。そのうえで彼は、ケルト的な「フィアナの騎士」という表象を重ね書きされた聖パトリックが聖なる杖で怪物を退治し、神の力を「可視的な証拠」として示した地点、彼岸と此岸の境界線を具現化したものとして、「煉獄の穴」を位置づけた。

　煉獄を肯定するカトリックの釈義の伝統では、キリストは死から蘇るまでの三日間、黄泉に下り、死者たちに福音を告げたという。この黄泉こそは、まさしく辺獄（リンボ）としての「煉獄の穴」にほかならなかった。ドイツ人とヴェトナム人のハイブリッドでありパリで育ったシュテファン・ゲシュベルトは、HPL的な宇宙的恐怖（コズミック・ホラー）と暗黒時代としての中世をロールプレイングゲームという新しい様式を通して結びつけた『クトゥルフ・ダークエイジ』（2004）にて、HPLが「銀の鍵の門を越えて」（1934）で示した夢の世界のヴィジョンと、「リンボ＝煉獄」のイメージを簡明かつシステマティックに融合させている。この種の明快さにもまた、「煉獄の穴」という徴候を読み込み、ゆらぎを加えて書き直してゆくこと。怪奇幻想文学が構築した表象が際限なく拡散していくなか、その核（コア）を再帰的に取り戻すための秘儀がここにある。

※文中、作品タイトルの後の西暦年表記が算用数字のものは、本国での出版等を示します（編集部）

ウィリアム・ホープ・ホジスン

――作家と作品、受容史について

1、William Hope Hodgson の生涯と略歴

William Hope Hodgson（以下、作家名や邦訳のある作品名は、慣例に従い日本語表記とする）は、一八七七年一一月一五日、イギリスのエセックス州ブラックモア・エンド村に生まれた。父サミュエルは牧師。国教会側との思想的対立から、派遣される教区は辺境か貧困にあえぐ地区だった。その煽りを受けて満足に教育も受けられなかった。

十三歳で寄宿学校を逃げ出し、十四歳で見習い水夫となる。船内のいじめに対抗するため独学でボディビルを始める。四年間の見習い期間を終えた後、三等航海士としてさらに四年のキャリアを積んだ。海洋で人命救助を行い、帝国人道協会からメダルを受けたこともある。この時期の経験が、ホジスンの〝海洋もの〟の創作基盤となったことは間違いない。一八九八年、陸に下りてからは、父の最後の赴任地ランカシャーでボディビル学校を始める。1902年にはハリー・フーディーニが巡業に来た際、縄抜けができないようにきつく彼を縛り上げて悪戦苦闘させた、というエピソードが残っている。

ボディビル関連のライター、写真家などを経て、一九〇四年には処女作 *The Goddess of Death* が *Royal Magazin*（パルプ雑誌）に掲載、作家デビュー。この頃、彼は英国作家協会に加入し、H・G・ウェルズやジョージ・バーナード・ショウらと交流した。

一九〇七年には初の長篇『〈グレン・キャリグ号〉のボート』を Chapman & Hall 社から、翌一九〇八年には同社からやはり長篇『異次元を覗く家』を、さらにその翌年には Stanley Paul & Co から長篇『幽霊海賊』を出版した。ただし、執筆順は刊行順とは異なるという。これら三つの作品が、「ボーダーランド三部作」と呼ばれるもので、この呼称は *The Ghost Pirates* の前書きでのホジスン自身の命名に基づく。

一九一二年には大長編『ナイトランド』を出版した。しかし長篇はいずれも黙殺された。一九一三年に結婚。同年、Eveleigh Nash 社より『幽霊狩人カーナッキ』が出版されたものの、評価はされなかった。一九一四年、第一次世界大戦に参戦。一九一六年に一度は頭に大怪我をして除隊となったものの、回復するとすぐに再び義勇兵として参戦した（兵役の年齢は超えていた）。一九一八年四月一七日、ベルギーのイーブル近くの戦線で、ドイツ軍の砲弾によって戦死。遺体はバラバラに粉砕され、残らなかった。

2、ホジスン没後、英語圏での再評価

ホジスンは死後、まもなく忘れられたが、二十世紀独自のシェアードワールド的創作神話大系「クトゥルー神話」の始祖でありアマチュア・ジャーナリズムへの積極的な参画でカリスマ的な人気のあったパルプ・ホラー作家ハワード・フィリップス・ラヴクラフト（1890～1937）が、人間の本源を恐怖だとしたうえで怪奇幻想文学の歴史を総括した著名なエッセイ「文学と超自然的恐怖」（1925～1926）で高く評価した。それを受けて、ラヴクラフトの弟子オーガスト・ダーレスが自ら興した出版社アーカム・ハウス社で、*The House on the Borderland and other novels*（1946）を出版、ゴシック的な伝統を大胆にアップデートさせた宇宙的恐怖を描く先駆的な作家として再評価の機運が高まった。なお、ダーレスは一九六七年、未発表原稿を収めた短編集『海ふかく』も刊行している。この序文では、メルヴィルやコンラッドの系譜に（控えめながらも）ホジスンが位置づけられていた。

一九七五年にはSF史家のサム・モスコウィッツが一〇〇ページもの序文と評伝を添えて短編集*Out of the Storm: Uncollected Fantasies*を編集し、古典として英語圏のSF文壇における評価が定まった感がある。モスコウィッツに多くを学んだSF作家・評論家のブライアン・ステイブルフォードは、*Scientific Romance In Britain 1890-1950*（1985）において、アメリカでパルプ雑誌を中心に確立された「サイエンス・フィクション」というジャンルとは別個のジャンル（異なるコードによって書かれたもの）として、ホジスンをイギリスにおける「科学ロマンス」の系譜（H・G・ウェルズ、コナン・ドイル、オルダス・ハクスリー、オラフ・ステープルドン、C・S・ルイスなど）に組み入れている。

現在、ホジスンの主要な作品群はプロジェクト・グーテンベルクで無料公開されている。2005年には全5巻のホジスンの作品集が刊行され、*The Wandering Soul: Glimpses of a Life - A Compendium of Rare and Unpublished Works*という拾遺集まで出版された。本国ではS・T・ヨシらによって、ラヴクラフトに関する詳細なテクストクリティークが長年展開されていたのだが、ブラム・ストーカー賞作家ピーター・ストラウブの編集でLibrary of Americaから作品集が刊行されパルプ作家が〝カノン〟となったのが、ちょうどこの二〇〇五年だった。

永瀬唯の指摘によれば、アメリカ的「サイエンス・フィクション」とイギリスの「科学ロマンス」をはっきりと分かつのは、「宇宙論的進化論ファンタジー」ないし「終末論的ファンタジー」なる傾向が見られることである。そこでは人為的な技術によって未来を幻視するスペキュレーションが重視され、十九世紀には分離していた「宇宙論的崇高さ」と「技術的崇高さ」という二つの概念の統御が描かれた。いわば、この種の思弁性が、思

弁的実在論の文脈で、新たに分析の対象となってきている。

3、日本でのホジスン受容と周辺文脈

藤元直樹によれば、戦前からホジスンの短編は「河北新報」等で邦訳されていた。戦後は「SFマガジン」（一九五九年一二月創刊）の初代編集長・福島正実の提案によって、短編「夜の声」が、一九六三年に東宝の特撮ホラー映画『マタンゴ』（本多猪四郎・円谷英二監督）の原作に選ばれた。現在でも「ホジスン＝『マタンゴ』」というイメージは根強い。

川勝徳重によれば、「夜の声」は水木しげるが漫画化した。水木を私淑する荒俣宏の仕事は、ホジスンの全体像を捉えたもので、特に重要だ。一九六〇年代後半から七〇年代前半にかけて、オルタナティヴ・カルチャーとしての幻想文学が本邦へ本格的に紹介されるようになっていた。「牧神」（牧神社、全15号、一九七三～七八年）、サンリオSF文庫（サンリオ、全197冊、一九七八～八七年）、『定本ラヴクラフト全集』（S・T・ヨシが校訂したテクストがベース、国書刊行会、全12巻、一九八四～八七年）など、この流れは八〇年代まで続くが、紀田順一郎らとともに、「幻想と怪奇」（歳月社、全12号、一九七三～七四年）や世界幻想文学大系（国書刊行会、全55巻、一九七六～八六年）の監修をつとめた荒俣は、ホジスンの紹介に尽力し、創刊間もないハヤカワ文庫SFに代表作『異次元を覗く家』を収め、また妖精文庫（月刊ペン社、33冊で中断、一九七六～八三年）に二十万語を超える大長編『ナイトランド』を翻訳するという「無謀」な試みすら行った。荒俣は『異次元を覗く家』の訳者解説で、ホジスンの創作を「未知への挑戦意識」に満ちた「失うための航海」であり、「しばしば現実以上の生ま体験を読者に与え得た」と仮定しつつ、「描写を極端に減らしたうえで、むしろ言語そのものを対象にすり替えてしまう」という「抽象的な神秘感の高揚」を作家が意識的に用いたと指摘している。

『ナイトランド』は騎士道小説的な意味でのロマンスを意図して下敷きにしていて、「ボーダーランド三部作」とはまるで異なる、時代がかった仰々しい文体が採用されており、十分の一にカットされた版もある。荒俣はペーパーバック版を参考に大胆なカットを施したが、それでも冗長だとまま批判されている。荒俣は残る長篇の翻訳にも意欲を見せていたが、市場の縮小や荒俣が『帝都物語』（一九八五年～）等の小説執筆へ仕事の比重を移したためか、実現しなかった。

九〇年代にはスティーヴン・キングやディーン・R・クーンツら、アメリカのモダンホラー小説が日本でもベストセラーになったが、現在ではそのバックラッシュとして〝キング以外まったく売れない〟というラベリングが広く流通している状況で、改善の兆しがなかなかない。とりわけ六〇～七〇年代の怪奇幻想文学紹介は、紀田順一郎ら当事者による記録や回想がようやく整いつつある段階であり、研究が行き届いているとは到底言

いがたく、日本文学研究では不当に軽視されている。にもかかわらず、それらの流れは戦後日本文学における「リアリズム」の位相を根底から変容させる可能性をはらんでもいた。けれども、主に九〇年代後半から二〇〇〇年代までの新自由主義経済体制の浸透によって、構築的な異世界描写は時代遅れだと、矮小化された不当な過小評価を受けてきた。

二〇一二年に〝幻視者のためのホラー&ダーク・ファンタジー専門誌〟と銘打って「ナイトランド」が創刊、第7号まで、トライデントハウスより刊行された。「ナイトランド」の方針は、特集タイトルの「ラヴクラフトを継ぐ者たち」(創刊号)、「オカルト探偵」(第4号)、「サイバーパンク／SFホラー」(第5号)。からもわかるとおり、ラヴクラフトやロバート・E・ハワードら、古典的な作家の再評価を基軸としながら、ロールプレイングゲームを軸にサイバーパンクSFとクトゥルー神話が融合した「クトゥルフパンク」等、それらを受け継ぐ新世代の作家についても積極的な紹介を行ってきた。「ナイトランド」は二〇一三年に休刊、アトリエサード／書苑新社に版元を変えて、二〇一四年から「ナイトランド・クォータリー」にリニューアルを果たした。新創刊準備号「幻獣」に掲載されたラヴクラフト「ダゴン」をはじめ、美術に強い版元という利点を活かしたレイアウトで、古典の新訳にいっそう力を入れるようになった。キム・ニューマンやデイヴィッド・マレル等、現代作家の紹介にも力が入り、批評的テクストの展開もいっそう進んだ感がある。

二〇一五年の「ナイトランド・クォータリー」は、「Vol.1 吸血鬼変奏曲」にE・F・ベンスン「塔の中の部屋」、「Vol.2 邪神魔境」にロバート・E・ハワード「神の石塚」、「Vol.3 愛しき幽霊たち」にJ・S・レ・ファニュ「手の幽霊」(長編『墓地に建つ館』の挿話)といった具合に、ヴィクトリア朝から20世紀前半までの古典作品に再度光を当てている。実際、Vol.2にはホジスンの「呪われしパンペロ号」(徳岡正肇訳)が収められていた。それとともに、旧「ナイトランド」時代に実現に至らなかった単行本シリーズ「ナイトランド叢書」もラインナップを変えて再始動。毎月のように刊行されるラインナップには、「ボーダーランド三部作」も加えられていた。二月二五日刊行予定の「ナイトランド・クォータリー Vol.4 異邦・異境・異界」にも短編の新訳が掲載、思わぬホジスン・ルネッサンスの到来となっている。英語圏でのホジスン再評価がラヴクラフトの再評価と足並みを揃えていることからもわかるとおり、現在、日本でのホジスン再評価もその顰に倣おうとしているのは間違いない。ただし、日本におけるラヴクラフト受容はオタク・カルチャーの文脈によって過度に矮小化され、記号的な流通を経るのみで、そのヴィジョンや思想的な読解がひたすら抑圧されてきた。ホジスンの紹介の際に、そうした轍を踏まないため、本書には思弁的実在論の文脈で『幽霊海賊』を中心とする作品読解を試みた「ウィリアム・ホープ・ホジスンと思弁的実在論（スペキュレイティヴ・リアリズム）」を収録してある。

ウィリアム・ホープ・ホジスンと思弁的実在論（スペキュレイティヴ・リアリズム）

——境界（ボーダー）としての〈ウィアード〉

いま、ハワード・フィリップス・ラヴクラフト（ＨＰＬ）やウィリアム・ホープ・ホジスンが、思弁的実在論（スペキュレイティヴ・マテリアリズム）によって読み直されている。

　異形の存在がひしめく奇怪な都市〈バス・ラグ〉の珍騒動を描いた『ペルディード・ストリート・ステーション』（2000）で頭角を現し、「ニュー・ウィアード」の旗手となった作家のチャイナ・ミエヴィルは、この思弁的実在論に共鳴し、牙城たる *Collapse* 誌の第４号 *Concept Horror*（2008）に寄稿した論文 *M.R.James and the Quantum Vampire—Weird; Hauntological: Versus and/or and/or or ?* で、怪奇幻想の核とも言うべき〈ウィアード Weird〉という感覚の系譜を探った。

　ここでミエヴィルは、文化がバラバラに断片化される現代のユビキタス社会において、〈ウィアード〉が本来、どれほど急進的（ラディカル）で痙攣的なものなのか、忘れられるのが当たり前になっているのだと断じている。彼は怪異譚（テラトロジー）の伝統を更新した決定打となるテクスト、それまでのゴシック小説の伝統から切断された二〇世紀的な「革命的な瞬間」における「磁場の中心」として、まずＨＰＬと代表短編の一つ「クトゥルーの呼び声」（1928）を挙げた。次いで、影響力こそＨＰＬに譲るが、彼に勝るとも劣らない幻視力を備えた作家として、ホジスンに言及しているのだ。海で遭遇し船を破壊する、悪意もつ怪物という存在は、ホジスンのデビュー長編『〈グレン・キャリグ号〉のボート』（1907）によって最初に我々の前へ姿を現した。蛸頭の邪神クトゥルーはその反復にすぎない、と言ってのけるのである。

　ＨＰＬは「文学と超自然的恐怖」（1927）で、「さりげなくほのめかしながら、あるいは些細なことを詳しく描写しながら、名状しがたい醜怪な侵略者が身近に迫っていることを暗示したり、土地なり建物なりの描写を通して異様なただごとならぬムードを醸し出す技巧では、とてもホジスン氏をしのぐ者などいない」（植松靖夫訳）と絶賛している。*Collapse* では、まさしくこうした「名状しがたい」ものがいかにアクチュアリティを持つかが問い直されたのだ。実際、思弁的実在論の論客、*Weird Realism: Lovecraft and Philosophy*（2012）の著者グレアム・ハーマン、デビュー作『有限性の後で　偶然性の必然性についての試論』(2006)が邦訳されたばかりのクァンタン・メイヤスーも、同誌の常連寄稿者である。

注意すべきは、ミエヴィルが〈ウィアード〉を憑在論（ホーントロジー）への厳格な意義申し立てとして理解していることだ。憑在論とは、ジャック・デリダが『マルクスの亡霊たち』(1993)で提唱したもの。過去の亡霊の痕跡によって現在が影響されるのだと、存在論的に歴史を捉える考え方を意味する。その背景には——「不気味なもの」(フロイト)に代表される——精神分析の伝統が意識されている。だがミエヴィルによれば、ホジスンの作品「異次元の豚」(1947)に登場するOuter Monstrosities(夏来健次訳では〈外空間〉)は、憑依では片づけられないとしていることだ。〈ウィアード〉は隠喩ではなく、常に太古から存在する他者性、どこまでも人間とは別個のものへの恐怖として扱われる。

先んじてこの理論を実践したがごときミエヴィルの短編「細部に宿るもの」(2002)では、語られる怪異は執拗に名指しが避けられているが、「でも、敵をつくらなければ友だちもつくれないわ。／中を見るためには、それを見なければならない。中をのぞくための窓をつくり、そこから見たいものを見る。ドアのようなものをつくるわけよ」(日暮雅通訳)という異界への介入も示唆されていた。

この「中をのぞくための窓」は、HPLが「ホジスン氏の最高傑作かもしれない」と讃えた第二長編『異次元を覗く家』(1908)と照応する。もっとも近い鉄道駅アルドラハンまで四十マイルもあるという、アイルランドの僻村クライテン。そのさらに奥地にあった屋敷は、〈沈黙の境界（ボーダーランド）〉を形成する場所に立っており、近隣には異次元へと通じる〈窖（ピット）〉が口を開けている。

このような『異次元を覗く家』の舞台設定は、そのまま「煉獄の穴」(本書所収の「H・P・ラヴクラフトと煉獄の徴候」参照)だろう。これを経由することで、「語り手の精神が、果てしない宇宙の彼方と、無限の時の中を彷徨し、太陽系の終末を目撃する」(「文学と超自然的恐怖」)に至るスケール感は、S・T・ヨシが『H・P・ラヴクラフト大事典』(2001)で影響関係を示唆しているとおり、過去・現在・未来を含んだいつの時間、いかなる生命体とでも意識を交換できる〈大いなる種族〉を描いたHPLの「時間からの影」(1936)に通じている。まさしく「時の蝶番が外れた」(シェイクスピア)情景だ。〈ウィアード〉は、日常と宇宙論的なスケールを擁した異界との境界（ボーダー）に立ち現れる「ドア」だと言えるだろう。

思弁的実在論は、「ドア」の先に待ち構える破滅から決定論を取り除き、むしろ希望へと読み換える営為だ。「定言命法」という思弁の楔を打ち込みながら観念の体系を打ち立てるカントの超越論哲学に背を向け、一周回って、表象として現れる世界の外部へと足を踏み出すこと。真理としての物自体は認識不可能、というニヒリズムに陥らず、異なる自然法則から構成される無数の宇宙を、ダイスのように不確定なものとして理解すること。当然ながら人間中心主義（アンソロポセントリズム）は厳しく批判され、物自体を思考不可能とするような「強い相関主義」が徹底されることになる（参考『有限性の後で』）。観念論の潜勢力を復活させるが、それを規範にはしない、という強靭な意志が、思弁的実在論の骨格をなしている。そこには――ともすれば歴史を「知‐権力」という構造の枠内に閉じ込めてしまいかねない――ミシェル・フーコー流の歴史学とは異なる思考の道筋を探ろう、という共通了解が介在した。かくして、ジル・ドゥルーズの思弁哲学が召喚される。

　イースト・アングリア大学で創作と英文学を講じる学匠作家の Jacob Huntley が *Rhizome* 誌の第21号に寄稿した *Deleuzian Folds in Hodgson's Ghost Pirates*（2010）は、いわば思弁的実在論の視点から、ホジスンの第三長編『幽霊海賊』（1909）を仔細に論じた論考だ。作中の「そのときわたしの頭に閃いたのは、（この男は）真実の一端に突き当たったんじゃないかということだった」（夏来訳　一三四頁）との記述は、そのままドゥルーズが『プルーストとシーニュ』（1964）で、「われわれが真実を探求するのは、具体的な状況によってそうせざるをえない場合、われわれにこの探求を強いる一種の暴力をうける場合のみである」（宇波彰訳）と書いたことと響き合う。しかしながら、作品分析にあたって Huntley がもっとも重視するのは、ドゥルーズ後期の批評『襞　ライプニッツとバロック』（1988）だ。

　『幽霊海賊』は、サンフランシスコを出港した帆船モルツェストゥス号の航海中に迫り来る怪異を描いている。船名の The *Mortzestus* にラテン語の「死の潮流」が含意されていることからも自明だが、侵入を経るたびに正体不明の脅威は姿を変え、一人、また一人と乗組員たちは血祭りにあげられていく。敵は人の影かと思えば、船のような形もとるが、「現実のものじゃなくて、わたしの脳の外側には存在しないもの」（九七頁）、「どこか別の次元からあの船を見ていた」（九九頁）感覚も拭えない。一方で、「暗がりにいるなにかがわたしの腰をつかんだ」（一四六頁）と、敵の存在は触覚でも感知される。こうして語り手のジェソップは、「この地球に住んでる命のあるものには、二種類あるんじゃないか。おれたちがそのひとつで、もう一方が彼らだ」（八九頁）との認識を吐露するに至る。

　Huntley は適宜ライプニッツのモナド理論を援用しつつ、「おれたち」と「彼ら」の関係を考察していく。両者の住む世界はモナド（単子）として截然と分かたれ、決して交わるものではない。にもかかわらず、『幽霊海賊』では、なぜか二つの世界は複数の集合を描いたベン図のように一部が重り合ってしまい、語り手の住まう世界は「どこか別の次元」の襞のなかへと折り込まれていくのだ。こうしたジレンマを、Huntley はこの世界とパラレルに存在する共存不可能な世界の衝突として理解している。

ドゥルーズ『襞』の表現を借りれば、「神は一人の「あいまいなアダム」あるいは、いくつかの共存不可能な世界にまたがった放浪するアダムを創造するのではなく、可能性として、世界が存在する数だけ、発散するアダムを創造し、それぞれのアダムはみずからが属する世界全体を包摂すると（この世界にはまた、この世界のあらゆる共存可能な他のモナドも、これを包摂しながら属している）」（宇野邦一訳を一部改訳）と書いたが、つまり隔絶しているモナドは、その特異性(サンギュラリテ)＝単独性(サンギュラリテ)によって自己を定義するがゆえに、特異性(サンギュラリテ)がみずからの単独性とともに「収束する」ため、他のモナドとの共存不可能性が撤廃されていくというのだ。

ここで『幽霊海賊』における「アダム」、すなわち始祖となる人物とはいったい誰にあたるのか、という疑問が湧いてくる。はたして語り手の側なのか、それとも幽霊船の側なのか。『幽霊海賊』を最初から最後まで読んだ者は、「前置きなしに語り始め」（一九頁）その証言を「事実」として認められたジェソップこそが「神＝ホジスン」の創造した「アダム」であると即断したくもなろうが、本当にそうだろうか。

もっとも早い時期にＨＰＬやホジスンの作品集を編集・刊行したオーガスト・ダーレスは、ハーマン・メルヴィルら海洋文学の伝統にホジスンを位置づけた（『海ふかく』序文、1967）。メルヴィル『白鯨』の冒頭の一文、"Call me Ishmael"に、この語り手の本名がイシュメール〝ではない〟可能性が内在しているというのは有名な話だが、とすればなぜ、語り手ジェソップは「前置き」もせずに話を急ぎ、生存者ウィリアムズの話を聴いてなお、モルツェストゥス号への搭乗を決意したのか。「わたしたちは誰も推測などしなかった。なぜなら、ひたすら事実だからです」と最後にジェソップが語ったことは、むしろ事実かどうかを推測する暇もないほど急いでいたことを印象づけるのではないか。茫漠として名状しがたい感情の襞をしっかりたどりながら、その「うらやましいくらいに場面に盛り上がりを見せる」（「文学と超自然的恐怖」）展開で読者を眩惑させる痙攣的(ウィアード)な美。そのメカニズムを、思弁的実在論は解き明かしてみせた。

※文中、作品タイトルの後の西暦年表記が算用数字のものは、本国での出版等を示します（編集部）

アリス&クロード・アスキューと思弁的実在論(スペキュレイティヴ・リアリズム)

——《幽霊狩人カーナッキ》の系譜から逸脱、パラノーマルなオカルト探偵

ポール・ディ・フィリポは *Fantasy & Science Ficiton* 誌の2000年3月号のコラム *CURIOSITIES* で、TVドラマ『Xファイル』(1993~2002)の主人公・モルダーとスカリーのような「ポストモダンのゴーストバスター」だけがオカルト探偵ではないと、歴史を遡行し、《幽霊狩人カーナッキ》(ウィリアム・ホープ・ホジスン)を詳しく紹介、《心霊博士ジョン・サイレンス》(アルジャーノン・ブラックウッド)についても言及している。フィリポといえば、サイバーパンクの名アンソロジー『ミラーシェード』(1985)に収められた「ストーンは生きている」以降、小川隆が断続的に紹介してきた作家である。

クトゥルー神話とサイパーパンクの融合たる「クトゥルフパンク」に近い感性だろう。その感性で続編を書いてしまう例もある。

カナダの作家ウィリアム・ミークルは、《カーナッキ》を復活させた *Carnacki: Heaven and Hell* (2012) という短編集を書いており、うち「慈悲の尼僧」は「ナイトランド」第4号(二〇一二)にて訳出されている。本誌今号にて、第二短篇集 *Carnacki: The Watcher at the Gate* (2015) から「泣き叫ぶ女」が訳載されているのはご承知のとおり。現代の作家にも古典的なオカルト探偵は読まれ、継承されているというわけだ。

推理や行動によって超常現象にまつわる事件すらをも解決に導くのがオカルト探偵だとしたら——《カーナッキ》が用いる「電気式五芒星(ガジェット)」が典型的だが——探偵側にも怪異に対抗する小道具が必要になる。この点を考察するのに有用なのが、科学史家の Amelia Sparavigna が、*International Journal of Literature and Arts* 誌の Vol.1,No.1 (2013) に寄稿した *Physics in Carnacki's investigations* (2007) である。この論考では《カーナッキ》において、当時としては最新の物理学的な視座が貪欲に取り入れられていることを指摘している。曰く、《シャーロック・ホームズ》シリーズとは違い、《カーナッキ》において作中の物理学や化学の現象が細々と解説されるわけではないものの、ホジスンは自然科学の素養を持ちあわせていた。礼拝堂の内陣を飛び回る短剣の謎が主題となる「礼拝堂の怪」

(1912)では、それがよく表現されている。

さっそく現像にとりかかった。ただし、最初に現像液に浸けたのは露光した感光板ではない。もうひとつの、暗闇のなかで待っているあいだカメラの内部で待機させておいた感光板のほうだ。そのあいだレンズの蓋ははずしておいたので、うまくすれば内陣をずっと撮りつづけていたかもしれないのだ。

つまり、これはいわゆる無光写真の実験になっている可能性があるのだ。ごくわずかな光でも感光しているかもしれないと考えたわけだ。この発想はもともとX線の機能から思いついたものだ。(夏来健次訳)

X線を写真術と結びつける発想。一九〇一年にはイーストマン・コダック社のカメラ「ブローニー」が市場を席捲し、一九一〇年には写真はポピュラーな技術となっていた。ゆえに、リヴァプール近辺にいた頃のホジスンも、ポピュラー・サイエンスの雑誌や専門誌を通してX線や放射線の知識を身につける機会はあったはずだと、Sparavigna は推測している。何よりホジスンは写真家としても活動していた。そのうえで、ニコラ・テスラやらエジソンやらの名前を出しつつ、X線の発見に至る科学小史が語られていくのだ。

「礼拝堂の怪」の結末部では、《カーナッキ》が写真やフラッシュの分析を通して、「見えないところで何かしら機械的な仕掛けが働いているのにちがいなく、(事件は)超自然的な原因などではない」という推理を披露する。見過ごしてはならないのは、Sparavigna が、科学的知見を軸に超常現象へ向き合うカーナッキの人物造形はJ・S・レ・ファニュの「緑茶」(1872)のヘッセリウス博士に影響を受けたものと考え、後代ではシーベリイ・クィンの《超常探偵ジュール・ド・グランダン》に影響を与えたと論じていることだろう。怪異に科学の知で立ち向かうオカルト探偵という系譜が、こうして立ち上がってくる。

ただし、科学知は常にアップデートされるもの。とりわけ日本人ならずとも、「緑茶」でヘッセリウス博士が披露する推理に、二一世紀を生きる者がトンデモだと感じずに同意を見ることは難しい。とすれば、異なるあり方の探偵像をも考察していく必要があるのではないか。この点から重要なのが、二〇一五年、奇跡的に邦訳がなったアリス&クロード・アスキュー『エイルマー・ヴァンスの心霊事件簿』(1914)だろう。

生涯に九十冊ほどの著書を遺したアスキュー夫妻の代表作とも呼ばれる *THE SHULAMITE*(1904)はサム・ウッド監督によって映画化され、『銃口に立つ女』として日本でも封切られた。戦前の「キネマ旬報」に掲載されたとおぼしき紹介文を、情報サイト Movie Walker で読むことができる(http://movie.walkerplus.com/mv4373/)。ボーア戦争期、大英帝国の後背地であった南アフリカ共和国を舞台にした愛憎劇だが、現在、フィルムは失われており、わずかに一葉のスチール写真（下図）を見られるのみ。

当の《エイルマー・ヴァンス》も、アンソロジストのJack Adrianが復刻して出版するまで、九〇年以上もの長きにわたって、単行本化されることはなかった。東京大学ほか、いくつかの大学図書館に架蔵があるとはいえ、《エイルマー・ヴァンス》が訳される前に本邦でアスキュー夫妻の小説を具体的に紹介したのは、原題にあるGhost Seerの呼称に「見霊者」という的確な訳語を宛てた中島晶也、ただ一人だろう。

限定五〇〇部の《エイルマー・ヴァンス》初版（1998）には、他の版とは異なりAdrianの序文が添えられている。E・F・ベンスンの〝切れ味鋭い〟コミック・ノベル *Philip's Safety Razor*（1918）に登場する量産作家のフィリップス夫妻はアスキュー夫妻がモデルであると、Adrianは仄めかしている。ここで強調されるのは、一九世紀の終わりから第一次世界大戦終了後までの出版ジャーナリズムの悲惨な状況だ。一冊あたり六万語から八万語で書かれ、二ペンスから四ペンスで叩き売られる小説。プロットが使いまわされたり、新聞連載時の原稿が単行本の分量に合わせようと数倍に膨らませられたりすることも、決して珍しくなかったのである。

アスキュー夫妻は名家に生まれたインテリである。夫のクロード・アスキューはイートン校在学中、すでに弱強五歩格（ブランク・ヴァース）を用いた戯曲を発表していた。結婚後、ディケンズの創刊で知られる週刊新聞*Household Words*への寄稿を開始してからは、妻のアリスがプロットをチェックしたり文章を推敲したりするという、分業体制が確立した。アスキュー夫妻には独創性があった。上流階級の紳士が下層階級の巡査に身を窶すという*The Adventures of Constable Vane, MA*（1908）は、似たプロットのエドガー・ウォレス（『キング・コング』原作者）の*Sergeant Sir Peter*（1932）よりも先んじている。

一方、《エイルマー・ヴァンス》と並んで唯一、〈ウィアード〉な小説とAdrianが述べている*The Devil and the Crusader*（1909）は、常軌を逸した悪魔崇拝者が「山羊の神」の姿をした悪魔を呼び出してしまい、無辜の人々を踏み殺してロンドンをパニックに陥れるという小説らしい。英語圏での古書店にも出回っていない稀覯書で、友人のイギリス人に頼んでも現物は確認できなかったが、筋書きからしてアーサー・C・クラークの『幼年期の終わり』（1953）に影響を与えた、なんてこともあるかもしれない。

《エイルマー・ヴァンス》が連載された*The Weekly Tale-Teller*誌はリトル・マガジンだったが、編集長のIsabel

Throne は敏腕で知られ、雑誌もエドワード王朝時代と初期ジョージ王朝の精神を保持していた。そのもっとも輝かしい仕事は、エドガー・ウォレスを輩出したことだと Adrian は述べている。だが、むしろ今後は《エイルマー・ヴァンス》の初出誌として長く記憶されていくことだろう。というのも、ホジスンやH・P・ラヴクラフトと同様に《エイルマー・ヴァンス》も、思弁的実在論（スペキュレイティヴ・マテリアリズム）の文脈で再評価されている作品と捉えられるからだ。

ラフバラー大学で一九世紀後半から二〇世紀前半の幽霊物語（ゴースト・ストーリー）を研究している Oliver Tearle は、アガサ・クリスティ等のミステリを扱う学術誌 *Clues: A Journal of Detection* の Vol.30,No.2（2012）で、*Aylmer Vance and the Paradox of the Paranormal* という論文を発表している。本書所収の「ウィリアム・ホープ・ホジスンと思弁的実在論（スペキュレイティヴ・マテリアリズム）」で紹介した Jacob Huntley の論文ほど、あからさまではないにしても、〈ウィアード Weird〉と境界（ボーダー）に絡め、思弁的実在論なる近年の哲学的潮流と響き合う問題が鋭く扱われている。

植草昌実は《エイルマー・ヴァンス》の解説で、オカルト探偵がジャンルとして成立させた二大要因の一つに、一八八二年にロンドンで設立された「心霊現象研究協会」（SPR）に代表される心霊主義のブームを指摘していたが、Tearle はホジスンの『幽霊海賊』に見られたような可能世界論の視点を、SPR（と、おそらく心霊主義ブーム）にも見出している。ただし、Huntley がドゥルーズの哲学を直接的に参照していたのに比して、Tearle は文学研究の成果、つまりツヴェタン・トドロフの『幻想文学論序説』（1970）というジャンル論の視点から同じ問題に切り込んでいくのだ。

ロシア・フォルマリズムの流れを受けて文学的テクストの構造を分析したトドロフは、テクストに見られる幻想性の多くは、三つの条件が満たされることで成り立つものと考えた。「まず第一に、テクストが読者に対し、作中人物の世界を生身の人間の世界であると思わせ、しかも、語られた出来事について、自然な説明をとるか、ためらいを抱かせなければならない。第二に、このためらいは、作中の一人物によって感じられていることもある。その場合、読者の役割が当の作中人物に、いわば委ねられているのであって、同時に、ためらいもまたテクスト内に表象されることとなる。つまり、作品のテーマの一つとなってくる。そして、ごく素朴な読み方がされる場合、現実の読者はそうした作中人物と同化するのである。最後に、読者がテクストに対して特定の態度をとることが重要である。すなわち、読者が「詩的」解釈も「寓意的」解釈も、すべて拒むのでなければならない」（三宅郁郎訳）という有名な定義であるが、ここでの「ためらい」をホームズ役（ヴァンス）とワトスン役（デクスター）が、ともに共有しているのが興味深いところだ。だからこそ、物語が終っても、読者は「詩」にも「寓意」にも回収しきれない宙吊りの状態で、〈ウィアード〉な境界（ボーダー）を彷徨うことを余儀なくされるのである。
　Tearle はS・T・ヨシが《ジョン・サイレンス》を論じた *The Weird Tale*（2003）を引き合いに出し、ブラックウッドにとってホラーと探偵小説を同居させることは考えられるもっともグロテスクな営みだったとしたうえで、だからこそサイレンスは超然とした不遜な態度で長々と真相を推理するのだと告げている。こう見ると、ヴァンスはサイレンスや、その延長に位置づけられるカーナッキとは正反対だ。恐怖を、まさにそれそのものとして形象化させた独創的な最終作「恐怖」で、ヴァンスが「助けを求めてわれわれを訪ねてくる人々は、わたしたちが摩訶不思議な謎めいた力で霊を鎮めたり、霊に彼らの望みを伝えたりすることができると信じているが、じつはわたしたちにそんな力はない。何百年の昔に証明されたことをあらためて目の前に示しているだけだ。この世もあの世も、まだまだいまの人間にはとうてい理解できないことばかりなんだ」(田村美佐子訳　二三一頁)と、告白したことが想起されよう。

　そう、この世界と並行して存在する現実（パラノーマル）に、ヴァンスはどこまでも魅了されてしまっている。科学知を取り入れた《カーナッキ》的な探偵像と明らかに矛盾するのはこの部分だ。自分が幽霊だと認めた思い姫〈緑の袖のきみ〉（レディ・グリーンスリーヴス）に対する彼の思慕が、その姿勢をよく表しているだろう（「緑の袖」）。

「なぜいいきれる?」彼は肩をすくめた。「なにもかも幻だったのかもしれない。だがレイサム夫人は彼女の姿を見ている——少なくとも、彼女は見たといっていた——しかしひょっとすると、わたしが心に描いていた〈緑の袖のきみ〉の姿が、いわゆる精神感応によって——夫人に伝わったと考えられなくはない。それでもわたしは信じている。〈緑の袖のきみ〉は間違いなく目の前にいた、と——その気持ちは永遠に変わらない」（田村訳、七七頁）

　実にロマンティックな告白だ。Tearle は、《エイルマー・ヴァンス》の第一話「侵入者」からして、ヘンリー・ジェイムズの幽霊物語『ねじの回転』（1898）を想起させると指摘していた。アリスの推敲の成果とおぼしき、ロマンスの文法が落とし込まれた場面と言えそうだが、こうした不可知論から垣間見えるヒューマニスティックな感覚は、実のところ生活者としてのアスキュー夫妻が最期まで保持していたものだった。
　夫妻は生涯、流行作家だったにもかかわらず、第一次世界大戦によって生じたセルビア人難民の支援に携わっていた（クロードは兵役の年齢を超えていた）。*Daily Express* 紙の特派員でもあった彼らは、その記録を *The Sticken Land: Serbia As*

We Saw It（1916）というノンフィクションにまとめた。現在、同書はOpen Libraryで全文を読むことができる（https://archive.org/details/strickenlandserb00aske）。新聞や雑誌に多数の連載を抱えながら、子どもを故国イギリスに残して赤十字の仕事をしていたアスキュー夫妻。しかし、一九一七年一〇月五日に乗り込んだイタリアからコルフ（ケルキラ）島へ向かう船が、Uボートの魚雷を受けてしまう。乗客は海の藻屑となり、アスキュー夫妻も例外ではなかった。アリスの遺体はコルフに漂着し、現地の大司教によって葬儀が行われたが、クロードは行方不明のままだった。

かくして作家の身体は消滅し、夫妻の遺した膨大な小説は歴史の彼方に忘れ去られた。現在では《エイルマー・ヴァンス》だけが読まれている。同じく一次大戦で生命を落としたホジスンの産んだオカルト探偵が一つの系譜をなしているのとは対照的だが、推理と不可知論の融合で生まれたヴァンスの紳士的な「ためらい」は、思弁的実在論で取り沙汰される「いかなるものであれ、それを滅びないように護ってくれる究極の法則が不在である」（メイヤスー『有限性の後で』、千葉雅也訳）という世界の変化可能性――相関主義の裂け目としての〈ウィアード〉な「偶然性（Contingence）」――が絶対化された事実として示される世界を体現している。探偵としてのヴァンスは、人間が生まれる前の「祖先以前的（Ancestral）」な世界をどこかで直観していたのかもしれない。

※文中、作品タイトルの後の西暦年表記が算用数字のものは、本国での出版等を示します（編集部）
※『銃口に立つ女』については、高槻真樹氏よりご教示を得ました。

〈奇妙な味〉の構成原理

浸透と拡散を遂げる〈奇妙な味〉。その概念の用法を捉え直し、メカニズムを再考することが、本稿の試みである。アンソロジー『街角の書店』(二〇一五)で編者・中村融は、〈奇妙な味〉を〝本来は英米ミステリの一傾向をさす言葉だったが、拡大解釈が進み、いまでは「読後に論理では割り切れない余韻を残す、ミステリともSFとも怪奇幻想ともつかない作品」くらいの意味で使われることが多い〟ものと説明している。一方、安田均は「STRANGE STORIES——奇妙な味の古典を求めて」の初回(本誌第4号)で、〈奇妙な味〉を「確か江戸川乱歩がダンセイニの「二瓶のソース」を評して述べた言葉だったと思う。現実社会やリアリズムなど論理的な因果関係のある状況で、また別の飛躍した妙な〝論理〟〝つじつま〟が合っている不思議な感覚の小説を指す言葉だ」と解説した。

中村も安田も、いま使われている〈奇妙な味〉の文脈をわかりやすく説明しているが、尾之上浩司は「「奇妙な味」の作品群」(「幻想文学」五五号、一九九九)で、そもそも早川書房が一九六〇年から刊行した《異色作家短篇集》が、そのようなノンジャンル的イメージを作り上げたと述べている。尾之上によれば、《異色作家短篇集》に収められた作家たち、ロアルド・ダール、ジャック・フィニイ、チャールズ・ボーモント、ジョン・コリア、ロバート・ブロック、リチャード・マシスン、シャーリイ・ジャクスンらは、「ただ当時の変種だったわけではなく、のちにスティーヴン・キングやディーン・クーンツ、ロバート・マキャモン、ピーター・ストラウブらによって成熟を迎えるモダンホラーの原形にあたる。そして現代の作家にも影響を与えつづけている」。

だから尾之上は、《異色作家短篇集》に収められた作家と、収められなかったが重要な作家であるロッド・サーリングやデイヴィッド・イーリイらを紹介し、そのうえで一九八〇年代に現れた〈スプラッタパンク〉のグループ、つまり「みずからをロバート・ブロックの後継と見なしている」デイヴィッド・J・スカウにまで射程を広げるのだ。尾之上は「ミステリマガジン」二〇〇五年八月号に、新旧の作家を入り混ぜた詳細なリスト「〝奇妙な味〟ベスト一〇〇」を掲載し、その拡張戦略をよく伝えている。

しかしながら、大江健三郎は《異色作家短篇集》に収められるような「英語圏の、上等の紙に刷ったハイブローな雑誌にしっくりする短編なのに、どう分類して良いか迷う、しかしとにかく面白い小説」を愛好してきたと告白しつつ、「そうした作家の文学的評価については、「奇妙な味」の、というくくりによってエンターテインメントの特別席に限られて、もっと自由に行なわれることはなかったように思います」とも証言している（「奇妙な味」は文学たりうるか――本谷有希子の冒険」、「群像」二〇一三年五月号）。なぜならば、〈奇妙な味〉の「際立った面白さ」を「際物とは思わないが、すでにいった「奇妙な味」の作品をコレクションするようにし、同じ趣味の友人たちとの座談にそれぞれが楽しみに持ち出すが、そのうちに色褪せて話に出さなくなる」からだろうと、大江は捉えていたようだ。つまり〈奇妙な味〉はノンジャンルな作品でありながら、あくまでも「上質なエンターテインメント」であって、「純文学」とされてはこなかった。

　大江の場合は、本谷有希子『嵐のピクニック』（二〇一二）との出逢いが、そうした区分を問い直す契機となったようだが、大江も気づいたように〈奇妙な味〉と「純文学」の間に立ちはだかっていた垣根は、現在では解体されている。例えば、文學界新人賞受賞作家（赤染晶子×円城塔×谷崎由依×藤野可織）の座談会「「リアリズム小説」への挑戦状」（「文學界」二〇〇八年七月号）では、「従来の自然主義リアリズムとは違う手法を試みている作家が集中的に現れてきた」という感触を抱いた同誌編集部による「小説を書くにあたって、非リアリズムの手法をなぜ採用するのか」という問いに対し、共通認識として「現実の範疇にあるものを、現実の範囲で書いている」（藤野可織）という答えが提示されていた（詳しくは、拙稿「「私」と〈怪物〉との距離――藤野可織の〈リアリズム〉」（「早稲田文学7」、二〇一四）を参照）。

　けれども、本来、〈奇妙な味〉の提唱者たる江戸川乱歩は、「日本の変格作品にも殆ど見当たらない。英米独特の一種の好み」として〈奇妙な味〉を定義していたのではなかったか（『幻影城』、一九五一）。いつの間に、「英米独特」の「好み」が「現実の範疇」として浸透を見せたのだろう。権田萬治は阿刀田高のデビュー短編集『冷蔵庫より愛を込めて』文庫版（一九八一）の解説「〝奇妙な味〟の傑作短編集」で、乱歩の定義にあった「あどけなく、可愛らしく、しかも白銀の持つ冷やかな残酷味」、「ヌケヌケとした、ふてぶてしい、無邪気な残虐」に着目し、日本でその嗜好性を追求してきたのが阿刀田高だと述べている。権田は、阿刀田が小説家として本格的に知られるようになる前の著書『ブラック・ユーモア入門』（一九六九）にさえも、〈奇妙な味〉を汲み取っているのだ。どうやら、この時期が転換点でありそうだ。

　というのも、『ブラック・ユーモア入門』刊行の翌年には、吉行淳之介がアンソロジー『奇妙な味の小説』（一九七〇）を発表したのだ。収録作家は星新一、安岡章太郎、柴田錬三郎、結城昌治、小松左京、河野多恵子、山田風太郎、阿川弘之、近藤啓太郎、生島治郎、開高健、吉行淳之介、筒井康隆、森茉莉、五木寛之、島尾敏雄で、純文学・ミステリ・SFが、みごとに越境されている。野心的と言うほかないが、その編者後記にて吉行は、乱歩による〈奇妙な味〉の解釈を長々と引用している。乱歩が「英米独特」のものとして見出した「奇妙な怖しさが底に漂っている、このユーモラスな味」を日本へ輸入するにあたって、吉行は既存のジャンルを解体させることを意識したというのだ。

面白いのは、こうしたジャンル解体が、「言葉の論理」そのものの再考にまで広がりを見せたことだ。権田の批評と同年に書かれた平岡篤頼の「奇妙な味プラス文学性」(「ユリイカ」一九八一年十一月号)では、吉行淳之介が〈奇妙な味〉への嗜好性を自覚して書いたというショートショート「あいびき」(『菓子祭』一九七九)が分析される。「あいびき」は、〈あいびき〉というラブホテルに入った男女の性器が「鉄製のポンプ」や「研磨機」に変化して互いを粉砕し、「こなごなになった男と女の軀の入り混じった合い挽きの肉塊」となってしまう、というプロットの小説だ。つまり「逢引」と「合い挽き」が引っ掛けられているわけであるが、ここでは「言葉の論理が出来事の論理、そのまことらしさや因果関係の脈絡に優先」している。平岡はこうした傾向を、吉行が「作家としてデビューする前から、ずっと求め続けてきたもの」だと論じる。定型化した比喩、ジャンル的な常套句(クリシェ)として「直接的な対象指示の機能を失っ」ていたはずの「言葉の論理」が、〈奇妙な味〉を通して復活したというわけだ。

なぜ、言葉が現実を越えることができたのか。「中京英文学」第三五号に発表された鈴村早紀の「ロアルド・ダールと「奇妙な味」~母子関係に見る超自我としての母親~」(二〇一五)は、この点をもっとも仔細に掘り下げたものの一つだろう(驚くべきことに、大学の卒論である)。鈴村は乱歩が〈奇妙な味〉を「明確な定義をすることは避け、解説を通してその概念を説明した」ものとして理解し、そのうえで乱歩が「奇術的な『作為』の意外性は、もう殆ど掘り尽くされてしまった」と述べていることから、「新鮮味としての意外性」を大きな特徴として挙げた。これに「無邪気な残虐」を加味すれば、「キャラクターの台詞や性格からはそれほど極悪な性質は見られず、むしろあどけないような面さえ見えるものの、行われる行為はきわめて残虐であるという、無邪気さの裏に隠れた残酷味が奇妙な味を際立たせる要素」だとして〈奇妙な味〉の本質を抽出できる。

鈴村はこれを、精神分析で言うダブル・バインド(同一人物が肯定的なメッセージと否定的なメッセージを同時に発すること)として解釈する。ダブル・バインドがもたらす矛盾、そこから生まれる不安な宙吊りの心理状態は、「話のオチ」のカタルシスが解消してくれる。このオチに「新鮮味としての意外性」が入り込むというわけだ。こうしてロアルド・ダールの「女主人」(1953)ほか二編を分析していくわけだが、鈴村は、フロイトの理論をベースにエディプス・コンプレックスの概念を用いて説明をしていく。あまりに素朴すぎるだろうと言いたくもなるが、〈奇妙な味〉の構成原理を精神分析で説明するというアプローチ自体は、まさしくコロンブスの卵。

ロアルド・ダール以上に精神分析批評がしっくりと来るのは、サキの短編だろう。サキは厳しい伯母に育てられ、かなりの精神的な抑圧を受けていたからだ。現に、彼の伯母の性格をそのまま作中人物のモデルにした短編も複数存在している。なかでも、Susan Hamlyn は *SAKI'S STORYTELLER:A SOURCE*（2013）で、サキの「話上手な男」（1913）を取り上げている。この作品は「小さな女の子」に「もっと小さい女の子」、加えて「小さな男の子」と、彼女たちの伯母さんが列車に乗った際のエピソードを描いている。伯母さんは騒いでばかりいる子どもたちを静かにさせるため、「平凡きわまるひどく面白くもない話」を始める。「たいへんいい女の子の話で、いい子だから誰とでも仲よしになり、最後に暴れだしたウシにやられるところを、本当にいい子だと感心していた大勢の人に助けられる話」（中西秀男訳）だったが、当然ながら子どもたちには酷評を受ける。

ここに介入してくるのが、乗り合わせていた「ひとり者の男」だ。彼は「子供にわかって為になる話」として、バーサという女の子の物語を語る。男はバーサを「おっそろしくいい子」だと紹介したが、子供たちは正反対の意味である「おっそろしく」（horribly）と「いい子」（good）が続けて用いられたところに目新しさを感じ、絶賛を送る。Hamlyn は、ここからバーサの物語が子ども向けの教訓物語集 *Agathos, The Rocky Island and Other Sunday Stories*(1840) のパロディとなっていたことを論証していくのであるが、そもそも同書の著者、サミュエル・ウィルバーフォースは、後にオックスフォードの大司教となってトマス・H・ハクスリーらと「一八六〇年オックスフォード進化論争」を戦わせ、進化論批判の先鋒に立ったことでも知られている。彼の保守的な教訓童話は、ヴィクトリア朝の家庭でクリスマスに語られるような「子供にわかって為になる話」の典型だった。とすると、サキは〈奇妙な味〉をもって伯母に象徴される権威の抑圧を「無邪気」に笑い飛ばしながらも、個人のトラウマの解消のみに留まらず、大英帝国の独りよがりな「良識」そのものに一矢報いたということがわかる。〈奇妙な味〉が「言葉の論理」の優位を表明することで、いかなる社会的抑圧へ反撃したのか。ここを掘り下げていけば、見慣れた作品も新たな相貌を帯びるようになるはずだ。

※文中、西暦年の算用数字表記は原書刊行年を示します。（編集部）

詩とRPG

――クラーク・アシュトン・スミスを再評価する二つのアプローチ

一九七七年に創土社から刊行されたクラーク・アシュトン・スミス『魔術師の帝国』(安田均編訳)は、日本語での一冊の単行本という形にてスミスを紹介した記念碑的な作品集だが、革新的だったのは、その編集方針ではないか。まず〝地球最後の大陸〟こと「ゾシーク」、魔術あふれる北氷の「ハイパーボリア」といった緩やかな共通の枠組みをもった背景世界を地図付きで紹介し、次いで「星々の物語」として――それこそエドガー・ライズ・バロウズの〈火星シリーズ〉とも響き合う――惑星を舞台にしたSF小説に移り、最後に「詩とその他の物語」を据えた四部構成をとっている。〈ウィアード・テールズ〉誌に発表された幻想短編を経由し、ルーツとも言うべき詩作へと遡行することで、作家の全体的なイメージを自然につかむことができるように工夫されているのだ。惜しむらくは、因習に満ちた一三世紀フランスを擬した「アヴェロワーニュ」作品が欠けている。これは当時の翻訳紹介状況から導かれた、苦渋の決断だそうだ。

それでは『魔術師の帝国』から、どのようなスミス再評価が可能か、詩とRPGという二つのポイントから概観してみたい。

●詩人クラーク・アシュトン・スミスを再評価せよ!

若いアメリカの作家のなかで、宇宙的恐怖を書かせては並ぶもののないのがC・A・スミスである。かれの怪奇小説や絵画は、その稀に見る感覚を表現している。スミス氏は遥か宇宙の、麻痺するような恐怖を背景にしている。かれの野心的長詩「大麻吸引者」は、五脚弱強格の無韻詩である。そこに星間宇宙の万華鏡的悪夢の渾沌とした信じがたい幻影を魅せてくれる。その概念の悪魔的神秘さと独創性において、スミス氏は古今の作家のうちでも抜群である。このように豪華で、絢爛で、熱狂的な無限の天体と無数の次元の幻影を物語った作家がいるだろうか?――H・P・ラヴクラフト

創土社版の帯文に採られた「文学と超自然的恐怖」からの引用だ。ここでラヴクラフトが絶賛する「大麻吸引者」は、実は『魔術師の帝国』の掉尾を飾ったもの。心憎い構成と演出である。ちなみに五脚弱強格とは、シェイクスピアのソネットなどに代表される詩形のことだ。一方、帯裏には、「とても信じられないような世界、とほうもなく美しい街衢、何よりも驚くべき奇怪な生

きものたち……この小説の世界に一歩でも踏み込んでみたまえ、きみは、音の、光の、匂いの、味の、手触りの――それら全てのものが織りなす素晴らしい言葉の洪水の中にまきこまれている自分を発見するだろう」という推薦文が添えられていた。そう、レイ・ブラッドベリのコメントである。スミスの「素晴らしい言葉の洪水」は、何よりも五感に訴えかけ詩的な感興を呼び起こす詩として、理解されていたことがよくわかる。

総じてスミスの詩集は発行部数が限られており、古書価も迂闊に手を出しづらいほどになっているが、幸い、オンライン上でいくつかは読める。デビュー詩集の*The Star-Treader and Other Poems*（1912、限定二〇〇〇部 https://archive.org/details/startreaderother00smit）や、第二詩集*Odes and Sonnets*（1918、限定三〇〇部 https://archive.org/details/odesandsonnets00caligoog）などだ。英語圏ではオーディオブックの文化が盛んなので、スミスの詩や小説を朗読したものも少なくない。耳から味わってみるのも一興だろう。スミス自身、一九五〇年代後半に自作朗読を遺しているくらいなのだから（*Clark Ashton Smith: Live from Auburn: The Elder Tapes*）。

かつては日本でも、「スミスの詩が優れていたかといえば、アーカム派では屈指の詩人であったが、文学史的にはその名すら留めぬマイナー・ポエットであったことからしても、その程度は推し計れる」という声も見られた（仁賀克雄「アーカム・ハウスの住人③」、「ミステリマガジン」一九七三年九月号）。けれども、学術研究の進展により、こうした見方は払拭されつつある。DAY Matthew Martinは、*Elevating the genre. The fantastic writing of Clark Ashton Smith*（「東京電機大学総合文化研究」第10号、二〇一二）において、スミスが「マイナー・ポエット」たることを余儀なくされたのは、何より二〇世紀的なモダニズムが全盛の時代に――ジョン・キーツやサミュエル・テイラー・コールリッジなど――イギリス・ロマン派のような詩を書いたからだろう、と述べている。スミスの詩が当時から反時代性を自覚したテクストだったことは、*Odes and Sonnets*に寄せられた詩人ジョージ・スターリングの序文からも明らかだ。Martinはスミスの作品に、詩と小説、幻想とリアリズム、高級文化と俗悪とされるものを橋渡しするジャンル越境性を見出していた。そうなるとルーツであるスミスの詩作は、重要性をいや増すことになる。残念ながら日本では、スターリングはアンブローズ・ビアスの友人としてアメリカ文学研究の文脈で稀に言及される程度だが、英語圏では何よりもスミスの師匠としての再評価が進んでいる。この流れでスミスを起点として詩人たちを読み替えていくのも面白いだろう。

●アヴェロワーニュ、ハイパーボリア、ゾシークをRPGで体験！

このたびの『魔術師の帝国』は分冊形式で復刊したが、その作業で安田均は、『魔術師の帝国』が「ハイパーボリア」（ハイパーボレア）や「アヴェロワーニュ」などスミスの作品世界がロールプレイングゲーム（ＲＰＧ）につながっていることを改めて認識したとのコメントを残している（二〇一六年三月一三日のTwitter）。「ヨー・ボンビスの地下墓地」などモロ、とすら述べているほどだ。スミス作品はラヴクラフトやロバート・Ｅ・ハワードに比べて、ともすれば通好みで閉鎖的なイメージがあるかもしれないが、実は『モンスター！　モンスター！』（ファンタジーＲＰＧ『トンネルズ＆トロールズ』のバリアント、1976）や『クトゥルフの呼び声』（『クトゥルフ神話ＴＲＰＧ』、1981〜）等の古典的な傑作ＲＰＧには、ツァトゥグァやクァチル・ウタウスなどスミスの創造したグレート・オールド・ワンがきちんと登場する。それこそモチーフ・レベルの影響に関しては、枚挙に暇がない。のみならず、実際にスミスの世界で冒険することのできるタイトルも、ちゃんと存在しているのだ。代表的なものを年代順に紹介していこう。

　スミス原作のＲＰＧは、ホラー風味のファンタジーといった色合いが強い。濃厚に打ち出された頽廃の美学によって、いかにもゲームっぽく無機質な中世とは異なる味わいが期待されているのだろう。世界初のＲＰＧ『ダンジョンズ＆ドラゴンズ』（D&D）でもスミスを扱ったものがある。一九八五年に邦訳されたクラシックD&Dと呼ばれる版のエキスパートセット（中級用、通称・青箱）のアドベンチャー・モジュール『Ｘ２　アンバー家の館』（トム・モルドヴェイ作、1981）は、殺意に満ちたダンジョン構成と狂気に溢れた登場人物で悪名高いが、なんと中盤から舞台がアヴェロワーニュへとワープする。著作権的な問題はクリアしていると、明記されているのが心憎い。日本語版は新和から一九八六年に出たが、ほぼ同時期に出た井辻朱美訳『イルーニュの巨人』（一九八六）の表題作を、再現せんとするシチュエーションもあるほどで、不思議なシンクロである。アヴェロワーニュに興味があるならば、一度はプレイしたい。

　一九八八年の『クトゥルフ・ワールド・ツアー』（ホビージャパン）には、北川直とグループSNEによる「クトゥルフ・ハイパーボレア」が収録。ハイパーボレアの歴史・文化・宗教が簡潔にまとめられており、重要地名・人名一覧、地図もある。小説のサイドリーダーとしても大いに活用できるだろう。その他、『クトゥルフの呼び声』から技能や職業のデータを一部改編してハイパーボレアで冒険するためのルールと、実際に遊んだ様子を再現したリプレイ「呪われた村」が収められている。ツァトゥグァの神官エングルスルと処刑執行人ストルンハーらの冒険はダークファンタジーとして秀逸で、「七つの呪い」や「アタマウスの遺言」など原作とリンクする小ネタが効いている。

Mark of Amber（エーロン・オールストン作、1995）は『アンバー家の館』の続編。ルールは別系統の『アドバンスド・ダンジョンズ&ドラゴンズ』（AD&D）第二版に準拠しているが、サントラCDが同梱されているなどの凝りようだ。G.R.KagerがデザインしたZothique D20（2002）は、名前の通りゾシークを遊ぶもの。対応ルールは、AD&Dのルールを見通しよく整理したD&D第3版（2000）。基幹部分のルールをオープンソースとしたことで、多様なバリアントをユーザーが自由に作成できたため爆発的に盛り上がったのだが、*Zothique D20*もそうした流れに位置する。現在もウェブで容易に入手することができるが（http://www.eldritchdark.com/articles/criticism/30/zothique-d20-system-game-guide）、着目すべきはゾシーク用のキャラクター・ネームが八百もリストアップされていること。まさに労作で、RPGに馴染みがない人でも驚嘆すること請け合いだ。

　ドイツの出版社Pegasus Pressが英語で刊行した*Worlds of Cthulhu*誌（2005〜09、全6号）には、『クトゥルフの呼び声』の舞台を一〇世紀に移しスタンドアローンで使えるようにも工夫した『クトゥルフ・ダークエイジ』（2004）でアヴェロワーニュを遊ぶための選択ルール*Dark Ages:Averoigne*が掲載されている（創刊号から06年の4号まで）。執筆は『エンサイクロペディア・クトゥルフ』（二〇〇七）の編者として日本でも知られる、ダニエル・ハームズ。一三世紀フランスを舞台にするためのガイドラインや、魔導書やクリーチャー等の追加データも豊富だが、特に面白いのは「アヴェロワーニュらしさを出すための十のお約束」だろう。「魔術に対して、聖水や祈りは十中八九無効である」一方、「しかるべき使用法や手続きをふまえれば、対抗魔術はきちんと機能する」。「醜い者やおぞましい外見のクリーチャーは、間違いなく邪悪である」ものの、「美しく人間に見える者、とりわけ女性ならば、邪悪である確立は五分五分になる」（！）といった具合。アヴェロワーニュらしさはこんな手軽に表現してもよかったのだ、と気付かされる。

　いずれの作品にも共通するのは、スミスらしい雰囲気を大事にしながら、詩的なイメージを具体的な手触りのする設定へと落とし込もうという意気込みである。RPGとは、異世界を生き（＝プレイヤー）、あるいはスミスになりかわって物語を紡ぐ（＝ゲームマスター）ことのできる表現形式だ。これだけのRPG作品がすでにあるのだから、そのアプローチでスミスを再評価していけば、既存の研究では見えてこない新しい発見があるはずだ。

※文中、作品タイトルの後の西暦表記が算用数字のものは、本国の出版等を示します。（編集部）

※本稿の執筆にあたり、高橋志行氏から資料提供をいただきました。記して感謝します。

オーガスト・ダーレスとアメリカン・ノスタルジア

——心地よく秘密めいた「淋しい場所」

●アーカムハウス社とダーレスの悪評

生前のH・P・ラヴクラフト（HPL）の周辺で活動した、いわゆる〝ラヴクラフト・サークル〟の作家のなかでも、およそオーガスト・ダーレスほど悪評紛々たる者もそうないだろう。相対的に年少で、書簡でのやりとりはあったものの生前にHPLと直に会うことができなかった、というだけが理由ではない。幻想文学やSFの領域における典型定なダーレス像を概観すれば明白だ。レイ・ブラッドベリやジョージ・アレック・エフィンジャーについての研究書を上梓しているBen P.Indickが、SFを扱う学術誌*Science Fiction Studies*の第22号に寄稿した*The Sage of Sauk City*（1995）を参考に要約してみる。

Indick曰く、オーガスト・ダーレスは一九七一年に亡くなるまで、長編小説・短編小説・詩・批評・雑文と、七百を超える作品を出版し、あるいは編集を手がけた。そのジャンルは広範囲に渡るもので、いずれの仕事に対してもダーレスは強い誇りを抱いていたが、彼の文名は作品よりもむしろ——ドナルド・ワンドレイと協力して興した——アーカムハウス社の設立によるという。ダーレスの尽力なくしては、HPL没後、その仕事は人々の耳目を集めるどころか、数多のパルプ雑誌のなかに埋もれ、忘れ去られていたに違いないというのは、衆目の一致する見解だろう。世界幻想文学大賞が、もともとは作家が没した翌年（一九七二年）、オーガスト・ダーレス賞として始められたのは有名な話だ（一九七六年に改称）。

そうした業績は揺るぎないものである一方、ダーレスはアーカムハウス社がHPLの作品の完全な出版権を保持していると臭わせ、脅かそうとする者に対しては誰であろうと強硬な姿勢をとったのだが、実のところ、そういった権利を保持していたわけではなかった（!）。アーカムハウス社から出版された単行本も、雑誌掲載版をベースにすることでよしとされており、それも手伝って、少なからず誤字脱字が発生していた。さらにダーレスは、HPLの書いたもののうち、あからさまに人種差別的な記述といった不適切と思われる部分を削除したり、変更を加えたりした。ダーレス自身、編集者に勝手に手を入れられたことに怒って週刊紙の連載を降りたことがあることを思えば皮肉な事態であると、Indickは指摘している。

極めつけは、師であるHPLのノートをもとに〝共作〟と称する作品を多数発表し、HPLの作品を「クトゥルー神話」と呼ばれる、外宇宙の邪神たちが跳梁跋扈(ちょうりょうばっこ)する万神殿(パンテオン)にしたことだと、Indickは告げるのだ。HPLの手稿から、校訂版のHPL全集を刊行したS・T・ヨシも「クトゥルー神話」には否定的で、勢いその祭司たるダーレスへの評価が厳しくなっている。

アカデミックな研究者ゆえの狭量さ、というだけの問題ではない。よしんば「クトゥルー神話」に魅力を感じる層であっても、HPLの作品で表現された深淵なる宇宙的恐怖(コズミック・ホラー)を単純な善悪二元論に落とし込み、さらには邪神たち(旧支配者、グレート・オールド・ワンとも)を地・水・火・風といった四大元素に無理やり区分けすることで(クトゥルー=水、クトゥグァ=火、ハスター=風といった具合に)、その崇高さをゲーム的に俗化させたということで、現在に至るまでダーレスに批判的な者は少なくないのだ。

ともあれ、〝ダーレス↓チープ↓ゲーム的〟という短絡的な見立ては本当に正しいのだろうか。作家・ダーレスの全体像を知れば、また評価は変わるかもしれない。Indickの文章はAlison M.Wilsonの*August Derleth: A Bibliography*(1983)への書評として執筆された。Wilsonの本は、ダーレスの書誌に簡潔な注を添え伝記的な記述をも組み合わせた著作なのだが、彼女はダーレス没後、その仕事が急速に忘れられた原因として、ダーレスが執筆した各々のジャンルの読者が、他のジャンルとクロスオーバーしなかったことを挙げているが、けだし慧眼だろう。

●中西部の郷土作家ダーレス

日本ではあまり知られていないが、実のところ活動初期のダーレスは、アメリカ人で初めてノーベル文学賞を受賞した作家のシンクレア・ルイス(代表作に『本町通り』〔1920〕等)や、詩人で弁護士のエドガー・リー・マスターズに高く評価されていた。とりわけマスターズの娘とは、一時は婚約していたほどの仲にあった(一九四三〜四四年)。一九六〇年代には、HPLと並べてダーレスが強い影響を受けたと公言している『森の生活』(1854)のヘンリー・デイヴィッド・ソローや、『ワインズバーグ・オハイオ』(1919)で知られるシャーウッド・アンダーソンとダーレスを比較する論文が書かれていることが確認でき、中西部を代表する郷土作家としての位置を窺い知ることができる。とりわけソローについては、複数の著作をものすほどの傾倒ぶりだった。ソローは一九三〇〜四〇年代にはカノンとしての評価が定着したというが、それにはダーレスも少なからず貢献したのかもしれない。

Indickの文章の題にあるSauk Cityとはウィスコンシン州ソークシティ、すなわち〝Sage=賢者〟ダーレスの故郷の小さな街を指している。いまはこの街にオーガスト・ダーレス協会によって文学碑が建てられるまでになったが、一九七〇年代になってもなお、アーカムハウスはなかなか地元で認知されなかった。それでもダーレスは郷土を愛し、一九六六年には州政府賞を受けた。また、ダーレスはソークシティをモデルにした*The Sac Prairie Saga*という連作を発表している。ちょうどウィリアム・フォークナーにとっての〈ヨクナパートファ・サーガ〉に相当する作品群だろうか。

二〇〇五年には、中西部文学を扱う学術誌*Midwestern Miscellany*誌の第33号（2005）では、マックスウェル・パーキンズとダーレスの交流が書簡の分析によって論じられている（Kenneth B. Grant, *Friendship,Finance and Art: Charles Scriber's Sons' Relationship with Ernest Hemingway and August Derleth*）。パーキンズはチャールズ・スクリブナー・サンズ社で三十七年務めた編集者であり、生前からすでに伝説的な存在であった。パーキンズは、『ポータブル・フォークナー』の編集でウィリアム・フォークナーの世界的な高評価に寄与したマルカム・カウリーとも交流があり、アーネスト・ヘミングウェイの『武器よさらば』(1929)を手がけた人物としても著名である。

パーキンズの仕事の特色は、誤植等をチェックするだけで渡された原稿を右から左へと本にしていた従来の編集者とは異なり、詳細なアドバイスを行うことで作家を育てた点にある。ダーレスもまた、「短編集*Still Is Summer Night*（1937）の初稿をパーキンズに送り、コメントを求めた。こうして出版された同書は概ね好評で、ウィスコンシンの作家ゾーナ・ゲイル――女性で初めてピューリッツァー賞戯曲部門を受賞した人物――は、「土を語るにあたってトマス・ハーディのセンスを持つ」と絶賛を寄せている。

けれども、売れ行きの方は低調で、八年がかりでも二千部に満たなかった。一九四四年には、ダーレスは自分の印税率が5％に下げられたことへ不満を漏らし、パーキンズと揉めたものの、結局は折れた。パーキンズは一九四七年に肺炎で亡くなり、ダーレスがスクリブナー社から出した本は七冊目の*Shield of the Valiant*（1945）が最後となった。ダーレスが〝大衆文学〟の書き手でもあり続けたのは、アーカムハウス社の運営費を賄うためもあろうが、ともあれ、日本において中西部の郷土作家としてのダーレスは、管見の及ぶ限り、竹岡啓がウェブ上で断片的に紹介しているものがあるくらいで（「凡々ブログ」）、今後の研究の進展を待つ必要があるだろう。本邦におけるアメリカ文学研究の、ちょうどデッドスポットなのではないかと思われる。

●〈奇妙な味〉の書き手ダーレス

Wilsonは膨大なダーレス作品を、大きく二つの傾向に分けていた。「幻想世界を舞台にしたもの：ミステリ、SF、怪奇小説」と、「Sac Prairieシリーズおよび現実世界を舞台にしたもの」といった具合である。ただし、ダーレスという作家の全体像が正しく文学史的に共有されているのであれば、こうした分類でも問題ないだろうが、一方、ダーレスの短編からは、「クトゥルー神話」と郷土文学の中間に位置するだろう〈奇妙な味〉の書き手としての、第三のダーレス像が浮上してくる。

つまり、アーカムハウスから刊行された短編集『淋しい場所』(*The Lonesome Place*,1962)に収められたような作品はどう捉えたらよいか、という問題である。『淋しい場所』は、〝ラヴクラフト・サークル〟の作家たちの主な活動媒体であった〈ウィアード・テールズ〉初出作を中心とする短編集であり、もっとも古い「パイクマンの墓」*Pikeman*は同一九四六年一月号と、ちょうどスクリブナーからダーレスが疎遠となった時期に発表されたもの。収録作でもっとも古いのはパルプ誌〈ファンタスティック・ユニヴァース〉一九五九年一一月号だ。

『淋しい場所』は一九八七年には国書刊行会から日本語版が出ており(森広雅子訳)、ダーレスの〈奇妙な味〉を知るには、まず同書をあたる必要があった。Don D'Ammassaが編集した最新の事典*Encyclopedia of Fantasy and Horror Fiction* (2015)では、ダーレスに一項目が割かれているが、そこでのダーレス観はIndickと大差ない一方、「ダーレスは多数の幽霊物語を著したが、そのうちのいくつかはきわめて良質で、種々の作品集に収めるに足りる」(岡和田晃訳)と語られている。そうした良質な作品集として、『淋しい場所』が言及されている。ちなみに、『ミスター・ジョージ』(*Mr. George and Other Odd Persons*, 1962 アトリエサード近刊)の名前も挙がっているのだ。

アーカムハウス版『淋しい場所』

また、Matthew J.A.Greenによる、ゴシック文学論・漫画評論・受容理論の方法を駆使してグラフィック・ノベルの巨匠を論じた*Alan Moore and the Gothic Tradition* (2015)でも、ヘンリー・ジェイムズ『ねじの回転』(1898)に連なる「信頼できない語り手」の技法が用いられたゴシック小説として、短編「淋しい場所」が言及されている。

とりわけ〈フェイマス・ファンタスティック・ミステリーズ〉誌の一九四八年二月号に発表された「淋しい場所」は、アメリカ・日本の双方で多数のアンソロジーに収められた。もっとも早い紹介は、「ミステリマガジン」一九六七年八月号(永井淳訳)である。同一九七三年七月号では、仁賀克雄が連載エッセイ「アーカム・ハウスの住人」の第一回として、ダーレスの経歴とアーカムハウス社の活動を詳しく言及しているが、そのなかで「代表作」として紹介されるのが「淋しい場所」なのである。未読の者に向けてと断ったうえで記された、仁賀による筋書きの要約を見てみよう。

二人の少年が淋しく暗い場所を恐れ、そこに怪物が潜んでいると想像する。黄昏時などお使いに走らされてはドキドキして帰ってくる。そのうち大きくなり暗がりのことも忘れるが、想像力が創り上げた怪物はいつまでも暗闇に隠れていて、幼い子を殺してしまう。／脅えながらも暗がりをなつかしむ子供の心理が共感を持って迫ってくる。子供から大人になり、暗がりは取りこわされて明るくなり、夢の失われてゆくさみしさが、ブラッドベリ風にノスタルジックに語られている。幻想怪奇小説には子供を主人公にしてその心理を描いたものに佳作が多いのは、作者が童心に帰り、読者のノスタルジアに訴えるからであろうか。

先駆的な紹介にもかかわらず適切なまとめであるが、本書所収の批評「〈奇妙な味〉の構成原理」で私は、江戸川乱歩が「英米独特の一種の好み」として見られる「無邪気な残酷」として定義した〈奇妙な味〉が、ミステリ・SF・純文学といったジャンルを解体し、さらには「言葉の論理」が「出来事の論理」を超越することで——精神分析におけるダブル・バインドに特徴的な——抑圧への批評として機能することを確認してきた。忘れられたはずの幼き日の不安が、不可視の怪物として顕現する「淋しい場所」のプロットは、抑圧されたものの回帰、〈奇妙な味〉そのものと呼んで差し支えないだろう。

「淋しい場所」初出誌挿絵（Lawrence 画）

●「淋しい場所」の否定神学

それにしても「淋しい場所」が驚嘆すべき作品なのは、あらかじめ展開を知っていてもなお、「淋しい場所」のノスタルジアが、その昏さと牽引力を喪わないことである。

それが淋しい場所なのだ。昼日向に目にするなら、樹齢百年を越える樫（カシ）や楓（カエデ）の木が、ほとんど手の先まで届くほどの高さに下枝を張り出しているだけだ。納屋と材木。他には静寂をかき乱すものはない。人の歩く道は草ぼうぼうで、晩秋に焼き払われるまで刈る者とていないのだ。暑い夏のさなかにも冷気の溜まる昏い場所。日の高いときなら恐ろしいことなど何もないが、夜になると一変する。（……）

わたしはそこに何がいるのか、ちゃんとわかっていた。あの昏い淋しい場所に、何かがいると心得ていた。それはボギーマン（bogey-man）だったのかもしれない。おばあちゃんがよく話してくれた。昏い場所で悪い男の子や悪い女の子を待つ、そのやり方について。それはオーガ（orge）だったかもしれない。妖精物語（フェアリーテイル）の本で読んだことがある。

（岡和田晃訳）

結局のところ、淋しい場所で語り手を待つのは、「ボギーマン」や「オーガ」といったヨーロッパの妖精物語に出てくるような存在ではなく、「それ（*its*）」とのみ呼ばれる、名前のない何かであるのだ。HPLらの作風を現代に活かした「ニュー・ウィアード」というスタイルを提唱している作家のチャイナ・ミエヴィルは、それこそHPLが宇宙的恐怖として描いてきたような「名状しがたきもの」へ理論と実作の双方から接近し、「クトゥルー神話」の描出にあたってもそうした技法を展開している（詳しくは本書所収「ウイリアム・ホープ・ホジスンと思弁的実在論（スペキュレイティヴ・マテリアリズム）」を参照）。

ミエヴィルも寄稿している商業学術誌*Collapse*誌の第４号*Concept Horror*（2008）で、思弁的実在論に連なる哲学者のユージン・タッカーは、ゾンビや吸血鬼、悪魔憑きや幽霊といった形象を、「寓意（アレゴリー）」／「化身（アヴァター）」、「存在論（オントロギー）」という軸からチャート状に分類してみせた（*Nine Disputations on Theology and Horror*）。ところが、「淋しい場所」のような名指されない化物については、うまくチャート化することなどかなわない。

もちろん、数多のSF映画やホラー映画にも同様の名指されない怪物は登場する。タッカーは冷戦下にこうした作品が好んで製作されたことを「サミュエル・ベケット『名づけえぬもの』（1953）のB級ホラー版」だと揶揄しているが、「淋しい場所」は「クトゥルー神話」を善悪二元論で書き換えるような方法とは別の仕方で、宇宙的恐怖をミニマリズム的に展開した先駆的作品だと見ることができよう。タッカーの表現を借りれば、明確に定義できないことを言明することでしか定義のかなわない、否定神学としての怪物である。

●ダーレス／ブラッドベリのノスタルジア

人が少年時代に郷愁（ノスタルジア）を抱くのは、それが決して戻ることのできない幸福な時間を追憶とともに体現しているからだろう。胎内回帰の願望にも似た、いわば虚焦点としての出発点。決して戻れないその場所を、恐怖とともに想起させる否定神学としての怪物。それは基本的に、ダーレスがHPLとの〝共作〟として発表した作品とは趣を異にするわけだが、こうした試みをもってテクストは、はたして何を表現しようとしたのか。

仁賀克雄は「淋しい場所」と同じ系列に属する短編の一つとして、「森の中の場所」*The Place in the Woods*を挙げている。〈ウィアード・テールズ〉一九五四年五月号に掲載された作品で、単行本版にも収められている。こちらは、子供たちの秘密の場所を町外れから森のなかへと置き換えたような作品なのだが、より土俗的な生贄というモチーフが登場する。語り手と姉のイヴリン、従兄弟のディックの間で交わされる対話を確認してみる。

わたしは反対の意を表明した。捕まえたニワトリを供物(サクリファイス)にするつもりなら、何への供物とするのか知ってきゃならない。神さまへの生贄というのはちょっと拙い。ニワトリは神さまへ捧げるようなものではないから。でも、動物や人間への生贄にするわけにもいかないな、とディックの指摘。

「ひらめいた。この場所の供物にしようよ——森と池のある、この場所の」とイヴリン。

こんどは誰も異論を出さなかった。 （岡和田晃訳）

同じ「場所」が出て来るが、ここでは異教的な供犠のイメージが召喚されている。そうして恐ろしい出来事が起こり、末尾ではゼウスや牧羊神(パン)らの名前が言及されるのであるが、にもかかわらず、ここにはギリシアやケルトから切断された感触がある。つまり、「場所」を司る者として言及されるゼウスらの名前は仮初(かりそめ)のものにすぎず、「場所」を動かす原動力に関しては、依然として否定神学的に語られているのだ。

ここで想起されるのが、レイ・ブラッドベリの仕事である。彼の晩年の連作『塵よりよみがえり』(2001)について、高原英理は「ゴースト・ストーリーの里イギリスの陰惨さをもう少々新大陸風なパロディの形で受け継いだ童話のような世界」であり、そこでは「色褪せた古い写真のような記憶の彼方で死体や魔物とともにまどろむ無時間への渇望」が表現されていると評した（「リテラリー・ゴシック」[04]、二〇〇六）。『塵よりよみがえり』の現物を繙いてみれば、それこそ『ねじの回転』等のゴシック的な幽霊譚が意識されながら、ヨーロッパの伝統をゆるやかに切断、再構築するようなイメージに気づかされる。ちょうど、ダーレスの否定神学イメージを別角度から拡張させたようなスケールが紡がれているのだ。

そのような『塵よりよみがえり』の構想は一九四五年にまで遡るという。ちょうど、ブラッドベリの処女短編集 *Dark Carnival*（1947）に収められた作品が発端となっているのだ。そして *Dark Carnival* を編集したのは、ほかならぬオーガスト・ダーレスその人だった。アーカムハウスからブラッドベリ作品の傑作集を出したいという提案に、ブラッドベリがOKの返事を出したのは一九四五年、ダーレスがスクリブナー社で最後の本を出した時期に符号する。サム・ウェラーは評伝『ブラッドベリ年代記』(2005)で、*Dark Carnival* 出版後、ダーレスとブラッドベリがソークシティで顔を合わせた場面を描写している。「ビジネス上の関係をべつにしても、レイとダーレスは多くの興味を共有していた。ふたりともコミック・ストリップを読んで育った。ふたりともパルプ小説で高い評価を得ていたものの、現代文学に

強い興味をいだいていた。安楽椅子建築マニアとして、レイはダーレスの家に心を奪われた」（中村融訳）。

ウェラーによれば、ブラッドベリは *Dark Carnival* を発展させてなった第二作品集『火星年代記』（1950）を執筆するにあたり、アンダーソンの『ワインズバーグ・オハイオ』で描かれた中西部のアメリカ風物から多大なインスピレーションを受けたというが、中西部という風土性はダーレスとブラッドベリを繋ぐもう一つのキーワードともなるだろう。

意外なことに、ノスタルジックな〈奇妙な味〉は、ヒューマニズムの皮を被った社会的抑圧へ反撃するような批評性をあわせもつ。それを密かに継承したのは、ひょっとするとピーター・S・ビーグル『心地よく秘密めいたところ』（1960）ではないか。作家が弱冠十九歳のときに上梓され、都会の片隅で世間の喧騒から取り残され、行く場所を失い〝死〟に取り巻かれた人たちが交わす、美しい思弁性（スペキュレーション）に満ちたこの作品を、「夢にまよいこんだ人びとが見聞きする夢の世界の驚きを超え」た「夢見見られている人々の悲喜劇」と称したのは荒俣宏だった（「妖精郷だより〈ピーター・S・ビーグル案内〉」、一九七六）。心地よい〝死〟が横たわる「淋しい場所」はここに来て——高度資本主義や社会ダーウィニズムといった——今なお激化する抑圧から身を守る「場所（アジール）」となり、いっそう煌めきを増している。トム・リーミィ『沈黙の声』（1978）やJ・P・ブレイロック『真夏の夜の魔法』（1987）にも連なる、アメリカン・ノスタルジアの光芒だ。

※文中、作品タイトルの後の西暦表記が算用数字のものは、本国での出版等を示します。（編集部）

あとがき

「なあ、一発殴ってみろよ。怒らないからよ、さあ、さあっ！」

夜明け前。あと一時間ほどで太陽がのぼる、そんな吉祥寺のビルの屋上だ。雑工仕事の現場。主な作業はモルタル塗りだが、職人の手元、コンクリートの運搬など何でもやる。作業員は総じて若くマルチ商法に引っかかって食い詰めた人の良さそうな青年、「施設」で育ったと称する虚言癖の社員など、私を含めて掃き溜めのような現場だった。突然、テンションが上がって「殴れ」と言ってきた髭の社員も、ふだんの仕事は礼儀正しくスピーディにこなす。ニコニコしているが、彼の目は笑っていない。暴れる口実がほしいのだ。しばし黙って睨み合う。やがて「休憩終わっちまうな」と、相手が舌打ちする。

これが二〇〇四年から〇六年にかけての、日常だった。肉体労働などで生計を立てつつ、国家試験の勉強と物書きになるための修行、双方をこなしていた時期だ。あえなく、試験には三年連続で失敗した。逃げ道を作ってはならないとわかった。腹をくくり、どんなに貧しくてもプロのライターとして立つ決心をした。本書に初期の原稿も収められているのは、私の土台である出発点の熱気が、全体を補完してくれると考えたからだ。ここに収めていない初期の仕事は、書評SNS「シミルボン」の岡和田晃ページで読める（https://shimirubon.jp/users/45）。書き下ろしの連載もある。

二〇一三年十一月に『「世界内戦」とわずかな希望　伊藤計劃・SF・現代文学』を刊行してから、三年半の月日が経過した。同書は日本図書館協会選定図書になり、第三十五回日本SF大賞の上位十作、『SFが読みたい！　２０１５年版』の「ベストSF２０１４」の十九位に入った。どちらも私の編著『北の想像力　〈北海道文学〉と〈北海道SF〉をめぐる思索の旅』（寿郎社）と票を食い合ってしまったのだが、それでも牧眞司氏や倉数茂氏をはじめ、各位のご好評をいただいた。書評は、「日本経済新聞」（小谷真理氏）にて、「ＳＦマガジン」（長山靖生氏）などを確認している。柳瀬善治氏・押野武志氏の尽力により、「日本近代文学会２０１４年秋季大会」にてパネルを開くきっかけにもなった。

ただ、心残りなのは、前著の収録作「二十一世紀の実存」に落丁が出てしまったことだ。落丁ぶんは、気づいた後に小冊子として封入する対応をしたが、アトリエサードのウェブサイトでも公開しているので（http://www.a-third.com/p/okawada_21century.pdf）、ぜひダウンロードされたい。その他、誤記等については、私の公式サイトに記した（http://d.hatena.ne.jp/Thorn/20131106）。なお、本書に訂正事項が生じたならば、同じく私の公式サイトに掲載する所存である。

ここ三年半ばかり、「図書新聞」での文芸時評など常時七本ほどの連載を続けながら、「北海道新聞」や向井豊昭関連といった広義の北海道文学、『アイヌ民族否定論に抗する』（河出書房新社）の刊行などヘイトスピーチへの対抗活動、ポストヒューマンＳＦ‐ＲＰＧの大著『エクリプス・フェイズ』（新紀元社）の翻訳やサポートといった仕事をこなしてきた。加えて、学部を出てから十年目に晴れて大学院に入り、修士号を取得した。最近では、『エクリプス・フェイズ』のシナリオや『トンネルズ＆トロールズ』（グループＳＮＥ／cosaic）関係のコラム執筆など、ゲームライターとしてのクリエイティヴな仕事もいっそう充実している。応援してくださった皆様に感謝したい。

本書の初出原稿は、査読付き学術誌からゲーム専門誌まで多岐にわたり、各々の表記やスタイルを原則踏襲しているが、初出時の編集者・関係各氏には改めて御礼申し上げる。『世界内戦』とわずかな希望』に引き続き、本書の編集は岩田恵氏が担当された。当人はしばしば謙遜されるが、ＳＦ・幻想文学のみならず現代の芸術シーンにおいて、もっとも重要な編集者の一人と思う。校正は、『破滅(カタストロフィー)の先に立つ』と同じく、柳剛麻澄氏、東條慎生氏のご協力を得た。短い時間で細かく仕事をしてもらった。最後に、日頃から私を支援してくれる家族、妻・義母・両親……とりわけ二〇一六年に急逝した義父と、生まれ変わりのようにやってきた娘・碧に、本書を捧げたい。

初出一覧

■第一部、現代SFとポストヒューマニズム

・「文学の特異点――ポストヒューマニズムの前史のために」（〈科学魔界〉50号、二〇〇八年一〇月、科学魔界）
・「「世界内戦」下、「伊藤計劃以後」のSFに何ができるか――仁木稔、樺山三英、宮内悠介、岡田剛、長谷敏司、八杉将司、山野浩一を貫く軸」（〈層〉Vol.9、二〇一六年一〇月、北海道大学大学院文学研究科／ゆまに書房）
・書評「トーマス・M・ディッシュ『プリズナー』」（〈SFマガジン〉二〇一五年四月号、早川書房）
・書評「カート・ヴォネガット『母なる夜』」（〈SFマガジン〉二〇一五年六月号、早川書房）
・書評「ジャック・ウォマック『ヒーザーン』『テラプレーン』」（〈SFマガジン〉二〇一五年六月号、早川書房）
・書評「山野浩一『鳥はいまどこを飛ぶか』」（〈SFマガジン〉二〇一六年八月号、早川書房）
・書評「荒巻義雄『白壁の文字は夕陽に映える』」（〈SFマガジン〉二〇一六年八月号、早川書房）
・「思弁小説（スペキュレイティヴ・フィクション）の新しい体系――『定本荒巻義雄メタSF全集』完結によせて」（「図書新聞」二〇一五年九月五日、図書新聞）
・「「世界にあけられた弾痕」にふれて――『定本荒巻義雄メタSF全集　別巻』月報解説」、（『定本荒巻義雄メタSF全集　別巻』、彩流社、二〇一五年七月）
・「SF・文学・現代思想を横断し「脱領土化」する平滑的な比較精神史――藤元登四郎『物語る脳』の世界」解説」（『物語る脳の世界――ドゥルーズ／ガタリのスキゾ分析から荒巻義雄を読む』、寿郎社、二〇一五年一〇月）
・「現代SFを楽しむためのキーポイント：シンギュラリティ」（『ポストヒューマニティーズ　伊藤計劃以後のSF』、南雲堂、二〇一三年七月）
・「現代SFを楽しむためのキーポイント：ナノテクノロジー」（『ポストヒューマニティーズ　伊藤計劃以後のSF』、南雲堂、二〇一三年七月）
・「SFの伝統に接続される、現代社会の諸問題――伊藤計劃読者のためのノンフィクションガイド10」（〈SFマガジン〉二〇一五年一〇月号、早川書房）
・書評「C・M・コーンブルース『クリスマス・イヴ』」（〈SFマガジン〉二〇一六年八月号、早川書房）
・「空間秩序と、上田早夕里『深紅の碑文』――悪夢を想像する力」（〈SFマガジン〉二〇一四年二月号、早川書房）
・「自らの示すべき場所を心得た世界文学、〈科学批判学〉SFの傑作集――仁木稔『ミーチャ・ベリャーエフの子狐たち』解説」（『ミーチャ・ベリャーエフの子狐たち』、早川SFシリーズJコレクション、二〇一四年四月）
・「ハードSFのポエジー――円城塔『シャッフル航法』書評」（〈新潮〉二〇一五年一一月号、新潮社）
・「現代文学とSFの限界超える――円城塔『エピローグ』書評」（〈日本経済新聞〉二〇一五年一一月一日、日本経済新聞社）
・「実演される生成論――円城塔『プロローグ』書評」（〈すばる〉二〇一六年月号、集英社）
・「アルス・コンビナトリアの復活――荒俣宏・松岡正剛『月と幻想科学』

解説」(『月と幻想科学』、立東舎文庫、二〇一六年二月)
・「トランスヒューマン時代の太陽系——『エクリプス・フェイズ』とシェアードワールド」、〈ナイトランド・クォータリー〉Vol.06、二〇一六年八月、アトリエサード/書苑新社)
・「トランプ大統領以後の世界、「手のつけられない崩壊の旋風」を描くゲーム——『ドン・キホーテの消息』とGenocidal Organが直視したもの」、(〈SFマガジン〉2017年2月号)
・「ベストSF2011 国内編・海外編」(『SFが読みたい! 2012年版』、早川書房、二〇一二年二月)
・「ベストSF2012 国内編・海外編」(『SFが読みたい! 2013年版』、早川書房、二〇一三年二月)
・「ベストSF2013 国内編・海外編」(『SFが読みたい! 2014年版』、早川書房、二〇一四年二月)
・「ベストSF2014 国内編・海外編」(『SFが読みたい! 2015年版』、早川書房、二〇一五年二月)
・「ベストSF2015 国内編・海外編」(『SFが読みたい! 2016年版』、早川書房、二〇一六年二月)
・「ベストSF2016 国内編・海外編」(『SFが読みたい! 2017年版、』早川書房、二〇一六年二月)
・「二〇一六年下半期読書アンケート回答」(〈図書新聞〉二〇一六年一二月二四日、図書新聞)

■第二部、ロールプレイングゲームという媒介項(メディア)

・「ドラゴンが、やってきた。『ダンジョンズ&ドラゴンズ 竜の書:ドラコノミコン』紹介文」(〈GAME JAPAN〉二〇〇八年一月号、ホビージャパン)
・レビュー「『トラベラー』」(書き下ろし)
・レビュー「『ストームブリンガー』」(書き下ろし)
・レビュー「『クトゥルフ神話TRPG』」(書き下ろし)
・レビュー「『クトゥルフ・ダークエイジ』」(書き下ろし)
・「「世界内戦」を描いたゲームリスト10」(『サブカルチャー戦争 「セカイ系」から「世界内戦」へ』、南雲堂、二〇一〇年一二月の岡和田原稿を下敷きにした書き下ろし)
・「映画『ロード・オブ・ザ・リング』三部作が切り捨てたもの——『指輪物語』における"昏さ"の意義について」(「限界小説研究会WEBLOG」、二〇一一年一月を下敷きにした書き下ろし ※岡和田は同会を退会済み)
・書評「野田昌宏編〈スペース・オペラ傑作選〉」(〈SFマガジン〉二〇一五年四月号、早川書房)
・書評「アルフレッド・ベスター『破壊された男』」(〈SFマガジン〉二〇一六年八月号、早川書房)
・書評「アルフレッド・ベスター『虎よ、虎よ!』」(〈SFマガジン〉二〇一五年四月号、早川書房)
・「若き『トラベラー』のための航海図」(〈R・P・G〉Vol.3、国際通信社、二〇〇七年七月)
・「地図を手に、地図の彼方へ」(〈R・P・G〉Vol.4、国際通信社、二〇〇七年一〇月)
・「忘れたという、その空白の隙間で——門倉直人『ザ・ワンダー・ローズ・トゥ・ロード』の構造」(「21世紀、SF評論」、二〇一〇年一二月一〇日)
※「忘れたという、その空白の隙間で——門倉直人『ローズ・トゥ・ロード』詩論」より改題。

・「ゲームとミステリ——二〇一二年と二〇一三年」（「ポスト新本格と2012ミステリ」『本格ミステリー・ワールド　2013』、南雲堂、「ゲーム化しライト化する2013ミステリ」、『本格ミステリー・ワールド2014』、南雲堂の岡和田発言を下敷きにした書き下ろし）
・「イロニーとしてのシェアードワールド——『闇のトラペゾヘドロン』×『クトゥルフ神話TRPG』（〈ジャーロ〉52号、二〇一四年一一月、光文社）※「ミステリとクトゥルー神話　イロニーとしてのシェアードワールド」より改題。
・書評「ブルース・スターリング編『ミラーシェード』」（〈SFマガジン〉二〇一五年六月号、早川書房）
・「サイバーパンクとクトゥルフパンク——その理論的枠組みについて」（〈TH（トーキングヘッズ叢書）〉No.59、二〇一四年七月）
・「ゴシックパンクとクトゥルフパンク——コンフォーミズムから脱するために」（〈TH（トーキングヘッズ叢書）〉No.60、二〇一四年一〇月）
・書評「チャイナ・ミエヴィル『ジェイクをさがして』」（〈SFマガジン〉二〇一五年八月号、早川書房）
・「スチームパンクと崩壊感覚、歴史への批評意識としての「パンク」」（〈TH（トーキングヘッズ叢書）〉No.61、二〇一五年一月）
・書評「サム・マーウィン・ジュニア『多元宇宙の家』」（〈SFマガジン〉二〇一六年八月号、早川書房）
・書評「キース・ロバーツ『パヴァーヌ』」（〈TH（トーキングヘッズ叢書）〉No.61、二〇一五年一月、アトリエサード／書苑新社）
・書評「マイクル・ムアコック『グローリアーナ』」（〈TH（トーキングヘッズ叢書）〉No.61、二〇一五年一月、アトリエサード／書苑新社）
・書評「佐藤亜紀『1809　ナポレオン暗殺』」（〈TH（トーキングヘッズ叢書）〉No.61、二〇一五年一月、アトリエサード／書苑新社）
・書評「フォルカー・デース『ジュール・ヴェルヌ伝』」（〈TH（トーキングヘッズ叢書）〉No.61、二〇一五年一月、アトリエサード／書苑新社）
・書評「ウィリアム・ギブスン&ブルース・スターリング『ディファレンス・エンジン』」（〈TH（トーキングヘッズ叢書）〉No.61、二〇一五年一月、アトリエサード／書苑新社）
・書評「マイクル・ムアコック〈永遠の戦士フォン・ベック〉」（〈SFマガジン〉二〇一五年八月号、早川書房）
・「死と隣り合わせの世界で、「感情と意志の交錯」を追体験——『ストームブリンガー』第二版と、伏見健二「紫水晶と鮮血」」（〈トーキングヘッズ叢書〉No.64、二〇一五年一〇月）
・「世界劇場と吸血鬼ジュヌヴィエーヴ——いま、ジャック・ヨーヴィル『ドラッケンフェルズ』を読み直す」（〈TH（トーキングヘッズ叢書）〉No.58、二〇一四年四月、アトリエサード／書苑新社）
・「ヴァンパイアの情念、理性への叛逆——カーミラとジュヌヴィエーヴ、神話的思考とリアリズム」（〈ナイトランド・クォータリー〉Vol.01、二〇一五年五月、アトリエサード／書苑新社）
・「ケルトの幻像と、破滅的リアリズム——フィオナ・マクラウドとRPGから、ロバート・E・ハワードの〝昏さ〟を捉える」（〈ナイトランド・クォータリー〉Vol.02、二〇一五年八月、アトリエサード／書苑新社）
・レビュー「『ゴーストハンター13 Expantion2　ディアブロ・ドゥ・ラプラス』」（〈TH（トーキングヘッズ叢書）〉No.62、二〇一五年四月、アトリエサード／書苑新社）
・書評「奥谷道草『オモシロはみだし台湾さんぽ』」（〈TH（トーキングヘッズ叢書）〉No.64、二〇一五年一〇月）
・書評「安田均監修『ブラックミステリーズ』」〈TH（トーキングヘッズ叢書）〉No.64、二〇一五年一〇月）

・レビュー『『ウォーハンマー・コンパニオン』』（〈ＴＨ（トーキングヘッズ叢書）〉No.66、二〇一六年四月、アトリエサード／書苑新社）
・レビュー「坂本雅之、内山靖二郎、坂東真紅郎ほか／アーカム・メンバーズ『クトゥルフ神話ＴＲＰＧ　クトゥルフ２０１５』」（〈ＴＨ（トーキングヘッズ叢書）〉No.67、二〇一六年七月、アトリエサード／書苑新社）
・レビュー「『トンネルズ&トロールズ　ソロ・アドベンチャー　サイドショー』」（〈ＴＨ（トーキングヘッズ叢書）〉No.66、二〇一六年四月、アトリエサード／書苑新社）
・レビュー『ゾンビタワー３Ｄ』（〈ＴＨ（トーキングヘッズ叢書）〉No.66、二〇一六年四月、アトリエサード／書苑新社）
・書評「サム・チャップ、アンドリュー・グリーンバーグ『ノドの書』（〈ＴＨ（トーキングヘッズ叢書）〉No.66、二〇一六年四月、アトリエサード／書苑新社）
・『ダンジョン飯』から広がるディープなファンタジーゲームの世界」（〈ＴＨ（トーキングヘッズ叢書）〉No.65、二〇一六年一月、アトリエサード／書苑新社　※田島淳との共著）
・書評「中川大地『現代ゲーム全史』」（〈ＳＦマガジン〉二〇一六年一二月号、早川書房）

三、幻想・怪奇・異端の文学

・「パスカル・キニャール――作家と作品」（『ノーベル文学賞にもっとも近い作家たち』、青月社、二〇一四年九月の岡和田原稿を下敷きとした書き下ろし）
・レビュー「フェデリコ・フェリーニ監督『道』」（〈ＴＨ（トーキングヘッズ叢書）〉No.66）
・「「幻に殉ずる」姿勢――高原英理『不機嫌な姫とブルックナー団』」（「図書新聞」二〇一六年一一月二六日号、図書新聞）
・「現代「伝奇ミステリ」論――『火刑法廷』から〈刀城言耶〉シリーズまで」（『21世紀探偵小説　ポスト新本格と論理の崩壊』、南雲堂、二〇一二年七月）
・書評「二階堂黎人『人狼城の恐怖』」（『21世紀探偵小説　ポスト新本格と論理の崩壊』、南雲堂、二〇一二年七月）
・書評「さとうふみや他『金田一少年の事件簿』」（『21世紀探偵小説　ポスト新本格と論理の崩壊』、南雲堂、二〇一二年七月）
・書評「京極夏彦『鉄鼠の檻』」（『21世紀探偵小説　ポスト新本格と論理の崩壊』、南雲堂、二〇一二年七月）
・「人工知能と「存在の環」――浦賀和宏『頭蓋骨の中の楽園』解説」（『頭蓋骨の中の楽園』、講談社文庫、二〇一四年八月）※「解説」より改題。
・「新たな時代の〈ロゴスコード〉を求めて――川上亮『人狼ゲーム BEAST SIDE』解説」（竹書房文庫、二〇一四年四月）
・「黄昏詩華館に集いし者たち――藤原月彦、北村秋子、吉川良太郎」（〈ＴＨ（トーキングヘッズ叢書）〉No.63、二〇一五年七月）
・書評「生田耕作ほか『「芸術」なぜ悪い――「バイロス画集事件」顛末記録』（〈ＴＨ（トーキングヘッズ叢書）〉No.67、二〇一六年七月、アトリエサード／書苑新社）
・書評「作者不詳『女哲学者テレーズ』」（〈ＴＨ（トーキングヘッズ叢書）〉No.68、二〇一六年一〇月、アトリエサード／書苑新社）
・書評「作者不詳『ペピの体験』」（〈ＴＨ（トーキングヘッズ叢書）〉No.68、二〇一六年一〇月、アトリエサード／書苑新社）
・書評「ギョーム・アポリネール『一万一千本の鞭』」（〈ＴＨ（トーキングヘッズ叢書）〉No.68、二〇一六年一〇月、アトリエサード／書苑新社）

•書評「ミシェル・ビュトール『ポール・デルヴォーの絵の中の物語』」（〈ＴＨ（トーキングヘッズ叢書）〉№68、二〇一六年一〇月、アトリエサード／書苑新社）

•書評「デヴィッド・マドセン『グノーシスの薔薇』」（〈ＴＨ（トーキングヘッズ叢書）〉№67、二〇一六年七月、アトリエサード／書苑新社）

•書評「アラン・ロブ＝グリエ『快楽の漸進的横滑り』」（〈ＴＨ（トーキングヘッズ叢書）〉№67、二〇一六年七月、アトリエサード／書苑新社）

•「伊藤整『幽鬼の街』とその原罪」（〈ＴＨ（トーキングヘッズ叢書）〉№62、二〇一五年四月、アトリエサード／書苑新社）

•書評「C・M・ケリー『パンドラの少女』」（〈ＴＨ（トーキングヘッズ叢書）〉№69、二〇一七年一月、アトリエサード／書苑新社）

•書評「戌井昭人「ゼンマイ」」（〈ＴＨ（トーキングヘッズ叢書）〉№66、二〇一六年四月、アトリエサード／書苑新社）

•書評「レインボー祐太『サイドショー映画の世界』」（〈ＴＨ（トーキングヘッズ叢書）〉№66、二〇一六年四月、アトリエサード／書苑新社）

•「Ｈ・Ｐ・ラヴクラフトと煉獄の徴候——レ・ファニュ、ストーカー、アイリッシュ・ヴァンパイア」（〈ナイトランド・クォータリー〉Vol.03、アトリエサード／書苑新社）

•「ウィリアム・ホープ・ホジスン——作家と作品」（書き下ろし）

•「ウィリアム・ホープ・ホジスンと思弁的実在論（スペキュレイティヴ・リアリズム）——境界（ボーダー）としての〈ウィアード〉」（〈ナイトランド・クォータリー〉Vol.04）

•「アリス&クロード・アスキューと思弁的実在論（スペキュレイティヴ・リアリズム）————《幽霊狩人カーナッキ》の系譜から逸脱、パラノーマルなオカルト探偵」（〈ナイトランド・クォータリー〉Vol.05、二〇一六年五月、アトリエサード／書苑新社）

•「〈奇妙な味〉の構成原理」（〈ナイトランド・クォータリー〉Vol.06、二〇一六年八月、アトリエサード／書苑新社）

•「詩とＲＰＧ——クラーク・アシュトン・スミスを再評価する二つのアプローチ」（〈ナイトランド・クォータリー〉Vol.07、二〇一六年一一月、アトリエサード／書苑新社）

•「オーガスト・ダーレスとアメリカン・ノスタルジア——心地よく秘密めいた「淋しい場所」」（〈ナイトランド・クォータリー〉Vol.08、二〇一七年二月、アトリエサード／書苑新社）

岡和田 晃（おかわだ あきら）

1981年、北海道空知郡上富良野町生まれ。早稲田大学第一文学部文芸専修卒業、筑波大学大学院人文社会科学研究科一貫制博士課程文芸・言語専攻修士取得退学。文芸評論家、ゲームライター、共愛学園前橋国際大学非常勤講師。

文学を核に置いた領域横断的な批評を展開。ゲームの設定考証やディヴェロップメント、リプレイ小説やシナリオの執筆もこなす。Analog Game Studies代表。日本SF作家クラブ、日本近代文学会、日本文藝家協会、遊戯史学会、それぞれ会員。

高校時代に第2期〈TILL〉のショートショート・コンテストに入選。工事現場での労働等を経て、2007年、〈Role&Roll〉のミニ特集「やってみよう、ゲームマスター！」でライターデビュー。

2010年度、「「世界内戦」とわずかな希望　伊藤計劃『虐殺器官』へ向き合うために」で第5回日本SF評論賞優秀賞受賞。2014年刊の編著『北の想像力　《北海道文学》と《北海道SF》をめぐる思索の旅』（寿郎社）で、第35回日本SF大賞最終候補、第46回星雲賞参考候補、『SFが読みたい！ 2015年版』の「ベストSF2014」国内編第8位になる。2016年、『破滅（カタストロフィー）の先に立つ　ポストコロニアル現代／北方文学論』（幻視社）で第50回北海道新聞文学賞創作・評論部門佳作（評論として22年ぶりの入賞）。

また、単著『「世界内戦」とわずかな希望　伊藤計劃・SF・現代文学』（アトリエサード／書苑新社）および編著『向井豊昭傑作集　飛ぶくしゃみ』（未來社）が日本図書館協会選定図書、編著『アイヌ民族否定論に抗する』（共編、河出書房新社）が全国学校図書館協議会選定図書となった。

その他の著書に、リプレイ小説『アゲインスト・ジェノサイド』（アークライト／新紀元社）、評論書『向井豊昭の闘争　異種混交性（ハイブリディティ）の世界文学』（未來社）、翻訳書『エクリプス・フェイズ』（共訳、アークライト／新紀元社）ほか多数。

2014年より、〈ＴＨ（トーキングヘッズ叢書）〉にて異端文学についての批評連載を開始。2015年からは、〈図書新聞〉で「〈世界内戦〉下の文芸時評」、〈ナイトランド・クォータリー〉で英語圏幻想文学についての批評連載をスタート。また同年より、〈北海道新聞〉では「現代北海道文学論『北の想像力』の可能性」のリレー連載を企画・監修している。

文学・思想のみならず歴史にも強い関心があり、〈Role&Roll〉では2011年より、入門コラム「戦鎚傭兵団の中世"非"幻想事典」を連載中（共著）。

メールアドレス：akiraokawada@gmail.com
公式サイト：Flying to Wake Island（http://d.hatena.ne.jp/Thorn）
Twitter：@orionaveugle

TH SERIES ADVANCED

世界にあけられた弾痕と、黄昏の原郷
——SF・幻想文学・ゲーム論集

著　者　岡和田晃

発行日　2017年5月26日

編　集　岩田恵
発行人　鈴木孝
発　行　有限会社アトリエサード
東京都新宿区高田馬場1-21-24-301 〒169-0075
TEL.03-5272-5037 FAX.03-5272-5038
http://www.a-third.com/ th@a-third.com
振替口座／00160-8-728019
発　売　株式会社書苑新社
印　刷　モリモト印刷株式会社
定　価　本体2750円＋税
ISBN978-4-88375-263-8 C0090 ¥2750E